개선문

에리히 M. 레마르크 / 홍경호 옮김

ARC DE TRIOMPHE

차 례

이 책을 읽는 분에게 · *6*

개선문 · *9*

작품론 · *551*

연 보 · *560*

이 책을 읽는 분에게

레마르크(Erich Maria Remarque)가 심장병으로 사망하자, 세계는 모두 그의 사별을 아쉬워했다. 레마르크 자신의 생애는 방랑으로 연속된 고독한 일생이었으나 그의 작품은 결코 고독하지 않았다. 그는 항상 대중과 호흡을 같이하며 대중과 함께 세계적인 문명(文名)을 누리며 살아온 작가이다.

어린 나이에 전쟁터로 끌려가 전쟁의 참상부터 배운 그는 전선에서 뼈저린 체험을 안고 부상당한 몸으로 돌아왔다. 그 후 자신의 체험을 토대로 1929년에 처녀작 《서부전선 이상 없다》를 잉태하였다. 이 소설은 발표된 후 18개월 동안에 25개 국어로 번역 간행되면서 총 발행 부수 3백 50만 부를 넘는 경이적인 기록으로 베스트셀러가 되어, 그는 일순간에 세계적인 인기 작가의 자리에 올랐다.

자신이 겪었던 제1차세계 대전의 참전을 밑바탕으로 하여 전쟁을 통한 한 세대의 파괴를 감상이나 내적 의식을 배제한 신즉물주의(新卽物主義) 수법으로 담담하게 그려 놓은 수기 형식의 이 소설은, 전쟁 문학사상 찬연한 자취를 아로새긴 시적(詩的) 기념비라 할 만한 작품이다.

전선에서 이름도 없이 죽어간 수많은 젊은이들의 절규, 그리고 18세의 어린 학도병 파울 보머의 마지막 죽음을 우리는 결코 잊을 수 없다. 그는 레마르크 자신의 분신이며, 그 당시 젊은이들의 전형(典型)이기도 했다. 젊은이들의 꿈은 전쟁의 참상으로 산산조각 나고, 그들로 하여금 생에 대한 관념을 바꾸도록 강요했다. 그가 죽던 날 전황 보고는 '서부전선 이상 없음'이라는 단 한 줄뿐이었다. 이러한 끝 장면에서 보여준 극적 처리는 독자들로 하여금 너무나 전쟁의 허무함을 절감케 할 뿐만 아니라 이 작품의 속편을 기대하게끔 했다.

1933년 히틀러 정권에 의해 반전주의자인 그의 작품들이 불태워졌고, 1939년에는 국적마저 박탈당했다. 레마르크는 그 후 프랑스, 이탈리아, 스페인 등지를 떠돌다가 미국으로 망명하여 본격적인 망명 문학이 시작되었다.

1940년에 발표한 《이웃을 사랑하라》에서 그는 제3제국의 정치적인 탄압하에서 비밀결사대를 조직하여 나치에 항거하는 망명 정치 집단의 사랑과 죽음, 음모와 희생 등을 적나라하게 그리고 있다. 그러나 레마르크의 망명 문학 가운데 주축을 이루는 것은 무엇보다도 《개선문》이라 할 수 있다.

제2차세계대전의 전운이 감도는 파리 하늘 아래의 거대한 개선문을 배경으로 하여 정치적 이데올로기에 쫓기는 인간상들의 절망적인 몸부림, 그런 가운데에서도 독일 망명객인 외과의사 라비크와 혼혈녀 조앙 마두와의 기구한 만남과 사랑, 생명과 애정의 이중주가 이 작품 속에서 선명하게 울린다. 소재의 우수성과 아울러 레마르크가 소설가로서 완벽에 가까울 만큼 성숙했음을 보여주는 작품으로, 이로써 그는 다시금 세계적인 명성을 얻게 되었다.

전쟁은 끝나고 1947년 레마르크는 미국 시민권을 얻어 창작에 있어 가장 정열적인 나이라고 할 50대에 이르러 《생명의 불꽃》을 발표하였다. 그의 여섯 번째 작품으로 그가 적극적인 인간상을 그리기 시작한 최초의 것이었다. 그 후 《검은 오벨리스크》, 《종착역》, 《리스본의 밤》 등 모두 10편의 작품을 남겼다.

레마르크의 작품들을 크게 두 가지 유형으로 분류하면 '전쟁 문학'과 '망명 문학'으로 나눌 수가 있다. 하지만 그의 문학이 어떤 주의나 정치적인 의도, 혹은 애국적인 색채를 띠는 것은 아니다. 그의 반전 사상은 어디까지나 인류애에 입각한 것이며, 세계 시민으로서 전쟁을 고발했을 뿐이다. 이러한 점이 바로 그의 문학을 세계 문학으로까지 승화시켜 준 결정적인 원인이 되었다.

따라서 인류의 고뇌가 사라지지 않고 전화(戰火)가 종식되지 않는 한 그의 작품은 언제까지나 생명을 잃지 않을 것이며, 중후한 독일 작품에 대해 독일인들이 스스로 염증을 느끼게 될 때 그의 작품은 독일 문학사에서도 새로운 평가를 받게 될 것이다.

옮 긴 이

개선문

주요 등장 인물

라비크 주인공. 본명은 루드비히 프레젠브르크. 나치스에 쫓겨 파리로 온 망명자(亡命者). 결국은 피난민 강제 수용소에 송치된다.

조앙 마두 여주인공. 불안한 전운(戰雲) 속에서 라비크에게 참된 사랑을 갈구했던 여인.

보리스 모로소프 카페 세헤라자드의 도어맨으로 러시아 국적을 가진 라비크의 친구.

베베르 프랑스의 의사로서 라비크의 친구. 큰 수술을 라비크에게 맡김으로써 상호 동조한다.

우제니 베베르의 간호원. 라비크를 고발한다.

듀랑 교수이며 의사. 자신의 부족한 의술(醫術)을 라비크의 손을 빌려 명예와 부(富)를 채우는 악덕 의사.

하아케 나치스의 비밀경찰관. 파리에서 라비크에게 죽음을 당한다.

케이트 헤이그슈트렘 제왕절개 수술을 받은 암(癌) 환자. 생명의 시한(時限)을 안고 도미(渡美)한다.

롤랑드 바와 유곽(遊廓)을 겸한 오시리스의 지배인격인 여자. 철저한 생활인이다.

루시엔느 마르티네 돌팔이 산파에게 임신중절 수술을 받고 잘못되어 라비크에게 재수술을 받은 후 밤거리의 꽃으로 전락한다.

잔노 자동차 사고로 다리를 절단한 깜찍스런 소년. 라비크에게 치료를 받고 그 은혜를 갚고자 한다.

1

　여인은 라비크 쪽으로 비스듬히 다가오고 있었다. 빠른 걸음이었지만 이상스레 휘청거렸다. 그 여인이 곁에까지 왔을 때에야 그는 그녀를 자세히 볼 수 있었다. 높은 광대뼈, 넓은 양미간, 그리고 창백한 얼굴이었다. 표정은 탈이라도 쓴 듯 굳어 있었다. 여인의 눈은 가로등 불빛을 받아 유리 같은 공허한 표정을 담고 있었다.
　여인은 몸을 스칠 정도로 그를 지나쳤다. 그는 여인의 팔을 잡으려고 손을 내밀었다. 순간 여인은 비틀거렸다. 만약에 그가 붙들어 주지 않았다면 여인은 쓰러졌을 것이다.
　그는 여인의 팔을 꽉 움켜잡았다.
　"어디로 가려는 거요?" 잠시 후 그가 물었다.
　빤히 그를 쳐다보던 여인은 속삭이듯 말했다.
　"놓아주세요."
　라비크는 대답 없이 여인의 팔을 계속 붙잡고 있었다.
　"놓으세요! 왜 이러시는 거예요?" 여인은 입술도 움직이지 않고 힘없이 말했다.

'이 여인은 나를 쳐다보지도 않는구나' 하고 라비크는 생각했다. 여인의 시선은 그를 넘어 텅 빈 밤의 어둠 속을 응시하고 있었다. 여인에게, 그라는 남자는 다만 자기를 붙잡아 세운 무슨 물건으로만 보이는 모양으로, 물건을 향해 말하듯 다시 한 번 여인은 되풀이했다.

"이거 놓아주세요!"

여인이 창녀가 아님을 그는 이내 알 수 있었다. 술에 취해 있는 것도 아니었다. 그는 여인의 잡았던 팔에서 힘을 약간 뺐다. 뿌리칠 생각만 있었다면 쉽게 뿌리칠 수도 있겠지만, 여인은 전혀 그럴 기미를 보이지 않았다. 라비크는 잠시 기다렸다.

"정말 어디로 가려는 거요? 이 밤중에 혼자, 파리의 거리를, 더구나 이런 시간에."

그렇게 다시 한 번 나지막하게 말하고 라비크는 그녀의 팔을 슬며시 놓아주었다.

여인은 잠자코 있었다. 가려고 하지도 않았다. 마치 한번 붙잡히자 더 이상 못 가겠다는 듯이.

라비크는 다리 난간에 기대어 섰다. 축축하고 울퉁불퉁한 감각이 손바닥에 느껴졌다.

"혹시 저 속에 뛰어들겠다는 건 아니오?"

그는 머리를 뒤로 젖히며 아래를 가리켰다. 그 아래에는 세느 강이 회색의 광채를 띠고 뽕 드 랄마 다리 그늘 밑으로 쉼없이 흘러가고 있었다.

여인은 대답이 없었다.

"아직은 너무 일러요. 11월은 너무 이르고 너무 춥소" 하고 라비크는 말했다.

그는 담뱃갑을 꺼낸 다음 성냥을 찾았다. 성냥갑 속엔 두 개비밖에 없어, 강 쪽에서 불어오는 바람에 불이 꺼질까 그는 조심스레 몸을 굽혀 두 손으로 불을 가렸다.

"저도 담배 하나만 주세요" 하고 여인은 억양 없이 말했다.

라비크는 굽혔던 몸을 펴고 담뱃갑을 내밀었다.

"알제리아 산(産)이오. 외인 부대용 검은 담배여서 당신한테는 너무 독할 테지만 가진 게 이런 것밖에는 없소."

여인은 머리를 가로저으며 담배를 뽑아 들었다. 여인은 성급하게 담배를 빨았다. 라비크는 성냥개비를 난간 너머로 내던졌다. 그것은 조그만 별똥처럼 어둠을 뚫고 날아가다 수면에 닿아서야 꺼졌다.

택시가 한 대 서서히 다리 위로 굴러왔다. 운전사는 차를 세우고는 그들을 바라보며 잠시 기다리다가, 이윽고 엔진 소리를 높여 비에 젖어 칠흑빛으로 반짝이는 조르쥬 5세 가(街)를 거슬러 올라가 버렸다.

라비크는 갑자기 피로를 느꼈다. 종일 힘든 일을 한 뒤라 잠을 잘 수가 없어 술이나 한잔하려고 나온 참이었던 것이다. 그런데 지금 습기 차고 냉랭한 밤공기를 쐬자, 머리 위에 부대라도 올려놓은 듯한 피로가 걷잡을 수 없이 엄습했다.

그는 여인을 쳐다보았다. '도대체 왜 나는 이 여인을 붙잡았던가? 분명히 이 여자는 어딘가 이상하다. 그러나 이것이 나와 무슨 상관이 있단 말인가? 좀 이상한 여자라면 지금까지 얼마든지 보아 왔다. 더욱이 한밤중의 파리 같은 곳에선.' 그런 건 아무래도 좋았다. 그저 두서너 시간 잠만 푹 잘 수 있다면 족했다.

"집으로 가시오. 이런 시간에 거리에서 뭘 하겠단 말이오? 성가신 일이나 생길 뿐이지" 하고 그가 말했다.

그는 외투 깃을 세우고 그만 가려고 돌아섰으나, 여인은 그의 말이 이해되지 않는다는 듯 라비크를 바라보고 있었다. 그러다가 "집으로요?" 하고 여인이 반문했다.

라비크는 어깨를 으쓱했다.

"집이건, 하숙이건, 호텔이건, 여하튼 아무 데로든 가시오. 설마 경찰에 붙잡히고 싶진 않겠지요?"

"호텔로요? 맙소사!" 하고 여인이 말했다.

라비크는 멈칫했다. '어디로 가야 할지를 모르는 사람이 또 한 명 있군.' 그는 생각했다. '이쯤은 미리 알았어야 했는데⋯⋯언제나 같은 수작이다. 이 여자들은 밤이 되면 어디로 가야 좋을지 모르는 것이다. 그런데 다음날 아침이면 남들이 아직 일어나기도 전에 어디론가 사라져 버리고 없는 것이다. 아침이 되면 갈 곳을 알게 된다. 밤과 더불어 왔다가 밤과 함께 사라지는, 흔하고 값싼 어둠의 절망이다.' 이런 것쯤이야 이제 그도 진저리날 정도로 잘 알고 있는 수작이 아닌가!

"갑시다, 어쨌든. 어디 가서 술이나 한잔합시다" 하고 그는 말했다.

'그렇다. 그게 제일 좋은 방법이다. 술을 마신 후 돈을 치러 주고 가면 그만이다. 어떻게 하면 좋을지는 스스로 알고 있을 테지.'

여인은 휘청거리며 걷기 시작했으나 발을 헛디뎠다. 라비크는 그녀의 팔을 다시 잡았다.

"피곤하오?" 그가 물었다.

"모르겠어요. 그런가 봐요."

"너무 피곤해서 잠이 안 오는 게 아니오?"

그녀는 고개를 끄덕였다.

"그럴 수도 있소, 어쨌든 갑시다. 내가 부축해 주리다."

둘은 마르세이유 가(街)를 거슬러 올라갔다. 그는 여자가 자기에게 의지하려 하는 것을 느꼈다. 여자는 쓰러지려 하다가 몸을 가누어야 하겠다는 듯 그에게 의지해 왔다.

그들은 삐에르 뿌로시엘 드 세르비 가를 건넜다. 세요 가의 네거리 저쪽으로 길이 트이고 멀리 거대한 개선문(凱旋門)이 비를 머금은 하늘 아래 둥실 떠서 시커먼 모습을 드러냈다.

라비크는 불을 밝힌 비좁은 어느 지하실 입구를 가리켰다.

"여기요. 여기서는 아직도 뭘 팔고 있을 거요."

그곳은 운전사들이 모이는 바였다. 택시 운전사 둘과 매춘부 둘이 앉아 있었다. 운전사들은 트럼프를 치고 있었고 매춘부들은 압생트 주(酒)를 마시고 있었다. 그러다가 그녀들은 새로 들어선 이 여인을 잽싸게 훑어보고는 관심이 없다는 듯 고개를 돌렸고, 나이 많은 매춘부는 큰 소리로 하품을 했다. 하나는 귀찮은 듯 아무렇게나 화장을 시작했고 안쪽에서는 게으른 쥐새끼 같은 웨이터 하나가 톱밥을 뿌리고 마룻바닥을 쓸기 시작했다.

라비크는 여자와 출입구 가까운 테이블에 앉았다. 그 편이 좋았다. 쉽게 도망칠 수 있으니 말이다. 그는 외투도 벗지 않았다.

"뭘로 하겠소?" 그가 물었다.

"모르겠어요. 아무거나요."

"칼바도스 두 잔" 하고 라비크는 조끼를 입고 소매를 걷어붙인 웨이터에게 일렀다. "그리고 체스터필드를 한 갑 주게."
"없는데요" 하고 웨이터가 말했다. "프랑스 담배뿐입니다."
"좋아. 그렇다면 녹색 로랑으로 한 갑."
"녹색도 없는데요. 청색뿐입니다."
라비크는 웨이터의 팔뚝을 들여다보았다. 팔뚝엔 구름 위를 걷고 있는 발가벗은 여인의 문신(文身)이 새겨져 있었다. 웨이터는 그가 문신을 보고 있음을 알아차리자 주먹을 불끈 쥐어서 알통이 솟게 했다. 그러자 구름 위의 나부(裸婦)는 배를 음란스레 꿈틀거렸다.
"할 수 없군. 청색을 주게." 라비크는 말했다.
웨이터는 히쭉 웃었다.
"아직 초록이 한 갑쯤 남았을지도 모르겠는데요" 하고 그 녀석은 슬리퍼를 직직 끌며 안쪽으로 들어갔다.
라비크는 그 뒷모습을 바라보았다.
"붉은 슬리퍼라, 그리고 배를 꿈틀거리는 나체 여인! 틀림없이 저 녀석은 터키 해군에 복무했던 놈일 거야."
여인은 식탁 위에 두 손을 올려놓았다. 다시는 치켜들고 싶지도 않다는 듯이. 깔끔한 손이었으나 손질이 잘 되어 있지는 않았다. 오른손 가운뎃손가락의 손톱 끝이 쪼개져 달아나고 없었다. 깎고 나서 줄질도 하지 않은 것 같고 매니큐어가 벗겨진 데도 있었다.
웨이터가 잔과 담배를 가져왔다.
"녹색 로랑이 한 갑 남았더군요."
"내 그럴 줄 알았지. 자네 해군에라도 있었나?"
"웬걸요, 서커스단에 있었어요."
"그건 더 멋지군."
라비크는 여인에게 잔을 내밀었다.
"자, 이걸 좀 마셔요. 이런 시간엔 이게 제일이오. 아니라면 커피 하겠소?"
"아뇨, 괜찮아요."
"단숨에 마시는 게 좋소."
여인은 고개를 끄덕이고 잔을 비웠다. 라비크는 여인을 유심히 바라봤다.

여인의 얼굴은 생기 없이 창백한데다 무표정했다. 머리카락만은 윤기 흐르는 천부의 금발로 퍽 아름다웠다. 베레모를 쓰고 있었으며 마춤양장 위에다 레인코트를 입고 있었다. 옷은 훌륭한 재단사의 솜씨였지만 손에 낀 반지의 초록색 보석은 너무 커서 모조품처럼 보였다.

"한 잔 더 하겠소?" 하고 라비크가 물었다.

여인은 고개를 끄덕였다.

그는 웨이터에게 눈짓을 했다.

"칼바도스 두 잔 더 주게. 큰 잔으로."

"더 큰 잔 말씀입니까? 아니면 더 많이 따를까요?"

"그래."

"그렇다면 칼바도스 더블로 두 잔이란 말씀이죠?"

"맞았어."

라비크는 냉큼 잔을 비우고서 나가 버리려고 마음먹었다. 그는 지루하고 몹시 피곤했다. 여느 때 같으면 이런 돌발 사건에 대해서 참을성이 많은 그였다. 40년의 그의 생애는 파란만장한 생활이어서 오늘밤과 같은 일이야 이미 익숙한 터이다. 파리 생활도 꽤 오래되었고, 밤에 잠을 잘 이룰 수 없으니 자연 겪는 일도 많게 마련이었다.

웨이터가 술을 가져왔다. 라비크는 코를 찌르는 듯한 향기로운 사과주를 조심스레 여인 앞으로 밀어 놓았다.

"자, 한 잔 더 하시오. 별 효과야 없겠지만 몸이 훈훈해질 거요. 그리고 무슨 일이 있었는지 모르겠소만, 너무 어렵게 생각지는 마시오. 대개는 얼마 안 있어 잊게 되는 법이니까 말이오."

여인은 그를 쳐다보았다. 그리고 술에는 손도 대지 않았다.

라비크가 이어 말했다.

"그런 것이오. 더구나 밤엔 그렇소. 밤이란 놈은 모든 걸 과장하는 법이라오."

여인은 여전히 그를 쳐다보고 있었다.

"저를 위로해 주실 필요는 없어요" 하며 이윽고 그녀가 말문을 열었다.

"그럼 더 잘 됐군."

라비크는 웨이터 쪽을 보았다. 그는 지긋지긋했다. 이런 유의 여자를 그는 너무나 잘 알고 있었다. 틀림없이 러시아 여자일 거다. 어디든 가서 앉기가 무섭게, 젖은 옷이 채 마르기도 전에 잘난 체하고 나서는 것이다.
"당신은 러시아 사람이오?" 그가 물었다.
"아뇨."
라비크는 돈을 치르고 일어서며 헤어지려 했는데 여인도 역시 벌떡 일어섰다. 아무 말도 없이, 마땅히 그래야만 된다는 듯이. 라비크는 어떻게 했으면 좋을지 몰라 여인을 바라보았다. 그는 생각했다. '그래도 좋지, 밖에 나가서 헤어질 수도 있으니까.'
밖에는 비가 내리고 있었다. 라비크는 문 앞에서 멈추어 섰다.
"어느 쪽으로 갈 참이오?"
그는 그녀와 반대쪽으로 갈 작정이었다.
"모르겠어요. 아무 데로나요."
"대체 집이 어디요?"
갑자기 여인은 겁에 질린 듯했다.
"그리로는 못 가요! 안 돼요. 그럴 수는 없어요! 그리로는 안 돼요!"
별안간 그녀의 눈에는 무서운 공포의 빛이 가득 찼다.
'싸움을 한 모양이군.' 라비크는 생각했다. '한바탕 우당탕 하곤 밖으로 뛰쳐나온 게지. 내일 점심때면 맘을 고쳐 먹고 돌아갈 테지.'
"찾아갈 만한 이도 없소? 아는 사람도? 이 집에서 전활 걸면 될 텐데."
"아녜요, 아무도 없어요."
"하지만 어디든 가야 할 것 아니오? 방값이 없소?"
"아뇨, 방값은 있어요."
"그러면 호텔로 가시오. 여기 골목엔 호텔이 얼마든지 있소."
여인은 대답이 없었다.
"좌우지간 가야 할 게 아니오?" 라비크는 답답한 듯 말했다. "정말이지, 비 오는 거리에서 밤을 새울 수는 없잖소?"
여인은 레인코트를 여몄다.
"옳은 말씀이에요. 고마와요. 이제 더 이상 제 걱정은 마세요. 어디든 갈 테니까요."
그녀는 한 손으로 코트 깃을 세웠다.

"여러 가지로 감사했어요."

여인은 비참하기 짝이 없는 시선으로 라비크를 쳐다보고는 미소를 지으려 했으나 웃음이 나오지를 않았다. 그러고는 이내 안개 자욱한 빗속의 거리로 발소리를 내면서 사라져 갔다.

라비크는 잠시 그대로 서 있었다. "제기랄!" 그는 뜻밖의 일을 당한 듯이 투덜거렸다. 어쩌다가 이 지경이 되었는지, 무슨 일인지 도무지 알 수가 없었다. 그녀의 절망적인 미소 때문인지 아니면 눈매 때문인지, 그것도 아니면 인적이 끊긴 밤거리라서인지 ── 단 하나 그가 알 수 있는 것은 그 여자를, 마치 길 잃은 미아(迷兒)같이 여겨지는 그 여자를 저 안개 속에 혼자 내버려 두어서는 안 되겠다는 생각이었다.

그는 여인의 뒤를 따랐다.

"같이 갑시다." 그는 무뚝뚝하게 말했다. "어디든 갈 곳이 마련될 거요."

그들은 에뜨와르 광장에 다다랐다. 광장은 보슬비 내리는 회색의 어둠 속에 힘차고 끝없이 그들 앞에 가로누워 있었다. 안개가 너무 짙어져서 광장 주위에서 갈라져 나간 길들을 분간할 수가 없었다. 다만 그 넓은 광장에는 달 같은 가로등들이 여기저기에서 희미하게 빛나고 개선문의 석조 아치는 어마어마하게 솟아 안개 속에 모습을 감추었다. 잔뜩 찌푸린 하늘을 떠받들고 그 아래 자리잡은 무명 용사들의 묘지에서 타고 있는, 외롭고 창백한 불길을 지켜 주고 있는 듯이. 무명 용사의 묘지는 밤과 고독 속에서 인류 최후의 묘지처럼 보였다.

둘은 광장을 비스듬히 가로질러서 걸었다. 라비크는 빨리 걸었다. 그는 너무 피곤하여 생각할 수조차 없었다. 곁에는 머리를 푹 숙이고 두 손을 코트 주머니에 푹 찌르고는 말없이 따라오고 있는 보잘것없는, 낯모르는 생명의 한 가닥 불길과 같은 여인의 또각거리는 부드러운 발소리가 들려왔다. 그러자 갑자기 밤 깊은 광장의 고독 속에서 여인에 대해서는 하나도 아는 바가 없으면서도, 또한 바로 그런 이유 때문에 일순간 그 여인이 이상스럽게도 자기의 여인처럼 생각되었다. 그에게는 그녀가 낯설었다. 그가 어디를 가거나 자신이 낯설게 느껴지듯, 그리고 그것이 많은 말이나 오랫동안의 서먹함을 없애는 다른 어떤 방법보다도 오히려 여인이 자기와 가깝게 느껴지는 이유 같았다.

라비크는 떼르느 광장 뒤쪽 와그람 가의 골목에 있는 조그만 호텔에서 살고 있었다. 매우 낡은 집이어서 새로운 것이라고는 출입구 위의 '호텔 앙떼르나쇼날' 이란 간판뿐이었다.

그는 벨을 눌렀다.

"빈 방이 하나 더 있나?" 하고 그는 문을 열어 준 보이에게 물었다.

보이는 잠에 취한 눈을 억지로 떴다.

"지배인 아저씨가 없는데요" 하고 중얼거렸다.

"알고 있어. 나는 빈 방이 있느냐고 묻고 있는 거야."

보이 녀석은 이상하다는 듯 어깨를 으쓱했다. 라비크가 여자를 데려온 건 알겠는데, 뭣 때문에 방이 더 필요한지 모르겠다는 모양이었다. 여태까지의 경험으로 보아 여자를 데리고 와서 방 하나를 더 빌린다는 것은 있을 수 없는 일이었다.

"마담은 주무시는데요. 섣불리 깨웠다간 내쫓겨요" 하며 녀석은 한 발로 다른 쪽의 발을 긁적긁적했다.

"좋아, 그렇다면 우리가 찾아봐야겠군."

라비크는 보이에게 팁을 주고 자기 방의 열쇠를 떼어 들고는 앞장서서 계단을 따라 올라갔다. 자기 방문을 열기 전에 옆방 문을 살펴보았다. 문 밖에 구두가 놓여 있지 않기에 그는 두 번이나 노크를 해보고는 조심스럽게 손잡이를 돌려보았다. 문은 안에서 잠겨 있었다.

"어제는 이 방이 비어 있었는데" 하고 그는 중얼거렸다. "한번 다른 쪽에서 해볼까? 주인 여편네가 빈대라도 도망칠까 봐 잠근 모양이군."

그는 자기 방문을 열었다.

"잠깐 앉아 있으시오" 하고 그는 말털을 넣은 붉은 소파를 가리켰다. "곧 돌아오겠소."

그는 창문을 하나 열고는 좁다란 발코니로 나가 중간을 막은 철책을 넘어 이웃 발코니로 건너가서 문을 열려고 해보았으나 그쪽에서도 역시 잠겨 있었다. 그는 단념하고 돌아왔다.

"안 되겠군, 여기선 방을 마련할 수가 없겠소."

라비크는 여인을 주의해 보았다. 그녀의 얼굴은 지쳐 있었다. 이제는 일어설 수조차 없을 것 같았다.

"여기 있어도 좋소" 하고 그가 말했다.
"잠깐 동안만요……?"
"아니, 거기서 자도 좋소. 그게 제일 간단하겠소."
여인은 그의 말을 듣는 것 같지도 않았다. 그냥 천천히 자동적으로 고개를 흔들었다.
"저를 그냥 거리에 내버려두셨으면 좋았을 걸 그랬어요. 이젠, 정말 더 이상은 꼼짝도 못하겠어요."
"나 역시 마찬가지요. 여기서 자시오. 그게 좋을 듯하오. 자고 나서 내일 생각합시다."
여인은 그를 쳐다보았다.
"저는 결코 선생님을……."
"천만에, 방해될 건 하나도 없소. 갈 곳이 없어 여기 묵는 게 뭐 당신이 처음은 아니니까. 여기는 피난민들이 살고 있는 호텔이라 이런 일이야 거의 매일 있는 일이오. 당신이 침대에서 자도록 하오. 난 소파에서 잘 테니. 습관이 돼서 괜찮소" 하고 라비크는 말했다.
"아니예요, 아녜요. 저는 여기 앉아 있으면 돼요. 여기 앉아 있을 수 있는 것만으로도 충분해요."
"그렇다면 좋도록 하시오."
라비크는 외투를 벗어 걸었다. 그런 다음 담요 하나와 쿠션을 꺼내고 의자 하나를 소파 옆으로 밀어 놓았다. 그리고 욕실에서 가운을 꺼내서 의자에 걸어 놓으며 말했다.
"자, 이걸 당신이 걸치시오. 원한다면 잠옷이 저기 서랍 속에 있으니 입도록 하고. 지금 욕실을 써도 좋아요. 난 여기서 할 일이 좀 있으니."
여인은 머리를 가로저었다.
라비크는 그녀 앞에 가서 섰다.
"하지만 코트를 좀 벗어야겠소. 완전히 젖어 있구료. 자, 모자도 벗어 이리 주고."
여인은 그 두 가지를 그에게 내주었고, 그는 쿠션을 소파 구석에다 놓았다.
"이게 베개요. 이 의자는 자다가 떨어지지 않게 여기 놓아두겠소" 하고 그는 의자를 소파에다 붙여 놓았다. "그리고 이제 구두를 벗어요. 흠뻑 젖었으니 감기 들기 안성맞춤이군."
 그는 구두를 벗겨 주고 서랍에서 목 짧은 털양말을 꺼내어 신겨 주었다.
 "자, 이젠 됐소. 괴로울 땐 좀 편안히 지낼 생각을 해야 하오. 그게 예로부터 군인들의 철칙이라오."
 "고맙습니다, 정말 고마워요" 하고 여인은 말했다.
 라비크는 욕실에 들어가 수도꼭지를 틀어 놓았다. 그는 넥타이를 풀고 멍청하게 거울 속의 자기를 들여다보았다. 그늘 속에 깊숙이 박힌 살피는 듯한 눈, 만일 눈이 없었더라면 죽은 듯 지쳐 버린 길쭉한 얼굴, 코에서 입으로 내리 패어진 홈에 비해서 너무 부드러운 입술 —— 오른쪽 눈 위에는 길고 톱니 같은 흉터가 있어서 머리털 속으로 그 꼬리를 감추고 있었다.
 전화벨이 요란스럽게 울려 그의 생각을 뒤흔들어 놓았다.
 "제기랄." 그는 잠깐 동안 모든 것을 잊고 있었던 것이다. 이렇게 완전히 명상에 잠기는 때가 종종 있었다. '그렇지, 아직 그 여자가 옆방에 있겠지.'
 "곧 가요" 하고 그는 소리쳤다.
 "놀랐소?" 하며 그는 수화기를 들었다. "뭐? 그래, 좋아……그렇지. ……물론……그럼……되겠지……어디라구? 좋아, 곧 가지. 뜨거운 커피를, 진한 걸로 말야……그렇지, 응."
 그는 수화기를 조심스레 내려놓고 소파 팔걸이에 기대어 잠시 생각에 잠겨 앉아 있었다.
 "나 좀 나갔다 오겠소, 급한 일이 있어서……" 하고 그가 말했다. 여인도 곧 일어섰다. 그녀는 곧 비틀거리더니 의자에 몸을 기댔다.
 "안 돼요, 안 돼."
 라비크는 그렇게도 순순히 여자가 따라 나서려는 태도에 감동했다.
 "당신은 여기 있어도 좋소. 자도록 해요. 나는 한두 시간 나갔다 와야겠소. 얼마나 걸릴지 모르지만, 여하튼 당신은 여기서 자시오."
 그는 외투를 보았다. 그러자 슬쩍 의심스런 생각이 머리를 스쳤다. 그러나 곧 그런 생각을 떨쳐 버렸다. '이런 여자가 뭘 훔쳐 가진 않을 테지.' 이런 곳의 여자를 잘 알고 있었다. 그리고 사실 훔쳐 갈 것도 없었다.
 문께로 갔을 때 여자가 말했다.
 "함께 가도 될까요?"

"아니, 안 돼요. 여기서 자시오. 필요한 게 있으면 쓰고. 코냑이 저기 있소. 그럼 잘 자오."

그는 돌아서서 나가려고 했다.

"불을 켜두세요!" 별안간 여인이 다급하게 말했다.

라비크는 잡았던 손잡이를 놓았다.

"무섭소?" 하고 그가 물었다.

여인은 고개를 끄덕였다.

그는 열쇠를 가리켰다.

"내가 나간 후 문을 잠그시오, 열쇠는 빼두고. 아래층에 열쇠가 또 하나 있으니 나는 그걸로 들어올 수 있소."

여인은 머리를 가로저었다.

"그게 아니예요. 하지만 제발 불을 좀 켜두도록 해주세요."

"아아, 알았소."

라비크는 살피듯 그녀를 바라보았다.

"불을 끌 생각은 없었소. 켠 대로 그냥 놔두지요. 그런 기분은 나도 알 듯 하오. 나도 그런 적이 한두 번이 아니었으니까."

그는 그렇게 말하고는 방을 나섰다.

그는 아키아스 가 모퉁이에서 택시를 잡았다.

"로리스통 가 14번지로 빨리 갑시다!"

운전사는 차를 돌려 까르노 로(路)로 접어들었다. 차가 그랑다르메 거리를 건너가려고 했을 때 오른편으로부터 2인승의 소형차가 질주해 왔다. 만일 길이 젖어 있지 않아 미끄럽지 않았더라면 두 대의 자동차는 정면으로 충돌했을 것이다. 소형차는 길 가운데서 브레이크를 밟아 택시의 라디에이터를 아슬아슬하게 스치고 지나갔다. 가벼운 차는 회전목마처럼 돌았다. 아주 소형의 르노였는데, 안경을 쓰고 검은 줄이 쳐진 실크 모자를 쓴 사나이가 운전을 하고 있었다.

차가 회전할 때마다 순간적으로 그 자의 창백하고 성난 얼굴이 보였다. 그 차는 거대한 지옥문처럼 돌출한 개선문 앞에서 멈추었다. 마치 한 마리의 조그마한 초록색 벌레처럼. 그리고 거기서 창백한 주먹이 솟아나서 밤하늘을 위협했다.
 택시 운전사가 뒤로 몸을 돌렸다.
 "저런 차를 보신 적이 있습니까?"
 "그래요."
 "하지만 저런 모자를 쓴 자를 말이오. 저런 모자를 쓰고 이 밤중에 뭘 하려고 저렇게 차를 빨리 몰까요?"
 "그 사람이 옳지 않았소? 큰 길을 달리던 쪽은 그 사람이었으니까 말이오. 그런데 왜 욕을 하는 거요?"
 "물론 그 자가 정당했지요. 그러니 내가 욕을 하는 게 아니오."
 "그렇다면 저 사람이 잘못이었다면 어쩔 셈이었소?"
 "그래도 역시 욕을 하겠지요."
 "당신은 세상사를 편하게 여기는 것 같구료."
 "그렇다면 아마 다른 방법으로 욕을 했을 겁니다" 하고 운전사는 설명하면서 포끄 거리로 구부러졌다.
 "놀라셨죠?"
 "아니오. 하지만 교차로에서는 차를 좀 천천히 몰아요."
 "저도 그러려고 했습니다. 그러나 그놈의 길이 미끄러워서. 그런데 손님은 듣고 싶어하지도 않으시면서 왜 자꾸만 제게 물으십니까?"
 "지쳐서 그렇소" 하고 라비크는 초조한 듯 대답했다. "밤인데다 우리는 알지 못하는 바람 속에 나부끼는 불꽃이기에 그럴 거요. 얼른 가기나 해요."
 "그렇다면 얘기가 약간 다른데요" 하고 운전사는 모자에 손을 대어 경의를 표해 보이면서 말했다. "저도 알 만합니다."
 "이봐요" 하고 라비크가 말했다. 약간 의심이 갔던 것이다. "당신, 혹시 러시아 사람이오?"
 "아닙니다. 하지만 손님을 기다리면서 온갖 잡동사니를 읽지요."
 '오늘은 러시아 사람들과는 인연이 없군.' 그는 머리를 뒤로 기대었다. '커피를 한잔했으면, 아주 뜨겁고 진한 블랙으로. 그곳에 커피가 충분하게 있었으면. 손이 떨리지 않아야 할 텐데. 그렇게 안 되면 베베르에게 주사를 한 대 놓아 달라고 해야겠군. 하지만 잘 되겠지…….' 그는 창문을 내리고 축축한 공기를 천천히 깊이 들이켰다.

2

조그마한 수술실은 대낮처럼 불이 켜져 있었다. 신경질적인 도살장처럼. 피 묻은 탈지면이 담긴 통이 여기저기 놓여 있었고 붕대와 지혈대가 사방으로 흩어져 있어 붉은 피가 흰색에 대해 비명을 질러 대는 것 같았다. 베베르는 수술실에 앉아 에나멜 칠을 한 책상에서 노트 정리를 하고 있었다. 간호원 하나가 수술 기구를 소독하고 있었다. 물은 펄펄 끓고 전등은 직직 소리를 냈다. 수술대 위에 있는 육체만이 홀로 누워 있었다. 어느 무엇과도 관계가 없다는 듯이.

라비크는 비눗물로 손을 씻기 시작했다. 그는 마치 껍질이라도 벗기듯 성이 나서 무뚝뚝한 모습으로 손을 씻었다.

"빌어먹을!" 그는 혼자 중얼거렸다. "제기랄!"

간호원은 비위에 거슬린 듯 그를 쳐다보았다. 베베르가 눈을 치켜들었다.

"그만둬요! 우제니. 외과의사란 모두 욕대장이거든. 특히 일이 뻐딱하게 될 때는 더욱 그렇지. 아주 습관이 돼 버렸다니까."

간호원은 수술 기구를 끓는 물에 넣었다.

"뻬에르 교수님은 욕을 하시지 않던데요" 하고 그녀는 모욕이나 당했다는 듯이 설명했다. "그래도 그분은 사람만 잘 살려 내시던데요."

"뻬에르 교수는 뇌수술의 전문가야. 그러니 아주 섬세한 정밀기계공학이거든. 그러나 우제니, 우리들은 복부(腹部)를 이리저리 쨔는 사람들이야. 그러니 다를 수밖에." 베베르는 그렇게 말하고는 노트를 탁 털고는 자리에서 일어섰다. "라비크, 자네는 훌륭했어. 하지만 엉터리 의사한테는 결국 어쩔 수 없지."

"그렇지도 않을걸."

라비크는 손을 말리고 담배에 불을 붙여 물었다. 간호원은 못마땅한 듯 말없이 창문을 열었다.

"브라보! 우제니" 하고 베베르가 그녀를 칭찬했다. "언제나 규칙을 엄수하는군."

"저는 살아갈 의무가 있습니다. 바람 속에 날아가 버리고 싶지는 않거든요."

"좋았어, 우제니. 그 말을 들으니 안심인데."
"책임을 갖지 않는 사람도 많습니다. 또 그러려고 하려는 사람도 많구요."
"자네를 두고 한 말일세! 라비크." 베베르는 껄껄거리고 웃었다. "우리는 꺼지는 게 좋겠군. 우제니는 아침이 되면 언제나 공격적이거든. 이제는 여기 있어 보았자 별로 할 일도 없고."

라비크는 주위를 둘러보았다. 그는 의무에 충실한 간호원을 쳐다보았다. 그녀는 겁도 없이 그의 시선을 받아 넘겼는데, 니켈 테를 두른 안경을 끼고 있는 그녀의 차가운 시선은 무언가 건드리지 못할 것 같았다. 그녀도 자기와 똑같은 인간이지만 나무처럼 그에게는 낯설었다.

"미안했소. 아가씨가 옳았어요" 하고 그는 말했다.

흰 수술대 위에는 몇 시간 전만 해도 아직은 희망을 안고 숨쉬며 괴로워하고 경련하던 생명이 누워 있었다. 그러나 이제는 이미 아무런 감각도 없는 시체에 불과하다 —— 그리고 자동 인형인 간호원 우제니가 한번도 실수를 저지르지 않았음을 뽐내며 그것을 덮어씌워 수레에 싣고 나가 버렸다. '저 여자 같은 사람들은 언제까지나 살아갈 사람들이야.' 라비크는 생각했다. '빛이 그들을 사랑하지 않을 뿐이지. 이런 목석 같은 인간들은 결코 사랑하지는 않는다. 그래서 빛은 이런 사람들을 잊어버리고 오래도록 살게 내버려 둔 거야.'

"또 봐요, 우제니" 하고 베베르가 말했다. "오늘은 푹 자요."
"안녕히 가세요, 베베르 박사님. 고맙습니다."
"잘 있어요" 하고 라비크가 말했다. "그리고 아까 내가 욕지거리한 것을 용서해요."
"안녕히들 가세요." 우제니는 얼음장처럼 쌀쌀하게 대꾸했다.
베베르는 웃었다. "무쇠 같은 성격이란 말씀이야."

밖은 아침이 희끄무레하게 밝아오고 있었다. 쓰레기 차가 거리를 덜덜거리며 굴러갔다. 베베르는 외투 깃을 치켜세웠다.
"지독한 날씨군! 데려다 줄까, 라비크?"
"아니야. 고맙네만 걸어가겠네."
"이런 날씨에? 태워다 주겠네. 과히 도는 것도 아니니."

라비크는 머리를 저었다.
"고맙네만, 사양하겠어."
베베르는 살피듯 라비크를 쳐다보았다.
"수술을 했다고 해서 늘 그렇게 흥분하다니 자네는 이상하군. 자네는 벌써 15년이나 그 일을 했었으니 그쯤은 보통일 텐데."
"물론 알고 있지. 흥분한 건 아닐세."

베베르는 라비크 앞에 버티고 서 있었다. 크고 둥글둥글한 그의 얼굴은 노르망디 산(産)의 사과처럼 번뜩였다. 짧게 깎은 시커먼 콧수염은 비에 젖어 빛나고 보도에 내어놓은 비크 차도 번쩍거렸다. '베베르는 즉시 차를 집어타고 부리나케 집으로 돌아가겠지. 조촐하나 윤기가 흐르는 마누라와 말쑥하고 기름기가 흐르는 아이들, 그리고 산뜻하고 풍요로운 생활이 기다리고 있을, 교외에 있는 장밋빛으로 치장된 인형의 집으로. 그러니 칼로 쿡 찔러, 가늘고 붉은 핏자국이 가볍게 누르는 메스를 따라 솟아오를 때의 숨도 쉴 수 없는 긴장감을 어떻게 그런 사람에게 설명할 수가 있겠는가. 육체라는 것은 집게와 클립에 의해 여러 겹으로 덮였던 장막처럼 한 번도 빛을 보지 못했던 기관이 노출되는 것이다. 밀림 속의 사냥꾼처럼 발자국을 더듬어 가노라면 파괴된 조직이나 응어리진 종기나 종양의 틈바구니에서 별안간 거대한 맹수인 〈죽음〉이란 것과 부딪치게 된다. 거기서부터 싸움은 시작된다. 침묵의 미친 듯한 투쟁이, 그 싸움에는 오직 가냘픈 메스와 한 개의 바늘과, 그리고 무한히 정확한 솜씨만이 무기일 뿐이다. 어떻게 설명해야 될까? 극도로 긴장한, 눈이 부시게 흰 육체를 통해 갑자기 어두운 그림자가 핏속에 어릴 때를 어떻게 설명할 것인가. 그리고 메스의 칼날을 무디게 하고 바늘을 흐트러뜨리며, 손을 지치게 하는 당당한 비웃음을. 그리고 눈에 보이지 않는 것, 불가사의하고 맥박치는 것, 생명이 인간의 무력한 손에서 홀연히 물러나 부서져서 걷잡을 수 없는 무서운 암흑의 소용돌이 속으로 빨려 들어가 버릴 때를. 바로 조금 전만 해도 숨을 쉬고 자기라는 존재를 지니고, 이름을 가지고 있었던 얼굴이 딱딱하고 이름 없는 마스크로 변해 버리고 마는 것을. 그런 의미도 없는, 걷잡을 수 없는 무력함들을 도대체 어떻게 설명할 수가 있단 말인가? 그리고 설명될 수가 있을까?'

라비크는 담배를 다시 한 대 피워 물었다. "죽은 사람은 스물한 살이랬지"

하고 그는 말했다.
 베베르는 손수건을 가지고 콧수염에 반짝이는 물방울을 닦았다.
 "자넨 훌륭하게 해치웠네. 나 같으면 어림도 없는 일이었어. 엉터리 의사가 실패한 것을 살려 놓을 수 없었다고 해서 자네가 마음 아파 할 필요는 없네. 그런 식으로라도 생각지 않으면 우리는 어떻게 되겠는가?"
 "그렇지."
 베베르는 손수건을 집어넣었다.
 "지금까지 그만큼 겪었으니 자네도 이제는 어지간히 신경이 무뎌졌어야 될 게 아닌가."
 라비크는 경멸하는 눈초리로 그를 쳐다보았다.
 "어떤 일에 무뎌진다는 법은 없네. 단지 여러 가지에 그저 습관이 되어 갈 뿐이지."
 "내 말이 바로 그 말일세."
 "그래, 그리고 습관이 될 수 없는 일도 많지. 하지만 그런 것은 찾아내기가 어렵다네. 커피의 덕택이라고나 해 둘까. 내가 아직도 이만큼 말똥말똥한 것은 커피의 덕택인지도 모르지. 그런데 우리들은 그것을 흥분과 혼동하게 된단 말일세."
 "커피가 좋았지, 어땠어?"
 "아주 좋았어."
 "커피 끓이는 법은 내가 알거든. 자네가 커피를 찾을 것 같아서 내가 끓였다네. 우제니가 끓여 내놓은 그 시커먼 물과는 전혀 다르지, 어때?"
 "비교가 될 수 있나. 커피에는 자네가 대가란 말이야."
 베베르는 자기 차에 올라 시동을 걸고 몸을 창 밖으로 내밀었다. "타고 가는 것이 빠르지 않겠나. 몹시 피곤할 텐데."
 '꼭 물개 같군.' 라비크는 넋을 잃고 생각에 잠겼다. '그는 건강한 물개와 같아. 하지만 그게 어쨌단 말인가. 왜 이런 생각이 느닷없이 떠오르는 것일까? 왜 언제나 나는 이렇게 두 가지 생각을 한꺼번에 하게 될까?'
 "아니, 피곤하지 않아" 하고 그는 말했다. "커피 덕택에 정신이 났어, 잘 자게나, 베베르."
 베베르는 웃었다. 검은 콧수염 밑에서 그의 이가 번쩍였다.

"이젠 자기는 틀렸어. 정원이나 돌봐야지. 튤립과 수선화를 심어야겠어."

'튤립과 수선화.' 라비크는 생각했다. '깨끗한 자갈을 깐 오솔길, 자로 잰 듯 반듯하게 꾸민 화단, 튤립과 수선화, 분홍과 황금색인 봄의 폭풍.'

"그럼, 다시 만나세" 하고 그는 말했다. "뒷일은 자네에게 다 맡기겠네."

"물론이지. 좋아. 저녁에 전화를 걸겠네. 사례금이 너무 적어 안됐네. 사례금이라고 말할 것도 없네만. 그 여자는 가난한데다가 친척도 없는 모양이야. 나중에 알게 되겠지."

라비크는 몸짓으로 괜찮다는 표정을 지어 보였다.

"그 여자는 우제니한테 1백 프랑을 내놓았어. 그것이 전재 산인 것 같더군. 그러니 자네에게는 25프랑일세."

"됐네, 됐어." 라비크는 초조한 듯 말했다. "그럼 잘 가게나."

"다시 보세, 내일 아침 여덟 시에."

라비크는 로리스통 거리를 따라서 천천히 걸어갔다. '여름이라면 아침 햇볕을 쬐며 숲 속의 벤치에 앉아서, 아무것도 생각지 않고 물 속을 들여다보거나 푸른 나무들을 바라보며 긴장이 풀릴 때까지 기다릴 수가 있을 텐데. 그런 다음 호텔로 차를 타고 돌아가 잠자리에 들어가 버리면 되는데……'

그는 보아세르 가 모퉁이에 있는 선술집으로 들어섰다. 노동자와 트럭 운전사가 서너 명 바에 기대어 서서 뜨거운 블랙 커피에다 부리오쉬를 담가서 먹고 있었다. 라비크도 잠시 그들을 바라보았다. 저것이야말로 확고부동하고 단순한 생활인 것이다. 두 손으로 꼭 붙들고 차근차근하게 쌓아올리는 생활, 저녁이 되면 피곤에 지쳐 먹고 그리고는 계집과 더불어 꿈도 꾸지 않는 단잠을 자는 생활인 것이다.

"키르쉬 한 잔" 하고 그는 술을 주문했다.

그 죽어간 계집애는 오른쪽 발목에 가느다란 싸구려 가짜 금고리를 차고 있었지 —— 젊고 감상적이며 몰취미한 나이가 아니면 할 수 없는 풋나기 짓일 게다. 사슬에 붙어 있는 조그만 딱지에는 '영원한 샤를르'라고 새겨져 고리를 벗겨 버릴 수 없도록 아예 양끝을 때워 버렸었다. 세느 강가의 숲 속의 일요일, 사랑과 철모르는 청춘, 누이이 근처에 있는 어느 자그마한 보석상 다락방에서의 9월의 밤, 이런 사연들을 이야기해 주는 그 고리 —— 그러자 갑자기 사내의 외박과 기다림과 근심 걱정의 시작. 다시는 만날 수 없는 영원한 샤를르, 그래서 어떤 친구가 일러 준 주소로, 어딘지 모를 산파를 찾아갔던 것이다. 방수포를 씌운 책상, 찢어지는 듯한 아픔과 피, 피, 늙은 여자의 낭패한 얼굴, 성급하게 택시에 밀어 처넣는 사람의 팔들, 고민의 나날들, 그러다가 결국은 운반되어 병원으로 오게 된 것이다. 불덩이같이 뜨겁고, 땀에 젖은 손아귀에다 움켜진 구겨진 마지막 1백 프랑짜리 지폐, 그러나 때는 이미 너무 늦었다.

라디오가 소리를 내기 시작했다. 탱고 곡에 맞춰서 콧소리로 부르는 유행가가 흐르고 있었다. 라비크는 머릿속에서 아까 수술을 어떻게 했는지 처음부터 더듬으며 하나하나 손을 쓴 것을 생각했다. 한두 시간만 일찍 손을 썼더라도 가능성이 있었을지도 모르겠다. 베베르가 전화를 걸어 왔는데 내가 호텔에 없었기 때문에 결국 그렇게 된 것이다. 내가 랄마 교(橋) 근방에서 서성거리고 있었기 때문에 결국 그 계집애는 죽을 수밖에 없었다. 베베르는 그런 수술을 혼자서는 해내지 못한다. 우연히 가져다 준 어리석음. 황금 고리를 찬 발이 맥이 빠져 안쪽으로 구부러져 있었지……. "내 배〔船〕 타세요, 만월(滿月)이 비쳐요." 라디오에서는 나지막한 짓눌린 목소리가 떨리며 노래를 부른다.

라비크는 셈을 치르고 밖으로 나와 택시를 잡았다.

"오시리스로 가 주시오."

오시리스는 이집트 식의 어마어마한 바가 있는 거대한 싸구려 유곽이다.

"막 문을 닫으려는 참인데요" 하고 웨이터가 말했다. "아무도 없습니다."

"한 명도 없나?"

"롤랑드 마담이 계실 뿐인데요. 여자들은 다 가 버렸습니다."

"알았어."

웨이터는 못마땅한 듯 고무 덧신을 신은 발로 포도를 툭툭 찼다.

"택시를 기다리게 하시지요? 나중에는 잡기 어려우실 텐데요. 이제는 문을 닫습니다."

"그 말을 몇 번씩이나 하나. 염려 말아요, 잡을 수 있을 테니."

라비크는 담배 한 갑을 웨이터의 호주머니에다 찔러 넣어 주고 작은 문을 열었다. 휴대품 예치소를 지나 넓은 홀로 들어섰다. 그곳은 비어 있었다. 서

민들의 심포지엄 같았다. 쏟아진 포도주의 웃음, 쓰러져 있는 의자들, 바닥에 버려진 담배꽁초, 그 밖에 향수와 피부의 냄새들…….

"롤랑드!" 라비크가 불렀다.

그녀는 핑크색 비단 내의들의 빨래 더미가 놓인 책상 앞에 서 있었다.

"라비크" 하고 그녀는 놀라는 기색도 없이 대꾸했다. "늦었군요 무엇이 필요하죠? 여자? 그렇지 않으면 마실 것? 아니면 양쪽 다?"

"보드카, 폴란드 것으로."

롤랑드는 병과 잔을 가져왔다.

"혼자서 따라 잡수세요. 나는 세탁물을 추려서 적어 두어야 하거든요. 세탁소 차가 곧 올 참이니까요. 모조리 적어 두지 않으면 그놈들이 까마귀 떼처럼 다 훔쳐 가요. 운전사들이 말예요. 아시겠어요? 계집들한테 주려는 거지요."

라비크는 고개를 끄덕였다.

"음악을 좀 틀어 줘, 롤랑드. 크게."

"알겠어요."

롤랑드가 스위치를 넣자, 북과 타악기 소리가 드높게 텅 빈 홀 안을 마치 우뢰처럼 울렸다.

"너무 시끄러운가요, 라비크?"

"아니."

'시끄럽다니, 무엇이 너무 시끄럽단 말인가? 천만에, 조용하기만 하다. 마치 진공의 방안에서처럼 몸뚱이가 터져 버릴 것 같은 정적만이 느껴지는데.'

"이제야 끝났어요" 하고 롤랑드가 라비크의 테이블로 다가왔다. 그녀는 단단한 체구에 환한 얼굴과 차분하고 검은 눈동자를 가지고 있다. 그녀가 입고 있는 청교도적인 검은 옷이 그녀가 창녀들의 감독자라는 사실을 나타내 보이며 나체로 있는 창부들과 구별을 지어 주었다.

"같이 한잔하지 그래, 롤랑드."

"좋아요."

라비크는 바에서 잔을 한 개 가져다가 술을 따랐다. 반 잔쯤 따랐을 때, 롤랑드가 병을 잡아챘다.

"그만, 그 이상 못해요."

"반밖에 붓지 않은 술잔은 보기가 싫거든. 못 마시겠으면 남기라구."
"왜 그래요? 그러면 낭비가 아녜요?"
라비크는 그녀를 힐끗 쳐다보면서 그 찬찬하고 이지적인 얼굴을 향해 미소를 지었다.
"낭비라구! 낡아빠진 프랑스 식 걱정이로군. 왜 이것을 아까워하는 거지? 자기 자신에 대해서는 조금도 아깝게 여기지 않으면서."
"그건 장사니까 그렇지요. 이것과는 다르지 않아요?"
라비크는 웃어댔다.
"됐어, 그런 의미에서 한잔 들기로 하지. 상도덕이 없으면 이 세상이 어떻게 되겠어. 범죄자와 이상주의자와 게으름뱅이들만 득실거리게 될 거야."
"당신은 계집애가 필요하군요" 하고 롤랑드는 말했다. "키키를 불러 드릴 수 있어요. 참 좋은 애예요. 이제 겨우 스물한 살이에요."
"그래 여기도 역시 스물 하나군. 오늘은 필요 없어."
라비크는 다시 잔을 가득 채웠다.
"롤랑드, 당신은 잠들기 전에 무슨 생각을 하나?"
"대개는 아무것도 생각지 않아요. 녹초가 되도록 지치거든요."
"지치지 않았을 때에는?"
"투울즈 생각을 해요."
"왜?"
"거기에 숙모 한 분이 가게가 딸린 집을 가지고 있는데, 저는 그 집에 대한 담보를 이중으로 잡고 있거든요. 숙모가 돌아가시면 ── 벌써 일흔여섯이에요 ── 그 집이 제 것이 되지요. 그렇게 되면 그 가게를 카페로 만들까 해요. 꽃무늬 있는 밝은 벽지를 바르고, 피아노 · 바이올린 · 첼로로 3인조 악단을 둘까 해요. 그 안에는 바를 만들고요. 자그마하고 오붓한 바를 말이에요. 그 집은 첫째, 장소가 좋은데다 9천 5백 프랑쯤은 마련이 될 것 같아요. 커튼과 등잔까지 쳐서 말예요. 그리고 우선은 처음 두서너 달을 위해서 5천 프랑은 그대로 저축을 할까 해요. 2층과 3층에서는 물론 집세가 들어오지요. 제가 생각하는 것은 그런 거예요."
"롤랑드는 투울즈에서 태어났나?"
"맞아요. 하지만 그 후는 제가 어디 있었는지 아는 사람이 아무도 없어요.

그리고 장사가 잘 되면 누구나 그런 것에 신경을 쓰지는 않게 될 거예요. 돈이 모든 것을 감추어 주게 마련이니까요."

"모든 것은 아니겠지만 여러 가지를 감추어 주지."

라비크는 눈이 무거워져서 말이 점점 늘어졌다.

"이만하면 꽤 마신 것 같군" 하고 그는 지폐 몇 장을 주머니에서 꺼냈다.

"롤랑드, 당신은 투울즈에 가면 결혼하게 되나?"

"바로는 안해요. 하지만 2, 3년 후에는 해야죠. 거기 남자 친구가 있거든요."

"요즘도 그 사람한테 가끔 가나?"

"가끔 가요. 그쪽에서는 이따금씩 편지가 오고요. 물론 다른 주소로 말예요. 그 사람은 기혼자이지만 부인이 병원에 입원해 있어요. 폐병이래요. 고작해야 2년 살까말까 한다고 의사들이 그런대요. 그렇게 되면 그 사람으로서는 좋게 되는 거죠."

라비크는 일어섰다.

"롤랑드, 당신의 행운을 빌겠어. 당신이야말로 건전한 생각의 소유자야."

그녀는 별로 아무렇게도 생각지 않고 미소를 지었다. 그녀는 그의 말이 옳다는 것을 알고 있었다. 피로의 흔적도 없이 막 잠에서 깬 것처럼 싱싱한 얼굴이다. 그녀는 자기가 하고자 하는 것을 알고 있었다. 그녀에게는 인생은 아무런 비밀도 아니었던 것이다.

밖은 이미 환해졌고 비도 멎어 있었다. 공중 변소가 종탑처럼 거리의 모퉁이마다 서 있었다. 웨이터는 사라졌고 밤도 물러갔고 새로운 하루가 시작되었다. 바쁜 사람들의 무리가 지하철의 입구에서 북적거리고 있었다. 마치 암흑의 신에게 희생되기 위해 뛰어드는 대지의 뚫린 구멍 같은 지하도에서.

여인은 소파에서 벌떡 일어났다. 소리는 지르지 않았으나 나직하고 억눌린 듯한 소리를 내며 일어나 팔꿈치를 괴고는 이내 몸이 굳어 버린 채 쳐다보았다.

"걱정 말아요. 걱정 말아요." 라비크가 말했다. "나요. 몇 시간 전에 당신을 여기 데려왔던."

여인은 다시 숨을 내쉬었다. 라비크는 여자의 모습이 어렴풋하게 보일 뿐이었다. 전등 불빛은 창에서 기어드는 아침 햇살과 뒤섞여 노란빛이 어린 창백한 빛을 내고 있었다.
"이젠 꺼도 괜찮겠지?" 하며 그는 스위치를 틀어 버렸다.
그는 취기 때문에 관자놀이가 부드러운 망치질처럼 뛰는 것을 느꼈다.
"아침 식사를 했소?" 하고 그는 물었다.
그는 그 여자의 일을 감쪽같이 잊고 있었다. 열쇠를 손에 들었을 때에도 여자는 벌써 가 버렸으려니 생각했던 것이다. 그는 여자가 없어졌으면 했었다. 술을 많이 한 탓으로 의식(意識)의 배경도 뒤바뀌었고, 짤랑거리던 시간의 쇠사슬도 부서졌고, 기억과 꿈이 그를 힘차게 둘러싸고 있다. 그는 혼자가 되고 싶었다.
"커피를 들겠소? 내 집에선 좋은 것이라곤 커피뿐이오."
여인은 고개를 가로저었다. 그는 그 여자를 좀더 자세하게 쳐다보았다.
"왜 그래요? 누가 여기 왔었소?"
"아뇨."
"그럼 왜 그러는 거요? 당신은 마치 귀신이나 대하듯 나를 뚫어지게 쳐다보니 말이오."
여인은 입술을 움직였다. 이윽고 그녀의 입에서 말이 흘러나왔다.
"냄새가 나요."
"냄새라니?" 하고 라비크는 이해가 안 되어 물었다. "보드카는 냄새가 안 날 텐데. 키르쉬도 그렇고, 브랜디도 냄새는 없을 텐데. 담배는 당신도 피우면서. 그런데 무엇에 놀라 그러는 거요?"
"그게 아니예요……."
"그렇다면 도대체 무슨 일이란 말이오?"
"똑같은…… 똑같은 냄새예요……."
"옳아, 에테르 냄새인지도 모르겠군" 하고 라비크는 갑자기 생각이 나서 말했다. "에테르 냄새가 나지요?"
여인은 고개를 끄덕였다.
"당신은 과거에 수술을 받은 적이 있었소?"
"아녜요…… 저……."
라비크는 더 들으려 하지도 않았다. 그는 창문을 열었다.

"곧 빠지게 될 거요. 그 동안 담배나 한 대 피우구료."
그는 욕실로 들어가서 수도꼭지를 틀었다. 그리고 거울에 비친 자기 얼굴을 보았다. 두세 시간 전에도 지금처럼 여기 이렇게 서 있었다. 그 동안에 한 인간이 죽어간 것이다. 그럼 그거야 문제될 것이 없다. 시시각각으로 몇천 명씩 인간이 죽어가는 판인데 거기에 대한 통계도 나와 있다. 그러니 그런 것은 문제도 될 것이 없다. 그러나 죽어가는 인간에게는 그것이 전부며 계속 돌아가고 있는 온 세상보다도 더 중대하다.
그는 목욕탕의 가장자리에 걸터앉아 구두를 벗었다. 언제나 마찬가지였다. 사물들은 모두가 말없는 강요며 시시한 일들이요, 도깨비불같이 사람을 호리며 미끄러져 가는 속에서의 김빠진 습관, 사람들의 물결이 치는, 꽃 피는 심정의 언덕, 그러나 인간이란 신(神)이건 반신(半神)이건, 백치건 간에 두세 시간마다 자기 천국에서 불려 내려와서는 오줌을 싸야 한다는 것, 이것은 벗어 날 수가 없는 게 아닌가. 자연의 아이러니라고나 할까. 선(腺)의 반사작용과 소화운동을 건너지른 로맨틱한 무지개라고 할까. 환락을 마련해 주는 기관이 동시에 배설을 위한 기관이 되게끔 되어 있다. 라비크는 구두를 구석에다 벗어 던졌다. 옷을 벗어야 한다는 귀찮기 한량없는 습관, 거기에서조차 벗어날 수가 없구나! 이것만은 혼자 사는 사람이 아니면 이해를 못한다. 그것은 속절없는 인종(忍從)과 체념이기도 하다. 그것이 싫어 양복을 입은 채 아무렇게나 잠들어 버린 적도 한두 번이 아니었으나, 그럼 그것은 유예한 것일 뿐 거기서 도저히 빠져날 수가 없었다.
그는 샤워를 틀었다. 차가운 물이 살갗 위를 흘러내렸다. 그는 심호흡을 하며 몸을 씻었다. 조그마한 위안이다. 물, 호흡, 밤에 내리는 비, 그것들은 혼자 사는 자만이 아는 일들이다. 시원해하는 피부, 어두운 혈관 속을 가볍게 흘러내리는 피, 풀밭에 눕는다. 자작나무가 있다. 그리고 여름철의 흰 구름, 청춘의 창공, 마음의 모험은 어디로 가 버렸는가? 생존을 위한 우울한 모험 때문에 맞아 죽고 만 것인가.
그는 방으로 돌아왔다. 여인은 담요에 몸을 푹 싸고 소파 한 구석에 쪼그리고 앉아 있었다.
"춥소?" 하고 그가 물었다.
그녀는 고개를 저었다.

"겁이 나오?"
그녀는 고개를 끄덕였다.
"내가?"
"아뇨."
"밖이?"
"네."
라비크는 창문을 닫았다.
"고마와요" 하고 그녀는 말했다.
그는 자기 눈앞에 있는 여자의 목덜미를 보았다. 양쪽 어깨, 무엇인지 숨 쉬고 있는 것, 낯모를 생명의 한 조각——그러나 생명임에는 틀림이 없다. 따뜻한 맛이 있다. 굳어 버린 시체는 아니다. 약간의 따뜻한 맛 이외에 우리는 서로 무엇을 줄 수 있단 말인가? 그 이상 또 무엇이 있단 말인가.
여자는 몸을 움직였다. 떨고 있었다. 그녀는 라비크를 쳐다보았다. 그는 파도가 밀려 나가는 것을 느꼈고 짙은 냉기가 무게도 없이 닥쳐 왔다. 긴장도 끝이 났고 넓은 공간이 그의 앞에 전개되었다. 다른 천체에서 하룻밤을 지내고 지금 막 돌아온 듯한 느낌이다. 갑자기 모든 것이 간단하게 되어 버렸다. 아침이다, 여자가 있다——더 이상 생각할 필요는 하나도 없다.
"이리 와요." 그는 초조하게 말했다.
여자는 그를 뚫어지게 쳐다보았다.
"이리 오라니까" 하고 그는 초조하게 말했다.

3

그는 잠을 깼다. 누군가가 자기를 지켜보고 있는 듯한 느낌이 들었다. 여자는 옷을 입고 소파 위에 앉아 있었다. 그러나 그를 쳐다보는 게 아니라 창 밖을 내다보고 있었다. 그는 여자가 이미 갔으려니 하는 기대를 하고 있었지만 여자가 아직도 방에 있는 것을 보고는 오히려 당황했다. 아침에 눈을 떴을 때 다른 사람이 옆에 있는 것을 그는 참을 수가 없었던 것이다.
그는 계속 잠을 자 볼까 어쩔까 하고 생각해 보았으나 그녀가 자기를 지켜

볼지도 모른다는 생각 때문에 그럴 수도 없었다. 그는 재빨리 여자를 떼어버리기로 작정했다. 여자가 만일에 돈을 주기를 기다리는 것이라면 간단했다. 그렇지 않더라도 뭐 간단하기야 하겠지만. 그는 몸을 일으켰다.

"벌써부터 일어나 있었소?"

여자가 놀라서 그를 돌아보았다.

"더 잘 수가 없었어요. 저 때문에 깨셔서 미안해요."

그녀는 일어섰다.

"가려고 했었는데 왜 아직도 제가 여기에 이러고 있는지 저도 모르겠어요."

"기다려요. 얼른 끝낼 테니까. 아침을 들고 가구료. 이 호텔의 유명한 커피를 말이오. 그만한 시간은 있을 것 아니오."

그는 일어나서 종을 울린 다음 욕실로 들어갔다. 그 여자가 욕실을 사용했다는 사실을 이미 알 수가 있었다. 그러나 모든 것이 말끔하게 정돈이 되어 있었다. 심지어 사용했던 타월까지도. 이를 닦고 있는데 하녀가 조반을 가지고 오는 소리가 들렸다. 그는 서둘렀다.

"어색했었소?" 하고 그는 욕실을 나오며 물었다.

"왜요?"

"하녀가 당신을 보았으니 말이오. 그 생각을 미처 못했군."

"아뇨, 놀라는 것 같지도 않던데요."

여자는 쟁반 쪽을 보았다. 미리 말을 해 둔 것도 없는데 식사는 벌써 2인분이었다.

"물론 그럴 테지. 여긴 파리니까. 자, 커피를 들구료. 머리가 아프오?"

"아뇨."

"다행이군. 나는 좀 쑤시는데. 한 시간쯤 지나면 괜찮을 거요. 부리오쉬라도 하나 들어요."

"저는 못하겠어요."

"왜? 먹을 수 있을 텐데. 먹을 수 없겠다고 생각하니 그렇지. 억지로라도 먹도록 해봐요."

그녀는 부리오쉬를 집었다가 다시 그것을 제자리에 놓았다.

"정말로 못 먹겠어요."

"그럼 커피나 마시고 담배나 피우시오. 이것이 소위 군인들의 조반이란 거요."
"네."
라비크는 먹기 시작했다.
"그래, 그래도 배가 고프지 않단 말이오?" 그는 잠시 틈을 두었다가 물었다.
"네."
여자는 피우던 담배를 비벼 껐다.
"전, 아마" 하고 여자는 뭐라고 말하려다가 입을 다물어 버렸다.
"뭐요?" 라비크는 아무런 관심도 없다는 듯 물었다.
"이제는 가야지요."
"길은 알겠소? 여기는 와그람 거리 근처인데."
"모르겠어요."
"집이 어디지요?"
"호텔 베로당이에요."
"거기라면 여기서 몇 분 안 걸리지. 밖에 나가 가르쳐 드리겠소. 그렇지 않아도 현관까지는 내가 데리고 나가야 할 테니까."
"네, 그렇지만 그런 것이 아니예요……."
그 여자는 다시 입을 다물었다. '돈 이야기구나.' 하고 라비크는 생각했다. '언제나 돈이거든.'
"곤란하다면 도와주기야 쉬운 일이지." 그는 주머니에서 지갑을 끄집어내었다.
"그러지 마세요. 그건 무슨 뜻이지요?" 하고 그녀는 쌀쌀하게 대꾸했다.
"아무것도 아니오" 하고 라비크는 지갑을 다시 주머니에 넣었다.
"용서하세요."
여자는 일어섰다.
"선생님…… 전 선생님한테 감사를 드려야겠어요. 어젯밤에는 제가 만일 혼자라면 어쩔 줄을 몰랐을 거예요……."
라비크는 어제의 일이 머리에 떠올랐다. 그때 만일 여자가 자기에게 무슨 요구라도 한다면 그는 우습게 생각할지도 모른다. 그러나 여자가 고맙다고 할 줄이야 생각도 못했다. 요구를 당하는 것보다도 오히려 어색했다.

"저는 정말 어떻게 하면 좋을지 몰랐을 거예요" 하고 여자는 말했다.
그리고는 아직도 작정을 못한 듯 여전히 그의 앞에 서 있었다. '이 여자는 왜 나가지 않는 것일까?' 그는 생각했다.
"그러나 이제는 알겠지……" 하고 그는 무슨 말이라도 해야겠기에 그렇게 지껄였다.
"모르겠어요." 그녀는 그를 똑바로 쳐다보았다. "저는 아직도 모르겠어요. 단지 무엇인가 해야겠다는 것을 알고 있을 뿐이에요. 그리고 제가 도망칠 수 없다는 사실도 알고요."
"그만하면 됐어요" 하고는 라비크는 외투를 꺼내 들었다. "내가 아래까지 바래다주겠소."
"그러실 필요는 없어요. 가르쳐 주시기만 하면……" 하고 여자는 할 말을 참으면서 망설였다. "아마 당신이라면 알고 계실 거예요…… 어떻게 했으면 좋을지…… 만일에……."
"만일에라니?" 라비크는 틈을 두었다가 말했다.
"만일 사람이 죽었다면 말예요." 여자는 느닷없이 그렇게 내뱉고는 갑자기 주저앉아 버렸다. 여자는 울고 있었다. 흐느끼지는 않았으나 소리를 내지 않고 울고 있었다.
라비크는 여자가 진정될 때까지 기다렸다가 말했다.
"누가 죽었소?"
그녀는 고개를 끄덕였다.
"어제 저녁에?"
그녀는 다시 고개를 끄덕였다.
"당신이 그를 죽였소?"
여자는 그를 뚫어지게 쳐다보았다. "뭐라고요? 뭐라고 하셨지요?"
"당신이 일을 저질렀느냔 말이오? 어떻게 했으면 좋겠는지 내게 묻는다면 이야기를 해주어야 될 것이 아니오."
"그 사람이 죽었어요! 별안간에……" 하고 여자는 소리를 질렀다. 그리고 두 손으로 얼굴을 감쌌다.
"병으로?"
"네……."

"의사에게 보였소?"
"네, 그런데 그 사람은 죽어도 병원에 가려고 들지를 않았어요."
"어제 의사가 왔었소?"
"아뇨. 사흘 전에 왔었어요. 그 사람은, 그 사람은…… 의사한테 욕지거리를 하면서 다시는 그 의사를 보려고도 하지 않았어요."
"그러면 그 후에 다른 의사에게는 보이지 않았소?"
"아는 사람이 있어야죠. 여기 온 지 겨우 3주일밖엔 안 된 걸요. 그 의사도 보이가 주선해 주었어요. 그런데 필요 없다는 거예요. 그 사람은 혼자서도 병이 나을 수 있다는 거였어요."
"어디가 아팠었는데?"
"저는 잘 모르겠어요. 의사 선생님은 폐렴이라고 그러더군요…… 하지만 그 사람은 의사의 말을 믿지 않았어요. 의사는 모조리 사기꾼이라는 거예요. 어제는 좀 차도가 있었는데, 그런데 갑자기……."
"왜, 병원으로 데리고 가지 않았소?"
"그 사람은 막무가내였어요. 그 사람은…… 만일에…… 자기가 없는 동안에 내가 자기를 배반할 것이라는 거예요…… 그 사람은…… 선생님은 그 사람을 모르시니까 그렇지만, 어쩔 수 없었어요."
"아직도 호텔에 그냥 있단 말이오?"
"네."
"호텔 주인한텐 이야기를 했소?"
"아뇨. 갑자기 그 사람이 조용해졌어요. 그리고 모든 것이 그렇게 조용해져 버리자 저는 그 사람의 눈을, 더 참을 수가 없었어요. 그래서 도망쳐 나왔던 거예요."

라비크는 어젯밤의 일을 생각해 보았다. 순간 그는 낭패했다. 그러나 이미 일은 벌어진 것이며 아무래도 좋았다. 그에게도, 그 여자에게도, 특히 여자에게는 그렇다. 어젯밤에 일어난 일은 그 여자에게는 아무래도 좋다. 단 한 가지 중요한 사실은 그 여자가 그것을 극복하는 일이다. 인생이란 감정적인 비유 이상의 것이니까. 라비크는 자기의 아내가 죽었다는 소식을 듣고 그날 밤을 창녀들과 함께 보냈다. 매춘부들이 그를 구원해 주었던 것이다. 만약에 그것이 매춘부가 아니고 목사였더라면, 그는 견뎌 내지 못했을 것이다. 알 수 있는 사람은 아는 이야기며 설명을 할래야 할 수 없는 일이다. 그러나 그렇다고 해서 책임이 면제되는 것은 아니다.

그는 외투를 집어들었다.

"갑시다! 내가 함께 가 드리지. 그 사람은 당신 남편이오?"

"아뇨" 하고 여자는 대답했다.

호텔 베로당의 주인은 뚱뚱보였다. 머리에는 털 한 오라기도 없는 대머리였지만 대신에 겁게 물들인 콧수염과 시커먼 눈썹이 촘촘히 나 있었다. 그 자는 로비에 버티고 서 있었고 그 뒤에는 보이와 하녀와 가슴이 납작한 회계 보는 여자가 있었다. 여자가 들어서는 것을 보자 주인은 발을 구르면서 곧 덤벼들 기세였다. 얼굴색이 바뀌면서 자그마하고 살진 손을 흔들어 대면서 욕설을 퍼부었다. 그러나 라비크가 보기에는 좀 안심이 된다는 듯한 표정이 엿보였다. 그 자가 경찰이니 외국인이니 혐의니 감옥이니 하고 떠들어대자 라비크가 그를 가로막았다.

"당신은 프로방스 태생이오?" 라비크는 차분한 음성으로 물었다.

호텔 주인은 주춤했다.

"아닌데요. 그런데 그게 무슨 상관이란 말이오?" 하고 그는 어이가 없는 듯 물었다.

"아무것도 아니오" 하고 라비크는 대꾸했다. "그저 당신의 입을 틀어막으려고 그랬소. 그러자면 아무 뜻도 없는 질문이 제일 좋은 방법이거든. 그렇지 않았다가는 당신은 한 시간을 더 지껄였을 테니."

"선생! 댁은 대체 뉘시오? 무슨 일이오?"

"이제야 말 같은 말을 시작하시는군."

주인은 정신을 가다듬었다.

"선생은 누구시오?" 하고 주인은 또 물었다.

유력한 사람에게는 어떤 경우에라도 절대로 실례를 저질러서는 안 되겠다는 조심스러운 태도로 한결 조용한 음성이었다.

"의사요."

주인은 위험할 건 없다고 보았는지 다시 소리를 지르기 시작했다.

"의사는 소용도 없소. 필요한 건 경찰이란 말이야."

그는 라비크와 여자를 노려보았다. 그들이 겁을 내고 항의와 간청을 하기를 그는 기대했던 것이다.
"좋은 생각이오. 그런데 왜 경찰이 지금까지 오지를 않았소? 그 사람이 죽었다는 걸 당신은 몇 시간 전부터 알고 있었을 텐데."
주인은 아무 대꾸도 하지 않았다. 다만 점점 화가 치밀어 라비크를 노려보기만 했다.
"내가 그 까닭을 말씀 드리지." 라비크가 한 걸음 앞으로 나서며 말했다.
"당신은 손님들을 생각해서 문제를 일으키고 싶지 않았던 거요. 그런 이야기를 들었다가는 다른 데로 가 버릴 손님이 많을 것이니까 말이야. 하지만 경찰은 결국 와야만 할거요. 법에 정해져 있는 문제니. 그러나 당신이 걱정한 것은 그게 아니었소. 당신이 겁낸 것은 모든 것을 당신한테 떠맡기고 여자가 도망친 거나 아닌가 하는 점이었지. 그럴 필요는 조금도 없었소. 게다가 계산 때문에도 걱정을 했을 텐데. 계산은 해줄 것이오. 그러면 이제는 시체를 좀 봐야겠군. 다음에 모든 것은 내가 알아서 처리하겠소."
라비크는 주인 곁을 빠져나갔다.
"몇 호실이지?" 하고 그는 여자에게 물었다.
"14호실예요."
"당신은 따라오지 않아도 돼요. 나 혼자서도 할 수 있으니."
"아녜요, 여기 남아 있기는 싫어요."
"다시 보지 않는 편이 좋을 텐데."
"그래도 여기 있기는 싫은 걸요."
"그렇다면 좋아요. 좋을 대로 하구료."

방은 길로 면한, 천장이 낮은 방이었다. 하녀들과 보이들 몇몇이 문 앞에 몰려 서 있었으나 라비크는 그들을 밀어젖히고 안으로 들어갔다. 방에는 침대가 둘 있었다. 벽 쪽에 붙은 침대에 사나이의 시체가 뉘어져 있었다. 붉은 잠옷을 입은 검은 고수머리 사나이의 시체는 납처럼 누렇게 굳어져 두 손을 한데 모으고 있었다. 사나이 곁에 조그마한 싸구려 성모상이 놓여 있었다. 라비크는 그것을 집어들었다. 성모상 등에는 '독일제'라는 딱지가 붙어 있었다. 라비크는 죽은 사나이의 얼굴을 살펴보았다. 그 사나이의 입술에는 루즈의 흔적은 없었으며 그런 형의 남자로는 보이지 않았다. 두 눈은 반쯤 뜬 채였는데 한쪽 눈이 다른 쪽 눈보다 조금 더 열려 있었다. 그 모습은 마치 영원한 권태 속에서 굳어져 버린 듯한 무관심한 표정을 나타내고 있었다.

라비크는 시체 위에 몸을 구부렸다. 그는 침대 곁에 놓인 테이블 위의 병들을 조사해 보고 시체도 검사를 했다. 폭력을 가한 흔적이라곤 없었다. 그는 몸을 일으켰다.

"여기 왔던 의사의 이름이 뭐였소?" 하고 그는 여자에게 물었다. "이름을 모르겠소?"

"몰라요."

그는 여자를 쳐다보았다. 여자는 백지장 같이 창백했다.

"자, 저기에 가서 앉아 있도록 하시오. 저기 구석에 놓인 의자에 말이오. 진정해요. 의사를 불러다 준 보이는 여기 있소?"

그는 문에서 들여다보고 있는 얼굴들을 훑어보았다. 어느 얼굴이나 똑같이 공포와 호기심이 어린 표정들이었다.

"프랑소와가 여기를 맡고 있었는데요" 하고 빗자루를 창처럼 손에 쥐고 있던 청소부가 말했다.

"프랑소와는 어디 있소?"

보이 하나가 사람들을 밀치고 앞으로 나왔다.

"여기 왔던 의사의 이름이 뭐였지?"

"본네 씨였습니다. 샤를르 본네입니다."

"사람의 전화 번호를 알고 있나?"

보이는 전화 번호를 뒤져냈다.

"빠시 2743번입니다."

"됐어."

라비크는 호텔 주인의 얼굴이 사람들 틈에 끼여 있는 것을 보았다.

"이제는 문을 닫읍시다. 아니면 당신은 거리를 지나가는 사람들까지 끌어들이고 싶소?"

"천만에요. 나가! 모두 나가란 말이야! 왜 여기서 서성거리고 있는 거야! 월급을 거저 먹겠다는 작정들이야?"

주인은 종업원들을 내쫓고 문을 닫았다. 라비크는 전화를 집어들어 베베르를 불러서는 잠시 통화를 했다. 그 다음에 빠시의 전화 번호를 불렀다. 본네는 마침 자기의 진찰실에 있었다. 의사는 여자가 말했던 것과 같은 이야기를 했다.

"그 남자가 죽었습니다" 하고 라비크가 말했다. "잠깐 오셔서 사망 진단서를 써 주실 수 없을까요?"

"그 사나이는 나를 내쫓았소, 모욕적으로 말이오."

"그 친구는 이제는 선생을 모욕할 수가 없게 되었습니다."

"그 사람은 아직 내게 왕진료도 안 냈단 말이오. 뿐만 아니라 나를 욕심꾸러기 엉터리 의사라고 했단 말이오."

"셈을 치를 테니 오시지 않겠습니까?"

"누구를 보내지요."

"선생께서 오시는 편이 낫겠지요. 그렇지 않으면 돈은 영원히 못 받으시게 될 테니까요."

"그럼 좋소" 하고 본네는 잠시 망설이다가 대답했다. "하지만 셈을 받기 전에는 사인을 하지 않겠소. 3백 프랑이요."

"좋습니다. 3백 프랑 드리지요."

라비크는 수화기를 놓았다.

"이런 이야기를 듣게 해서 미안하오" 하고 그는 여자에게 말했다. "다른 도리가 있어야지. 우리는 그 사람이 꼭 필요하니까."

여자는 벌써 몇 장의 지폐를 끄집어내어 들고 있었다.

"괜찮아요." 그녀는 대꾸했다. "이런 일은 처음 당하는 일이 아니니까요. 여기 돈이 있어요."

"좀 기다려 봅시다. 그 자가 꼭 올 테니. 오면 그 사람한테 직접 주면 될 테니까."

"선생님 자신이 사망 진단서를 만드시면 안 되나요?" 하고 여자가 물었다.

"안 되지, 이건 프랑스 의사가 아니면 안 돼요. 게다가 치료를 맡았던 의사가 하는 것이 제일 간단하거든" 하고 라비크는 말했다.

본네가 나가고 문이 닫히자 방 안은 조용해졌다. 단지 한 사람의 인간이 방을 나간 것이라고는 생각되지 않을 만큼 조용했다. 거리를 달리는 자동차의 소음도 그것이 마치 육중한 바람벽에 부딪쳐서는 간신히 뚫고 지나온 듯

작아졌다. 몇 시간 동안 여기저기를 떠돌다가 죽은 자는 이제야 비로소 존재를 나타내기 시작했다. 그 죽은 사람의 완강한 침묵은 싸구려 방 안을 가득 채웠다. 번쩍이는 붉은 잠옷을 입고 있는 것쯤은 문제가 되지 않았다. 그 자는 죽은 어릿광대처럼 주위를 지배하고 있었다. 이제는 움직이지 않기 때문이다. 살고 있는 것은 무엇이나 움직이고 움직이는 것은 힘을 가지며 우아하게도, 우스꽝스럽게도 될 수가 있다. 그러나 다시는 움직일 수 없고 오직 썩어 갈 뿐인 것이 갖는 이상한 위엄을 지닐 수는 없는 일이다. 그것은 오직 완성된 자만이 가질 수 있는 것이며, 인간은 죽어서야 비로소 완성되는 것이다. 그것도 순간에 불과하지만.

"당신은 이 사람하고 결혼한 사이였소?" 라비크가 물었다.

"아뇨, 그런데 왜요?"

"법률 문제 때문이지. 유산 문제가 있을 테니 말이오. 경찰은 당신 것과 저 사람 것을 구별해서 서류를 작성할 것이니 당신 것은 잘 간수를 해야 하오. 저 친구 것은 경찰이 일단 압류했다가 저 사람의 일가 친척이 나타나면 내 줄거요. 일가 친척은 있나요?"

"프랑스에는 없어요."

"당신은 이 사람하고 살고 있었지요?"

여자는 대꾸를 안했다.

"오랫동안?"

"두 해 동안이었어요."

라비크는 주위를 둘러보았다.

"가방은 없었소?"

"있어요…… 여기 놓아두었었는데…… 저기 벽 있는 데다 말이에요…… 어제 저녁까지도."

"알았소. 주인 녀석의 짓이로군." 라비크는 문을 열었다. 그러자 비를 든 청소부 노파가 깜짝 놀라 뒤로 물러섰다.

"할머니" 하고 라비크는 말했다. "늙은이치고 호기심이 너무 많군요. 주인을 불러 줘요."

청소부는 항의를 하려 했다.

"당신이 옳아요" 하고 라비크는 노파의 항의를 가로막았다. "당신 나이쯤 되면 호기심밖에는 남는 것이 없는 법이죠. 어쨌든 주인을 좀 불러 주구료."
 노파는 뭐라고 입 속으로 중얼거리며 빗자루를 문 앞에 세워 놓고는 가 버렸다.
 "안됐지만" 하고 라비크가 말했다. "할 수 없지. 몰인정하게 보일는지 모르지만, 얼른 해치우는 편이 좋을 것 같아서 그러오. 당신은 지금 아마도 이해를 못하는 모양인데 그게 훨씬 간단해요."
 "이해할 수 있어요" 하고 여자는 말했다.
 라비크는 여자를 쳐다보았다.
 "이해 한다구?"
 "네."
 호텔 주인이 종이 쪽지 한 장을 손에 들고 들어왔다. 노크도 하지 않았다.
 "가방은 어쨌소?" 라비크는 물었다.
 "우선 계산부터 해주시죠. 여기 계산서. 먼저 셈을 치르시지요."
 "가방이 먼저야. 셈을 치르지 않겠다고는 하지 않았어. 방은 아직도 빌려 있는 거야. 그리고 다음에 들어올 때는 문을 두들기란 말이오. 그 계산서를 이리 내고 빨리 가방을 가져오도록 해요."
 호텔 주인은 잔뜩 화가 나서 그를 노려보았다.
 "돈은 치르겠단 말이야." 라비크는 다시 한 번 쏘아붙였다.
 주인은 물러가며 문을 쾅 하고 닫았다.
 "가방 속에 돈이 들어 있소?" 하고 라비크가 여자에게 물었다.
 "생각엔…… 아마 안 들어 있었을 거예요."
 "돈 둔 데를 모르오? 양복에 들었을까? 그렇지 않으면 돈이 아주 없었을까?"
 "돈은 지갑에 넣고 있었어요."
 "지갑은 어디 있는데?"
 "베개 밑에……." 여자는 머뭇거렸다. "늘 베개 밑에 넣어 두곤 했어요."
 라비크는 일어나서 시체의 머리 밑에 놓인 베개를 조심스럽게 들어올려 검은 가죽 지갑을 꺼냈다. 그는 그것을 여자에게 내주었다.
 "돈과 당신한테 중요하다고 생각되는 것을 모두 꺼내요. 어서, 인정에 잠겨 있을 시간적 여유가 없어요. 당신은 살아야 할 테니까. 그밖에 무슨 소용이 있겠소. 경찰에서 곰팡이나 슬게 될 게 고작일 텐데."

그는 잠시 창밖을 내다보았다. 트럭 운전사가 말 두 필이 끄는 채소 마차의 마부한테 욕지거리를 퍼붓고 있었다. 운전사는 모터의 강력한 위세를 빌려 마부에게 마구 해대고 있었다. 라비크는 돌아보았다.

"끝났소?"

"네."

"지갑을 이리 도로 줘요."

그는 지갑을 다시 베개 밑으로 밀어 넣었다. 지갑이 조금 전보다는 가벼워졌다는 것을 알 수가 있었다.

"당신 핸드백 속에다 꺼낸 것들을 넣으시오."

여자는 순순히 따랐다. 라비크는 계산서를 펴서 훑어보았다.

"이 집에서 한 번이라도 셈을 치른 적이 있었소?"

"모르지만 아마 있었을 거예요."

"이건 2주일째 계산서인데……."

라비크는 잠시 망설였다. 죽은 사나이를 라친스키 씨라고 부르기는 좀 이상한 생각이 들었던 것이다.

"셈을 꼬박꼬박 치뤄 왔었소?"

"네. 언제나 그랬어요. 그 사람은 늘 우리 같은 처지에 있는 사람은 줘야 할 돈은 언제나 꼬박꼬박 지불하는 것이 좋다고 했어요."

"주인이 죽일 놈이군. 마지막 계산서는 어디다 두었는지 짐작이 안 가오?"

"모르겠어요. 하지만 그 사람은 그런 쪽지는 전부 작은 가방에 넣어 두곤 했어요."

그때 노크 소리가 났다. 라비크는 웃음을 참을 수가 없었다. 보이가 가방을 들고 들어왔고 그 뒤를 주인이 따라 들어왔다.

"이게 전부요?" 라비크는 여자에게 물었다.

"네."

"물론 이게 전부지요" 하고 주인은 덤벼들 듯 뇌까렸다. "또 무엇이 있으리라고 생각하셨소?"

라비크는 조그만 가방 하나를 집어 들었다.

"이 가방의 열쇠를 가지고 있소? 없소? 어디다가 열쇠들을 두었을까?"

"옷장에 있어요. 양복 호주머니."

라비크는 옷장을 열었으나 텅 비어 있었다.

"이건 어떻게 된 거야?" 하고 그는 주인 쪽을 향해서 물었다.

호텔 주인은 보이 쪽을 돌아다보며 악을 썼다.

"어떻게 된 거야!"

"양복은 밖에 있습죠" 하고 보이는 더듬거렸다.

"왜?"

"솔질을 해서 깨끗이 하려굽쇼."

"이제는 그럴 필요도 없을 텐데." 라비크가 말했다.

"얼른 가져오지 못해. 이 도둑놈의 새끼야!" 하고 주인이 소리를 질렀다.

보이는 묘하게 눈을 껌벅이며 주인을 슬쩍 쳐다보고는 나갔다. 그리고 곧 양복을 가지고 돌아왔다. 라비크는 저고리를 털어 본 다음 바지를 털어 보았다. 바지 속에서 짤그락 소리가 났다. 라비크는 잠시 망설였다. '이상스럽다. 죽은 사나이의 바지를 뒤지다니.' 바지도 그 사나이와 함께 죽어 버린 것만 같았다. 그런 생각을 하는 것이 이상했다. 양복은 역시 양복이 아닌가.

그는 열쇠를 돌려 가방을 열었다. 위에 천막천으로 만든 서류철이 들어 있었다.

"이것이오?" 하고 그는 여자에게 물었다.

여자는 고개를 끄덕였다.

라비크는 이내 계산서를 찾아냈다. 셈은 이미 치뤄져 있었다. 그는 그 영수증을 주인에게 내밀었다.

"당신은 일주일분을 더 계산하셨군 그래."

"그래서 뭐가 잘못이란 말이오?" 하고 주인은 오히려 펄쩍 뛰었다. "그럼 이 기분 나쁜 일을 어떡하지? 소동을 일으킨 값은 어떡하구? 이건 아무것도 아니란 말이지? 나는 속이 뒤집힐 것 같단 말예요. 그러니 그것도 계산에 넣어야 하지 않소? 손님들이 달아날 것이라고 당신도 말하지 않았소! 손해는 그것만이 아니오. 이 침대는 어떻게 하고? 이 방도 소독을 해야 할 거 아니오? 더럽혀진 시트는 어떻게 하고?"

"시트는 계산에 들어 있는데, 게다가 25 프랑짜리 저녁 식사도 죽은 사람이 먹은 것으로 되어 있군 그래. 당신 어제 저녁에 여기서 식사한 것이 있소?"

"아뇨. 그렇지만 그대로 지불하면 되잖겠어요? 저…… 저는 빨리만 끝내고 싶어요."

'빨리 끝내고 싶다.' 라비크는 생각해 보았다. 라비크는 그런 기분을 안다. 그러고 나면 정적과 사자(死者), 비록 그게 무섭더라도 그 편이 훨씬 낫다.

그는 책상에서 연필을 집어들고 계산을 했다. 그러고는 그 계산서를 주인에게 돌려주었다.

"되겠소?"

주인은 마지막 숫자를 슬쩍 훑어보았다.

"내가 미친 줄 아시오!"

"되겠느냐 말이오?" 라비크는 다시 한 번 물었다.

"대체 당신은 누구요? 왜 끼여드는 거요?"

"우린 형제지간이니까" 하고 라비크는 말했다. "이젠 알았소?"

"서비스료와 세금으로 10퍼센트 가산해야 돼요. 그렇지 않으면 못 받겠소."

"좋아" 하고 라비크는 가산을 했다. "2백 92프랑 지불해야 되겠소." 그는 여자에게 말했다.

여자는 핸드백에서 3백 프랑을 끄집어내서 주인에게 주었다. 주인은 그것을 받아들고는 돌아서 나가려고 했다.

"방을 여섯 시까지는 비워 주시오. 그렇지 않을 경우에는 하루치를 더 계산하겠소."

"8프랑은 거슬러 줘야지." 라비크가 말했다.

"그럼 보이한테는?"

"그건 우리가 줄 테니까. 팁도 우리가 주고."

주인은 불쾌하다는 표정으로 8프랑을 세어서 책상 위에 놓았다.

"치사한 외국놈 같으니!" 하고 중얼거리면서 주인은 방에서 나가 버렸다.

"프랑스의 호텔 경영자 중에는 외국인들의 덕으로 살아가면서도 외국인을 미워하는 것을 큰 자랑으로 여기는 놈들 투성이지."

팁을 받고 싶다는 얼굴을 하고 문간에 서 있는 보이가 라비크의 눈에 띄었다.

"자, 여기 있네……."

보이는 우선 지폐를 본 다음 "고맙습니다, 손님" 하고는 나가 버렸다.
"이제부터는 경찰 문제를 처리해야겠소. 그러면 시체를 내갈 수가 있을 테지" 하고 라비크는 여자 쪽을 보며 말했다. 여자는 조용히 내려 퍼지는 저녁놀에 싸여 구석에 놓인 가방 사이에 가만히 앉아 있었다.
"사람은 죽으면 아주 중요해지거든. 살아 있을 때는 아무도 걱정해 주는 이가 없지만." 그는 다시 여자를 쳐다보았다. "내려가는 게 어떻겠소? 밑에는 사무실 같은 게 있을 텐데."
여자는 머리를 저었다.
"나도 같이 갈 수가 있소. 경찰 쪽의 일은 내 친구가 와서 처리해 줄 테니 말이오. 베베르 박사라고 하는 친구인데, 아래로 내려가서 기다립시다."
"싫어요. 저는 여기 있고 싶어요."
"할 일도 없을 텐데 왜 여기 있겠다는 거요?"
"저도 모르겠어요. 저 이는…… 이제는 여기도 오래 못 있을 것 아녜요. 그리고 저도 그랬고 저 사람도 저하고는 행복해 보지를 못했어요. 저는 자주 나돌아다니기만 했거든요. 그러니 지금이라도 여기 있고 싶어요."
그녀는 아무런 감정도 없이 침착하게 말했다.
"그렇게 한다고 해서 그 사람이 알아 줄 것도 아니잖소" 하고 라비크는 말했다.
"그런 뜻이 아니고……."
"좋아. 그렇다면 여기서 무엇을 마시기로 합시다. 당신은 그래야 하오."
라비크는 그녀의 대답도 기다리지 않고 초인종을 눌렀다. 그러자 보이가 놀랄 정도로 재빨리 나타났다.
"큰 잔에 코냑 두 잔 갖다 주게!"
"이리로 가져올까요?"
"그래. 다른 데 어디로 가져갈 데라도 있나?"
"알았습니다."
보이는 잔 두 개와 꾸르보아제를 한 병 가져왔다. 그리고는 구석을 힐끔거렸다. 거기에는 침대가 어슴푸레한 어둠 속에 싸여 희뿌옇게 보였다.
"불을 켤까요, 손님?" 하고 보이가 물었다.
"그만두게. 병은 여기다 놓아두고 가게나."

보이는 쟁반을 책상 위에 놓은 다음 침대 쪽을 다시 한 번 흘긋 바라보고는 얼른 나가 버렸다.

라비크는 병을 들어 잔 두 개를 가득 채웠다.

"이걸 마시구료. 기분이 좋아질 테니."

그는 여자가 싫다고 하면 억지로라도 마시도록 해야겠다고 생각했으나 여자는 망설이는 빛도 없이 단숨에 마셔 버렸다.

"저 사람의 가방 속에는 중요한 것이 아무것도 없소?"

"없어요."

"당신이 가지고 싶은 것이라도? 혹 쓸 수 있는 것이 있을지…… 뒤져보지 않겠소?"

"아뇨. 아무것도 든 것이 없어요. 제가 알아요."

"저 조그만 가방 안에도?"

"거기에는 아마 들었을지 몰라요. 그 사람이 무엇을 넣어 두었는지 모르겠어요."

라비크는 가방을 집어들어 창가에 놓인 책상 위에 올려놓고서 열어 보았다. 병이 한두 개, 내의가 몇 벌, 노트가 한두 권, 수채화구가 한 상자, 화필 한두 개와 책이 한 권, 천막천으로 만든 끼우개의 옆주머니에 지폐가 두 장의 얇은 종이에 싸여 있었다. 그는 그것을 불빛에 비춰 보았다.

"1백 달러군" 하고 그는 말했다. "넣어 두시오. 이것으로 얼마 동안 살 수 있을 거요. 이 가방은 당신 쪽에다 놓아 둡시다. 그것은 당신 것으로 해 두어도 괜찮을 거요."

"고마와요." 여자가 말했다.

"당신은 아마도 이런 짓을 전부 싫다고 생각할지도 모르겠소. 하지만 하지 않을 수 없는 일들이지. 당신을 위해 중요한 일이오. 그렇게 하는 게 당신에게 약간의 시간적 여유가 생기게 될 테니까 말이오."

"싫다고는 생각지 않지만 혼자서는 해치울 수가 없을 것 같아요."

라비크는 술잔을 또다시 가득 채웠다.

"한 잔 더 해요."

여자는 천천히 잔을 들어 마셨다.

"나아졌소?" 하고 그는 물었다.

여자는 그를 쳐다보았다.
"그저 그래요."
그녀는 어스름 속에 앉아 있었다. 가끔 네온사인의 붉은 불빛이 여자의 얼굴과 손을 스치고 지나갔다.
"아무것도 생각할 수가 없어요. 저 사람이 여기 있는 한은" 하고 여자는 말했다.
구급차가 오고 두 사람의 인부가 담요를 젖힌 다음에 들것을 침대 곁으로 밀었다. 그리고는 시체를 옮겨 뉘었다. 그들은 재빠르게 지극히 사무적으로 해치웠다. 라비크는 여자가 기절을 할 경우를 대비해서 그녀 곁에 바짝 다가서 있었다. 인부들이 시체를 덮어 버리기 전에 그는 허리를 구부려 침대 옆 탁자 위에 놓인 조그마한 목재 성모상을 집어 들었다.
"이건 당신 것 같은데……."
"필요 없어요."
그는 그것을 여자에게 주었으나 그녀는 받지 않았다. 그는 자그마한 가방을 열고 그 속에 집어넣었다.
인부들이 시체에다 천을 덮은 다음 들것을 쳐들었다. 문은 비좁고 문 밖의 복도도 넓지가 않아 그들이 뚫고 나가려고 했으나 그럴 수가 없었다. 들것이 벽에 부딪쳤다.
"시체를 내려서 들어야겠군" 하고 나이 먹은 인부가 말했다. "이래 가지고는 모퉁이를 돌아갈 수가 없겠는데."
그는 라비크를 쳐다보았다.
"자" 하고 라비크는 여자에게 말했다. "우리는 밑에서 기다리기로 합시다."
여자는 머리를 저었다.
"좋소" 하고 그는 인부들에게 말했다. "편리한 대로 하구료."
인부들은 시체의 발과 어깨를 맞잡아 들어서는 마룻바닥에 놓았다. 라비크는 무슨 말을 하고 싶었다. 그는 여자 쪽을 지켜보았다. 그녀는 꼼짝도 안했다. 그는 입을 다물어 버렸다. 인부들은 들것을 들고 나간 다음 어둑어둑한 속을 빠져나가 희미하게 불을 밝힌 복도로 시체를 들고 나갔다. 라비크는 그들의 뒤를 따랐다. 인부들은 시체를 높이 쳐들고 층계를 내려가야만 하는데다 시체가 무거워서 인부들의 얼굴엔 힘줄이 솟고 땀이 맺혔다.

시체는 인부들의 머리 위에서 무겁게 들먹거렸다. 라비크는 그들이 아래층으로 내려갈 때까지 지켜보고 서 있다가 되돌아왔다.

여자는 창가에 서서 밖을 내다보고 있었다. 구급차는 길에 서 있었고 인부들은 마치 빵 굽는 사람이 빵을 가마에 밀어 넣듯 들것을 차 안에다 밀어 넣었다. 그런 다음 그들은 좌석으로 기어올라갔다. 이어 땅 속에서 울부짖듯 요란한 엔진 소리를 내었고 차는 급커브를 돌아 길모퉁이로 사라져 갔다.

여자가 돌아섰다.

"앞서 갔더라면 좋았을 걸 그랬소" 하고 라비크가 말했다. "뭣하러 끝까지 지켜보아야만 했소?"

"그럴 수가 없었어요. 그 사람보다 먼저 가 버릴 수는 없었어요. 이해 못하시겠어요?"

"알아요. 자, 이리 와서 한 잔 더 합시다."

"못하겠어요."

경찰과 구급차가 왔을 때 베베르가 전등을 켜 놓았었다. 시체를 치워 버리자 방은 전보다 훨씬 넓어진 것 같았다. 훨씬 커지고 이상스럽게 조용했다. 마치 시체만이 가 버리고 죽음만이 혼자 남아 있는 듯이.

"이 호텔에 그대로 있겠소? 아마 싫을 테지?"

"싫어요."

"파리에 누구 아는 사람이라도 있소?"

"없어요, 한 명도."

"어디 들고 싶은 호텔이라도 알고 있소?"

"없어요."

"이 근처에 여기와 비슷하게 조그마한 호텔이 하나 있는데, 정갈하고 점잖은 곳이오. 거기 가면 방을 하나쯤 마련할 수 있을 거요. 밀랑 호텔이라고······."

"저······ 그 호텔로 가면 안 될까요? 선생님이 계시는."

"앙떼르나쇼날 말이오?"

"네······ 저······ 그곳 같으면 이제는 좀 알았으니 아주 모르는 데보다는 나을 것 같아서요."

"앙떼르나쇼날은 여자에게는 좋은 곳이 아니오" 하고 라비크는 말했다.
 '틀림없군…… 이제는 같은 호텔에 있겠단 말이로군…….' 라비크는 생각했다. '천만의 말씀이지. 나는 간호인은 아니지. 그런데 이 여자는 벌써 내게 무슨 책임이라도 있다고 생각하는 모양이군. 그런 여자도 있지.'
 "거기는 당신한테 권할 수가 없는 걸" 하고 그는 생각했던 것보다도 더 퉁명스럽게 말했다. "언제나 사람들이 북적거려요. 피난민들이 말이오. 밀랑 호텔이 좋으니 그리로 가도록 해요. 마음에 안 들면 그때 가서도 언제든지 바꿀 수가 있을 테니."
 여자는 그를 쳐다보았다. 그는 여자가 자기의 뱃속을 들여다보고 있다고 생각되자 약간 부끄럽기도 했다. 하지만 잠시 부끄러운 게 나을지도 모른다. 그 대신 나중에 마음이 편해야지.
 "옳아요." 여자는 말했다. "선생님 말씀이 옳아요."
 라비크는 가방을 택시까지 운반하도록 일렀다. 밀랑 호텔은 2, 3분이면 닿을 곳에 있었다. 그는 방을 하나 빌린 다음 여자와 함께 올라갔다. 방은 3층에 있었다. 장미꽃 무늬의 벽지에다 침대와 옷장과 테이블이 있었고 의자가 두 개 놓여 있었다.
 "이만하면 되겠소?"
 "네. 아주 좋아요."
 라비크는 두리번거리며 살펴보았다. 형편없었다.
 "우선 깨끗해 보이는군. 밝고 깨끗하고."
 "네."
 가방이 운반되어 왔다.
 "이제는 모두 온 거지?"
 "네, 고마와요, 정말."
 여자는 침대에 걸터앉았다. 그녀의 얼굴은 몹시 창백하고 일그러져 보였다.
 "당신은 자야 할 것 같소. 어때 잘 수 있겠소?"
 "그렇게 해보겠어요."
 그는 주머니에서 알루미늄 갑을 끄집어내고 거기서 알약을 한두 개 집어냈다.
 "이것을 먹으면 잘 수 있을 거요. 물 한 잔과 지금 먹겠소?"

"아뇨, 나중에 먹겠어요."
"좋아. 그러면 나는 가보겠소. 한 2, 3일 후에 다시 오리다. 될 수 있는 대로 빨리 잠을 자도록 해요. 무슨 일이 있을지 모를 테니, 여기에다 장의사의 주소를 놓고 가겠소. 하지만 거기는 가보지 않는 게 좋을 거요. 자기의 일을 생각해요. 내 다시 들러 보겠소."

거기서 라비크는 잠시 망설였다.
"당신 이름이 뭐요?" 하고 그는 물었다.
"마두예요! 조앙 마두."
"조앙 마두. 알겠소. 기억해 두지."

그는 이름을 기억해 두지도, 다시 찾아오지도 않으리라는 것을 알고 있었다. 그것을 알고 있기에 더욱 그런 체해 보이려고 했다.
"적어 두는 게 좋겠군" 하고 그는 주머니에서 처방전 용지를 끄집어냈다. "자, 여기다 당신이 써 주구료. 그게 간단하거든."

그녀는 용지를 받아서는 이름을 썼다. 그는 그것을 들여다본 다음 용지를 뜯어서 외투 호주머니에다 집어넣었다.
"곧 자도록 해요" 하고 그는 말했다. "내일이 되면 모두 달라져 보일 거요. 이렇게 말하면 어리석고 낡아빠진 말처럼 들리겠지만 그러나 그것은 사실이오. 지금 당신한테 필요한 것은 수면과 얼마간의 시간 여유요. 시간이 좀 지나가면 반드시 이겨 낼 수가 있을 거요. 알겠소?"
"네, 알고 있어요."
"약을 먹고 자도록 하시오."
"네. 고마와요. 여러 가지로 감사해요. 안 계셨더라면 저는 어떻게 해야 할지 몰랐을 거예요. 정말이에요."

여자는 그에게 손을 내밀었다. 그 손은 차가웠으나 힘이 있었다.
'됐어.' 하고 그는 생각했다. '어떻게든 결심이 선 것은 확실하다.'

라비크는 거리로 나섰다. 그는 축축하고 부드러운 바람을 들이마셨다. 자동차들과 인간들, 그리고 벌써 길모퉁이에 서성거리는 외국인 매춘부가 두서넛, 그리고 비어홀, 카페, 담배 냄새, 아페리티프, 가솔린 —— 뒤흔들리고 성급한 생활이 있었다. 그는 호텔의 정면을 쳐다보았다. 불이 밝혀진 창이 두서넛 있었다. 그 중의 한 방 속에 지금 여자는 앉아 멍하니 허공을 바라보고 있을 것이다. 그는 여자의 이름을 적은 종이 쪽지를 주머니에서 꺼내어 찢어 버렸다. 잊어버리는 거다. 얼마나 멋진 일인가. 공포와 위안과 망령으로 가득 찬 말! 망각 없이 어떻게 살아갈 수가 있겠는가? 그러나 그 어느 누가 철저하게 망각할 수가 있을까? 사람의 마음을 찢어 주는 기억의 잔해. 살아가야 할 것이 아무것도 없을 때, 사람은 비로소 자유로워진다.

그는 에뜨와르 광장 쪽으로 걸었다. 수많은 사람들이 광장에 모여 있었고 개선문 뒤에는 서치라이트가 무명 용사의 묘지를 비춰 주고 있었다. 묘지 위에서는 청·백·홍의 거대한 3색 깃발이 바람에 나부끼고 있었다. 1918년 휴전의 20주년 축하식이었다.

하늘은 구름에 뒤덮여 있었고 서치라이트의 광선은 흘러가는 구름에다 맥빠지고 흐리며 갈기갈기 찢긴 깃발의 그림자를 그려 주었다. 그리하여 넝마 조각 같은 기폭이 점점 깊어가는 어둠 속으로 잠겨가는 것 같았다. 어디선지 군악대가 연주를 하고 있었다. 맥빠지고 흐릿하게 울려왔다. 노래를 부르는 사람은 하나도 없고 군중은 말없이 서 있었다.

"휴전이라구." 하며 라비크 곁에 있던 부인이 말했다. "저의 남편은 지난번 전쟁에서 전사했어요. 이번에는 아들 녀석 차례예요. 그런데 휴전이라구요! 앞으로 또 무슨 일이 닥쳐올지 알 게 뭐예요……."

4

침대 위에 걸려 있는 체온표는 새것이어서 아무것도 적혀 있지 않았다. 이름만이 그 위에 적혀 있을 뿐이었다. 루시엔느 마르티네. 뷔뜨 쇼몽, 끌라벨가(街).

소녀는 잿빛의 얼굴로 이불 속에 누워 있었다. 어제 저녁에 수술을 받았던 것이다. 라비크는 조심스럽게 환자에게서 심장의 고동을 들어보았다. 그런 다음 그는 몸을 일으켰다.

"나아졌군" 하고 그는 말했다. "수혈이 조그만 기적을 일으켰던 거야. 내일까지 지탱한다면 희망이 있겠는데."

"좋아" 하고 베베르가 말했다. "축하하네. 살 것 같지가 않았었는데. 맥박

1백에다 혈압은 80이었으니까. 게다가 카페인에다 코라민…… 하마터면 골로 갈 뻔했었지."

라비크는 어깨를 움찔했다.

"축하받을 것도 없어. 전번의 애보다는 좀 일찍이 온 것뿐이지. 발에 금고리를 찼던 처녀 말일세. 그저 그것뿐이야."

그는 처녀를 덮어 주었다.

"일주일에 벌써 두번째 케이스로군. 이런 식으로 나가다가는 자네는 뷔드쇼몽의 낙태 수술에 실패한 환자들을 위해 병원을 지어야 되겠네. 전번의 경우도 역시 거기에서 오지 않았던가?"

"그래, 역시 끌라벨 가에서였지. 분명히 두 처녀는 서로 아는 처지로 똑같은 산파한테 갔던 모양일세. 전번과 마찬가지로 시간까지도 똑같은 저녁때에 왔으니 말일세. 마침 호텔에 있는 자네를 찾게 되어서 다행이었네. 거기에 없는 줄로 생각했었는데."

라비크는 그를 쳐다보았다.

"호텔에 사는 사람은 대개 저녁이면 없는 법이네…… 동지달의 호텔 방이란 과히 유쾌한 곳은 아니거든."

"나도 짐작할 만하네. 하지만 자넨 왜 줄곧 호텔에서만 살고 있는 건가?"

"그것이야말로 마음 편하고 비개인적인 생활이니까. 혼자 살면서도 혼자가 아니란 말일세."

"그것을 바라는가?"

"그렇다네."

"그런 생활은 달리 어떻게든지 할 수도 있을 텐데. 조그만 아파트를 빌린대도 그런 식으로 살아갈 수가 있을 텐데."

"그럴 테지."

라비크는 처녀에게로 또다시 몸을 굽혔다.

"그렇게 생각지 않아, 우제니?" 하고 베베르가 간호원에게 물었다.

간호원은 시선을 들어 쳐다보았다.

"라비크 씨는 결코 그러지는 않을 걸요." 그녀는 싸늘하게 말했다.

"라비크 박사야, 우제니" 하고 베베르가 정정해 주었다. "저 분은 독일의 큰 병원에서 외과과장을 지내셨어. 나보다 훨씬 나은 분이야."

"여기서는……" 하고 간호원은 말을 꺼내며 안경을 고쳐 썼다.
베베르는 손짓으로 얼른 가로막았다.
"좋아 좋아, 알겠어. 여기에서는 어떠한 외국의 학위도 인정치 않는단 말이지. 어리석기 짝이 없는 일이야! 한데 저 분이 아파트를 빌리지 않으리라는 것을 어떻게 그리 잘 알지?"
"라비크 씨는 타락한 사람이에요. 그러니 결코 가정을 꾸미지는 않는다는 거죠."
"뭐?" 베베르는 물었다. "뭐라고 말했지?"
"라비크 씨에게는 신성한 것이란 이미 아무것도 없어요. 그것이 그 이유예요."
"장한데." 라고 라비크가 처녀의 침대 곁에서 말했다. "그런 소리는 처음 들어보는데."
베베르는 우제니를 물끄러미 쳐다보았다.
"본인에게 직접 물어 보십시오, 베베르 박사님."
라비크가 몸을 일으켰다.
"정곡을 찔렀어, 우제니. 그러나 어떻게 해도 신성해질 수 없는 사람이 있다면 그 사람은 다시 인간적인 방법으로 신성해지는 수가 있어요. 지렁이 속에서조차 태동하며 때로는 지렁이로 하여금 광명을 찾아내게 하는 생명의 불꽃을 존경해야 하지. 적당한 비유는 되지 못하겠지만."
"제 마음을 알아맞히지 못할 걸요. 선생님은 신앙이 없습니다." 우제니는 가슴 위에 걸친 흰 덧저고리를 억척스럽게 바로 가다듬었다. "저는 다행히도 신앙이 있거든요."
라비크는 외투를 집어들었다.
"신앙은 사람을 광신적으로 만들기가 쉽거든. 때문에 대부분의 종교가 많은 피를 흘리게 했지." 그는 이를 드러내고 웃었다. "관대하다는 것은 온갖 의혹의 소산이야, 우제니. 그래서 이 타락한 불신의 인간인 내가 당신에게 하는 것보다는 신앙을 지닌 당신이 내게 더 공격적이거든. 그렇지 않아요?"
베베르는 껄껄거리고 웃었다.
"한 대 얻어맞았는데, 우제니. 대답을 그만두라구. 또 한번 큰코 다치지 말고."

"여성으로서 저의 체면이······."

"좋아!" 베베르가 가로막았다. "그것을 꼭 간직해 두게나! 그것은 언제든지 좋은 것이야. 이제는 가 봐야겠어. 사무실에서 할 일이 아직 있어서. 가세나, 라비크. 안녕, 우제니."

"안녕히 가세요, 베베르 박사님."

"안녕, 우제니."라고 라비크가 말했다.

"안녕히 가세요." 우제니는 베베르가 자기 쪽을 돌아다본 뒤에야 겨우 그렇게 인사를 했다.

베베르의 사무실에는 제정 시대의 가구로서 희고 황금색의 부서지기 쉬운 것들로 가득 채워져 있었다. 책상 위에는 그의 집과 정원의 사진이 걸려 있었다. 벽 가까이에는 널따란 신식 긴 의자가 놓여 있었다. 베베르는 병원에서 밤을 보낼 때에는 그 의자 위에서 잔다. 병원은 그의 것이었다.

"뭘 마시겠나, 라비크? 코냑으로 할까, 뒤본네로 할까?"

"커피가 남아 있으면 커피로······."

"남아 있구말구."

베베르는 커피 포트를 탁자 위에다 올려놓고 스위치를 꽂았다. 그리고 나서 라비크를 돌아다보았다.

"오늘 오후에 나 대신 오시리스에 가 줄 수가 있겠나?"

"물론이지."

"아무 지장 없겠지?"

"천만에. 아무 일도 할 게 없는데."

"좋아. 그렇다면 내가 일부러 나가지 않아도 되겠네. 정원 손질을 할 수가 있겠단 말일세. 포숑한테 부탁하려고 했더니 휴가중이어서."

"무슨 말이야?" 하고 라비크는 말했다. "지금껏 여러 차례 그렇게 해 오지 않았나!"

"옳아. 그건 그래도······."

"그래도라니, 그런 말은 오늘날에는 이미 쓰지 않는 말일세. 나에게는 말이야."

"그렇지. 자네 같은 유능한 사람이 정식으로 일을 못하고 무면허 외과의사로 처박혀 있지 않으면 안 된다니. 정말 그런 바보 같은 일이 어디 있겠나."
 "그만두게! 베베르. 그건 이미 옛날 이야길세. 독일에서 피난 온 의사는 모두 그렇게 지내고 있는걸."
 "그래도 우스운 일이야! 자네가 듀랑의 가장 어려운 수술들을 해주고 있어서 그는 명성을 얻고 있어."
 "그가 몸소하는 것보다는 낫겠지."
 베베르는 껄껄거리고 웃었다.
 "그런 말을 하지 말 걸 그랬군. 자네는 내 것도 대신 봐 주고 있으니 말일세. 그러나 나는 주로 산부인과 의사이지 외과 전문은 아니거든."
 커피포트에서 끓는 소리가 나기 시작했다. 베베르는 전기 스위치를 빼고 찬장에서 잔을 가져다가 커피를 따랐다.
 "한 가지 이해 못할 게 있네, 라비크." 그는 말했다. "정말이지 왜 아직껏 자네가 그놈의 거지 같은 앙떼르나쇼날에 살고 있는지 모르겠단 말일세. 보아 근처에 있는 아담한 아파트를 하나 빌리지 않겠나? 가구쯤은 어디서 헐값에 살 수가 있어. 그렇게 해야 적어도 소유한다는 것이 무엇인가를 알게 될 텐데."
 "그렇지" 하고 라비크가 말했다. "그럼 내가 소유한다는 것이 뭔가를 알게 되겠지."
 "그런데 왜 그러지를 않는가 말일세?"
 라비크는 커피를 한 모금 마셨다. 쓰고 진했다.
 "베베르, 자네는 이 시대의 편리한 사고 방식의 멋진 표본이군. 내가 여기서 불법적으로 일하지 않으면 안 된다고 동정을 하더니 그 입으로 왜 아파트를 빌리지 않느냐고 이내 내게 묻고 있으니 말이야."
 "그게 잘못된 말인가?"
 라비크는 참을성 있게 웃었다.
 "만일 내가 아파트를 빌린다면 경찰에 신고를 해야 되는데 그러려면 여권과 비자가 있어야 하거든."
 "옳아, 그렇군. 미처 그걸 생각 못했군. 그런데 호텔에서는?"
 "거기서도 역시 필요하지. 그러나 다행히도 파리에서는 그 신고를 꼬박꼬박 하지 않아도 되는 몇몇의 호텔이 있다네."

라비크는 자기의 커피에다 코냑을 조금 따랐다.

"앙테르나쇼날도 그 중의 하나야. 그래서 거기서 살고 있는 걸세. 마담이 어떻게 공작을 하는지는 모르겠지만 틀림없이 연줄이 좋은 모양이야. 경찰은 정말로 아무것도 모르든지 아니면 뇌물을 받고 있을 테지. 좌우간 지금까지는 아무 지장 없이 오래 전부터 거기서 살아왔다네."

베베르는 뒤로 몸을 기댔다.

"라비크, 몰랐었어. 그저 자네는 이곳에서 일할 수 없다고만 생각했었지. 그거 정말 망할 놈의 처지로군!"

"독일의 강제 수용소에 비긴다면 그래도 천국이지."

"그런데 만일 경찰이 불쑥 나타나면 어떻게 하지?"

"붙잡히면 1, 2주일의 감옥살이를 하다가 국경 너머로 추방이라네. 대개는 스위스 쪽이지. 재범(再犯)일 경우에는 6개월의 감옥살이고."

"뭐라고?"

"6개월 징역." 라비크가 말했다.

베베르는 그를 물끄러미 바라다보았다.

"그래도 그럴 수가 있나! 정말 비인도적인데."

"내가 당하기 전에는 나 역시 그렇게 생각했었네."

"당했었다고? 자네도 그런 일을 당했다는 말인가?"

"한 번이 아니지. 세 번이었어. 수백 명의 다른 사람들이나 마찬가지지. 처음에는 아무것도 모르고 소위 인도주의를 믿고 있었지. 내가 스페인에 가기 전에는 말일세 —— 거기에서는 필요 없다니까 —— 그런데 거기서는 소위 응용 인도(應用人道)라는 것을 배웠지. 독일인과 이탈리아 인 비행사에게서 말이야. 그 후에 내가 이곳에 되돌아왔을 때에는 물론 그런 것에는 도통해졌지."

베베르는 일어섰다.

"놀랐는데."

그는 손을 꼽아 보았다.

"그럼 자네는 아무것도 아닌 일로 1년 이상이나 감옥살이를 한 셈이로군 그래."

"그렇게 오래는 아닐세. 겨우 두 달뿐이었지."

"그렇게? 재범인 경우에는 6개월이라고 하지 않았나?"
라비크는 빙그레 웃었다.
"경험이 있으면 재범이란 건 없는 법일세. 어떤 이름으로 추방당했다가 다른 이름으로 되돌아올 뿐이지. 가능하면 국경의 다른 지점으로 말일세. 그렇게 해서 피하는 걸세. 우리는 서류라고는 하나도 없으니 누가 개인적으로 우리를 알아보았을 때라야 재범이 증명될 뿐일세. 그런데 그런 경우는 거의 없어. 라비크란 벌써 나의 세 번째 이름이라네, 나는 이 이름을 2년간이나 써오고 있는데, 그 동안 별일이 없었어. 행운을 가져다주는 이름인가 봐. 날이 갈수록 이 이름이 더 좋아지거든. 진짜 본명은 벌써 거의 잊어버리다시피 되어 버렸다네."
베베르는 머리를 저었다.
"그게 모두가 단지 자네가 나치가 아니라는 까닭에서인가?"
"물론이지. 나치는 일급의 서류를 갖고 있으니까. 그리고 편리할 대로 비자도 한몫에 받아 두고."
"좋은 세상이로군. 그런데도 정부는 아무 일도 하지 않으니."
"정부는 우선 수백만 명의 실업자를 짊어지고 있으니 그것부터 해결해야지. 더욱이 이런 일은 프랑스에서만 유독 그런 것은 아닐세. 어디나 마찬가지거든."
라비크는 일어섰다.
"그만 실례하겠네, 베베르. 두 시간 안으로 다시 그 처녀를 보러 가겠어. 밤에 또 한 번 오고."
베베르는 문까지 따라나왔다.
"여보게, 라비크!" 하고 그는 말했다. "언제든 저녁에 한번 우리 집에 오게나. 식사나 함께 하러 말일세."
"물론."
그러나 라비크는 그러지 않으리라는 것을 알고 있었다.
"가까운 장래에. 잘 있어, 베베르."
"잘 가게, 라비크. 꼭 와야 하네."
라비크는 가장 가까운 술집으로 들어갔다. 그리고는 거리를 내다볼 수 있게 창가에 앉았다. 그는 그렇게 하는 것을 좋아했다. 아무것도 생각지 않고 거기에 앉아서 사람들이 지나가는 것을 보는 것이. 파리는 아무것도 하지 않고 시간을 보내기는 좋은 도시이다.
웨이터가 식탁을 닦고는 기다리고 있었다.
"페르노 한 잔!"
"물을 탈까요?"
"아니, 잠깐만." 라비크는 생각해 보았다. "페르노는 그만두게."
무언가를 씻어내 버리고 싶은 것이 있었다. 쓰디쓴 맛이. 그러기에는 달콤한 아니스 술 따위로는 너무나 약하다.
"칼바도스로 가져와! 칼바도스를 더블로." 그는 웨이터에게 일렀다.
"알았습니다."
베베르의 초대가 생각났다. 거기에는 연민의 흔적이 엿보였다. 누군가를 가족과 더불어 지내도록 하루 저녁 초대를 한다. 프랑스 인들은 자기 집에 친구를 초대하는 일이 흔치 않다. 그보다는 차라리 레스토랑에서 만나기를 좋아하는 사람들이다. 그는 아직껏 베베르의 집에 가 본 적이 없다. 호의는 알지만 왠지 그것을 참기가 어렵다. 모욕에 대해서는 방비할 수가 있겠는데 연민에 대해선 방법이 없다.
그는 사과 브랜디를 한 모금 마셨다. 왜 그는 앙페르나쇼날에 살고 있는 이유를 베베르에게 설명했을까? 그럴 필요는 없는 건데. 그는 라비크가 수술을 못하게 된 처지도 알고 있다. 그것이면 충분하다. 그런데도 그가 라비크와 함께 일을 한다는 것은 그의 문제다. 그렇게 해서 그 사나이는 돈을 벌고 혼자서 할 자신이 없는 수술은 그에게 부탁할 수가 있는 것이다. 거기에 대해서는 아는 사람은 아무도 없다 ── 오로지 그와 간호원뿐 ── 그 간호원은 입을 꼭 다물고 있다. 듀랑도 역시 마찬가지다. 단지 보다 세심할 뿐이다. 그 자는 수술이 있을 때에는 환자가 마취될 때까지 그 옆에 붙어 있는다. 그런 다음에야 비로소 라비크가 나타나서 듀랑이 너무 늙어서 할 능력이 없는 수술을 대신해 주는 것이다. 그리고 환자가 후에 눈을 떴을 때에는 듀랑이 자랑스러운 수술자로서 환자의 침대 옆에 의젓이 서 있는 것이다. 라비크는 단지 덮어 씌워진 환자만을 볼 뿐이다. 그가 환자에 대해서 알고 있는 것은 단지수술을 하기 위해서 나와 있는, 요드를 발라 둔 신체의 부분일 뿐이다. 대체 누가 수술을 받고 있는지 모르는 것이 보통이다. 듀랑은 진찰 결과를 그에게 전해 준다. 그러면 그는 절개(切開)를 시작한다. 듀랑은 수술에서 얻은 돈의 1할을 라비크에게 치른다. 라비크는 거기에 대해 이의가 없다. 수술을 않는 것보다는 한결 나으니까. 그런데 베베르와는 한결 우정적으로 일을 하고 있다. 베베르는 그에게 4분의 1을 지불한 것이다. 그것은 공평했다.

라비크는 창밖을 내다보고 있었다. 달리 할 일이 있단 말인가? 남아 있는 것이라곤 별로 많지 않다. 살고 있다는 것만으로 충분하다. 모든 것이 뒤흔들리고 있는 때에 이내 다시 무너져 버리고야 말 것을 건설한다는 생각은 조금도 없다. 힘을 낭비하기보다는 물결치는 대로 떠다니는 편이 낫다. 그렇게 하다 보면 목적이 뚜렷하게 보일 때까지 견뎌 낼 수가 있게 된다. 이겨 나아가는 것이 전부다. 힘을 쓰지 않으면 않을수록 더 좋다. 나중에 쓸 데가 있을테니 붕괴해 가는 세기에 있어서 개미 모양 자꾸만 되풀이해서 시민 생활을 세워 보려는 의지, 그것들이 대부분 수포로 돌아가는 꼴을 그는 지겹도록 보아왔던 것이다. 그것은 감동적이고 우스꽝스러우며 쓸데없는 일이다. 그것은 사람을 지치게 만들어 준다. 굴러 떨어지기 시작했을 때에는 사태를 멎게 할 도리라고는 없다. 멎게 하려다 그 밑에 깔려 버린다. 차라리 기다리고 있다가 나중에 매몰된 사람들을 파내는 편이 낫다. 행군을 할 때는 배낭이 가벼워야 한다. 도망 다닐 때도 역시 마찬가지다.

라비크는 시계를 보았다. 루시엔느 마르티네를 봐 줄 시간이다. 그리고는 오시리스로.

오시리스의 창녀들은 벌써 기다리고 있었다. 그들은 정기적으로 공의(公醫)에게 진찰을 받지만 여주인은 그걸로 만족치 않는다. 그 여자는 자기 가게에서 누구라도 전염되는 게 싫었던 것이다. 그래서 여자들에게 매주 목요일마다 개인적으로 다시 한 번씩 진찰을 받도록 베베르와 계약을 맺고 있었.

라비크는 그럴 때 가끔 그의 대리로 갔다.

여주인은 2층의 방 하나를 마련해서 진찰실로 쓰고 있었다. 이 여자는 1년 이상이나 자기 집에서 어느 손님도 병을 얻어 걸리고 간 사람이 없다는 것을 몹시 자랑으로 여기고 있었다. 그러나 여자들의 온갖 주의에도 불구하고 열일곱 명의 손님이 성병에 걸렸었다. 여지배인 롤랑드가 라비크에게 브랜디병과 유리잔을 가져왔다.

"아무래도 마르테가 걸린 것 같아요." 그녀가 말했다.

"알았어. 잘 봐 줄 테니."

"어제부터 그 애한테는 일을 못하게 했어요. 그 애는 물론 아니라고 하지만 그 애의 세탁물이 아무래도……."

"알았다니까, 롤랑드."

여자들은 속옷 바람으로 하나씩 들어왔다. 대개는 라비크가 아는 여자들이었다. 처음 보는 여자는 둘뿐이었다.

"저는 보실 필요도 없어요, 선생님" 하고 가스꼬니우 출신인 붉은 머리칼의 레오니가 말했다.

"왜?"

"일주일 동안 손님을 하나도 받지 않았으니까요."

"마담은 그래 뭐라지?"

"아무 말도 없었어요. 샴페인을 무더기로 팔아 준 걸요. 매일 저녁 여덟 병씩이나요. 투울즈에서 온 세 명의 장사치들인데 모두 결혼한 사람들이에요. 셋 다 하고 싶으면서도 서로 체면을 차렸어요. 하나가 만일에 나하고 자러 간다면 다른 치들이 집에 가서 그 이야기를 할까 봐 겁이 났던 거예요. 그래서 마셔 댔어요. 제각기 자기가 끝까지 버티게 될 줄로 알고요." 레오니는 킬킬거리며 귀찮은 듯 몸을 긁적거렸다. "끝까지 남은 사람도 이미 일어설 수가 없었어요."

"좋아. 그래도 진찰은 해야겠어."

"좋으실 대로요. 담배 있으세요, 선생님?"

"응, 여기."

라비크는 분비물을 찍어서 착색을 했다. 그리고는 유리판을 현미경 밑에다 밀어 넣었다.

"저는 아무래도 모르겠어요, 선생님. 그게 뭔지 아시겠어요?" 그녀는 라비크를 살펴보면서 말했다.

"뭘?"

"이런 일을 하시면서도 선생님은 여자와 잘 기분이 날까 하구요."

"그건 나도 모르겠어. 자네는 괜찮아. 이제 누구 차례지?"

"마르테예요."

마르테는 창백하고 갸름한 얼굴에 금발이었다. 보티첼리의 천사 같은 얼굴을 하고 있으면서도 블롱델 거리의 괴상한 사투리를 쓰고 있었다.
"저는 아무렇지 않아요, 선생님."
"다행이로군, 그래도 좀 봐야지."
"정말로 나쁜 데가 없는데요."
"그럼 더욱 좋지."
롤랑드가 갑자기 방으로 들어와서는 마르테를 쳐다보았다. 마르테는 입을 다물었다. 불안스럽게 라비크를 쳐다볼 뿐이었다. 그는 자세하게 진찰했다.
"아무것도 아닌 걸요, 선생님, 제가 조심스럽다는 건 선생님도 아시면서요."
라비크는 대꾸도 하지 않았다. 마르테는 계속해서 지껄였고, 말이 막혔다가는 또 시작되곤 했다. 라비크는 분비물을 검사했다.
"병에 걸렸어, 마르테!"
"뭐라구요?"
마르테는 껑충 뛰며 일어났다.
"그럴리가."
"틀림없어."
마르테는 그를 쳐다보다가는 별안간 분통을 터뜨렸다. 욕지거리와 저주의 홍수가 쏟아졌다.
"그놈의 돼지 자식, 그놈의 새끼! 나는 처음부터 믿지 않았어요. 그놈의 쥐새끼 같은 놈! 자기는 대학생이니 그것쯤은 안다고요. 더욱이나 의과대학생이라고요. 거지 같은 자식!"
"왜 주의를 하지 않았지!"
"물론 주의는 했어요. 하지만 눈 깜짝할 사이였는 걸요. 그리고 놈이 대학생이라고……."
라비크는 고개를 끄덕였다. 옛날부터 있는 일이지. 임질을 옮아 갖고 자가(自家) 치료를 한 의학생. 2주일 후에는 반응 검사도 하지 않고 다 나았다고 생각하는 대학생.
"오래 걸릴까요, 선생님?"
"6주일." 라비크는 분명 더 오래 걸리리라는 것을 알면서도 그렇게 말했다.
"6주일이라구요? 벌이 하나도 못하고 6주일이라고요! 병원에 가야 하나요?

입원해야 하나요?"

"두고 봐야지, 나중에는 집에서 치료받을 수가 있을 거요. 만일 약속만 한다면……."

"무엇이든 다 약속하겠어요! 제발, 병원만은!"

"우선은 입원해야 돼. 별다른 도리가 없는걸."

여자는 라비크를 물끄러미 쳐다보았다. 창녀라면 누구나 병원을 무서워한다. 감시가 엄격하기 때문이다. 하지만 도리가 없다. 집에다 두면 아무리 약속을 해도 2, 3일만 지나면 돈 좀 벌겠다고 몰래 나가서 남자를 찾아 병을 옮긴다.

"비용은 마담이 치뤄 줄 거야" 하고 라비크가 말했다.

"그래도 저는 벌이 없이 6주간은 안 돼요. 여우 목도리를 월부로 막 사들였는데요. 그렇게 되면 미리 낸 돈은 떼이게 되고 말아요."

여자는 울고 있었다.

"이리 와요, 마르테" 하고 롤랑드가 말했다.

"언니는 나를 다시는 써 주지 않을 걸요! 난 알아요!" 마르테는 더욱 요란하게 흐느꼈다. "이제 언니는 날 다시는 써 주지 않을 거예요! 절대로! 그럼 난 거리로 나가야 해요. 그놈의 뺀들뺀들한 개자식 때문에……."

"그냥 써 주겠어. 넌 일을 잘했으니까. 손님들은 널 좋아하거든."

"정말이에요?" 마르테는 눈을 들었다.

"아무렴. 그러니 얼른 이리로 와!"

마르테는 롤랑드와 함께 나갔다. 라비크는 그들의 뒷모습을 보았다. 마르테는 다시 돌아오지 못할 것이다. 마담은 너무나도 조심스러우니까. 마르테의 다음 무대는 아마도 블롱델 거리에 있는 값싼 매춘부일 것이다. 그 다음은 길거리고. 그리고는 코카인, 병원, 꽃장수, 아니면 담배 장수나 운이 좋으면 정부(情夫), 그러면 그놈은 여자를 두들겨 패고 빨아먹을 대로 빨아먹고는 나중에는 결국 발길로 차서 내쫓아 버리겠지.

앙떼르나쇼날 호텔의 식당은 지하에 있었다. 그래서 거주자들은 그곳을 지하 묘지라는 뜻으로 '가다꿈바'라고 불렀다. 낮에는 안뜰에 면한 너덧 장의 두터운 우윳빛 창유리를 통해서 약간의 희미한 햇빛이 흘러 들어왔다. 겨울이면 온종일 불을 켜놓아야 한다. 그곳은 끽연실, 사무실, 홀, 회의실, 그리고 증명서가 없는 망명자들의 은신처이기도 했다. 그들은 만약에 경찰이 임검을 하면 그곳을 통해 안마당으로 빠져나가 자동차 차고 속으로 들어갔다. 거기서 다시 맞은편의 거리로 탈출할 수가 있다.

라비크는 나이트클럽 세헤라자드의 도어맨 보리스 모로소프와 함께 여주인이 종려나무 홀이라고 명명하는 가다꿈바의 한 구석에 앉아 있었다. 테이블 위에는 마조르카의 도자기 화분에 심어진 한 그루의 처량한 종려나무가 근근이 생명을 이어나가고 있었다. 모로소프는 지난 15년간 파리에 살고 있었다. 그는 1차 대전 때의 피난민이었다. 그는 근위 연대에 복무했고 귀족 가문의 출신이라고 주장하지 않는 극히 소수의 러시아 인 가운데 한 사람이었다.

그들은 장기를 두고 있었다. 가다꿈바는 텅 비어 있었다. 다만 다른 테이블에 앉아 소리 높이 지껄이며 2, 3분마다 건배를 하곤 하는 몇 사람들이 있을 뿐이었다.

모로소프는 짜증스럽다는 듯이 그들을 돌아다보았다.

"왜 오늘 저녁에는 저렇게 떠들썩하게 미친 수작들을 부리나? 왜 저 자들은 자러 가지 않을까?"

라비크는 껄껄거리며 웃었다.

"저 치들과는 아무 상관도 없어. 저들은 이 호텔에서 가장 파시스트적인 패들이거든. 스페인 놈들이야."

"스페인? 자네도 거기에 갔었지?"

"하지만 반대편이었지. 게다가 의사로서 말이야. 저 치들은 파시스트의 훈장을 단 스페인의 왕당파들이야. 그 도당의 찌꺼기들이지. 다른 패들은 벌써 오래 전에 들어가 버렸어. 이 녀석들은 아직도 작정을 못한 거야. 프랑코쯤으로는 이들을 만족시키지 못하거든. 무어 인이 스페인 사람을 학살해도 이 자들은 끄떡도 하지 않을 거야."

모로소프는 자기의 장기짝을 늘어놓았다.

"그럼 아마 놈들은 게르니카의 학살이라도 축하하는 모양이로군. 아니면 에스트레마두라의 광부들에 대한 이탈리아와 독일의 기관총의 승리인가. 여기서 저 친구들을 본 것은 처음인데."

"놈들은 벌써 몇 해째나 여기에 살고 있다네. 자네가 여기에서 식사하는 일이 없으니까 그렇지."
"자네는 여기서 식사하나?"
"아니."
모로소프는 히죽이 이를 드러내고 웃었다.
"좋아, 그러면 나의 다음 질문과 거기에 대한 자네의 대답일랑은 그만두세나. 틀림없이 실례가 될 테니. 나로서는 놈들이 이 집에서 태어났대도 상관없어. 놈들이 조용조용히 지껄이기만 한다면 말일세. 자…… 이 멋진 수를 받아 보게나."
라비크는 맞은편의 졸을 움직였다. 그들은 초반을 빨리 두었다. 그리고 나서 모로소프는 곰곰이 생각하기 시작했다.
"아레헨의 변화 수로군."
스페인 패 중 한 사람이 이쪽으로 왔다. 눈과 눈 사이가 짝 달라붙은 사나이였다. 그는 바싹 테이블 곁에 붙어서 섰다. 모로소프는 불쾌해서 그를 노려보았다. 스페인 인은 몸을 가누지 못했다.
"두 신사분" 하고 그는 점잖게 말했다. "고메즈 대령님께서 두 분께 포도주를 한 잔 같이 나누자고 청하십니다."
"하오나" 하고 모로소프도 마찬가지로 정중하게 대답했다. "저희들은 마침 지금 제17구의 장기 선수권 쟁탈 시합 중입니다. 심심한 사의를 표하오나 참으로 유감스럽게 그 소청을 받아들일 수가 없소이다."
그 스페인 사람은 얼굴 하나 흩뜨리지 않았다. 마치 필립 2세의 궁전이나 되는 듯이 그는 라비크에게 몸을 돌렸다.
"얼마 전에 선생님께서는 고메즈 대령께 우의를 표하신 바가 있었습니다. 그래서 대령님은 출발에 앞서 선생과 한 잔 나누고 싶어하십니다."
"제 상대방께서" 하고 라비크도 역시 정중하게 대답했다. "이미 귀하께 저희들은 오늘 이 승부를 내지 않으면 안 된다는 뜻을 말씀드렸습니다. 고메즈 대령께 감사의 뜻을 전해 주십시오. 매우 유감스럽습니다."
그 스페인 인은 몸을 굽혀 절을 하고 돌아갔다. 모로소프는 빙그레 웃었다.
"마치 처음에 왔을 무렵의 러시아인들하고 똑 같군. 구명대에라도 매달리듯 자기들의 벼슬 간판과 예의범절을 붙들고 늘어졌겠다. 그런데 자네는 저 야만인에게 무슨 우정을 베풀었나?"

"언젠가 하제(下劑)를 처방해 준 적이 있었지. 라틴 민족은 소화가 잘 되는 점을 무척이나 존중하거든."

"나쁘진 않군." 모로소프는 눈을 깜박거려 보였다. "민주주의의 오랜 약점이렷다. 똑같은 경우에, 파시스트였더라면 민주주의자에게 비소(砒素)를 주었을 걸세."

스페인 사람이 되돌아왔다.

"저는 나바로 중위입니다" 하고 녀석은 취해 있으면서도 그것을 모르는 사나이의 특유하고 묵직한 엄숙성을 지니고 그렇게 말했다.

"저는 고메즈 대령님의 부관이온데, 대령님께서는 오늘밤 파리를 떠나십니다. 프랑코 총사령관의 영광스러운 군대에 참가하기 위해 스페인에 가시는 것이올시다. 그래서 대령님께서는 귀하와 더불어 스페인의 자유와 군대를 위하여 한 잔 들고 싶어하는 것입니다."

"나바로 중위!" 하고 라비크는 간단하게 말했다. "저는 스페인 사람이 아니올시다."

"저희들도 그것을 알고 있습니다. 귀하는 독일인이십니까?"

나바로는 교활한 미소를 지었다.

"그것이야말로 고메즈 대령님께서 원하는 이유입니다. 독일과 스페인은 우방이니까요."

라비크는 모로소프를 쳐다보았다. 그들의 풍자가 너무 심했던 것이다. 모로소프의 입가가 씰룩였다.

"나바로 중위." 모로소프는 말했다. "본인은 라비크 박사와의 승부를 결말내야 함을 유감스럽게 여기는 바이올시다. 이 결과는 오늘밤으로 뉴욕과 캘커타에 전신으로 알려야 하기 때문입니다."

"귀하" 하고 나바로는 쌀쌀하게 말했다. "저희들은 귀하께서 거절하실 것으로 알았습니다. 러시아는 스페인의 적이올시다. 잠시 라비크 박사만을 초대했을 뿐이었습니다. 저희들은 귀하가 박사와 동석하고 계시기 때문에 할 수 없이 함께 초대하지 않을 수가 없었던 것이올시다."

모로소프는 잡은 말을 한 개 큼직하고 편편한 손바닥에 올려놓고 라비크를 쳐다보았다.

"거지 같은 수작은 이 정도로 충분하다고 생각지 않나?"

"아무렴." 라비크가 돌아다보았다. "자네가 잠자코 되돌아가는 게 제일 간단할 것 같소, 젊은이. 당신은 쓸데없이 소비에트의 적인 모로소프 대령을 모욕하고 있소."

그는 대답도 기다리지 않고 장기판 위로 몸을 굽혔다. 나바로는 잠시 우물쭈물하고 서 있다가는 돌아갔다.

"놈은 취한 데다가 더욱이 라틴 인들이 그렇듯 유머가 없단 말이야" 하고 라비크가 말했다. "그렇다고 우리가 유머를 못 쓸 이유는 없어. 그래서 나는 자네를 방금 대령으로 승진시켰던 것일세. 내가 알기로는 자네는 가련한 중령에 불과하네만. 자네가 저 놈의 고메즈와 똑같은 계급이 아니라는 것이 참을 수가 없었던 걸세."

"이봐, 너무 떠들지 말아. 아레헨의 변화 수를 망쳐 버렸단 말이야. 이 차는 죽겠는데."

모로소프는 눈을 들었다.

"저런, 벌써 또 한 놈이 오는데. 다른 부관이로군. 무슨 놈들이 저래!"

"고메즈 대령 자신이군."

라비크는 유쾌한 듯이 몸을 뒤로 기대었다.

"대령과 대령의 대결이군."

"간단히 해치우자구."

대령은 나바로보다 한결 더 예의를 차렸다. 그는 자기 부관의 과실을 모로소프에게 사과를 했고 그 사과는 받아들여졌다. 따라서 고메즈는 이제 그 난관이 없어졌으므로 화해의 표시로서 함께 프랑코를 위하여 건배를 들자고 무척이나 예의를 차려 초대했다.

"하지만 동맹국인 독일인으로서……."

대령은 눈에 띄게 당황했다.

"고메즈 대령님." 차츰 초조하게 된 라비크가 말했다. "이 자리는 이대로 둬 두십시다. 귀하는 누구든 원하는 사람과 드십시오. 그리고 저는 장기를 둘 테니까요."

대령은 납득이 가지 않는 모양이었다.

"그럼 당신은……."

"아무 말도 않는 게 나으실 걸" 하고 모로소프가 가로막았다. "안 그러면 싸움이 벌어질 판이니까."
 고메즈는 점점 당황해했다.
 "하오나, 백계 러시아인이시며 러시아 황제의 장교이신 귀하께서는……."
 "우린 아무것도 아니란 말이오. 우리는 구식의 사람들이오. 우리는 서로 의견이 달라도 상대방의 해골을 까지는 않소."
 그제야 고메즈는 알아들은 것 같았다. 그는 긴장했다.
 "알겠소" 하고 그는 비꼬듯 말했다. "나약한 민주주의의……."
 "여보게" 하고 모로소프가 별안간 험악하게 말했다. "꺼져 버려! 벌써 여러 해 전에 꺼져 버려야 했을 거야! 스페인으로. 싸우러 말이야. 거기에서는 자네들을 위해 독일인과 이탈리아인들이 대신 싸워 주고 있다니까. 잘 가게나!"
 그는 일어섰고 고메즈는 한 발짝 뒤로 물러섰다. 고메즈는 모로소프를 물끄러미 쳐다보았다. 그리고서 느닷없이 휙 돌아서서는 자기의 식탁으로 돌아갔다. 모로소프는 다시 자리에 앉았다. 그리고는 한숨을 쉬면서 벨을 눌러 웨이트리스를 불렀다.
 "칼바도스 더블로 두 잔 갖다 줘요, 클라리스."
 클라리스는 머리를 끄덕 하고는 사라졌다.
 "용감한 군인 정신이야." 라비크는 껄껄 웃었다. "단순한 대갈통에다 복잡한 명예심, 그런 것들이 술에 취하면 인생을 답답하게 만든단 말이야."
 "맞았어. 저것 보라구. 벌써 다음 차례가 오는군. 정말 일대 행렬인걸. 이번에는 어느 놈인가? 프랑코 자신인가?"
 그것은 나바로였다. 그는 테이블 두 발짝 앞쯤에 멈추어 서서는 모로소프에게 말을 건네 왔다.
 "고메즈 대령께서는 귀하에게 도전의 뜻을 전할 수가 없음을 유감으로 생각하고 계십니다. 대령께서는 오늘밤 파리를 떠나시기 때문입니다. 더욱이 그분의 사명이 너무나도 중차대하시므로 경찰과 옥신각신할지도 모를 위험을 피하시려는 것입니다."
 그는 이번에는 라비크 쪽을 돌아다보았다.
 "고메즈 대령께서는 아직도 귀하에게 진찰료를 치를 의무가 남아 있으시답니다."

그리고는 꼬깃꼬깃 구겨진 5프랑짜리를 테이블 위에 던지고 뒤로 돌아서려고 했다.

"잠깐!" 모로소프가 말했다.

클라리스가 마침 쟁반을 가지고 그의 옆에 서 있었다. 모로소프는 칼바도스 잔을 들어 그것을 잠시 들여다보다가는 머리를 잠시 젓고는 그것을 되물려 놓았다. 다음에 그는 쟁반에서 물잔을 하나 집어서 그것을 나바로의 얼굴에 끼얹었다.

"정신차리게 해주는 거야" 하고 그는 침착하게 설명했다. "돈을 던지는 법이 아니라는 것을 앞으로 알아두란 말야. 그러면 이제는 꺼져! 이 중세(中世)의 천치 같으니."

나바로는 깜짝 놀라서 서 있었다. 그는 얼굴을 닦았다. 다른 스페인 사람들이 다가왔다. 네 명이었다. 모로소프는 천천히 일어났다. 그는 스페인 사람들보다는 머리 하나가 더 컸다. 라비크는 앉은 채로 고메즈를 쳐다보고 있었다.

"쓸데없는 짓은 그만두시지" 하고 라비크는 말했다. "자네들 가운데서 안 취한 사람은 아무도 없는데 가망 없어. 2, 3분 이내에 뼈다귀가 분질러져서 사방에 나자빠질 거야. 설사 술에 취해 있지 않더라도 가망은 없겠지만."

그는 일어나서 나바로의 팔꿈치를 재빨리 잡아 그를 번쩍 들어 바로 고메즈 앞에다 내려놓았다. 고메즈는 옆으로 물러서지 않을 수가 없었다.

"이젠 우리를 가만히 둬 주게. 귀찮게 굴어 달라고 부탁하지는 않았으니까."

그는 5프랑짜리 지폐를 집어 쟁반 위에 놓았다.

"이건 네 거다, 클라리스. 이 신사들이 주신 거란다."

"그분들에게서 한 푼이라도 받아 보기는 이번이 처음인데요" 하고 클라리스가 말했다. "고맙군요."

고메즈가 스페인어로 뭐라고 말했다. 다섯 명은 뒤로 돌아서 저희들 식탁으로 되돌아갔다.

"유감이군" 하고 모로소프가 말했다. "저 놈들을 때려눕히고 싶었는데. 유감스럽게도 자네 때문에. 자네는 그런 짓을 못해, 자네도 가끔 섭섭해할 테지?"

"저 놈들하고는 그렇지도 않아. 혼내 주고 싶은 놈들은 따로 있어."
 구석진 테이블에서 두서너 마디의 스페인 말이 들려왔다. 다섯이 일어섰다. 만세 삼창이 울렸다. 건배를 한 다음 잔들을 내려놓고는 일단은 군대식으로 방을 나갔다.
 "하마터면 놈의 얼굴에 이 맛있는 칼바도스를 끼얹을 뻔했네."
 모로소프는 유리잔을 들어 그것을 마셨다.
 "그런데 저 따위 치들이 오늘의 유럽을 지배하고 있다는 사실일세! 우리도 옛날에는 저렇게 어리석었을까?"
 "별수 없었지." 라비크는 대꾸했다.
 그들은 약 한 시간쯤 장기를 두었다. 그리고 나서 모로소프가 눈을 들었다.
 "샤를르가 오는군" 하고 그는 말했다. "틀림없이 자네에게 무슨 일이 있는가봐."
 라비크는 얼굴을 들었다. 보이가 조그마한 소포를 손에 들고 다가오고 있었다.
 "이걸 선생님께 전해 달랍니다."
 "내게?"
 라비크는 소포를 자세히 들여다보았다. 조그마한 꾸러미인데 희고 얇은 종이로 말아서 끈으로 묶은 것이었다. 주소도 이름도 적혀 있지 않았다.
 "소포를 보낼 사람이 없는데, 잘못이겠지. 누가 가져왔는데?"
 "어떤 여자분이…… 어떤 귀부인이……" 하며 보이는 더듬거렸다.
 "여자가, 귀부인이라구?" 하고 모로소프가 물었다.
 "저, 그 중간쯤 됩니다."
 모로소프는 빙그레 웃었다.
 "제법 잘 알아보는데."
 "이름이 적혀 있지 않은데. 그 여자가 내게 주라고 말하던가?"
 "그렇게 말하지는 않았습니다. 선생님의 성함은 말 안했습니다. 그 여자분은 여기에 사시는 의사 선생님께라고 말했습니다. 그리고 선생님께서는 그 귀부인을 알고 계신다면서요."
 "여자가 그렇게 말하던가?"
 "아니오." 보이는 불쑥 말했다. "저 그 여자 분은 요전날 밤에 선생님하고 함께 계셨지 않습니까."

"가끔 여자를 데리고 올 때도 있지. 하지만 말이야, 비밀을 지키는 것이 호텔 종업원의 제일의 미덕이라는 것쯤은 알고 있어야지. 실언이란 것은 상류 사회의 기사들에게나 있는 거란 말이야."

"좌우간 풀어 보게나, 라비크." 모로소프가 말했다. "설사 자네에게 온 것이 아니더라도 말일세. 우리의 한스러운 생애에서 이미 그 이상의 나쁜 짓도 하지 않았나."

라비크는 껄껄거리며 웃고는 그것을 풀었다. 그리고 작은 물건을 싼 종이를 벗겼다. 여자의 방에서 보았던 나무로 만든 성모상이었다. 그는 돌이켜 생각해 보았다. 이름이 뭐였더라? 마들레느…… 마드, 그는 그것을 잊어 버렸었다. 좌우간 비슷한 이름이다. 그는 얇은 종이를 살펴보았다. 거기에는 아무런 종이 쪽지도 들어 있지 않았다.

"좋아" 하고 그는 보이에게 말했다. "내게 온 거야."

그는 성모상을 테이블 위에다 세워 놓았다. 장기짝과 함께 세워 두니 묘하게 그 상은 외로워 보였다.

"러시아 여자인가?" 모로소프가 물었다.

"아니, 나도 처음에는 그렇게 생각했네만."

라비크는 루즈가 닦여져 없어진 것을 보았다.

"이걸 어떻게 하면 좋을까?"

"아무 데나 세워 두게나. 대개 물건은 어디에다 세워 두어도 되는 법이야. 이 세계는 넓으니 어디건 둘 자리는 있다네. 인간을 위해서만은 자리가 없지만."

"아마 그 사나이는 매장되었겠지."

"바로 그 여자인가?"

"그래."

"그 후에도 그 여자를 돌봐 주었나?"

"아니."

"이상한 일이야." 모로소프가 말했다. "우리는 언제나 남을 도와주었다고 믿으면서도 그 사람이 제일 곤란하게 될 때에 손을 털거든."

"난 자선 사업을 하고 있는 건 아닐세, 보리스. 게다가 더 지독한 꼴을 보고도 아무런 손도 쓰지 않았던 일도 있었어. 그런데 그 여자에게는 왜 지금이 더 곤란하다는 말인가?"

"지금이야말로 비로소 그 여자는 진짜 고독하니까. 지금까지는 그 사나이가 죽었다고는 해도 아직은 옆에 있었거든. 그 사나이는 지상에 있었더란 말이지. 그런데 이제는 지상에 없단 말이야……. 영영 가 버려서 다시는 오지 못한다는 말일세. 여기 이것은." 모로소프는 성모상을 가리켰다. "감사의 뜻이 아니라 살려 달라는 부르짖음이야."

"난 그 여자와 잤단 말이야" 하고 라비크는 말했다. "무슨 일이 일어난지도 모르고 말일세. 난 그것을 잊고 싶다구."

"바보 같은 소리! 애정이 얽혀 있지 않는 한 그런 것쯤은 이 세상에서 가장 하찮은 일일세. 내가 아는 어떤 여자는 남자의 이름을 부르기보다는 남자와 함께 자는 것이 더 쉽다고 말하더군."

모로소프는 앞으로 몸을 구부렸다. 그의 큼직한 벗겨진 대머리가 빛을 받아 번쩍였다.

"한마디 하고 싶은 게 있어, 라비크. 우리는 할 수 있다면, 그리고 할 수 있는 한에 있어서는 남에게 친절해야 하네. 우리는 앞으로 살아가는 동안 너덧 번의 소위 범죄라는 것을 저지를 테니 말이지. 적어도 나는 그래. 그리고 자네도 틀림없을 거고."

"아무렴."

모로소프는 초라한 종려나무의 화분에 팔을 얹었다. 종려나무가 사르르 흔들렸다.

"인생이란 다른 사람에 의해 사는 거야. 우리는 서로를 잡아먹고 있는 거야. 가끔 반짝이는 인정의 가느다란 불꽃……. 우리는 그것을 없애서는 안 되네. 살기가 어려워질 때, 그것은 인간을 강하게 해 주는 것이거든."

"좋아. 알았어. 내일쯤 그 여자에게 들러 보겠네."

"좋아" 하고 모로소프가 말했다. "그것이 나의 뜻이었어. 그럼, 이제는 그만 지껄이세. 누가 백(白)이었더라."

5

주인은 라비크를 알아보았다. "그 여자는 방에 있습니다."
"내가 여기에 와 있다고 전화를 해줄 수 없겠소?"
"그 방에는 전화가 없습니다. 그냥 올라가시지요."
"몇 호실이지?"
"27호실입니다."
"이름이 떠오르지 않는데, 이름이 뭐였더라?"
주인은 놀라지도 않았다.
"마두. 조앙 마두." 그리곤 거기에 덧붙여 말했다. "그게 본명 같지는 않습니다. 아마 예명(藝名)일 겁니다."
"어째서 예명이란 말이오?"
"여배우라고 기입했으니까요. 정말 그렇게 들리지 않습니까? 어떻습니까?"
"모르겠소. 나는 구스타프 슈미트라는 배우를 알고 있는데, 그 사람의 본명은 잠보나 백작, 알렉산더 마리였소. 구스타프 슈미트는 그의 예명이었고, 전혀 그렇게 들리지 않는데, 어떻소?"
주인도 지지 않았다.
"요즘 세상에는 별일도 많으니까요" 하고 그 자는 설명했다.
"그렇게 많은 일이 일어나는 것도 아니지. 역사를 배우면 우리들이 지금 비교적 조용한 세대에 살고 있다는 사실을 알게 될 거요."
"좋습니다. 저도 그걸로 족합니다."
"나도 그렇소. 그러나 가능한 한 위안을 찾아야지. 27호실이라고 했지요?"
"그렇습니다, 선생님."

라비크는 문을 두드렸다. 대답이 없다. 그는 또 한 번 노크를 했다. 무언가 분명치 않은 대답이 들려왔다. 그가 문을 열자 여자가 보였다. 그녀는 벽 옆에 놓인 침대에 앉아 천천히 눈을 들었다. 옷을 입고 있었는데, 라비크가 처음 보았을 때 입었던 푸른 빛깔의 맞춤옷이었다. 만일에 여자가 지금 아무렇게나 잠옷 같은 것을 입고 누워 있다면 그렇게 쓸쓸한 여자로 보이지는 않을 것이다. 그러나 이렇게 아무런 의미도 없는 습관에서 누구를 위한 것도 아닌 모습으로 옷을 입고 있다는 게 무언가 라비크의 가슴을 치는 데가 있었다. 그는 그런 것을 알고 있었다. 낯선 이국에 떠돌아다니는 피난민들을 수백 명이 그런 모습으로 앉아 있는 것을 보았다. 불안스러운 생존의 조그마한 고도(孤島)……. 그들은 그렇게 거기에 앉아 어디로 갈는지 모르며, 오직 습관만이 그들을 삶에 붙들어 두고 있었다.

그는 들어선 다음 문을 닫았다. "방해라도 된 게 아닐까!" 하고 그는 물었다. 그러면서도 아무런 소용도 없는 말이었음을 이내 느꼈다. 이 여자를 방해할 게 무엇이 있다는 말인가? 이미 이 여자를 방해할 것이라고는 아무것도 없다.

그는 모자를 의자 뒤에다 놓았다.
"모든 일이 잘 되었소?"
"네. 일이 별로 많지는 않았어요."
"어려운 일은 없었고?"
"없었어요."
라비크는 단 한 개밖에 없는 안락의자에 앉았다. 스프링이 삐걱거렸다. 다리 하나가 부러진 것 같았다
"떠나려던 참이었소?" 하고 그는 물었다.
"네. 언젠가는. 나중에요. 어디로든…… 별도리가 있겠어요?"
"없지. 옳은 말이오. 2, 3일 동안은. 파리에 아는 사람이 아무도 없소?"
"없어요."
"아무도?"
여자는 피곤한 듯 머리를 쳐들었다.
"아무도요……. 선생님과 호텔 주인과 보이와 하녀를 빼고는." 그녀는 쓸쓸히 웃었다. "그만하면 많은 거죠, 어때요?"
"많지는 않군. 그리고 저…….."
라비크는 죽은 사나이의 이름을 생각해 내려고 했으나 생각이 나지 않았다.
"아니예요, 라친스키도 여기에 아는 사람이 없어요. 혹 제가 한번도 못 보았는지는 모르지만. 우리가 여기에 도착하자 그이는 이내 병에 걸린 걸요" 하고 여자는 말했다.
라비크는 오래 있고 싶지는 않았다. 그러나 여자가 그렇게 앉아 있는 것

을 보자 생각이 달라졌다.

"저녁 식사했소?"

"아뇨. 배도 고프지 않아요."

"대체 오늘 뭘 좀 먹었소?"

"네. 오늘 점심에요. 낮에는 괜찮아요. 그런데 저녁에는……."

라비크는 주위를 둘러보았다. 썰렁한 조그마한 방은 단조로움과 9월의 냄새가 났다.

"여기서 나가도 될 시간인 것 같군. 함께 식사나 하러 갑시다."

그는 여자가 거절하리라고 예측했다. 여자는 무엇에든 무관심해 보였다. 그러나 그녀는 이내 몸을 일으켜 레인코트를 집어들었다.

"그것으론 안 돼요. 그 외투는 너무 얇아요. 뭐 다른 거로, 좀더 따뜻한 게 없을까? 밖은 춥던데."

"조금 전에는 비가 왔었는데요……."

"아직도 비는 오고 있지만 춥단 말이오. 속에다 뭘 껴입을 순 없겠소? 다른 외투나 스웨터 같은 거라도."

"스웨터가 하나 있어요."

여자는 커다란 가방이 놓인 곳으로 걸어갔다. 라비크는 여자가 아직도 가방을 풀지 않고 있었다는 사실을 비로소 알았다. 여자는 가방에서 검은 스웨터를 하나 끄집어내서는 재킷을 벗고 그것을 입었다. 여자는 미끈하고 아름다운 어깨를 가졌다. 그런 다음에 여자는 베레모를 쓰고 재킷과 외투를 입었다.

"이렇게 하면 좀 나을까요?"

"훨씬 낫지."

두 사람은 계단을 내려갔다. 호텔 주인은 자리에 없었고 그 대신 보이가 열쇠걸이판 옆에 앉아 있었다. 보이는 편지를 추리고 있었는데, 마늘 냄새를 몹시 풍겼다. 그 곁에는 얼룩 고양이 한 마리가 꼼짝도 않고 앉아 그를 지켜보고 있었다.

"지금도 무얼 좀 먹고 싶은 생각이 없소?" 밖으로 나오자 라비크가 물었다.

"모르겠어요, 많이는 먹지 못할 것 같아요."

라비크는 손을 들어 택시를 불렀다.

"그럼, 벨 오르르로 가지. 거기 가면 정식을 안 먹어도 되니까."

벨 오르르에는 손님이 별로 없었다. 저녁을 먹기엔 너무 늦은 시간이었다. 그들은 천장이 낮고 조그만 2층 방의 식탁을 하나 차지했다. 그들 외에는 한 쌍의 남녀가 조그만 창가에 앉아 치즈를 먹고 있었고, 수척하게 생긴 사나이가 외롭게 앉아 굴을 산처럼 쌓아 놓고 앉아 있을 뿐이었다. 웨이터가 들어오더니 바둑판 무늬의 식탁보를 어떻게 할까 하고 들여다보다가 끝내는 그것을 갈아 씌우기로 결정을 했다.
"보드카 두 잔." 라비크는 주문했다.
"찬 것으로 좀 마신 다음에 오르되브르를 먹기로 하지." 그는 여자 쪽을 보며 말했다. "당신에겐 그것이 제일 좋을 거요. 이 집은 오르되브르가 유명하거든. 그밖에는 별로 먹을 게 없어. 너무 배가 불러서 다른 것은 먹을 수가 없게 된단 말이야. 10여 종이나 되는데 더운 것, 찬 것, 그것들이 각각 독특한 맛이 있어. 그걸 한번 먹어 보도록 하지."
웨이터가 보드카를 가져왔다. 그리고는 메모지를 꺼내들었다.
"카라프 뱅 로제로 하나" 하고 라비크는 일렀다. "앙주 산 있나?"
"앙주 산으로. 네, 잘 알겠습니다."
"됐어. 큰 카라프로 하기로 하는데 얼음에 채워서 주게. 그런 다음 오르되브르로 하지."
웨이터가 물러갔다. 문에서 그는 마침 계단을 급하게 뛰어 올라오는 붉은 깃털 모자를 쓴 여자와 하마터면 부딪칠 뻔했다. 그 여자는 웨이터를 밀어젖히고 굴을 먹고 앉아 있는 수척한 사나이에게로 다가섰다.
"알베르" 하고 여자가 말했다. "이런 돼지 같으니······."
"쯧쯧" 하고 알베르는 혀를 차며 주위를 둘러보았다.
"쯧쯧이 뭐예요."
여자는 젖은 우산을 식탁 위에 올려놓고는 씩씩거리며 자리에 앉았다. 그래도 알베르는 태연했다. "이봐요, 여보" 하고 나직이 속삭이기 시작했다.
라비크는 빙그레 웃으며 잔을 들었다.
"단숨에 마시기로 하지, 살류트."
"살류트" 하고 조앙 마두도 술을 마셨다.
웨이터가 오르되브르를 조그마한 손수레에 실어서 밀고 왔다.
"어떤 것을 들겠소?"

라비크는 여자를 바라보았다.
"내가 집어 주는 게 제일 간단하겠군."
그는 접시 하나 가득 담아서 그녀에게 건네 주었다.
"입에 안 맞아도 괜찮아요. 나중에 또 다른 손수레들이 올 테니까. 이건 시작이거든."
그는 자기 접시에 담은 여자 쪽은 거들떠보지도 않고 먹기 시작했다. 그러다가 문득 여자도 먹고 있다는 것을 알아차렸다. 그는 새우의 껍질을 벗겨서 여자에게 내밀었다.
"먹어봐요. 왕새우보다 맛이 있을 테니. 이번에는 빠데 메종인데, 거기다가 흰 빵을 곁들여 먹으면 썩 좋아요. 포도주도 함께 들고, 개운하고 담백하고 시원하거든."
"저 때문에 여러 가지로 수고를 하시게 되는군요."
"그런데, 마치 급사장 같은데." 라비크는 소리를 내어 웃었다.
"그런 뜻이 아니라, 정말로 제가 폐를 너무 끼쳤어요."
"나는 혼자 식사하기 싫어하는 성미요. 그러니 이유는 그것뿐이지. 꼭 당신과 마찬가지로."
"저는 좋은 상대가 못 되는 걸요."
"천만에" 하고 라비크는 받았다. "식사를 하기엔 됐어, 당신은 식사를 하는데는 제일급이거든. 말이 많은 사람은 딱 질색이란 말이야. 큰 소리로 떠드는 사람도 그 모양이고."
그는 알베르를 건너다보았다. 붉은 깃털 모자는 그가 얼마나 돼지새끼냐 하는 점을 큰 소리로 늘어놓는 판이었다. 그렇게 떠들면서 우산으로 식탁을 또닥거리고 있었다. 알베르는 참을성 있게 귀를 기울이고 있었지만, 별로 감명을 받고 있는 것 같지는 않았다.
조앙 마두는 슬쩍 눈웃음을 쳤다.
"저도 싫어요."
"저기, 다음 수레가 오는군. 부를까? 그렇지 않으면 우선 한 대 피우기로 할까?"
"먼저 한 대 피우지요."
"좋아. 오늘은 딴 것을 가지고 있거든. 그 시커먼 것이 아니고 말이야."

그는 담배에 불을 붙여 주었다. 여자는 몸을 뒤로 기대며 연기를 깊이 빨아들였다. 여자는 라비크를 똑바로 쳐다보았다.
"이렇게 앉아 있으니 좋네요" 하고 여자는 말했다.
순간적이긴 했지만 라비크에게는 여자가 당장이라도 눈물을 흘릴 것만 같아 보였다.

그들은 꼴리제에서 커피를 마셨다. 샹젤리제 쪽으로 향한 큰 홀에는 손님이 붐볐지만 아래층 홀에서 빈 탁자를 하나 찾아낼 수가 있었다. 벽의 상반부는 유리를 둘러 끼웠고, 그 속에 앵무새와 잉꼬가 웅크리고 앉아 있는가 하면, 각양각색의 열대 새들이 이리저리 날고 있었다.
"앞으로 무슨 일을 할 것인지 생각해 보았소?" 라비크가 물었다.
"아뇨, 아직은."
"이곳에 왔을 때 무슨 확실한 계획이라도 있었소?"
여자는 망설였다.
"아니에요, 별로……?"
"호기심에서 묻는 것이 아니오."
"저도 알고 있어요. 제가 무엇이든 일을 해야 한다고 생각하고 계시겠지요. 저도 그래야 되겠다 싶어요. 저도 매일처럼 그렇게 해야겠다고 벼르고는 있어요. 하지만……."
"호텔 주인은 당신이 여배우라고 하더군. 내가 물어 보지도 않았는데 말이오. 당신 이름을 물어 보니까 그런 얘기까지 하던데."
"제 이름을 잊으셨군요."
라비크는 여자를 슬쩍 쳐다보았다. 여자는 물끄러미 그를 쳐다보고 있었다.
"그랬어" 하고 라비크는 말했다. "쪽지를 호텔에 놓아두고 와서 생각이 나질 않더군."
"지금은 알고 계세요?"
"알고 있지. 조앙 마두."
"전 쓸 만한 여배우는 못 돼요." 여자가 말했다. "보잘것없는 역밖에는 맡아보지 못했어요. 그나마도 최근에는 거의 못해 보았고요. 게다가 프랑스 말도 못하는 걸요."

"그럼, 어느 나라 말을 하지?"

"이탈리아 말이에요. 거기서 자랐으니까요. 그리고 영어하고 루마니아 말을 조금 해요. 아버지가 루마니아 사람이었으니까요. 지금은 죽었지만요. 어머니는 영국 사람인데 지금도 이탈리아에 살고는 있지만, 어디서 살고 있는지는 몰라요."

라비크는 건성으로 듣고 있었다. 지루한데다 더 무슨 말을 해야 좋을지 몰랐다.

"다른 일은 뭐 해 본 게 있나?" 그는 가만히 있을 수가 없어 그렇게 물었다. "당신이 맡았다는 보잘것없는 배역은 빼고 말이오."

"그와 비슷한 일을 조금 배웠어요. 춤하고 노래를 조금요."

라비크는 의심스럽다는 듯 여자를 바라보았다. 그런 것을 할 것 같아 보이지를 않았다. 어딘지 모르게 흐리멍덩하고 매력이라곤 없었다. 배우처럼 보이는 데라곤 한 군데도 없었다.

"그렇다면 일을 얻기는 쉬울 거요" 하고 그는 말했다. "그런 것이라면 말을 제대로 못해도 될 테니까 말이오."

"글쎄요, 우선 무슨 일이든 찾아야겠어요. 아는 사람이 없으니, 그것이 어렵거든요."

'모로소프 같으면……' 문득 라비크는 떠올렸다. '새헤라자드, 그렇구나! 그런 일이라면 모로소프가 알고 있을 게다.' 거기에 생각이 미치자 그는 기운이 났다. '모로소프 덕분에 이런 따분한 저녁을 보내게 되었으니 이제는 이 여자를 모로소프에게 떠맡겨도 되겠지. 보리스 녀석 어디 실력을 한번 볼까.'

"당신, 러시아 말 할 줄 아오?"

"조금요. 노래를 한두 가지. 집시의 노래지요. 루마니아 노래와 비슷해요. 왜 그러세요?"

"그런 데에 좀 통하는 사람을 알고 있어. 아마 당신을 도와 줄지도 모를 거야. 그 친구의 주소를 가르쳐 주겠어."

"별 소용이 없을 거예요. 중개인이란 어디나 같아요. 소개 정도는 별 힘이 닿지 않거든요."

이 남자는 가장 손쉬운 방법으로 자기를 떼어버리려고 생각하고 있구나, 하고 여자가 눈치챘다는 것을 그는 알았다. 그렇다면 가만히 있을 수만은 없다.
"내가 말한 그 친구는 중개인이 아니고 세헤라자드의 도어맨이야. 몽마르뜨르에 있는 러시아 식 나이트 클럽이지."
"도어맨요?" 조앙 마두는 고개를 들었다. "그러면 좀 달라요. 도어맨은 중개인보다는 훨씬 잘 알고 있어요. 어떻게 할 수 있을 거예요. 잘 아시는 분인가요?"
"친한 친구야."
라비크는 깜짝 놀랐다. 여자가 별안간 직업 여성 말투가 되었기 때문이다.
'이거 아주 급하군.' 하고 그는 생각했다.
"아주 가까운" 하고 그는 말했다. "보리스 모로소프라는 사람인데 벌써 10년이나 세헤라자드에서 일하고 있어. 거기서는 언제나 꽤나 규모가 큰 쇼를 하고 있거든. 보리스는 그 집 지배인하고 친한데다 만약 세헤라자드에 자리가 없더라도 그 친구라면 딴 데라도 틀림없이 알아봐 줄 수 있을 거요. 한번 가 보겠소?"
"네. 몇 시쯤 가면 될까요?"
"저녁 아홉 시쯤이 좋은데. 그때쯤이면 별로 일이 없으니 당신하고 이야기할 시간이 있을 거요. 내가 그 친구한테 미리 이야기를 해 놓겠어."
라비크는 모로소프의 얼굴을 볼 일이 벌써부터 즐거웠다. 갑자기 그는 기운이 났다. 지금까지 마음에 걸리던 가벼운 책임감도 사라졌다. 그는 할 수 있는 일은 다한 셈이다. 이제부터는 여자가 할 일뿐이다.
"고단하오?" 그가 물었다.
조앙 마두는 그의 눈을 똑바로 쳐다보았다.
"피곤하지는 않아요" 하고 여자는 말했다. "그러나 저와 여기에 이렇게 앉아 계시는 게 선생님께는 고역이라는 것을 저는 알고 있어요. 선생님은 그저 저를 동정하고 계신 거지요. 정말 고맙습니다. 방에서 데리고 나오셔서 이렇게 이야기를 해주시니. 벌써 며칠째 아무하고도 말을 건네 본 일이 없었어요. 이제는 가 보겠어요. 선생님은 제게 너무나 잘해 주셨어요. 처음부터 말이에요. 선생님이 안 계셨다면 전 어떻게 되었을지 모르겠어요."
'또 시작됐군.' 하고 라비크는 생각했다. 그는 답답한 나머지 자기 앞의 유리를 낀 벽을 보았다. 비둘기 한 마리가 잉꼬를 정복하려고 덮치고 있는 중이었다. 잉꼬는 이제 지쳐 버렸는지 비둘기를 등에서 떨어버리려고도 하지 않았다. 아무것도 모르는 체 모이만 쪼며 비둘기를 완전히 무시하고 있었다.

"동정이 아니야" 하고 라비크가 말했다.

"그럼 뭐예요?"

비둘기는 단념한다. 잉꼬의 넓은 등허리에서 뛰어내려 깃을 닦기 시작한다. 잉꼬는 시치미를 떼고 꽁지를 치켜들고는 똥을 눈다.

"이번엔 어디, 오래된 좋은 알마나크를 마시기로 하지" 하고 라비크는 말했다. "이것이 기껏 내가 할 수 있는 답변이야. 하지만 내 말을 믿어 줘. 나는 그렇게 대단한 박애주의자는 아니란 말이야. 밤이면 혼자서 아무 데나 가서 앉아 있는 날이 많은데, 당신은 그렇게 하는 것이 재미깨나 있는 일이라고 생각하는 거요?"

"그렇게는 생각지 않아도 좌우간 저는 좋은 상대자가 못 돼요. 혼자 계시는 편이 낫겠지요."

"상대를 이것저것 고르고 하는 따위는 나는 벌써 잊어 버렸어. 자, 여기 당신의 알마나크가 왔어, 살류트!"

"살류트!"

라비크는 잔을 내려놓았다.

"그러면 이제 이 동물원에서 사라지기로 합시다. 아직은 호텔에 돌아가고 싶지는 않을 테지?"

조앙 마두는 고개를 끄덕였다.

"됐어. 그럼 어디 다른 데로 가 볼까. 아주 세헤라자드로 가기로 하지. 거기서 한잔 마시자고. 두 사람이 함께 가보는 게 좋을 것 같군. 그리고 거기가 무슨 일을 하는 데인지 당신도 알 수 있을 테고."

벌써 새벽 세 시경이었다. 두 사람은 밀랑 호텔 앞에 서 있었다.

"이제는 실컷 마셨소?" 하고 라비크가 물었다.

조앙 마두는 주저주저했다.

"거기 세헤라자드에서는 실컷 마셨다고 생각했었는데, 여기 와서 이 문을 바라보니…… 실컷 마신 것 같지가 않군요."

"그것쯤이라면 어떻게 해결할 수가 있겠지. 호텔에는 아직 무엇이든 있을 거요. 없다면 어디든지 바에 가서 한 병 사도록 하고. 자, 들어가지."
 여자는 그를 쳐다보았다. 그리고 다음에는 문을 바라보았다.
 "좋아요" 하고 결정을 한 듯 여자는 말했다. 그러나 선 채로 움직이지도 않았다. "그 텅 빈 방으로 올라가자구요?"
 "내가 데려다 주지, 한 병 가지고 올라갑시다."
 웨이터가 잠에서 깼다.
 "뭐 마실 것 없나?" 하고 라비크는 물었다.
 "샴페인 칵테일이 어떠실까요?" 웨이터는 이내 사무적으로 그러나 여전히 하품을 하면서 물었다.
 "고마와. 좀더 독한 것이 좋겠는데. 코냑을 한 병 주게."
 "꾸르바지에, 말텔, 에네시, 비스퀴 듀부쉬에 중 어느 것으로 할까요?"
 "꾸르바지에로."
 "좋습니다. 마개를 빼서 가지고 올라가겠습니다."
 그들은 계단을 올라갔다.
 "열쇠를 가졌소?" 하고 라비크는 여자에게 물었다.
 "방을 잠그지 않았어요."
 "잠그지 않으면 돈이고 서류고 도둑 맞을 텐데."
 "잠가 둬도 도둑 맞긴 마찬가지예요."
 "이런 자물쇠라면 그렇겠군. 그래도 잠그면 간단히 훔칠 수야 없겠지."
 "그럴지도 모르지요. 그러나 혼자 밖에서 돌아와서 열쇠로 문을 열고, 텅 빈 방에 들어가기가 싫은 걸요. 마치 묘지라도 여는 것 같아서요. 이 방에 들어오는 것만으로도 지긋지긋해요⋯⋯ 한두 개의 트렁크밖엔 기다리는 게 있어야죠."
 "어딜 가도 기다리는 것은 없는 법이오." 라비크는 말했다. "우리는 무엇이든 모조리 들고 다녀야 하거든."
 "그렇기는 해요. 그래도 자비로운 환상이라는 것은 있을 게 아니겠어요. 그런데 여긴 아무것도 없거든요⋯⋯."
 조앙 마두는 코트와 베레모를 침대 위에 내던지고 라비크를 바라다보았다. 창백한 얼굴에 박힌 두 눈은 맑고 컸으며 마치 분노에 찬 절망 속에서 굳어 버린 듯했다. 여자는 잠시 그대로 서 있다가 재킷의 주머니에다 두 손을 찌른 채 성큼성큼 그 좁은 방안을 서성거리기 시작했다. 돌아설 때마다 몸에 탄력을 주면서 묘하게 틀곤 했다. 라비크는 여자를 곰곰이 뜯어보았다. 여자는 갑자기 힘이 솟아서 무척이나 날쌘한 맛이 돌아 그 방이 여자에게는 너무나 비좁은 감을 주었다.

　문을 노크하는 소리가 들리고 웨이터가 코냑을 들고 들어왔다.
　"식사는 어떻게 하시겠습니까? 콜드 치킨이나 샌드위치 같은 것은 어떠실까요?"
　"여보게, 시간 낭빌세." 라비크는 돈을 치른 다음 그를 방에서 내쫓았다. 그리고는 두 개의 잔에다 술을 따랐다.
　"자, 받아요. 간단하고 야만적이긴 하지만 괴로울 때는 원시적으로 해치우는 게 제일이거든. 세련된 짓이란 여유가 있을 때나 하는 것이고. 자, 마셔요."
　"그리고 다음에는 어떡하지요?"
　"그리고, 또 마시는 거지."
　"저도 그렇게 해봤어요. 그래도 소용없는 일이었어요. 혼자서 취한다는 건 그리 좋은 일은 못 돼요."
　"우선 잔뜩 취해야 되는 법이야. 그럼 잘 돼요."
　라비크는 침대와 마주 보이는 벽에 기대놓은 좁고 흔들거리는 긴 의자에 가서 앉았다. 전에 못 보던 것이었다.
　"이것은 당신이 올 때부터 있었던 거요?"
　여자는 고개를 저었다.
　"제가 들여놓게 했어요. 침대에서 자고 싶지 않았어요. 무의미하다는 생각이 들었지요. 침대라든가 옷을 벗는 일, 모든 게 무슨 소용이 있겠어요. 아침이나 낮이라면 그래도 괜찮겠지만 밤에는……."
　"무슨 일이든 할 게 있어야겠군." 라비크는 담배에 불을 붙였다. "모로소프를 못 만나서 유감인걸. 오늘이 그 친구가 비번(非番)인 걸 내가 몰랐어. 내일 저녁 거길 가 봐요. 아홉 시쯤 해서 틀림없이 당신에게 뭣이든 일자리를 구해 줄 거요. 하다못해 주방 일이라도. 그렇게 하면 밤에는 일할 수 있지. 당신도 그걸 바라지 않소?"
　"그럼요." 조앙 마두는 서성이던 걸음을 멈추었다.

그리고 코냑을 들이키고 침대에 가서 앉았다.
"전 매일 밤 밖을 쏘다녔어요. 걷고 있는 동안은 마음이 편한데, 앉아 있으면 천장이 머리 위에 떨어지는 듯한……."
"그렇게 걸어다녀도 무사했소? 뭐 도둑 맞거나?"
"아뇨. 아마 저 같은 것은 훔칠 만한 것도 없는 여자로 보이는 모양이지요."
여자는 빈 잔을 그에게로 내밀었다.
"그러지 않을 땐…… 저는 누가 말이라도 자주 걸어 주었으면 했어요. 전혀 그렇게 존재가 없이 걷고만 있기가 싫었거든요. 적어도 어떤 사람의 눈이든 나를 보아주었으면 했지요. 돌 같은 것이 아니고 사람의 눈이 말이에요. 내쫓긴 것처럼 그렇게 돌아다니지 않게 되었으면 했어요. 마치 다른 유성에라도 사는 사람 꼴이었어요!" 여자는 머리를 위로 젖히고 라비크가 내미는 잔을 받았다. "제가 왜 이런 얘기를 하는지 모르겠군요. 이야기하고 싶은 게 아닌데. 아마 며칠 동안 말을 못하고 지내서 그런가 보죠. 오늘 저녁 처음으로……." 여자는 말을 중단했다. "제 이야기를 듣지 마세요……."
"나는 술을 마시고 있소" 하고 라비크는 말했다. "당신은 하고 싶은 말을 해요. 밤이니 아무도 듣는 사람이 없을 테고, 나는 내 마음에다 귀를 기울이고 있을 뿐이오. 내일이면 모두 잊어버리게 될 것이니."
그는 뒤로 기댔다. 집안 어디선가 물 쏟아지는 소리가 들렸다. 라디에이터가 딸가닥거렸고 부드러운 빗발이 여전히 창문을 두드리고 있었다.
"돌아와서 불을 끄고…… 그러면 어둠이 마치 클로로포름에 적신 솜뭉치처럼 내려앉는 거예요…… 그러면 불을 다시 켜고 언제까지고 멍청하게 바라보고 있어요 ……."
'벌써 취했군…….' 라비크는 생각에 잠겼다. '시작이 전보다 일렀던가, 불이 침침해서 그렇던가, 또는 두 가지가 모두 원인이 되었던가? 이 여자는 벌써 그 보잘것없던 퇴색한 여자는 아니다. 다른 사람이다. 별안간 눈이 있다. 얼굴이 있다. 무엇인지 나를 빤히 보고 있다. 아마 그림자일 것이다. 내 머릿속에 든 부드러운 불길이 이 여자를 비추고 있는 것이다. 취하면 나타나는 최종의 눈부신 빛이.'
그는 조앙 마두가 얘기하고 있는 것을 진정으로 듣고 있지 않았다. 그런 것은 이미 알고 있는 일이어서 새삼스럽게 듣고 싶지가 않았다. 고독하다는 것 —— 그것은 인생의 영원한 후렴인 것이다. 다른 여러 가지에 비하여 좋을 것도 나쁠 것도 없다. 누구나 지나치게 그것을 입에 담을 뿐이다. 사람은 언제나 고독하지만, 그렇다고 그렇게 고독한 것만도 아니다. 갑자기 어디선가 어스름 속에서 바이올린 소리가 들린다. 부다페스트 근방의 언덕 위에 자리잡은 어떤 정원, 지독한 밤나무 냄새와 바람, 그리고 어린 부엉이처럼 어깨에 가서 웅크리고 앉아 어둠 속에서 두 눈을 밝히는 꿈들, 절대로 밤이 되지 않는 밤, 모든 여자가 아름다워지는 시간, 초저녁이란 큼지막한 갈색의 꽃나비의 날개.

그는 문득 눈을 들었다.
"감사해요" 하고 조앙 마두는 말했다.
"뭐가?"
"귀담아 듣지 않으시고, 멋대로 지껄이게 내버려두셔서 말이에요. 살았어요. 저는 그게 필요했었거든요."
라비크는 고개를 끄덕였다. 그는 여자의 잔이 또 비어 있는 것을 보았다.
"됐어. 당신이 마시도록 병은 여기에 놔두고 가지."
그는 일어섰다. 방, 여자, 그밖에는 아무것도 없다. 창백한 얼굴. 이젠 빛나지도 않는 얼굴이다.
"벌써 가시게요?" 조앙 마두는 물었다. 그리고는 누가 그 방에 숨어라도 있는 듯이 사방을 둘러보았다.
"이건, 모로소프의 주소요. 이름을 적어 두지. 잊지 않도록, 내일 저녁 아홉 시."
라비크는 처방지에다 적어서는 그것을 트렁크 위에 놓았다.
조앙 마두도 일어서서 외투와 베레모를 집어 들었다. 라비크는 여자를 쳐다보았다.
"바래다 줄 필요는 없어."
"저도 그럴 생각은 없어요. 여기 남아 있고 싶지 않을 뿐이에요. 지금은 싫어요. 어디든 좀더 돌아다니고 싶어요."
"그래도 어차피 여기로 돌아와야 할 게 아니오. 같은 짓의 되풀이지. 왜 그대로 남아 있지 않소? 이젠 겁낼 게 없지 않소."

"곧 새벽인걸요. 제가 돌아올 때쯤엔 아침이 될 거예요. 그때는 견디기가 쉬워요."

라비크는 창가로 갔다. 아직도 비는 내리고 있었다. 가로등의 누런 불빛을 받아서 젖은 회색 머리털 같은 빗발이 바람에 나부낀다.

"이리 와요. 다시 한잔합시다. 그리고 당신은 자는 거요. 이런 날씨에 나다닐 수도 없잖소."

그는 병을 집어 들었다. 조앙 마두는 그에게 바싹 다가섰다.

"절 여기에다 혼자 버려 두고 가지는 마세요."

성급하고 절실하게 그는 여자의 입김을 느꼈다.

"혼자 여기에다 내버려두고 가지 마세요. 오늘만은요. 왜 그런지는 몰라도 오늘만은 가지 마세요, 네? 내일이면 기운이 날 거예요. 오늘은 안 되겠어요. 이제는 지치고 기진맥진해서 쓰러질 것 같아요. 저를 아예 데리고 나가시지 않았으면 좋았을 걸 그랬나 봐요…… 오늘만은 싫어요. 지금은 혼자 있을 수가 없어요."

라비크는 병을 가만히 책상 위에 놓고 자기의 팔을 붙잡고 있는 여자의 손을 풀었다.

"어린애로군" 하고 그는 말했다. "그런 것에 익숙해져야 하는 법이오."

그는 잠시 눈으로 긴 의자를 더듬었다.

"나는 여기서 잘 수도 있소. 이제부터 나가 봐야 별수는 없어. 한두 시간이라도 자야 해. 아침 아홉 시에 수술이 있거든. 여기건 저기건 내 방에서건 자는 덴 마찬가지니까. 환자 곁에서 밤샘을 처음 해보는 것도 아니니. 그러면 되겠지?"

여자는 고개를 끄덕였다. 그러면서도 여자는 바싹 그의 곁에 붙어서 떠나지 않았다.

"일곱 시 반에 떠나야 해. 지독히 이르지. 당신을 깨우게 될지도 모르겠어."

"괜찮아요. 제가 일어나 아침 식사를 준비할께요. 무엇이든……."

"그러지 않아도 돼" 하고 라비크는 말했다. "아침은 가까운 데 있는 카페에서 할 테야. 꾀 많은 노동자처럼 럼주를 친 커피에다가 크로아상이면 되거든. 나머지는 병원에 가서 할 수가 있어. 간호원 우제니한테 목욕 준비를 부탁할 수도 있고. 됐어, 여기서 자도록 하지. 동짓달의 버림받은 두 영혼이 말이야. 당신은 침대에서 자고 원한다면 옷을 갈아입을 때까지 나는 그 늙은 웨이터한테 내려가 있어도 좋지."

"그러실 필요는 없어요."

"도망 가진 않을 테요. 그렇지 않아도 한두 가지 필요한 물건은 있어야 될 게 아니오. 베개라든지 이불 같은 것이."

"벨을 누를게요."

"그건 나두 할 수가 있어." 라비크는 초인종 버튼을 찾았다. "이런 일은 남자가 하는 편이 낫거든."

웨이터는 코냑을 또 한 병 들고 이내 왔다.

"지나친 대접이군" 하고 라비크는 말했다. "고맙군. 우리는 전후파(戰後派)란 말이야. 이불하고 베개 그리고 시트도 있어야겠어. 여기서 자야겠으니 말일세. 너무 춥고 비가 쏟아지고 있으니 어쩌겠나. 지독한 폐렴으로 고생하다가 겨우 일어난 지 이틀밖에 안 됐거든. 어떻게 할 수가 없을까?"

"염려 마십쇼. 그러시리라고 생각했었습죠."

"됐어." 라비크는 담배에 불을 붙였다. "난 복도로 나가 있지. 어디 문 앞의 구두나 구경해 볼까. 옛날부터 그것이 내 취미였거든. 도망은 안 가" 하고 그는 조앙 마두의 눈초리를 보며 말을 이었다. "난 애굽 땅의 요셉은 아니야. 외투를 남겨 두고 도망치지는 않을 테니까."

웨이터가 부탁한 물건을 손에 들고 돌아왔다. 라비크가 복도에 서 있는 것을 보자 그는 갑자기 멈춰 섰다. 그리곤 얼굴이 환해지면서 말했다.

"이런 일은 좀처럼 드문 일입니다."

"나 역시 이런 일은 드문 일일세, 생일날이나 성탄절쯤이나 그럴까. 그걸 이리 주게나. 내가 가지고 들어가지. 그건 또 뭔가?"

"보온통입니다. 폐렴이라고 하시기에."

"기가 막히는군! 하지만 나는 폐를 코냑으로 데우기로 했다네."

라비크는 주머니에서 지폐를 몇 장 끄집어내 웨이터에게 주었다.

"아마도 손님께서는 잠옷이 없으실 테니 제가 한 벌 드릴깝쇼?"

"고맙소" 하고 라비크는 늙은이를 바라보았다. "내게는 보나마나 너무 작겠는걸."

"천만에요. 꼭 맞을 겁니다. 아주 새것인뎁쇼. 이걸 비밀입니다만 어떤 미국 분이 제게 주신 것입니다. 어떤 부인한테서 선물로 받았던 거랍니다. 저는 그런 것은 입지 않거든요. 전 속옷을 잠옷으로 그냥 입거든요. 아주 새것입니다, 손님."

"알았소, 가져오구료. 어디 한번 봅시다."

라비크는 복도에서 기다리고 있었다. 옆방 문 앞에는 세 켤레의 구두가 놓여 있었다. 한 켤레는 창이 닳은 조그마한 고무 구두였다. 그 방에서는 코고는 소리가 우레처럼 들렸다. 다른 두 켤레는 갈색의 남자용 단화와 단추가 달린 에나멜 가죽의 하이힐이었다. 그 두 켤레의 구두는 같은 방문 앞에 놓여 있었다. 가지런히 놓여 있기는 하지만 이상스럽게도 외롭게 보였다.

웨이터가 파자마를 가지고 왔다. 푸른 인조견에다 황금색 별들을 무늬 놓은 것이었다. 라비크는 말문이 막혀 잠시 그것을 바라보았다. 그는 그 미국인의 기분을 이해할 것 같았다.

"훌륭하지요!" 하고 웨이터는 자랑스러운 듯 말했다.

사실 파자마는 새것이었다. 그것을 산 루브르 백화점의 상자도 그대로였다.

"섭섭한 일이군" 하고 라비크는 말했다. "이것을 골라서 산 여자를 볼 수가 없으니."

"오늘밤에는 이것을 입으시지요. 사시지 않아도 좋습니다, 손님."

"삯은 얼마나 받으려오?"

"좋도록 하십시오."

라비크는 주머니에서 돈을 꺼냈다.

"이건 너무 많은뎁쇼." 웨이터는 말했다.

"당신은 프랑스 사람이 아니오?"

"왜요, 생 나제르 태생인걸입쇼."

"그렇다면 미국인하고 교제가 시원치 않겠는데. 이런 파자마의 값으로는 많을 게 없지."

"맘에 드신다니 기쁩니다. 안녕히 주무십쇼, 손님. 내일 부인께 찾으러 오겠습니다."

"내일 아침에 내가 돌려드리겠소. 일곱 시 반에 깨워 주도록. 조용히 문을 두드려요. 그래도 알 테니까…… 그럼 잘 자시오."

"이걸 좀 봐요." 라비크는 조앙 마두에게 파자마를 보였다. "산타클로스의 옷이지. 늙은 영감은 요술쟁이로군. 그런데 이런 물건을 내가 입는단 말이오. 우스꽝스러운 일에 대해서는 용기뿐만이 아니라, 그것을 순진하게 받아야 할거야."

그는 긴 의자 위에다 담요를 폈다. 자기 호텔에서 자건 여기서 자건 그에게는 아무래도 상관없었다. 그는 복도에서 그럭저럭 쓸 만한 욕실이 있는 것도 보아 두었고, 새 칫솔도 웨이터에게서 얻어 두었다. 다른 것들은 그에게는 아무래도 좋았다. 여자란 환자와도 같은 것이 아닌가.

그는 물 잔에다가 코냑을 채워서 웨이터가 가져온 작은 잔 하나와 같이 침대 옆에다 놓았다.

"이것만 있으면 충분하겠지." 그는 말했다. "이렇게 하는 편이 훨씬 간단하거든. 일부러 일어나서 따라 주지 않아도 될 테니까. 병과 또 한 개의 잔은 내 옆에다 두겠어."

"작은 잔은 필요 없어요. 물 잔으로 그냥 마실 테니까요."

"그러면 더 좋고."

라비크는 긴 의자 위에서 담요로 몸을 감쌌다. 여자가 잠자리는 편하냐고 하면서 곰살맞게 굴지 않는 것이 그에게는 좋았다. 여자는 만족한 모양이었다. 다행히도 여자는 쓸데없이 주부다운 친절은 베풀지 않았다.

그는 잔을 채우고 병은 방바닥에다 내려놓았다.

"살류트!"

"살류트! 감사해요."

"이젠 됐어. 그렇지 않아도 빗속에 집으로 돌아가고 싶지는 않았으니까."

"아직 오고 있나요?"

"응."

정적을 뚫고 비가 나직하게 창을 두드리는 소리가 들려왔다. 흡사 무엇인가가 방 안으로 들어오고 싶어하는 것 같았다. 음산하고 형태도 없는 것, 슬픔보다도 더 슬픈 것 —— 먼 옛날의 아득하기만 한 추억, 밀려왔다가는 그대로 어느 섬에 올라가 말라 버리고 만 것 —— 인간과 빛과 토막의 상념들, 그리고 그것을 되찾아 묻어 버리고 싶어 끊임없이 밀려오는 파도.

"술 마시기에는 안성맞춤인 밤이군."

"네…… 하지만 혼자 있기에는 괴로운 밤이에요."
라비크는 잠시 가만히 있었다.
"우리는 그것에 습관이 돼야 하오." 이윽고 그는 말했다. "전에 우리들을 잡아매고 있던 것은 이제는 파괴되고 말았어. 우리들은 오늘날 끈이 끊어져 유리 조각처럼 산산이 흩어져 있는 거요. 튼튼한 것이라곤 하나도 없어." 그는 다시 잔을 채웠다. "어렸을 때 나는 목장에서 하룻밤을 지낸 일이 있었어. 여름이었는데 하늘이 맑았었지. 잠들기 전에 봤을 때 오리온 좌(座)는 지평선 위로 보이는 숲 위에 걸려 있었는데, 밤중에 잠을 깨어 보니 뜻밖에도 그것은 바로 내 위에 와 있었어. 나는 그때의 일을 잊어버릴 수가 없어. 지구는 유성이라 돌고 있다는 것은 배워서 알고 있었지만 그저 책에 적혀 있어서 기를 쓰고 배웠을 뿐이고 한번도 그것을 의심해 본 적 없었는데, 그때 처음으로 그렇구나 생각을 했었지, 지구는 소리도 없이 무한한 공간을 날고 있다는 것을 느꼈던 거요. 무엇이든 붙잡고 있지 않으면 내동댕이쳐질 것만 같이 강렬하게 그것을 느꼈지. 아마도 깊은 잠에서 깨어나 한순간 기억과 습관을 잃은 채, 이동해서 자리가 바뀌 하늘을 바라보게 된 때문이었는지도 모르겠어. 지구가 내게는 갑자기 확고한 것이 못 된다고 느껴졌지. 그리고 그 후로는 지구는 내게 두 번 다시는 완전한 것이 되어 본 적이 없게 되고 말았어."

그는 잔을 비웠다. "그런 생각이 어떤 일은 더욱 어렵게도, 어떤 일은 손쉽게 만들기도 하지." 그는 조앙 마두를 쳐다보았다. "당신이 얼마나 취했는지는 모르겠소. 피곤하면 대꾸를 안해도 좋아요."

"아직은 괜찮지만 이내 취해 버릴 거예요. 그래도 곧 어느 한 군데는 깨어 있어요. 눈을 뜬 차가운 데가 있거든요."

라비크는 병을 바로 옆 바닥에다 내려놓았다. 방의 훈기로 해서 갈색의 피로가 그의 몸 속으로 스며 들어왔다. 그림자가 날개를 치면서 다가왔다. 이상한 방, 밤, 멀리서부터 들려오는 북소리와도 같이 창을 두드리는 비의 단조로운 소리── 혼돈, 세계의 절벽에 서 있는 듯 어렴풋한 불이 켜진 오두막, 아무런 뜻도 없는 황야 속에 보이는 조그만 불── 낯선 얼굴, 그 얼굴을 향해서 이야기를 했다.

"당신도 그런 것을 느껴 본 적이 있소?" 하고 그는 물어 보았다.

여자는 잠시 대답이 없었다.
"네, 하지만 꼭 같지는 않아요. 좀 달라요. 며칠 동안이고 이야기할 상대도 없이 밤거리를 쏘다니면, 그리고 어딜 가나 제대로 자기가 있을 곳을 가진 사람들만이 있다고 생각할 때면 말이에요. 그러면 온갖 것이 점점 거짓말같이만 느껴지는 걸요. 마치 내 몸뚱이가 물에 빠져서 물 속의 이상한 거리를 걷고 있는 듯한 기분이 되는 거예요……."
누군지 밖에서 계단을 올라왔다. 열쇠 소리가 나고 문이 덜컥 잠겼다. 곧이어 물 쏟아지는 소리가 쏴 하고 났다.
"아는 사람도 없는데 왜 파리에 남아 있지?" 하고 라비크는 물었다.
그는 졸음이 오는 것을 느꼈다.
"모르겠어요. 여기밖에 갈 데가 어디 있어요?"
"돌아갈 곳도 없소?"
"없어요. 그리고 인간이 돌아갈 곳이 어디 있나요?"
바람이 일어 창에 비가 휘몰아쳤다.
"왜 파리에 왔소" 하고 라비크는 물었다.
조앙 마두는 대답이 없었다. '이젠 잠이 들었구나.' 하고 그는 생각했다.
"라친스키와 저는 헤어지려고 파리에 왔었어요."
라비크는 그런 소리를 듣고도 놀라지 않았다. 무슨 소리를 들어도 놀라지 않는 시간이 있는 법이다. 건넌방에서는 지금 막 돌아온 사나이가 토해 대기 시작하고 있었다. 끙끙거리는 소리가 어렴풋하게 문틈으로 새어 들려왔다.
"그럼 왜 그렇게 절망을 했지?"
"그 사람이 죽었으니까 그랬지요. 죽었어요! 갑자기 없어져 버린 거예요! 다시는 불러올 수 없게 말이에요! 죽다니요! 이제는 어떻게 할 수도 없게 되었단 말이에요! 모르시겠어요?" 조앙 마두는 침대에서 몸을 일으키고 라비크를 뚫어지게 바라보았다.
"알겠소." 그는 중얼거리고는 생각했다. '그렇지 않지. 사내가 죽어서가 아니지. 네가 사내를 버리기 전에 사내가 너를 버리고 가 버렸기 때문이야. 자신이 마음의 준비를 하기 전에 사내가 너를 혼자 내버리고 간 거야.'
"저는…… 저는 그 사람에게 달리 대해 줄 걸 그랬어요…… 좀더……."
"잊어 버려요. 후회란 세상에서 가장 쓸모 없는 것이오. 되찾을 수 있는 것은 하나도 없어요. 다시 잘해 보자 해도 소용없는 것이고 그렇게 할 수만 있다면 우린 모두 성인(聖人)이게. 하늘은 우리를 완전한 인간으로 만들겠다고는 생각지 않았단 말이오. 완전한 인간이 있다면 박물관에나 알맞겠지.”

조앙 마두는 대답이 없었다. 라비크는 여자가 코냑을 마시고 다시 베개를 베고 눕는 것을 보았다. 아직 무엇인가가 남았다. 그러나 그는 피곤해서 이미 그것을 생각할 수가 없었다. 아무래도 상관없다. 그는 잠들고 싶었다. 내일은 수술을 해야 한다. 모든 것들은 이제 그와는 아무런 상관도 없는 것이다. 그는 빈 잔과 병을 가지런히 바닥에다 놓았다.

'인간이란 때로 이상야릇한 곳에 내려앉는 것이구나.' 하고 생각하면서.

6

라비크가 들어갔을 때, 루시엔느 마르티네는 창가에 앉아 있었다.
"침대를 처음으로 벗어나게 되니 기분이 어떻지?" 하고 라비크는 물었다. 처녀는 그를 힐끗 쳐다보고는 이어 밖으로 눈을 돌려 회색의 오후를 바라보다가 다시 그를 쳐다보았다.
"오늘은 날씨가 별로 좋지 않군" 하고 그는 말했다.
"좋은데요" 하고 그녀는 대꾸했다. "제게는 좋은 날씨인데요."
"왜?"
"밖에 나가지 않아도 되니까……."
그녀는 싸구려 목면(木棉)으로 된 일본 여자들의 기모노를 어깨에 걸치고 의자에 쪼그리고 앉아 있었다. 보기에도 흉한 이빨에 비쩍 말라서 외양도 보잘 것 없는 처녀였다. 그러나 이 순간 라비크에게는 그 여자아이가 트로이의 헬렌보다도 더욱 아름답게 보였다. 그녀는 그가 자기 손으로 구해 낸 하나의 생명이었다. 그렇다고 특별히 자랑할 만한 것도 아니다. 바로 전에 한 생명을 잃었으니 다음에도 그는 아마 다시 잃게 될지도 모르며 마지막에는 모든 생명, 자기 자신까지도 잃게 될지도 모른다. 하지만 이 순간의 이 생명만은 구원을 받은 것이다.
"이런 날씨에 모자를 끌고 다녀 봤자 별로 재미가 없을 거예요." 루시엔느가 말했다.

"아가씨는 모자 배달을 했었나?"

"네, 마담 람베르의 가게에서 일했어요. 마찌농 거리에 있는 가게예요. 우리들은 다섯 시까지 일해야 했는데, 손님들한테 모자 상자를 배달해야 했어요. 지금은 다섯 시 반이군요. 지금쯤이라면 배달하는 도중일 거예요."

그녀는 창 밖을 내다보았다.

"비가 오지 않아 약간 섭섭해요. 어제는 좋았어요. 어제는 비가 내리 퍼부었거든요. 지금쯤은 누군가 딴 애가 비오는 길을 다녀야 되겠지요."

라비크는 창가에 놓인 의자에 가서 그녀와 마주 앉았다. '이상도 한 일이다.' 하고 그는 생각했다. '죽음을 면했을 때는 대개의 인간들은 틀림없이 행복할 거라고 사람들은 언제나 생각하고 있지만 실은 거의가 그렇지 못하다. 여기 이 처녀만 해도 그렇다. 이 처녀에게는 조그만 기적이 일어난 셈인데도 이 처녀가 느끼는 흥미라고는 단지 비를 맞으며 걷지 않아도 된다는 것 뿐이다.'

"어떻게 돼서 이 병원을 찾아오게 됐지, 루시엔느?"

처녀는 조심스럽게 그를 쳐다보았다.

"어떤 사람이 말해 줬어요."

"그게 누군데?"

"아는 사람이에요."

"어떻게 아는 사람이지?"

처녀는 망설였다.

"여기 왔던 사람이에요. 제가 그 여자를 데리고 여기에 온 적이 있어요, 문 앞까지요. 그래서 저는 알고 있었어요."

"그건 언제쯤이었지?"

"제가 오기 일주일 전이었어요."

"수술하다 죽은 그 여자인가?"

"맞아요."

"그런데도 아가씨는 이리로 왔단 말이군?"

"그럼은요" 하고 루시엔느는 아무렇지도 않다는 듯 말했다. "그래서는 안 되나요?"

라비크는 말을 하고 싶었지만 그만두었다. 라비크는 자그마하고 차디찬 얼굴을 쳐다보았다. 한때는 부드러웠지만 인생이 그렇게 돌처럼 딱딱하게 만들어 놓은 듯한 그 얼굴을.

"아가씨는 전에도 그 산파한테 가 본 적이 있었나?"

루시엔느는 대답을 하지 않았다.

"아니면 그 의사한테였나? 마음놓고 이야기해도 돼요. 나는 그것이 누군지는 모르니까."

"마리가 먼저 거기에 갔어요. 일주일 전에요. 아니, 열흘 전이었어요."

"그런데 아가씨는 그 애가 어떻게 됐다는 것을 알면서도 역시 거기를 찾아 갔군. 그렇지?"

루시엔느는 어깨를 으쓱했다.

"별도리가 있어야죠. 모험을 할 수밖에는. 아무도 아는 사람이 없거든요. 어린애—— 제가 어린애를 어떻게 하겠어요?"

처녀는 창 밖을 내다보았다. 건너편 발코니에는 멜빵이 달린 바지를 입은 남자가 우산을 받쳐들고 서 있었다.

"얼마나 더 여기에 있어야 될까요, 선생님?"

"2주일은 있어야지."

"아직도 2주일이나요?"

"긴 게 아냐. 왜 그러지?"

"자꾸 비용만……."

"아마 하루 이틀쯤은 더 일찍 나가게 될지도 모르지."

"혹시 월부로 할 수가 없을까요? 돈이 넉넉지를 못해요. 하루에 30프랑이라니 비싸요."

"그런 말을 어디서 들었지?"

"간호원한테서 들었어요."

"어느 간호원? 우제니?"

"네. 그 여자는 수술비와 붕대는 별도 계산이라 하던데요. 그게 아주 비싼가요?"

"수술비는 벌써 냈던데."

"간호원은 그것 가지고 어림도 없다고 하던데요."

"간호원은 그런 건 자세히 몰라. 루시엔느, 나중에 베베르 선생님께 물어 보도록 해요."

"빨리 알고 싶어요."

"왜?"

"그러면 몇 달을 일하면 갚을 수 있을는지 미리 계획을 세울 수가 있을 것 같아서요." 루시엔느는 자기의 손을 펴서 들여다보았다. 손가락은 마르고 거칠었다. "그리고 저는 방세도 한 달치를 더 낼 게 있거든요. 여기 이 병원에 온 게 13일이었는데, 보름에 나간다고 할 걸 그랬어요. 이젠 한 달치를 물어야죠. 거저 내는 셈이에요."

"아무도 도와 줄 사람이 없나?"

루시엔느는 그를 흘끗 쳐다보았다. 갑자기 얼굴이 10년이나 더 늙어 보였다.

"알고 계시면서 그러세요. 선생님, 그 사람은 제가 이렇게 아무것도 모르는 여자인 줄은 몰랐대요. 그런 줄 알았다면 제게 손도 대지 않았을 것이라면서."

라비크는 고개를 끄덕였다. 처음 듣는 따위의 이야기는 아니었다.

"루시엔느." 그는 말했다. "낙태를 시킨 그 여자한테서 약간이라도 받을 수가 있을지도 모르지. 그 여자 잘못이었으니까. 그 여자의 이름을 대주기만 하면 되는데."

처녀는 갑자기 몸을 일으켰다. 그리고 감사하다는 표정이었다.

"경찰에요? 안 돼요. 그런 짓 하면 저까지 끌려 들어가요."

"경찰에 알리지 말고 말이야. 우리가 약간 위협만 하면 돼."

그녀는 쓸쓰레하게 웃었다.

"그렇게 해보았자 거기서는 한 푼도 못 받아요. 강철 같은 여잔 걸요. 3백 프랑이나 내라고 야단이던걸요. 그 결과가……."

그녀는 기모노의 주름을 폈다.

"운이 나쁜 사람도 많아요" 하고 그녀는 마치 남의 이야기를 하듯 체념도 아닌 표정으로 말했다.

"천만에" 하고 라비크가 대꾸했다. "아가씨는 아주 운이 좋았어."

그는 수술실에 있는 우제니를 보았다. 니켈 접시들을 반들반들하게 닦고 있었다. 그것이 그녀의 취미 중의 하나였다. 닦는 데 너무 열중해서 그가 들어서는 것도 알아채지 못했다.

"우제니." 그가 불렀다.

그녀는 깜짝 놀라 돌아다보았다.

"아, 당신이군요. 언제나 사람을 놀라게 하지 않으면 속이 불편하신가요?"

"뭐 별로 내가 그런 사람이라곤 생각하지 않는데. 그것보다도 쓸데없이 병원비니 수술비가 어떠니 하고 떠들어서 환자를 놀라게 해서는 안 돼요."

우제니는 행주를 손에 든 채 몸을 일으켰다.

"물론 그 갈보년이 떠들어댔겠지요?"

"갈보란 입에 풀칠을 하려고 남자와 동침을 하는 여자들보다도 한 번도 남자하고 자 본 적이 없는 여자들 가운데서 더 많은 법이오. 기혼 여자는 전혀 다르지만. 게다가 그 아가씨는 떠들어대지도 않았소. 당신은 그 처녀의 하루를 망쳐 버렸단 말이오. 그뿐이야."

"그럼 어때요! 그런 주제에 마음은 무척 약하군!"

'변덕스러운 도덕 교과서 같으니라구…….' 하고 라비크는 생각했다. '구역질나는 열녀 타령 좀 보지. 저 모자 만드는 어린 처녀의 외로움을 너 같은 것이 알 리가 있겠나! 그 애는 제 친구를 실패시킨 산파한테 용감하게 찾아갔고, 그 친구가 죽어간 바로 그 병원을 찾아왔단 말이다. 그런데도 〈그럼 어떻게 하겠어요? 어떻게 돈을 내면 좋아요?〉 했을 뿐, 다른 말은 하지도 않았단 말이다.'

"당신은 결혼해야겠어, 우제니" 하고 그는 말했다. "어린애들이 딸린 홀아비나 장의사 주인하고 말이야."

"라비크 씨" 하고 간호원은 위엄을 갖추어 말했다. "제발, 저의 개인적인 문제는 걱정하지 말아 주셨으면 해요. 그렇지 않으면 저는 베베르 선생님께 말씀드릴 수밖에 없습니다."

"그러지 않아도 하루 종일 말씀드리고 있지 않소." 라비크는 간호원의 양쪽 볼에 솟은 광대뼈가 빨갛게 되는 게 기분이 좋았다. "경건한 체하는 인간 중에 성실한 작자들이 드물다는 사실은 왜 그럴까, 우제니? 비꼬는 사람이 가장 훌륭한 성격의 소유자이지. 이상가들은 정말로 참을 수 없는 치들이란 말이오. 그렇다면 생각할 점이 없나?"

"어림도 없는 말씀이세요."
"그렇겠지. 나는 이제 죄받은 애들한테 가 보겠소. 오시리스로 말이오. 베베르 선생께서 나를 찾고 있을 테니 일러두는 거요."
"베베르 박사님은 당신에게 별 볼일이 없을 거예요."
"처녀라고 해서 천리안은 될 수 없어. 일이 있을는지도 모르지. 다섯 시까지 거기 있을 거요. 그 다음엔 내 호텔에 있겠소."
"그 훌륭한 호텔, 유태인들의 소굴 말씀이군요."
라비크는 돌아섰다.
"우제니, 피난민이라고 해서 전부가 유태인은 아니오. 또 유태인이라고 모조리 유태인인 것도 아니지. 설마 그럴까 하는 사람 속에 유태인이 많은 법이오. 나는 니그로의 유태인도 알고 있어. 그 자는 무섭게도 외로운 인간이었지. 그가 좋아한 단 한 가지는 중국 요리였소. 세상은 그런 것이지."
간호원은 대답하지 않았다. 그녀는 번쩍거리는 니켈 접시를 여전히 닦고 있었다.

라비크는 보아세르 거리의 비스트로에 앉아서 비에 흐린 창 너머를 멍청하게 내다보고 있었다. 그때 그는 그 사나이를 보았다. 호되게 한 대 얻어맞은 것 같았다. 처음에는 어떻게 해야 좋을지를 몰라 충격만을 느꼈을 뿐이었다. 그러나 다음 순간 그는 식탁을 밀어붙이고 의자에서 튀어 일어나 사람들을 뚫고 문 있는 데로 뛰어나갔다.
누군가 그의 팔을 잡았다. 그는 돌아섰다.
"왜 그럽니까?" 그는 모르겠다는 듯 물었다. "왜 붙잡는 거요?"
웨이터였다.
"계산을 아직 안 했습니다, 손님."
"뭐라구? ……아…… 그랬군. 돌아올 걸세." 하며 그는 팔을 뿌리쳤다.
웨이터는 얼굴을 붉혔다.
"여기선 그렇게 하지 않는데요! 손님은……."
"자, 여기 있어!"
라비크는 호주머니에서 지폐를 한 장 끄집어내 웨이터에게 내던지고는 문을 와락 밀어젖혔다.

그는 인파를 헤치며 길모퉁이를 돌아 보아세르 거리를 따라서 뛰었다. 뒤에서 누군가가 욕설을 퍼부었다. 그는 정신을 차려 뛰는 것을 멈추고 될 수 있는 대로 빠른 걸음으로 걸었다. 사람들의 눈에 띄지 않도록. '그럴 리가 없어……' 그는 생각했다. '절대로 그럴 리는 없어. 내가 미쳤나 보다. 그럴리가 없다! 얼굴, 바로 그 얼굴. 닮은 것이겠지, 어떤 자식의 얼굴이 닮은 게지. 어리석은 신경 탓이겠지. 그 얼굴, 그것이 파리에 있을 수가. 그 얼굴은 독일에 있다, 베를린에. 창이 비에 젖어 흐려서 창 너머를 확실하게 볼 수가 없었던 거야. 내가 잘못 생각한 것일 게다. 틀림없어…….'

그는 걸음을 재촉했다. 영화관에서 쏟아져 나오는 인파를 헤치며 한 사람의 얼굴을 자세히 살피고 모자 밑으로 들여다보기도 하고, 놀란 눈, 노한 눈초리와 맞부딪치며 걸음을 재촉했다. 딴 얼굴, 다른 모자, 회색, 검정, 청색…….

그는 클레베 거리의 교차로에서 걸음을 멈췄다. 어떤 여자, 털북숭이 개를 데리고 가는 어떤 여자의 바로 뒤를 그 자가 따라가고 있었던 것이다.

털북숭이 개를 데리고 가는 여자라면 벌써 앞질렀다. 그는 얼른 뒤돌아섰다. 멀리서 개를 데리고 가는 그 여자를 보자 그는 보도 끝에 가서 걸음을 멈췄다. 주머니 속에서 주먹을 불끈 쥐고, 지나가는 사람들을 하나하나 자세하게 살펴보았다. 그 털북숭이 개는 가로등 기둥 있는 데서 걸음을 멈추고는 킁킁거리며 냄새를 맡다가는 태연히 뒷발을 들고 서 있었다. 그리고는 요란스럽게 보도를 긁어 대다가 달려가 버렸다. 라비크는 갑자기 목덜미에 땀이 축축이 뱄다는 것을 알아차렸다. 그는 몇 분간을 더 기다려 보았으나 그 얼굴은 나타나지 않았다. 그는 세워 놓은 자동차 안을 들여다보았다. 거기에도 없었다. 그는 다시 되돌아서서 클레베 거리의 지하철까지 가 보았다. 출입구를 급히 뛰어 내려가 표를 사고는 플랫폼을 따라 걸어가 보았다. 끝까지 살펴보기도 전에 열차가 들어와서는 정차를 하는가 싶더니 이내 열차는 터널 속으로 사라져 버렸다. 플랫폼은 텅 비어 버렸다.

그는 천천히 그 술집으로 되돌아왔다. 그리고는 조금 전에 앉았던 식탁에 가서 앉았다. 칼바도스가 반쯤이나 그대로 잔에 남아 있었다. 잔이 아직 그대로 있는 것이 이상스럽다. 웨이터가 발을 질질 끌며 다가왔다.

"용서하십시오, 손님. 몰랐기 때문에 그만……."

"좋아! 칼바도스를 다시 한 잔 갖다 주게." 라비크는 말했다.
"새로 한 잔을요?"
웨이터는 식탁 위의 반쯤 들어 있는 잔을 들여다보았다.
"우선 이걸 드시지 않으시럽니까?"
"아니, 다른 것을 가져와."
웨이터는 잔을 집어들었다 냄새를 맡아보았다.
"이건 좋지 않으십니까?"
"아니야, 하지만 다른 것을 마시겠어."
"알겠습니다, 손님."

'내가 잘못 생각한 것이다' 하고 라비크는 생각했다. '비에 젖어 반쯤 흐린 저런 창이니 똑똑히 볼 턱이 있었겠나?' 그는 유리창 밖을 뚫어져라 지켜보았다. 마치 망을 보는 사냥꾼처럼. 그는 지나가는 사람들을 일일이 살펴보았다. 하지만 그림자와도 같이 회색으로 날카롭게 영화의 필름이 창을 스치고 달음질쳤다. 조각난 추억이 ……

베를린. 1933년의 어느 여름밤 —— 게슈타포의 건물, 피, 창도 없는 텅 빈 방, 벌거숭이 전구의 쏘는 듯한 광선, 조임쇠가 달린 혁대와 붉은 얼룩투성이의 테이블, 양동이에 담은 물에 틀어박혀 질식되다가 몇 번이고 실신 상태에서 퍼뜩 깼던 일, 철야의 고문 끝에 맑아지던 정신, 무참하게 얻어맞아 아픔도 느끼지 못하던 신장(腎臟), 시빌의 일그러지고 멍청한 듯한 얼굴, 그 여자를 붙잡고 있던 제복 입은 두 사람의 형리(刑吏). 만일 자백하지 않으면 여자의 신상에 어떤 일이 일어날 것인지를 친절하게 설명을 해주며 미소짓던 얼굴과 목소리. 시빌은 그 후 사흘째 되던 날에, 목을 매어 자살한 시체로 발견되었다.

웨이터가 나타나 잔을 식탁 위에 올려놓았다.
"이건 종류가 다릅니다. 카안의 듀리에지요. 연대가 오래 됐죠."
"좋아, 고맙네."

라비크는 잔을 비웠다. 그리고 호주머니에서 담뱃갑을 끄집어내어 한 개를 뽑아 불을 붙였다. 아직도 손이 떨리고 있었다. 그는 성냥을 바닥에다 내던지고는 칼바도스를 또 한 잔 주문했다. '그 얼굴, 지금 막 다시 보았다고 믿었던 그 미소 짓던 얼굴……. 내가 잘못 보았음에 틀림없다. 하아케가 파리에 있다니, 있을 수 없는 일이다. 그럴 리가 없어!' 그는 기억을 털어 버렸다.
"아무것도 할 수가 없는데, 그런 것으로 자신을 괴롭힌다는 것은 무의미하다. 만일에 독일이 망해 버려 돌아갈 수가 있게 된다면, 그때야말로…… 그때까지는……."

그는 웨이터를 불러서 계산을 했다. 그러나 길을 가면서 만나는 얼굴마다 살피지 않고는 견딜 수가 없었다.

그는 가다꼼바에 모로소프와 함께 앉아 있었다.
"그 놈이었다고 믿지 않는단 말인가?"
"안 믿어. 하지만 그 놈같이 보였어. 제기랄, 그렇게 닮을 수가 있을까. 그렇지 않으면 이제는 믿을 수도 없게 되어 버린 내 기억력 탓이겠지."
"비스트로 같은 데 있었던 것이 잘못이었지."
"그건 그래."
모로소프는 잠시 입을 다물었다가 말했다.
"몹시 흥분하고 있지, 어때?"
"뭐, 그렇지도 않아, 왜?"
"모르겠으니 그렇지."
"난 알고 있어."
모로소프는 대답이 없었다.
"환각이었어" 하고 라비크는 말했다.
"이제는 그런 것은 잊은 것이라고 여겼었는데……."
"절대로 그렇게는 안 되는 법일세. 나도 비슷한 경험을 했네. 더욱이 처음에는 그랬어. 처음 5, 6년간은 그랬어, 나는 러시아에 있는 작자들 중에 세 놈을 지금도 기다리고 있다네. 놈들은 일곱이었는데 네 놈은 죽고 말았지. 그 중에 두 놈은 저희 놈들의 당에 의해서 총살을 당했다네. 나는 이미 20년 이상이나 그 놈들을 기다렸다네. 1917년서부터니까. 지금 살아 있는 세 놈 중의 한 놈은 이미 70이 됐을 거고 나머지 두 놈은 40이나 50쯤 됐을 거야. 그 두 놈을 나는 아직도 잡고야 말 생각이라네. 아버지의 원수들이야."
라비크는 보리스를 쳐다보았다. 그는 거인이었으나, 이미 60고개를 넘었다.
"틀림없이 잡고야 말 걸세" 하고 라비크는 말했다.

"그렇고말고." 모로소프는 큼지막한 손을 쥐었다 폈다 했다. "그때를 나는 기다리고 있다네. 그래서 더욱 조심해서 살고 있다네. 이제는 훨씬 덜 마신다네. 아마 시간이 좀 더 걸릴지도 모르니 힘이 세어야겠단 말일세. 나는 총이나 칼을 쓰고 싶지는 않거든."

"나 역시 그래."

그들은 잠시 앉아 있었다.

"장기나 한판 둘까?" 하고 모로소프가 물었다.

"그러세. 그런데 판이 빈 게 없나 보군."

"저쪽에 교수님이 끝났군. 레비하고 두었어. 여느때처럼 교수가 이긴 모양이야."

라비크는 장기판과 말을 가지러 갔다.

"오래 두셨군요, 선생님. 오후에 쭉 두신 셈이지요?"

노인은 머리를 끄덕였다.

"심심풀이지. 장기란 어떤 카드놀이보다도 완전하거든. 카드에는 운이 좋을 수도 있고 나쁠 수도 있어서 재미가 없어. 그런데 장기는 그것만으로 하나의 세계거든. 두고 있는 동안에는 외계(外界)는 잊어버리게 된단 말씀이야."

노인은 충혈된 눈을 들었다.

"그 바깥 세계란 모순투성이란 말이오."

상대역이었던 레비가 느닷없이 염소 우는 소리 같은 웃음을 터뜨렸다. 그리고는 말 한 마디 없이 놀란 눈으로 사방을 두리번거리다가 교수의 뒤를 따라서 나갔다. 모로소프는 두 판을 둔 다음 일어섰다.

"이젠 가 봐야겠네. 인간의 꽃들을 위해서 문을 열어 줘야지. 자네는 요즘 세헤라자드에 좀처럼 들르지 않으니 웬일인가?"

"나도 모르겠어. 우연히 그렇게 됐어."

"내일 저녁은 어떤가?"

"내일은 안 되겠네, 막심에서 만찬을 하기로 되어 있거든."

모로소프는 빙그레 웃었다.

"불법 입국한 망명객치곤 대단한 배짱이군. 그곳은 파리에서 제일 멋진 데란 말일세."

"보리스, 피난민처럼 행세하다간 당장에 잡히고 마네. 자네 같은 난센 여권의 소유자라도 그런 것쯤은 알고 있어야 할 걸세."
"알았어, 대체 누구하고 가나? 독일 공사(公使)라도 호위로 데리고 가나?"
"케이트 헤이그슈트렘하고."
모로소프는 휘파람을 불었다.
"케이트 헤이그슈트렘이라니, 돌아왔나?"
"내일 아침에 돌아온다네. 비인에서."
"그거 잘 됐군. 어차피 나중에 세헤라자드에서 자네를 보게 되겠군."
"아마 안 될 걸세."
모로소프는 손을 저어 보였다.
"그럴 수야 없지! 케이트 헤이그슈트렘이 파리에 있는 동안은 그녀의 단골은 세헤라자드가 아닌가. 자네도 알고 있으면서."
"이번엔 달라. 입원하러 오는 걸세. 2,3일 새에 수술을 받는단 말일세."
"그러니까 온단 말이야. 자네는 여자를 모른단 말이야."
모로소프는 눈을 슬쩍 감아 보였다.
"혹시 자네가 케이트를 세헤라자드에 못 오게 하고 싶은가?"
"그럴 리가……."
"자네가 그 여자를 보내고 난 후로는 좀처럼 우리한테 오지 않았다는 사실이 생각이 나서. 그 조앙 마두 말일세. 단순히 우연이라고 생각이 들지 않네."
"쓸데없는 소리, 난 그 여자가 아직 자네에게 있는 줄도 몰랐었네. 쓸 만하던가?"
"그럼! 처음에는 합창대에 들어가 있었지만 이제는 조그만 독창을 하나 알아보고 있다네. 한두 곡 노래를 부른단 말이야."
"그 동안에 좀 나아졌나?"
"암, 그러지 못할 이유라도 있단 말인가?"
"지독하게 절망했었는데, 불쌍한 애야."
"뭐라구?" 모로소프는 되물었다.
"불쌍한 애라고 했네."
모로소프는 미소를 지었다.

"라비크." 그는 아들이라도 대하듯 다독거렸다.
갑자기 그 얼굴에는 스텝과 광야와 초원과 인생의 온갖 경험이 스쳐갔다.
"어리석은 소리 말게. 그 여자는 닳고 닳았단 말일세."
"뭐라구?" 라비크가 물었다.
"놀아나는 계집이란 말일세. 매춘부는 아니지만 대단한 여자야. 자네가 러시아 사람이라면 알 수가 있으련만."
라비크는 큰 소리로 웃었다.
"그럼, 아주 달라진 게로군. 자, 보리스, 실례하겠네. 자네의 두 눈이 복을 받기를!"

7

"언제 병원에 가야 돼요, 라비크?" 하고 케이트 헤이그슈트렘이 물었다.
"언제든지 좋을 때. 내일도 좋고, 모레도 좋고, 언제든지. 하루쯤은 문제가 아니니까."
여자는 그의 앞에 마주 섰다. 가냘프고, 소년 같고, 자신만만하고 아름다웠으나 젊다고는 할 수 없었다.
라비크는 두 해 전에 그녀의 맹장을 잘라 주었었다. 파리에서 그가 최초로 한 수술이었다. 그때 둘은 서로 호감을 가지고 그 후 계속 친구로 사귀어 왔다. 여자는 가끔 몇 달씩이나 보이지 않다가 갑자기 나타나곤 했다. 그녀는 그에게 행운을 가져다 주었다고 할 수가 있었다. 그때부터 그는 줄곧 일을 해 왔고 경찰과 아무런 문제도 벌어지지 않았던 것이다. 그녀는 그에게는 마스코트 같은 존재였다.
"이번에는 걱정이 돼요" 하고 그녀는 말했다. "왜 그런지는 모르겠어요. 불안해요."
"걱정할 필요는 없어요. 내가 잘 아는 일이니까."
여자는 창가로 걸어가 밖을 내다보았다. 랑카스테르 호텔의 안마당이 보였다. 커다란 밤나무 고목이 벌거숭이 팔을 비에 젖은 하늘로 뻗고 있었다.
"이 비는" 하고 여자는 말했다. "비인을 떠날 때도 내리고 있었어요. 쮜리히에서 잠을 잤을 때도 여전했고요. 그런데! 여기서도."
　여자는 커튼을 젖혔다.
　"제 몸에 무슨 일이 일어났는지 도무지 모르겠어요. 점점 늙어가는구나 하는 생각이 들 뿐이에요."
　"사람이란 그렇지 않을 때, 곧잘 그런 생각이 드는 법이니까."
　"저는 사람이 달라졌어야 할 거예요. 2주일 전에 이혼을 했어요. 즐거워야 할 일인데도 피곤하기만 해요. 모두 되풀이되고 있으니, 왜 그렇지요, 라비크?"
　여자는 웃으면서 모조 난로 곁에 놓인 소파에 가서 앉았다.
　"돌아오길 잘했어요" 하고 그녀는 말했다. "비인은 병영이 되어 버렸어요. 절망이에요. 독일 사람들이 와서 짓밟아 버렸어요. 오스트리아 사람도 한패가 되었고요. 오스트리아 사람까지도 그렇다니까요, 라비크. 저는 자연에 역행된 일이라고 생각했어요. 오스트리아의 나치스라니요. 그러나 제 눈으로 직접 보고 온걸요."
　"뭐 놀랄 것도 없지, 케이트. 권력이란 가장 전염성이 강한 병이니까."
　"그래요. 그리고 가장 추하게 만드는 병인가 봐요. 그래서 저는 이혼을 하자고 한 거예요. 내가 2년 전에 결혼한 그 매력 있던 게으름뱅이가 갑자기 돌격대장이 돼 가지고는 설쳐 대잖아요. 그리고 노인이 다 된 베른슈타인 교수에게 길 닦는 일을 시키고 자기는 옆에서 웃고 있지 않겠어요. 1년 전에 그 게으름뱅이의 신장염을 고쳐 준 그 베른슈타인 교수를 말이에요. 글쎄 치료비를 너무 비싸게 받았다는 게 구실이래요."
　케이트 헤이그슈트렘은 입술을 비쭉거렸다.
　"그 치료비도 내가 낸 거지 자기가 낸 것도 아니면서."
　"귀찮은 걸 털어 버렸으니 기뻐해야겠군."
　"그 자는 25만 실링을 위자료로 내라는 거였어요."
　"싼데 뭘 그래. 돈으로 처리될 수 있는 것이라면 뭣이든 싼 거지" 하고 라비크는 말했다.
　"그런데 그 치는 한푼도 못 받아 갔어요."
　케이트 헤이그슈트렘은 갸름하고 마치 보석처럼 흠집 하나 없는 얼굴을 들었다.

"나는 그 사람한테 나의 생각을 모조리 말했어요. 그 사람과 그 사람의 당이나 지도자에 대한 것을 말이에요. 그리고 이제부터 내가 그것을 공공연하게 선전하겠다고요. 그 사람은 게슈타포니 강제 수용소니 하고 나를 위협하기 시작했으나 저는 비웃어 주었어요. 그래도 이 몸은 아직 미국 시민이며 대사의 각별한 보호를 받고 있는 몸이라고요. 나야 아무 일 없겠지만, 자기는 나와 결혼한 사이니 재미 없을 거라구요." 여자는 소리를 내어 웃었다. "그점을 그 사람은 미처 생각을 못했어요. 그 다음부터는 귀찮게 굴지 않더군요."

'대사관, 보호, 보호······.' 라비크는 생각했다. 그것은 모두 딴 세상 일같이만 생각되었다.

"베른슈타인은 그래도 개업을 할 수 있게 될까?"

"틀렸어요. 저는 처음 출혈했을 때, 남몰래 그분의 진찰을 받았어요. 그런데 다행하게도 저는 어린애를 가질 수가 없게 됐어요. 나치스의 자식을 갖다니요."

여자는 몸서리를 쳤다.

라비크는 일어섰다.

"이젠 가 봐야겠소. 베베르가 오후에 다시 한 번 진찰을 해줄 거요. 형식적이지만."

"알고 있어요. 그래도 이번에는 겁이 나요."

"뭘 그래, 케이트. 처음도 아닌데. 내가 2년 전에 수술한 맹장보다도 더 간단한 거요." 라비크는 그녀의 어깨를 가만히 안아 주었다. "당신은 내가 파리에 온 후 처음으로 수술한 사람이야. 첫사랑 같은 것이지. 내가 조심해서 할거요. 게다가 당신은 내 마스코트로 내게 행운을 가져다주었어. 앞으로도 그래야 할 게 아니겠소?"

"그래야지요." 그녀는 그를 쳐다보았다.

"자, 그럼, 케이트. 오늘 저녁 여덟 시에 데리러 오리다."

"잘 가요, 라비크. 지금부터 메인보쉐로 야회복을 사러 가겠어요. 이런 노곤한 기분을 털어 버려야겠어요. 마치 거미줄에 걸린 기분이에요. 비인은 정말로······."

여자는 쓸쓸히 미소를 지었다.

"꿈의 도시가……."

라비크는 엘리베이터로 내려와서 홀을 거쳐 바를 지났다. 미국인 두셋이 바에 앉아 있었다. 한가운데에 놓인 식탁 위에는 붉은 글라 올러스의 커다란 꽃다발이 흐리멍덩한 빛을 받아 오래 된 피처럼 거무죽죽하게 보였다. 가까이 가서야 비로소 그것이 갓 잘라 온 싱싱한 꽃이란 것을 알 수 있었다.

밖으로부터 비치는 빛 때문에 그렇게 보일 뿐이었지만 그는 그 꽃을 잠시 바라보며 서 있었다.

앙떼르나쇼날의 3층은 사람들로 북적거리고 있었다. 여러 개의 방은 열린 채로였는데, 여자들과 보이들이 이리 뛰고 저리 뛰고 하는 중이었다. 여주인은 복도에서 그들을 지휘하고 있었다.

라비크는 계단을 올라갔다.

"웬일이오?" 그는 물었다.

여주인은 풍만한 가슴을 가진 씩씩하게 보이는 여자였다. 짧은 고수머리의 머리통이 너무나 작아 보였다.

"스페인 사람들이 다 가 버렸지 뭐예요" 하고 여주인은 말했다.

"그건 알고 있던 일이고, 그런데 왜 이렇게 늦게 방들을 치우고 야단이오?"

"내일 아침에 쓸 것이라서요."

"또 독일서 새로운 피난민이라도 오는 거요?"

"아뇨, 스페인 손님이지요."

"스페인 손님?"

라비크는 여주인의 말을 미처 깨닫지 못해서 되물었다.

"어찌된 거요? 그들은 지금 막 떠나지 않았소?"

여주인은 검고 빛나는 눈으로 그를 쳐다보며, 이런 뻔한 것을 몰라요, 하는 듯 빙그레 웃었다.

"다른 사람들이 돌아오는 거죠."

"다른 사람들이라니, 누구요?"

"간 사람들의 반대파지요. 언제나 그런 걸요."

여주인은 청소를 하는 여자에게 한두 마디 소리를 질렀다.

"저의 집은 오래 된 호텔이거든요" 하고 그녀는 자랑하듯 말했다. "손님들은 돌아오고 싶어해요. 전에 들었던 방이 비기를 지금까지 기다리고 있었던 거죠."

"지금까지 기다렸다니?" 라비크는 이상스럽게 여겨져서 되물었다. "누가 여태껏 기다렸단 말이오?"

"반대파 사람들이래두요. 대개는 한때 여기에 들었던 일이 있거든요. 몇 사람은 물론 그 동안에 살해를 당했지만요. 다른 분들은 비아리츠나 생 장 드 류에서 방이 나기를 기다리고 있었어요."

"그렇다면 그들이 전에도 여기에 있었단 말이오?"

"원 참, 라비크 선생!" 하고 여주인은 라비크가 곧바로 알지 못하는 것을 이상스럽게 여겼다. "물론 뿌리모 데 리베라가 스페인의 독재자였던 때이지요. 그때 그분들은 망명하지 않을 수 없어서 여기서 살고 계셨지요. 그리고 스페인이 공화국이 되자 그분들은 돌아가고 왕당파와 파시스트가 찾아왔었지요. 이번에는 이 사람들이 돌아갔으니까 공화주의자들이 다시 오게 된 것이에요. 말하자면 아직 살아 남은 분들이지만요. 회전무대 같다고나 해야 할지요."

"정말 그렇군. 설마 그럴 리가 있나 하고 생각했었지."

여주인은 방 하나를 들여다보았다. 전 국왕인 알폰스의 천연색 초상화가 침대 위에 걸려 있었다.

"저걸 떼어요, 잔느."

하녀가 그 초상화를 메어 들고 왔다.

"여기, 여기다 놔요."

여주인은 초상화를 오른쪽 벽에 세워 놓고 다음 방으로 걸어갔다. 그곳에는 프랑코 장군의 초상화가 걸려 있었다.

"이것도 아까의 것과 함께 모아 놓아요."

"그 스페인 친구들, 왜 그림을 안 가지고 갔을까?"

"망명객들은 돌아갈 때는 그런 그림 따위는 가지고 가지 않아요" 하고 여주인은 설명했다. "그림이야 외국에 나와 있을 때나 위안이 되는 거지 고국으로 돌아갈 때는 그런 것은 필요 없어요. 게다가 액자를 끌고 여행하기도 불편하고 유리는 깨지기 쉬우니 그림은 대개 호텔에 두고 가지요.

여주인은 비대한 총통의 초상화를 두 폭, 알폰스의 것을 한 폭, 기에포 데 랄노의 작은 것을 하나 더 끄집어내서 복도의 다른 액자와 함께 모아 놓았다.
"성인들의 그림은 그대로 두어 둬라, 성인들은 중립이시니까" 하고 야한 채색의 성모상을 보면서 그녀는 그렇게 지시를 내렸다.
"꼭 그렇다고는 할 수 없지" 하고 라비크는 말했다.
"어려울 때는 대개 믿게 되는 거예요. 저는 무신론자가 여기서 기도 드리는 것을 본 일이 있어요."
여주인은 정력이 넘쳐 흐르는 듯한 몸짓을 하며 왼쪽 가슴팍을 매만졌다.
"물이 목까지 차게 되었을 때에는 선생도 기도를 드렸겠지요?"
"물론 그렇지. 하지만 나는 무신론자는 아니오. 그렇게 간단하게 믿지를 않을 뿐이지."
보이가 계단을 올라왔다. 그림을 한아름이나 안고 복도를 걸어오고 있었다.
"장식을 바꾸시려고?" 하고 라비크가 물었다.
"물론이죠. 호텔 영업은 가지가지로 재치를 부려야 해요. 그래야 좋은 평판을 얻게 되거든요. 더구나 우리 집 손님 같은 분들은 이러한 일에는 더욱 예민하다고 할 수 있어요. 자기들의 불구대천지 원수가 울긋불긋한 색이나 금칠한 액자에 끼워져 거만하게 손님을 내려다보고 있는 방을 누가 좋아하겠어요? 그렇지 않아요?"
"지당한 말씀이야."
여주인은 보이를 돌아다보았다.
"그 그림은 이쪽으로 놓아라, 아돌프. 아니야, 밝은 편이 좋아. 잘 보이게."
보이는 중얼거리면서 허리를 구부렸다. 전람회 준비라도 하는 듯한 몸짓이었다.
"이번에는 무엇을 걸어 놓으시려우?" 하고 라비크는 흥미를 느끼고 물어 봤다. "사슴이나 풍경, 그렇지 않으면 베수비어스 화산 같은 거요?"
"모자라면 그렇게 해야죠. 그러나 우선은 그전 그림을 다시 걸어야겠지요."
"그전 그림이라니?"
"전에 걸었던 것 말이에요. 그분들이 정권을 잡았을 때 놓고 갔던 것 말이에요. 여기 이것들인데."
 여주인은 복도의 왼쪽 벽을 가리켰다. 보이는 방에서 떼어 내온 그림들의 반대쪽에다 새로운 그림을 한 줄로 세웠다. 마르크스의 초상이 두 개, 레닌이 세 개—그 중의 하나는 반쯤 종이로 붙였다—트로츠키의 것이 하나, 그리고 작은 액자들에 든 네그린와 스페인의 다른 공화파 지도자의 채색하지 않은 그림이 서너 개 있었다. 모두가 수수하고 어떤 것을 보아도, 그것과 마주보고 오른쪽에 서 있는 알폰스, 프리모, 프랑코의 호화찬란한 열(列)처럼 채색이나 훈장이나 문장(紋章)으로 눈이 부시도록 찬란한 것은 하나도 없었다. 정반대의 두 개의 세계관이 전등불이 희미한 복도에 두 줄로 서서 서로 노려보고 있는 형상이었다. 그리고 그 사이에 재치와 경험과 그 민족 특유의 아이러니컬한 예지를 가진 프랑스 인 여주인이 서 있었다.
 "그분들이 떠났을 때 제가 보관해 두었지요. 요새는 정부가 오래 계속되지를 못하니까요. 제가 옳았다는 것을 아셨지요…… 이번엔 이것이 소용에 닿게 되었군요. 호텔 영업은 앞을 내다보지 못하면 그만이에요."
 여주인은 그림을 어디에 걸어야 할까를 지시했다. 트로츠키의 그림을 돌려보냈다. 그 그림은 불안했던 것이다. 라비크는 반을 풀로 붙인 레닌의 판화 인쇄를 들춰보았다. 레닌의 목 높이의 종이를 좀 긁어냈더니 그 종이 밑에서 또 하나의 트로츠키가 나타났다. 레닌을 보고 미소를 짓고 있는 트로츠키의 목이. 아마 스탈린주의자가 풀로 붙여 버린 듯하였다.
 "이것 봐요, 여기 또 하나의 트로츠키가 숨어 있군. 우정과 동지애로 맺어졌던 정다웠던 옛 시절의 그림이군" 하고 라비크는 말했다.
 여주인은 그 그림을 집어들었다.
 "이것은 내버려도 돼요. 아무런 값어치도 없잖아요. 반쪽이 또 다른 반쪽을 언제까지나 욕을 하고 있으니." 여주인은 그것을 보이에게 넘겨주었다.
 "액자는 제대로 보관해 둬, 아돌프. 질 좋은 참나무 액자니까."
 "다른 것들은 어떻게 하는 거요?" 하고 라비크는 물었다. "알폰스와 프랑코 말이오."
 "지하실로 가야죠. 언제 다시 필요하게 될지 모를 테니까요."
 "당신 집 지하실은 참 이상한 곳이겠구료. 현대의 영묘(靈廟)로군요. 지하실에는 또 다른 그림도 있소?"

"물론이죠. 러시아의 그림이 있지요. 더욱 간단하게 된 레닌의 그림이 두 장이나 두꺼운 종이 액자에 끼워져 있어요. 필요할 때 쓰려고 보관해 뒀지요. 그리고 최후의 짜르의 초상화가 있어요. 그것은 여기서 죽은 러시아 사람이 가지고 있던 물건이지요. 그 중 하나는 육중한 금테에 끼운 원화(原畫)인데, 자살을 한 사람의 것이었어요. 이탈리아의 그림도 있지요. 가리발디가 두 개, 왕의 것이 세 개, 뭇솔리니가 아직도 사회주의자였던 쮜리히 시절의 것으로 신문에서 오려 낸 것이 하나 있어요. 그것은 좀 낡은데다 물론 귀하다는 가치 외에는 별로 걸어 놓고 싶어하는 사람이 없어요."

"독일 것도 있겠지?"

"마르크스의 것이 몇 개 있는데 흔한 것들이고, 라살이 한 개, 베벨이 하나, 그리고 에베르트, 샤이데만, 노스케, 그리고 여럿이 함께 찍은 사진이 한 장 있는데 노스케의 사진은 잉크로 지워져 있어요. 손님들 이야기론 노스케는 나치스가 되었다고 하더군요."

"맞아요. 그러니 그것은 사회주의자 뭇솔리니의 그림과 한데 걸면 되겠군. 독일의, 그 반대파의 그림은 한 장도 없소?"

"물론 있지요! 힌덴부르크가 하나, 빌헬름 황제가 하나, 비스마르크가 하나, 그리고……."

여주인은 빙그레 웃었다.

"레인코트를 입은 히틀러도 한 장이 있거든요. 제법 구색을 갖췄어요"

"아니, 뭐라구?" 라비크는 물었다. "히틀러라니? 어디서 입수했소?"

"동성애를 하던 남자에게서요. 그 사람은 1943년 레엠과 그 밖의 사람들이 살해당했을 때 도망 왔던 사람인데, 겁이 너무나 많아서 기도만 드리고 있었어요. 그 후에는 아르헨티나의 부자가 데리고 가 버렸어요. 이름이 푸치라고 했는데요. 그 그림을 보시겠어요? 지하실에 있는데요."

"지금은 그만두겠소. 더구나 지하실이라니. 나중에 호텔 안의 방마다 전부 그런 그림으로 장식됐을 때 구경하지."

여주인은 잠시 뚫어지게 그를 쳐다보았다.

"아, 그러세요" 하고 그녀는 말했다. "그럼, 그 사람들이 망명객이 되어서 온 다음에 말씀이군요."

보리스는 황금빛 수를 놓은 제복을 입고 세헤라자드의 출입구에 서 있다가 택시 문을 열었다. 라비크가 차에서 내렸다. 모로소프는 씽긋 웃었다.

"오지 않을 줄 알았지."

"나도 역시 올 생각은 없었어."

"제가 강제로 끌고 왔어요, 보리스."

케이트 헤이그슈트렘이 모로소프를 포옹했다.

"참 반가워요. 다시 당신 집으로 오게 됐으니 말이에요."

"당신은 러시아인의 넋을 가지고 있어요, 카챠. 어째서 보스턴 같은 곳에서 태어났어야 했을까! 자, 들어오지, 라비크."

모로소프는 문을 활짝 열었다.

"인간이란, 뜻은 위대하지만 실행에는 약하거든. 바로 그 점에 우리의 불행도, 우리의 매력도 있는 법이지."

세헤라자드는 코카서스의 천막처럼 장식이 되어 있고 종업원도 러시아인으로 붉은 체르케센 족의 제복을 입고 있었다. 오케스트라는 러시아와 루마니아의 집시 차림을 한 악사들로 구성되어 있었다. 손님들은 벽에 붙여 놓은 자그마한 식탁에 앉게 마련이었는데, 식탁에는 유리가 깔려 있고 그 밑으로는 조명이 되어 있었다. 방은 어둠침침했고 상당히 붐볐다.

"뭘 들겠소, 케이트?"

"보드카. 그리고 집시의 음악을 청해 주세요. 군대 행진곡인 〈비인의 숲〉은 지긋지긋해졌어요."

그녀는 아예 신을 벗고 의자 위에 올라앉았다.

"이제는 그렇게 피곤하지 않아요, 라비크." 그녀는 말했다. "파리에 와서 두서너 시간만 지나도 벌써 기분이 달라져요. 그래도 아직은 강제 수용소에서 도망쳐 온 기분이에요. 이런 기분을 아시겠어요?"

라비크는 그녀를 쳐다보았다.

"짐작하겠어."

붉은 제복 차림을 한 웨이터가 조그만 보드카 병과 잔을 들고 왔다. 라비크는 잔에다 술을 따라 하나를 케이트 헤이그슈트렘에게 내밀었다. 그녀는 목마른 듯 성급하게 들이켜고는 잔을 내려놓았다. 그런 다음 그녀는 사방을 둘러보았다.

"곰팡이 슨 노점 같아요" 하고 그녀는 빙그레 웃었다. "그러나 밤이 되면 피난과 꿈의 동굴이 되는군요."

그녀는 몸을 뒤로 기댔다. 식탁의 유리 밑에서 비치는 부드러운 광선이 그녀의 얼굴을 환하게 비추었다.

"왜 그럴까요, 라비크? 밤이 되면 모든 게 아름답게 보여요. 힘들게 보이는 것은 하나도 없고 무슨 일이든 해치울 수 있을 것 같은 기분이 되는 거예요. 도저히 할 수 없는 것은 꿈이 보충해 주고요. 왜 그렇지요?"

그는 빙그레 웃었다.

"꿈이 없으면 진실을 견딜 수가 없으니까 우리들은 꿈을 꾸는 거지."

오케스트라는 음을 맞춰 보기 시작했다. 바이올린의 최고음과 급한 연속음이 떨리기 시작했다.

"당신은 꿈을 가지고 자기를 속이는 사람으로는 보이지 않는군요" 하고 케이트가 말했다.

"진실을 가지고 자기를 속일 수도 있지. 오히려 그쪽이 더욱 위험한 꿈이지."

오케스트라가 연주를 시작했다. 처음에는 쳄발로뿐이었다. 이어 뒤엉킨 해머가 어슴푸레한 속에서 낮고 들릴락말락한 선율을 잡아채어 그것을 갑자기 부드러운 글리산도로 넘겨주고 그것은 다시 머뭇거리면서 바이올린에게로 넘어갔다.

집시가 댄스 홀을 가로질러 식탁 있는 데로 천천히 다가왔다. 그리고 바이올린을 어깨에 대고 미소를 지으며 서 있었다. 쏘는 듯한 눈과 탐욕스러울 만큼 멍청한 표정이었다. 바이올린을 가지고 있지 않았더라면 아마도 소장수 같이 보였을 것이다. 그러나 바이올린을 들고 있으면 대초원, 광막한 저녁, 지평선, 그리고 결코 현실일 수 없는 온갖 것의 사자(使者)가 되어 버렸다.

케이트 헤이그슈트렘은 그 선율을 마치 4월의 샘물과 같이 피부에 느꼈다. 갑자기 그녀는 온몸이 메아리처럼 되었다. 누구 한 사람 그녀에게 소리치는 사람도 없는데 속삭이는 소리가 들리다가는 사라져 버린다. 아련한 추억의 실마리가 한들거리고 가끔씩 금실과 같이 번쩍이던 것이 소용돌이친다. 그녀를 불러 주는 사람은 아무도 없었다. 아무도.

집시는 허리를 굽혔다. 라비크는 식탁 밑으로 해서 집시의 손에다 지폐를 한 장 쥐어 주었다. 케이트 헤이그슈트렘이 자기 자리에서 움직였다.
"당신은 한 번이라도 행복했던 적이 있었어요, 라비크?"
"여러 번 있었지."
"그런 의미가 아녜요. 숨이 막힐 정도로 정신을 잃고 자기가 가지고 있는 온갖 것을 가지고 정말로 행복했던 때를 묻는 거예요."
라비크는 자기 앞에 있는 감동적이고 조그마한 얼굴을 바라보았다. 행복의 단 한 가지 의미, 온갖 것 중에서 가장 변하기 쉬운 사랑밖에는 아무것도 모르는 얼굴이었다.
"자주 있었지, 케이트" 하고 그는 말했다. 그러나 그가 생각한 것은 전혀 다른 것이며 그것은 결코 행복이라고 부를 수는 없다는 사실을 그는 알고 있었다.
"당신은 제 말을 이해하려고 들지 않는군요. 그렇지 않으면 그런 이야기를 하고 싶지 않으신가 봐요. 지금 오케스트라에 맞춰서 노래를 부르는 여자는 누구예요?"
"모르겠는데. 나는 오랫동안 여길 오지 않았거든."
"여기서는 그 여자를 볼 수가 없어요. 집시들과 섞여 있는 것이 아니고 아마 어딘지 식탁에 앉아 있는 것 같군요."
"그렇다면 손님인 모양이지, 여기선 그런 일이 흔히 있으니까."
"참 이상한 목소리군요" 하고 케이트 헤이그슈트렘이 말했다. "애상적이면서도 반항적인 데가 있고요."
"노래가 원래 그런 종류의 것인가 보지."
"혹은 제가 그래서 그런가요? 무슨 노래를 부르는지 아세요?"
"〈바스 루빌〉── 나는 그대를 사랑했었어. 푸시킨의 노래지."
"러시아말을 할 줄 아세요?"
"모로소프가 가르쳐 준 정도지. 대개는 욕지거리지만. 러시아말은 욕지거리하기엔 꼭 알맞는 말이거든."
"당신은 자신의 얘긴 하기 싫어하나 보죠. 어떠세요?"
"자기라는 것은 생각하기조차 싫은걸."
그녀는 잠시 그대로 앉아 있었다.
"저는 가끔 생각해요. 옛날 생활은 이제 모두가 끝나 버렸다구요. 아무런 걱정도 없고 무엇을 기대하는 마음도 모두 옛날 이야기예요."
 라비크는 빙그레 웃었다.
 "끝이 나는 일은 없어요, 케이트. 인생이란 우리가 숨을 쉬는 것을 그치기 전에 끝나 버리기엔 너무나도 위대한 거요."
 그녀는 그의 말에 그다지 귀를 기울이지 않았다.
 "가끔 불안해져요." 그녀가 말했다. "갑자기 설명할 수 없을 정도로 불안해요. 여기서 나가면 바깥 세상이 갑자기 무너져 버리기라도 할 것 같이. 그런 것을 경험한 적이 있어요?"
 "있지, 케이트. 누구나 그런 일은 있는 법이야. 유럽적인 병이지. 20년 전부터 생긴 병이야."
 그녀는 입을 다물었다.
 "그런데 이제는 러시아 노래가 아니로군요" 하고 그녀는 노래에 귀를 기울였다.
 "그렇군, 이탈리아 노래야. 〈산타루치아 룬타나〉군 그래."
 조명은 바이올린 연주자에게서 오케스트라 곁에 놓인 테이블로 옮겨졌다. 라비크에게도 노래 부르는 여자가 보였다. 그것은 조앙 마두였다. 그녀는 테이블에다 한 팔을 괴고 마치 혼자서 생각에 잠겨 주위에는 아무도 없는 듯이 앞을 바라보며 혼자 앉아 있었다. 흰 불빛을 받은 그 얼굴은 몹시 창백했다. 그가 알고 있는 평범하고 윤기 없는 표정은 찾아볼 수도 없었다. 갑자기 그것은 가슴을 설레게 하는 절망적인 아름다움으로 느껴졌다. 그는 언젠가 한 번 지금과 똑같은 아름다운 표정을 그것도 순간적이었지만 본 일이 있었다는 것이 생각났다. 그 여자의 방에서 자던 날 밤의 일이었다. 하지만 그때 그는 취기 때문에 생긴 부드러운 착각이라고만 믿었던 것이다. 그것은 그 후 이내 흐려져서 없어지고 말았었다. 이제 그것이 그대로 완전히 되살아나서 나타나 있다. 그때보다도 훨씬 또렷하게.
 "왜 그러세요, 라비크?" 하고 케이트 헤이그슈트렘이 물었다.
 그는 고개를 돌렸다.
 "아무것도 아냐. 저 노래를 알고 있을 뿐이야. 나폴리적인 슬픈 사랑의 노래지."
 "추억이 있나요?"

"아니, 내겐 추억이라곤 없어."

생각지도 않게 격한 말투가 나왔다. 케이트 헤이그슈트렘은 그를 뚫으지게 바라보았다.

"가끔 저는 당신을 알고 싶어질 때가 있어요."

그는 쓸데없는 소리 말라는 듯한 몸짓을 했다.

"다른 인간이나 별 차이가 없는 인간이야. 지금 세상은 자기도 모르는 모험가들로 가득 차 있단 말이오. 어떤 피난민 호텔에도 그런 친구들이 앉아 있지. 누구나 자기의 이야기를 지니고 있어. 알렉산드르 뒤마나 빅토르 위고가 옮겨 놓으면 센세이션을 일으키게 될 이야기들을 말이오. 그러나 우리는 그런 이야기가 시작되기 전에 벌써 하품이 나올 지경이거든. 자, 케이트, 보드카를 한 잔 더 할까. 오늘날 가장 큰 모험은 단순하고 조용한 생활이야."

오케스트라는 블루스를 연주하기 시작했다. 댄스 음악은 별로 신통치 못했다. 몇몇 손님들이 춤을 추기 시작했다. 조앙 마두는 일어서서 출입구 쪽으로 걸어갔다. 마치 텅 빈 방안을 혼자 걷듯이. 라비크는 갑자기 모로소프가 그 여자에 대하여 하던 말이 머리에 떠올랐다. 마두는 라비크의 식탁 바로 곁을 지나갔다. 그는 여자가 자기를 보았다고 생각했다. 그러나 여자의 눈길은 이내 그를 넘어서 다른 데로 무관심하게 미끄러져 갔다. 여자는 아주 방을 나가 버렸다.

"저 여자를 아세요?" 하고 그를 쳐다보고 있던 케이트 헤이그슈트렘이 물었다.

"몰라."

8

"보았나, 베베르?" 라비크가 물었다. "여길 보게, 여기야, 여기. 그리고 여기도……."

베베르는 집게로 집어서 젖혀 놓은 절개구 위에 몸을 굽혔다.

"응, 굉장하군……."

"여기의 이 작은 혹들을 좀 보게나. 그리고 여기도, 이것은 유종(乳腫)도

유착도 아니야."

"응, 아니로군."

라비크는 몸을 일으켰다. "암(癌)이야" 하고 그는 말했다. "틀림없어. 암이야. 이런 기막힌 수술은 여러 해만에 처음일세, 슈페꾸람으로 봐도 아무것도 없었고 골반 검사에서도 한쪽만 좀 무르고 조금 부었을 뿐이었네. 낭종(囊腫)이나 근종(筋腫)일지도, 또는 대단치는 않은 것이겠지 했어. 밑으로부터는 일을 할 수 없어 절개를 했더니 느닷없이 암일세그려."

베베르는 그를 쳐다보았다.

"어떻게 하려나?"

"빙결체(氷結體)를 만들 수밖에 없네. 현미경 검사의 결과를 확인해야지. 보아송은 아직 연구실에 있을까?"

"물론 있을 걸세."

베베르는 간호원에게 연구실로 전화를 걸라고 일렀다. 간호원은 소리 나지 않는 고무창이 달린 신을 신은 채 급하게 나갔다.

"좀더 잘라 봐야겠어. 자궁 절개를 하세" 하고 라비크가 말했다. "다른 짓을 해봐야 소용도 없어. 제일 딱한 건 환자가 아무것도 모르고 있다는 거야. 맥은 어떻지?" 그는 마취를 담당한 간호원에게 물었다.

"정상."

"혈압은?"

"120."

"됐어."

라비크는 수술대 위에 머리를 구부리고 트렌델렌부르트 자세로 누워 있는 케이트 헤이그슈트렘의 육체를 바라보았다.

"미리 알렸어야 했을 걸 그랬어. 승낙을 받아 놓았어야 하는 건데. 이렇게 함부로 여기저기를 절단할 수는 없어. 어떤가, 해도 괜찮을까?"

"법대로라면 안 되지. 그러나 벌써 해 버렸지 않나?"

"그렇게 할 수밖에 별도리가 없었어. 밑으로는 긁어 낼 수가 없었으니. 그런데, 여기 이것은 전연 다른 수술이거든. 자궁을 들어낸다는 것과는 좀 다르단 말일세."

"이 여자는 자네를 믿고 있는 것 같은데, 어때? 라비크."

"모르겠어. 그럴지도 모르지. 하지만 승낙했을는지는."
 그는 흰 가운 위에 걸친 고무 치마를 팔꿈치로 고쳤다.
 "좌우간 좀더 조사를 해보기로 하세. 자궁 절개의 여부는 그 다음에 결정해도 될 테니까. 메스, 우제니."
 그는 배꼽 아래까지 절개를 하고, 작은 혈관들을 죄어 놓고는 굵은 혈관은 2중으로 매듭을 지어서 막아 놓았다. 그리고 다른 메스로 노란 근막(筋膜)을 절단한 다음 그 아래쪽에 붙은 근육을 메스의 등으로 눌러서 떼어놓고 복막을 끄집어 올려서 젖히고 집게로 물려 놓았다.
 "슈프라이쯔 아파라트 견인기!"
 간호원는 벌써 손에 그것을 들고 기다리고 있었다. 그녀는 추가 달린 사슬을 케이트 헤이그슈트렘의 양쪽 다리 사이에다 던져 넣고서 방광막을 묶었다.
 "가제!"
 그는 축축이 젖은 따뜻한 가제를 밀어 넣고 복강(腹腔)을 헤치고서 조심스럽게 집게를 들이댔다. 그리고는 흘끗 위를 처다보았다.
 "자, 이곳을 좀 보게나, 베베르. 자, 여기도 넓게 인대(靭帶)가 돼 있어. 이렇게 두껍고 단단한 덩어리로. 코헤르 집게로도 집어 낼 수가 없어. 너무 퍼졌어."
 베베르는 라비크가 가리키는 곳을 응시하고 있었다.
 "그리고 여길 좀 봐" 하고 라비크는 계속했다. "이렇게 되면 클립으로 동맥을 죄어 놓을 수도 없어. 터지고 마네. 여기도 벌써 퍼지고 있군. 희망이 없어……."
 그는 조심스럽게 한 조각을 도려냈다.
 "보아송은 연구실에 있나?"
 "네." 간호원이 대답했다. "전화를 해 뒀습니다. 기다리고 계신답니다."
 "됐어. 이것을 보내 주게. 결과를 기다리기로 하지, 10분 이상은 안 걸리겠지."
 "보아송보고 전화를 걸라고 해요." 베베르가 말했다. "즉시 말이야. 수술을 중지하고 기다리고 있을 테니."
 라비크는 몸을 일으켰다.
 "맥박은 어때?"

"75."
"혈압은?"
"115."
"좋아, 베베르. 승낙을 안 받았다고 해서 수술을 해야 할지 말아야 할지 생각할 필요조차 없을 것 같네. 이 이상 어떻게 할 도리가 없어."
베베르는 고개를 끄덕였다.
"봉합" 하고 라비크는 말했다. "태아만 꺼내고 가만두세. 봉합해 버리고 입을 다무는 도리밖에는."
그는 잠시 서서 흰 시트 밑에 벌려져 있는 육체를 바라보았다. 휘황한 불빛으로 시트는 더욱더 희어서 마치 갓 내린 싱싱한 눈처럼 보였고, 그 밑으로는 붉은 상처가 입을 쩍 벌리고 있었다. 서른 넷에 다감하고 나긋나긋하며 갈색으로 그을고 단련이 되고 살려는 의지로 넘쳐흐르는 케이트 헤이그슈트렘 —— 그녀의 세포를 파괴하는, 안개와 같이 눈에 보이지 않는 것에 사로잡혀 죽음의 선고를 받고 있는 여자를.
그는 다시 육체 위로 허리를 구부렸다.
"아직도 해야 할 일이……."
어린애. 이 무너져 가는 육체 속에서 암중모색을 하는 한 생명이 아직도 멋모르고 성장을 계속하고 있다. 그리고 모체와 더불어 죽음의 선고를 받았으면서도 아직은 탐스럽게 먹고, 빨고, 욕심껏 성장하려는 충동밖에는 모르면서 언젠가는 뜰에서 뛰어놀고 싶고, 무엇이 되고 싶어하면서 기술자나 목사, 군인, 살인자, 하나의 인간이 되어 살아서 고민하고 행복하고 그리고 허물어져 버리고 싶어한다 —— 기구는 조심스럽게 눈에 보이지 않는 벽을 따라 미끄러져 간다 —— 어떤 저항을 만난다. 그러면 조심스럽게 그것을 부수어 버리고 끄집어낸다. 그러면 끝이 나는 것이다. 무의식의 순환은 끝나 버린다. 끝내 살아 보지 못한 호흡과 환희, 비탄, 생장, 생성은 끝이 났다. 이제는 죽어 버린 시퍼런 한 조각의 살덩이와 약간의 흐르는 피에 불과하다.
"보아송한테서는 보고가 아직 없나?"
"아직 없습니다. 좀 기다려야 할 겁니다."
"아직 2, 3분의 여유는 있지만."
라비크는 뒤로 물러섰다.

"맥박은?"

그는 낮게 둘러친 흰 칸막이 너머로 케이트 헤이그슈트렘의 눈을 보았다. 그녀는 그를 쳐다보았다. 그냥 멍하니 쳐다보는 것이 아니라 모든 것을 다 알고 있다는 듯한 시선으로. 순간 그는 그녀가 잠이 깨어 있는 것 같은 생각이 들어 한발 앞으로 내디디다가는 우뚝 멈추었다. 그럴 수가 있나! 왜 내가 이럴까? 우연의 장난이다. 불빛 때문이겠지.

"맥박은?"

"100. 혈압은 112, 내렸습니다."

"시간이 없는데." 라비크가 말했다. "보아송은 벌써 끝을 냈을 텐데."

아래층에서 전화 소리가 나직하게 들려왔다. 베베르는 문 쪽을 바라보았다. 라비크는 눈을 들지 않았다. 문 열리는 소리가 나고 간호원이 들어왔다.

"역시 그렇군" 하고 베베르가 짤막하게 말했다. "암일세."

라비크는 고개를 끄덕이고 다시 일을 시작했다. 그는 집게를 풀고 클립을 치웠으며 견인기를 풀고 가제를 집어냈다. 그의 곁에서는 우제니가 기계적으로 기구의 수효를 확인하고 있었다.

그는 꿰매기 시작했다. 재치 있게, 순서대로, 정확하게, 온 정신을 집중해서. 아무런 잡념도 없다. 무덤은 닫혀졌고 피부는 마지막 맨 위의 표피까지도 맞꿰매졌다. 그는 피부의 클립을 풀고서 몸을 일으켰다.

"다 됐네."

우제니는 발로 크랑크를 돌려서 수술대를 수평으로 해 놓은 다음 케이트 헤이그슈트렘을 덮어 씌웠다. '세헤라자드…….' 라비크는 생각했다. '그저께 였었지. 메인보쉐의 야회복, 당신은 행복한 적이 있었어요? 자꾸만 불안해요. 흔한 수술인걸. 집시가 음악을 연주하고 있다…….' 그는 문 위에 걸린 괘종시계를 보았다. 열두 시, 정오로군. 밖에서는 사무실이나 공장의 문이 열리고, 건강한 사람들이 물밀듯 쏟아져 나온다. 점심때다. 두 사람의 간호원이 수평으로 된 수레를 밀고 나갔다. 라비크는 고무 장갑을 벗고 세면실로 가서 손을 씻기 시작했다.

"자네의 담배가" 하고 그의 곁에서 다른 세면대에다 씻고 있던 베베르가 말했다. "입술을 데겠네."

"아, 고맙네. 그런데 누가 얘기를 하겠나, 베베르?"

"자네가 해야지." 베베르는 당연하다는 듯 말했다.
 "왜 절개 수술을 했는가를 설명해 주어야지. 밑으로부터 할 것으로 알고 있었을 테니 말일세. 그러나 사실 이야기는 할 수가 없네."
 "뭐 좋은 생각이 떠오를 테지." 베베르는 믿는다는 듯 말했다.
 "그렇게 생각하나?"
 "염려 말게나. 오늘 저녁까지는 아직 시간이 있다네."
 "그러면 자네가 할 텐가?"
 "내가 말해야 믿지도 않을 걸세. 자네가 수술했다는 것을 알고 있으니 말이야……. 자네한테서 듣고 싶어할 걸세. 내가 말하면 의심만 살 거란 말이야."
 "알았어."
 "어떻게 그렇게 짧은 시간에 암이 퍼지게 되었는지 알 수가 없군."
 "그럴 수가 있어. 그런데 뭐라고 해야 좋을지 모르겠네."
 "뭐 좋은 생각이 떠오를 걸세, 라비크. 낭종이라든가 또는 근종이라고 말일세."
 "그래" 하고 라비크는 말을 받았다. "낭종이나 근종이라고 하란 말이지."

 밤에 그는 다시 한 번 병원으로 가 보았다. 케이트 헤이그슈트렘은 자고 있었다. 그녀는 저녁 때 잠에서 깨어나 한 시간쯤 진정되지 못한 채 누웠다가, 다시 잠이 들었다는 것이다.
 "뭘 묻던가?"
 "아뇨" 하고 볼이 불그스레한 간호원이 말했다. "아직도 취해서 아무것도 묻지 않던데요."
 "아마 아침까지는 계속 잘 거야. 만일 잠이 깨어서 묻거든 모든 것이 잘 되었다고 말해 줘요. 좀더 자야 한다고 일러요. 필요하면 무엇이든 약을 주도록 하고. 만일에 안정을 못하거든 베베르 선생이나 나를 불러요. 내가 가 있을 곳은 호텔에 일러둘 테니까."
 그는 다시 한 번 도망치는 사람처럼 거리로 나섰다. 잔뜩 믿고 있는 얼굴을 보고 거짓말을 하지 않을 수가 없다── 그때까지는 아직도 몇 시간이 남아 있다. 갑자기 밤이 그에게는 훈훈하고 빛나게 보였다. 생명의 회색빛 모자가 비둘기처럼 날아 올라가 버릴 두세 시간의 선물인 시간을 덮어 준다. 그것도 역시 거짓이다. 거저 얻은 물건이란 하나도 없다. 조금 연기되었다는 것에 불과하다. 대체 그렇지 않은 것이 있단 말이냐. 모든 것은 오직 연기한다는 것, 자비로운 연기가 아닐까? 멀리서부터 무자비하게 다가오는 문을 감추는 채색한 깃발이 아니겠는가?

그는 술집으로 들어서서 창가에 있는 대리석 식탁에 자리를 잡았다. 홀은 담배 연기로 자욱했고 시끄러웠다. 웨이터가 왔다.

"뒤본네와 식민지 담배 한 갑."

그는 담뱃갑을 열고 검은 담배를 한 개 꺼내 불을 붙여 물었다. 곁에 놓인 식탁에서 프랑스 사람 몇 명이 정부의 부패와 뮌헨 협정을 비판하고 있었다. 라비크는 그것을 건성으로 듣고 있었다. 전세계가 어리석게도 이제 새로운 전쟁으로 뛰어들려 하고 있다는 것은 누구나 알고 있는 사실이다. 그러면서도 대책을 강구하는 사람은 한 명도 없었다──연기, 또다시 1년의 연기──정신을 바짝 차려 싸운다 하더라도 그것이 고작이다. 여기서도 다시 연기로구나…… 언제나 여전히.

그는 뒤본네 잔을 비웠다. 아페리티프의 달착지근하고 어렴풋한 향기가 입 속에 퍼져서 김 빠지고 불쾌한 맛이 났다. 왜 이런 것을 주문했을까? 그는 웨이터에게 손짓을 했다.

"고급으로 하나 더 주게."

그는 유리창 너머로 밖을 내다보며 시시한 사념들을 털어 버렸다. 어떻게도 할 수 없다고 해서 절대로 미쳐서는 안 된다. 그는 그런 교훈을 배웠던 시절을 추억 속에서 되살렸다. 생활에서 얻은 위대한 교훈의 하나였다.

1916년 8월, 이프르 근처에서였다. 연대는 그 전날 일선에서 돌아왔다. 그들이 전선으로 배속된 이래로 처음으로 허락된 평온한 시간이었다. 아무 일도 일어나지 않았다. 그들은 따뜻한 8월의 햇볕을 쬐면서 조그마한 모닥불을 끼고 여기저기 누워서 밭에서 주워온 감자를 굽고 있었다. 그런데 1분 후에는 그것이 흔적도 없이 사라지고 말았다. 느닷없이 포격이 가해졌던 것이다. ──포탄이 모닥불 한가운데 떨어졌다. 다시 정신이 들었을 때는 자신은 아무 일도 없었으나 전우가 두 명이 죽어 있었다──그리고 좀 떨어진 곳에는 걸음마를 배울 때부터 알고 지냈고 같이 놀았으며 함께 학교에 다닌, 끊울래야 끊을 수 없는 친구였던 메스만이 배가 찢어지고 창자를 드러낸 채 쓰러져 있었다.

그들은 그를 천막천으로 만든 들것에 태워 지름길인 보리밭 언덕을 올라 야전 병원으로 운반해 갔다. 네 귀퉁이를 한 사람씩 들고서 넷이서 운반해 갔다. 메스만은 갈색의 천막천으로 만든 들것에 누워 있었다. 두 손으로는 희고 기름지고 피 흘리는 창자를 짓누른 채 입을 벌리고는 눈은 멍하니 아무것도 보지를 못했다.

그는 두 시간 후에 죽었다. 그 두 시간 중의 한 시간 동안 고래고래 비명을 질렀다. 라비크는 자기들이 다시 바라크로 돌아왔을 때가 생각났다. 그는 맥이 풀리고 정신이 나간 채 바라크 안에 멍청하게 앉아 있었다. 그런 꼴을 본 것은 처음이었다. 그때 마침 분대장인 카친스키가 그를 보았다. 구두 직공을 하던 자였다.

"같이 가세" 하고 카친스키가 말을 했다. "오늘은 바이에른 주보에 맥주와 브랜디가 있어. 소시지도 있고."

라비크는 그를 뚫어지게 쳐다보았다. 그렇게 억센 무신경을 이해할 수가 없었다. 카친스키는 잠시 그를 쳐다보다가 말했다.

"너는 오늘 나하고 같이 가야 돼. 두들겨 패야만 가겠나? 오늘 너는 처먹고 마시고 그리고 계집을 찾아가야 해."

그는 대꾸하지 않았다. 카친스키가 그의 곁으로 와서 앉았다.

"임마, 네 기분은 알아. 지금 네가 나를 어떻게 생각하고 있는지도 안다. 그렇지만 나는 여기에 와서 2년이지만 너는 고작 2주일이란 말이야. 잘 들어둬! 메스만을 위해 이제 우리가 할 수 있는 일이 대체 뭣이 남았단 말이냐? —— 할 수 없잖아 —— 만일에 그 놈을 살릴 기회가 조금이라도 있다면 우리가 무슨 짓이라도 해낼 수 있다는 것은 너도 알고 있지?"

그는 얼굴을 들고 카친스키를 보았다. 그럼, 그것은 알고 있었다. 카친스키라면 그렇게 하리라는 것을 그는 알고 있다.

"좋아, 하지만 그 놈은 죽었단 말이다. 이젠 어쩔 수 없게 되었어. 그러나 우리들은 이틀 후면 여기를 떠나서 일선으로 가야만 한단 말이다. 이번에 가는 데는 그렇게 조용하지는 못해. 지금 여기 앉아서 메스 생각만 하고 있다면 너는 완전히 기가 죽고 말아. 신경이 고장난단 말이다. 신경과민이 되고 마는 거야. 덕택에 일선에 나가 다시 포격을 받았을 때 잽싸게 움직이지를 못하면 끝장이야. 그러면 바로 메스만을 운반해 갔듯이 이번에는 우리가 너를 운반 하겠지. 그러나 그것이 누구를 위하는 일이란 말이냐? 메스만을 위한 것이라구? 천만에! 그럼, 어떤 다른 놈을 위한 짓이 될까? 천만의 말씀. 너만 쓰러질 뿐이야. 고작 그게 다야. 이젠 알겠나?"

"알았지만 나는 사양하겠습니다."

"입 닥쳐. 안 될 게 뭐야! 다른 놈들도 다했는데. 네가 처음이 아니란 말이야!"

그날밤부터 좋아졌다. 그는 함께 나가서 최초의 교훈을 배웠다. 가능할 때는 살려라. 그럴 때는 무슨 짓이든 해줘라. 하지만 도리가 없게 되었을 땐 잊어 버려라! 그리고 돌아서라! 기운을 내라! 동정이란 것은 평온 무사한 시대의 것이지 생명이 왔다갔다하는 판에 할 짓은 아니다. 죽은 자는 묻어 버리고 삶을 실컷 맛봐라! 너의 삶은 아직까지도 쓸모가 있다. 죽음을 슬퍼하는 것과 사실과는 전혀 다른 것이다. 사실을 보고 그것을 인정했다고 해서 죽음을 슬퍼하는 정이 적다고는 할 수가 없을 것이다. 그렇게라도 하지 않으면 어떻게 살아 남을 수가 있단 말이냐!

라비크는 코냑을 들이켰다. 옆의 식탁에 앉은 프랑스 사람들은 아직도 정부에 대한 이야기를 하고 있었다. 프랑스가 실패했다고, 영국에 대한 이야기를, 이탈리아에 관한 것을, 체임벌린에 대한 것을. 말과 말. 행동하고 있는 것은 상대편뿐이다. 상대편이 더욱 강하다는 것은 아니나 그들은 다만 더욱 굳은 결심을 하고 있다는 사실이다. 그들이 용기가 더하다는 것은 아니지만, 이쪽이 싸우지 않으리라는 것을 눈치채고 있는 것이다. 자꾸 연기하지만, 연기만으로 어떻게 하자는 것인가? 그 동안에 무장을 해서 앞지르자는 말인가? 다시 한 번 일어서자는 것인가? 상대편이 계속 무장을 해 나가고 있는 것을 바라보면서 그냥 기다리고 있다. 새로운 연기에 희망을 걸고는 아무것도 해 놓은 것이 없이 기다리고 있는 것이다. 바다코끼리들의 이야기다. 몇백 마리의 바다코끼리가 해변에 우굴거린다. 사냥꾼이 그 속에 뛰어들어 몽둥이로 한 마리씩 때려 잡는다. 단결하면 그런 사냥꾼 하나쯤은 문제없이 눌러 죽일 수가 있을 텐데도 그 놈들은 여전히 누워서 빈둥거리며 사냥꾼이 와서 죽이는 걸 빤히 바라다보면서도 까딱도 하지 않는다. 사냥꾼은 그저 한 마리씩 죽일 뿐이다. 유럽의 바다코끼리의 이야기다. 문명의 일몰(日沒). 고단하고 형체도 없는 신들의 황혼. 속이 텅 빈 인권의 기치. 대륙의 방매. 닥쳐오는 노아의 대홍수. 최후의 값을 둘러싼 장사치들의 흥정. 분화구 위에서의 여전한 탄식의 무도. 민족들은 다시금 서서히 도살장으로 끌려가고 있다. 양이 희생당해도 벼룩은 살 수 있을 테지. 언제나 그랬듯이.

라비크는 담배를 비벼 껐다. 그리고 주위를 살펴보았다. 모든 것이 어떻게 되었느냐? 밤은 앞서는 비둘기, 순하디순한 잿빛 비둘기가 아니었던가? 죽은 자는 파묻어 버리고 삶을 만끽하라. 시간은 짧다. 견디고 넘어가는 것뿐이다. 어느 땐가는 써먹게 될 때가 올 것이니 그때를 위해 건강을 유지하고 준비를 갖추어 두어야 할 뿐이다. 그는 웨이터를 불러서 셈을 치렀다.

그가 들어갔을 때에 세헤라자드는 어두웠다. 집시들이 음악을 연주하고 있었고 스포트라이트의 불빛만이 오케스트라 곁에 놓인, 조앙 마두가 앉아 있는 식탁을 환히 비추고 있을 뿐이었다.

라비크는 문을 들어서서 걸음을 멈추고 섰다. 웨이터 하나가 다가와서 식탁을 고쳐 놓아 주었다. 하지만 라비크는 선 채로 조앙 마두를 바라보고 있었다.

"보드카로 가져올까요?" 웨이터가 물었다.

"응, 카라프로 하나."

라비크는 자리에 앉았다. 그리고 보드카를 따라서 성급하게 들이켰다. 밖에서 생각했던 여러 가지 잡념을 털어 버리고 싶었던 것이다. 과거라는 찌푸린 상과 죽음의 상을. 포탄에 찢겨진 배와, 암이 좀먹은 배. 그는 자기가 이틀 전에 케이트 헤이그슈트렘과 함께 앉았던 식탁에 앉아 있다는 것을 알았다. 곁에 있는 식탁이 마침 비었지만 그쪽으로 옮기지는 않았다. 여기에 앉아 있건, 곁에 있는 식탁에 앉아 있건, 그게 어쨌단 말이냐. 그것이 케이트 헤이그슈트렘을 살리게 할 수는 없다. 언젠가 베베르가 무엇이라 말했던가? 수술이 절망적이라고 해서 무얼 그렇게 흥분할 것이 있냐? 최선을 다하고는 용기를 내어 집으로 가는 거야. 그렇지 않으면 어떻게 되겠는가? 그렇구먼. 어떻게 되겠는가? 그는 오케스트라와 함께 들려오는 조앙 마두의 목소리를 들었다. 케이트 헤이그슈트렘이 말한 그대로다 —— 사람의 마음을 흥분시키는 목소리다. 그는 맑은 술이 들어 있는 카라프 병을 집어들었다. 무력한 손아귀에서 퇴색하고 인생이 회색이 되어 버리는 그런 순간, 신비스러운 썰물. 호흡과 호흡 사이에서의 소리 없는 정지. 천천히 심장을 죄어 오는 시간의 어금니. 〈산타루치아〉를 오케스트라에 맞추어서 그 목소리가 노래 부르고 있었다. 그 목소리는 마치 바다를 건너, 무언가 꽃이 핀 잊어버린 먼 바닷가에서 들려오듯 들려온다.

"어떻습니까?"

"누가 말이오?" 하고 라비크는 일어서며 말했다. 지배인이 곁에 와 있었다. 그리고는 조앙 마두를 몸짓으로 가리켰다.

"좋군, 아주 좋아."

"센세이션이라고까지는 할 수 없습니다만 쓸 만해요. 다른 프로그램의 막간에는 아주 훌륭합니다."

지배인은 미끄러지듯이 가 버렸다. 그의 턱수염이 흰 불빛을 받아 일순간 새까맣게 보이다가 이윽고 어둠 속으로 사라졌다.

스포트라이트가 꺼졌다. 오케스트라는 탱고를 연주하기 시작한다. 식탁의 바닥에 다시 불이 들어오고 그 위에 손님들의 얼굴이 어렴풋이 떠오른다. 조앙 마두는 일어서서 식탁 사이를 누비며 걸었다. 여러 쌍의 남녀가 무도장으로 밀려나와 있었기에 그녀는 몇 번이고 걸음을 멈추지 않을 수가 없었다. 라비크는 여자를 보았고 여자 역시 그를 보았다. 그녀의 얼굴에는 놀라는 빛이라곤 조금도 없었다. 여자는 그가 있는 데로 곧장 걸어왔고 그는 일어나서 식탁을 옆으로 밀었다. 웨이터가 와서 도와주려고 했다.

"됐어" 하고 그는 말했다. "나 혼자 하지. 잔이나 하나 더 주게나."

그는 식탁을 다시 제자리에 놓고 웨이터가 가져온 잔에다 보드카를 따랐다.

"보드카요. 보드카를 마시는지는 모르지만."

"마시지요. 전에도 함께 마신 적이 있으면서요. 벨 오르르에서."

"아, 그랬었군."

'우리는 여기에도 함께 온 일이 있었어…….' 라비크는 사념에 빠졌다. '먼 옛날에. 아니 2주일 전이었지. 그때 너는 마치 불행과 패배의 덩어리처럼 레인코트 속에 웅크리고 어둠 속에 앉아 있었지.'

그는 그만 "살류트" 하고 말했다.

여자의 얼굴에는 빛이 스치고 지나갔다. 웃는 것은 아니었고 다만 그 얼굴이 좀 밝아진 것뿐이었다.
"그 소리 참 오래간만에 들어요. 살류트" 하고 여자가 말했다.
그는 잔을 비우고서 여자를 건너다보았다. 높은 이마, 양미간이 넓은 두 눈, 입 —— 전에는 흐려져서 아무런 연관성이 없이 흩어져 따로따로 보이던 그 모든 것이 이제는 한데 모여 밝고 신비에 가득 찬 얼굴, 그 신비가 곧 개방이기도 한 얼굴을 만들어 내고 있다. 아무것도 감춘 것이 없으면서도 또한 아무것도 나타내지도 않는 얼굴, 저것을 전에는 알아차리지 못했었군. 그때는 아마 그런 것이 없었는지도 몰라. 아마 혼란과 불안으로 가득 차 있었던 게지.
"담배 가지고 계세요?" 조앙 마두가 물었다.
"알제리아 것밖에는 없는데. 독한 흑담배 말이오."
라비크는 웨이터를 부르려고 했다.
"독하긴요, 전에도 주신 일이 있어요. 뽕 드 랄마에서요" 하고 조앙 마두는 말했다.
"그랬었군, 참."
'그렇기도 하고, 그렇지 않기도 해. 그때는 너무 창백하고 쫓기는 인간으로 지금의 네가 아니었다. 우리들 사이에는 그밖에도 여러 가지 일이 있었다. 그것 모두가 갑자기 하나도 진실이 아닌 것 같다.'
"나는 여기에 왔었어, 그저께였지." 그는 말했다.
"알고 있어요. 저도 보았는 걸요."
여자는 케이트 헤이그슈트렘의 일은 묻지 않았다. 구석에 앉아 조용히 맥을 놓고 담배를 피웠다. 담배를 피우는 데 완전히 정신을 팔고 있는 듯. 그리고는 조용하고 천천히 술을 마셨다. 술을 마시는 데도 완전히 정신을 팔고 있는 듯이 여자는 무엇이든 그것이 하잘것없는 일이라 할지라도 그 일에 완전히 몰두해 버리는 듯했다. 그때도 역시 여자는 절망 상태에 완전히 빠져 있었던 것이라고 라비크는 생각했다. 그런데 이제는 그런 그림자조차 찾아볼 수가 없다. 갑자기 훈훈한 맛과 뚜렷하고도 자신만만한 여유를 갖고 있다. 이제는 여자의 생활을 동요시키는 것이 하나도 없어서 그런지 그로서는 알 도리가 없었다. 그는 다만 자기가 그것에서 환한 빛을 받고 있다는 것을 느겼을 뿐이다.
 보드카 병이 비었다.
 "같은 것을 또 마시겠소?" 하고 라비크는 물었다.
 "그때 제게 마시라고 주시던 것이 무엇이었지요?"
 "언제? 여기서? 그때는 여러 가지를 마구 마시지 않았던가?"
 "아니, 여기가 아니고요. 첫날 밤에 말이에요."
 라비크는 생각해 보았다.
 "생각이 나지 않는데, 코냑이 아니었던가?"
 "아녜요. 코냑 같기는 했지만 다른 거였어요. 그것을 찾아보았지만 찾아내지를 못했어요."
 "왜 그것을 마시려고 그러지? 그게 그렇게 좋았었소?"
 "그런 게 아니고 그런 훈훈한 술은 처음 마셔 보았기 때문이에요."
 "어디서 마셨지?"
 "개선문 근처의 조그마한 비스트로였어요. 계단을 내려갔었지요. 택시 운전사와 여자들이 몇 명 있었어요. 웨이터가 팔뚝에다 여자의 문신을 했고요."
 "아, 이제야 알겠어. 아마 칼바도스였을 거야. 노르망디에서 나는 사과로 만든 브랜디야. 마셔 보았소?"
 "아뇨."
 라비크는 웨이터를 불렀다.
 "칼바도스 있나?"
 "없는뎁쇼, 미안합니다. 한 분도 찾으시는 분이 안 계셔서요."
 "여긴 너무 고급이라 그래. 틀림없어. 칼바도스였을 거요. 확인을 못하겠으니 유감인데. 제일 간단한 것은 다시 한 번 그 집을 찾아가면 될 텐데, 지금은 그럴 수도 없고."
 "왜요?"
 "당신은 여기 있어야 될 게 아니오?"
 "아뇨, 전 끝났어요."
 "그거 잘 됐군. 우리 가 볼까?"
 "네, 가요."

라비크는 쉽게 그 술집을 찾아냈다. 별로 손님은 없었다. 팔에 여자의 문신을 한 웨이터는 두 사람을 흘끗 쳐다보았다. 그리고는 발을 질질 끌다시피 카운터 뒤에서 나와 식탁을 닦아 냈다.

"발전했는데" 하고 라비크는 말했다. "그때는 이렇게 안했는데."

"이 식탁이 아니었어요. 저기 저것이었어요" 하고 조앙 마두가 말했다.

라비크는 싱긋이 웃었다.

"당신은 미신을 믿소?"

"가끔요."

웨이터가 그들 곁에 와서 섰다. "맞습니다" 하고 그는 문신을 춤추게 했다.

"전번엔 저쪽에 앉으셨습죠."

"자네는 아직도 기억하고 있나?"

"또렷하게 기억하고 있습죠."

"장군이 되었다면 좋았을 걸 그랬군. 그렇게 기억력이 좋다면" 하고 라비크는 말했다.

"저는 절대 잊어버리는 일이 없습니다."

"그러고도 용케 잘 살아가는군. 그럼 자네는 그때 우리가 뭘 마셨는지도 기억하겠군?"

"칼바도스였지요." 웨이터는 서슴지 않고 대꾸했다.

"맞았어. 지금 다시 그것을 한잔하자는 것일세."

라비크는 조앙 마두를 돌아다보았다.

"문제는 가끔 간단하게 풀리는군! 어디, 꼭 같은 맛이 나나 두고 봐야지."

웨이터가 잔을 들고 왔다.

"더블입니다. 그때 손님께서 칼바도스를 더블로 주문하셨습니다."

"어째 점점 무시무시한 기분이 드는군. 그럼, 우리가 무엇을 입고 있었는지도 기억하나?"

"레인코트. 부인께서는 베레모를 쓰고 계셨굽쇼."

"자네 같은 사람이 여기 있다니. 안됐어, 연예계에라도 나갈 걸 그랬지."

"나갔었지요." 웨이터는 대답했다. "왜 손님께 그때 말씀드렸는데 잊으셨나 보군요?"

"참 그랬군. 미안한데."

"이분은 잊기가 일쑤예요" 하고 조앙 마두가 웨이터에게 말했다. "이분은 잊어먹는 데 선수이고 당신은 기억하는 데 선수예요."

라비크는 눈을 들었다. 여자는 그를 쳐다보았다. 그는 미소를 지었다.

"아마 그렇지도 않을걸" 하고 그는 말했다. "어디, 그럼 칼바도스의 맛을 볼까, 살류트!"

"살류트!"

웨이터는 그대로 서 있었다.

"잊어버리기를 잘하면 나중에는 손해를 보시게 됩니다, 손님" 하고 웨이터가 말했다. 그는 아직도 이야기가 무궁무진이다.

"옳은 말일세. 하지만 잊어버리지를 않으면 일생이 지옥이 되고 만다네."

"저의 일생은 그렇지 않은뎁쇼. 마구 지나가 버렸습니다. 잊지를 못하면 어째서 일생이 지옥이 되는가요?"

라비크는 슬쩍 눈을 치떴다.

"어쩌고저쩌고가 없어. 잊을 수 없기 때문에 그럴 뿐이지. 그러나 자네는 복받은 사람일세. 단순한 선수일 뿐만은 아니야. 어때, 이 칼바도스는 같은 건가?" 하고 조앙 마두에게 물었다.

"더 좋은데요."

그가 여자를 쳐다보았다. 여자의 이마에 가벼운 열기가 스쳤다. 그는 여자가 그렇게 말하는 기분을 알 만했다. 그러나 여자가 그런 말을 해줘서 긴장이 풀렸다. 여자는 제 말이 어떤 효과를 나타내는지 따위는 전혀 문제 삼지 않는 듯 싶었다. 이 을씨년스러운 술집에 그녀는 꼭 자기 혼자인 듯이 앉아 있다. 갓이 없는 벌거숭이 전등불은 무자비했다. 두서너 식탁 저쪽에 앉은 매춘부 두 명은 마치 이 여자의 할머니처럼 보였다. 그러나 이 여자는 아무렇게도 여기지 않는다. 조금 전에 나이트클럽의 어스름 속에 있었던 것이 여기서도 없어지지 않고 남아 있었다. 한마디도 묻지 않고 그대로 앉아서 기다리기만 하는 차갑고 밝은 얼굴, 공허한 얼굴, 어떠한 표정의 바람이 불어도 곧 변하는 얼굴이라고 라비크는 생각했다. 무슨 꿈이건 불어넣을 수 있을 것 같았다. 양탄자나 그림을 장식해 주기를 기다리고 있는 아름다운 빈집과 같은 얼굴. 온갖 가능성이 그녀에겐 있었다――궁전이 될 수도, 매음굴이 될 수도 있다. 무엇이 되느냐 하는 것은 그것을 채우는 사람한테 달린 문제다.

이것에 비하면 이미 잔뜩 구겨 처넣어지고 한 가지 상표가 붙여진 것들은…….
 그는 여자가 잔을 비운 것을 보았다.
 "알아 줘야겠는데!" 그는 말했다.
 "더블 칼바도스였었는데. 하나 더 하겠소?"
 "네. 시간이 있으시면요."
 '어째서 내가 시간이 없단 말인가!' 하고 그는 생각했다. 그러자 지난번에 자기가 케이트 헤이그슈트렘과 함께 있는 것을 이 여자가 보았다는 사실이 머리에 떠올랐다. 그는 눈을 들었다. 여자의 얼굴에는 아무것도 나타나 있지 않았다.
 "시간은 있소." 그가 말했다. "내일 아홉 시에 수술을 해야 하지만……."
 "늦게까지 돌아다녀도 수술을 할 수가 있나요?"
 "응, 상관없어. 그게 습관이거든. 그리고 매일 수술을 하는 것도 아니고."
 웨이터는 잔에다 술을 부었다. 그는 병과 함께 담배를 한 갑 가져다가 식탁 위에 놓았다. 로랑의 초록색이었다.
 "요전번에도 아마 이것을 달라고 하셨지요?" 하고 그는 신이 난 듯이 라비크에게 물었다.
 "전혀 모르겠는데. 자네가 나보다 잘 알고 있겠지. 자네를 신용하겠네."
 "맞아요. 로랑의 초록색이었어요" 하고 조앙 마두가 말했다.
 "그것 보십시오. 부인의 기억력이 더 좋으십니다, 손님."
 "그건 아직 모르는 일일세. 어쨌든간에 담배는 필요하겠지."
 라비크는 담뱃갑을 열어서 여자에게 내밀었다.
 "아직 그 호텔에 살고 있소?"
 "네. 방만 좀더 큰 방으로 옮겼어요."
 택시 운전사들이 한패 몰려 들어왔다. 그리고 곁에 놓인 식탁에 앉아서 큰 소리로 이야기를 시작했다.
 "나가 볼까?" 하고 라비크가 물었다.
 여자는 고개를 끄덕였다.
 그는 웨이터를 불러서 셈을 치렀다.
 "아니, 정말 세헤라자드로 돌아가지 않아도 되나?"

"괜찮아요."
 그는 여자의 외투를 집어들었다. 그러나 여자는 그것을 입지 않고 어깨에 걸쳤다. 그것은 값싼 밍크 코트로 모조품인 것 같았다. 그러나 이 여자가 입으면 싸구려로는 보이지 않았다. '자신을 가지고 입지 않을 때에만 값싸게 보이는 것이로구나.' 하고 라비크는 생각했다. 그렇게 생각해 보니 언젠가 아주 값싸게 보이던 왕관표, 검은 족제비의 코트도 생각이 났다.
 "그럼 호텔까지 바래다주지." 문 앞에 나서며 그는 말했다.
 밖은 조용히 안개 같은 비가 뿌리고 있었다.
 여자는 그에게로 천천히 몸을 돌렸다.
 "그럼, 우리는 당신 있는 데로 가는 게 아닌가요?"
 여자의 얼굴은 그의 얼굴 바로 밑에서 비스듬하게 그에게로 향하고 있었다. 문 앞에 달린 전등 불빛이 그 얼굴을 환히 비추고 보슬비의 고운 빗방울이 여자의 머리에서 반짝였다.
 "그렇게 하지."
 택시 한 대가 다가오더니 멈췄다. 운전사는 잠시 기다리다가는 혀를 끌끌 차고는 기어를 소리 내어 넣고는 가 버렸다.
 "내가 당신을 기다리고 있었던 것을 아세요?" 하고 여자는 물었다.
 "몰랐는데."
 여자의 눈이 가로등의 불빛을 받아 빛났다. 그 눈은 깊숙이 들여다볼 수가 있을 것 같았지만 그 깊이는 한정이 없을 것 같았다.
 "나는 오늘 비로소 당신을 보았소. 전에 만났던 사람은 당신이 아니었소" 하고 그는 말했다.
 "네. 그래요."
 "지나간 일은 모두가 아무것도 아니었어."
 "그래요. 전 잊어 버렸어요."
 그는 여자의 숨결을 느꼈다. 숨결은 눈에 보이지 않게 그를 향해 움직이고 있었다. 부드럽고 조금도 무게가 없게 언제나 응대할 준비를 갖추고 신뢰감에 가득 찬 이 이상한 밤의 낯선 생명. 그는 갑자기 피가 끓는 것을 느꼈다. 자꾸만 끓어오르는 피 —— 그것은 벌써 단순한 피가 아니라 생명이었다. 천 번 주저했고, 기쁨으로 맞이했던 생명, 그렇게도 자주 잃었다가는 다시 찾은 생명——한 시간 전만 해도 여전히 메말라서 오직 과거로만 가득 찼던, 아무런 위안도 없던 벌거숭이의 황야와 같았던 풍경——그것이 이제는 마치 무수한 샘으로부터 쏟아져 나와서 저 불가사의한 찰나를 연상케 한다. 자기는 다시 최초의 인간으로 돌아가서 바닷가에 서 있다. 파도치는 물결 속에서는 하얗게 빛나면서 질문과 해답이 한데 뭉쳐서 나타나고, 그것은 자꾸만 다가왔고 눈 위로 세찬 바람이 일기 시작했다.

"저를 붙잡아 주세요." 조앙이 말했다.

그는 여자의 얼굴을 내려다보며 한쪽 팔로 여자를 껴안았다. 배가 그 항구에 들어와서 닻을 내리듯이 여자의 어깨가 그에게로 다가왔다.

"붙잡아 주어야만 되겠어?" 하고 그가 물었다.

"네."

또 택시 한 대가 보도에 바싹 다가와서는 끼익 소리를 내며 멈췄다. 운전수는 아무렇지도 않은 듯 창 너머로 두 사람을 바라보았다. 운전수의 어깨 위에는 털조끼를 입은 강아지가 한 마리 올라앉아 있었다.

"택시?" 하고 운전사는 긴 아마색의 수염 밑에서 목쉰 소리로 외쳤.

"봐요" 하고 라비크가 말을 했다. "저 친구는 아무것도 모르고 있어. 무엇인가가 우리의 마음을 스치고 지나갔다는 것을 말이야. 우리를 보고 있지만 우리가 변했다는 것은 보지를 못한단 말이야. 세상이 미친 증거지. 당신이 천사로 변하건, 바보로 변하건, 아무도 알지 못한단 말이오. 그런데 당신 단추가 하나 떨어졌다든가 하면 누가 쳐다본단 말이오."

"미친 게 아니예요. 그게 좋지요. 우리를 가만히 내버려두니까요."

라비크는 여자를 쳐다보았다. '우리라니.' 하고 그는 생각했다. '우리라니, 얼마나 놀라운 말이냐! 세상에서 가장 이상한 말이다.'

"택시?" 하고 운전사는 참을성 있게, 그러나 더욱 크게 쉰 목소리로 외치고는 담배에 불을 붙였다.

"그래, 이리 와요" 하고 그는 말했다. "암만해도 못 벗어나겠는걸. 저 친구는 자기 직업에 너무나 경험이 많군."

"타고 가지 말고 걸어서 가기로 해요."

"비가 오기 시작하는데."

"비가 아니고 안개예요. 택시는 타고 싶지 않아요. 당신하고 같이 걷고 싶어요."

"좋아. 하지만 지금 이 사정을 저 친구에게 알려 주고 싶구먼."

라비크는 운전사에게로 가서 이야기를 주고받았다. 그 친구는 말할 수 없이 아름다운 미소를 짓고는 이런 때 프랑스인만이 할 수 있는 몸짓으로 조앙에게 인사를 보내고는 차를 몰고 가 버렸다.

"어떻게 알렸어요?" 라비크가 돌아오자 그녀가 물었다.

"돈이지. 제일 간단한 수야. 밤에 일하는 인간들은 모두가 비꼬기 잘하는 친구들이지만 그 작자도 역시 그렇더군. 곧 알던데. 정다운데다 밉잖은 경멸감을 한 가닥 섞어서 말이야."

여자는 눈웃음을 쳤고 그는 여자의 어깨에다 팔을 감았다. 여자는 그에게 기대왔다. 그는 자기의 마음속에서 무엇인지 활짝 열려 훈훈하고 부드럽고 커다랗게 퍼져가는 것 같은 기분을 느꼈다. 그리고 그것이 무수한 손으로 자기를 밑으로 끌어내리는 듯한 기분이었다. 둘이서 나란히 발이라는 좁다란 대(臺) 위에서 몸의 균형을 잡으면서 우스꽝스럽게 꼿꼿이 서 있다는 것이 갑자기 참을 수가 없어졌다. 그런 것을 잊고서 그대로 쓰러져 피부의 흐느낌이나 두뇌도, 질문도, 고뇌도, 의혹도 하나도 없었고 오직 어두운, 피의 행복밖에 없었던 천년 전 그 옛날의 부름 소리에 몸을 내맡기지를 못하고서 ······ .

"자, 갑시다" 하고 그는 말했다.

두 사람은 고운 비가 내리는, 사람의 그림자라곤 하나 없는 잿빛 거리를 따라 걸었다. 거리의 끝까지 오자, 두 사람의 앞에는 다시금 광장이 끝없이 열려 있었고 흐르는 은빛 빗속에 개선문의 육중한 회색 자태가 공중에 하늘 높이 솟아 있었다.

9

라비크는 호텔로 돌아왔다. 아침에 그가 호텔을 나올 때에도 조앙 마두는 아직도 자고 있었다. 한 시간이면 돌아올 수 있으리라 생각했었는데, 어느새 세 시간이나 늦어 버렸다.

"안녕하십니까, 선생님" 하고 누군지 3층으로 올라가는 계단에서 그에게 말을 걸어 왔다. 라비크는 그 사나이를 쳐다보았다. 창백한 얼굴과 검고 거친 머리칼, 안경. 모르는 사람이다.

"알바레스입니다. 하이메 알바레스입니다. 그래도 기억이 안 나십니까?" 하고 사나이가 말했다.

라비크는 머리를 가로저었다. 사나이는 허리를 구부리고 바지를 걷어올렸다. 기다란 흉터가 정강이로부터 무릎까지 나 있었다.

"이제는 생각이 나십니까?"

"내가 그 수술을 했던가?"

사나이는 고개를 끄덕였다.

"일선에 있는 부엌의 탁자 위에서였지요. 아란후에스 근처의 야전 병원에서 말입니다. 복숭아나무 가운데 있던 자그마한 흰 별장에서 말입니다. 이제 그 기억이 나십니까?"

갑자기 라비크는 복숭아꽃의 짙은 향내를 맡았다. 달착지근하고 썩은 듯한 그 향기는 마치 어두운 계단을 올라온 듯 더욱 썩은 것 같은 피 냄새와 완전히 뒤섞여서 코를 찔렀다.

"이제야 생각이 나는군" 하고 그는 말했다.

부상자들은 달빛이 훤한 테라스에 줄을 지어 누워 있었다. 독일과 이탈리아의 비행기 몇 대가 저질러 놓은 짓이었다. 포탄에 찢긴 어린아이와 여자들, 농부들, 얼굴이 없어진 아이, 가슴팍까지 찢어져 버린 임산부, 한쪽 손에서 떨어져 나간 손가락들을 다른 한쪽 손으로 걱정스러운 듯 받쳐들고 있던 노인 —— 아마도 다시 꿰맬 수 있다고 생각하는 모양이었다. 온누리에는 촉촉한 밤의 내음이 들어찼고 맑은 이슬이 내리고 있었다.

"다리는 제대로 나았소?" 라비크가 물었다.

"그럭저럭 괜찮아요. 완전히 구부릴 수는 없지만요. 하지만 피레네 산맥을 넘는 데는 이만해도 충분합니다. 곤잘레스 녀석은 죽었어요." 사나이는 미소를 지었다.

라비크는 곤잘레스가 누구였는지 전혀 기억이 나지 않았으나 그때 자기를 도와주던 젊은 학생이 생각났다.

"마놀로는 어떻게 되었는지 모르나?"

"포로가 되어서 총살당했습니다."
"그리고 세르나는? 소대장 말일세."
"죽었습니다. 마드리드 근처에서."
사나이는 다시 미소를 지었다. 아무런 감동도 없이 훌쩍 떠오르는 기계적인 미소였다.
"무라하고 라 피나도 포로로 붙잡혀 총살당했지요."
라비크는 무라나 라 피나가 누구였는지 생각이 나지 않았다. 그는 6개월 후에 전선이 붕괴되고 야전 병원이 해체되자 스페인을 떠났던 것이다.
"카르네로, 오르타, 그리고 골드슈타인은 강제 수용소에 들어가 있습니다"하고 알바레스는 말했다. "프랑스의 강제 수용소지요. 블라츠키는 안전합니다. 국경을 넘어서 숨어 버렸습니다."
골드슈타인만은 기억이 났다. 그 당시엔 워낙 많은 얼굴을 대했기 때문에 기억이 나지 않았던 것이다.
"자네는 지금 이 호텔에 살고 있나?" 하고 그는 물었다.
"네. 우리는 엊그제 이리로 들어왔습니다. 저쪽입니다."
사나이는 3층의 방들을 가리켰다.
"국경 근처에 있는 수용소에서." 오랫동안 갇혀 있었습니다. 간신히 석방이 되었습니다. 그래도 돈은 남아 있거든요" 하고 그는 미소를 지었다. "침대가 있더군요. 제대로 된 침대가 말입니다. 훌륭한 호텔입니다. 벽에 우리들의 지도자 그림까지 걸려 있고요."
"그렇소" 하고 라비크는 비아냥거리지 않고 말했다. "거기서 혼이 난 뒤니까, 기분이 좋겠네 그려."
그는 알바레스와 헤어져서 자기 방으로 갔다.
방은 깨끗이 치워져 있었다. 조앙 마두는 가 버리고 없었다. 그는 방을 둘러보았다. 그녀는 아무것도 남겨 놓은 것이 없었다. 그 역시 무엇을 남겨 놓고 가리라고 기대했던 것은 아니지만. 그는 초인종을 눌렀다. 잠시 후에 하녀가 왔다.
"여자분은 가셨습니다" 하고 묻기도 전에 하녀가 말을 했다.
"나도 알고 있어. 대체 여기에 누가 있었는지 어떻게 알았지?"
"아이, 라비크 선생님도, 참……." 하녀는 말끝을 맺지 못하고 마치 몹시 모욕이라도 당한 듯 입을 다물었다.
"아침 식사는 하고 갔나?"
"아뇨. 저는 뵙지를 못한 걸요. 뵈었으면 드렸을 텐데요. 그리고 그럴 생각도 안했죠. 그런 것쯤은 아니까요."
 라비크는 하녀를 쳐다봤다. 마지막 말이 신경에 거슬렸다. 주머니에서 2,3 프랑 집어내어 하녀의 앞치마 자락에 달린 호주머니에다 찔러 넣어 주었다.
 "좋아. 다음번에도 그대로만 해. 내가 확실하게 부탁했을 때만 아침을 가져오도록. 그리고 방에 아무도 없다는 것을 확실히 알기 전에는 절대로 청소를 하러 오지 말아요."
 하녀는 알았다는 듯 미소를 지었다.
 "잘 알았습니다, 라비크 선생님."
 그는 하녀의 뒷모습을 못마땅하게 바라보았다. 하녀가 어떻게 생각하고 있는지 알 만하다. 조앙이 유부녀이기 때문에 남이 보는 것을 꺼려한다고 생각하고 있는 것이다. 전 같으면 그런 일쯤은 웃어넘기고 말았을 텐데 이제는 그런 것이 마음에 걸렸다. '아무런들 어떨까.' 하고 그는 생각했다. 그리고 어깨를 으쓱하고는 창가로 갔다. '호텔은 호텔이니 어쩔 수가 없겠지.'
 그는 창문을 열었다. 구름이 낀 한낮의 하늘이 집들을 뒤덮고 있었다. 처마 끝에서는 참새들이 지저귀고 바로 아래층에서 싸움질하는 목소리가 들려왔다. 아마도 골덴베르크 부처이리라. 남편은 아내보다도 스무 살이나 위였고 브레슬라우의 곡물 도매 상인이었다. 아내는 망명객인 비젠호프와 관계를 하고 있는데, 계집은 아무도 모르고 있는 줄 알지만 모르고 있는 것은 남편뿐이었다.
 라비크는 창문을 닫았다. 그는 오늘 아침에 듀랑 대신으로 이름 모를 환자의 담낭 수술을 했다. 그 작자 대신 알지도 못하는 사나이의 배를 갈랐던 것이다. 그 보수로 3백 프랑을 받았다. 그 다음에 그는 케이트 헤이그슈트렘을 보러 갔었다. 그녀는 열이 있었다. 고열이었다. 그는 한 시간 동안 거기에 머물렀는데 그녀는 잠을 제대로 자지 못했다. 별 이상은 없었으나 그래도 열은 없는 편이 좋았을 것이다.
 그는 창밖을 멍하니 내다보고 있었다. 일이 끝난 뒤의 이상하게 공허한 감정. 아무런 말도 없는 침대. 노루 껍질을 물어뜯는 이리와 같이 헛되이 갈가리 찢어발긴 하루. 마술처럼 어둠 속에서 생겨난 밤의 숲. 그것이 이제 또다시 시간이란 사막의 신기루처럼 끝도 없이 먼 것이 되고 말았다.
　그는 돌아섰다. 책상 위에는 루시엔느 마르티네의 주소를 적은 쪽지가 놓여 있었다. 처녀는 얼마 전에 퇴원을 했던 것이다. 퇴원할 때까지 그녀는 잠시도 가만히 있지를 못했었다. 그는 이틀 전에 그녀를 보러 갔었다. 이제는 가 볼 필요가 없지만 특별히 할 일도 없고 해서 그녀를 찾아보리라 마음먹었다.

　그 집은 끌라벨 거리에 있었다. 아래층은 푸줏간으로 억세게 생긴 여자 하나가 식도를 휘두르며 고기를 팔고 있었다. 그 여자는 지금 상중(喪中)이었다. 2주일 전에 남편이 죽었다. 그래서 지금은 조수 한 명을 데리고서 그녀가 장사를 도맡아 하고 있다. 라비크는 길을 지나치면서 그 여자를 보았다. 누구를 찾아라도 가려는 듯 길게 늘어진 검은 베일의 모자를 쓰고는 애교를 부리며 단골 손님에게 돼지 다리를 베어 주고 있었다. 베일은 쪼개 놓은 돼지의 동체 위에서 하늘거리고, 식칼은 번쩍번쩍 빛나면서 내리쳐진다.
　"한번만 내리치면 되지요" 하고 과부는 만족한 듯 말하며, 그 돼지 다리를 저울 위로 획 내던졌다.
　루시엔느는 맨 위층의 조그마한 방에 살고 있었다. 혼자가 아니었다. 스물 다섯쯤 돼 보이는 젊은 사내가 의자에 앉아 게으름을 피우고 있었다. 젊은 사내는 사이클 선수가 쓰는 모자를 쓰고는 손으로만 담배를 피우고 있었다. 말을 할 때면 담배를 윗입술에다 붙이곤 했다.
　라비크가 들어가도 그는 그냥 앉아 있었다.
　루시엔느는 침대에 누웠다가 당황해서 얼굴을 붉혔다.
　"아니 선생님, 오늘 오실 줄은 몰랐어요."
　그녀는 젊은 사내 쪽을 보았다.
　"이 사람은……."
　"누구건 상관없잖아" 하고 젊은 사내는 그녀의 말을 거칠게 가로막았다.
　"사람의 이름을 마구 선전할 필요는 없을 텐데."
　그 녀석은 어깨를 뒤로 젖혔다.
　"그러니까, 당신이 의사란 말이구료?"
　"어때? 루시엔느." 라비크는 젊은 사내 따위는 거들떠보지도 않고 물었다.

"자리에 누워 있군. 생각 잘했어."

"생각만 있으면 벌써 일어날 수 있단 말이야" 하고 사내가 말했다. "이젠 아픈 데가 없잖아. 일을 하지 않으면 돈만 들 뿐이란 말이야."

라비크는 돌아서서 사내를 보았다.

"여보, 잠깐만 나가 주시오!" 하고 그는 말했다.

"뭐라구?"

"나가 달란 말이야. 문 밖으로. 루시엔느를 진찰해야겠어."

사내는 웃음을 터뜨렸다.

"내가 여기 있어도 할 수 있을 텐데. 우리도 그렇게 점잖은 사람이 아니란 말이오. 그런데 뭣 때문에 진찰하는 거요? 당신은 엊그제 다녀가지 않았소. 과외로 왕진료가 붙는단 말이지, 안 그렇소?"

"봐요. 자네가 돈을 낼 것같이 보이지도 않는데 그래. 그리고 돈이 들고 안 들고는 문제가 달라. 자, 어서 나가 달란 말이야" 하고 라비크는 침착하게 말했다.

사내는 히죽이 웃으며 양쪽 다리를 편하게 쭉 뻗었다. 그 녀석은 끝이 뾰족한 에나멜 구두에다 자줏빛 양말을 신고 있었다.

"보보, 제발 좀" 하고 루시엔느가 말했다. "정말 잠깐이면 돼."

보보란 사내는 그녀를 거들떠보지도 않고 라비크를 노려보았다.

"아주 잘했어. 당신이 여길 와 주었으니 말야. 바로 대답을 들려 줄 수 있으니까. 이봐, 당신은 입원이다, 수술이다, 뭐다 하고 우리 돈을 긁어 낼 수 있다고 생각할는지 모르지만, 그렇게는 안 될걸! 우리가 이 애를 병원에 넣어 달라고 한 적은 없으니까 말이야! 더구나 수술이란 말도 안 되지. 그러니까 돈 이야기면 소용없어. 배상금을 내라고 하지 않는 것만도 다행으로 알란 말이야. 강제 수술이지 뭐야." 그 녀석은 더러운 이를 드러냈다. "어메, 놀랐지? 이 보보는 다 알고 있단 말이야. 그렇게 간단히는 넘어가지 않을걸."

젊은 녀석은 만족한 듯 보였다. 멋있게 해 넘겼다고 생각한 모양이었다. 루시엔느는 새파랗게 질려서 걱정스러운 듯 보보에게서 라비크에게로 눈을 돌렸다.

"알아들었어?" 하고 보보는 신바람이 나서 물었다.

"이 사람인가?" 하고 라비크는 루시엔느에게 물었다. 루시엔느는 대답이 없었다. "이 사람이군" 하고 그는 보보를 훑어보았다.
 깡마른 키다리 녀석으로 인조견 목도리를 뼈만 앙상한 목에다 두르고 있었다. 후골이 오르락내리락했다. 축 늘어진 어깨며 무섭게 긴 코, 움푹 패어 들어간 턱 — 책에 나오는 변두리 건달 그대로였다.
 "그래서 어쨌단 말이지?" 보보는 대들 듯이 뇌까렸다.
 "나가라고 여러 번이나 말했을 텐데, 진찰을 해야겠단 말이야."
 "웃기네!" 보보가 대꾸했다.
 라비크는 천천히 그에게로 다가섰다. 더 이상 참을 수가 없었다. 사내는 벌떡 일어나서 뒤로 물러섰다. 어느 틈에 1미터쯤 되는 노끈을 두 손에 쥐고 있었다. 라비크는 그것으로 어쩌자는 것인지 잘 알고 있었다. 라비크가 가까이 다가가면 날쌔게 옆으로 뛰어서 재빨리 뒤로 돈 다음에 노끈을 목에다 걸어 뒤에서부터 목을 죄자는 심보였다. 상대가 그런 수를 모르거나, 권투식으로 대들면 그런 수에 넘어갈지도 모른다.
 "보보! 보보, 그만둬!" 루시엔느가 소리를 질렀다.
 "이 얼간이 같은 녀석!" 라비크가 소리를 질렀다. "그런 보잘것없는 새끼줄 수작쯤은 낡았어. 고작 그거야!"
 그는 껄껄거리며 웃었다.
 보보는 순간 얼떨떨해졌다. 그의 눈에 자신이 없어졌다. 그러자 눈 깜짝할 사이에 라비크는 두 손으로 그의 재킷을 어깨에서 밑으로 잡아채어 손을 들 수가 없게 만들어 버렸다.
 "이런 수가 있는 줄은 미처 몰랐겠지?" 하고 그는 재빨리 문을 열고 어리둥절해서 덤비지도 못하는 녀석을 거칠게 떠밀었다. "이런 짓이 재미있으면 군대에나 가! 이 건달 녀석! 하지만 어른한테는 까불지 말라구!"
 그는 안에서 문을 잠가 버렸다.
 "자, 루시엔느." 그는 말했다. "자, 어디 보기로 하자구."
 그녀는 떨고 있었다.
 "진정해. 곧 끝이 날 걸 뭘 그래."
 그는 다 낡은 솜이불을 걷어서 의자 위에다 놓았다. 그리고는 초록색 담요를 들어올렸다.
 "바지 아냐? 왜 이런 것을 입고 있지, 더 불편할 텐데. 아직 서서 움직이면 안 돼요, 루시엔느."
그녀는 잠시 가만히 있었다.
"오늘만 입었을 뿐이에요."
"잠옷이 없나? 병원에서 두 벌을 보내 줄 수 있는데."
"아니예요, 그래서 그런 게 아니예요. 이것을 입은 것은 저 ……." 그녀는 문 쪽을 바라보고는 나직이 속삭였다. "저 사람이 올 줄 알고 그랬어요. 그의 말이 저는 이제 환자가 아니라는 거예요. 더 기다리려고 하지를 않아요."
"뭐라고? 큰일인데. 내가 미리 알았더라면 좋았을걸" 하고 라비크는 못마땅한 듯 문 쪽을 바라보았다. "기다리게 해야 돼!"
루시엔느는 빈혈증 여자가 흔히 그렇듯 아주 흰 피부였다. 엷은 표피 밑에 정맥이 새파랗게 드러나보였고 몸매가 고왔다. 골격은 가늘고 늘씬했지만 그렇다고 축이 난 데는 한 곳도 없었다. 거의 예외 없이 이런 여자들의 말로가 어떻게 되리라는 것을 알면서도 자연은 쓸데없이 이렇게 아름답게 만들어 놓는 그런 여자들 중의 한 명이었다── 그릇되고 건전치 못한 생활로 어느 틈엔가 그 아름다운 몸매는 흔적도 없이 사그라져 버리는 여자들.
"일주일쯤은 더 자리에 누워 있어야 해, 루시엔느. 일어나서 방안을 걸어다니는 것은 괜찮지만 조심해야 돼. 며칠 동안은 물건을 들어올리거나 계단을 올라가거나 하면 못써요. 돌보아 줄 사람은 있나, 그 보보 이외에?"
"집주인 여자가 있어요. 하지만 벌써부터 잔소리가 많은걸요."
"그리고는 아무도 없나?"
"없어요. 전에는 마리가 있었지만 죽었잖아요."
라비크는 방을 둘러보았다. 아무것도 없지만 깨끗했다. 창가에는 푸크시아 꽃이 꽂혀 있었다.
"그럼 보보는?" 하고 그는 물었다. "모든 게 다 끝이 난 뒤에야 이제 또 나타났단 말이지."
루시엔느는 대답이 없었다.
"왜 쫓아 버리지 않는 거지?"
"그 사람은 그렇게 나쁜 사람은 아니예요, 선생님. 너무 사나와서 그렇겠지만 ……."
라비크는 그녀를 보았다. '사랑이로군' 하고 그는 생각했다. '여기도 역시 사랑이었군. 예로부터 내려오는 기적. 그것은 현실이라는 회색 하늘에 꿈의 무지개로 다리를 놓을 뿐만 아니라 거름더미 위에도 낭만적인 빛을 쏟는 것이다. 기적이면서도 미친 조롱이기도 하다.' 그는 갑자기 자기 자신이 간접적이나마 공범자가 된 듯한 이상한 기분이 들었다.
"뭐 괜찮겠지, 루시엔느. 걱정할 것은 없어. 우선 건강해져야 해요" 하고 그는 말했다.
그녀는 비로소 마음이 놓이는 듯 고개를 끄덕였다.
"그리고, 그 돈 이야긴데요" 하고 그녀는 어쩔 줄을 모르며 급하게 덧붙여 말했다. "그것은 보보의 괜한 소리예요. 입으로만 그랬을 뿐예요. 제가 모두 내겠어요. 전부요. 월부로요. 그런데 언제부터 제가 일을 할 수가 있을까요?"
"만일 바보짓만 하지 않으면 한두 주일이면 되겠지. 그리고 보보하고는 다른 짓하면 안 돼. 절대로 어떤 일도 안 돼요! 루시엔느. 그렇지 않으면 죽게 될 테니 그리 알아요. 알겠지?"
"네." 그녀는 아무런 확신도 없다는 듯 대답했다.
라비크는 가냘픈 그녀의 몸에다 담요를 덮어 주었다. 그가 얼굴을 들자 그녀가 말했다.
"앉아서 일을 할 수는 있을 것 같은데요. 전……."
"아마, 그럴 수도 있을지 모르지. 어디 좀 보기로 하지 몸을 조심하느냐 안하느냐에 달린 문제야, 루시엔느. 이제는 그 낙태 수술을 했던 산파의 이름을 가르쳐 주어야 해."
그녀의 눈에는 거절하고 싶다는 눈치가 역력했다.
"경찰에 고발하지는 않을 테니까" 하고 그는 덧붙였다. "절대로 그러지는 않겠어, 다만 산파한테 지불한 돈을 도로 찾아 주고 싶을 뿐이야. 그러면 좀더 몸조리를 할 수가 있을 테지. 그게 대체 얼마나 되지?"
"3백 프랑이에요. 하지만 도로 찾으시다니, 안 될 거예요."
"어디 한번 해보는 거지. 이름이 뭐며 어디에 살고 있지, 루시엔느? 다시는 그 산파에게 볼일이 없을 거야. 이제 어린애를 낳을 수 없어. 그러니까, 그 산파는 아무것도 할 수 없어."
그녀는 머뭇거렸다.

"저 서랍 속에 있어요."
"이 쪽지? 이것 말인가?"
"네."
"좋아. 2,3일내에 내가 가 보기로 하지. 걱정할 것은 없어."
라비크는 외투를 입었다.
"왜 그래? 왜 일어나려고 해?"
"보보 때문에 그래요. 선생님은 그를 모르세요."
라비크는 미소를 지었다.
"난 그런 친구보다 더 나쁜 작자들을 알고 있어. 그대로 누워 있어요. 그 정도라면 뭐 그렇게 걱정할 필요는 없어. 몸조리 잘해요, 루시엔느. 내 또 올 테니까."
 라비크는 자물쇠와 손잡이를 동시에 돌려서 홱 문을 열어젖혔다. 복도에는 아무도 없었다. 그럴 줄은 그도 알고 있었다. 보보와 같은 형을 그는 잘 알고 있었다.
 아래층에는 조수가 푸줏간에 나와 있었다. 누런 안색인데다 여주인만큼 정열도 없는 사내였다. 그는 시들하다는 듯 고기를 썰고 있었다. 주인이 죽은 후로는 유난히 수척해졌다. 주인 마누라와 결혼할 희망은 거의 없었다. 건너편 비스트로에서는 솔 제조공이 큰 소리로 떠들어대고 있었다. 결혼도 하기 전에 그 마누라는, 그 작자도 묘지로 보내고 말 것이라고. 그리고 그 조수 녀석은 벌써부터 몸이 아주 수척해졌는데 과부는 활짝 젊어졌다고도 말했다. 라비크는 카시스를 한 잔 마시고 돈을 치렀다. 보보 녀석이 여기에 와 있을지도 모른다고 생각했는데, 그 녀석은 없었다.

 조앙 마두는 세헤라자드의 문 밖으로 나왔다. 그녀는 라비크가 기다리고 있는 택시의 문을 열었다.
"여기서 빠져나가요. 선생님 집으로 가요."
"왜 무슨 일이 있었나?"
"아뇨. 아무 일도. 이제 나이트클럽이 싫어졌을 뿐이에요."
"잠깐만 기다려."
 라비크는 출입구에 서 있던 꽃 파는 여인을 손짓해서 불렀다.

"아주머니, 아주머니가 갖고 있는 장미를 모조리 내게 줘요. 얼마나 되지? 터무니없이 값을 내라면 안 돼."

"60프랑만 내세요. 선생님이시니까요. 루머티즘의 처방을 써 주신 적이 있으니까요."

"그래 효과는 있었소?"

"아뇨. 밤비를 맞으며 서 있어야 하니 들을 리가 있나요."

"아주머니같이 사리에 밝은 환자는 생전에 처음 봤소."

그는 장미꽃을 받아들었다.

"자, 이건 오늘 아침 당신이 혼자 일어나게 내버려 둔 데 대한 사죄야" 하고 그는 조앙 마두에게 말하고는 꽃을 택시의 바닥에다 놓았다.

"어디 가서 좀 마실까?"

"싫어요. 우리 선생님의 방으로 가요. 꽃은 여기 시트 위에다 놓아요, 바닥에다 놓지 말고요."

"아니 꽃은 바닥에 놓는 게 좋아. 꽃을 사랑할지어다. 그러나 지나치게 소란을 떠는 것은 금물이로다."

여인은 고개를 살짝 그에게로 돌렸다.

"그렇다면 사랑하는 것을 너무나 애지중지해서는 못쓴다는 말인가요?"

"그게 아니지. 아름다운 것을 연극화하면 안 된다는 거요. 그리고 이 순간 우리들 사이에는 꽃 같은 것은 없는 편이 더 좋잖아."

조앙은 순간 의아해 하면서 그를 쳐다보았다. 이윽고 그녀의 얼굴이 밝아졌다.

"오늘은 제가 무슨 일을 했는지 아세요? 저는 오늘 살아났어요. 다시 한 번 살아났어요. 숨을 쉬었다고요. 다시 한 번 숨을 쉬었어요. 전 태어났어요. 다시 한 번. 처음예요. 다시 손이 생겼어요. 그리고 눈도, 입도."

운전사는 비좁은 길에 잇단 차들을 간신히 빠져나온 다음부터는 갑자기 달리기 시작했다. 얼떨결에 조앙은 라비크한테로 쓰러졌다. 그는 잠시 두 팔로 그녀를 껴안아 주면서 그녀의 육체를 느꼈다. 마치 훈훈한 바람이 스치고 지나가서 하루의 껍질을 녹여 버리는 듯싶었다. 그러나 이상하게도 그의 마음속은 냉정해서 그 속에 말려들지 않으려 했다. 여자는 곁에 앉아 제 감정에 취한 듯 재잘거리고 있었다.

"하루 종일, 마치 어디에고 모조리 샘이 솟는 듯 콸콸 흘러내려서, 저의 목과 가슴을 마구 흘러 넘쳤어요. 파랗게 싹이 터서 잎이 나고 꽃이 피게 할 것 같이 말이에요. 그리고 지금 이렇게 저는 여기에 있게 되었고……또 당신도 함께."

라비크는 여자를 보았다. 여자는 때가 낀 시트 위에 엎드리듯 앉아 있었다. 검은 야회복에서 삐져 나온 어깨가 빛났다. 아무런 거리낌도, 주저하는 빛도, 부끄러움도 없이 그녀는 자기가 느낀 바를 이야기했다. 그녀에 비하면, 자기는 찌그러지고 메마른 존재라는 생각이 들었다.

오늘 나는 수술을 했다. 나는 너를 잊어버리고 말았었다. 나는 루시엔느한테 갔었다. 그리고 어디에선가 과거를 생각하고 있었지, 너를 빼놓고서. 그리고는 저녁이 되자 온기가 천천히 찾아들었던 것이다. 나는 그대와 함께 있지는 않았어. 나는 케이트 헤이그슈트렘을 생각하고 있었어.

"조앙" 하고 그는 자리 위에 놓인 여자의 손에다 자기 두 손을 포개 얹었다. "우리는 지금 곧바로 집으로 갈 수는 없어. 우선 병원부터 가 봐야 되겠어. 뭐 2, 3분이면 되지만."

"당신이 수술해 준 여자를 보러 가야만 하나요?"

"오늘 아침 수술한 사람이 아니야. 다른 환자인데, 어디 적당한 데서 기다려 주겠어?"

"지금 곧바로 가 봐야 하나요?"

"그 편이 좋지. 나중에 전화가 걸려오거나 하면 귀찮거든."

"당신 방에서 기다리겠어요. 당신 호텔로 돌아서 가도 시간이 늦지 않겠어요?"

"충분해."

"그럼 그리로 가요. 당신은 나중에 오시면 되고요. 기다리고 있겠어요."

"그러지" 하고 라비크는 운전사에게 갈 곳을 일렀다.

그는 뒤로 기댔다. 목이 좌석 모서리에 닿는 것을 느꼈다. 그는 손을 그냥 조앙의 손에 얹어 두고 있었다. 자기가 무슨 말이라도 해주기를 여자는 기다리고 있는 듯한 생각이 들었다. 자기와 여자에 관한 것을. 그러나 아무 말도 할 수가 없었다. 여자가 벌써 너무 많은 것을 떠들어 버려서. '그렇게까지 많이 떠든 것은 아닌데' 하고 그는 생각했다.

차가 섰다.
"그대로 가세요. 여기서 저는 어떻게든 시간을 보내겠어요. 무섭지 않아요. 열쇠만 주세요" 하고 조앙이 말했다.
"열쇠는 호텔에 있어."
"그럼 달라고 하겠어요. 그런 것도 배워야 하겠어요."
그녀는 바닥에서 꽃을 집어 들었다.
"제가 자고 있는 동안에 가 버리고, 생각지도 않는 때면 느닷없이 나타나는 남자하고 같이 지내려면, 여러 가지를 배워야겠어요. 지금이라도 곧 시작해야겠어요."
"나도 함께 올라갔다가 가겠어. 그렇게 허풍을 떨면 못써요. 당신을 다시 혼자 있게 하다니. 정말 안됐는걸."
그녀는 웃었다. 너무나 젊어 보였다.
"잠깐 기다려 줘요." 라비크는 운전사에게 말했다.
운전사는 한쪽 눈을 지그시 감아 보였다. "천천히 하십시오."
"열쇠는 저를 주세요" 하고 조앙은 계단을 올라가며 말했다.
"왜?"
"글쎄, 이리로 주세요."
여자는 문을 열고는 우뚝 섰다. "얼마나 아름다워요" 하고 그녀는 어두운 방을 향해서 말했다. 창밖의 구름 사이에는 을씨년스러운 달빛이 방안으로 비쳐 들어오고 있었다.
"아름답다구? 이런 굴 속이?"
"네, 아름답구말구요. 모조리 아름다운 것뿐이에요."
"지금은 그럴지도 모르지. 어두우니까. 하지만……."
라비크는 스위치 쪽으로 손을 내밀었다.
"그냥 둬요. 제가 켜겠어요. 이젠 가 보세요. 그러나 내일 점심 때나 돼서 돌아오시는 건 설마 아니겠죠?"
여자는 어두운 문 옆에 서 있었다. 창으로부터 들이비치는 은빛 광선이 뒤로부터 여자의 어깨와 뒷머리에 머물렀다. 여자는 어렴풋이 그리고 선정적이고 신비스럽게 보였다. 그녀의 외투는 미끄러져 여자의 발 밑에 덩어리진 거품처럼 떨어졌다. 그녀는 문에 기댔다. 여자의 한쪽 팔에는 복도 쪽으로부터 비쳐 들어오는 한 줄기의 광선이 못 박혀 있었다.
"다녀오세요."
그녀는 문을 닫았다.

케이트 헤이그슈트렘은 열이 내려 있었다.
"잠을 깼었나?" 하고 라비크는 졸고 있는 간호원에게 물었다.
"네. 열한 시에요. 선생님은 어디 가셨느냐고 묻더군요. 선생님이 말씀하신 대로 이야기를 해줬어요."
"붕대에 대한 말은 하지 않던가?"
"네, 하더군요. 수술을 할 수밖에 도리가 없었다고 말씀드렸죠. 간단한 수술이라고 했어요. 내일 선생님께서 말씀해 주실 거라고."
"그뿐이었나?"
"네. 선생님이 좋다고 하셨다면 하나도 걱정할 것이 없다고 하더군요. 저녁에 선생님이 오시면 인사를 드려 달라고 하시고서 선생님을 믿고 있노라고 말씀을 드려 달라고요."
"그래……."
라비크는 잠시 서서 양쪽으로 갈라 붙인 간호원의 머리를 내려다보고 있었다.
"당신은 몇 살이지?" 이윽고 그가 물었다.
간호원은 이상하다는 듯 고개를 들었다.
"스물셋이에요."
"스물셋이라구? 그래 간호원이 된 지는 얼마나 되는데?"
"두 해 반이 됐어요. 정월이면 꼭 2년 반이 돼요."
"이런 일이 좋은가?"
간호원은 능금 같은 얼굴에 미소를 지었다.
"네, 아주 좋아해요" 하고 말하기를 좋아하는 듯 설명을 했다. "물론 손님 중에는 애를 먹이는 환자들도 많지만, 대개는 좋은 분들이에요. 부리소 부인께서는 어제 아주 고운, 아직 첫물인 비단 옷을 선물로 주셨고요. 지난 주일에는 레르네 부인한테서 에나멜 구두 한 켤레를 받았어요. 그는 집에 가서 세상을 뜨셨어요." 그녀는 다시 미소를 지었다. "저는 옷 같은 것은 사지 않아도 돼요. 늘 무엇이든 받게 되니까요. 제가 쓸 수 없는 물건은 가게를 내고 있는 친구에게 바꿔요. 덕택에 여간 도움이 되지 않아요. 헤이그슈트렘 부인께서도 늘 후하게 해주세요. 돈을 주시지요. 전번에는 1백 프랑이었어요. 열 이틀밖에는 안 되었는데요. 이번엔 얼마 동안이나 여기 계시게 되나요, 선생님?"
 "전보다는 오래야. 2, 3주일은 있게 되겠지."
 간호원은 기뻐하는 눈치였다. 밝고 주름살 하나 없는 이마 속에서 얼마나 돈이 들어올까 계산을 해보는 것이었다. 라비크는 다시 한 번 케이트 헤이그슈트렘한테로 몸을 구부렸다. 그녀의 숨결은 조용했다. 상처에서 나는 어렴풋한 냄새가 그녀 머리의 짙은 향수 냄새와 뒤섞였다. 그는 갑자기 참을 수가 없었다. 그녀는 자기를 신뢰하고 있었다. 신뢰, 조그맣게 절개한 자궁. 그 속을 벌레가 파먹고 있다. '그것을 어떻게 해볼 도리가 없어 그대로 꿰매고 말았는데, 신뢰라니.'
 "그럼, 부탁해요."
 "안녕히 가세요, 선생님."
 둥글넓적한 얼굴의 간호원은 방구석에 놓인 의자에 앉았다. 그리고는 침대 곁에 놓인 불을 가려 놓고는 담요로 발을 둘둘 만 다음에 잡지를 하나 집어 들었다. 탐정소설이나 영화의 그림이 실려 있는 싸구려 책이었다. 그녀는 편하게 자리를 고치고 나서 읽기 시작했다. 곁에 놓인 자그마한 탁자 위에는 초콜릿 봉지가 열려 있었다. 라비크가 보고 있으려니까, 그녀는 얼굴도 들지 않고 한 개를 꺼냈다. '인간이란 아주 간단한 일조차도 이해 못할 때가 있는 모양이구나' 하고 그는 생각했다— 같은 방안에서 한 사람은 죽을병으로 누워 있는데, 한 사람은 그런 것에는 아랑곳도 하지 않는다. 그는 문을 닫았다. 나 역시 마찬가지가 아닌가? 나는 이 방을 나와서 다른 방으로 가려고 하지 않는가. 그 다른 방에서는······.

 방은 어두웠다. 욕실 문이 약간 열려 있었고 그 안에는 불이 켜져 있었다. 라비크는 망설였다. 조앙이 아직도 욕실 안에 있는지 알 수가 없었다. 그러자 그녀의 숨소리가 들려왔다. 그는 방을 가로질러 욕실로 갔다. 그는 아무 말도 하지 않았다. 여자가 방에 있으며 자지 않고 있다는 것을 알고 있었다.

여자 역시 아무 말도 하지 않았다. 그 방이 갑자기 침묵과 기대와 긴장으로 가득 찼다. 소리도 없이 돌아드는 소용돌이처럼, 사고(思考)를 넘어선 미지의 심연이 있고 그 심연으로부터는 새빨간 마취의 양귀비와 어지러움이 구름처럼 뭉게뭉게 피어올랐다.

그는 욕실 문을 닫았다. 흰 전구의 밝은 빛 속에 있는 모든 것들은 그가 잘 알고 있는 정든 것들이었다. 그는 샤워를 틀었다. 이 호텔 안에 있는 유일한 샤워였다. 라비크는 제 손으로 그것을 가설했다. 라비크는 그가 외출할 때면 옛 주인이 친척이나 친구들에게 구경거리로 그곳을 보여주곤 한다는 것을 잘 알고 있었다.

뜨거운 물이 그의 살갗을 흘러내린다. 옆방에는 조앙 마두가 누워서 자기를 기다리고 있다. 그녀의 살결은 매끄러웠고 머리카락은 억센 파도처럼 베개 위에서 넘실거렸다. 눈은 방이 어두울 때도 번쩍이고 있었다. 마치 창 너머로 흘러 들어오는 겨울의 어렴풋한 별빛이라도 붙잡아서 반사하고 있는 듯. 여자는 바로 거기에 누워 있다. 노곤하고, 변덕스럽고, 흥분해서. 한 시간 전과는 전혀 딴 여자로. 여자란 사랑 없이도 매혹과 유혹에는 전부를 맡길 수 있는 법이다. 그런데 갑자기 그는 이상스럽게 그녀에게서 혐오감을 느꼈다. 느닷없이 생긴 강렬한 애착과 뒤섞인 이상한 반항심이다. 그는 무의식적으로 사방을 둘러보았다. 만약에 욕실에서 밖으로 나가는 문이 있다면 그는 옷을 주워 입고 나갔을지도 모른다.

그는 몸을 말리며 잠시 서성거렸다. '어느 곳에서도 느끼지 못했던 이런 감정은 이상스럽다. 그림자와 허무. 아마 케이트 헤이그슈트렘한테 다녀왔기 때문에 그럴지도 모르겠다. 아니면 조금 전에 조앙이 택시 속에서 했던 말 때문인지도 모르겠다. 이렇게 순식간에, 이렇게도 어처구니없이 이럴 수가. 아니, 그게 아니라 내 쪽에서 기다리는 게 아니라 누군가가 기다려 주고 있기 때문인지도 모르겠다.' 그는 입술을 꽉 다물고 욕실 문을 열었다.

"라비크, 창가의 책상 위에 칼바도스가 있어요."

그는 가만히 서 있었다. 자기가 긴장하고 있다는 것을 깨달았다. 여자가 다른 말을 했더라면 그는 참을 수가 없었을 것이다. 그러나 지금 한 말은 좋았다. 긴장이 풀리고 편하고 가볍고 침착한 기분이 되었다.

"술병은 어떻게 찾아냈지?" 하고 그는 물었다.

"쉽게 찾았어요. 바로 거기 있던데요. 그리고 제가 마개를 따 놓았어요. 다른 물건 속에 병마개 뽑는 게 있더군요. 제게도 한 잔만 더 주시겠어요?"

그는 두 개의 잔에 부어서는 하나는 여자에게 가져다 주었다.

"자, 여기 있어."

맑은 술이 혀에 닿는 감촉이 좋았다. 조앙이 시기에 맞는 말을 해준 것도 고마왔다. 그녀는 고개를 뒤로 젖히고 마셔서 머리카락이 양쪽 어깨 위로 떨어졌다. 이 순간 여자는 마시는 일에 몸과 마음을 송두리째 바치고 있는 듯 보였다. 라비크는 전에도 그녀의 그런 태도를 본 적이 있었다. 그녀는 무엇을 하든간에 자기가 하는 일에 몸과 마음을 송두리째 바친다. 그것은 그녀의 매력이기도 하지만 위험한 점이기도 하다고 그는 어렴풋이 생각이 되었다. 이런 여자는 술을 마실 때면 술이 전부요 사랑을 할 때면 사랑이 전부고 절망할 때는 절망이 전부이며 잊어버릴 때는 깡그리 잊고 마는 그럴 성질의 여자인 것이다.

조앙은 잔을 비우고는 갑자기 웃어댔다.

"라비크, 저는 알아요. 당신이 지금 무슨 생각을 하고 있는지 말예요."

"정말?"

"그럼은요. 당신은 벌써 반쯤 결혼한 기분이었지요? 저도 그랬구요. 문 앞에다 던져 놓고는 내버려두다니, 별로 신통한 대우는 못 돼요. 더구나 장미꽃까지 팔에다 안겨 놓고서는. 다행히 칼바도스가 있어서 그런 대로 괜찮았지만요. 그렇게 병을 끼고만 있으시겠어요?"

라비크는 여자의 잔에다 술을 부었다.

"당신은 굉장한 사람이야. 저쪽 욕실에서는 당신에 대해서 괜히 참을 수가 없었는데, 이제 보니 당신이 놀랍군. 살류트!" 하고 그는 말했다.

"살류트!"

그는 칼바도스를 쭉 들이켰다.

"오늘이 두번째 밤이지. 위험한 밤이야. 미지(未知)에 대한 매력은 사라졌는데, 신뢰할 수 있는 것에 대한 매력은 아직 나타나질 않으니 말이야. 우리는 오늘밤을 넘겨야 되겠는데."

조앙은 잔을 내려놓았다.

"당신은 모르는 게 없는 것 같아요."

"아는 것이라곤 하나도 없어. 그저 말뿐이야. 인간이란 절대로 알 수가 없는 거야. 모든 것은 언제나 다르게 마련이니까. 지금도 꼭 같아. 두 번째 밤이란 마지막 밤과도 통하지."

"다행한 일이에요! 그렇지 않으면 큰일나게요. 마치 수학처럼 돼 버리게요. 자, 이리로 오세요. 아직 자고 싶지는 않아요. 당신하고 좀더 마시고 싶어요. 저 추운 하늘에서 별들은 벌거벗고 떠드는군요. 혼자 있으면 어떻게나 추운지 모르겠어요! 날씨가 더워도 별수가 없어요. 둘이 있으면 절대로 춥지가 않거든요."

"둘이 함께 있어도 얼어죽는 수가 있어."

"우리는 안 그래요."

"물론이지" 하고 라비크는 말했다.

그녀는 어둠 속에서 그의 얼굴을 스치고 지나가는 표정을 볼 수는 없었다.

"우리는 그렇지 않아."

10

"저는 어떻게 된 거지요, 라비크?" 케이트 헤이그슈트렘이 물었다.

그 여자는 베개를 두 개 포개서 베고는 몸을 약간 높이 가누고 침대에 누워 있었다. 방안에서는 소독약과 향수 냄새가 풍겼고 창은 위쪽만이 조금 열려 있을 뿐이었다. 맑고 싸늘한 바람이 밖에서 들어와, 마치 정월이 아니라 벌써 4월 같은 따뜻한 방 공기와 뒤섞였다.

"열이 있었어요, 케이트, 2,3일 동안. 그리고 잠을 잤었지, 스물네 시간 동안. 이제는 열도 내리고 만사가 잘 되어 가고 있어. 기분은 어떻지?"

"피곤해요. 여전히 그렇고요. 전과는 달라요. 그렇게 전처럼 따끔거리지는 않는군요. 아픈 데는 거의 없어요."

"나중에는 약간 아플 거요. 대단치는 않겠지만. 우리가 돌봐 줄 테니까 참을 수 있을 거야. 그러나 지금과는 다른 거야. 당신도 그쯤은 알고 있을 테니."

여자는 고개를 끄덕였다.

"절개 수술을 했지요, 라비크?"
"그랬어, 케이트."
"어쩔 수 없었나요?"
"그랬어."
그는 기다렸다. 여자가 물을 때까지 기다리는 게 좋다.
"얼마나 누워 있어야만 하나요?"
"2, 3주일."
여자는 잠시 말이 없었다.
"제게는 오히려 잘 된 일인지도 모르겠어요. 좀 안정할 필요가 있었던 것 같아요. 지긋지긋했어요. 이제는 알겠어요. 지쳤어요. 그것을 저는 인정하고 싶지 않았던 거예요. 그렇게 지치는 것은 이것과 관계가 있었던 것일까요?"
"그럼, 있었지."
"그리고 가끔 하혈이 있었는데, 그것도 그런가요? 주기적인 것말고 말예요."
"그것도 관계가 있어요."
"마침 시간적 여유가 있어서 잘 됐군요. 아마 그럴 필요가 있을 거예요. 이제 다시 일어나서 모든 일을 다시 시작한다는 게 어쩐지 불가능한 것만 같군요."
"천만에. 그런 건 잊어버리고 눈앞에 닥치는 것만 생각해요. 가령, 아침 식사 같은 것을 말이오."
"알겠어요." 여자는 힘없이 미소를 지었다. "그럼, 거울이나 이리 줘 보세요."
그는 침대 곁에 놓인 탁자에서 손거울을 집어서 여자에게 주었다. 그녀는 조심스럽게 거울 속의 제 모습 들여다보았다.
"저 꽃은 당신이 가져오셨나요, 라비크?"
"아니, 병원에서."
그녀는 거울을 침대 위에다 놓았다.
"병원에선 정월에 라일락을 꽂아 주지는 않아요. 준다면 과꽃 같은 그런 따위죠. 그리고 라일락을 제가 좋아한다는 것을 병원에서 알 리가 없잖아요."

"여기서는 벌써 알고 있어요. 당신이 단골이니까, 케이트."
라비크는 일어섰다.
"이제 가 봐야겠어. 여섯 시쯤 해서 내가 다시 와 보리다."
"라비크 ……."
"응?"
그는 돌아섰다. '자, 이제는 나오겠구나' 하고 그는 생각했다. '이번엔 물어 보겠지.'
그녀는 손을 내밀었다.
"감사해요" 하고 여자는 말했다. "꽃을, 감사해요. 그리고 저를 걱정해 주시니 고마워요. 당신 곁에만 있으면 안심할 수가 있을 것 같아요."
"괜찮아, 케이트. 별것 아니야. 걱정할 것은 별로 없었어. 자, 잘 수만 있다면 잠을 자도록 해요. 어디가 아프거든 간호원을 불러요. 약을 준비하도록 일러둘 테니까. 오후에 다시 한 번 올게."

"베베르, 술은 어디 있나?"
"그렇게 나빴나? 자, 술병이 여기 있네. 우제니, 잔을 하나 줘요."
우제니는 마지못해 유리잔을 한 개 가져왔다.
"그건 골무 아니야" 하고 베베르가 야단을 쳤다. "정말 유리컵을 가져와요. 아니, 잠깐 기다려, 손을 다치면 안 될 테니 내가 가져오겠어."
"웬일이시지요, 베베르 선생님" 하고 우제니는 뾰로통해서 말했다. "라비크 씨가 들어오기만 하면 선생님은 늘……."
"알았어, 알았어" 하고 베베르는 그녀의 말문을 막았다. 그리고 잔에다 코냑을 따랐다.
"자, 라비크. 그래 어떻게 생각하고 있던가?"
"아무것도 묻지를 않았어" 하고 라비크는 말했다. "묻지를 않고 그저 나를 믿고만 있단 말씀이야."
베베르는 그를 슬쩍 쳐다보았다.
"그것 보게!" 하고 그는 득의만면해서 말했다. "내가 말한 대로지 뭔가."
라비크는 술을 단숨에 마셔 버렸다.
"아무것도 해줄 수가 없으면서 환자한테 고맙다는 말을 들어 본 적이 자네는 있나?"
"숱하게 있지."
"그것도 모든 것을 믿으면서 말일세."
"물론이지."
"그럴 때면 어떤 기분이던가?"
"이젠 됐구나, 하고 숨을 내쉬지" 하고 베베르는 이상스럽다는 듯 말했다. "정말 안심을 하게 되는 거지."
"나는 구역질이 날 지경일세. 사기를 친 것 같아서."
베베르는 웃으면서 술병을 치웠다.
"구역질이 난단 말이야" 하고 라비크는 되풀이 말했다.
"저는 당신에게 그런 인간적인 감정이 있다는 걸 처음으로 알았어요" 하고 우제니가 말참견을 했다. "물론 당신의 입버릇은 별개이지만요."
"당신은 발견자가 아니라 간호원이란 말이야, 우제니. 당신은 그것을 자꾸 잊어 버려서 탈이야" 하고 베베르가 타일렀다.
"그럼, 일은 잘 된 셈이군, 라비크."
"그렇다고도 볼 수가 있지, 우선은."
"됐네. 퇴원하면 곧 플로렌스로 가고 싶다고 오늘 아침 간호원한테 말하더라네, 그렇게 되면 우리 책임은 벗는 셈이지."
베베르는 두 손을 비볐다.
"그렇게 되면 그쪽 의사들이 처리하겠지. 여기서 죽으면 곤란하단 말이야. 소문이 나빠지 거든."

라비크는 루시엔느의 낙태 수술을 했던 산파 집의 초인종을 눌렀다. 한참 후에야 거무스름한 얼굴의 남자가 문을 열었다. 그 자는 라비크를 보고서도 문을 붙잡은 채 그대로 서 있었다.
"무슨 일이오?" 하고 그 자는 을러대듯 말했다.
"마담 부쉐를 만났으면 하는데."
"지금은 시간이 없는데요."
"괜찮소. 기다리죠."
그 자는 문을 닫으려고 했다.

"기다려서 안 된다면 5분 후에 다시 오겠소. 그러나 그때는 혼자 오지는 않을 거요. 마담이 꼭 만나지 않을 수 없는 사람을 데리고 올 테니."

남자는 그를 뚫어지게 쳐다보았다.

"그게 무슨 말이오? 볼일이 도대체 뭐란 말이오?"

"벌써 말하지 않았소? 부쉐 마담을 만나고 싶다고."

남자는 잠시 생각하는 모양이었다. "기다려요" 하고 그는 문을 닫았다.

라비크는 양철로 만든 우편함과 둥근 에나멜을 칠한 문패가 붙은, 갈색의 페인트칠이 벗겨져 나간 문을 바라보고 있었다. 수많은 불행과 공포가 이 문을 지나간 것이다. 한두 줄의 무의미한 법률, 그것이 얼마나 많은 생명을, 의사를 피해서 서투른 손에 걸려들게 하고 있는가. 그렇게 해서 이제는 어린애를 못 낳게 된다. 어린애를 원하지 않는 사람은 법률이 있든 없든 누구나 낳지 않는 방법을 알고 있다. 다만 한 가지 다른 점은 해마다 수천 명의 어머니가 몸을 망치고 있다는 점이다.

문이 다시 열렸다.

"경찰에서 오셨나요?" 하고 면도도 하지 않은 그 남자가 물었다.

"경찰에서 왔다면 이런 데서 기다리지도 않았어."

"들어오시오."

남자는 어두운 복도를 지나서 가구들을 잔뜩 늘어놓은 방으로 안내했다. 우단을 씌운 소파, 도금을 해서 누렇게 번쩍이는 의자, 가짜 오뷔송 양탄자, 호두나무로 만든 찬장, 벽에는 목장 풍경의 판화, 창문 앞에는 새장이 달린 금속제의 스탠드, 새장 안에는 카나리아가 있었다. 여기저기 틈이 있는 곳에는 도자기와 석고상들이 놓여 있었다.

마담 부쉐가 나타났다. 지독하게 뚱뚱한 여자로 펄럭이는 기모노 같은 것을 입고 있었다. 과히 깨끗하지도 못했다. 무슨 괴물 같았지만 얼굴만은 반질반질하고 예쁜 편이었다. 하지만 눈은 역시 불안스러운 듯 두리번거렸다.

"용건은?" 마담은 선 채로 사무적인 투로 물었다.

라비크는 일어섰다.

"루시엔느 마르티네 일 때문에 왔는데 당신은 그 애를 낙태시켰지요?"

"바보 같은 소리 마세요!" 여자는 침착하게 대꾸를 해 왔다. "루시엔느 마르티네란 사람을 난 몰라요. 그리고 낙태 같은 것은 하지도 않고요. 당신이 잘못 들었거나 누가 당신을 속여 먹은 모양이군요."

마담은 그것으로 일은 끝난 듯이 나가려고 했다. 그러나 나가지는 않았다. 라비크는 기다렸다. 마담은 다시 그를 돌아다보았다.

"다른 일은 없나요?"

"낙태 수술은 실패였소. 그 애는 출혈이 심해서 거의 죽게 됐었소. 수술을 해야만 되겠기에 내가 그 수술을 했소."

"거짓말이에요!" 마담 부쉐는 느닷없이 혀를 찼다. "거짓말쟁이예요! 쥐새끼 같은 것들! 제 입으로 떠벌리고 다니며 다른 사람까지 끌어들이려 하는군요. 하지만 단단히 버릇을 가르쳐 주어야겠군요. 얌체들! 변호사한테 처리시키겠어요. 나는 누구나 다 알고 있는 사람이고 세금도 또박또박 내는 사람이란 말이에요. 어디 두고 봅시다. 여기저기 싸지르며 몸이나 파는 그런 앙큼한 조그만 계집애년이······."

라비크는 멍하니 그녀를 바라보고 있었다. 그렇게 분통을 터뜨리면서도 얼굴은 조금도 변하지 않는다── 반질반질하고 예쁘장한 얼굴. 입만을 오므려뜨리고 기관총처럼 지껄였다.

"그 애는 뭘 요구하고 있는 것은 아니오" 하고 그는 마담의 말문을 막았다. "다만 자기가 지불한 돈을 돌려 달라는 것뿐이오."

마담 부쉐는 웃었다.

"돈을 도로 달라구요? 아니, 언제 내가 그 애한테서 돈을 받았단 말이에요? 영수증이라도 가지고 있나요?"

"물론 그런 것이 없지. 당신이 설마 그런 영수증을 써 주지는 않을 테니까."

"그런 애를 봤어야 말이 되지요! 그런 애가 한 말 따위를 누가 믿는단 말이에요?"

"있고 말고요. 증인이 있어요. 그 애는 베베르 박사의 병원에서 수술을 받았는데, 진찰 결과가 확실했거든. 거기에 대한 기록도 있고."

"기록쯤은 얼마든지 만들 수가 있어요. 대체 내가 손을 댔다고 어디 써 있어요? 병원이라구요? 베베르 박사라구요! 우스워 죽겠군! 그런 생쥐 같은 년이 고상한 병원엘 가다니! 할 말이 더 있어요?"

"있고말고. 많지요. 들어보시지, 그 애는 당신한테 3백 프랑 지불했으니 그 애는 당신을 상대로 손해배상 소송을 제기할 수가 있다는 말이오."

문이 열렸다. 거무죽죽한 얼굴의 그 남자가 들어왔다.

"무슨 일이 있소, 아델?"

"기가 막혀서. 손해배상 청구 소송을 하겠다는 거예요. 소송을 제기하면 그 계집애 자신이 벌을 받을 텐데, 우선 그 계집애부터. '나는 낙태 수술을 받았소'라고 자백을 해야 할 테니까 말이에요. 내가 했다고 하는 증거를 대야만 되거든요. 그런 짓은 어림도 없을 걸요."

거무죽죽한 남자는 염소 같은 소리로 웃었다.

"조용히 해, 로제." 마담 부쉐가 일렀다. "저리로 가란 말이야."

"부류니에가 밖에 있는데."

"알았어요. 기다리라고 그래요. 알고 있잖아……."

남자는 고개를 끄덕이고 물러나갔다. 그와 더불어 독한 코냑 냄새도 사라졌다. 라비크는 코를 킁킁거렸다.

"오래 묵은 코냑이로군" 하고 그는 말했다. "적어도 30년 아니면 40년은 됐겠군. 대낮에 벌써 그런 술을 마실 수 있다니. 거 참 행복한 친구로군."

마담 부쉐는 어이가 없다는 듯 잠시 그를 노려보다가는 천천히 입술을 실룩거렸다.

"맞았어요. 마시겠수?"

"나쁠 거 없지."

그녀는 뚱뚱한 데 비해서는 놀랄 만큼 날쌔게 소리도 내지 않고 문 쪽으로 갔다.

"로제."

거무죽죽한 남자가 들어왔다.

"또 그 고급 코냑을 마시고 있었지! 거짓말 말아! 냄새로도 알아요! 병을 가져와요, 잔소리 말고! 병을 냉큼 가져오란 말이야!"

로제가 병을 가져 왔다.

"부류니에 녀석한테 한 잔 주었더니 억지로 나도 같이 하자고 하길래."

마담 부쉐는 대답도 하지 않았다. 그녀는 문을 닫고는 호두나무 찬장에서 휘어져 올라간 모양의 잔을 한 개 꺼냈다. 라비크는 혐오감으로 그것을 바라보고 있었다. 잔에는 여자의 머리 모양이 조각되어 있었다. 마담 부쉐는 한 잔을 따라서 그 잔을 그의 앞 공작 무늬로 장식한 책상보 위에다 놓았다.
"이야기를 아실 만한 분 같군요. 이봐요" 하고 그녀는 말했다.
라비크는 그녀에게 다소의 경의를 표하지 않을 수 없었다. 이 여자는 루시엔느가 말한 것처럼 무쇠 같은 여자는 아니었다. 훨씬 더 성질이 고약하다. 고무 같은 여자다. 무쇠라면 부러뜨릴 수도 있지만, 고무라면 그럴 수도 없다. 배상 청구에 대한 항변은 옳은 말이었다.
"당신의 수술은 실패로 끝났소. 그래서 결과가 좋지 못했다는 말이오. 그것만으로도 돈을 돌려 줘야 할 충분한 이유가 될 거요."
"당신의 경우는 수술한 뒤에 환자가 죽으면 돈을 돌려 주나요?"
"그렇지는 않지. 하지만 돈을 안 받고 수술을 하는 때가 많거든. 가령 루시엔느 같은 경우라면."
마담 부쉐는 그를 쳐다보았다.
"그것 보세요. 그럼 왜 그 계집애는 쓸데없는 말썽을 일으키지요! 기뻐해야 마땅하지 않을까요?"
라바크는 잔을 들어올렸다.
"마담, 경의를 표합니다. 당신에겐 시비를 걸 길이 없군요."
여자는 병을 천천히 탁자 위에다 놓았다.
"여보세요, 이런 일은 여러 번 당하는 일이에요. 하지만 당신은 그래도 다른 사람들보다는 사리를 아는 것 같군요. 당신은 이 장사가 재미나 이득만 남는 줄 아시우? 그 3백 프랑만 해도 1백 프랑은 경찰에 뺏긴단 말이에요. 그렇지 않으면 장사가 되는 줄 아세요! 지금도 돈을 달라고 저 밖에 한 사람이 와서 앉아 있어요. 그러니 찔러 넣어 주어야만 된단 말이에요. 언제나 찔러 넣어야죠. 우리끼리의 이야기지만 당신이 그런 것을 가지고 문제를 삼는다고 하더라도, 난 그런 것은 모른다고 잡아떼요. 그러면 경찰도 모르는 체하는 거예요. 모두 믿어도 될 얘기예요."
"알고 있습니다."
마담 부쉐는 그를 흘끗 쳐다보았다. 그가 비꼬는 것이 아니라는 것을 알고는 그녀는 의자를 잡아당겨 앉았다. 마치 깃털이라도 움직이듯 가볍게 의자를 쳐들었다 놓으며. 그 기름덩이 속에 무서운 힘이 숨어 있는 모양이었다. 그녀는 그 뇌물용 코냑을 다시 한 잔 가득 채웠다.

"3백 프랑이면 큰 돈같이 보이지만요 —— 물론 다른 데보다도 훨씬 더 받지요. 세탁값, 기구대, 이게 또 다른 의사들보다도 갑절이 더 들거든요. 커미션에다 뇌물이지요. 누구와도 잘 지내야 되니까요. 술값에다 설날이니 생일에는 관청 직원이나 그 부인들한테 선물도 해야 하구요. 이것 저것 제해 보세요. 거의 남은 게 없을 때가 많아요."

"그런 것은 문제가 아니지요."

"그럼 뭐가 문제란 말이에요?"

"루시엔느가 당한 경우가 자꾸 일어난다는 것이 문제지요."

"그렇다면 의사들에겐 그런 일이 일어나지 않는단 말예요?" 마담 부쉐는 재빠르게 물었다.

"그렇게 흔하지는 않아요."

"여보세요."

그녀는 꼿꼿하게 몸을 됐다.

"난 정직해요. 나는 여기를 찾아오는 사람들 누구에게나 잘못하면 큰일이 일어날 수도 있다고 말해 두지요. 그렇지만 돌아가는 사람은 하나도 없단 말이에요. 제발 해 달라고 졸라 대거든요. 눈물을 펑펑 흘리며 몸부림을 치면서요. 만일 내가 살려 주지 않으면 자살하고 말 거예요. 이 방에서 정말 무슨 일이 있었는지 아세요? 이 양탄자 위를 뒹굴며 졸라대는 거예요. 저기 저 찬장 귀퉁이를 돌며 좀 보시구료 저건 어떤 지체 높은 부인이 절망 끝에 저질러 놓았어요. 내가 살려 놓았더니 글쎄 그 부인이 10파운드나 되는 잼을 보내 줘서 부엌에다 두었어요. 대금은 치렀으면서도 정말 고마와서 보낸 거지요. 선생한테 말씀드려 두지만, 이봐요." 마담 부쉐의 목소리가 커져서 다부지게 울렸다. "당신이 나를 낙태 시술장이라고 하건 말건, 다른 사람은 나를 생명의 은인이니 천사니 하고 부른단 말이에요."

그녀는 일어섰다. 그녀의 기모노가 당당하게 물결치고 있었다. 새장 속의 카나리아는 마치 명령이라도 받은 듯이 노래를 부르기 시작했다. 라비크는 몸을 일으켰다. 그는 연극이라는 것을 이내 알았으면서도 마담 부쉐의 말이 터무니없는 과장만도 아니라는 것을 알았다.

"잘 알았소이다" 하고 그는 말했다. "그럼 가겠소. 하지만 루시엔느에게는 당신이 생명의 은인은 아니었소."

"시술 전에 그 애를 볼 걸 그랬군요! 대체 그 이상 무엇을 바라는 거지요? 몸은 튼튼하겠다. 어린애는 없앴겠다. 그 애가 바랐던 것이 바로 게 아니었나요? 게다가 병원에는 돈을 내지 않아도 된다고 하지 않았어요."

"그 처녀는 이제부터는 어린애를 갖기는 틀렸단 말이오."

마담 부쉐는 순간 움찔했으나 그뿐이었다.

"오히려 잘 됐지요." 그녀는 태연하게 말했다. "그럼 아주 좋다고 할 걸요. 그런 어린 갈보년은."

라비크는 그 이상 어떻게 할 수가 없으리라는 것을 알았다. "오오, 르부와르, 마담 부쉐. 당신을 만나서 재미있었소" 하고 그는 말했다.

그녀는 라비크 곁으로 바짝 다가섰다. 라비크는 악수는 피할 수 있었으면 좋겠다고 생각했으나 그녀는 그런 생각이 털끝만큼도 없었다. 그녀는 목소리를 죽이고 속셈을 털어놓듯 말했다.

"선생은 사리가 밝아요. 대부분의 의사보다는 사리가 밝군요. 여보시오. 정말 안됐어요. 당신이……." 그녀는 말을 더듬더니 이내 용기를 북돋우려는 듯 그를 바라보았다 "어떤 경우엔 말이유, 가끔 사리가 밝은 의사가 있으면 정말 도움이 될 수 있겠는데……."

라비크는 대꾸하지 않았다. 좀더 들어보고 싶었다.

"당신한테 과히 손해가 가지는 않을 텐데" 하고 마담 부쉐는 덧붙였다. "특별한 경우에만 말이오." 그녀는 마치 사이가 좋다는 꼴을 보이려는 고양이 새끼같이 그를 살폈다. "가끔 유복한 손님이 끼여 있거든요. 물론 예금은 선불이고, 경찰 문제는 틀림이 없고. 조금도 걱정할 것은 없어요. 당신 같으면 2백이나 3백쯤 잔돈푼을 벌기란 쉬운 일일 텐데."

그녀는 그의 어깨를 톡톡 쳤다.

"당신 같은 미남자면 말이유."

그녀는 눈웃음을 활짝 피우며 병을 집어들었다.

"자, 어떻게 생각하시우?"

"이젠 그만" 하고 라비크는 병을 밀어 놓았다. "이젠 됐어요. 별로 많이하는 편이 아니라서."

코냑은 아주 고급품이라 거절하기가 좀 괴로웠다. 병에는 상표가 붙어 있지 않았으나 제1급의 개인 술창고에서 나왔다는 것은 의심할 여지가 없었다.

"어디 한 번 생각해 보지요. 다시 한 번 오겠소이다. 당신의 기구를 한번 구경하고 싶군요. 기구라면 아마 충고를 할 수도 있을는지 모르겠소."

"다음에 또 오면 기구를 보여드리기로 하겠어요. 그때 당신의 증명서도 보여주구요. 신용에는 신용으로 대해야지요."

"당신은 벌써 내게 다소 신용을 보여주지 않았소?"

"아니오, 조금도" 하고 마담 부쉐는 눈웃음을 쳤다.

"아직 당신한테는 제안만 했던 거예요. 그건 언제든지 철회할 수 있어요. 당신은 프랑스 사람이 아니지요. 말은 잘하지만 들어보면 알아요. 보아도 알 수 있고요. 당신은 아마 망명한 분이지요."

그녀는 더욱 거리낌없이 웃으면서 차가운 눈으로 그를 쳐다보았다.

"당신을 신용할 사람은 아무도 없을 걸요. 그럼 당신의 면허장을 좀 보여주실까요, 하는 것이 고작이지요. 하지만 그것이 없으시지. 바깥 방에는 경찰이 앉아 있어요. 마음 내키시면 당신은 나를 곧 고발할 수도 있겠지만 아마 그렇게는 안하실 테지요. 하지만 내가 제안한 것은 한번 생각해 보시구료. 그런데 내게 이름하고 주소는 가르쳐 주지 않겠지요, 아마."

"싫은데요" 하고 라비크는 맥이 풀려 말했다.

"그럴 줄 알았어요."

마담 부쉐는 이번에는 정말 무척 많이 처먹은 고양이 같아 보였다.

"오오, 르부와르, 무슈. 내가 말한 것을 한번 생각해 보시구료. 망명한 의사하고 같이 일을 했으면 하고 벌써 여러 번이나 생각했었거든요."

라비크는 속으로 코웃음을 쳤다. 이유는 명백하다. 피난 온 의사라면 적당히 그녀의 맘대로 되는 것이다. 무슨 일이 일어나면, 죄는 그 의사에게 뒤집어씌우면 된다.

"한번 생각해 봅시다" 하고 그는 말했다. "오오, 르부와르, 마담."

그는 어두운 복도를 따라서 걸어갔다. 어떤 방안에서 누군가 신음하는 소리가 들렸다. 방은 아마 모두가 침대가 있는 작은 침실처럼 꾸며진 듯했다. 여자들은 몇 시간 거기서 누워 있다가 비틀비틀 집으로 돌아가는 것이다.

앞방에서는 수염을 짧게 깎아 낸 올리브색 피부의 홀쭉한 사내가 앉아 있었다. 그 자는 라비크를 유심히 쳐다보았다. 곁에는 로제가 앉아 있었다. 탁자 위에는 또 다른 오래된 코냑 병이 놓여 있었다. 라비크를 보자 부지중에 그것을 감추려고 했으나 멋쩍게 눈은 치뜨고서 손을 내렸다.
"안녕하세요, 선생님" 하고 그는 때가 낀 이를 드러내보였다. 문 밖에서 엿 듣고 있었던 모양이다.
"안녕, 로제."
라비크는 친근한 체해 두는 게 좋다고 생각했다. 그 쇠가죽같이 질긴 여편네가 단 반시간도 안 되는 사이에 불구대천의 적인 그를 거의 공범자로 만들어 버린 것이다. 로제에 대해서는 무뚝뚝하게 대하지 않는 것이 사실 상책이었다. 그런 일을 겪고 나니 웬일인지 로제가 갑자기 인간미를 갖게 되었던 것이다.
아래층 계단에서 그는 두 명의 처녀들과 마주쳤다. 그들은 이리저리 문을 찾아다니는 참인 듯했다.
"저" 하고 그 중 한 처녀가 용기를 내서 물었다. "마담 부쉐가 이 집에 사시나요?"
라비크는 망설였다. 그러나 무슨 말을 한들 무슨 소용이 있단 말인가. 아무 소용도 없을 것이다. 그래도 이 처녀들은 찾아가고 말 것이다. 그렇다고 다른데로 가라고 가르쳐 줄 곳도 없다.
"4층이오, 문에 문패가 붙었소."

시계의 야광 문자판이 어둠 속에서 빌어온 작은 태양처럼 훤했다. 아침 다섯 시다. 조앙은 세 시에 오기로 했다. 확실히 올지는 모르지만. 너무 지쳐서 곧장 자기의 호텔로 돌아갔는지도 모른다.
라비크는 누웠다. 다시 자려고 했으나 잠이 오지 않았다. 그는 오랫동안 눈을 뜨고 누워서 건너쪽 엇비슷한 옥상의 네온의 붉은빛 띠가 규칙적으로 천장을 스치고 지나가는 것을 바라보고 있었다. 무언가 허전하다. 왜 그런지는 알 수 없었다. 몸의 온기가 천천히 피부에서 빠져나가 어디론지 사라져 버린 듯했다. 피가 여기에는 없는, 어떤 무엇에 기대고 싶어하면서 어딘지 모를 부드러운 곳으로 자꾸 떨어져 들어가는 듯했다. 그는 두 손으로 머리를 괴고 가만히 누웠다. 자기가 지금 기다리고 있다는 것을 그는 이제야 알았다. 그리고 자기의 의식뿐만이 아니라 자기의 손이, 자기의 혈관이, 자기의 마음속에 깃들여 이상하고도 알 수 없는 부드러운 감정이 조앙 마두를 기다리고 있다는 것을.
 그는 일어나서 가운을 걸치고 창가로 가서 앉았다. 부드러운 털옷의 훈훈한 기운이 살갗에 느껴졌다. 그 가운은 낡은 것으로 벌써 여러 해 동안을 끌고 다녔다. 도망 다닐 때면 그것을 입고 다녔다. 스페인에서는 추운 밤에 지칠 대로 지쳐 야전 병원에서 자기의 막사로 돌아오면 그것을 입고 몸을 따스하게 했고, 나이는 열 두 살이었지만 마치 80노파의 눈을 하고 있었던 후아나는 마드리드의 파괴된 병원에서 이 가운을 덮고 죽어갔었다. 언젠가는 자기도 이런 부드러운 털실 옷을 갖고 싶다, 그리고 자기의 어머니는 강간을 당하고 아버지가 짓밟혀 죽던 광경을 잊어버리고 싶다던 애절한 소원을 안은 채.
 그는 주위를 둘러보았다. 방, 한두 개의 트렁크, 한두 개의 물건, 하도 읽어 찢어지다시피 된 몇 권의 책 —— 인간이 살기 위해 필요한 것이란 별것이 아니다. 생활이 안정되지 않았을 때에는 많은 물건에 습관이 안 붙는 것이 좋다. 그런 것들은 언제나 버려야만 하며 빼앗기기가 일쑤다. 여차하면 떠날 준비가 되어 있어야 한다. 이렇게 그가 혼자 살고 있는 것도 그런 이유 때문인 것이다 —— 떠돌아다니고 있을 동안엔 몸을 속박하는 물건을 가져서는 안 된다. 마음을 뒤흔들어 놓는 것도. 정사(情事), 그러나 그 이상은 안 된다.
 그는 침대를 돌아다보았다. 꾸깃꾸깃하고 창백하게 보이는 시트. 기다리는 것은 별것이 아니다. 지금까지도 여자를 기다린 일은 많았다. 그러나 그때는 다른 기분이었던 것 같다. 간단하고 명백했으며 잔인했었다. 또한 욕정을 은칠해서 장식하려는 그런 이름 모를 부드러운 감정을 가져 본 적도 있었다. 그러나 오늘과 같은 기분은 이미 오랜 세월을 두고 없었던 일이다. 자신도 모르는 사이에 무엇인가가 자기 마음 속으로 숨어 들어온 것이다. 다시 그것이 꿈틀거리기 시작하는 것인가? 움직이기 시작한 것일까? 그것은 어릴 때의 일이었던가? 사라진 과거의 세계에서, 그 푸른 심연에서 그 무엇인가가 또다시 그를 부른 것이 아닌가? 지평선에는 포플라 나무가 늘어서고 사철의 숲이 풍기는 냄새, 페퍼민트의 산뜻한 향기. 그러나 목장에서 불어오는 산들바람과 같은 것이 벌써 불어오는 것이 아닌가. 이제는 그런 것도 소용없고, 갖고 싶지도 않다. 사로잡히기도 싫다. 그는 떠도는 신세인 셈이다.
 그는 일어나서 옷을 갈아입었다. 인간은 독립돼 있어야만 한다. 무슨 일이

건 조금이라도 남을 의존하는 데서부터 일이 벌어진다. 처음에는 별로 그것을 모르고 지내지만 정신차리고 보면 갑자기 자기가 타성이란 그물에 걸려 있는 것을 알게 되는 것이다. 타성 —— 그것에는 이름이 여러 가지가 붙어다닌다. 사랑도 그것의 하나이고, 어떤 일에도 습관이 되어서는 안 된다.

그는 문을 잠그지 않았다. 조앙이 오더라도 나는 여기에 없을 것이다. 있고 싶으면 여기 있어도 상관없다.

그는 쪽지를 써 둘까 하고 잠깐 생각했다. 하지만 거짓말을 할 수도, 그렇다고 가는 것을 그 여자에게 알리고 싶지도 않았다.

그는 아침 여덟 시경에 돌아왔다. 추운 아침, 새벽길을 걸어와 머리가 맑았고 긴장감도 사라졌다. 그러나 호텔 앞에 서게 되자 다시 긴장감이 느껴졌다.

조앙은 없었다. 물론 있으리라고 기대하지는 않았다고 스스로에게 타일렀으나 방은 어느 때보다 더욱 을씨년스러웠다. 그는 방안을 휘둘러보고, 혹시 여자가 있었던 흔적이 없나 하고 찾아보았다. 아무것도 발견할 수가 없었다.

그는 초인종을 눌러서 하녀를 불렀다. 잠시 후에 하녀가 들어왔다.

"아침 식사를 했으면 좋겠는데…….."

하녀는 그를 보면서도 아무 말도 하지 않았다. 그는 하녀에게 아무것도 묻고 싶지가 않았다.

"커피하고 크로아상을 가져다 줘, 에브."

"알았습니다, 라비크 선생님."

그는 침대를 바라보았다. 설령 조앙이 왔었다고 하더라도, 설마 꾸깃꾸깃한 빈 침대 속에 누웠으리라고는 기대할 수가 없다. 이상한 일이다. 사람의 육체와 관계되는 것은 사람의 온기가 빠지면 마치 죽은 것처럼 돼 버린다. 침대도 그렇고, 속옷이나 목욕탕까지도 그렇다. 따뜻한 기가 없어지면 죽도록 싫어지는 것이다.

그는 담배에 불을 붙였다. 자기가 환자 때문에 불려간 것으로 여자는 생각했는지도 모르겠다. 하지만 그렇다면 자기는 쪽지를 써 두고 갈 수도 없었을 것이다. 그는 갑자기 자신이 어리석게 생각되었다. 자기는 독립하고 싶다고 생각하면서도 생각 없는 짓을 한 것이다. 생각이 모자라고, 마치 뽐내고 싶어하는 열여덟 살짜리 소년처럼. 잠자코 기다리고 있는 것보다도, 이런 짓이 얼마나 사람에게 의뢰하고 있는 것인지 모르겠다.
　하녀가 아침 식사를 가져왔다.
　"자리를 고쳐 놓을까요?"
　"왜 지금 해야 할 시간인가?"
　"더 좀 주무시지 않나 해서 그래요. 새로 꾸민 침대가 주무시기에 더 편리하거든요."
　하녀는 그를 무표정한 눈으로 쳐다보았다.
　"누구 여기 왔었나?"
　"모르겠어요. 전 일곱 시경에야 왔으니까요."
　"에브"하고 그는 말했다. "아침마다 낯모르는 사람들의 침대를 정리하노라면 어떤 생각이 들지?"
　"아무렇지도 않아요. 남자분들이 딴 짓만 안하시면요. 하지만 엉뚱한 짓을 하시려는 분이 가끔 있어요. 파리는 유곽이 그렇게도 싼데 말이에요."
　"아침에 유곽에 갈 수야 없잖아, 에브. 그리고 어떤 손님은 아침이 더욱 기운이 나거든."
　"그런가 봐요. 특히 노인들은요."
　그 애는 어깨를 으쓱했다.
　"그런 짓을 안하면 팁을 받지 못하게 되거든요. 그리고는 어떤 사람은 나중에 가서 자꾸만 잔소리를 해요. 방이 더럽다느니 건방지다느니라구요. 물론 화가 치미니까 그렇지요. 어쩔 수가 없어요. 그게 세상인가 봐요."
　라비크는 지폐를 한 장 끄집어내.
　"오늘은 그런 세상을 좀 편하게 해보지, 에브. 이걸로 모자라도 하나 사지, 아니면 털 재킷이라도 말이야."
　에브의 눈에서 생기가 났다.
　"고맙습니다, 라비크 선생님. 오늘은 개시가 좋아요. 그럼 자리를 나중에 치울까요?"
　"그러렴."
　그녀는 그를 쳐다보았다.
　"그리고 그 부인은 참 재미있는 분이에요"하고 말했다. "요새 오시는 부인 말이에요."

"한마디만 더하면 그 돈을 도로 빼앗을 테야" 하고 라비크는 에브를 문 밖으로 밀어내며 말했다. "아까 말한 늙은 색광이 잔뜩 기다리고 있을 테니 실망을 시키지 말아요."

그는 식탁에 앉아 식사를 했다. 아침은 별로 맛이 나지 않았다. 그는 일어나서 선 채로 먹었다. 그 편이 다소 맛이 좋았다.

태양이 지붕 위로 붉게 올라왔다. 호텔은 잠을 깼다. 바로 아래층 골덴베르크 노인이 아침 음악을 시작했다. 마치 여섯 개의 폐라도 가진 듯 기침을 하며 콜록거리는 소리에 맞춰 망명객인 비젠호프는 방문을 열고 행진곡을 휘파람으로 불고 있다. 위층에서는 쏴 하고 물 내려가는 소리가 들리고 여기저기서 문이 쿵쾅거렸다. 스페인 사람들이 있는 곳만이 조용하다. 라비크는 기지개를 켰다. 날은 샜다. 어둠의 추행은 끝이 났다. 그는 2, 3일 혼자 지내기로 작정을 했다.

밖에서는 신문팔이들이 아침 뉴스를 소리 높이 외치고 있다. 체코슬로바키아 국경의 분쟁, 독일군이 스웨덴 전선으로 진격, 위기에 관한 뮌헨 협정.

11

소년은 그렇게 소리를 지르지는 않았다. 다만 의사들을 뚫어지게 쳐다보기만 했을 뿐이었다. 아직도 놀란 것이 가시지가 않아서 아픔을 느끼지 못하는 것이다. 라비크는 소년의 으스러진 다리를 흘끗 바라보았다.

"몇 살입니까?" 하고 그는 아이의 어머니에게 물었다.

"네?" 하며 여인은 알아듣지 못하고 되물었다.

"몇 살입니까?"

머리에다 수건을 쓴 그 여인은 입술을 달싹였다.

"이 애의 다리를! 이 애의 다리를 트럭이 치었어요" 하고 말할 뿐이었다.

"이 애는 전에 병이 있었나요!"

"이 애의 다리! 이 애의 다리를 말이에요!"

라비크는 몸을 일으켰다. 심장은 참새의 심장처럼 빨리 뛰지만, 별로 걱정할 것은 없었다. 마취를 하고 있는 동안에는 주의를 해야 했다. 너무나 쇠약한데다가 구루병(佝僂病)인 것 같았다. 얼른 시작해야 되겠다. 으스러진 다리에는 길바닥의 먼지가 잔뜩 묻어 있었다.
"내 다리를 잘라 버리나요?"
"아니다" 하고 라비크는 말했으나 확신은 없었다. "뻣뻣하게 굳어 버리는 것보다 잘라 버리는 게 좋아요."
라비크는 갑갑해 하는 소년의 얼굴을 주의 깊게 바라보았다. 고통스러운 표정은 아직 없었다.
"어디 두고 보자. 지금부터 너를 잠 재워야겠다. 아주 간단하지. 무서울 건 하나도 없어. 가만히 있어야 해요" 하고 그는 말했다.
"잠깐만 기다리세요, 선생님. 번호는 FO의 2019예요. 어머니한테 적어 주실 수가 없을까요?"
"뭐라고? 뭐라고 했니, 잔노야?" 하며 어머니는 깜짝 놀라서 물었다.
"번호를 봐 두었어요. 자동차 번호 말예요. FO의 2019였어요. 바로 내 앞에 온 것을 보았어요. 빨간 신호등이었어요. 운전사가 잘못이에요."
소년은 호흡이 답답해지는 모양이다.
"보험회사에서 돈을 받아야 하는데요. 번호는……."
"가만히 있거라. 내가 전부 적어 뒀으니까" 하면서 그는 마취를 시작하라고 우제니에게 눈짓을 했다.
"어머니는 경찰에 가 봐야 해요. 보험회사에서 돈을 받아야 돼요."
그때 갑자기 빗방울이 쏟아지듯 소년의 얼굴에 땀방울이 맺혔다.
"다리를 자르는 편이 돈을 더 받을 수가 있어요, 굳어 버리는 것보다는!"
소년의 눈은 마치 더러운 연못처럼 피부에 뚜렷이 나타난 검푸른 고리 속으로 가라앉아 버렸다. 소년은 신음을 하면서 무슨 말인가 또 하려고 했다. "어머니는……아무것도……어머니를……도와 주세요……."
소년은 그 이상은 말을 못했다. 그는 울부짖기 시작했다. 마치 내부에 고문을 당하는 야수라도 웅크리고 있는 듯 둔탁하고 짓눌린 소리였다.

"바깥 세상은 어때요, 라비크?" 케이트 헤이그슈트렘이 물었다.
"왜 그런 걸 알려고 해, 케이트? 좀더 유쾌한 것을 생각하는 편이 좋아요."
"저는 벌써부터 몇 주일을 여기서 지낸 기분이에요. 다른 일들은 모두가 멀리 떨어져 가라앉는 것만 같아요."
"가라앉게 가만히 내버려 둬요."
"안 돼요. 바로 이 방이 최후의 방주와도 같고 대홍수가 바로 창 밑까지 밀려온 것 같은 기분이에요. 무서운 걸요. 바깥 세상에서 무슨 일이 일어났어요, 라비크?"
"새로운 일은 아무것도 없어, 케이트. 세상은 열심히 자살을 준비하고 있어. 그러면서도 그것을 속여 보려고 야단들이라고."
"전쟁이 날까요?"
"누구나 다 전쟁이 날 거라고 생각하고는 있어. 언제 일어나느냐 하는 것을 모를 뿐이지. 누구나 기적만을 기다리고 있어."
라비크는 미소를 지었다.
"난 지금의 프랑스나 영국의 정치가들처럼 기적을 믿는 사람들이 그렇게 많은 것을 보고 놀라고 있어. 또 독일처럼 기적을 믿는 정치가가 그렇게 없는 것도."
여자는 가만히 있었다.
"그런 일이 일어난다면 ……" 하고 여자는 마침내 말했다.
"그렇지. 그런 일이 일어날지도 모른다는 사실이 불가능으로 보이고 있어. 바로 불가능하다고 생각하고는 자위 수단을 강구하지 않기 때문에 그런 거요. 아파요, 케이트?"
"참을 수 없을 정도는 아니에요." 여자는 베개를 고쳐 베었다. "난 이런 모든 것에서 도망치고 싶어요, 라비크."
"도망쳐야지" 하고 그는 아무런 확신도 없이 대답했다. "누구나 그것을 바라니까."
"병원에서 나가면 이탈리아로 가겠어요. 휘에졸레로요. 거기에 정원이 딸린 조용하고 오래 묵은 집을 한 채 가지고 있어요. 얼마 동안은 거기에 있을까 해요. 아직은 시원할 거예요. 신비하고 화창한 태양이 있으며 대낮에는 남쪽 벽에서 도마뱀이 기어나오지요. 저녁때가 되면 플로렌스에서 종이 울리고요. 밤이면 전나무 그늘에 달이나 별이 나타나요. 그 집에는 책도, 돌로 된 커다란 난로도 있고 나무 벤치를 죽 둘러 놓았어요. 거기 걸터앉아서 불을 쬘 수 있게 되어 있어요. 쇠로 만든 장작 받침에는 선반을 만들어서 잔을 올려놓을 수 있고요. 거기다 붉은 포도주를 데우거든요. 단지 집안일을 돌보는 늙은 부부뿐이고 식구라곤 아무도 없어요."
 여자는 라비크를 쳐다보았다.
 "멋지군" 하고 그는 말했다. "조용하고, 불이 있고, 책이 있고, 평화가 있는. 옛날이라면 그런 것은 부르주아적이라고 생각했겠지만 지금은 잃어버린 천국의 꿈이 되어 버렸어."
 여자는 고개를 끄덕였다.
 "당분간 그곳에 있으려고 해요 2, 3주일 동안이라도 뭐하면 두서너 달 동안이라도. 아직은 잘 모르지만 좀더 조용히 살고 싶어요. 그리고는 다시 돌아와서는 미국으로 갈까 해요."
 라비크는 복도에서 저녁 식사를 나르는 소리를 들었다.
 "그게 좋겠군, 케이트" 하고 그는 말했다.
 여자는 머뭇거렸다.
 "저는 아직도 어린애를 가질 수가 있을까요, 라비크?"
 "당장은 안 돼. 우선 몸부터 튼튼해져야지."
 "지금이 아니라, 언젠가는 가능할까요? 이런 수술을 한 뒤에도? 저……."
 "아니, 아무것도 잘라 낸 건 없어. 하나도!"
 여자는 한숨을 지었다.
 "그것이 알고 싶었어요."
 "하지만 오래 있어야 해, 케이트. 우선 몸 전체가 바뀌어져야 하니까."
 "아무리 오래 걸려도 괜찮아요."
 여자는 머리를 쓸어 넘겼다. 손에 낀 보석이 어둑어둑한 속에서 빛났다.
 "그런 것을 묻다니, 우습지요. 이런 때에."
 "아니야, 흔히 있는 일인데. 생각보다는 많아."
 "갑자기 이런 일들이 모두가 지긋지긋해졌어요. 고향에 돌아가서 옛날 식으로 결혼을 하고 어린애를 갖고 조용하게 하나님을 찬양하며 생활을 사랑하면서 살고 싶어졌어요."
 라비크는 창밖을 내다보았다. 지붕 위에는 타오르는 붉은 놀이 져서 네온은 퇴색하고 핏기 없는 빛깔의 그림자 같아 보였다.
 "나의 모든 일을 전부 알고 계시는 당신으로 본다면 우습게 생각이 되시겠지요?" 케이트 헤이그슈트렘은 그의 등뒤에서 말했다.
"아아니, 그렇지 않아. 천만에, 케이트."
"난 이틀 동안을 그런 것을 생각하며 지냈어요."

조앙 마두가 새벽 네 시에 찾아왔다. 목소리가 나서 라비크는 잠을 깼다. 그녀가 오리라고 기대하지도 않고 그는 자 버렸었다. 그런데 여자가 열어 놓은 문 앞에 서 있었다. 엄청나게 커다란 국화를 한아름 안고서는 안으로 들어오려고 애를 쓰고 있는 참이었다. 여자의 얼굴은 보이지가 않았고 다만 여자의 모습과 크고 작은 빛의 꽃다발이 보일 뿐이었다.
"대체 어떻게 된 거지? 바로 국화의 숲이군. 도대체 웬일이야?"
조앙은 꽃을 가지고 간신히 문을 빠져 들어와서는 휘둘러본 다음 꽃을 침대 위에다 내던졌다. 꽃은 축축했고 차가왔다. 잎새에서는 가을과 흙 냄새를 풍겼다.
"선물이에요" 하고 여자는 말했다. "당신을 알게 된 후부터 저는 선물을 받게 되었거든요."
"저리 치워 줘. 나도 아직은 죽지 않았어 —— 꽃에 파묻혀서 눕다니 —— 그것도 국화꽃 속에 —— 호텔 앙떼르나쇼날의 나의 정든 침대가 정말로 관(棺)처럼 보이겠는데."
"그만두세요!" 조앙은 사나운 몸짓으로 꽃들을 바닥에다 내동댕이쳤다. "그렇게 말하지 말아요, 절대로!"
라비크는 여자를 보았다. 그는 두 사람의 최대의 해후를 잊고 있었다.
"잊어버리라구! 아무 생각 없이 말한 것이니까."
"다시는 그런 말하지 마세요. 농담이라도. 약속해 주세요."
여자의 입술이 떨렸다.
"아니, 조앙, 정말 그렇게 놀랐어?"
"그럼은요, 놀란 정도가 아니었어요. 왜 그런지는 모르겠어요."
라비크는 일어났다.
"두번 다시 그런 농담 안하겠습니다. 이러면 됐나?"
여자는 그의 어깨에 기대면서 고개를 끄덕였다.
"왜 그런지 모르겠어요. 그냥 참을 수가 없어요. 어둠 속에서 손이 쑥 나와서는 나를 붙잡으려고 하는 것 같아요. 무서워요. 괜히 겁이 나요. 어디선지 누가 나를 노리고 있는 것 같아요."
 여자는 그의 몸에 왈칵 달라붙었다.
 "그러지 마세요!"
 라비크는 그녀를 꼭 껴안았다.
 "알았어. 이젠 안 그럴께."
 여자는 또 한번 고개를 끄덕였다.
 "약속할 수가 있어요?"
 "할 수 있지" 하고 그는 케이트 헤이그슈트렘의 일을 생각하면서 비애와 자조가 가득 찬 음성으로 말했다.
 "나라면 할 수 있지. 물론 할 수 있고말고."
 여자는 그의 품안에서 몸부림쳤다.
 "난 어저께도 여기에 왔었어요."
 라비크는 꼼짝도 안했다.
 "왔었다구?"
 "왔었어요."
 그는 잠자코 있었다. 무엇인지 단번에 날아가 버린 듯했다. 얼마나 유치했던가! 기다리건 안 기다리건 그게 무엇이란 말인가! 장난을 모르는 인간을 상대로 어리석은 장난을 치다니!
 "당신은 없었어요."
 "응."
 "당신이 갔던 곳을 묻지 않는 것이 좋겠지요?"
 "응."
 여자는 그의 팔에서 몸을 빼냈다.
 "목욕이 하고 싶어요" 하고 그녀는 전혀 달라진 말투로 말했다. "밖에는 눈이 와요. 추워요. 그런데 목욕을 해도 괜찮을까요? 사람들이 깨지 않을까요?"
 라비크는 빙그레 웃었다.
 "어떤 일을 하려거든 결과를 물어서는 안 돼. 그런 생각을 했다가는 아무 것도 못하고 말 테니."

여자가 그를 쳐다보았다.

"자질구레한 일은 물어 봐야 돼요. 큰일은 물어서는 안 되지만."

"그 말도 옳군."

여자가 욕실로 들어가자 이내 물 쏟아지는 소리가 들렸다. 라비크는 창가에 앉아서 담뱃갑을 끄집어내. 밝은 지붕 위로는 눈이 소리도 없이 흩날리고 거리에는 붉은 불빛이 비치고 있었다. 택시가 한 대 소리를 내며 거리를 질주해 갔다. 바닥에서 창백하게 빛나는 국화, 소파 위에 놓인 신문지 한 장, 그가 저녁에 사 가지고 돌아온 신문이다. 체코슬로바키아 국경에서의 전투, 중국의 전쟁, 최후 통첩, 내각의 붕괴, 그는 그 신문을 집어서 꽃 밑에다 처넣어 버렸다.

조앙이 욕실에서 나왔다. 그리고는 따뜻하게 된 몸으로 그의 곁에 놓인 꽃 속에 파묻히다시피 하고는 쪼그리고 앉았다.

"어젯밤에는 어디에 가셨었어요?"

그는 담배 한 대를 여자에게로 내밀었다.

"정말로 알고 싶어?"

"그래요."

그는 망설이다가 이윽고 말했다.

"여기에 있었어. 당신을 기다리고 있었지. 그러다가 이제는 오지 않나 보다 하고는 나갔었지."

조앙은 말을 기다리고 있었다. 여자의 담배가 어둠 속에서 빨갛게 불이 붙다가는 다시 꺼졌다.

"그것뿐이야."

"술 마시러요?"

"응."

조앙은 몸을 돌려 그를 바라보았다.

"라비크!" 여자는 말했다. "당신은 정말 그래서 나간 거예요?"

"그럼."

여자는 그의 무릎 위에다 팔을 올려놓았다. 여자의 따뜻한 체온이 가운을 통해 느껴졌다. 여자의 체온과 가운의 맛, 자기의 지나간 오랜 세월보다도 더욱 친숙하고 따뜻한 맛이었다. 그 두 가지는 원래부터 자기와 함께 있었던 것 같은 생각이 갑자기 들었다. 그리고 자기 생애의 어디서부터인지는 몰라도 조앙이 다시 거기로 돌아온 것같이 느꼈다.

"라비크, 저는 요즈음 저녁마다 당신한테 오지 않았어요? 어제도 오리라는 것을 알고 있었을 게 아니예요. 혹시 나를 만나고 싶지가 않아 나갔던 것은 아녜요?"

"그렇지 않아."

"만나고 싶지 않다면 그렇다고 말해 주세요."

"그러지."

"그럼, 그렇지 않다는 말이지요?"

"그렇지 않았어, 정말이야."

"그럼, 난 행복해요."

라비크는 여자를 보았다.

"뭐라고 그랬지?"

"난 행복해요." 여자가 되풀이 말했다.

그는 잠시 입을 다물고 있었다.

"당신은 지금 무슨 말하고 있는지 알고 있는 거요?" 그는 이윽고 물었다.

"그럼은요."

밖에서 흘러 들어오는 희미한 불빛이 그녀의 눈에 반사되었다.

"그런 말은 그렇게 함부로 하는 게 아니야."

"함부로 한 말은 아니었어요."

"행복이라고?" 라비크는 말했다. "대체 그것은 어디서 시작해서 어디서 끝나는 거지?"

그의 발이 국화꽃에 닿았다. '행복이라고—청춘의 푸른 지평선, 황금빛 찬란한 삶의 균형, 행복! 오, 신이여! 지금 그대는 어디에 가 있는가?'

"그건 당신에게서 시작하고 당신에게서 끝나는 거지요" 하고 조앙이 대답했다. "무척이나 간단하거든요."

라비크는 대꾸를 하지 않았다. '이 여자는 무슨 말을 하는 건가?' 그는 생각했다.

"당신은 이제 나를 사랑한다고 하겠지" 하고 그는 말했다.

"당신을 사랑해요."

그는 몸을 움직였다.
"당신은 아직도 나라는 인간을 거의 모르고 있어, 조앙."
"그것이 무슨 상관이에요?"
"있고말고! 사랑이란 같이 늙어 보겠다는 사람들이나 할 말이야."
"그런 건 몰라요. 그 사람이 없으면 살아갈 수 없는 사람이 있어요. 저는 그것을 알아요."
"칼바도스가 어디 있지?" 하고 라비크는 물었다.
"책상 위에요. 갖다 드릴 테니 앉아 계세요."
여자는 병과 잔을 가져다가 꽃과 함께 바닥에 놓았다.
"당신이 저를 사랑하지 않는다는 건 저도 알고 있어요."
"그렇다면 당신은 내가 모르는 것까지도 알고 있는 셈이군……."
여자는 그를 슬쩍 쳐다보았다.
"당신도 저를 사랑하게 될 거예요."
"잘 됐군. 그런 의미로 한잔 들지."
"가만 계세요."
여자는 잔을 채워서 그것을 마셨다. 그리고는 그 잔을 다시 채워 그에게 내주었다. 그는 잔을 받아서 잠시 손에 들고 있었다. '이것은 모두가 진실이 아니다…….' 그는 생각했다. '시들어져 가는 밤의 어렴풋한 꿈. 어둠 속에서 주고받는 말—이런 따위가 어찌 진실일 수 있겠는가! 실제의 말이란 많은 빛을 필요로 하는 것이다.'
"당신은 어떻게 그런 것을 그렇게 잘 알지?" 하고 그는 물었다.
"당신을 사랑하기 때문이에요."
'어쩌면 말을 이렇게 잘할 수가 있는 것일까' 하고 라비크는 생각했다. '마치 빈 그릇을 가지고 놀듯 아무런 생각도 없이 불쑥불쑥 말을 하고 있군. 이 여자는 거기에다 무엇인가를 담아서는 그것을 사랑이라고 부르고 있다. 벌써 온갖 것이 거기에 담겨지곤 했겠지! 고독에 대한 두려움, 딴 사람이 자아에서 자극을 받은 흥분, 자의식의 증가, 공상의 눈부신 반영(反映). 그러나 누가 정말로 알 수가 있을 것인가? 내가 말한, 함께 나이를 먹는 것이란 말은 그 중에서도 가장 어리석은 게 아닐까? 아무렇게나 생각하는 이 여자가 훨씬 더 옳지 않겠는가? 그런데 나는 전쟁과 전쟁 사이에 끼인 겨울날 밤에 이렇게 앉아서 마치 학교 훈장처럼 잔소리만 늘어놓고 있구나. 왜 나는 믿지 못하는 대로 뛰어들지 못하고 우물쭈물 저항을 하고 있는 것일까?'
"무엇을 위해 저항을 하시지요?" 하고 조앙이 물었다.
"뭐라고?"
"왜 저항을 하시느냔 말이에요?" 하고 여자가 되풀이 말했다.
"저항 따위는 하지 않아. 내가 저항할 게 뭐가 있다는 말이야?"
"그런 건 저도 몰라요. 그러나 무언가가 당신 마음속에 도사리고 있어서 무엇이건, 어떤 사람이건 절대로 당신 속으로 들여 놓지 않으려고 해요."
"자" 하고 라비크는 말했다. "또, 한 잔 마시게 해줘."
"저는 행복해요. 당신도 행복하게 되었으면 좋겠어요. 나는 정말로 행복해요. 당신하고 함께 눈을 뜨고 당신과 함께 자면 그걸로 그만이에요. 그 밖의 일은 아무것도 몰라요. 우리 두 사람의 일을 생각하면 내 머리는 은(銀)처럼 되어 버리는 거예요. 때로는 바이올린처럼. 거리는 모두 우리들로 가득 차고, 마치 음악으로 가득 차는 것과 같아요. 그런데 가끔 다른 사람이 파고 들어와서 말참견을 해요. 그리고 영화에서처럼 영상들은 사라져 가지만 음악은 나중에까지 남아요. 언제까지든지."
'불과 2, 3주일 전만 해도 너는 불행했었지……그리고 나를 모르지 않았던가……손쉬운 행복이여!' 그는 칼바도스 잔을 비워 버렸다.
"당신은 행복한 적이 자주 있었소?" 하고 그는 물었다.
"자주는 아니예요."
"하지만 때로는 그랬었지? 최근에 들어서 당신의 머리가 은(銀)같이 된 때는 언제였지?"
"왜 그런 것을 물으세요?"
"그냥 물어 보는 거야. 별다른 이유는 없어."
"잊어 버렸어요. 그리고 그런 건 이제는 알고 싶지도 않구요. 그때는 달랐어요."
"언제나 다른 법이야."
여자는 그에게 미소를 지어 보였다. 그 얼굴은 밝아서 잎사귀 하나 없는 그런 꽃처럼 개방적이었다.
"2년 전이었어요. 오래 계속되지는 않았어요. 밀라노에서였지요."

"그때는 혼자였었나?"
"아뇨. 어떤 다른 사람하고 함께 있었는데, 그 사람은 너무나 불행한 사람이어서 질투만 하고 이해심이 없었어요."
"물론 그랬겠지."
"당신 같으면 이해할 거예요. 그 사람은 여러 번이나 끔찍한 짓을 저질렀어요."
여자는 뒤로 기대며 소파에서 쿠션을 집어서 등허리를 받쳤다. 그리고는 소파에 등을 기댔다.
"그 사람은 제게 욕지거리를 했어요. 갈보라느니 정조가 헤프고 배은망덕한 여자라 했어요. 모조리 거짓말이었어요. 제가 그 사람을 사랑한 동안에는 저는 충실했거든요. 그 이는 내가 자기를 이제는 사랑하지 않는다는 것을 이해하지 못했던 거예요."
"그런 것이야 이해할 수 있는 건 아니지."
"아니예요. 당신이라면 이해할 거예요. 언제까지든지 당신만을 사랑할 거예요. 당신은 달라요. 그리고 우리 일은 모든 게 달라요. 그 사람은 심지어 나를 죽이려고까지 했었어요."
여자는 웃었다.
"그 사람들은 언제나 죽이고 싶어했어요. 그리고 2, 3개월 후에는 또 다른 사람이 나를 죽이려 했고요. 그래도 죽이지는 못했어요. 당신 같으면 저를 죽이려고 하지는 않을 거예요."
"기껏해야 칼바도스로나 죽이려고 하겠지." 라비크는 말했다. "병을 이리 주라구. 이야기가 인간적으로 되어 가서 다행인데. 아까는 무척 놀랐어."
"제가 당신을 사랑한다고 해서요?"
"그런 이야기는 그만두기로 하자구. 프록코트와 가발 차림으로 산책을 하는 식이거든. 우리는 함께 지낸다 —— 오래 계속될지 어떨지 알 게 뭐야? 우리가 함께 지낸다는 것, 그것만으로도 충분한데 거기다가 상표 같은 것을 붙일 필요가 어디 있느냐 말이야."
"오래 계속되느냐 안 되느냐 하는 따위의 말은 싫어요. 그런 건 말뿐이겠지요. 당신은 저를 버리지 않을 거예요. 이것도 말에 지나지 않는다는 사실을 당신은 알고 계시겠죠?"

"물론이지. 이제까지 당신이 사랑했던 사람 치고 당신을 버린 사람이 있었나?"
"있었어요."
여자는 그를 쳐다보았다.
"누구나 버리는걸요. 때로는 상대자가 이쪽보다 더 빨리 버리는 수도 있지요."
"그런 때 당신은 어떻게 했지?"
"별짓 다했어요!"
여자는 그의 손에서 잔을 빼앗아 나머지를 홀짝 들이켰다.
"별짓 다해 봤어요! 그래도 아무런 소용이 없었어요. 저는 무척이나 불행했어요."
"오랫동안?"
"일주일 정도예요."
"별로 긴 건 아닌데."
"진실로 불행하면 일주일도 영원과 같아요. 몸도 마음도 나라는 인간 자체가 불행했었기 때문에 일주일이 지나니까 완전히 녹초가 됐어요. 머리도, 피부도, 잠자리도 심지어 입는 옷까지도 불행했었으니까요. 불행으로 가득 차 있어서 불행 이외에는 아무것도 가진 것이 없었어요. 그런데 불행밖에는 아무것도 없게 되고 보면 더는 불행할 수 없게 되거든요——불행과 비교할 수 있는 것이 없기 때문에 그렇게 되는 거예요. 완전한 허탈 상태만이 남게 돼요. 그리고 그것으로 끝이 나 버리고 슬슬 다시 살아나기 시작하는 거예요."
여자는 그의 손에다 입을 맞추었다. 부드럽고 조심스러운 입술이 느껴졌다.
"무엇을 생각하고 계시는 거예요?" 하고 여자는 물었다.
"아무것도, 당신이 야성에 가까운 순진성을 갖고 있다는 것을 생각했을 뿐이야. 완전히 타락했으면서도 실은 조금도 타락하지 않았거든. 세상에서 가장 위험한 것이지, 잔을 이리 주라구. 나는 인간 심리의 감정가인 나의 친구 모로소프를 위해 축배를 들고 싶어졌어."
"저는 모로소프가 싫어요. 다른 사람을 위해 축배를 들 수는 없을까요?"
"물론 당신으로서야 그 친구를 싫어하겠지. 그는 보는 눈이 너무나 예리하니까. 그럼 당신을 위해 축배를 들기로 합시다."

"저를 위해서요?"

"그래 당신을 위해서."

"전 위험한 인간이 아닌걸요" 하고 조앙이 말했다. "위험에 빠진 인간이지 위험한 인간은 아니예요."

"당신이 그렇게 생각한다는 그 자체가 벌써 위험하다는 증거야. 당신에게는 아무 일도 없을 거야. 살류트!"

"살류트! 당신도 저를 이해하지 못하는군요."

"도대체 이해하려는 사람이 누가 있겠어? 그것이 바로 세상의 온갖 오해의 근원이야. 병을 이리 줘요."

"너무 많이 마시는군요. 왜 그렇게 많이 마시지요?"

"조앙." 라비크가 말했다. "'이제는 진저리가 났어' 하고 당신이 말할 날이 올 거야. 내가 너무 많이 마신다고 당신은 말하면서 당신이 내가 잘 되기만을 바란다고 생각할 거야. 하지만 사실 당신은 당신으로서는 감시할 수 없는 세계로 내가 달아나 버리는 것을 막으려고 하고 있을 뿐이야. 살류트! 우리는 오늘을 축하합시다. 우리를 위협하듯 창밖에 자욱한 구름처럼 비창(悲愴)한 기분에서 멋지게 빠져나왔단 말이야. 비창한 기분으로 그것들을 죽인 거야. 살류트!"

그는 여자가 몸을 떨고 있다고 느꼈다. 여자는 반쯤 몸을 일으켜 두 손으로 땅바닥을 짚고서 그를 쳐다보았다. 눈은 크게 떠졌고 가운은 어깨에서 미끄러져 내렸으며 머리칼은 어깨 위에서 흘러내려서, 여자는 어둠 속에서 마치 헌칠하고 젊은 암사자처럼 보였다.

"알고 있어요" 하고 여자는 침착하게 말했다. "당신이 저를 비웃는다는 것을 알아요. 아무래도 좋아요. 저는 자신이 살고 있다는 것을 느끼고 있어요. 몸 전체로 그것을 느끼고 있어요. 저의 숨결이 달라졌어요. 저의 눈은 이제는 죽은 것이 아니고 온몸의 관절들은 다시 뜻을 갖게 되었으며 손도 빈털터리가 아니예요. 당신이 어떻게 생각하든, 무슨 말을 하든 저에게는 상관이 없어요. 저는 아무 생각 없이 날고 뛰고 몸을 내던지고 할 거예요. 저는 행복해요. 그리고 행복하다는 말을 하는 데 주저할 것도, 겁날 것도 없어요. 설사 당신이 웃어도, 비웃어도 상관없어요."

라비크는 잠시 입을 다물고 있었다.

"당신을 비웃지는 않아" 하고 이윽고 그는 입을 열었다. "난 자신을 비웃고 있는 거야, 조앙."

여자는 그에게 몸을 기댔다.

"왜 그러시죠? 당신 머릿속에는 무언가 저항하는 것이 있군요. 그렇지 않으면 왜 그러는 거예요?"

"저항하는 것은 없어. 당신보다 느리다뿐이지."

여자는 머리를 저었다.

"그것뿐만은 아니예요. 무언가 혼자만 있고 싫어하는 것이 있어요. 저는 그걸 느낄 수가 있어요. 말하자면 울타리 같은 것이 있단 말이에요."

"울타리 같은 건 없어. 다만 당신보다 15년 더 살았기 때문에 그럴 뿐이야. 모든 사람들의 생활이 모조리 추억이라는 기구를 갖고 점점 풍성하게 장식해 나가는 자기의 집이라고는 할 수가 없는 일이야. 개중에는 호텔에 살고 있는 사람도 있거든. 그것도 호텔을 전전하면서 말이야. 세월은 호텔의 문들처럼 이런 인간의 뒤통수에서 모르는 사이에 닫혀 버려 남은 것은 하찮은 용기와 후회 없는 마음뿐이지."

여자는 잠시 대꾸가 없었다. 그는 여자가 자기의 말을 귀담아 듣고 있었는지는 알 수가 없었다. 그는 창밖을 내다보면서 혈관 깊숙이 스며드는 칼바도스의 뜨거운 기운을 조용한 기분으로 느꼈다. 맥박은 잠잠해져서 훤한 들 같은 정적이 되었다. 그런 정적 속에서는 기관총처럼 끊임없이 시간을 재는 똑딱거리는 소리까지도 침묵했다. 달이 솟아올랐다. 몽롱하고 붉게 그리고 반쯤 가려진 회교 사원의 둥근 지붕이 천천히 솟아오르듯. 그 사이에 대지는 흩날리는 눈보라 속에 가라앉는다.

"알아요" 하고 조앙은 두 손을 그의 무릎 위에 얹고는 그 위에다 턱을 괴었다. 그녀는 말했다. "저의 지나간 이야기를 하다니 어리석지요. 입을 다물거나 속일 수도 있었을 텐데요. 그러나 그렇게 하기는 싫었어요. 과거 생활을 통틀어서 당신한테 이야기하는 것이 나쁠까요? 그리고 왜 그것을 중대하게 생각해야 되나요? 그런 건 오히려 아무것도 아니었다고 생각하고 싶어요. 그런 일 따위는 지금의 저로서는 우습기만 하고 또 이해할 수도 없게 되었어요. 당신은 그런 일이나 저를 맘대로 비웃어도 좋아요."

라비크는 여자를 바라다보았다. 여자의 한쪽 무릎이 그가 국화꽃 밑에 밀어 넣었던 신문지 위에 놓인 크고 흰 꽃송이를 짓누르고 있었다. '이상한 밤이군' 하고 그는 생각했다. 지금도 어디선가 총을 쏘고 사람들은 내몰리며 투옥이나 고문이나 학살을 당하고 있을 것이다. 그리고 평화로운 세계 어느 한 구석은 유린당하고 있을 것이다. 사람들은 그것을 목격하면서도 속수무책이다. 거리의 밝은 비스트로에서는 생활이 화려하게 전개되며, 아무런 근심 걱정 없는 사람들은 조용히 잠자리에 들려고 한다. 나만 하더라도 여기서 여자와 함께 새하얀 국화꽃과 칼바도스 병을 끼고 앉아 있는 것이다. 그런데 사람의 그림자는 떨면서 슬픔에 잠겨 솟아난다. 그것 역시 과거의 안전했던 화원에서 쫓겨나 아무런 권리도 없는 듯 수줍고 사납고 성급하기만 하다.

"조앙." 그는 천천히 입을 열었다. 전혀 다른 말을 하고 싶었다. "당신이 여기에 있다는 건 좋은 일이야."

여자는 그를 쳐다보았다. 그는 여자의 손을 잡았다.

"무슨 뜻인지 알겠어? 천마디 말보다도……."

여자는 고개를 끄덕였다. 별안간 여자의 눈에 눈물이 가득 괴었다.

"아무런 의미도 없어요" 하고 여자는 말했다. "다 알아요."

"그렇지 않아." 라비크는 대꾸했다. 그러나 여자의 말이 옳다는 것을 알고 있었다.

"아무 뜻도 없을 거예요. 틀림없어요. 당신은 저를 사랑해 주셔야 해요. 그것뿐예요."

그는 대답을 하지 않았다.

"당신은 저를 사랑해 주셔야 해요" 하고 여자는 되풀이 말했다. "그렇지 않으면 전 파멸이에요."

'파멸이라구……그런 말을 여자는 어떻게 그리 수월하게 할 수가 있을까! 정말로 파멸한 자는 할 말이 없는데.'

12

"내 다리를 잘랐나요?"

잔노가 물었다. 여윈 그의 얼굴은 핏기 하나 없었고, 낡은 집 벽처럼 희었다. 주근깨가 하도 많아, 마치 얼굴에 난 게 아니고 페인트라도 뿌려 놓은 듯했다. 절단한 다리 밑둥은 철사로 엮은 바구니 안에 들어 있었고, 그 위에 담요가 덮여 있었다.

"아프냐?" 하고 라비크가 물었다.

"네. 다리가 몹시 아파요. 간호원한테 물어 보았지만 도무지 말을 해주지 않는걸요."

"다리를 잘랐다." 라비크가 말했다.

"무릎 위에서예요, 아래서예요?"

"10센티 위를. 무릎은 으스러져서 살릴 수가 없었어."

"잘 됐어요." 잔노는 말했다. "그러면 보험회사에서 15프로쯤은 더 받을 수 있어요. 참 잘 됐어요. 무릎 위건 아래건 의족(義足)을 하긴 마찬가지니까요. 그렇지만 다달이 15프로씩 더 받는 게 얼마나 큰 이익이에요."

소년은 잠시 망설였다.

"하지만 어머니한테는 당분간 말 안하는 것이 좋겠어요. 자른 자리에다 이렇게 앵무새장을 씌워 놓았으니 볼 수는 없으실 거구요."

"어머니에게는 아무 말 안하겠다, 잔노."

"보험회사는 일생 동안 연금을 지불해야 되겠죠. 그렇지 않아요?"

"그럴 거야."

치즈와 같은 얼굴이 일그러지더니 찡그린 상이 되었다.

"놀랄 거예요. 난 열세 살이니까, 회사는 지겹게 오랫동안 지불해야만 할 거예요. 어떤 보험회산지 벌써 알고 계세요?"

"아직 몰라. 자동차의 번호를 알고 있지. 네가 잘 기억을 해 둔 덕택이다. 경찰에서 벌써 여기를 다녀갔단다. 너에게 묻고 싶다고 하더라. 넌 오늘 아침 그때까지 자고 있었어. 오늘 저녁에 다시 올 거다."

잔노는 생각에 잠겼다.

"증인이 문제지." 이윽고 소년은 말했다. "증인이 있어야 할 텐데 증인이 있나 모르겠군요."

"너의 어머니가 두 사람의 주소를 갖고 있는 것 같더라, 쪽지를 손에 들고 있던데."

소년은 조바심을 냈다.

"어머니는 잊어버리기 쉬워요. 잊어 버리시지나 않으셨으면 좋겠군요. 노인들은 할 수 없어요. 어머니는 지금 어디 계세요?"

"네 어머니는 밤새도록, 그리고 오늘도 점심때까지 네 옆에 쭉 앉아 계셨다. 점심때가 되어 간신히 돌아가시도록 했단다. 곧 다시 오실 게다."

"아직 잊어 버리시지나 않았으면 좋겠군요. 경찰 같은 건……." 그는 여윈 손으로 가냘픈 제스처를 썼다. "사기꾼이에요" 하고 그는 중얼거렸다. "모두 사기꾼이에요. 보험회사하고 한패가 되어 있어요. 하지만 꼼짝 못할 증인만 있으면야……어머니는 언제 오신댔어요?"

"곧 오실 거다. 그런 것 때문에 흥분하면 안 돼. 잘 될 거니까."

잔노는 마치 입안에서 무엇을 씹고나 있는 듯 입을 움직였다.

"보험회사는 한 번에 돈을 지불할 때도 많아요. 타협조로 말이에요. 연금 대신으로요. 그러면 우리는 그것으로 장사를 시작할 수 있을 텐데. 어머니하고 나하고."

"지금은 휴양을 해야 해" 하고 라비크는 타일렀다. "그런 것은 나중에 얼마든지 생각할 수 있단다."

소년은 고개를 저었다.

"정말이다" 하고 라비크는 되풀이 말했다. "경찰이 왔을 때 기운을 내야 할 게 아니냐."

"그렇군요. 좋은 말씀이에요. 어떻게 하면 되나요?"

"자야 해."

"하지만 그렇게 되면……."

"깨워 줄 거야."

"붉은 신호였어요. 틀림없이 붉은 빛이었어요."

"틀림없어. 그럼, 이젠 자도록 해봐라. 무슨 일이 있거든 이 단추를 눌러라."

"네, 선생님."

라비크는 몸을 돌렸다.

"모든 게 잘 되면……." 잔노는 베개를 베고 누웠다. 미소와 같은 것이 소년의 일그러지고 조숙한 얼굴을 스치고 지나갔다. "가끔 운수가 좋은 일도 있어요. 그렇죠?"

저녁 나절은 습기 차고 따뜻했다. 조각 구름이 거리의 하늘을 낮게 흘러갔다. 후케 레스토랑 앞에는 둥근 석탄 난로가 장치되어 있고, 그 주위에는 두서너 개의 석탄과 의자가 놓여 있었다. 모로소프는 그 중 한 의자에 앉아 있었다. 그는 라비크에게 손짓을 했다.
"이리 오게, 같이 한잔하자구."
라비크는 그의 곁으로 가서 앉았다.
"우린 너무 방구석에만 틀어박혀 있어" 하고 모로소프가 말했다. "자네 그런 생각을 해본 적은 없나?"
"자네는 방구석이 아니지. 언제나 세헤라자드 앞의 거리에만 줄곧 서 있지 않나?"
"이 사람, 그런 쓸데없는 이론은 집어치워요. 나는 밤마다 두 다리를 가진 세헤라자드의 문이 되고 있는 셈일세. 하지만 밖에서 사는 인간은 아니거든. 우리는 너무 방안에서만 사랑을 하고 방안에서만 너무 절망을 한단 말일세. 도대체 자넨 옥외에서 절망을 할 수가 있겠나?"
"얼마든지 할 수 있어!" 라비크가 대꾸했다.
"그것도 방구석에만 살고 있기 때문에 그렇게 되는 거야. 만약에 밖에서 사는 데 익숙해지면 그렇게는 되지 않을걸. 부엌이 딸린 방 두 개의 아파트 안에서보다는 자연의 풍경 속에서는 좀더 점잖게 절망하게 되는 법이야. 그리고 더욱 기분 좋게 말일세. 반대는 하지 말게. 반대하는 것은 서구식 정신이 편협하다는 증거야. 좋아, 내 주장이 꼭 옳다고 하는 것은 아니야. 오늘은 내 공휴일이고 보니 삶을 즐기고 싶다는 것뿐일세. 좌우간 우리는 너무 방구석에서만 마시고 있다네."
"그리고 너무 방안에서만 오줌을 누고 있지."
"육체에 관한 것으로 비꼬는 짓은 그만 두게나. 생이란 단순하고 평범한 것이지, 우리가 가진 공상력이 비로소 생명을 부여하는 것이지. 상상력은 꿈의 깃대가 되거든. 어떤가, 내 말이 옳은가?"
"틀렸어."
"물론 틀렸지. 나도 옳은 말을 하겠다고 생각한 것은 아니니."
"물론 자네가 옳아."
"그건 그렇고. 여보게, 우린 너무 방안에서 자는 것도 사실이야. 우리는 가구가 되어 버리고 말 걸세. 석조 건물들이 우리의 등허리 뼈를 부숴 놓았네. 우리는 걸어다니는 파, 걸어다니는 화장대, 걸어다니는 금고, 임대 계약, 월급쟁이, 걸어다니는 냄비, 수세식 변소가 되어 버렸단 말일세."

"맞았어 맞았어. 걸어다니는 당헌(黨憲), 걸어다니는 군수 공장, 걸어다니는 맹아 학교, 걸어다니는 정신병원이란 말이지."

"그렇게 자꾸 말문을 열지 말아. 술이나 마시게. 그리고는 입을 다물고 얌전하게 사는 거야. 이 메스를 든 살인자야. 우리가 어떻게 되었나 좀 보란 말이야! 내가 알기로는 술과 인생의 기쁨과 신(神)들을 갖고 있었던 것은 옛날의 그리스 사람들뿐이었지. 바커스와 디오니소스지. 그 대신 우리는 지금 프라이드를 가졌고, 열등의식과 정신분석을 가지고 있거든—— 우리는 사랑을 하는 데는 큰 소리를 내서는 안 되게 돼 있지만 정치를 하는 데는 아무리 큰 소리를 쳐도 괜찮거든. 개탄을 금할 수 없는 세상이지!"

모로소프는 눈을 껌벅거렸다.

라비크도 눈을 껌벅거렸다.

"자네는 꿈을 지닌 용감하고 늙은 빈정장이야" 하고 그는 말했다.

모로소프는 히죽 웃었다.

"자넨 지상에서 잠깐 동안 라비크라고 불리던 환상을 모르는 불쌍한 낭만주의자지."

라비크는 웃었다.

"잠깐 동안이라니. 이름으로 말하자면 이것이 이미 세 번째의 내 인생일세. 그건 그렇고, 이건 폴란드의 보드카인가?"

"에스토니아 산일세, 리가에서 온 거지. 최상품이야. 한잔하게나. 그리고는 조용히 여기에 앉아서 세계에서 제일 아름다운 거리를 바라보고, 이 부드러운 저녁을 찬양하고 절망이란 놈의 면상에다 침이나 뱉어 주기로 하세나."

석탄 난로의 불이 튀면서 탔다. 바이올린을 든 사나이가 보도 끝에 자리를 잡더니, 〈나의 블론드의 처녀 곁에서〉를 연주하기 시작했다. 지나가는 사람들이 그와 부딪쳐 활은 긁는 소리를 냈으나 사나이는 자기 혼자인 듯 연주를 계속했다. 메마르고 허전한 소리밖에 나지 않았다. 마치 바이올린이 얼어붙은 듯이. 두 사람의 모로코 인이 식탁 사이를 이리저리 누비며 칙칙한 인조견 양탄자를 팔고 다녔다.

신문팔이들이 새로 나온 신문을 가져왔다. 모로소프는 《파리 스와르》와 《앵트랑시앙》을 샀다. 그것을 제목만 훑어본 다음 옆으로 밀어 놓았다.

"모조리 화폐 위조범뿐이야" 하고 그는 투덜거렸다. "우리가 화폐 위조 시대에 살고 있다는 걸 자네는 생각해 본 적이 있나?"

"아니. 난 통조림 시대에 살고 있다고 생각했었는데."

"통조림이라니, 어째서 그렇단 말인가?"

라비크는 신문을 가리켰다.

"통조림이지. 우리는 이제는 아무것도 생각할 필요가 없게 되었네. 만사가 미리 생각하고 짜놓은 것이며 미리 씹혀서 느껴진 것뿐이거든, 통조림이야. 그것을 열기만 하면 되거든. 날마다 세번씩 집까지 배달되어 오니 말일세. 자기가 재배를 하고 길러서, 의문과 의혹과 소원의 불에 올려놓고 끓인다든지 하는 일은 모조리 없어졌단 말일세. 통조림이 아니고 뭔가?"

그는 히죽이 웃었다.

"우리는 편히 사는 게 아닐세. 값싸게 살고 있을 뿐이지."

"우린 화폐 위조범이야."

모로소프는 신문을 높이 쳐들었다.

"이것을 좀 보라구. 놈들은 무기 공장을 세우면서 '평화를 위해' 만든다고 하네. 정의는 모두 당파적인 미친 지랄들을 덮어 주는 가면이 되어 버렸거든. 정치적인 깡패가 구세주가 되고 자유란 모든 정권욕을 위한 장담(壯談)이 되고 말았네. 위조 지폐야! 정신의 위조 지폐야! 사기 선전이 부엌데기들의 마키아벨리즘일세. 암흑 세계의 손아귀에서 노는 이상주의란 말이야! 좀 정직하기나 했으면······."

그는 신문을 꾸깃꾸깃 뭉쳐서 내던졌다.

"아마 우리는 방구석에서 너무 많은 신문을 읽었나 봐" 하고 라비크는 말하고는 웃었다.

모로소프도 따라 웃었다.

"그건 그렇지. 밖에서라면 저런 것은 불을 지피는 데 필요할 텐데."

모로소프는 정신을 차렸다. 라비크는 이미 그의 곁에 있지 않았다. 그는 어느 틈에 벌떡 일어나서 카페 앞의 혼잡을 헤치고 조르쥬 5세 가의 방향으로 돌진해 가고 있었다. 모로소프는 깜짝 놀라 잠시 그대로 앉아 있다가 이윽고 주머니에서 돈을 꺼내 유리잔을 받쳐 놓은 사기 접시에다 내던지고는 라비크의 뒤를 따랐다. 무슨 일인지는 모르겠지만 필요하다면 도와 줄 수도 있도록 그를 뒤쫓았다. 경찰관은 보이지 않았다. 그렇다고 사복 형사가 라비크를 뒤쫓고 있는 것 같지도 않았다. 보도는 사람들로 북적거렸다. '잘 됐군' 하고 그는 생각했다. '경찰관에게 발견된대도 쉽게 도망칠 수가 있다.' 조르쥬 5세 가까이 왔을 때 비로소 라비크의 모습이 다시 보였다. 그 순간에 교통 신호가 바뀌고 몰렸던 자동차의 장사진이 질주하기 시작했다. 라비크는 그래도 길을 건너려고 했다. 택시가 하마터면 그를 칠 뻔했다. 운전사는 노발대발이었다. 모로소프가 등 뒤에서 라비크의 팔을 붙잡아 뒤로 잡아챘다.
"자네 미쳤나?" 하고 그는 소리를 질렀다. "자살할 생각이야? 왜 이래?"
라비크는 대꾸도 하지 않았다. 건너쪽만을 노려볼 뿐이었다. 자동차는 넉줄로 꼬리를 물고 폭주하고 있었다. 길을 건너다니, 어림도 없는 얘기다.
모로소프는 그를 흔들었다.
"왜 이러나? 경찰인가?"
"아니야."
라비크는 지나가는 자동차에서 눈도 떼지 않았다.
"그럼, 왜 그래? 무슨 일인가, 라비크?"
"하아케였어……."
"뭐라구?" 모로소프의 눈이 실낱같이 오므라졌다. "뭣을 입었지? 어서 말하게. 어서!"
"회색 외투……."
교통 순경의 날카로운 호각 소리가 샹젤리제의 한가운데로부터 들려왔다. 라비크는 마지막 차들 사이를 뚫고 달렸다. 짙은 회색 외투. 그가 알고 있는 것은 그것뿐이었다. 그는 조르쥬 5세 가와 바사노 가를 건넜다. 갑자기 정신이 들었을 때는 회색 외투 차림은 수십 명이었다. 그는 입 속으로 욕지거리를 뇌면서 될 수 있는 대로 빨리 걸었다. 갈릴레이 거리까지 오자, 거기에는 교통이 차단되어 있었다. 그는 급히 그곳을 건너질러서 무턱대고 사람들을 뚫고 샹젤리제를 따라 앞으로 달렸다. 프레스브르 거리까지 와서 네거리를 건너서는 갑자기 걸음을 멈추고 섰다. 그의 앞에는 에뜨와르의 대광장이 훤히 가로놓였다. 혼잡하고, 교통은 폭주하고, 길은 사면팔방으로 뚫려 있었다. '틀렸군! 이렇게 되면 찾아낼 도리가 없다.'

그는 돌아서서 천천히 군중의 얼굴들을 조심스럽게 살피고는 있었지만 흥분은 이미 가라앉았다. 그는 갑자기 맥이 탁 풀려 허전함을 느꼈다. 또 헛보았구나. 그렇지 않으면 하아케 놈이 다시 한 번 나를 어리둥절하게 했다. 그러나 두 번이나 잘못 볼 수가 있을까? 두 번이나 땅 위에서 별안간 사라져 버릴 수가 있단 말인가? 그곳은 골목길이 많았다. 하아케는 어떤 골목으로 들어갔는지도 모른다. 그는 프레스브르 가를 훑어보았다. 차들과 사람들이 붐비는 러시아워였다. 이런 때 더 찾아보았자 아무런 소용도 없다. 이번에도 너무 늦어 버렸다.

"못 찾았나?" 하고 모로소프가 그에게로 다가왔다.

라비크는 고개를 흔들었다.

"아마 또 귀신을 본 모양일세."

"자네는 그 놈을 알아볼 수가 있겠던가?"

"그렇다고 생각했어. 아까까지도 말일세. 그런데 이제는 뭐가 뭔지 알 수가 없네."

모로소프는 그를 쳐다보았다.

"닮은 얼굴은 얼마든지 있다네, 라비크."

"그럴 테지. 그러나 절대로 잊어버릴 수 없는 얼굴도 있다네."

라비크는 장승처럼 서 있었다.

"어떻게 하려는 건가?" 하고 모로소프가 물었다.

"모르겠어. 이제 와서 뭘 어떻게 할 수가 있겠나?"

모로소프는 붐비는 사람들을 멍하니 바라보았다.

"운수가 나쁘군! 하필이면 이런 시각이라니! 바로 퇴근 시간이 아닌가. 모조리 엉망이니……."

"빌어먹을."

"게다가 어둑어둑하고. 도대체 자네는 그 놈을 똑똑히 보았나?"

라비크는 대답이 없었다.

모로소프가 그의 팔을 잡았다.

"여보게" 하고 그는 말을 꺼냈다. "길거리는 뛰어다녀 보았자 아무 소용도 없네. 한 군데를 찾고 있으면 다른 데 있지 않을까 생각이 되거든. 틀렸어. 후케로 돌아가세. 거기가 제일 좋은 장소야. 이리 뛰고 저리 뛰고 하느니보다는 차라리 거기에 앉아서 감시를 하는 게 나을 걸세. 만약 그 놈이 되돌아온다면 그곳에서 잘 지키기만 하면 이내 알 수가 있거든."

두 사람은 보도 끝에 놓인 탁자에 자리를 잡았다. 거기에는 사방이 환히 내다보였다. 그들은 오랫동안 무료하게 앉아 있기만 했다.

"그 놈을 만나면 어떻게 할 셈이었나?" 하고 모로소프가 이윽고 물었다.

"그것을 내가 알게 뭐야?"

라비크는 머리를 가로저었다.

"그걸 생각해 봐야 하네. 미리 생각해 두는 게 좋아. 느닷없이 만나 바보짓을 했다가는 산통이거든. 더구나 자네로서는 몇 년을 감옥살이할 생각은 없을 테니까."

라비크는 얼굴을 들었다. 그는 대답하지 않았다. 모로소프를 빤히 쳐다볼 뿐이었다.

"난 아무래도 좋지만" 하고 모로소프는 말을 계속했다. "나 같으면 말일세. 하지만 자네와 같은 경우는 그래서는 안 되네, 만일 그 놈이 진짜 그 놈이었고, 자네가 그 놈을 저 모퉁이에서 붙잡았다고 한다면 자네는 어떻게 할 셈이었나?"

"모르겠다니까!"

"자네 아무것도 가진 것이 없지 않나. 그렇지?"

"사실이야."

"만일 자네가 아무런 생각도 없이 덤벼들었다면 그 자리에서 사람들이 무조건 떼어놓고 말았을 걸세. 그렇게 되면 지금쯤 자네는 경찰에 끌려갔을 신세일 게고, 그 놈은 겨우 한두 군데 멍이나 들었을 뿐일세. 상상할 만하지. 어떤가?"

"응."

라비크는 여전히 길만 지켜보았다.

모로소프는 계속 생각을 이어 나갔다.

"네거리에서 자동차 밑으로 밀어 처넣는 것이 고작이겠군. 그러나 그것도 확실한 방법은 아닐 걸세. 고작 한두 군데 생채기를 낼 뿐이지. 살아날 수도 있는 문제니까."
"나는 자동차 밑으로 밀어 넣지는 않겠네." 라비크는 여전히 길에다 눈을 주며 대꾸했다.
"물론 나라도 그렇게는 하지 않아."
모로소프는 잠시 입을 다물었다.
"라비크." 그가 다시 입을 열었다. "만일 그 놈이 정말 그 놈이고, 또 자네가 그 놈을 만났을 때 어떻게 해야 할는지가 확실해야만 하네. 알겠나? 기회는 한 번밖에는 없단 말이야."
"응, 알아." 라비크는 여전히 길만 응시하고 있었다.
"그 놈을 보거든 우선은 그 놈의 뒤를 밟게. 다른 짓을 하면 안 되네. 따라가기만 하는 거야. 그리고 어디 사는지 알아내야 돼. 절대로 다른 짓은 말아. 나중에라도 할 수가 있어. 여유를 가져야 하네. 어리석은 짓을 해서는 안 되네. 알았나?"
"알았어."
라비크는 멍청히 길만 지켜보았다.

피스타치오 장사가 두 사람이 있는 곳으로 걸어왔다. 장난감 쥐를 가진 사내아이가 그 뒤를 따랐다. 그리고는 대리석 탁자 위에서 쥐를 춤추게도, 소매로 기어오르게도 했다. 바이올린 괴는 영감이 다시 나타났다. 이번에는 모자를 쓰고 〈내게 사랑을 속삭여 다오〉를 연주했다. 마침 매독 환자와 같은 코를 한 늙은이가 오랑캐꽃을 사라고 했다.
모로소프는 시계를 들여다보았다.
"벌써 여덟 시로군. 더 기다려도 소용이 없네. 여기서 두 시간 이상이나 앉아 있었어. 그 놈은 이런 시간에는 돌아오지 않을 걸세. 프랑스에 사는 인간들은 이 시간에는 모두가 저녁을 먹을 때일세."
"걱정 말고 가 보게나, 보리스. 왜 자네까지 여기서 함께 있어야 한단 말인가?"
"그건 말도 안 돼. 난 앉아 있고 싶은 만큼 여기서 자네와 앉아 있겠네. 허둥거려서 자네가 잘못을 저지르지 않기를 빌고 있어. 몇 시간이고 여기에 앉아 있다는 것은 무의미하네. 이렇게 되면 그 놈을 만날 가능성은 어디나 있네. 아니지, 차라리 음식점이나 나이트클럽이나 갈보집이 가능성이 훨씬 더 많아."

"알고 있어, 보리스."

모로소프는 크고 우악스런 손으로 라비크의 팔을 잡았다.

"라비크, 알겠나? 자네가 그 놈을 만날 운명이라면, 그 녀석은 반드시 만나게 될 걸세. 그렇지 않다면 몇 년이고 기다릴 도리밖에는 없어. 내가 말하는 것을 알겠지? 눈을 언제나 뜨고 있게나. 어디서나 말일세. 그리고 모든 준비를 단단히 갖추어 놓아야 돼. 그러면서도 잘못 본 게 아니었던가 하고 살아가야 돼. 아마도 자네는 그렇게 하고 있으리라고 믿네. 자네가 할 수 있는 것은 그것밖에는 없어. 그렇지 않으면 몸을 버리게 될 걸세. 나도 그런 경험을 예전에 했었네. 20년 전의 이야기지만, 아버님을 죽인 놈들 중의 한 놈을 보았다고 늘 생각했단 말이야. 망상이었어."

그는 잔을 비웠다.

"거지같은 망상이었어. 자, 이제는 함께 가세나. 어디 가서 뭘 좀 먹기로 하세."

"자네나 어서 먹으러 가게나. 난 나중에 가겠어."

"여기 그냥 앉아 있을 텐가?"

"조금만 더 있겠어. 그리고 호텔로 갈 테야. 가서 할 일이 좀 있어."

모로소프는 그를 쳐다보았다. 라비크가 호텔에서 무엇을 하려는지 그는 알고 있었다. 그러나 그는 더 이상 어찌할 수가 없다는 것도 알고 있었다. 이건 라비크 혼자만의 일이어서 다른 사람은 관여할 바가 못 된다.

"좋아" 하고 그는 말했다. "난 메르 마리아로 가네. 그 후에는 부빌르 슈키로. 전화를 걸든지 오든지 하게나."

그는 눈썹을 치떴다.

"위험한 짓을 하면 못써. 필요 없는 영웅이 돼서도 안 되고. 어리석고 미련한 짓은 금물이야. 틀림없이 도망 갈 수 있을 때에만 쏘란 말일세. 어린애 장난도 갱 영화도 아니니까."

"알겠네, 보리스. 걱정 말게나."

라비크는 호텔 앙떼르나쇼날에 들어갔다가 곧 되돌아나왔다. 도중에 호텔 밀랑을 지나쳤다. 시계를 보니 여덟 시 반이었다. 조앙 마두는 아직 집에 있겠지.

여자는 그를 맞아 주었다.

"라비크!" 여자는 깜짝 놀라면서 말했다. "당신이 어떻게 여길 다 오시죠?"

"아니, 왜?"

"당신은 여길 한 번도 오시지 않았었어요. 아세요? 저를 데려다 준 뒤로는 말이에요."

그는 넋을 잃은 듯 빙그레 웃었다.

"그랬군, 조앙. 우린 이상한 생활을 해 왔군 그래."

"그래요. 두더지나 박쥐 같아요. 부엉이 같기도 하고. 어두워져야만 겨우 만나게 되니 말이에요."

여자는 부드럽고 넓은 걸음으로 방안을 서성거렸다. 짙은 푸른색 가운을 입고 있었다. 그것은 남자 것처럼 재단된 옷으로 허리를 질끈 졸라매고 있었다. 세헤라자드에서 입는 검은 야회복은 침대 위에 놓여 있었다. 여자는 퍽 아름다우며 무한히 멀리 떨어져 나간 것처럼 느껴졌다.

"아직 안 나가도 되나, 조앙?"

"아직 괜찮아요. 30분 후에는 나가야죠. 지금이 저의 제일 좋은 시간이에요. 나가기 전 한 시간이 말이에요. 제가 무얼 가지고 있는지 아시지요? 커피하고 세계의 모든 시간을 갖고 있거든요. 더구나 당신까지 오셨고, 칼바도스까지 있어요."

여자는 병을 가지고 왔다. 그는 그것을 받아서 마개도 열지 않고 그대로 책상 위에 놓았다. 그리고는 조심스럽게 그녀의 두 손을 잡았다.

"조앙" 하고 그가 말했다.

여자의 눈에서 빛이 사라졌다. 그녀는 그에게로 바짝 다가섰다.

"왜 그러시는지 바로 말하세요."

"왜? 내가 뭐 어쨌는데?"

"무슨 일이 있는 것 같아요. 당신이 그럴 때면 꼭 무슨 일이 있거든요. 그래서 오셨지요?"

그는 여자의 손이 자기한테서 자꾸 빠져나가려는 것을 느꼈다. 여자는 꿈쩍도 하지 않았다. 손까지도 움직이지 않았다. 다만 무엇인지 그 손 속에 있는 것이 자기한테서 빠져나가려고 버둥거리는 것 같은 느낌이 들었다.
 "오늘은 오면 안 되겠어, 조앙. 오늘은 안 돼. 그리고 아마 내일도, 아니야. 며칠은 안 되겠어."
 "병원에서 주무셔야 되나요?"
 "아니. 다른 일이야. 이야기를 할 수는 없지만, 당신한테 관계되는 일이 아니야."
 여자는 잠시 꼼짝도 하지 않았다.
 "좋아요." 이윽고 여자는 그렇게 말했다.
 "알아듣겠어?"
 "모르겠어요. 하지만 당신이 말씀하는 것이면 정말이겠죠."
 "화내지 않겠어?"
 여자는 그를 쳐다보았다.
 "아이 참, 라비크, 제가 어떻게 당신한테 화를 내겠어요?"
 그는 얼굴을 들었다. 마치 어떤 손이 자기 심장을 꾹 누르는 것 같았던 것이다. 조앙은 아무런 생각도 없이 그렇게 말했겠지만, 그러나 그녀가 무슨 짓을 해도 그 이상으로 그의 심장을 때릴 수는 없었을 것이다. 그는 밤마다 그녀가 무슨 소리를 지껄이거나 속삭여도 아무렇게도 생각지 않았었다. 창밖이 회색으로 동이 트기 시작하면 곧 잊어 버리고 마는 것이었다. 여자가 자기 곁에 쪼그리고 앉아 있거나 누워 있을 때의 황홀감은 그녀 자신에 대한 황홀감이기도 하다는 것을 그는 알고 있었다. 그리고 그런 것을 그는 그 순간의 도취며 빛나는 고백이라고 생각했고, 그 이상으로는 결코 생각지 않았다. 그런데 그는 지금 처음으로 그 이상의 것을 보았던 것이다. 광선이 숨바꼭질을 하는 눈부시게 번쩍거리는 구름 사이로 느닷없이 초록과 갈색으로 빛나는 대지를 내려다본 비행사처럼. 그는 황홀감 속에서 헌신을, 도취 속에서 감정을, 시끄러운 말 속에서 단순한 신뢰감을 보았다. 그는 불신과 질문과 몰이해를 각오했던 것인데, 이런 것은 뜻밖이었다. 언제나 결말을 내주는 것은 보잘 것 없는 작은 사물들이며, 결코 커다란 것들은 아니다. 커다란 것들은 너무나 연극적인 몸짓에 가깝다. 그리고 거짓말에 대한 유혹과 너무나도 가깝다.
 방, 호텔의 한 방, 몇 개의 트렁크, 침대, 불빛, 창 너머엔 밤과 과거의 시커먼 고적이 깔리고── 그리고 거기엔 회색의 눈과 높은 이마와 대담하게 물결치는 머리를 가진 밝은 얼굴이 있다── 한 생명이, 나긋나긋한 생명이 그를 향하고 서 있다. 여기 있다. 잠자코 기다리며, 저를 받아 주세요! 저를 붙잡아 주세요! 부르면서 여기 서 있다. 아니 나는 벌써 오래전에 내가 붙잡아 주겠어, 하고 말한 일이 있지 않았던가?

그는 일어섰다.

"밤새 잘 있어, 조앙."

"안녕히 가세요, 라비크."

그는 카페 후케에 앉아 있었다. 지난번과 같은 탁자에. 복수에의 희망이라는 단 하나의 어렴풋한 불밖에 켜 있지 않은 과거의 어둠 속에 파묻혀서 그는 벌써 몇 시간을 거기 앉아 있었다.

그들은 1933년 8월에 그를 체포했었다. 그는 게슈타포에 쫓기고 있는 두 친구를 자기 집에 2주일간 숨겨 주었고 그들의 도망길을 도와 주었었다. 그 중 한 친구는 1917년 플란더즈의 비크스코테에서 그의 생명을 구해 준 적이 있었다. 무인 지대에 쓰러져 출혈로 서서히 죽어가고 있던 그를 기관총의 엄호사격을 받으면서 업어 내왔던 것이다. 또 한 사람은 여러 해를 두고 사귀어 왔던 유태인 작가였다. 라비크는 심문을 받기 위해 끌려갔다. 그들은 두 사람이 어떤 방향으로 도망쳤는지, 어떤 증명서를 휴대하고 있었는지, 도중에서 어떤 사람들의 도움을 받은 것인지를 알아내려고 했었다. 하아케가 그를 심문했다. 최초의 인사불성에서 깨어나는 순간 그는 하아케의 피스톨을 빼앗아서 그를 쏘아 죽이거나 때려죽이려고 했었다 그러나, 그 순간 쾅 하는 시뻘건 암흑 속으로 빠져들고 말았다. 다섯 명의 무장한 억센 사나이들과 대치해서 그런 일을 해보았자 무의미한 짓이었던 것이다. 사흘간의 실신 상태에서 서서히 정신이 들자 미칠 듯한 고통 속에서 하아케의 냉랭하게 미소 짓는 얼굴이 떠올랐다. 사흘간을 똑같은 질문── 이제는 일그러져 고통조차 느낄수 없게 된 똑같은 육체. 그리고 사흘째가 되던 날 오후에 시빌이 불려왔다. 그녀는 아무것도 몰랐으나 여자한테 불게 하려고 그를 보였던 것이다. 그녀는 빈둥빈둥 놀고 먹는 생활을 해 온, 사치스럽고 아름다운 여자였다. 그는 여자가 틀림없이 악을 쓰고 실신할 줄로 생각했으나 여자는 실신은 커녕 고문하는 작자들에게 덤벼들었다. 그리고 생명이 위험하게 될지도 모를 욕설을 퍼부었다. 그 자의 생명에 위험한 말이었다. 여자는 그것을 알고 있었다. 하아케는 그 이상 미소를 띄우지 않았다. 그리고는 갑자기 심문을 중단해 버렸다.

다음날 그 놈은 라비크에게 만일 그가 불지 않으면 여자 수용소에 갇혀 있는 그 여자의 신상에 일어날 일을 들려 주었다. 라비크가 대답을 하지 않자, 하아케는 그에게 강제 수용소에 가기 전에 일어날 일을 상세히 설명했다. 그래도 라비크는 아무것도 불지 않았다. 불 것이 하나도 없었기 때문이다. 그는 하아케에게 그 여자는 아무것도 모른다는 점을 납득시키려고 했다. 자기는 여자를 피상적으로밖에는 모른다. 여자는 자기 생활에 있어서 단지 한 폭의 아름다운 그림에 불과했다. 자기는 여자에게 무엇 하나 믿고서 고백할 리가 전혀 없다고 이야기했던 것이다. 전부 정말이었으나 하아케는 미소만 지을 뿐이었다. 그런 지 사흘 뒤에 여자는 죽었다. 여자 강제 수용소에서 목을 매었던 것이다. 그 다음날 도망했던 사람 중의 하나가 잡혀왔다. 유태인 작가였다. 라비크가 그를 만났을 때, 그는 너무나 변해서 그의 목소리를 듣고도 알아보지를 못했다. 하아케의 심문이 일주일간 계속된 끝에 결국은 그 작가는 고문으로 죽고 말았다. 라비크는 강제 수용소로 옮겨졌다. 그리고 병원에 있게 되었고, 그 병원에서 도망쳐 나왔던 것이다.

개선문 위에는 은빛 달이 걸려 있고 샹젤리제의 가로등은 바람에 흔들거리고 있었다. 밤의 불빛은 탁자 위에 놓인 유리잔을 비쳤다. '마치 꿈속 같군.' 라비크는 생각했다. '이 잔도, 저 달도, 거리도, 오늘밤도 꿈만 같다. 마치 어느 때인가 여기에 있었던 것처럼 이상하고 정답게 생각되는 이 순간도 꿈인 것이다 —— 이제는 사라져 가라앉아 버렸으며, 살고 있으면서도 죽어 버리고 다만 내 머릿속에만은 지금도 인광(燐光)을 내며 말이라는 것으로 석화(石花)되어 버린, 그런 기억도 꿈인 것이다. 내 혈관의 어둠 속을 뚫고, 쉴새없이 온도 36.5도에 약간의 염분이 섞인 냄새를 풍기면서 꿈틀꿈틀 흐르는 이 액체도, 4리터의 비밀과 촉진, 피, 이것들도 꿈이다. 기억이라고 불리는 중추신경의 반사작용, 눈에 보이지 않는 허무의 저장실. 해마다 떠오르는 별과 별들, 하나는 밝게 빛나고 하나는 베리 가(街) 위의 화성과 같이 피비린내 나고 대부분이 희미하게 빛나며 사방에 흩어진 기억의 하늘, 그 하늘

밑에서 현재는 불안전하게 혼돈의 생활을 계속하고 있는 것이다.'

 복수의 초록 불빛. 깊은 밤의 달빛 속에서 헤엄치듯 누워 있는 도시와 질주하는 자동차들. 끝없이 뻗어나간 즐비한 집들, 그 거리에 죽 늘어선 창들의 행렬, 그 속에 갇힌 무수한 운명, 수백만 인간의 심장의 고동, 수백만의 모터와 같은 끊임없는 심장의 고동, 인생의 거리를 따라서 서서히 앞으로 나아간다. 한번 고동칠 때마다 조금씩, 1밀리미터씩 죽음으로 가까이 다가서면서.

 그는 몸을 일으켰다. 샹젤리제는 거의 인적이 드물었다. 길모퉁이마다 매춘부들이 하나씩 오락가락할 뿐이었다. 그는 그 길을 걸어 내려갔다. 삐에르 샤롱 가, 마루부프 가, 마리니앙 가를 지나 롱 뽀앙까지. 거기서 되돌아 개선문으로 나왔다. 그는 쇠사슬 울타리를 넘어서 무명 용사의 묘소 앞에 섰다. 어둠 속에서 자그마하고 푸른 불빛이 흔들거리고 있었다. 그 앞에는 시든 화환이 놓여 있었다. 그는 그 개선문을 가로질러 하아케를 보았다고 생각했던 비스트로로 갔다. 택시 운전사가 두서너 명 아직까지 앉아 있었다. 그는 앞서 앉았던 창가에 자리를 잡고 커피를 마셨다. 창밖의 길은 인적이 없다. 운전사들은 히틀러의 이야기를 하고 있었다. 그들은 히틀러가 어리석은 작자라고 말했으며, 만일에 마지노 선(線)에 접근만 하면 곧장 끝장을 볼 것이라는 예언을 했다. 라비크는 길을 응시하고 있었다. '나는 왜 여기에 앉아 있는 것일까? 파리의 어디라도 좋지 않을까. 기회는 어디서나 똑같다.' 그는 시계를 보았다. 세 시 조금 전이었다. '너무 늦다. 하아케는——그놈이 사실이었다면——이런 때에 거리를 방황하지는 않을 것이다.'

 밖에는 매춘부가 하나 두리번거리고 있었다. 창문으로 안을 들여다보다가는 그대로 가 버렸다. '저게 되돌아오면 나는 간다' 하고 그는 생각했다. 매춘부는 되돌아왔다. 그는 자리에서 일어나지 않았다. 만일 또 한 번 오기만 하면 틀림없이 간다고 그는 결심했다. 그렇게 되면 하아케는 파리에 없는 것이다. 매춘부는 되돌아왔다. 그리고 고갯짓을 하고는 지나갔다. 그는 그대로 앉아 있었다. 매춘부는 다시 한 번 돌아왔다. 그래도 그는 일어서지 않았다.

 웨이터가 의자를 탁자 위로 올려놓기 시작했다. 운전사들은 셈을 하고 비스트로를 나갔다. 웨이터는 카운터 위에 있는 불을 껐다. 방은 지저분한 어둠으로 변하고 말았다. 라비크는 사방을 둘러보았다.

"계산해요" 하고 그는 말했다.
 밖에는 바람이 불어 더욱 추워졌다. 구름은 앞서보다 높은 하늘을 더욱 빨리 흘러가고 있었다. 라비크는 조앙의 호텔 앞을 지나치자 걸음을 멈췄다. 호텔은 캄캄하지만 단 한 군데 창문 커튼 위에 희미하게 불이 켜진 방이 있었다. 조앙의 방이다. 그는 그녀가 어두운 방에 혼자서 들어가는 것을 싫어한다는 것을 알고 있었다. 오늘은 그에게 오지를 않을 테니까 불을 켜놓은 그대로였다. 그는 올려다보았다. 그러자 갑자기 자기 자신이 이해할 수가 없어졌다. '왜 나는 그 여자를 만나려 하지 않는 걸까? 전의 여자에 대한 추억은 이미 사라진 지가 오래다. 그 여자의 죽음에 대한 기억만이 남아 있을 뿐이다. 그리고 또 다른 한 사람은? 그것이 저 여자와 무슨 상관이 있단 말인가? 또 나 자신과는 무슨 관계가 있단 말이냐. 환영을 뒤쫓고 그리고 얼기설기 시키먼 기억의 반사작용과 어두운 반응을 뒤쫓다니, 나라는 인간은 미련하기도 하다. 그 보기 싫은 얼굴이 닮았다고 해서, 그리고 우연한 사실 때문에 뒤흔들려 사라진 세월의 파편 속을 다시 헤치기 시작하다니. 썩어빠진 과거의 한 조각, 간신히 아문 신경쇠약의 연약한 상처를 다시 터뜨리게 했다. 그리고 내가 내 마음속에 구축한 모든 것을 나와 결부된 모든 반려 중에서도 나와 가장 가까운 단 한 사람을 위태롭게 한다는 것은 어리석기 짝이 없는 일이 아닐까? 그것과 이것이 대체 무슨 상관이란 말인가? 이것은 나 자신이 언제나 머리에서 되새기던 일이 아니었던가. 그렇지 않으면, 내가 어떻게 살아날 수가 있었단 말이냐? 그리고 지금쯤 나는 어떻게 되었겠는가?'
 그는 사지 속에서 납덩어리 같은 것이 녹는 것 같았다. 그는 심호흡을 했다. 바람이 거리를 한바탕 불고 지나갔다. 그는 다시 한 번 불 켜진 창문을 올려다보았다. 자기에게서 어떤 의미를 찾고, 자기를 아껴 주고, 자기를 보면 곧 얼굴색이 달라지는 사람이 거기에 있다. 그런데 자기는 그 사람을 일그러진 환영 때문에, 퇴색한 복수에 대한 희망에서, 성급하게 물리치는 교만의 희생물로 만들려고 했던 것이다.
 '대체 나는 어떻게 할 작정이었던가? 왜 나는 스스로를 거역하는 것일까? 뭣 때문에 나는 스스로를 챙겨두려는 것일까? 한평생 자기를 바치겠다고 내미는데, 자신은 그것을 부정한다. 너무 적어서가 아니라 너무 많다고 해서인가. 그것을 알자면 우선 과거의 피비린내 나는 폭풍이 지나가야만 한다는 말

인가?'
 그는 어깨를 흠칫했다. 마음! 그는 생각했다. 그 마음! 그것은 얼마나 활짝 열렸던가! 얼마나 뛰놀았던가! 창문! 밤중에 단 하나의 외롭게 불이 켜진 창문. 열정을 다해서 자기에게 바쳐진 하나의 다른 생명의 반영. 그가 마음을 터놓을 때까지 열린 채로 기다리고 있는 창문. 환락의 불꽃, 성 엘모의 애정의 불꽃 —— 번쩍하고 일어나는 밝은 피의 천광(天光) —— 그것을 알고 있다. 사람들은 그것을 알고 있다. 모조리 지나치게 잘 알고 있어 설마 이 부드러운 황금빛의 혼란이 두번 다시 머릿속에서 범람하지는 않을 것으로 믿고 있다 —— 그럴 때면 느닷없이 어느날 밤 삼류 호텔 앞에 우뚝 서 있게 되는 것이다. 마치 아스팔트에서 안개처럼 솟아오르는 듯이. 그리고 마치 지구의 저편 끝에서, 푸른 코코넛의 섬에서, 따뜻한 열대 지방의 봄에서, 대양과 산호초와 용암과 암흑을 뚫고 나온 듯, 갑자기 낡아빠진 파리에, 뽕슬레 거리에 솟아오른다. 복수와 과거와, 그리고 저항할 수도 반대할 수도 없는 수수께끼 같은 감정의 구원으로 가득 찬 밤에, 아루테아와 함수초 향내를 싣고서……
 세헤라자드는 손님으로 붐볐다. 조앙은 몇 사람의 손님과 테이블에 앉아 있었다. 그녀는 라비크를 곧 알아보았다. 라비크는 출입구 근처에 서 있었다. 방안은 담배연기와 음악으로 자욱했다. 여자는 손님들에게 무엇이라고 하더니 그에게로 급히 걸어왔다.
 "라비크."
 "여기 더 있어야 되나?"
 "왜요?"
 "같이 가고 싶어서."
 "하지만 당신은…….."
 "끝난 거야? 아니면 아직 볼일이 있어?"
 "없어요. 저 사람들한테 가겠다고는 말해야지요."
 "빨리 좀 해줘. 밖에서 택시를 타고 기다리고 있을 테니까."
 "알았어요."
 여자는 그대로 서 있었다.
 "라비크."

그는 여자를 쳐다보았다.
"저 때문에 돌아오셨어요?" 하고 여자는 물었다.
그는 잠깐 망설였다.
"그럼." 그는 자기 앞에 내민 여자의 얼굴에다 대고 나직이 말했다. "그렇구말구. 당신 때문에 왔지! 순전히 조앙 때문에."
택시는 리에주 거리를 따라 달렸다.
"무슨 일이 있었어요, 라비크?"
"아무것도 아니었어."
"전 몹시 불안했어요."
"잊어 버려. 아무것도 아니니까."
조앙은 그를 쳐다보았다.
"난, 당신이 다시는 돌아오지 않으리라고 생각했어요."
그는 여자 쪽으로 몸을 굽혔다. 여자가 떨고 있는 게 느껴졌다.
"조앙." 그는 불렀다. "아무것도 생각지 말아. 그리고 아무것도 묻지 말아 줘. 저것 봐! 저기 가로등의 불빛과 가지각색의 찬란한 네온이 보이지? 우리는 죽어가는 시대에 살고 있어. 그리고 이 도시는 생활에 겁이 나서 떨고 있단 말이야. 우리는 모든 것으로부터 절연을 당하고 있어서 이제는 가진 것이라곤 우리들의 마음뿐이야. 나는 달세계에 갔다가 지금 방금 돌아왔어. 그런데 당신은 그대로 있어 주었어. 당신은 생명이야. 이제는 아무것도 묻지 말아 줘. 천 가지 질문보다도 당신의 머리털이 더 많은 비밀을 간직하고 있지. 지금 우리 눈앞에는 밤이 있으니 아침이 창문을 두드릴 때까지는 단 한 시간이지만 영원이야. 인간이 서로 사랑하는 것, 그것이 전부야. 기적이면서도 세상에서 가장 자명한 노릇이지. 오늘 나는 밤이 꽃 피는 수풀 속에서 녹아서 없어지고 바람이 딸기 냄새를 풍길 때 느꼈어. 그것을 말이야. 사랑이 없다면 인간은 휴가중에 죽은 사람에 불과해. 한두 가지 약속 날짜와 우연한 이름 하나가 적혀 있는 종이 쪽지와 똑같단 말이야. 그런 것이라면 죽는 편이 낫지."
뱅뱅 돌아가는 등대의 불빛이 선실의 어둠 속을 스치고 지나가듯 가로등의 불빛이 택시의 창문을 스치며 지나갔다. 그럴 때마다 조앙의 눈은 그 창백한 얼굴 가운데에서 아주 투명하게 보이기도, 시커멓게 어두워 보이기도 했다.

"우리는 죽지 않아요" 하고 여자는 라비크의 품에 안겨 속삭였다.
"안 죽지, 우리는. 단지 시간만이 죽는 거야. 그 저주받을 시간만이. 시간은 언제나 죽어가거든. 우리는 살고 있는데. 언제나 살고 있지. 당신이 눈을 뜰 때는 봄이고, 잠들면 가을이야. 그 동안에 몇 번 겨울과 여름이 지나갔지. 그러니 우리가 깊이 사랑을 하는 때면 우리는 영원과 불멸이 되는 거야. 바로 심장의 고동이나 비나 바람과 같은 거야. 굉장한 거야. 우리는 하루하루 승자가 되고 정다운 애인이 되는 거야. 우리는 매년 패자가 되어 가지만 그것을 알고자 할 자가 누구며, 또한 무슨 상관이 있단 말이야? 일각이 바로 일생이지. 일순간은 영원이고. 당신의 눈이 빛나고, 별똥은 무한한 공간을 떨어져 내려오고, 신들도 늙어 가지. 하지만 당신의 입술은 젊고, 수수께끼는 우리들 사이에서 떨며, 황혼에서, 어둠 속에서, 모든 애인들의 황홀경에서, 당신과 나라고 부르는 소리에 답하는 소리가 생겼어. 사랑하는 사람들의 미친 듯한 환희에서, 황금빛 폭풍우로 압착된 아메바에서, 루트나 에스테르나 헬렌이나 아히파샤로, 그리고 예배당에 있는 푸른 마돈나들에 이르는 영원한 도정이 생겼소. 기어다니던 동물에서 당신과 내게로 이르는 길이……."
여자는 꼼짝도 않고 창백한 얼굴로 그의 품에 안겨 있었다. 넋을 잃은 듯 그에게 완전히 몸을 맡겼다. 그는 여자에게로 몸을 구부리고 언제까지고 이야기를 계속했다. 그리고 처음에는 누군가 자기의 어깨 너머로 들여다보고 있는 듯한 생각이 들었다. 어떤 그림자였다. 아련하게 미소를 지으면서 소리도 내지 않고 함께 지껄이고 있는 것처럼. 그는 몸을 더 구부렸다. 그리고 여자 쪽에서도 마주 움직여 주는 것을 그는 느꼈다. 그리고 아직도 그림자는 남아 있었다. 이윽고 그것도 사라져 버렸다.

13

"스캔들이지 뭐야." 케이트 헤이그슈트렘과 마주앉은 에머랄드를 단 여자가 말했다. "정말로 기막힌 스캔들이지 뭐야. 파리 사람들이 모조리 비웃고 있단다. 글쎄 루이가 호모섹스란 걸 넌 알고 있었니? 설마 물론 몰랐을 게다! 우린 아무도 몰랐어. 정말 잘도 숨겨왔더구나. 모두 리나 드 니브르가 그 사람의 공공연한 애인이라고 생각하고 있었지. 그런데 애야, 너도 좀 생각해 보렴. 루이는 일주일 전에 로마에서 돌아왔단다. 예정보다 사흘이나 앞당겨서 말이다. 그리고 그날 밤으로 곧장 그 니키의 아파트로 갔다는구나. 그 작자를 놀래 줄 생각으로 말이야. 그런데 거기에 누가 있었겠니?"

"제 마누라였겠지?" 하고 라비크가 참견을 했다.

에머랄드를 단 여자는 흘끔 그를 쳐다보았다. 바로 그 여자는, '당신의 남편은 파산했습니다' 하는 소리를 지금 막 들은 것 같은 얼굴이었다.

"벌써 그 이야기를 들으셨어요?" 그 여자가 물었다.

"듣지는 않았지만, 그럴 것 같아서요."

"모를 일이군요." 그 여자는 분하다는 듯 라비크를 노려보았다. "정말 그런 일은 있을 수도 없는 일인데요."

케이트 헤이그슈트렘은 빙그레 웃었다.

"라비크 박사는 한 가지 이론을 가지고 계시단다, 데이지. 그는 그것을 우연의 이론이라고 한다나. 그 이론으로 말하자면, 가장 있을 수 없는 일이 언제나 제일 논리적이라는 거야."

"재미있구나" 하고 데이지는 공손하기는 하지만, 조금도 재미라고는 없다는 표정으로 눈웃음을 쳤다.

"아무 일도 생기지는 않았을 거야" 하고 그 여자는 계속했다. "루이가 야단만 치지 않았더라도 말이야. 그런데 그는 화가 나서 제정신이 아니었어. 지금 그 사람은 끄릴른에서 지내고 있단다. 이혼하자는 거야. 서로 근거가 될 자료만 기다리고 있단다."

그 여자는 기대에 가슴이 부풀어, 의자 뒤로 기댔다.

"그래 너는 어떻게 생각하니?"

케이트 헤이그슈트렘은 라비크 쪽을 건너다보았다. 그는 책상 위의 모자 상자와, 포도와 수밀도가 든 과일 바구니 사이에 놓였던 난초 가지를 바라보고 있었다 —— 선정적이며 붉은 점이 드문드문 박힌 나비 같은 흰 꽃이었다.

"믿을 수 없구나, 데이지" 하고 그녀는 말했다. "정말 믿을 수 없어!"

데이지는 자기의 승리에 만족했다.

"선생님도 이건 미처 모르셨지요?" 하고 그 여자는 라비크에게 물었다.

그는 난초의 가지를 갸름한 커트글라스의 화병에다 조심스럽게 다시 꽂았다.

"몰랐습니다, 전혀."

데이지는 만족한 듯 고개를 끄덕이고는 핸드백과 콤팩트와 장갑을 집어 들었다.

"가야겠어. 루이스가 다섯 시에 칵테일 파티를 연단다. 그 애의 신부님도 온대. 별 소문이 다 돌고 있는 판이야."

그 여자는 일어섰다.

"그건 그렇고, 훼리하고 마르뜨는 또 갈라섰대. 마르뜨는 제 보석을 모조리 그 이한테 돌려보냈대. 이번이 세번째란다. 그렇게 하면 훼리는 점점 꼼짝 못한다나, 어리석은 작자지. 자기한테 반하고 있다고 믿고 있거든. 두고 보렴. 이제 그 보석을 모조리 그 애한테 돌려주고 보상으로 한 개 더 사서 줄 거야. 언제나 그런 걸 그는 모르지만……하지만 마르뜨는 벌써 오스터타크에서 갖고 싶은 보석을 벌써 봐 두었다는구나. 그 작자는 언제나 그 집에서 산다는 거야. 루비로 만든 브로치래. 커다란 네모진 보석인데, 아주 고운 비둘기의 피 같은 빛이라고 하더군. 그 여자는 정말 이만저만 약은 게 아니야."

그 여자는 케이트 헤이그슈트렘하고 입을 맞췄다.

"잘 있어. 얘, 이제는 너도 요즘 세상이 어떻게 돌아가고 있는지 좀 알았지? 아직도 퇴원이 안 되니?" 하고 그 여자는 라비크 쪽을 쳐다보며 물었다.

그의 눈이 케이트 헤이그슈트렘의 시선과 마주쳤다.

"아직 안 되겠는데요" 하고 그가 말했다. "섭섭합니다만."

그는 데이지의 외투를 입혀 주었다. 깃이 달리지 않은 검은색 담비였다. '조앙에게 어울리는 외투로군' 하고 그는 생각했다.

"케이트와 함께 한번 차를 마시러 오세요" 하고 데이지가 말했다. "수요일에는 늘 손님이 적으니까, 마음놓고 이야길 할 수가 있어요. 전 수술에 대해서 아주 흥미가 많답니다."

"고맙습니다."

라비크는 그 여자가 나간 문을 닫고 돌아왔다.

"훌륭한 에메랄드로군."

케이트 헤이그슈트렘은 웃었다.

"저것이 전의 제 생활이었어요, 라비크. 당신 이해하시겠어요?"

"알지, 왜 어떤가? 할 수만 있다면 신나는 노릇이지. 여러 가지 귀찮은 일에서 피할 수 있지."

"지금은 이해할 수가 없어요" 하고 여자는 일어나서 조심조심 침대 쪽으로 걸어갔다.

라비크는 여자를 바라보았다.

"사람은 어디서 살거나 별것이 없는 법이야, 케이트. 좀더 편안한 데가 있는지는 모르지만 그런 건 중요한 문제가 아니야. 한 가지 중요한 사실은 생활을 어떻게 해 나가느냐가 문제지, 언제나 제대로 되는 것은 아니지만."

여자는 길고 아름다운 다리를 침대 위에 뻗었다.

"모든 것이 점점 보잘것없어 보여요" 하고 그녀가 말했다. "2, 3주일 동안 자리에 누웠다가 다시 걸어다닐 수 있게 되니까."

라비크는 담배를 집어 들었다.

"싫다면 구태여 여기에 있을 필요는 없어요. 간호원만 데리고 간다면 랭카스터에서 살아도 괜찮아요, 지금은."

케이트 헤이그슈트렘은 머리를 저었다.

"여행할 수 있을 때까지는 여기 있겠어요. 여기 있으면 데이지 같은 애들을 많이 만나지 않아도 되거든요."

"오면 내쫓아 버려요. 잔소리보다 기분이 거슬리는 것은 없으니까."

여자는 침대 위에 조심스럽게 몸을 뉘었다.

"저렇게 잔소리꾼인 데이지가 어머니 노릇은 기가 막히게 한다면 놀라시겠지요. 두 애들 교육을 여간 잘시키지 않아요."

"그건 그럴지도 모르지." 라비크는 아무렇지도 않은 듯 말했다.

케이트 헤이그슈트렘은 담요를 끌어다 덮었다.

"병원이란 바로 수도원 같은 곳이군요. 제일 단순한 것이 얼마나 귀중한 것인가를 다시 배우게 되니까요. 걸어다니는 것, 숨 쉬는 것, 보는 것 따위 말이에요."

"그렇지. 행복이란 어디든지 굴러다니는 법이니 그것을 집어올리기만 하면 되거든."

여자는 라비크를 쳐다보았다.

"저는 정말 그렇게 생각해요, 라비크."

"나 역시 그래, 케이트. 절대로 단순한 것만이 우리를 실망시키지는 않거든. 그리고 행복이란 아무리 보잘것없는 곳이라도 있는 법이니." 잔노는 침대에 누워 있었다. 담요 위에는 팜플렛이 수북하게 흩어져 있었다.
"왜 불을 켜지 않았지?" 라비크가 물었다.
"아직 잘 보여요. 전 눈이 좋거든요."
팜플렛은 의족(義足)에 관한 설명문이었다. 잔노는 그것을 될 수 있는 데까지 주워 모았던 것이다. 마지막 몇 가지는 어머니가 가져다 준 것이었다. 그는 라비크에게 천연색의 의족이 그려진 설명서를 보여주었다. 라비크는 불을 켰다.
"이것이 제일 비싼 거예요" 하고 잔노는 말했다.
"제일 좋은 것은 아닐지도 몰라" 하고 라비크는 대꾸했다.
"그렇지만 이것이 제일 비싸요. 보험회사에다 이것을 사야겠다고 말하겠어요. 물론 난 이런 것을 갖고 싶지는 않지만 보험회사로부터 돈을 내게 하려고 그래요. 난 나무로 만든 의족하고 돈만 있으면 충분하지만요."
"보험회사에는 전속 의사가 있는 법이야. 그 사람이 하나하나 조사를 하게 된단다, 잔노."
소년은 몸을 일으켰다.
"그럼, 나한테 의족을 주는 것을 싫다고 한단 말이에요?"
"아니, 그러나 제일 비싼 것은 안 줄 걸. 게다가 돈을 주지는 않을 거다. 네가 정말 의족을 받도록 해주기는 하겠지만."
"그렇다면 나는 그것을 받아서 즉시 되팔아야겠어요. 물론 손해는 보게 마련이겠지만. 2할쯤 손해를 보면 되겠지요, 선생님? 우선 1할로 하자고 해 봐야지. 미리 상인하고 이야기를 하는 편이 좋을는지도 모르겠군요. 내가 의족을 쓰건 안 쓰건, 그것이 회사하고 무슨 상관이예요? 돈만 내면 될 게 아녜요. 그 밖의 일은 하나도 회사에서 알 필요가 없잖아요. 그렇지요?"
"그렇고말고. 한번 해보는 거지."
"그걸로 무언가 할 수가 있을 거예요. 그 돈으로 조그마한 밀크 홀의 카운터와 시설을 살 수가 있을 거예요."
잔노는 능청스럽게 웃었다. "이렇게 관절도 붙어 있는 의족은 고맙게도 꽤 비싸군요. 정교한 물건이군요. 정말 좋긴 한데요."

"보험회사에서 누가 벌써 왔었니?"

"아뇨, 의족하고 변상 때문에 온 건 아니었어요. 수술과 병원 일 때문에 왔을 뿐이에요. 변호사를 부탁해야 할까요? 어떻게 생각하세요? 붉은 신호였어요! 틀림없어요. 경찰은……."

간호원이 저녁 식사를 가지고 들어와서는 잔노 곁의 탁자 위에다 놓았다. 소년은 간호원이 나갈 때까지 한마디도 하지 않고 있다가 말했다.

"여긴 식사를 너무 많이 줘요. 이렇게 많이 먹어 본 적은 없어요. 혼자선 다 못 먹겠어요. 어머니가 늘 오셔서 나머지를 드셔요. 두 사람 몫이 넉넉해요. 어머니는 그렇게 해서 절약을 하거든요. 그렇지 않아도 이 방값이 비싸더군요."

"보험회사에서 낼 게 아니냐. 넌 어디 누워 있건 마찬가지지."

소년의 회색빛 얼굴에 살짝 생기가 돌았다.

"난 베베르 선생님하고 이야기를 했어요. 선생님이 1할을 우리한테 도로 내주기로 했어요. 든 비용만큼 회사에 청구했다가 회사가 계산을 해주면 1할은 현금으로 우리에게 돌려 주신대요."

"잔노, 넌 참 영리하구나."

"가난하면 영리하기라도 해야 하거든요."

"옳은 말이다. 아프냐?"

"잘라 낸 다리가 아파요."

"아직도 신경이 남아 있어서 그런 거야."

"알아요. 그런데 참 이상하거든요. 벌써 없어져 버린 것이 아프다니요. 아마 내 다리의 넋이 아직도 남아 있나 보죠."

잔노는 히죽이 웃었다. 농담을 한마디 한 것이었다. 그리고는 저녁 식사의 그릇 뚜껑을 열었다.

"수프하고 닭고기에다 야채, 푸딩, 이것은 어머니 몫이에요. 어머닌 닭고기를 좋아하시거든요. 집에서는 어디 이렇게 자주 먹을 수가 있어야죠." 그는 편하게 몸을 뒤로 뉘었다. "가끔 밤에 잠이 깨면 여기 비용은 모조리 우리가 치러야 된다는 생각을 할 때가 있어요. 밤에 잠을 깬 바로 그 순간에는 그렇게 생각이 들어요. 그러다가는 차차 생각이 나요. 나는 바로 부자집 자식처럼 여기 이렇게 누워 있구나, 그리고 무엇이든 달라고 할 권리가 있고 단추를 누르면 간호원이 와야 하고, 그리고 이것은 모조리 다른 사람들이 지불해 주는구나 하고요. 정말로 신나지요?"
"그렇구나, 신나는 애기구나" 하고 라비크는 말했다.

그는 오시리스의 검진실에 앉아 있었다.
"아직도 또 있나?" 그가 물었다.
"네" 하고 레오니가 대답했다.
"이본느가 있어요. 그 애가 마지막이에요."
"들여보내. 넌 아무렇지도 않아, 레오니."
이본느는 스물다섯이었고 포동포동했으며, 금발에다 코는 납작하고, 대개의 매춘부들처럼 짧고 굵은 팔과 다리를 지니고 있었다. 그녀는 우쭐거리며 건들건들 들어와서는 입고 있던 얄팍한 비단 조각을 훌렁 걷어올렸다.
"저쪽이야" 하고 라비크는 말했다.
"이렇게는 안 되나요?" 이본느가 물었다.
"왜 그러지?"
이본느는 대답 대신에 잠자코 휙 돌아서더니, 그 육중한 엉덩이를 들이대 보였다. 엉덩이가 시퍼렇게 멍이 들어 있었다. 누구한테 심하게 매를 맞았음에 틀림없었다.
"이렇게 해 놓고는 손님은 돈을 많이 냈을 테지. 이런 건 장난도 아닐 테니."
이본느는 고개를 저었다.
"한푼도 안 받았어요, 선생님. 손님이 아니었는걸요."
"그럼 재미를 봤단 말이지. 자네가 이런 짓을 좋아하는 줄은 미처 몰랐는데."
이본느는 만족스러운 듯, 수수께끼 같은 미소를 짓고서 다시 머리를 저었다. 라비크는 이런 이야기를 여자가 무척 재미있어 한다는 것을 알았다. 자기가 대단하게나 된 듯 느끼고 있는 것이다.
"전 그렇지만 매저키스트는 아닌걸요."
여자는 그런 말을 알고 있다는 것을 뽐내기라도 하듯 말했다.
"그럼 왜 그랬지? 우당탕 한판했나?"

이본느는 잠시 뜸을 들였다가 말했다.
"사랑인걸요."
그리고는 기분이 좋은 듯 어깨를 폈다.
"질투 때문이었나?"
"네" 하고 이본느의 얼굴은 갑자기 밝아졌다.
"많이 아프지?"
"이런 건 아프지 않아요." 그녀는 조심스럽게 앉았다. "선생님, 아세요? 롤랑드 마담은 처음에는 제게 일을 시키지 않으려고 했어요. 그런데 내가 한 시간만 하겠다고 졸라 댔어요. 한 시간만 시험해 보세요. 아실 거예요! 하고 말이에요. 그런데 글쎄 이 엉덩이의 시퍼런 맷자국 때문에 전보다 더 많이 벌었거든요."
"그건 또 어떻게 된 거야?"
"저도 몰라요. 이것을 보고는 미쳐 버리는 놈팡이가 있어요. 이것이 흥분시키는 모양이에요. 지난 사흘 동안에 2백 프랑이나 더 벌었거든요. 그런데 얼마 동안이나 더 이 자국이 남아 있을까요?"
"적어도 2,3주일은 남아 있겠는걸."
이본느는 혀를 찼다.
"이대로만 나가면 털외투를 살 수 있을 텐데. 여우 털을……흠잡을 데 없이 번쩍이는 고양이 가죽을 말예요."
"그게 없어지거든 애인보고 또 한번 실컷 두드려 달라고 하면 간단하게 될 텐데 뭘 그래."
"그렇게는 안 돼요" 하고 이본느는 신바람이 나서 대꾸했다. 그 사람은 그런 사람이 아녜요. 타산적인 미련퉁이와는 달라요. 아시겠어요? 그 사람은 정말 미쳤을 때만 그래요. 자기 힘에 겹게 될 때나 그래요. 그렇지 않으면 이 쪽에서 무릎을 꿇고 애원해도 소용없어요."
"이상한 성미인 모양이군."
라비크는 시선을 들어 쳐다보았다.
"이본느는 아무 탈없어."
그녀는 몸을 일으켰다.
"그럼 일을 할 수 있겠군요. 밑에서 벌써 한 늙은이가 기다리고 있어요.

허연 턱수염을 기른 남자예요. 그 늙은이한테 이 맷자국을 보여주었거든요. 그랬더니 글쎄 미쳐 버리더군요. 아마 집에서는 말도 못하는 모양이에요. 그는 아마 자기 마누라를 이 지경이 되도록 두드려 패 주었으면 하는 공상을 하는 모양이에요." 그녀는 갑자기 맑은 종소리 같은 웃음을 터뜨렸다. "세상 만사가 참 우습지요, 선생님?" 하고 자기의 말에 스스로 만족한 듯 몸을 뒤흔들며 나가 버렸다.

라비크는 손을 씻고는 사용했던 기구들을 치우고서 창가로 걸어갔다. 황혼이 은회색으로 집들 위에 드리워져 있었다. 앙상한 가지뿐인 나무들이 죽은 사람의 검은 손처럼 아스팔트를 뚫고 서 있었다. 매몰된 참호에서 가끔 그런 손을 볼 수 있다. 그는 창문을 열고 밖을 내다보았다. 낮과 밤사이에 떠 있는 비현실의 한때. 조그마한 호텔에서의 사랑의 시간, 기혼자들에게는 위엄 있게 전가족을 거느리고 식사를 하는 한때. 롬바르디아의 평원에 사는 이탈리아 여자들이 '행복한 밤'이라고 말하기 시작하는 시간, 절망의 시간, 그리고 꿈의 한때.

그는 창문을 닫았다. 방은 완전히 어두워졌다. 그림자가 달려 들어와 방구석에 쭈그리고 침묵의 잔소리를 늘어놓는다. 롤랑드가 가져다 놓은 코냑 병이, 윤을 낸 황옥(黃玉)처럼 책상 위에서 번쩍였다. 라비크는 잠시 그대로 서 있었다 ── 이윽고 그는 밑으로 내려갔다.

음악 소리가 들리고 있는 넓은 홀에는 벌써 밝게 불이 켜져 있었다. 여자들은 짧은 핑크색 비단 슈미즈를 입고 방석 위에 두 줄로 앉아 있었다. 모두들 유방을 드러내 놓고. 손님들은 자기가 살 계집을 우선 눈으로 보고 싶어하는 법이다. 벌써 여섯 명쯤이 와 있었다. 대개는 중년의 소시민들이었다. 모두가 조심성이 대단한 단골들이어서 검진이 언제라는 것을 알고 임질에 걸릴 위험성이 전혀 없을 때쯤 해서 찾아오는 것이다. 이본느는 바로 그 노인과 함께 있었다. 노인은 한 병의 뒤본네를 앞에 놓고 식탁에 앉아 있었다. 이본느는 한쪽 발을 의자 위에 올려놓고는 샴페인을 마시고 있었다. 그녀는 한 병을 터뜨릴 때마다 술값의 1할을 받게 되어 있다. 노인이 그런 것을 사 주는 것을 보면 정말 그녀에게 미쳐 있는지도 모른다. 그런 것은 외국인들이나 할 짓이다. 이본느는 그것을 알고 있다. 그리고 마치 친절한 서커스의 조련사와 같은 꼴을 하고 있었다.

"끝났어요, 라비크?" 하고 롤랑드가 문간에 서 있다가 물었다.
"응, 모두 괜찮더군."
"뭘 좀 마시겠어요?"
"아니야, 롤랑드. 호텔로 가야겠어. 지금껏 일을 했으니 뜨거운 목욕이나 하고, 속옷이나 갈아입어야겠어. 그것이 지금 내게 필요한 거야."

그는 바 곁에 붙은 의상실 앞을 지나서 나왔다. 저녁은 오랑캐꽃빛을 하고 그의 앞에 다가섰다. 비행기 한 대가 외롭고 성급하게 푸른 창공을 가로질러서 날아갔다. 새 한 마리가 가지만 앙상한 나뭇가지에서 검고 조그마한 모습으로 울어 대고 있었다.

자기의 육체를 눈도 없는 회색 동물 같은 것이 파먹는, 암이란 병을 가진 여인, 제 보험금만을 계산하는 다리 병신, 돈을 벌어들이는 엉덩이를 가진 매춘부, 나뭇가지에서 지저귀는 철이른 지빠귀새 —— 그런 것들이 머릿속에서 주마등처럼 지나간다. 그리고 이제 그는 그 모든 것을 외면하고는 따뜻한 잠자리 냄새를 풍기는 황혼 속을 천천히 걸어가는 것이다. 한 여인에게로.

"칼바도스를 한 잔 더 하겠어?"
조앙은 고개를 끄덕였다.
"그래요, 한 잔 더 줘요."
라비크는 호텔의 웨이터에게 눈짓을 했다.
"이보다 더 오래된 칼바도스를 줄 수는 없겠소?"
"그건 좋지 않습니까?"
"그게 아니라, 술창고에 혹 다른 게 있나 해서."
"찾아보겠습니다."

웨이터는 계산대 쪽으로 갔다. 거기에는 여주인이 고양이를 데리고 졸고 있었다. 그는 우윳빛 유리문을 열고는 주인이 계산서를 가지고 살고 있는 방으로 사라졌다가 잠시 후에 의젓하고도 침착한 표정으로 돌아와서는 라비크 쪽은 거들떠보지도 않고 술창고인 지하실의 계단을 내려갔다.

"재수가 좋은 것 같군."

웨이터는 마치 어린애라도 안고 오듯 팔에다 병을 안고 왔다. 병은 지저분했다. 그림으로 장식한 관광객을 위한 병이 아니라 몇 년이고 술창고에서 햇빛을 못 본 채 처박혔던 것으로 아주 더러워진 병이었다. 그는 조심스럽게 병마개를 뽑더니 코르크의 냄새를 맡고 나서 커다란 잔 두 개를 집어 왔다.
"자, 맛을 한번 보시지요" 하고 그는 라비크를 향해 말하면서 한두 방을 떨어뜨렸다.
라비크는 잔을 들어서 우선 향기를 들이마신 다음 그것을 마셔 버리고 뒤로 기대며 고개를 끄덕였다. 웨이터는 흐뭇한 듯 자기 쪽에서도 고개를 끄덕이고는 양쪽 잔에다 3분의 1정도씩 따랐다.
"마셔 보라구." 라비크는 조앙에게 말했다.
그녀는 한 모금을 마시고는 잔을 내려놓았다. 웨이터는 그녀를 살피고 있었다. 그녀는 깜짝 놀란 듯 라비크를 쳐다보았다.
"전 이런 것은 처음이에요" 하고는 그녀는 다시 한 모금을 마셨다. "이건 마시는 게 아니라……그냥 숨만 들이쉬면 되는군요."
"그렇습죠, 마담." 웨이터는 만족스러운 듯 말했다. "알고 계시군요."
"라비크." 조앙이 계속했다. "당신은 위험한 짓을 하고 계세요. 이런 칼바도스를 마시고 난 후에는 다른 것은 마시고 싶은 생각이 없어질 것 같아요."
"천만에! 다른 것도 마실 수 있지."
"그렇지만 언제나 이것을 생각할 거예요."
"좋지 뭘 그래. 그럼 당신은 낭만주의자가 될 거요. 칼바도스적 낭만주의자가."
"그럼 다른 것은 맛이 없어질 게 아니예요?"
"그와 반대지, 다른 것까지도 제 맛 이상의 맛이 나게 되지. 말하자면 다른 칼바도스를 동경하는 칼바도스가 된단 말이야. 그리하여 칼바도스는 절대로 일용품이 아닌 게 되거든."
조앙은 소리 내어 웃었다.
"어리석은 소리 마세요. 당신도 알고 있으면서."
"물론 어리석은 소리지. 그러나 우리들은 그 어리석은 것으로 살아가고 있거든. 사실이라는 말라빠진 빵조각으로 살아가는 것은 아니야. 그렇지 않다면 사랑이란 어떻게 되는 거지?"
"그것이 사랑하고 무슨 관계가 있어요?"
"관계가 있고말고. 그건 사랑을 영원히 존속시키는 역할을 하거든. 만일 그렇지 않으면 우리들은 단 한 번 연애를 할 것이며, 다음 것은 모조리 싫다고 할 것이 아니겠어? 그런데 자기가 버린 사람에 대한 동경의 찌꺼기가 새로 나타나는 인간의 머리에 둘러씌우는 후광이 되는 거야. 말하자면 전에 무엇인가 잃어버렸다는 사실이 새로운 사람에게 일종의 낭만적인 빛을 더하게 되는 것이란 말이야. 이것은 경건하고도 낡아빠진 속임수이지만."

조앙은 그를 쳐다보았다.

"그럴 말을 하는 걸 듣고 있노라면 소름이 끼쳐요."

"나 역시 마찬가지야."

"그런 말 하면 전 싫어요. 농담으로도 하지 말아요. 기적을 요술로 만들어 버리는 짓이에요."

라비크는 대꾸를 하지 않았다.

"그리고 당신은 이제 제가 싫어져서 저를 버릴 생각을 하고 있는 것처럼 들려요."

라비크는 애정을 가득 담은 눈초리로 그녀를 바라보았다.

"그런 생각을 할 필요는 조금도 없어, 조앙. 만일 헤어지게 된다면 당신이 나를 버릴 거지, 내가 당신을 버리는 게 아냐. 그것만은 틀림없어."

그녀는 잔을 세차게 내려놓았다.

"무슨 어리석은 소리를 하세요! 저는 절대로 당신을 버리지는 않아요. 당신은 저에게 또 무슨 설교를 하려고 그러는 거예요?"

'저 두 눈' 하고 라비크는 생각했다. '마치 그 눈 속에서 번개가 치는 것 같구나. 촛불의 혼란에서 나오는 부드럽고 붉은 번개.'

"조앙." 그는 입을 열었다. "난 결코 당신에게 설교를 하려는 게 아니야. 파도와 바위의 얘기를 할 테니 들어 봐요. 옛날 이야기야. 우리들보다 훨씬 옛날 이야기지, 옛날에 바닷속의 ── 카프리 만이라고 해 두지 ── 바위를 사모하는 파도가 있었는데, 파도는 바위를 얼싸안고 거품을 내고 소용돌이치며 밤낮으로 바위에다 입을 맞추었고 그 흰 팔로 바위를 얼싸안고 있었지. 그리고는 한숨과 흐느낌으로 자기한테 오라고 애걸을 했지. 파도는 바위를 사모하고 그 바위에 미쳐서 차차 그 바위의 밑을 파헤쳤던 거야. 어느 날 기어이 바위는 지쳐 버리고 완전히 파헤쳐져서 파도의 팔 속에 묻혀 버렸단 말이야.

그는 칼바도스를 한 모금 마셨다.
"그래서요?" 하고 조앙이 물었다.
"그러자 바위는 이제는 갑자기 놀고 장난치고 사랑하고 슬퍼할 수 있는 바위는 아니더란 말이야. 이제는 파도 속에 빠져서 바닷속에 뒹구는 한 덩어리의 돌덩이에 불과하게 된 거야. 파도는 실망해서 속았다고 생각하고는 그 뒤로는 다른 바위를 찾게 되었지."
"그래서요?"
조앙은 의심쩍다는 듯 라비크를 쳐다봤다.
"그건 무슨 뜻이지요? 바위는 언제까지든지 바위여야 할 게 아니예요."
"파도는 늘 그런 말을 하지. 하지만 움직이는 것은 움직이지 못하는 것보다 강한 법이거든. 물은 바위보다 강하다는 말이야."
여자는 답답한 듯 몸부림쳤다.
"그것이 우리하고 무슨 상관이 있어요? 아무런 뜻도 없는 이야기인데요. 그렇지 않으면 당신은 저를 또 놀리시는 거지요. 언젠가는 때가 되면 당신은 나를 버릴 생각이로군요. 그건 틀림없이 저도 알겠어요."
"당신이 가 버릴 때는" 하고 라비크는 웃으면서 말했다. "마지막에 그런 말을 할 테지. 당신은 내가 버린 것이라고 말이야. 그리하여 당신은 그렇게 된 이유를 찾아내어 그것을 믿을 테지. 그리고 세상에서 가장 오래된 법정 앞에 나서도 당신이 옳은 사람이 될 거요. 자연 앞에서도 말이오."
그는 웨이터에게 손짓을 했다.
"이 칼바도스를 병째 팔 수 있겠소?"
"가지고 가시게요?"
"맞았어."
"저희들 영업 방침에 어긋나는뎁쇼. 병술은 팔지 않는뎁쇼."
"주인에게 물어 봐 주겠나?"
그는 신문지를 한 장 가지고 왔다. 《파리 스와르》였다.
"주인께서는 특별히 해 드린답니다." 웨이터는 그렇게 말하고는 병마개를 단단히 막은 다음, 《파리 스와르》의 스포츠난의 부록을 접어서는 주머니에 쑤셔 넣고 그 남은 신문지에 병을 둘둘 말았다.
"여기 있습니다. 시원하고 어두운 곳에 두는 것이 제일 좋습니다. 이건 주인의 할아버지께서 경영하는 농장에서 나온 술입니다."
"좋아."
라비크는 계산을 한 다음 병을 한참 동안 들여다보았다. '더운 여름과 푸른 가을에 노르망디의 바람이 부는 오래된 과수원의 능금 위에 쬐던 일광이여, 우리는 함께 가세나. 우린 네가 필요하다네. 우주의 어디선가는 금세 폭풍우가 몰아치고 있다네.'
그들은 거리로 나섰다. 비가 내리기 시작했다. 조앙이 걸음을 멈추었다.
"라비크, 당신은 나를 사랑해요?"
"물론이지, 조앙. 당신이 생각하고 있는 이상으로."
여자는 그에게 몸을 기댔다.
"가끔 그렇게 보이지 않을 때가 있는걸요?"
"천만에. 그렇지 않고서야 어떻게 내가 그런 이야기를 하겠어."
"다른 이야기를 해주시는 게 좋아요."
그는 비 내리는 거리를 바라보면서 웃었다.
"사랑이란 건 들여다보기만 하면 언제나 자기의 그림자가 비치는 연못과는 달라. 거기에는 사랑의 간만(干滿)이 있어, 난파선과 침몰한 도시나 문어나 폭풍우나 황금 상자가 있기도 하고, 진주도 있어. 그러나 진주는 아주 깊숙이 박혀 있는 법이야."
"전 그런 것은 모르지만 사랑은 언제나 함께 있는 것이라고 생각해요. 영원히."
'영원하라고?' 라비크는 생각했다. '낡은 동화로군. 단 1분이란 시간도 붙잡아 둘 수가 없는데!'
조앙은 외투의 단추를 끼웠다.
"여름이면 좋겠어요. 올해처럼 여름이 그렇게 그리운 적은 없었어요" 하고 여자는 말했다.

여자는 옷장에서 검은 야회복을 끄집어 내어 침대 위에다 내동댕이쳤다.
"가끔 이 옷이 싫어요. 언제나 똑같은 검은 옷! 언제나 똑같은 세헤라자드! 언제나 똑같단 말이에요! 언제나!"
라비크는 옷을 바라보았다.

"이해 못하세요?" 그녀가 물었다.
"왜, 알고 있어."
"그런데, 왜 당신은 저를 데리고 가지 않으세요?"
"어디로?"
"어디든지 좋아요. 어디든지요."
라비크는 칼바도스 병을 풀어 마개를 뺐다. 그리고 잔을 한 개 집어다 가득부었다.
"자, 이것을 마셔요."
여자는 머리를 저었다.
"소용없어요. 술을 마셔도, 무슨 짓을 해도 소용이 없을 때가 가끔 있어요. 오늘 저녁에 거기 안 갈래요. 그 어리석은 작자들한테 말예요."
"그럼 여기에 있기로 하지."
"그리고요?"
"전화를 걸지. 병이라고."
"그래도 내일은 가야 하잖아요. 그러면 더 나쁘죠."
"며칠간 병이라고 할 수도 있지."
"역시 마찬가지예요." 여자는 그를 쳐다보았다. "왜 이럴까요? 전 왜 이렇지요? 비가 내리는 탓일까요? 축축하고 어둡기 때문일까요? 가끔 관 속에 누워 있는 것 같거든요. 빠져 들어가는 회색의 흐린 오후예요. 조금 전에는 잊고 있었어요. 그 조그만 음식점에서 당신과 함께 있을 때는 참으로 행복했어요. 그런데 왜 당신은 버린다, 버림을 받는다 따위의 이야기를 하셨지요? 그런 이야기는 알고도, 듣고도 싶지 않아요! 저는 슬퍼져요. 보기도 싫은 광경이 자꾸 눈 앞에 떠올라 불안해지기만 해요. 당신이 그런 뜻으로 말씀하시지 않았다는 것은 저도 알아요. 하지만 마음이 걸려요. 가슴이 내려앉은데다 이렇게 비는 오고 어둡고…… 당신은 모르실 거예요. 당신은 억세니까요."
"억세다고?" 라비크는 그 말을 되뇌었다.
"그럼은요."
"어째서 그렇지?"
"당신은 겁이 없으니까요."
"나에게는 이미 겁이야 없어졌지만 억센 것하고 겁이 없는 것은 다르겠지,

조앙."
 여자는 그가 하는 말을 듣지 않았다. 여자는 방이 비좁다는 듯이 성큼성큼 방안을 왔다갔다 했다. 언제나 바람을 안고 걸어가는 듯한 걸음걸이로.
 "저는 이런 모든 것에서 떠나고 싶어요!" 여자는 말을 이었다. "이 호텔에서, 그리고 그 끈덕진 눈초리로 쳐다보는 나이트클럽에서 도망쳐 버리고 싶은 거예요!" 여자는 걸음을 멈추었다. "라비크, 우린 이대로 살아가야만 되나요? 우리도 다른 사랑하는 사람들처럼 살아갈 수 없을까요? 함께 지내면서 자기들 물건을 가지고, 안전하고 확실한 밤들을 가지고 살 수는 없을까요? 이런 트렁크와 공허한 하루하루와 그리고 정들 수 없는 이런 호텔 방 대신에?"
 라비크의 표정은 확실치가 않았다. '기어이 왔구나' 하고 그는 생각했다.
 '언젠가는 닥쳐오리라 여겼던 것이.'
 "당신은 그런 것이 정말로 우리들한테 어울릴 거라고 생각하는 거요?"
 "왜 안 돼요? 다른 사람들도 그렇게 하는데? 훈훈하게 서로 함께 있고 한두 개의 방이 있으며, 문을 닫으면 불안스러운 것은 없어져 버리고 여기처럼 벽을 뚫고 기어드는 일도 없을 거고 말이에요."
 "정말 그렇게 생각해?" 라비크는 말을 되풀이했다.
 "그럼은요."
 "아담하고 조그만 아파트에서, 말쑥하고 아담한 소시민의 생활, 분화구 언저리에 들러붙어 사는, 말쑥하고 조그마한 안정성, 그런 것을 정말로 원한다는 말이지?"
 "그렇게 표현하지 않을 수도 있지 않아요?" 하고 여자는 슬픈 듯 입을 열었다. "뭐 그렇게까지…… 멸시를 해서 말할 것까지. 사랑할 때면 다르게 표현하는 방법도 있잖아요."
 "결국은 같은 말이야, 조앙. 당신은 정말로 그것을 알고 있어? 우리 두 사람은 둘 다 그렇게는 태어나지 않은 것 같은데."
 여자는 제자리에 섰다.
 "저는 그렇게 돼 있어요."
 라비크는 눈웃음을 쳤다. 애정과 아이러니, 그리고 비애의 그림자가 깃들인 웃음을.

"조앙!" 그는 말했다. "당신도 역시 마찬가지야. 당신은 나보다 더하지. 그러나 이유는 그것뿐만은 아니야. 또 다른 것이 있거든."

"그래요" 하고 여자는 입맛이 쓰다는 듯 내뱉었다. "알고 있어요."

"아니야, 조앙. 당신은 몰라. 내가 말해 주겠어. 그 편이 좋겠군. 지금 당신이 생각하고 있는 그전 생각을 해서는 안 돼요."

여자는 여전히 그의 앞에 못박힌 듯 서 있었다.

"이런 일은 빨리 해치우도록 합시다" 하고 그는 말했다. "나중에 여러 가지를 묻지 말고."

여자는 아무 대답도 하지 않았다. 여자의 얼굴은 넋을 잃고 있었다. 그 얼굴은 느닷없이 전의 그녀의 얼굴로 되돌아가 있었다. 그는 여자의 두 손을 잡았다.

"나는 프랑스에서 불법적으로 살고 있어. 서류라곤 하나도 없어. 그것이 정말 이유야. 때문에 나는 아파트를 절대로 지닐 수가 없단 말이야. 그리고 내가 누구를 사랑한다고 해도 결혼은 할 수가 없단 말이야. 결혼을 하려면 신분 증명서와 비자가 필요한데 나는 아무것도 가진 것이 없단 말이야. 일하는 것조차도 허용되지 않고 있어. 그러니 일도 비합법적으로 해야 되거든. 지금처럼 살아갈 도리밖에는 없는 형편이야."

여자는 그를 뚫어지게 쳐다보았다.

"그게 정말이에요?"

그는 어깨를 으쓱했다.

"나 같은 식으로 살고 있는 사람들이 몇천 명이 되거든. 아마 당신도 알고 있을 거야. 그쯤은 누구나 다 알고 있는 사실이니까. 내가 바로 그런 사람 중의 한 사람이란 말이야."

그는 웃으면서 그녀의 손을 놓았다.

"장래가 없는 사나이지. 모로소프 말마따나."

"그랬군요 그렇지만······."

"그래도 나는 여간 좋은 편이 아니지. 일을 맡을 수도, 생활을 하면서 당신이란 사람을 사랑할 수도—좀 불편한 점이 있다곤 해도, 그것쯤 아무것도 아니지."

"경찰은?"

"경찰은 이런 일에 그리 신경을 쓰지 않아. 만약에 붙잡히는 일이 있다 해도 추방될 뿐이야. 그러나 그런 일은 별로 없어. 자, 이제 나이트클럽에 전화를 걸어서 안 가겠다고 하라구. 오늘밤은 우리끼리만 지내자구. 밤새도록. 병이라고 해 둬요. 만일에 진단서라도 필요하다면 베베르한테서 얻어 줄 테니."

여자는 움직이지 않았다.

"추방된다고요……" 하고 여자는 한참 만에야 겨우 이해가 간다는 듯 말했다. "추방이오? 프랑스에서 말이에요? 그렇게 되면 당신은 떠나야 하는 거예요?"

"얼마 동안은 떠나 있어야 하는 거지."

여자는 그의 말이 들리지 않는 것 같았다.

"떠나야 한다고요?" 여자는 그 말을 되풀이했다. "떠나야 한다고요! 그럼 저는 어떻게 하고요?"

라비크는 빙그레 웃었다.

"그렇지. 그러면 당신은 어떻게 해야 할까?"

여자는 굳어 버린 듯 손을 괴고서 앉았다.

"조앙." 라비크가 불렀다. "나는 여기서 벌써 2년째나 살고 있지만, 그런 일은 한 번도 없었어."

여자의 얼굴에는 그래도 변화가 없었다.

"그래도 그런 일이 일어난다면?"

"그러면 이내 다시 돌아온단 말이야. 한두 주일 지나면. 여행 같은 거야. 아무것도 아니니까. 자, 세헤라자드에 전화나 걸어요."

여자는 망설이면서 일어났다.

"뭐라고 하면 좋아요!"

"기관지염이라고 해 두구료. 좀 쉰 목소리로 말이오."

여자는 전화가 있는 데로 갔다. 그러나 이내 돌아왔다. "라비크."

그는 살그머니 몸을 잡아 뺐다. "자아, 어서" 하고 그는 말했다. "잊어 버려요. 이것은 오히려 전화위복이라고도 할 수가 있어. 우리가 정열의 연금 생활자로 전락해 버리는 것을 막아 주니까 말이야. 사랑을 순수하게 유지해 주고, 사랑은 언제까지든지 불꽃 그대로 남아 있게 되고, 그리고 가족들의 잡탕을 끓이는 부엌 속의 난로불은 안 된다는 말이거든. 이제는 가서 전화를 걸어요."
　여자는 다시 수화기를 집어들었다. 그는 여자가 전화로 이야기를 하고 있는 동안 쭉 지켜보고 있었다. 여자는 처음에는 전혀 마음에 내키지 않는 듯 이야기를 했다. 그러나 그가 지금 당장에라도 체포되기라도 할 듯 그에게서 눈을 떼지도 않았다. 그러나 차츰 당연한 일인 듯 거짓말을 하기 시작했다. 필요 이상의 거짓말이었다. 얼굴에 생기가 돌면서도 지금 막 이야기를 하고 있는 가슴속에는 고통이 들끓고 있다는 듯. 목소리는 점점 피곤해지다가 쉰 목소리가 되었고, 끝에 가선 콜록콜록 기침까지 하기 시작했다. 이전 라비크 쪽은 쳐다보지도 않았다. 앞쪽만 바라보면서 자기의 배역에 완전히 몸을 바치고 있었다. 그는 잠자코 여자를 살피고 있다가 이윽고 칼바도스를 한 모금 마셨다. '콤플렉스라고는 조금도 찾아볼 수가 없구나' 하고 그는 생각했다. '놀라올 정도로 투영이 잘 되는 거울이군. 그러나 아무것도 붙잡아 두지는 못하는 거울.'
　조앙은 수화기를 내려놓고 머리를 뒤로 쓸어 넘겼다.
　"모조리 믿어 주는군요."
　"연극은 톱스타급이었어."
　"자리에 누워 있어야 한다면서, 내일도 낫지 않으면 무슨 일이 있어도 누워 있으라고요."
　"그것 보라구. 이제는 내일 일도 끝난 셈이군."
　"그렇군요" 하고 여자는 일순간 어두운 낯으로 말을 했다. "그렇게 생각하면 그렇지요."
　그리고는 여자는 그에게로 돌아왔다.
　"정말 놀랐어요, 라비크. 그것은 정말이 아니었다고 말해 줘요. 당신은 가끔 그런 식으로 터무니없는 말씀을 하셨어요. 거짓말이었다고 말해 줘요. 당신이 말한 그대로는 아니라고요."
　"그것은 정말이 아니었지."
　여자는 그의 어깨에다 머리를 기댔다.
　"정말일 수가 없어요. 당신은 제 곁에 있어 줘야 돼요. 저는 혼자 있게 되면 아무 일도 못해요. 당신이 없으면 끝장이에요, 라비크."

라비크는 여자를 내려다보았다.
"조앙, 당신은 가끔 문지기 딸처럼 되는가 하면, 어떤 때는 또 숲 속의 다이아나처럼 되기도 한단 말이야. 때로는 양쪽을 겸하기도 하고."
그의 어깨에 기대어 여자는 꼼짝도 하지 않았다.
"지금은 어느 쪽이에요?"
그는 빙그레 웃었다.
"은으로 만든 화살을 가진 다이아나 여신, 불사신이면서도 죽어야 하는."
"그런 말을 좀 자주 해주었으면 좋겠어요."
라비크는 잠자코 있었다. 여자는 그가 말한 것을 이해하지 못했던 것이다. 또 그럴 필요도 없다. 여자는 자기 마음에 맞는 대로 받아들이고 그 이상은 아무런 걱정도 하지 않는다. 그러나 그것이 바로 그의 마음을 사로잡는 게 아닐까? 자기와 똑같은 인간한테 끌리는 사람이 도대체 있을까? 그리고 연애에서 도덕을 찾는 인간이 어디에 있다는 말인가? 도덕이란 약자의 발명품이며 희생된 자의 만가(輓歌)일 뿐이다.
"무엇을 생각하세요?"
"아무것도."
"아무것도 생각 안했단 말이에요?"
"그런 게 아니라" 하고 그는 입을 열었다. "2, 3일 동안 어디 여행이나 갈까, 조앙? 어디든지 태양이 있는 데로. 칸느든 안티브든 말이야. 조심성 같은 건 팽개쳐 버리고 방이 셋 달린 아파트의 꿈도, 소시민적인 독수리 같은 부르짖음도 모두 내던져 버리자! 그런 것은 우리에게는 맞지 않아. 당신은 부다패스트와 꽃 피는 밤나무 가로수의 향기가 아니었던가? 온 세상이 열을 내고 여름을 탐내며, 달을 안고 잠드는 밤이면 말이야. 당신 말이 옳았어! 우리 이 어둠 속에서, 이 추위 속에서 그리고 이 빗속에서 빠져나가자구! 다만 며칠만이라도."
여자는 재빨리 몸을 일으켜 그를 쳐다보았다.
"정말 그렇게 하시겠어요?"
"물론이지."
"그렇지만……경찰이……."
"경찰 같은 것은 될 대로 되라지! 게다가 거기가 여기보다는 덜 위험해.

관광지에서는 그렇게 심하게 조사는 하지 않아. 특히 고급 호텔은 말이야. 거기 가 본 적이 없소?"
"없어요, 한 번도. 이탈리아 호 안드리아 해안에만 갔었어요. 언제 떠나겠어요?"
"2, 3주일 안에. 그때가 제일 좋을 때야."
"돈은 있어요?"
"약간은. 2주일이면 충분히 마련되지."
"조그마한 하숙집 같은 데 묵을 수도 있어요."
"당신은 조그만 하숙집에서 살 사람이 아니야. 당신은 이 집 같은 판자집이나 그렇지 않으면 일류 호텔에 살 사람이야. 우리 안티브의 카푸 호텔에 들자고. 그런 호텔이라면 안전할 뿐더러 증명서를 보자는 놈은 없을 거야. 2, 3일 사이에, 난 어느 유명 인사의 밥통을 수술하기로 되어 있어. 어떤 고급 공무원인데, 그 작자가 우리의 모자라는 돈을 해결해 줄 거야."
조앙은 선뜻 일어섰다. 그녀의 얼굴은 빛났다.
"그 칼바도스를 좀 주세요. 정말 꿈의 칼바도스 같군요." 여자는 침대 쪽으로 걸어가서 야회복을 쳐들었다. "큰일났네요. 옷이라곤 이런 시커멓고 낡은 넝마조각 같은 것 두 벌뿐이니!"
"어떻게든 되겠지. 2주일이면 무슨 일이든 있을 거야. 상류 계급의 맹장이라든가, 백만장자의 복잡한 골절이라든가……."

14

앙드레 듀랑은 정말로 화가 났다.
"이제부터 당신하고는 일을 할 수가 없겠소" 하고 그는 언명했다.
라비크는 어깨를 으쓱했다. 라비크는 듀랑이 이 수술로 1만 프랑을 받게 되리라는 사실을 베베르한테서 들어 알았던 것이다. 얼마를 받아야 할지 미리 밝혀 두지 않으면, 듀랑은 단돈 2백 프랑밖에는 보내지 않을 것이다. 요전번에도 그랬었다.
"당신이 설마 수술 반시간 전에 그런 소리를 할 줄은 미처 몰랐소, 닥터 라비크."
"저도 마찬가지입니다" 하고 라비크는 대꾸했다.
"당신도 알겠지만 나는 지금까지 당신에게 언제나 후한 대접을 해 왔소. 그런데 이제 와서 갑자기 당신이 그렇게 장삿속이 밝아졌는지 모르겠소. 우리들의 손에 자기의 생명이 달려 있다는 사실을 환자가 알고 있는 터에 돈 이야기를 한다는 것은 딱한 일이오."
"저로서는 딱할 게 없습니다."
뒤랑은 잠시 그를 쳐다봤다. 흰 염소수염을 기른 주름살투성이에 그의 얼굴은 위엄과 격분이 뒤범벅되어 있었다. 그는 금테 안경을 고쳐 썼다.
"대체 얼마를 생각하고 있는 거요?" 하고 그는 못마땅하다는 듯 물었다.
"2천 프랑입니다."
"뭐라고!" 뒤랑은 총에 맞은 사람과 같은 얼굴 표정으로 믿으려 하지 않았다. "허튼 소리 말아요" 하고 그는 잘라서 말했다.
"그렇다면 좋습니다. 대신할 사람은 얼마든지 있을 테니까요. 비노한테 시키시지요. 그 사람이라면 훌륭하니까요." 라비크가 대꾸했다.
라비크가 외투를 집어 들자 뒤랑은 눈을 휘둥그래 뜨며 그를 노려보았다. 근엄한 얼굴이 일그러졌다. 그러다가 라비크가 모자를 집어들자 허겁지겁 말을 했다.
"좀 기다려요" 하면서 말을 이었다. "그럴 수가 있소! 그런 이야기면 왜 어제 말해 주지 않았소?"
"어제는 선생이 시골에 가 계셨으니 연락을 할 수가 없었죠."
"2천 프랑! 당신은 내가 그렇게는 환자에게 청구할 수 없다는 사실을 모르시오? 환자는 친구라 실비밖에는 청구할 수가 없단 말이오."
앙드레 뒤랑은 동화책 속에 나오는 사랑하는 하나님과 같은 얼굴을 했다. 그는 나이 70에 진단 능력은 상당한 편이었으나 수술은 형편이 없었다. 그의 병원이 잘 된 것은 주로 전에 있던 조수 비노의 덕이었다. 그는 2년 전에 겨우 독립해서 병원을 차리게 돼 버렸다. 그 후로 뒤랑은 어려운 수술에는 라비크를 이용하기로 했다. 라비크는 수술할 부위를 아주 조그맣게, 그리고 흉터도 거의 남기지 않고 잘해 왔었다. 뒤랑은 보르도 술에 있어서는 권위자였으므로 상류 계급의 파티 때에는 인기가 있었다. 때문에 환자들은 대개 그런 방면에서 모여들었다.
"미리 그런 줄을 알았더라면⋯⋯." 하고 듀랑은 우물거렸다.
그는 언제나 미리 알고 있었다. 그래서 대수술이 일을 때에는 2, 3일은 반드시 시골집에 가 있었다. 수술 전의 보수 문제에 대해 이야기하는 것을 피하고 싶었기 때문이다. 끝난 뒤에는 간단했다. 다음번에는, 하고 희망을 갖도록 하면 되었다 —— 그러나 다음번에도 역시 마찬가지였다. 그런데 이번에는 놀랍게도 라비크는 수술 직전에 오지 않고 약속 시간 반시간 전에 나타나서는 환자를 마취도 시키기 전에 그를 붙잡았던 것이다. 그러니 마취를 시켰다는 이유로 이야기를 빨리 끝내자고 할 도리도 없었다.
간호원이 문 안으로 머리를 내밀었다.
"선생님, 마취를 시작할까요?"
듀랑은 간호원을 쳐다보고는 호소하듯 다정스럽게 라비크를 쳐다보았다. 라비크 역시 그렇게 쳐다보았으나 확고부동한 눈초리였다.
"어떻게 하겠소, 라비크 선생?"
"선생이 결정하셔야죠."
"잠깐 기다려, 간호원. 아직 절차가 확실치 않아."
간호원은 물러갔고 듀랑은 라비크 쪽으로 몸을 돌렸다.
"어떻게 하겠소?" 하고 그는 나무라듯 물었다.
라비크는 주머니에다 두 손을 찔렀다.
"수술을 내일로 연기하시지요. 그렇지 않으면 한 시간쯤 연기하고 비노에게 시키시지요."
비노는 20년간이나 듀랑의 수술을 거의 도맡아서 해 왔으나 아무런 보수도 받지 못했으며 듀랑은 그가 독립할 수 있는 기회를 계획적으로 모조리 끊어 왔었다. 언제까지라도 훌륭한 조수 노릇만 시켰다. 그런 비노라면 듀랑을 미워하는 판이니 적어도 5천 프랑은 요구할 것이다. 그것을 라비크도 알고 있었고 듀랑도 역시 알고 있었다.
"닥터 라비크." 듀랑은 입을 열었다. "우리 직업을 이런 상업적인 공론으로 더럽힌다는 것은 과히 좋지 않은데."
"동감입니다."
"왜 이 문제를 내게 맡겨 주지 않소? 지금까지는 그것으로 만족해 왔으면서."

"한번도 만족해 본 적은 없습니다."

"그런 말은 처음이지 않소."

"말해 보아야 소용이 없을 것 같아 그랬지요. 게다가 별로 관심도 없었고요. 그러나 이번에는 관심이 있게 되었습니다. 돈이 약간 필요하게 되었어요."

간호원이 다시 들어왔다.

"환자가 조바심을 내는데요, 선생님."

듀랑은 라비크를 노려보았고 라비크도 물러서지 않았다. 프랑스 사람한테서 돈을 받아 내기는 힘이 든다. 그도 그 점을 알고 있었다. 유태인한테 받아내기보다도 더욱 힘이 든다. 유태인은 흥정을 할 줄 알지만 프랑스 인은 자기가 내놓아야 할 돈만 생각한다.

"잠깐만 기다려. 맥박과 혈압과 체온을 재요"하고 듀랑은 말했다.

"모두 끝났습니다."

"그럼, 마취를 시켜요."

간호원은 가 버렸다.

"그럼, 좋소. 1천 프랑을 내겠소." 듀랑은 말했다.

"2천 프랑인데요"하고 라비크는 정정했다.

듀랑은 그래도 승낙을 않고서 염소수염만을 쓰다듬었다.

"이거 봐요, 라비크." 그는 온정이라도 보이듯 말했다. "일을 해서는 안 될 망명객이면서……."

"그렇다면 선생 대신 제가 수술을 해서는 안 된다는 말씀이겠지요." 라비크는 침착하게 대꾸했다.

이제 그는 이 나라에서 사는 것만도 감사하게 여겨야 할 것이라는, 언제나 되풀이해 듣곤 하는 듀랑의 낡아빠진 설교를 듣게 되리라고 생각했다.

그러나 듀랑은 그것을 단념했다. 더 어쩔 수가 없다는 것과 시간이 촉박하다는 사실을 알고 있었던 것이다.

"그렇다면 2천 프랑"하고 그는 그 말 한마디가 목구멍에서 펄럭거리며 날아오는 지폐나 되는 듯이 쓰디쓰게 내뱉었다. "내 주머니에서 내줄 수밖에 없게 되었는데, 나는 그래도 당신이 나의 후의를 알아 줄 것으로 생각했었지."
 그는 기다렸다. 흡혈귀가 도덕 운운하는 게 이상한 일이라고 그는 생각했다. '단추 구멍에다 레종 도뇌르 훈장의 약장(略章)을 단 이 늙은 사기꾼이 창피하게 여기기는 고사하고 내가 그를 착취하고 있다고 나무라다니. 그리고 그는 정말로 그렇게 믿고 있지 않은가.'
 "그럼 2천 프랑으로 하세" 하고 마침내 듀랑이 말했다. "2천 프랑." 그는 되뇌었다.
 마치 고향이나 사랑하는 하나님이나 푸른 아스파라거스, 어린 메추라기, 유서 깊은 생 에밀리옹 따위가 사라져 버려 애석하다는 듯한 말투였다.
 "시작해 볼까?"

 그 사나이는 기름진 배에다 가는 팔다리였다. 라비크는 우연히 그가 어떤 사람인지 알게 되었다. 르발이란 사람으로 피난민 관계의 사무를 취급하고 있는 고급 관리였다. 베베르는 특별한 농담이나 되듯 그 사실을 이야기해 주었던 것이다. 르발이라는 이름은 앙떼르나쇼날의 피난민이면 모르는 사람이 하나도 없었다.
 라비크는 얼른 칼을 대었다. 피부는 마치 책이라도 펴지듯 열렸다. 라비크는 클립으로 단단히 고정시킨 다음 비어져 나온 노란 지방층을 보았다.
 "이것을 개평으로 2,3파운드 도려내서 좀 가볍게 해줍시다. 그래도 다시 또 먹고서 살이 찌겠지요" 하고 라비크는 듀랑에게 말했다.
 듀랑은 대답도 하지 않았다. 라비크는 근육을 찾아내려고 여러 겹의 지방층을 도려냈다. '여기 누워 있는 것이 피난민들의 조그만 하나님이었구나' 하고 그는 생각했다.' 이것이 수백 명의 운명을 제 손아귀에 쥐고 있는 사나이로구나. 지금 죽은 듯이 맥없이 놓여 있는 이 회고 포동포동한 손아귀. 이 자가 마이어 노교수를 추방한 사내다. 마이어는 십자가를 짊어지고 가시밭길을 더 이상 걸어갈 힘이 없어 추방 전일 호텔 앙떼르나쇼날의 자기 방 장농 속에서 목을 맨 것이다. 마이어는 먹지 못해 비쩍 말라 가벼웠기 때문에 옷장 속에 옷을 거는 못으로도 충분했던 것이다. 이튿날 아침에 하녀가 그를 발견했을 때에는 질식한 생명을 담은 한 움큼의 옷에 지나지 않았다. 만일에 이 배불뚝이가 그때 조금만 자비심을 베풀었더라도 마이어는 아직까지 살아 있었겠지.

"클립!" 그는 말했다. "탐퐁."

그는 절개를 계속해 나갔다. 예리한 메스의 정확성, 날카로운 절개에서 오는 감동, 복강, 허옇게 도사린 창자. 배를 절개당하고 여기 이렇게 누워 있는 이 사나이도 자기 나름의 도의심을 가지고 있다. 이 사나이는 마이어에 대해서 인간적인 동정을 느끼면서도 그가 애국적인 의무라고 부르는 것도 함께 느꼈던 것이다. 언제나 숨을 수가 있는 장막이란 것이 있게 마련이다. 높은 사람은 더 높은 사람을 모시고 있어, 명령과 훈령, 그리고 의무와 지령 따위가 있고, 마지막에는 대가리가 여섯 달린 괴물의 도덕, 불가피성, 가혹한 현실, 그리고 그 밖에 뭐라고 이름 붙일 수 없는 것들이 있다. 장막은 언제나 있다. 그래서 그 뒤에 숨어서 인간성의 단순한 법칙을 회피해 버릴 수가 있다.

담낭이 나왔다. 병들어 썩어 문드러졌다. 헤아릴 수 없이 많은 토르느도 로시니, 케엔 식의 내장 요리, 압착 오리 요리, 기름진 소스······그것들이 불쾌한 심술과 고급 보르도 포도주 몇 리터와 합쳐서 이 사나이를 이렇게 만들어 놓은 것이다. 노(老) 마이어는 그런 걱정은 없었다. 지금 잘못 잘라 너무 많이나 너무 깊이 자르거나 하면, 일주일 후에는 좀더 선량한 인간이 이 자의 대신으로 앉게 될지도 모른다. 피난민들이 떨면서 생사의 결정을 기다리는 그 방에는 말이다. 답답하고 좀내가 풍기는 그 방안에. 혹은 더 악한 인간이 들어앉게 될지도 모른다. 지금 수술대 위에서 눈부신 전등불 밑에 누워 있는 이 의식을 잃은 60세의 육체는 틀림없이 자신을 인정스러운 인간으로 알고 있을 것이다. 그는 정다운 아버지일 게고 선량한 남편일 게다—하지만 그가 관청에 발을 들여놓는 순간 그는 금세 폭군으로 변하고 만다. 우리는 어떻게 할 수가 없어서라든가, 우리는 어떻게 되려고 하는 따위의 입버릇 뒤에 숨은 폭군으로. 그러나 마이어가 그 보잘것없는 식사를 계속하고 살아 나갔다고 해도 프랑스는 결코 망하지 않았을 것이다. 그리고 과부 로젠탈 부인이 앙떼르나쇼날의 하녀들 방에서 참살된 아들이 돌아오기를 기다렸다 해도, 폐병장이 포목 상인 슈탈만 씨가 불법 입국이라는 죄목으로 6개월의 감옥살이 끝에 겨우 석방이 되는가 했더니 다시 국외로 추방되게 되어 그 전날에 죽어 버리지 않았다고 해도 프랑스는 결코 망하지는 않았을 것이다.

제대로 되어 나갔다. 절개는 성공이었다. 지나치게 깊지도, 넓지도 않다. 봉사(縫絲), 매듭, 그리고 담낭. 그는 그것을 듀랑한테 보여줬다. 담낭은 흰 불빛 아래서 기름지게 번쩍였다. 그는 그것을 양동이 속에다 집어 던졌다. 자, 계속하자! 프랑스에서는 어째서 르베르당 같은 것으로 꿰매는 것일까? 클립은 빼 버려라! 연봉 3만 프랑에서 4만 프랑밖에 못 받을 이 관리의 따뜻한 배때기. 이 수술에 어떻게 이 작자는 1만 프랑이나 지불할 수 있다는 것일까? 나머지는 어디서 버는 것일까? 이 배불뚝이도 줄타기 곡예를 했을 것이다. 훌륭하게 꿰맸다. 한 바늘, 한 바늘. 듀랑의 염소수염은 볼 수 없지만 그 얼굴에는 아직도 2천 프랑이 씌어 있다. 두 눈에도 나타나 있다. 눈 한 개 안에 1천 프랑씩. 애정은 인간의 성격을 망쳐 놓는다. 그렇지 않다면 나는 이 고리대금업자를 착취해서 착취의 신성하고 엄연한 체계에 대한 이 영감의 신념을 뒤흔들어 놓았다는 말인가? 내일이면 이 염소는 점잔을 빼고 이 배불뚝이의 침대 곁에 앉아서 수술에 대한 감사의 치하를 받을 것이다. 가만 있자, 조심해야지. 저기 클립이 또 한 개 있었지! 이 배불뚝이는 조앙과 내게는 안티브에서 지낼 일주일을 의미한다. 회색 비 내리는 계절, 태양 광선의 일주일. 그 한 주일은 폭풍우가 닥치기 전의 한 조각 푸른 하늘이다. 이제는 복막의 봉합이다. 2천 프랑을 받았으니 특별히 잘해 줘야지. 마이어를 기념하는 뜻에서 가위라도 한 개 넣어 두고 꿰매 버릴까? 전등이 희고 웅웅 소리를 내는구나. 왜 이렇게 생각이 뒤죽박죽되는 것일까? 신문 때문일까? 라디오 때문일까? 사기한들과 비겁자들의 끝없는 잔소리, 말의 눈사태에서 오는 주의력의 분산, 두뇌의 혼란. 온갖 더러운 테마를 그대로 받아들임. 지식의 단단한 빵을 씹는 버릇은 잊은 지 이미 오래다. 이〔齒〕가 없는 두뇌, 어리석군. 이제는 끝났다. 아직도 피부가 축 늘어졌다. 그러나 2,3주일만 지나면 다시 발발 떠는 피난민들을 국외로 추방할 수 있을 것이다. 담낭이 없어졌으니까 좀 관대해질까? 죽지 않으리라는 것을 전제로 한다면 말이다. 하지만 이런 자는 여든이나 되어야 죽는 법이다. 존경을 받으며 스스로 잘난 체하며 오만한 자손들에 둘러싸여서. 끝이 났다. 이 자를 데려가 버려라!

라비크는 두 손에 꼈던 장갑을 벗고 얼굴의 마스크를 벗었다. 고급 관리는 소리도 나지 않는 바퀴 달린 차에 실려 수술실에서 미끄러져 나갔다. 라비크는 그 뒤를 노려보았다. 르발 놈아, 네가 만일 이것을 안다면……너의 그 완전한 합법적인 담낭이 나 같은 비합법적인 인간에게 리비에라에서의 비합법적인 며칠을 지내게 해주었다는 것을 안다면 말이다!
 그는 손을 씻기 시작했다. 듀랑도 그의 곁에서 천천히 공들여 손을 씻고 있었다. 고혈압 노인의 손이었다. 손을 공들여 문지르면서 그는 천천히 아래턱을 마치 곡식을 깨물어 부수듯 규칙적으로 움직이고 있다. 문지르는 짓을 그만두면 씹는 것도 중단된다. 이번에는 특히 오랫동안 씻는다. '2, 3분이라도 2천 프랑을 더 오래 붙잡고 싶은 것이로구나……' 라비크는 그렇게 생각했다.
 "자네는 뭘 기다리고 있나?" 잠시 후에 듀랑이 물었다.
 "수표지요."
 "돈은 환자가 지불하는 대로 곧 보내겠네. 퇴원한 뒤에 2, 3주 지나야 되겠지."
 듀랑은 손을 수건에 닦기 시작했다. 그리고는 콜로뉴 도르세 병을 집어 손에 문질렀다.
 "그 정도쯤은 나를 신용하겠지. 어때?" 하고 그가 물었다.
 '이 사기꾼아' 하고 라비크는 생각했다. 그래도 여전히 사람을 업신여기려 드는구나.
 "환자는 선생 친구라 실비밖에는 내지 않을 거라면서요?"
 "그랬지" 하고 듀랑은 무뚝뚝하게 말했다.
 "그러니 경비라면 재료값과 간호원한테 줄 몇 프랑뿐일 텐데요. 병원은 선생의 것이고. 모두 합쳐서 1백 프랑이라고 치고 그것만 빼셨다가 나중에 주시지요."
 "경비는 말일세, 닥터 라비크" 하고 듀랑은 딱 잘라 말하며 몸을 꼿꼿이 폈다. "유감이지만 내가 생각했던 것보다 훨씬 비싸게 먹혔어. 자네에게 줄 2천 프랑도 거기에 들어가야겠어. 그래, 그것도 환자한테 청구해야겠어."
 그는 두 손에 문지른 콜로뉴의 냄새를 맡았다.
 "그러니……"
 그는 빙긋 웃었다. '그의 누런 이는 눈처럼 흰 수염과 생생한 대조를 이루어 마치 눈 속에 오줌을 눈 격이군…… 어떻든 줄 것은 주겠지. 베베르가 그것을 담보로 돈을 돌려 줄 것이다. 제발! 지금 좀 주시오, 하면서 머리를 수

그려 이 따위 영감을 신나게 해줄 필요는 없다.'
"좋습니다. 그렇게 어려우시다면 나중에 보내 주셔도 좋습니다."
"그렇게 어려울 건 없어. 하긴 당신의 요구가 너무 갑작스러워 놀라긴 했지만. 단지 순서를 밟기 위해서 그러는 것일세."
"좋습니다. 그럼 순서를 밟기 위해서 그렇게 하시지요. 아무렇게나 해도 마찬가지 입니다."
"아니야. 마찬가지가 아니지."
"결과는 마찬가지지요. 그러면 이제는 실례합니다. 한잔하고 싶어서요. 안녕히 계십시오."
"잘 가게" 하고 듀랑은 놀란 듯 말했다.

케이트 헤이그슈트렘은 미소를 지었다.
"왜 같이 안 가세요, 라비크?"
그 여자는 그의 앞에 서 있었다. 날씬하고 자신만만한 긴 다리로. 두 손은 외투 주머니에 넣고.
"포로스띠엥에서는 지금쯤 벌써 개나리가 만발했을 거예요. 그러면 정원의 담이 노란 불덩이가 돼요. 난로와 책들과 평화가 있고요."
바깥 길을 트럭 한 대가 시끄럽게 지나가자 그 진동으로 병원의 조그만 응접실에 있는 유리를 끼운 사진들이 덜거덩거렸다. 사르트르 사원의 사진이었다.
"밤은 조용해서 잡다한 것들로부터 멀리 떨어질 수 있어요" 하고 케이트 헤이그슈트렘은 말했다. "어때요. 싫으세요?"
"좋아요. 그러나 나는 견디지 못할 거요."
"왜요?"
"조용한 것은 자기가 조용할 때만 좋은 거요."
"저도 조용하지는 못한걸요."
"당신은 당신이 무엇을 원하고 있는지 잘 알고 있는데, 그건 조용한 것하고 거의 같은 거야."
"그러면 당신은 자신이 원하고 있는 바를 모르나요?"
"나는 아무것도 바라고 있지 않아요."

케이트 헤이그슈트렘은 외투의 단추를 천천히 끼웠다.
"그럼 어떻게 된 거지요, 라비크? 대체 행복한 거예요, 절망한 거예요?"
그는 답답한 듯 미소를 지었다.
"아마 양쪽 다겠지. 언제나 그렇듯이 말이야. 그런 것은 너무 생각할 필요가 없어요."
"그렇다면 대체 뭘 하는 거예요?"
"즐겁게 지내는 거지."
여자는 그를 쳐다보았다.
"그렇다면 다른 사람은 필요하지 않게요? 그러나 즐겁게 지내려면 언제나 누군가가 사람이 필요해요" 하고 여자는 말했다.
그는 잠자코 있었다. 나는 무슨 말을 하고 있는 것일까? 여행담, 당황한 이별, 목사님의 잔소리다.
"언젠가 당신이 말한 조그마한 행복을 위해서는 사람이 필요 없어요" 하고 그는 말했다. "그런 행복이란 타 버린 집 주위에 피는 오랑캐꽃처럼 어디든지 피는 법이라오. 아무것도 기대하지 않는 인간에게는 실망이란 있을 수 없거든. 이것이 훌륭한 기초가 되거든. 후에 생기는 모든 일은 모두가 조금씩은 그 기초에 토대가 되지."
"그런 건 아무 소용도 없어요" 하고 케이트 헤이그슈트렘은 대꾸했다. "자리에 누워서 곰곰이 생각할 때에는 그렇게도 생각되겠지요. 하지만 걸어다닐 수 있게 되면 그렇게는 되지 않는 걸요. 그런 생각은 잊어버리고 더 욕심을 내거든요."
창으로부터 비스듬히 들어오는 햇빛이 그 여자의 얼굴에 닿았다. 그러나 눈에는 그림자가 어리고 입만이 빛을 받아 갑자기 환해졌다.
"플로렌스에는 아는 의사가 있소?" 하고 라비크는 물었다.
"없어요. 의사가 필요한가요?"
"늘 귀찮은 일이 조금씩은 일어날 수 있는 거요. 이것저것. 당신이 거기에 아는 의사가 있다면 나로서는 더욱 안심이 되니까 하는 말이오."
"기분이 무척 좋아요. 그리고 만일 무슨 일이 있으면 돌아오면 될 텐데요."
"물론이지. 단지 조심하라는 거지. 플로렌스에 좋은 의사가 한 사람 있는

데, 피올라 교수라고 해요. 알아둬요. 피올라야."
"아마도 금새 잊어버릴 거예요. 그런 것은 조금도 중요한 문제가 아녜요, 라비크."
"내가 편지를 쓰지. 그 사람이 봐 줄 거요."
"왜요? 저는 아픈 데가 없는데요."
"직업상 조심할 뿐이오, 케이트. 그것뿐이오. 그 사람이 당신한테 전화를 하도록 편지를 쓰겠어."
"좋을 대로 하세요."
여자는 핸드백을 집어들었다.
"잘 있어요, 라비크. 가겠어요. 아마 플로렌스에서 곧장 칸느로 갈지도 모르겠어요. 그리고 거기서 콩데디 사보야 호(號)로 뉴욕으로 갈 거예요. 어느 때고 미국에 오시거든 남편과 어린애들, 그리고 말이나 개를 데리고 시골집에서 살고 있는 여자를 만나게 될 거예요. 당신이 아시는 케이트 헤이그슈트렘은 여기에 놔 두고 가겠어요. 세헤라자드에 말이에요. 거기다 조그만 묘지를 만들었어요. 거길 가시거든 가끔 그곳을 보시고 술을 들어주세요."
"좋아, 보드카로 들겠어?"
"네, 보드카로요."
여자는 어둑어둑한 방안에서 결단을 내리지 못하고 머뭇거리며 서 있었다. 한 줄기의 빛이 그 여자 등 뒤에 있는 사르트르 사원의 사진 하나를 비추고 있었다. 십자가가 있는 높은 제단(祭壇).
"이상하군요." 여자가 말했다. "전 기뻐해야 할 판인데, 그렇지가 않군요."
"헤어질 때는 으레 그런 법이오. 설사 절망과 헤어진다 해도."
여자는 그의 앞에 서 있다. 망설이며, 부드러운 생명에 충만하여, 마음을 다잡으나 좀 슬픈 듯.
"헤어질 때 제일 쉬운 방법은 떠나는 거야" 하고 라비크는 말했다. "자, 갑시다. 내가 좀 바래다 줄 테니."
"네."
공기는 부드럽고 축축했고 하늘은 지붕 사이에 시뻘겋게 달아오른 쇠처럼 매달려 있었다.
"택시를 불러오겠어, 케이트."

"싫어요. 저 모퉁이까지 걷고 싶어요. 거기서 잡지요. 다시 밖에 나온 건 이게 처음이로군요."

"기분이 어때?"

"포도주 같군요."

"택시를 불러오지 않아도 될까?"

"괜찮아요, 걷겠어요."

여자는 축축이 젖은 길을 내려다보다가 생긋 웃었다.

"어느 구석엔지는 몰라도 약간의 두려움이 남아 있군요. 으레 그런 것일까요?"

"응, 그런 거지."

"안녕히 계세요, 라비크."

"아듀, 케이트."

여자는 무슨 말을 더 할 듯 잠깐 서 있었다. 그리고는 조심스러운 걸음걸이로 가냘프면서도 나긋나긋하게 계단을 내려가서는 오랑캐꽃 빛깔의 저녁놀 속을 걸어갔다. 자기의 파멸 속으로. 다시 한 번 뒤도 돌아보지 않고.

라비크는 돌아왔다. 케이트 헤이그슈트렘이 지금까지 들어 있던 방 앞을 지나칠 때 음악이 들려왔다. 그는 깜짝 놀라서 걸음을 멈추었다. 아직 그 방에는 다른 환자가 들어오지 않았다는 것을 알고 있었기 때문이다.

가만히 문을 열어 보니 전축 앞에 무릎을 꿇고 앉아 있는 간호원의 모습이 보였다. 간호원은 라비크의 인기척에 깜짝 놀라 벌떡 일어섰다. 전축에서는 〈최후의 원무곡〉이란 옛날 판이 돌아가고 있었다.

간호원은 옷을 매만졌다.

"헤이그슈트렘 씨가 이 전축을 제게 선물로 주셨어요. 미제예요. 여기선 살 수 없는 물건이에요. 파리에는 어디에도 없어요. 이것 하나뿐예요. 시험을 한번 해본 거예요. 자동식인데 한 번에 다섯 장 계속할 수가 있어요."

처녀는 자랑으로 얼굴이 빛났다.

"적어도 3천 프랑은 할 거예요. 그리고 레코드판도 전부 있어요, 모두 쉰여섯 장이나 되고, 게다가 라디오까지 붙어 있고요. 이런 걸 행운이라고 하나봐요."

'행운이라.' 라비크는 생각했다. '여기도 이 말이 튀어나왔군. 여기서는 전축이 행복의 대상이구나.' 그는 그대로 서서 들었다. 바이올린 소리가 흐느끼듯 센티멘털하게 오케스트라를 누르고 비둘기처럼 날아 올라갔다. 때로는 쇼팽의 〈야상곡〉보다도 더욱 사람의 마음을 휘어잡는 오뇌에 가득 찬 그런 곡이었다. 라비크는 방을 둘러보았다. 침대는 걷어 치워졌고 매트리스는 세워 놓았다. 문 옆에는 세탁물이 쌓여 있고 창문은 열린 채였다. 저녁 나절의 대기가 조소하듯 방 속을 들여다보고 있었다. 흩어져 가는 향수 냄새와 희미해지는 왈츠의 선율이 케이트 헤이그슈트렘이 남기고 떠난 유일한 것들이었다.

"이걸 한꺼번에는 못 가져가겠어요" 하고 간호원이 말했다.

"엄청나게 무거워요. 우선 전축을 가져가고 다음에 판은 두 번에 나누어 가야 되겠어요. 세 번쯤 와야 할지도 모르겠어요. 정말 신나요. 이거라면 카페라도 차릴 수가 있을 거예요."

"그거 좋은 생각이군" 하고 라비크는 말했다. "망가뜨리지 않도록 조심하라구."

15

라비크는 겨우 잠에서 깨어났다. 그러고도 얼마 동안은 여전히 꿈과 현실 사이의 미묘한 혼미경 속에서 누워 있었다. 꿈은 점점 흐려지고 조각조각 깨지면서도 여전히 계속되고 있었다. 그와 동시에 그는 자기가 지금 꿈을 꾸고 있다는 사실을 알고 있었다. 그는 독일 국경에서 가까운 슈바르츠발트에 있는 조그마한 정거장에 있었다. 근처에서는 폭포가 굉장한 소리를 내며 떨어지고 있었고 산에서는 전나무 향기가 흘러나왔다. 여름이어서 골짜기에는 송진과 풀냄새로 가득했다. 철도의 선로는 붉게 빛나고 있었고, 마치 그 위를 기차가 피를 흘리면서 지나간 것 같았다. '도대체 내가 여기서 무엇을 하고 있는 것일까?' 라비크는 생각했다. '여기 이 독일 땅에서, 나는 프랑스에 있었는데, 파리에 있었는데.' 그는 부드럽고 눈부신 파도를 타고 미끄러져 갔다. 그리고 그 파도가 그에게 점점 더 잠을 퍼붓는 것이었다. 파리 —— 그것은 점점 녹아서 안개가 되었다가 끝내는 없어져 버렸다. 그는 파리에 있는 게 아니라 독일에 있다. 그렇기는 하지만, 왜 다시 독일로 돌아온 것일까?

그는 조그마한 정거장의 플랫폼을 거닐고 있었다. 신문을 파는 매점 옆에 역원이 서서《폴기쉬어 베오바하터》를 읽고 있었다. 중년 사나이로 통통하게 살찐 둥근 얼굴과 진한 금빛의 눈썹을 가지고 있었다.

"다음번 기차는 몇 시에 떠납니까?" 하고 라비크가 물었다.

역원은 귀찮은 듯이 그를 쳐다보았다.

"대체 어딜 가시는데요?"

라비크는 갑자기 심한 공포를 느꼈다. '나는 지금 어디 있는 것일까? 이곳의 지명은 무엇일까? 프라이부르크로 간다고 해야 될까? 빌어먹을! 대체 자기가 있는 곳도 모르다니 어찌된 노릇인가?' 그는 플랫폼을 훑어보았다. 역명 표지가 하나도 없다. 그는 싱긋 웃었다.

"지금 휴가중이지요."

"대체 어디로 가려는 거요?" 하고 역원이 또 물었다.

"이렇게 그냥 타고 돌아다니는 겁니다. 여기 어쩌다 내려보았지요. 창에서 본 경치가 맘에 들기에. 그러나 벌써 싫어졌습니다. 나는 폭포라는 것이 싫어요. 그래서 이제는 떠나려고 합니다."

"대체 어디로 가느냔 말이오? 자기가 갈 곳은 알고 있을 게 아니오?"

"하여튼 내일 모레는 프라이부르크에 가 있어야 합니다. 그때까지는 시간 여유가 있습니다. 이렇게 목적도 없이 타고 돌아다니는 것이 무척 재미가 있군요."

"이 노선은 프라이부르크로는 안 갑니다." 역원은 그렇게 말하고는 그를 쳐다보았다.

'이게 무슨 어리석은 짓인가?' 하고 라비크는 생각했다. '도대체 뭣하러 나는 물어 보는 것일까? 그대로 기다리고만 있으면 될 게 아닌가? 나는 어쩌다가 여기까지 오게 되었는가?'

"알고 있습니다" 하고 그는 말했다. "시간은 충분히 있으니까요. 여기 어디에 키르쉬 술을 파는 데가 없을까요? 슈바르츠발트의 유명한 진짜 키르쉬 술을 말입니다."

"저기 구내 식당에서 팔고 있소" 하고 역원은 말하면서 여전히 그를 쳐다보고 있었다.
 라비크는 플랫폼을 천천히 걸어갔다. 그의 구두 소리가 지붕이 없는 플랫폼의 시멘트 바닥에 쿵쿵 울렸다. 1,2등 대합실에 두 사람의 사나이가 앉아 있는 것을 그는 보았다. 두 사람의 눈초리가 등에 느껴졌다. 정거장 지붕 밑을 제비가 서너 마리 날고 있었다. 그는 그것을 바라보는 체하면서 슬쩍 역원을 곁눈질로 살폈다. 역원은 신문을 접더니 라비크의 뒤를 따랐다. 라비크는 식당으로 갔다. 식당 안에서는 맥주 냄새가 났다. 아무도 없었다. 라비크는 다시 밖으로 나왔다. 역원은 밖에 서 있다가 라비크가 나오는 것을 보자 대합실로 들어갔다. 라비크는 걸음을 재촉했다. 의심을 받고 있다는 것을 그는 순간적으로 느꼈다. 건물 모퉁이에서 그는 돌아다보았다. 플랫폼에는 아무도 없었다. 그는 아무도 없는 수화물 발송소와 임시 예치소 사이를 급히 지나갔다. 그리고 두서너 개의 우유통이 굴러다니는 화물용 홈 밑으로 몸을 숙여 기다시피 지나 안에서 송신기가 잘각잘각 소리를 내고 있는 창 밑을 기어서 그 건물의 반대쪽으로 나섰다. 그 다음에는 재빨리 선로를 건너고 꽃이 만발한 목장을 가로질러서 전나무 숲을 향해 뛰었다. 목장을 뛰어가는 동안 그의 발 밑에서는 민들레의 먼지 같은 화관이 날아올랐다. 전나무 숲까지 와서 보니 역원 두 사나이가 플랫폼에 서 있었다. 역원이 그를 가리키자 두 사나이는 뛰어오기 시작했다. 라비크는 뒤로 훌쩍 뛰어 숲 속으로 마구 달렸다. 가시 돋친 가지들이 그의 얼굴을 때렸다.
 그는 커다란 원을 그리며 뛰다가 이윽고 자기가 있는 장소를 들키지 않으려고 제자리에 가만히 서 있었다. 두 사나이가 전나무를 헤치고 뛰어오는 소리가 들렸다. 잠시도 쉬지 않고 그는 귀를 기울였다. 아무런 소리도 들리지 않았다. 그런 때는 그대로 잠시 기다리는 수밖에 별다른 도리가 없다. 이윽고 다시 나뭇가지가 꺾이는 소리가 들렸다. 그럴 때는 그도 될 수 있는 대로 소리를 내지 않으려고 엎드려서 기었다. 엿들을 때는 두 손을 움켜쥐고 숨을 죽였다. 그러면서도 벌떡 일어나서 뛰고 싶은 충동을 경련처럼 느꼈다. 하지만 그런 짓을 하면 자기가 있는 장소를 들키고 말 것이므로 그는 상대편이 움직일 때에만 움직일 수밖에 없었다. 그는 푸른 오이 덤불 속에 엎드렸다. '헤파티카 트릴로바구나.' 그는 생각했다. 헤파티카 트릴로바 숲은 끝없이 뻗어나갔다. 이번에는 사방에서 가지가 부러지는 소리가 났다. 마치 몸에는 비가 오듯 그는 온몸의 땀 구멍에서 땀이 쏟아져 나오는 것을 느꼈다. 그리고 갑자기 무릎의 맥이 풀린 듯 두 다리에 힘이 빠졌다. 그는 일어나려고 허우적 거렸으나 주저앉고 말았다. 땅바닥은 마치 수렁 같았다. 그는 아래를 내려다보았다. 땅은 딴딴했다. 다리 때문이었다. 다리는 마치 고무 같았다. 추격하는 사람들의 소리가 바로 근처에서 들렸다. 그들은 곧장 그를 향해 달려오고 있었다. 그는 벌떡 일어섰으나 고무 다리 때문에 다시 주저앉고 말았다. 그는 다리를 질질 끌며 무진 애를 쓰면서 걸어나갔다. 나뭇가지가 부러지는 소리는 점점 가까이에서 들렸다. 그때 갑자기 나뭇가지 사이로 푸른 하늘이 조금 내다보였고 공지가 훤히 열렸다. 만일 여기를 단숨에 뛰어 건너지 못한다면 만사가 끝장이다. 그는 다리를 질질 끌며 걸었다. 그러면서 뒤를 돌아보자 바로 등 뒤에 음흉하게 미소를 짓고 있는 얼굴이 있었다. 하아케의 얼굴이었다. 그는 막을 힘도 없이 절망 상태에서 점점 깊숙이 가라앉았다. 숨이 막혔다. 꺼져 들어가는 가슴을 그는 자신의 손으로 쥐어뜯었다. 그리고 신음을 했다.

'내가 신음을 했던가? 여기가 어딘가?' 그는 자기의 손이 목을 누르고 있다는 것을 느꼈다. 그의 손은 땀에 축축하게 젖어 있었고 목에도 땀이 배어 있었다. 가슴팍도 얼굴도 역시 젖어 있었다. 그는 눈을 떴다. 아직도 자기가 있는 곳이 확실치가 않았다. 전나무 숲 속의 수렁인지 그렇지 않으면 어디 딴 곳인지 알 수가 없었다. 파리에 있다는 사실은 전혀 모르고 있었다. 희끄무레한 달이 낯선 세계 위의 십자가에 걸려 있었다. 창백한 달빛은 순교자의 후광처럼 어두운 십자가의 그늘에 걸려 있고 파리한 죽음의 빛은 회색의 강철같은 하늘에서 소리도 지르지 않고 울부짖고 있었다. 만월이 파리의 호텔 앙떼르나쇼날의 한 방에 가로질린 창문의 열십자로 된 살에 걸려 있었다. 라비크는 일어나 앉았다. 대체 어떻게 된 일인가? 여름날 저녁에 피를 흘리면서, 피 묻은 선로 위를 달리는 피 흘리는 기차——다시 독일에 돌아가서 살인을 합법화시킨 참혹한 제도의 형리들에 둘러싸여 고문을 당하고 쫓기고 하는 꿈, 벌써 몇백 번이고 되풀이한 꿈, 이런 꿈은 이미 얼마나 자주 꾸었던 꿈인가. 그는 달을 노려보았다. 남의 빛을 빌어서 온 세계의 모든 빛깔을 모조리 빨아들이는 달, 창백한 흡혈귀. 강제 수용소의 공포로 가득 찬 꿈, 학살당한 친구들의 굳어 버린 얼굴로 가득 찬 꿈, 살아남은 사람들의 화석처럼 마비되어 고통에 가득 찬 꿈, 온갖 설움을 넘어선, 견딜 수 없는 이별과 고독으로 가득 찬 꿈—낮에는 자기의 눈보다도 높은 담을 쌓아올릴 수가 있다. 오랜 세월에 걸친 고생 속에서 소원은 냉소로 목 죄어 죽이고 추억은 냉정하게 파묻어 짓밟아 버렸고, 이름까지도 없애 버리고 자기의 감정조차 시멘트로 덮어 버리고 쌓아올렸던 것이다. 그런데도 가끔 자기의 과거가 그 창백한 얼굴을 불쑥 내밀어 달콤한 망령처럼 그를 부르기라도 할 때면 그는 정신을 잃을 때까지 술을 마셔서 그것을 털어 버리곤 했었다.
　낮에는 그럴 수가 있었던 것이다. 하지만 밤이 되면 다시 꿈에 자기를 맡기고 말게 된다. 수련(修鍊)에서 얻은 제동기는 맥을 못 쓰고 차바퀴는 제멋대로 미끄러져 굴러가기 시작한다. 의식의 지평선 저쪽에서부터 과거는 다시 얼굴을 쳐들고 무덤을 파헤치며 나타나는 것이다. 얼어붙었던 고리는 풀어지고, 망령들은 다시 돌아온다. 피가 끓어올라, 옛 상처들은 피를 내뿜으며, 암흑의 폭풍은 모든 둑과 바리케이트를 쓸어 버리는 것이다. 망각—그것은 의지의 등불이 세계를 비추고 있는 동안에는 손쉬운 일이다. 그러나 그 등불이 꺼지고 구더기들의 시끄러운 소리가 들리게 되고 파괴된 세계가 비네타처럼 홍수 속에서 다시 떠올라오면 사정은 일시에 달라지는 것이다. 그런 것을 극복하려고 밤이면 밤마다 납덩이같이 흐리멍덩하게 취해 있을 수도 있다. 그리고 밤을 낮으로 낮을 밤으로 만들 수도 있다. 낮에는 밤과는 다른 꿈을 꾼다. 밤처럼 모든 것으로부터 내쫓겨 패배감을 맛보지 않아도 된다. 벌써 얼마나 여러 해를 그렇게 해 왔던가! 얼마나 여러 번 어둠이 기어드는 새벽녘의 거리를 호텔로 돌아왔던가! 상대해 주는 사람이 있기만 하면 누구하고든지 가다꼼바에서 술을 마시면서 모로소프가 세헤라자드에서 돌아오는 것을 기다리고 있었던가! 그리고 모로소프가 돌아오면 모조 종려나무 밑에서 계속해서 함께 마셔 댔던가! 창도 없는 그 방은 다만 벽시계만이 바깥 세상이 얼마나 밝았는지를 가르쳐 줄 뿐이었다. 잠수함 속에서 술을 마시는 격이었다. 머리를 가로저으며 인간이란 이성을 잃어서는 안 된다고 생각하기란 간단한 노릇이다. 그러나 그게 그리 쉽지는 않은 노릇이다. 생명은 생명이다. 그것은 아무런 가치도 없는 것이지만, 그러면서도 그게 전부인 것이다. 생명을 집어던져 버릴 수도 있다. 그리고 그것 역시 간단하다. 그러나 그렇게 되면 복수까지도 함께 집어던지는 결과가 되지는 않을까? 또 어쩌면 남들에게 조롱당하고 남들이 뱉는 침을 뒤집어쓰고 날마다 멸시를 당하면서도 그래도 인간이라든가 인간성에 대한 믿음이라고 아무렇게나 불려지는 것도 집어던지는 결과가 되지는 않을까? 허무한 생명이면서도 그것을 써 버린 탄피처럼 집어던질 수는 없다! 때가 오면, 그리고 소용에 닿게 되면, 다시 싸우기 위해 그것이 여전히 필요하다. 개인적인 이유에서도 아니며 더구나 복수 때문에 그러는 것은 더욱 아니다. 아무리 복수가 그렇게도 핏속 깊이 사무쳐 있다고 해도 그렇다. 이기주의라 해서 그런 것도, 이타적인 이유가 있어서 그런 것도 아니다. 아무리 이 세상이 수레바퀴 한번의 회전만큼 피와 잿더미 속에서 전진된다고 해도 인간은 결국 싸우는 것이며 숨이 끊어질 때까지 싸울 기회를 기다린다는 바로 그런 이유 때문이다. 기다린다고 하는 것은 마음을 좀먹어 들어가는 것이며, 아마 절망적인 것인지도 모르며, 게다가 정작 때가 되면 이미 지나치게 으스러지고 좀먹고 썩어 문드러지고 독방에서 지쳐서 함께 행진을 할 수가 없으리라는 남모르는 공포가 생기더라도. 때문에 신경을 좀먹는 모든 것을 망각 속에다 짓밟아서 넣어 버리지 않는가? 그리고 꼬집고 냉혹한 조소와 냉소, 그리고 역감상(逆感傷)을 섞어서 타인의 자아 속으로 도망쳐 버리곤 하는 것도 그 공포를 없애기 위한 것이 아니었던가? 그때까지는 수마와 망령들에게 사로잡히면 무자비한 무력이 다시 나타나겠지.

　달은 창문의 창살 틈으로 숨어 들어온다. 이제는 십자가에 걸린 후광은 아니다 —— 방안과 침대를 들여다보는 기름지고 음탕한 변태자였다. 라비크는 이제는 완전히 잠이 깼다. 이번 꿈은 비교적 악의 없는 것이었다. 그는 다른 꿈을 알고 있었다. 어떻든 꿈을 꾼 것은 오랜만이었다. 그는 생각해 봤다 —— 혼자 자지 않게 된 후부터는 꿈을 꾼 일이 거의 없었던 것이다.

　그는 침대 곁을 더듬었다. 침대 곁에는 병이 없었다. 거기 놓지 않게 된 지도 이미 오래되었다. 병은 방구석 탁자 위에 놓아두었다. 그는 잠시 망설였다. 마실 필요는 그다지 없다. 그것은 그도 알고 있었다. 하지만 마시지 않을 필요도 없다. 그는 일어나서 맨발로 책상까지 걸어가 잔을 찾아 병마개를 빼고 마셨다. 그 오래 묵은 칼바도스의 나머지였다. 그는 잔을 창 쪽으로 치켜들어 비쳐 보았다. 달빛에 담백색으로 보였다. '브랜디는 볕에 쬐어서는 안 되는구나' 하고 그는 생각했다. '태양에도 달에도 안 된다. 부상병이 밤중에 보름달을 안고 누워 있으면, 다른 날 밤보다 더욱 쇠약해진다. 그는 머리를 흔들고 잔을 마셔 버렸다. 그리고 또 한 잔을 따랐다. 시선을 돌리자 조앙이 눈을 뜨고 그를 쳐다보고 있었다. 그는 멈칫했다. 그는 여자가 정말 깨서 자기를 보고 있는지 알 수가 없었다.
 "라비크"하고 여자가 입을 열었다.
 "응……."
 여자는 지금 막 눈을 뜬 듯이 움찔했다.
 "라비크." 이번에는 전과는 다른 말투였다. "라비크, 거기서 뭘 해요?"
 "좀 마시고 있어."
 "아니, 왜요……." 여자는 몸을 일으켰다. "왜 그래요?" 여자는 얼떨떨한 듯 물었다. "무슨 일이 있었군요?"
 "아무것도 아냐."
 여자는 머리를 뒤로 쓸어 넘겼다.
 "원 참, 깜짝 놀랐어요!"
 "놀래 줄 생각은 아니었어. 그대로 자는 줄 알았지."
 "별안간 그런 곳에 서 있으니 말이에요……그런 구석에……전혀 딴 사람처럼 말이에요."
 "미안해, 조앙. 당신이 깰 줄은 몰랐어."
 "당신이 없어진 것을 이내 느꼈어요. 추워서요. 바람이 부는 것 같아 섬뜩해서 놀랐어요. 그러자 난데없이 당신이 거기 서 있지 않겠어요. 무슨 일이 있었어요?"
 "아니, 아무 일도 없었어, 조앙, 잠이 깼길래 좀 마시려고 했어."
 "저도 한 모금 주시겠어요?"
 라비크는 잔에다 술을 따라 침대 쪽으로 걸어갔다.
 "꼭 어린애 같은 얼굴을 하고 있군" 하고 그는 말했다.
 여자는 두 손으로 잔을 받아서 마셨다.
 천천히 마시면서 잔 너머로 그를 건너다보았다.
 "왜 잠을 깼어요?" 하고 그녀는 물었다.
 "모르겠어. 달 때문에 그런가 봐."
 "저는 달이 싫어요."

"안티브에 가서 보면 달이 싫지 않을 거야."
여자는 잔을 내려놓았다.
"우리 정말 떠나요?"
"그럼, 가야지."
"이런 안개와 비를 피해선가요?"
"그렇지. 이 못마땅한 안개와 비로부터 도망치는 거야."
"한 잔 더요."
"자지 않겠소?"
"아뇨, 그냥 자기에는 아까와요. 자는 동안에 인생을 얼마나 놓쳐 버리는지 모르겠어요. 잔을 이리 주세요. 이거 그 고급 술인가요? 가지고 갈 거 아니예요?"
"무엇이든 가져가서는 안 돼."
여자는 그를 쳐다보았다.
"절대로요?"
"절대로."
라비크는 창가로 가서 커튼을 쳤다. 커튼은 반밖에 닫히지 않아 달빛은 그 사이로 한 줄기 띠가 되어 비쳐 들어왔다. 방이 두 쪽의 어둠으로 갈라졌다.
"왜 이리로 오시지 않는 거예요?" 조앙이 물었다.
라비크는 달빛 건너쪽에 놓인 소파 곁에 서 있었다. 침대에 일어나 앉아 있는 조앙의 모습이 어렴풋이 보였다. 머리칼이 목덜미에 축 늘어져서 희미하게 빛났다. 벌거벗은 채였다. 그와 여자와의 사이에는 마치 어두운 기슭 사이를 흘러가듯 차가운 달빛이 흐르고 있었다. 빛은 어느 곳을 향해서가 아니라 자신 속으로 흘러 들어가고 있었다. 무한한 저쪽으로부터 칠흑의 에테르를 뚫고 훈훈한 잠의 냄새로 가득 찬 네모진 방안으로 흘러들었다. 아득하고 사멸해 버린 별에 부딪쳐서 마치 마술처럼 뜨거운 태양 광선에서 납덩이같이 차가운 강으로 변한 부서진 광선 —— 그것이 끊임없이 흘렀다. 그러면서도 그대로 조용하게 머물러서 방안을 채우려 들지는 않았다.
"왜 제 곁으로 오시지 않아요?"
조앙이 또 물었다.
라비크는 어둠 속에서 빛 속으로, 그리고 다시 어둠 속으로 방을 건너 질러갔다. 불과 몇 발짝이었지만 그에게는 먼 거리처럼 생각되었다.
"병을 가지고 왔어요?"
"응."
"잔을 드릴까요? 몇 시나 됐어요?"
라비크는 시계의 조그마한 문자판에 씌어진 야광 숫자를 보았다.
"다섯 시쯤인 것 같군."
"다섯 시요? 세 시라면 어때요? 일곱 시라면 또 어떻구요. 밤에는 시간이 정지해서 가만히 있는 것 같아요. 움직이는 것은 시계들뿐이구요."
"응. 그러나 모든 일은 밤에 일어나거든. 혹은 바로 그렇기 때문인지는 모르지."
"뭐가요?"
"낮이 되면 눈에 보이게 되는 것이 말이야."
"겁주지 마세요. 그렇다면 자고 있는 사이에 미리 사건이 일어나고 있다는 말씀예요?"
"맞았어."
여자는 그의 손에서 잔을 받아 마셨다. 여자는 몹시 아름다웠다. 그는 자기가 여자를 사랑하고 있음을 느꼈다. 그 아름다움은 조각이나 그림이 지닌 아름다움이 아니라 바람이 부는 목장과 같은 아름다움이었다. 그 여자의 내부에서 맥박치고 있는 것, 그리고 그 여자를 두 개의 세포가 부딪쳐서 신비롭게 만들어 낸 것, 자궁 안의 무(無)에서부터 지금의 그 여자를 만들어 낸 것, 그것은 생명이었다. 그것은 눈곱만한 한 알의 씨앗 속에 응고하고 극미한 모습으로 존재하면서도 벌써 가지가 되고, 과실이 되고, 4월의 아침에는 숨어 있는 알 수 없는 수수께끼였다. 그리고 또한 사랑의 하룻밤과 소량의 점액과 점액이 부딪쳐서 얼굴이 생기고 눈이나 어깨가 생기고, 바로 이런 눈과 어깨가 생기게 되는 불가해한 수수께끼이다. 그리고 그것이 세계의 어느 곳에서 수만의 인간들 사이에 섞여 있다가 동짓달의 어느 날 밤, 파리의 뽕 드 랄마 근처에 서 있으면 자기에게로 다가오는 것과 같은 불가해한 수수께끼.
"밤에는 왜 그렇게 되지요?" 하고 조앙은 물었다.
"그것은……좀 이리 가까이 오구료. 잠의 심연에서 다시 돌려보내지고 우연이라는 달의 목장에서 되돌아온 나의 애인, 다시 말하자면 밤과 잠은 배반

자이기 때문이야. 당신은 우리가 오늘밤 서로 바싹 붙어서 잤다는 것을 알고 있소? 우리들은 인간으로서는 그 이상 더 할 수 없을 만큼 꼭 붙었었지. 이마와 이마, 피부와 피부, 생각과 생각, 숨결과 숨결, 모두가 서로 닿고 섞였더란 말이야. 그러자 점점 회색의, 빛깔도 없는 잠이 우리들 사이에 스며들기 시작했거든. 처음에는 그것이 한 두 개의 얼룩에 지나지 않았지만 이윽고 수가 많아져서 우리들의 상념에 딱지처럼 떨어져서 핏속으로 들어와 맹목적인 것을 우리 속에 쏟아 넣는단 말이야. 그렇게 되면 갑자기 우리들은 제각기 고독해져서 외로운 어느 곳엔가 어두운 수로(水路)를 흘러 알지 못할 힘과 온갖 무형의 공포에 사로잡히게 마련이거든. 잠이 깼을 때 나는 당신을 보았어. 당신은 자고 있었어. 당신은 아직도 먼 곳에 있었더란 말이야. 내게서 아주 쑥 빠져나가 있었지. 그리고 당신은 나를 알지 못했으며 내가 따라가지 못할 곳에 당신은 가 있었더란 말이야." 그는 여자의 손에 입을 맞추었다. "밤마다 잘 때면 당신을 잃어버린다고 하면 그런 사랑을 어떻게 완전하다고 할 수 있겠소?"

"저는 당신에게 꼭 붙어서 잤어요. 당신 곁에서, 당신의 팔에 안겨서."

"당신은 알지 못하는 나라로 가 있었어. 당신은 내 곁에 있기는 했지만, 시리우스 별보다도 더 멀리 떨어진 곳에 있었지. 낮에 당신이 어딜 갔다 해도, 그것은 문제가 아니야. 낮에는 모든 것을 나는 알고 있지만 밤에는 아무 것도 모른단 말이야."

"전 당신 곁에 있는데요?"

"당신은 나하고 함께 있지 않았던 거야. 그냥 내 곁에 누워 있었을 뿐이지. 자기가 맘대로 할 수 없는 그런 나라에서 어떻게 돌아올지도 누가 알겠어? 알지도 못하는 사이에 변해 버리거든,"

"당신도 마찬가지예요."

"물론, 나도 그렇지." 라비크는 말했다. "그 잔을 이리 좀 돌려 주겠어? 내가 어리석은 말을 지껄이는 동안에 당신은 혼자서만 마시고 있군."

여자는 잔을 넘겨 주었다.

"당신이 잠을 깨서 잘 됐어요, 라비크. 달에게 감사해야겠어요. 달이 없었더라면 우리는 잠든 채로 서로 아무것도 몰랐을 텐데. 그렇지 않으면 막을 수도 없는 사이에 우리들 중의 한 사람한테 이별의 씨앗이 뿌려져 있었는지도 모르지요. 그렇게 되면 그것이 눈에도 보이지 않게 점점 커져서는 결국은 어느 날엔가 터져나오게 되었을 테니까요."

여자는 조용히 웃었다. 라비크는 여자를 보았다.

"당신은 정말로 그렇게 생각하는 것은 아니겠지?"

"아뇨. 당신은?"

"나도 그래. 하지만 여기에는 무엇인가 있어. 그러나 우리들은 정말로 여기지를 않아. 그 점이 인간의 위대한 점이거든."

여자는 웃었다.

"그런 거 하나도 무섭지 않아요. 저는 우리 육체를 믿고 있어요. 우리들의 육체는 밤에 우리들의 머릿속에서 일어나는 여러 가지 생각보다도 제가 원하고 있는 것을 더 잘 알고 있거든요."

라비크는 잔을 쭉 들이켰다.

"좋아" 하고 그는 말했다. "당신 말도 옳아."

"오늘밤은 그만 자기로 하는 게 어때요?"

라비크는 달빛의 은빛 띠에다 병을 쳐들어 보았다. 아직 3분의 1은 남아 있었다.

"별로 남지는 않았지만 어디 그렇게 해보기로 할까?"

그는 병을 침대 곁 탁자 위에다 놓았다. 그리고는 조앙을 되돌아보았다.

"당신은 남자가 원하는 것을 모조리 갖추고 있는 것 같아. 게다가 남자가 모르고 있었던 것을 하나 더 가지고 있는 것도 같고."

"좋아요" 하고 여자는 말했다. "우리 매일밤 눈을 뜨기로 해요, 라비크. 밤이면 당신은 낮과는 딴판이에요."

"좋아지나?"

"그건 잘 모르겠어요 당신은 밤이면 사람을 깜짝 놀라게 하거든요 당신은 아무도 모르는 곳에서 오고 있어요."

"낮에는 안 그렇고?"

"언제나 그런 건 아니고 가끔요."

"귀여운 고백아군." 라비크가 말했다. "2, 3주 전만 해도 내게 그런 이야기는 하지 않았을 텐데."

"그랬겠지요. 그때는 당신을 지금처럼 잘 몰랐으니까요."

그는 시선을 들어 쳐다보았다. 여자의 얼굴에는 애매한 그림자라곤 조금도 없었다. 여자는 단순하게 생각하고 지극히 자연스럽게 느끼고 있다. 그의 기분을 상하게 하자는 생각도, 잘난 체하려는 것도 아니었다.

"그거 잘 되었군" 하고 그는 말했다.

"왜요?"

"2, 3주만 더 지나면 당신은 나를 더 잘 알게 될 거야. 그렇게 되면 나는 당신을 조금도 놀라게 할 수 없을 테니."

"꼭 저처럼 말이죠?" 하고 조앙은 웃었다.

"당신은 그렇지가 않아?"

"왜 안 그렇겠어요?"

"그건 5만 년의 생물학적 근거가 있는 거야. 사랑은 눈을 날카롭게 하고 남자의 머리를 혼란시키는 것이지."

"당신은 절 사랑하세요?"

"사랑해."

"당신은 그런 말은 통 하지 않는걸요."

여자는 몸을 쭉 폈다. '배부른 고양이 같다…… 잡아먹을 것을 단단히 손아귀에 넣고 있는 만족한 고양이.'

"가끔 가다가 나는 당신을 창밖으로 내던지고 싶어지곤 해."

"왜 그렇게 안해요?"

그는 여자를 보았다.

"그럴 수 있을 것 같아요?" 하고 여자는 물었다.

그는 대답을 하지 않았다. 여자는 베개를 베고 벌렁 누웠다.

"사랑하니까 없애 버리나요? 너무 지나치게 사랑하니까 죽여 버리는 건가요?"

라비크는 손을 뻗어 병을 집었다.

"원 참" 하고 그는 말했다. "뭘 잘못해서 이런 꼴을 당하지? 이런 소리를 들으려고 밤중에 잠을 깼단 말인가?"

"그럼 그렇지 않아요?"

"옳아요. 그런 일이 절대로 일어나지 않을 삼류 시인이나 여자에게는 그렇지."

"그렇게 하는 사람들에게도 마찬가지지요."
"그럴 수도 있겠지."
"당신은 그럴 수 있을 것 같아요?"
"조앙." 라비크는 말했다. "그런 잔소리는 그만둬. 난 그런 생각은 못하는 사람이야. 지금까지도 많은 사람을 죽였어. 아마추어로서도 직업인으로서도 말이오. 때문에 생명에 대해서는 경멸와 무관심과 존경을 받게 되는 거야. 인간을 죽였다고 해서 일이 끝나는 것은 아니야. 여러 번 살인을 한 사람은 사랑 때문에 사람을 죽이지는 않아. 살인을 하지 않음으로써 죽음을 우습게 여기고 보잘것없게 만드는 것이지. 그러나 죽음이란 그렇게 보잘것없는 것도, 우습게 여길 것도 아니거든. 죽음이란 여자하고는 상관없는 거야, 남자만의 문제지."

그는 잠시 입을 다물었다.

"대체 우리는 무슨 이야길 하고 있지?" 하고 그는 여자 위로 몸을 구부렸다. "당신은 나의 뿌리 없는 행복이 아니었어? 나의 구름의 행복, 서치라이트의 행복이 아니었어? 자, 뽀뽀 한번 해도 될까? 오늘처럼 생명이 귀중했던 적도 없었어. 비록 생명이 그토록 가치 없는 오늘날이긴 하지만."

16

빛, 언제나 새로운 빛. 햇빛은 마치 바다의 짙은 푸름과 하늘의 연푸른색 사이의 허연 포말처럼 수평선 저쪽 멀리에서 날아온다. 그것은 숨소리도 없이, 동시에 아주 깊이 숨을 쉬며 다가왔다. 그리고 단지 태고적의 행복 속으로, 광채와 반영으로 그토록 반짝이며, 또 아무런 형체도 없이 떠다녔다.

'이 여자의 머리 위에서 그 빛은 얼마나 아름답게 빛나고 있는 것인가!' 하고 라비크는 생각했다. '빛깔도 없는 원광 같구나! 원경이 없는 공간. 그 여자의 어깨 위로 흘러가는 저 빛의 모양을 보라! 가나안의 우윳빛에서 뽑아 짠 비단이다. 이런 햇빛 속에서는 누구 하나 벌거숭이가 되지 못한다. 살갗이 햇빛을 받아 반사한다. 마치 저 바깥의 바위와 바다가 그러하듯. 햇빛의 포말, 투명한 혼란, 그지없이 밝은 안개로 짜낸 지극히 엷은 옷.'

"여기 온 지가 벌써 며칠이나 됐나요?" 하고 조앙이 물었다.

"8일쯤 됐을걸, 아마."

"8년은 된 것 같아요. 그런 느낌이 들지 않아요?"

"아니" 하고 라비크는 말했다. "여덟 시간 밖에는 안 된 것 같은데, 여덟 시간과 3천 년. 지금 당신이 서 있는 그 자리에 3천 년 전에 에트루리아의 젊은 여인이 꼭 그러한 자세로 서 있었을 거요——그리고 바람도 오늘처럼 이렇게 아프리카로부터 빛을 몰고 바다를 건너왔을 거고."

조앙은 그의 옆에 있는 바위 위에 웅크리고 앉았다.

"언제 파리로 돌아갈 거예요?"

"오늘 카지노에서 알게 되겠지."

"우린 땄었지요?"

"그것으론 충분치 못해."

"당신은 늘 노름에 이력이 난 사람 같아요. 아마 사실인 모양이죠? 당신에 대해 정말 아무것도 모르겠어요. 그루피어는 당신이 마치 돈 많은 군수품 제조업자를 대하듯 하니, 어찌된 일이죠?"

"나를 군수품 제조업자로 착각한 모양이지."

"그렇지 않아요. 당신도 그 사람을 잘 알고 있는 것 같던데요."

"아는 체하는 것이 예의가 아닐까?"

"전에 마지막으로 오신 게 언제예요?"

"생각이 안 나는군. 언젠가 몇 년 전에 한번 왔었지. 당신은 벌써 많이 그을었군! 당신은 언제나 이렇게 갈색이면 좋겠는데."

"그럼 저는 항상 여기서 살아야 하게요."

"왜 여기가 싫은가?"

"평생 여기서 사는 건 싫어요. 하지만 여기서 살고 있는 것처럼 언제나 전 그렇게 살고 싶어요."

여자는 머리칼을 어깨 너머로 젖혔다.

"아마 당신은 제가 매우 천박한 여자라고 생각하실 거예요……그렇지요?"

"아니," 라비크가 대꾸했다.

여자는 생글생글 웃으며 그에게 몸을 돌렸다.

"제가 천박하다는 건 알고 있어요. 하지만 우리들의 저주받은 생활 속에는 천박한 점이 너무나도 적었어요! 전쟁, 굶주림과 파괴를 지긋지긋하리만큼 체험했지요. 혁명이니 인플레이션이니 해서 말예요. 그렇지만 한번이라도 조그만 안정이라든가, 홀가분한 기분이나 휴식, 또는 여유 같은 건 조금도 맛본적이 없었어요. 그런데 당신까지도 전쟁이 다시 일어날 것이라고 하시니, 정말 우리들의 부모는 우리들보다 훨씬 평온하게 산 것 같아요, 라비크.”
"그렇소.”
"우리들 인생에겐 오직 하나의 찰나적인 짤막한 인생이 있을 뿐이에요. 그런데 그것이 그대로 지나가 버린다니……."
여자는 두 손을 따뜻한 바위 위에 올려놓았다.
"저는 하잘것없는 무가치한 여자예요, 라비크. 제가 역사적인 시대에 살고 있다고 뽐내고 싶지도 않아요. 저는 다만 행복하고 싶어요. 그리고 세상만사가 이렇게 난해하고 고통스럽지 않았으면 좋겠어요. 제겐 오직 그것뿐예요.”
"누구나 다 그렇게 생각하지, 조앙.”
"당신도 역시 그래요?”
"물론이지.”
'저 푸른빛' 하고 라비크는 생각했다. '하늘이 바닷속으로 가라앉은 수평선상의 거의 빛깔도 없는 푸른빛, 그리고 바다와 하늘 높이 올라가며 점점 짙어지고, 여기선 이전에 파리에 있을 때보다도 더 훨씬 푸른 이 두 눈 속에까지 불어드는 이 폭풍우!'
"그렇게 살 수만 있다면 얼마나 좋겠어요” 하고 조앙은 말했다.
"지금 우리는 그렇게 하고 있지 않소, 바로 이 순간에.”
"네, 지금 이 순간에는요. 며칠 동안은 그렇지요. 하지만 다시 파리로 돌아가지 않으면 안 되는걸요. 아무런 변화도 없는 그 나이트클럽으로, 더러운 호텔의 그런 생활로 말이에요!”
"당신은 과장하고 있어. 당신 호텔은 더럽지 않아. 내가 있는 호텔은 굉장히 더럽기는 하지만……하긴 내 방은 예외야.”
여자는 두 줄 무릎 위에 괴었다. 바람이 여자의 머리칼을 흩날리게 몰고 지나갔다.
"당신은 훌륭한 의사라고 모로소프가 그러더군요. 당신이 그런 처지이니 매우 유감스러워요 그렇지만 않으면 당신은 돈을 많이 벌 텐데. 더구나 외과

의사이시니까 말예요. 듀랑 교수는…….”

"아니, 어떻게 해서 듀랑 이야기가 나왔지?"

"가끔 그 분은 세헤라자드에 오곤 해요. 웨이터인 르네 이야기로는 그 분은 1만 프랑 이하로는 손가락 하나 까닥하지 않는다고 그러던데요."

"그 녀석은 잘도 알고 있군."

"그리고 종종 하루에 두서너 번씩 수술을 한다고 해요. 굉장한 저택이 있고 패카드를……."

'이상도 하군' 하고 라비크는 생각했다. 이 여자의 얼굴은 변하지 않는다. 조앙의 얼굴은 수천 년 전부터 무의미하기 짝이 없는 잔소리를 지껄이고 있는 때가 다른 때보다도 매혹적이다. 생식 본능을 가지고 은행가의 이상을 설교하고 있는 동안에 이 여자는 바다와 같은 눈을 가진 여장부같이 보이기도 한다. 하지만 이 여자의 이야기가 옳지 않을까? 이렇게 아름다운 것은 영원한 진리가 아닐까? 그리고 어떤 잘못을 저질러도 이 세상에서 용서를 받을 수 있는 것이 아닐까?'

그는 모터보트 한 척이 파도의 포말을 일으키며 가까이 오고 있는 것을 보았다. 그는 미동도 하지 않았다. 왜 오는지를 그는 알기 때문이었다.

"당신 친구들이 오는군" 하고 그는 말했다.

"어디요?"

조앙은 벌써 그 보트를 보고 있었다.

"어떻게 제 친구라 하세요?" 그녀가 물었다. "저 사람들은 당신의 친구들이 아녜요? 당신이 저보다도 먼저 알고 있었으니 말예요."

"10분 먼저 알았다뿐인데."

"어쨌든 먼저지 뭐예요."

라비크는 소리 내어 웃었다.

"알았어, 조앙."

"전 갈 필요가 없어요. 아주 간단해요. 전 안 가겠어요."

"물론 안 가겠지."

라비크는 바위 위에 네 활개를 쭉 펴고 누워서 눈을 감았다. 태양은 곧 따뜻하게 황금의 담요가 되었다. 무슨 일이 일어나게 될지 그는 알고 있었다.

"우리가 약간 실례를 한 것 같군요."

잠시 후에 조앙은 말했다.
"연인들은 언제나 실례가 많은 법이야."
"저 사람은 우리들 때문에 온 거예요. 우리를 데리러요. 보트를 타고 싶지 않으면 적어도 당신이 내려가서 그런 이야기라도 해야만 되지 않겠어요?"
"알았어." 그는 눈을 반쯤 떴다. "간단히 처리하기로 하지. 당신이 내려가서 나는 일을 해야 한다고 말하고 함께 가구료. 바로 어제처럼 말이야."
"일을 한다고요? 그건 이상하게 들릴 거예요. 이런 데 와서 일을 하는 사람이 어디 있어요? 왜 함께 타지 않으시려 하죠? 저 사람들은 당신을 아주 좋아하고 있어요 어제도 당신이 오지 않았다고 여간 실망하지 않았어요"
"원 참!"
라비크는 눈을 완전히 떴다.
"어째서 여자들이란 이렇게도 어리석은 이야기를 좋아한담? 당신은 보트를 타고 싶어하는데 내겐 보트가 없단 말이야. 인생은 짧고 우리들이 여기 체류하는 기간은 너무도 짧은 며칠밖엔 안 되오. 뭣 때문에 내가 당신에게 관대한 체해야 되는 거지? 그리고 그렇지 않더라도 당신이 그렇게 할 것을 어차피 강요해야 된다는 건가? 당신의 기분을 좀 좋게 해주려고 말이오."
"당신이 절 강요하실 필요는 없어요. 제 스스로 할 수 있으니까요."
여자는 그를 쳐다보았다. 그 여자의 눈 역시 똑같은 격렬한 빛을 띠고 있었다. 다만 그 입만은 일순간 일그러졌다. 그것은 그녀의 얼굴을 슬쩍 스치고 지나간 표정이었으나, 금세 사라졌기 때문에 라비크는 자기가 잘못 본 것이 아닌가 하고 생각이 되었지만, 그러나 잘못 생각한 것이 아니라는 것을 그는 알고 있었다.
파도는 방파제에 몰려와 부딪쳐 철석철석 포효했다. 포말은 높이 솟구쳐오르고, 바람이 번들거리는 물방울의 안개를 날려보낸다. 라비크는 순간적이지만 오싹하도록 피부에 느껴졌다.
"저게 당신의 파도군요" 하고 조앙은 말했다. "당신이 파리에서 제게 들려준 이야기 속의 파도예요."
"그 얘기를 쭉 기억하고 있었소?"
"그럼은요. 하지만 당신은 바위가 아녜요. 당신은 콘크리트 덩어리예요."
여자는 선창가로 내려갔다. 광대무변한 하늘이 여자의 아름다운 어깨를 짓누르고 있는 듯했고, 마치 여자가 하늘을 짊어지고 있는 것 같기도 했다. 여자는 누구나 책임을 회피할 만한 구실을 가지고 있다. 그녀는 하얀 보트 속에 앉을 것이다. 머리카락은 바람에 나부끼겠지. 그런데 그 친구들하고 함께 가지 않겠다니, 어지간히 미련도 하다고 라비크는 생각했다. 하지만 그런 연극을 할 입장이 못 된다. 이것 또한 망각의 피안으로 사라진 지난날의 어리석기 그지없는 오만심의 편린이다. 돈 키호테적인 성격이다. 그러나 그것 이외에 우리에게 또 무엇이 남아 있단 말인가? 달 밝은 밤에 꽃 피는 무화과나무, 세네카와 소크라테스의 철학, 슈만의 바이올린 협주곡, 그리고 다른 사람보다도 손실에 대한 신속한 계산.

아래쪽에서 조앙의 목소리가 들려왔다. 그리고 보트의 나직한 발동 소리가 났다. 그는 누운 채로 일어나지 않았다. 그녀는 뱃머리에 앉을 것이다. 바다 저쪽 어딘지 수도원이 있는 섬이 있다. 거기서 가끔 닭 우는 소리가 들리기도 한다. 눈꺼풀을 통해 비치는 붉게 타오르는 태양의 빛남이여! 기다림에 충만한 피의 꽃으로 붉게 물든 청춘의 부드러운 목장, 바다의 태고적 자장가, 비네타의 종소리, 아무것도 생각지 않는 마법적인 행복. 그는 이내 잠이 들었다.

오후에 그는 차고에서 차를 꺼내왔다. 파리에서 모로소프한테서 세를 주고 빈 탈브오였다. 그것을 몰고 조앙과 함께 여기에 온 것이다.

라비크는 해안을 따라 차를 몰았다. 날씨는 맑게 개고 눈이 부실 지경이었다. 중부 코르니쉬를 지나, 니스, 몽테 카를로, 그리고 빌르 프랑세로 달렸다. 그는 이 오래된 조그마한 항구가 마음에 들어, 선창가의 어느 비스트로 앞에 한참 동안 앉아 있었다. 몽테 카를로의 카지노 앞에 있는 정원을 지나 멀리 밑으로 바다를 내려다볼 수 있는 자살자들의 공동 묘지를 산책했다. 어떤 묘지 하나를 찾아서 오랫동안 그 앞에 서서 미소를 지었다. 그리고 옛 니스 지구의 비좁은 거리를 달리고, 새 시가의 기념비가 여러 개 서 있는 광장들을 빠져나와 차를 몰았다. 그리고는 칸느로 돌아와서 거기서부터 다시 붉은 바위가 있고 성서 속의 이름들이 붙은 어촌에 도착했다.

그는 조앙을 잊고 있었다. 자기 자신도 잊어 버리고 있었다. 그는 단순히 청명한 날씨의 바닷가, 그 위에 솟은 산길에는 아직도 눈이 잔뜩 깔려 있고,

한쪽 기슭에 꽃을 만발하게 한 태양과 바다와 육지의 이 3화음에 그대로 몸을 내맡기고 있었다. 프랑스의 머리 위에는 비구름이 드리워져 있고 폭풍우가 유럽을 몰아치고 있었다. 하지만 이 가느다란 해안만은 그런 모든 것에 아랑곳하지도 않는 듯했다. 완전히 잊어 버리고 있는 듯했다. 여기서 맥박치고 있는 이 생명은 아주 다른 것이다. 그리고 등 뒤에 있는 나라는 불행과 홍조와 위험의 안개로 벌써 회색빛을 띠고 있었다. 여기서는 태양이 작렬하고 맑게 개어 그 광명 속에 멸망으로 치닫는 세계의 마지막 거품이 여기에 모여 찬연하게 빛나고 있었다.

마지막 불빛을 둘러싸고 나방과 모기 떼들이 춤추는 일순간의 무도——그것은 모든 모기들의 춤이 그러하듯 보잘것없는 것이며, 카페에서 흘러나오는 경음악과 같이 어리석다——자그마한 여름의 심장이 벌써 서리 맞은 10월의 나비처럼 세계는 아무 짝에도 쓸 수 없는 무용지물이 되어 버린 것이다. 그래서 세계는 사신(死神)의 큰 낫과 큰 바람이 닥쳐오기 전에 얼마 안 되는 시간을 춤추고, 지껄이고, 희롱하고, 사랑하고, 속이고, 어지럽히고 있는 것이다.

라비크는 생 라파엘로 차를 돌렸다. 이 자그마한 네모진 항구에는 범선과 모터보트로 가득 차 있었다. 부두가의 카페에는 오색의 비치 파라솔을 세워놓았다. 햇볕에 그을린 여자들이 탁자 옆에 웅크리고들 앉아 있었다. '옛날 그대로구나' 하고 라비크는 생각했다. 평범하고 정다운 생활 풍경, 즐거운 유혹, 해방된 자유, 승부, 벌써 오래전에 망각 속으로 사라져 버린 것이긴 하지만 바라보니 다시 생각이 난다. 언젠가는 자기도 이런 나비 같은 생활을 했었고, 그런 생활을 만족하게 생각했던 때도 있다. 차는 길모퉁이를 슬쩍 돌아서 곧장 붉게 타는 듯한 저녁놀 속으로 달렸다.

호텔에 돌아오니 조앙으로부터 전화 연락이 와 있었다. 저녁 식사에는 오지 못하겠다는 내용이었다. 그는 에덴로크로 내려갔다. 저녁 식사를 하는 손님은 몇 사람 안 되었다. 대개는 장 레팡이나 칸느로 식사하러 가고 없었다. 그는 마치 배의 갑판처럼 바위 위에 만든 테라스의 난간 옆에 자리를 잡았다. 바위 아래서는 파도가 밀려와 바위에 부딪쳐 흰 거품을 내고 있었다. 파도는 저녁놀의 검붉은 초록빛과 연푸른빛 속에서 나타나 밝은 황금빛이 섞인 붉은 빛과 오렌지빛으로 변하며 몰려와서는 이윽고 그 날씬한 등허리에 황혼을 업고서 바위에 부딪쳐 오색 찬란한 거품을 뿜으며 부서졌다.
　라비크는 오랫동안 테라스에 앉아 있었다. 그는 싸늘하고 깊은 고독을 느꼈다. 그는 장차 일이 어떻게 될지 뻔히 알 수 있었으나, 아무런 마음의 동요도 일어나지 않았다. 그는 아직 얼마 동안은 막을 수도 있다는 것을 알고 있었다. 계책이 없는 것은 아니었다. 그러나 그것을 쓸 생각은 조금도 없었고, 그러기에는 이미 시기가 너무 늦었다. 술책이란 조그만 사건에만 소용이 닿는 것이다. 남은 것은 단 한 가지, 그대로 극복해 내는 것이다. 정직하게 자기를 속이지 않고 억제하지도 않으면서 진지한 자세로 그대로 극복해 내는 것이다.
　라비크는 투명하고 가벼운 프로방스 와인이 든 잔을 밝은 곳으로 쳐들어보았다. '싸늘한 밤, 파도 소리에 둘러싸인 테라스, 작별을 고하는 태양의 밝은 미소와 아득한 별들의 방울소리로 가득 찬 하늘, 그리고 나의 마음속에도 차갑게 비쳐드는 서치라이트'하고 그는 생각했다. 미래의 말없는 세월 속에 뛰어들어 휙 비추고는 다시 암흑 속에 남겨 놓고 가 버릴 한 가닥의 싸늘한 서치라이트——나는 잘 알고 있다. 아직 아무런 고통도 없다는 것을, 그러나 언제까지나 고통이 없지 않으리라는 것도 잘 알고 있다. 다음엔 내 인생은 다시 한 번 내 손에 쥐어진 포도주로 가득 채워진 투명하고 맑은 유리잔처럼 되어 버리는 것이다. 그러나 그 술은 언제까지고 잔에 남겨 둘 수는 없는 것이다. 향기가 날아가고 썩어 버린 쾌락의 식초가 되어 버리고 말 테니까.
　이대로 계속될 리가 없다. 오래 계속되기는 이미 너무나도 다른 생활을 해 왔다. 마치 식물이 햇빛을 향하듯 순진하게 앞으로의 일도 생각지 않고 보다 더 가벼운 생활의 유혹과 다채로운 여러 가지 일에 정신이 끌리고 있는 것이다. 그런데 그가 내게 줄 수 있는 것이란 보잘것없는 현재의 한 편린에 불과한 것이다. 아직은 아무 일도 일어나지 않았고, 일어날 필요도 없다.
　모든 일은 일어나기 훨씬 전에 이미 결정되는 것이다. 사람들은 대개는 그것을 눈치채지 못하며 뚜렷하게 눈에 띄는 결과를 결정적인 것으로 생각하고 마는 것이다. 그런데 사실 그 결정은 이미 여러 날 전에 소리도 없이 내려지고 있는데.
　라비크는 잔을 비웠다. 가벼운 포도주는 전과는 다른 맛이 나는 것 같았다. 그는 다시 한 잔을 가득 채우고 마셔 보았다. 포도주는 다시 전과 같은 부드럽고 맑은 향기를 풍겼다.
 그는 일어나서 칸느의 카지노로 차를 몰았다.

 그는 침착하게 판돈을 조금씩 조금씩 걸었다. 아직까지는 마음속에 싸늘한 차가움이 느껴졌다. 이런 상태가 지속되는 한 돈을 딸 수 있다는 것을 알고 있었다. 그는 마지막 12번, 27번의 크바드라트와 27번에다 걸었다. 한 시간 후에는 3천 프랑쯤 따고 있었다. 그는 크바드라트에 건 판돈을 갑절로 하고, 또 4에도 걸었다.
 조앙이 들어오는 것을 직감했다. 조앙은 옷을 갈아입고 있었다. 틀림없이 그가 호텔을 나온 뒤에 곧 돌아왔던 모양이다. 모터보트로 그녀를 데리고 왔던 두 남자와 함께였다. 한 사람은 벨기에 사람인 르 클레르, 또 한 사람은 미국인 뉴전트라는 사나이였다. 조앙은 매우 아름답게 보였다. 그녀는 커다란 회색 꽃무늬가 있는 흰 야회복을 입고 있었다. 파리를 떠나오기 전날 그가 그녀에게 사 준 것이었다. 여자는 그것을 보자 탄성을 지르며 달려들었다. 그리고 "당신은 어떻게 야회복에 대해서 잘 아시지요! 저보다도 훨씬 낫군요" 하고 떠들었다. "값도 비싸구요." '참새로군' 하고 그는 생각했었다. '아직은 내 가지에 앉아 있지만 날개는 벌써 날아갈 준비가 갖추어져 있는 참새.'
 크루피어가 칩을 몇 장 그에게로 밀어 놓았다. 크바드라트에 건 것이 들어맞았다. 그는 딴 돈을 집어 넣고 판돈을 그대로 두었다. 조앙은 바카라대 쪽으로 갔다. 조앙이 자기를 보았는지를 그는 몰랐다. 노름을 하지 않고 있는 사람들 중에는 조앙의 매력적인 뒷모습에 시선을 못박고 있는 친구도 있었다. 그 여자는 언제나 가벼운 미풍을 거슬러 가듯 아무런 목적도 없는 사람처럼 걷는다. 그녀는 뉴전트 쪽으로 머리를 돌리고는 무엇인지 이야기를 하고 있었다. 불현듯 라비크는 칩을 밀어젖히고, 자기 자신도 그 초록색 테이블에서 떨치고 일어나서 조앙을 데리고 그 작자들 사이를 재빨리 뚫고서 문을 나가 어떤 섬으로, 아마도 안티브의 망망한 바다의 수평선상에 떠 있는 섬으로라도 도망 가고 싶었다. 이 모든 현실로부터 그녀를 떼어놓고 자기의 것으로 만들고 싶은 강한 충동을 그의 두 손에 느꼈다.

그는 다시 판돈을 걸었다. 7번이 나왔다. 섬으로 간들 그녀를 떼어 놓을 수 없을 것이다. 그리고 마음의 불안정을 제어할 수는 없는 것이다. 사람들은 자기 팔에 안고 있는 것을 가장 쉽게 잃어 버리기 마련이다. 이미 버려진 것은 결코 잃는 법이 없다. 공은 천천히 구르다가 멎었다. 12번에 그는 다시 걸었다.

  그가 고개를 들자 바로 조앙의 눈과 마주쳤다. 여자는 테이블 건너쪽에서 그를 보고 서 있었다. 그는 여자한테 고개를 끄덕여 보이고 싱긋 미소를 보냈다. 여자는 눈을 크게 뜨고 그를 뚫어지게 쳐다보았다. 그는 룰레트의 판을 가리키며 어깨를 으쓱했다. 19번이 나왔다.

  그는 판돈을 걸고 다시 시선을 들었다. 조앙은 이미 보이지 않았다. 그는 마음을 누르고 그냥 앉아 있었다. 곁에 놓인 담뱃갑에서 담배를 한 대 뽑았다. 웨이터가 불을 붙여 주었다. 뚱뚱하고 머리가 벗겨진 사나이로 제복을 입고 있었다.

  "세상 많이 달라졌습죠" 하고 사나이는 말했다.

  "그렇군" 하고 라비크는 말했다. 그는 그 자를 몰랐다.

  "29년경은 달랐습죠."

  "그랬소."

  라비크는 1929년에 칸느에 왔었는지, 또는 이 사나이가 그저 그렇게 지껄이는 것인지 도무지 이해할 수가 없었다. 어느 겨울에 보니 4번이 나와 있었다. 그는 좀더 정신을 집중시키려고 했다. 그러나 잠자기 며칠 더 체류할 비용을 마련하려고 이런 데서 몇 프랑을 걸고 있는 자신의 모습이 어리석게 생각됐다. 대체 무엇 때문에 나는 이런 짓을 해야만 했던 것일까? 도대체 무엇 때문에 이런 곳엘 왔단 말인가? 제기랄, 그것도 모두가 나의 우유부단한 탓 때문인지. 그 외에 딴 이유는 없다. 그런 약한 마음이 점점 소리도 없이 인간의 마음을 좀먹어 들어가서, 이제 정신을 차려야겠다고 생각하면 뚝 하고 부러져 버린 다음에야 비로소 그것을 간파하게 되는 것이다. 모로소프의 말이 옳았다. 여자를 잊는 가장 좋은 방법은 하루 이틀밖엔 돌보아 줄 수 없는 그런 생활을 여자에게 보여주는 것이다. 그러면 여자는 그런 생활을 다시 찾으려 노력한다. 그리고 그런 생활을 여자에게 영구하게 해줄 수 있는 딴 사나이를 계속해서 다시 찾게 마련인 것이다. 그는 이제 여자에게 헤어져야만 하겠다고 말해 주리라고 생각했다. 파리로 돌아가면 너무 늦어지기 전에 그녀와는 헤어져야겠다고 그는 생각했다.

그는 다른 테이블에서 게임을 좀더 계속할까도 생각했으나 불현듯 모든 것에 혐오감이 들었다. 한번 크게 벌렸던 일을 소규모로 해서는 안 된다. 그는 주위를 둘러보았다. 조앙의 모습은 역시 보이지 않았다. 그는 바로 들어가서 코냑을 한 잔 마셨다. 그리고 차를 타고 한 시간쯤 드라이브를 할 생각으로 주차장으로 걸어갔다.

차에 시동을 걸자 조앙이 오는 것이 보였다. 그는 차에서 내렸다. 여자는 빠른 걸음으로 다가갔다. "절 내버려두고 당신 혼자만 돌아가려고 그러세요?" 하고 여자는 물었다.

"한 시간쯤 산을 드라이브하고 돌아오려고 했어."

"거짓말이에요! 돌아오실 생각은 없으셨지요! 저를 그 어리석은 작자들과 여기 내버려 두려고 했지요!"

"조앙." 라비크는 타일렀다. "당신은 그 바보 같은 친구들하고 당신이 동석했던 것이 바로 내 탓이라고 주장하는 것 같군 그래."

"당신 탓이지 뭐예요! 전 홧김에 그 사람들하고 보트를 탄 거예요! 제가 돌아왔을 때 왜 호텔에 안 계셨지요?"

"당신은 그 미련한 작자들하고 저녁 먹자고 약속을 했을 텐데."

여자는 순간 움찔했다.

"제가 돌아가 보니 당신이 안 계시기에 약속했던 것뿐이에요."

"알았어, 조앙" 하고 라비크는 말했다. "그 일에 대해서는 더 이상 말하지 맙시다. 그래, 재미있었소?"

"흥, 어림도 없는 말씀예요."

여자는 부드러운 밤의 감색 어둠 속에서 흥분으로 씨근거리며, 격노해서 그의 앞에 서 있었다. 달빛이 여자의 머리카락 속에서 반짝거렸다. 창백하고 대담한 그 얼굴 속에서 그녀의 입술은 새파랗게 질려 보였다.

지금은 1939년 2월이다. 그런데 파리에 돌아가면 피할 길 없는 일이 시작될 것이다. 서서히 그리고 슬금슬금 온갖 사소한 거짓말과 굴복과 언쟁으로 일이 시작될 것이다. 그렇게 되기 전에 이 여자와 헤어지고 싶었다. 그런데 아직도 여자는 옆에 있다. 이제 며칠밖에 남지 않았는데.

"어디로 가시려고 했어요?" 여자가 물었다.

"어디라고 정한 곳은 없소. 그저 여기저기 돌아다녀 보자는 것뿐이지."

"저도 같이 가겠어요."

"하지만 당신의 그 바보 같은 작자들은 어떡하구?"

"아무렴 어때요. 전 벌써 작별한걸요. 당신이 기다리고 있다고 말했어요."

"좋아." 라비크는 대꾸했다. "당신은 아주 조심성 많은 어린애야. 차 뚜껑을 덮을 테니 좀 기다려요."

"그대로 두세요! 외투가 있으니까 괜찮아요. 천천히 달려요. 할 일도 없고 즐길 줄도 모르고 언쟁밖에 모르는 사람들이 멍청하게 앉아 있는 카페 앞을 모조리 지나가요."

여자는 그의 옆자리에 미끄러지듯 앉으며 그에게 키스를 했다.

"전 리비에라에 온 것이 처음이에요, 라비크. 못 살게 굴지 말아요, 네? 당신하고 이렇게 함께 즐길 수 있는 것도 이번이 처음이에요. 밤도 이젠 춥지 않아요. 저는 행복해요."

그는 차량들로 붐비고 있는 번화가를 빠져나와 호텔 카를톤을 지나서 장레팡 쪽으로 달렸다.

"처음이에요" 하고 여자는 되풀이 말했다. "처음이란 말예요, 라비크. 당신이 뭐라고 말하실지 듣지 않아도 모두 알아요. 그건 아무런 관계도 없어요."

여자는 그에게 몸을 바싹 기대고 머리를 그의 어깨 위에 얹었다.

"오늘 일은 잊어 주세요. 그 일에 대해 다시는 생각하지 않기로 해요! 당신은 멋지게 차를 모는군요, 라비크. 당신 그걸 아세요? 지금 그렇게 한 것이 정말 멋져요. 그 어리석은 자들도 그런 말을 하더군요. 어제 당신이 운전하는 것을 보고 있었대요. 하지만 당신은 무서운 분이에요. 당신은 과거라는 것을 갖지 않으셨으니 말예요. 당신이 어떤 사람인지 저는 전혀 알 수가 없는 걸요. 저는 이미 그 어리석은 작자들의 생활을 당신의 생활에 대한 것보다 몇백 배나 더 알고 있어요. 어디서 칼바도스를 마실 수 있을까요? 오늘밤처럼 흥분을 많이한 날에는 꼭 필요해요. 당신하고 함께 지내기는 참 어렵군요."

차는 흡사 길 위를 낮게 날아가는 새처럼 질주했다.

"너무 속력을 냈나?" 하고 라비크는 물었다.

"아녜요. 좀더 빨리 달리세요! 바람이 울창한 숲을 지나가듯 말예요. 밤바람이 울고 있군요. 저는 사랑에 콕콕 찔려 구멍이 송송 뚫렸어요. 사랑 때문에 아주 속속들이 제 자신의 내면을 들여다보이게 줬어요. 너무 당신을 사랑하고 있기 때문에 제 마음이 부풀어 올라와요. 바로 옥수수 밭에서 자기에게 시선을 보내고 있는 사내 앞에 선 여자처럼 말예요. 제 마음은 땅 위에 뒹굴고 싶어하고 있어요. 푸른 초원 위에서 뒹굴고 뛰고 싶어하고 있어요. 제 마음은 차를 몰고 있는 당신을 사랑해요. 파리로 돌아가고 싶지 않아요. 보석상을 털거나 은행 금고를 털어 가지고 차를 타고 어디로든지 다시 돌아올 수 없는 곳으로 가요."

라비크는 조그만 바 앞에 차를 세웠다. 엔진의 부릉거리던 소리가 멈추자 느닷없이 멀리서부터 깊은 바다의 숨소리가 사랑스럽게 들려왔다.

"자, 내립시다" 하고 그는 말했다. "당신의 칼바도스가 여기 있을 거요. 벌써 꽤 마셨지?"

"취할 정도예요. 당신 때문이에요. 그리고 갑자기 전 그 바보 같은 작자들의 지껄이는 소리를 더 참고들을 수가 없었어요."

"그럼 왜 내게로 즉시 오지 알았어?"

"이렇게 왔잖아요."

"암, 그렇지. 내가 돌아가려고 하니까 왔지. 뭘 먹기나 했소?"

"별로 먹은 게 없어요. 배가 고파요. 당신 좀 땄어요?" 하고 그녀가 말했다.

"땄어."

"그럼 최고급 레스토랑으로 가서 캐비어를 먹고 샴페인을 마시기로 해요. 그리고 온갖 전쟁이 있기 전의 우리들의 어버이들처럼 그렇게 지내도록 해요. 근심 걱정 없고 감상적으로 태평스럽게 속박도 받지 않고, 그리고 아주 천박하게 눈물과 달과 협죽도와 바이올린과 바다의 사랑을 가지고 말예요! 그리고 이런 걸 믿고 싶어요. 우리는 아기를 가질 수 있고 정원이 딸린 집을 가질 수도 있다고 말예요. 그러면 당신은 여권도 갖게 되고 장래의 희망을 가질 수 있다고요. 나는 당신 때문에 굉장히 출세할 수 있을 것도 포기한 것이라고요. 그리고 20년이 지나도 여전히 서로 사랑하고 질투를 하고요. 당신은 여전히 나를 아름답다고 생각하고, 나는 당신이 하룻밤이라도 집을 비우면 잠을 잘 수 없다고 말예요. 그리고…….”

그녀의 얼굴에 눈물이 흐르고 있었다. 여자는 생긋 웃었다.

"이것은 모두 거기에 속하는 거예요. 여보……모두 내가 말한 저속한 취미의 일부란 말예요."

"우리" 하고 그는 말했다. "샤또우 마드리드로 갑시다. 산 속에 있는데 거기엔 러시아 인 집시가 있고, 당신이 원하는 것은 뭐든지 있을 거요."

새벽이었다. 아래로 내려다보이는 바다는 잿빛이었고 물결은 잔잔했다. 하늘에는 구름 한점 없었고, 아무런 빛깔도 없었다. 수평선 위에는 가느다란 은빛 줄기가 물 위로 떠올라 있었다. 주위가 너무나 조용했기 때문에 숨소리를 들을 수 있을 지경이었다. 그들이 마지막 손님이었다. 집시들은 다 낡은 포드 차를 타고서 꾸불꾸불한 산길을 내려갔다. 그리고 웨이터들은 파란색 차를 몰고 내려갔다. 요리사는 1929년형 6인승의 델라에로 물건을 사러 가고.

"벌써 날이 밝는군" 하고 라비크가 입을 열었다. "지구의 반대쪽은 아직도 밤일 테지, 언젠가는 밤을 따라갈 수 있는 비행기가 제작될 거야. 지구가 도는 것하고 같은 속도로 난단 말이야. 그렇게 되면 당신이 아침 네 시에 나를 사랑한다면 우리는 영원히 네 시가 되도록 할 수가 있단 말이지. 우리는 그저 시간과 함께 지구의 주위를 돌고만 있으면 되거든. 그러면 시간은 움직이지 않고 정지해 있게 되지."

조앙은 그에게 몸을 기댔다.

"아! 못 견디겠어요! 멋있어요! 정말 가슴이 미어질 듯이 멋 있어요."

"멋있지, 조앙."

여자는 그를 쳐다보았다.

"당신이 말씀하신 비행기는 어디 있죠? 그런 비행기가 발명될 때쯤은 우리는 늙어 버릴 거예요. 여보, 난 늙고 싶지 않아요. 당신은요?"

"늙고 싶어."

"정말예요?"

"나이를 잔뜩 먹었으면 해."

"아니, 왜요?"

"이 지구가 되어 가는 꼴을 보고 싶어."
 "전 나이를 먹고 싶지 않아요."
 "당신은 늙지 않을 거요. 생활은 당신의 얼굴을 스쳐 지나갈 걸. 그것뿐이지. 당신 얼굴은 점점 아름다워질 거야. 늙어 가는 것을 느끼지 못할 때 사람은 늙는 법이지."
 "그렇지 않아요. 사랑을 하지 않을 때 그렇게 되는 거예요."
 라비크는 대꾸를 하지 않았다. '그녀를 버리다니' 하고 그는 생각했다. '당신과 헤어진다! 대체 나는 불과 몇 시간 전에 칸느에서 무엇을 생각했던가?'
 여자는 그의 품속에서 몸을 꼼지락거렸다.
 "이제 잔치는 끝났어요. 이제 함께 집으로 돌아가서 자기로 해요. 이 모든 것이 얼마나 아름다워요! 사람이 자기 자신의 한쪽만을 가지고서가 아니라, 전체로서 산다는 것이 얼마나 아름다워요! 사람이 언저리까지 가득 차서 더는 들어올 것이 없어서 조용하게 된다면 얼마나 아름다워요. 자, 가요. 집으로 돌아가요. 우리들의 집으로, 별장처럼 보이는 흰 호텔로요."
 차는 발동을 끈 채로 꾸불꾸불한 언덕길을 미끄러지듯 내려갔다. 점점 밝아졌다. 땅은 이슬 냄새를 풍겼다. 라비크는 헤드라이트를 껐다. 코르니쉬를 지날 때 야채와 꽃을 만재한 커다란 짐마차와 마주쳤다. 니스로 가는 길이었다. 다음엔 알제리아의 토인 기병중대를 앞질렀다. 모터의 웅웅거리는 소리가 들리는 가운데 간헐적으로 기마대의 말발굽 소리가 들렸다. 자갈을 깐 도로에서 말발굽 소리는 확실하게 그리고 거의 인공적으로 들렸다. 기병들의 얼굴은 외투와 두건 속에서 거무튀튀하게 보였다.
 라비크가 조앙을 쳐다보자, 그녀는 그에게 생긋이 웃어 보였다. 그 얼굴은 창백하고 피곤한 듯 전보다도 연약하게 보였다. 어제라는 시간은 멀리 가라앉아 버리고 아직도 시간이라곤 갖고 있지 않은 이 마술과 같은 어둡고 고요한 아침 —— 그대로 둥실 떠서 태연함도 두려움도 의심도 품지 않은 이런 아침에, 포근한 피로에 잠겨 있는 그 얼굴은 그에게 과거 어느 때보다도 아름다워 보였다.
 안티브 만이 커다란 원을 그리며 그들에게로 다가왔다. 점점 날이 밝아졌다. 세 척의 구축함. 그리고 한 척의 순양함으로 구성된 네 척의 철회색 군함들의 그림자가 점점 밝아가는 새벽녘의 광선을 받아 선명하게 떠올랐다. 밤새에 항구에 들어온 듯했다. 그것은 차차 멀리 물러가는 하늘을 배경으로 나지막하게 위협하는 듯 묵묵하게 정박하고 있었다. 라비크는 조앙을 보았다. 여자는 그의 어깨에 기댄 채 잠들어 있었다.

17

 라비크는 병원으로 가는 길이었다. 리비에라에서 돌아온 지 벌써 일주일이 지났다. 갑자기 그는 걸음을 멈추고 마치 어린애들 장난 같은 것을 보았다. 새로 짓는 건물은 마치 표본으로 지어 놓은 집같이 햇빛을 받아 빛나고 있었다. 발판을 떠받치고 있는 서까래들이 마치 은빛 철사의 세공처럼 맑게 갠 하늘에 뚜렷하게 걸려 있었다. 그런데 그것들 중의 한 개가 빠져서, 사람이 한 명 달라붙어 있는 들보가 천천히 기울어지기 시작했는데, 그것은 마치 파리가 달라붙은 성냥개비가 떨어지는 듯이 보였고, 그것은 자꾸만 떨어져서 끝없는 낙하의 연속인 것 같았다. 그런데 사람의 모습이 거기에서 떨어져 나가자, 이번에는 마치 자그마한 인형이 두 팔을 활짝 벌리고 서투르게 공간을 헤엄쳐 내려오는 것처럼 보였다. 그 순간 이 세상은 숨이 끊긴 듯 얼어붙어, 꼼짝도 안하고 정지해 버린 듯싶었다. 움직이는 것이란 아무것도 없었고, 바람도 없고 숨도 쉬지 않고 소리도 없었다…… 다만 떨어져 버리는 것은 자그마한 생명체와 단단한 들보 토막만으로, 계속해서 떨어지고 있었다.
 그러나 갑자기 온갖 것이 떠들썩하고 술렁거리기 시작했다. 라비크는 자기가 숨을 죽이고 있었다는 것을 깨닫고, 그는 달려갔다.
 부상자는 길바닥에 팽개쳐져 있었다. 1초 전까지만 해도 거리에는 사람의 그림자가 드물었는데, 이젠 사람들로 혼잡을 이루고 있었다. 마치 사이렌이라도 울린 듯 사방에서 몰려들었다. 라비크는 빙 둘러선 사람들을 밀어붙이며 뚫고 들어갔다. 그때 두 사람의 노동자가 막 그 부상자를 들어 일으키려고 애쓰고 있었다.
 "일으키면 안 돼요, 그대로 눕혀 둬요!?" 하고 그는 소리를 질렀다.
 그의 주위에 있던 사람들과, 앞을 막고 있던 사람들이 물러섰다. 두 노동자는 부상자를 반쯤 일으키다 말고 그대로 멈췄다.
"가만히 내려 놔요! 조심해서! 천천히."
"당신은 뭐요?" 노동자 하나가 물었다. "의사요?"
"그렇소."
"좋습니다."
노동자들은 부상자를 길바닥에 뉘었다. 라비크는 그 곁에 꿇어앉아 그의 심장에 귀를 갖다 대고 맥의 움직임을 짚어 본 다음 땀이 축축이 밴 작업복을 조심해서 풀어헤치고 몸을 만져 보았다. 그리고는 일어섰다.
"어떻습니까?" 앞서 말을 건 노동자가 물었다. "기절했죠. 그렇죠?"
라비크는 머리를 흔들었다.
"뭐라고요?" 하고 노동자가 다그쳐 물었다.
"죽었소." 라비크가 말했다.
"죽었다고요?"
"그렇소."
"하지만 ……" 하고 그 사나이는 알 수가 없다는 듯 말했다. "우린 지금 막 같이 점심을 먹었는데요."
"거기 의사가 있소?"
빙 둘러서 물끄러미 바라보고 있는 사람들의 뒤편에서 누군가가 외쳤다.
"왜 그러시오?" 라비크가 대답했다.
"거기 의사가 있소? 빨리!"
"무슨 일이오?"
"저 여자가……."
"여자라뇨?"
"떨어진 들보에 얻어 맞았소. 생명이 위급하오."
라비크는 사람 사이를 헤치고 빠져나왔다. 커다란 푸른 앞치마를 두른 키 작은 여자가 석회 구렁 옆의 모래밭 위에 쓰러져 있었다. 얼굴은 쭈글쭈글한 주름투성이로 새파랗게 질렸고 눈동자는 석회 덩어리처럼 움직이지 않았으며, 목덜미 아래에서는 붉은 선혈이 그만 분수처럼 솟고 있었다. 피는 끊임없이 흘러나와서 비스듬히 선을 그었으며, 그것은 이상하게 지저분한 인상을 주었다. 머리 밑에 시뻘건 피는 미처 홍건히 괼 사이도 없이 모래 속으로 스며들어가고 있었다.
 라비크는 손가락으로 동맥을 꽉 누른 다음 자기 주머니에서, 언제고 가지고 다니는 비상용 용대와 조그만 구급용 주머니를 끄집어내. "이걸 좀 붙잡아 주시오!" 하고 그는 곁에 있는 사나이에게 말했다.
 네 개의 손이 한꺼번에 주머니를 잡으려고 덤벼들었다. 그러자 주머니는 모래밭에 떨어지면서 열렸다. 그는 가위와 막대기를 끄집어 낸 다음 용대를 찢었다.
 여자는 아무 말도 없었으며, 눈 하나 깜박이지 않았다. 전신의 근육은 긴장된 탓인지 뻣뻣하게 굳어져 있었다.
 "괜찮아요, 아주머니. 걱정하지 마십시오" 하고 라비크는 말했다.
 들보는 여자의 어깨와 목덜미를 강타했던 것이다. 어깨는 으스러졌고 쇄골도 부러졌으며 관절도 부러졌다. 이제 관절은 그 기능을 상실할 것이다.
 "왼쪽 팔이군" 하고 라비크는 조심스럽게 목덜미를 만져 보았다.
 피부는 찢어졌지만 그 외엔 아무렇지도 않았다. 발이 뒤틀려져 뻐었다. 그는 다리의 뼈마디를 만져 보았다. 회색 양말은 여러 군데 꿰맨 것이긴 하지만 멀쩡했고, 검정 리본으로 무릎 아래를 매고 있었다. 정말 꼼꼼하게 차렸군! 검은 목구두. 그것도 수선한 흔적이 있었으며 끈은 이중으로 매듭을 지었고, 구두코도 수선이 되어 있었다.
 "누가 구급차를 오라고 전화를 걸었습니까?" 그는 물었다.
 아무도 대답이 없다.
 "아마, 경찰이 걸었을 걸" 하고 잠시 후에 누군지 대답을 했다.
 라비크는 머리를 들었.
 "경찰이? 경찰이 어디 있소?"
 "저기요……어떤 사람과 함께……."
 라비크는 일어섰다.
 "그럼 일은 모두 잘 수습되겠군."
 그는 이제 막 가려는 순간에 경찰이 모여 있는 사람들을 헤치고 나타났다. 젊은 경찰로 손에 수첩을 들고 있었다. 그는 흥분한 듯, 끝이 뭉툭해진 짧은 연필을 입으로 빨았다.
 "잠깐만 기다려 주시오" 하고 그는 수첩에다 기록하려 했다.

"응급 조처로 모두 잘해 놓았으니 됐어요." 라비크가 말했다.

"잠깐 기다려 주시오!"

"지금 난 아주 바빠요. 응급 환자 때문에 빨리 가야 돼요."

"잠깐, 선생께서는 의사십니까?" 하고 물었다.

"동맥을 꽉 매어 놓았지요. 그것뿐이오. 이젠 구급차가 오는 것을 기다리면 됩니다."

"잠깐 기다리세요! 선생, 당신의 이름을 적어 두어야겠소. 응급 조처를 한 증언이시니까 중요합니다. 저 여자가 죽을지 알 수 없으니까요."

"죽지는 않을 겁니다."

"그건 아무도 모르고 또한 배상 문제가 생기게 되니까요."

"구급차를 오라고 불렀소?"

"제 동료가 할 겁니다. 자, 방해를 하지 말아요. 시간만 더 오래 걸릴 테니까요."

"저렇게 반죽음이 된 부상자를 놔두고 당신은 왜 가겠다고만 하는 거요?" 하고 노동자 한 사람이 책망이 담긴 말투로 말했다.

"내가 없었더라면 여자는 죽었을 것이오."

"글쎄, 그러니까 하는 말이오" 하고 노동자는 명확한 이치를 따질 생각도 않고 말했다.

"그렇게 가 버리시면 안 돼요."

사진을 찍는 소리가 났으며, 모자를 쓴 사나이가 그의 앞에 나타나서 싱긋이 웃었다.

"붕대를 감는 장면을 다시 한 번 해주지 않겠습니까?" 하고 그는 라비크에게 부탁했다.

"싫소."

"신문에 기사화하려고 하는데요" 하고 사나이는 대답했다. "선생의 사진이 주소하고 같이. 선생이 저 여자의 생명을 구했다는 표제로 기사화될 거예요. 좋은 광고도 될 거예요. 미안하지만 여기 이렇게⋯⋯그렇지요, 그러면 광선이 좋습니다."

"비키쇼, 귀찮소!" 하고 라비크가 말했다. "이 여자에겐 구급차가 급하단 말이오. 붕대로는 오래 견딜 수 없을 거요. 구급차가 오는가나 잘 살펴봐요."

"하나하나를 순서대로 처리해 나가야죠, 선생님!" 하고 경찰은 명확하게 말했다. "우선 조서부터 꾸며야겠습니다."

"그 죽은 사람이 당신에게 이름을 대줍디까?" 하고 어느 애송이 녀석이 물었다.

"잠자코 있어!" 하고 경찰은 젊은이의 발 쪽에다 침을 탁 뱉으며 소리쳤다.

"이쪽에서 다시 한 번 사진을 찍어 주시겠소?" 하고 누군가가 사진사보고 말을 했다.

"왜 그러시죠?"

"저 여자가 통행 금지 구역에 들어갔다는 것을 알 수 있도록 말이오. 이 길은 차단된 길이란 말이오. 저기를 봐…….'' 그는 비스듬히 서 있는 '주의! 위험!' 이라고 쓴 팻말을 가리켰다. "우리가 필요하니 저게 잘 보이도록 하나 찍어 주시오. 여기 이 위치에서라면 손해 배상은 문제되지 않거든요."

"난 신문사 사진기자요" 하고 모자를 쓴 사나이는 거절했다. "난 흥미거리라고 생각하는 것 외엔 찍지 않소."

"하지만 이것도 흥미거리는 되죠. 이보다 흥미있는 게 또 어디 있단 말이오? 배경에 팻말이 들어간단 말예요!"

"팻말 같은 것은 흥미거리도 되지 않소. 흥미가 있는 것은 움직임뿐이오."

"그럼 당신이 조서 속에 기록해 주시오."

그 사나이는 경찰의 어깨를 툭툭 치며 말했다.

"도대체 당신은 누구요?" 하고 경찰은 화가 나서 물었다.

"난 건축 회사의 대표요."

"알았소. 당신도 좀 있어 주시오. 당신 이름은 뭐요? 이름쯤은 알고 있을 테지!" 하고 그는 여자에게 물었다.

여자는 입술을 실룩거렸다. 눈두덩이 떨리기 시작했다. '나비 같다. 죽도록 피로한 잿빛의 부나비 같구나' 하고 라비크는 생각했다.

그와 동시에 자신이 인간적으로 우둔했음을 생각했다. 어떻게 하든지 도망을 해야겠는데!

"빌어먹을!" 경찰이 내뱉듯 말했다. "미쳐 버린 것 같군. 이거 난처한데. 세 시면 오늘 근무는 끝이 나는데."

"마르셀" 하고 여자가 말했다.

"뭐라구? 잠깐만, 뭐라고 그랬소!"

경찰이 다시 몸을 꾸부리고 그 여자를 들여다보았다.

여자는 입을 다물었다.

"뭐라고 했소?"

경찰은 기다렸다.

"다시 한 번! 자, 한 번 더 말해 봐요!"

여자는 말이 없는 채로였다.

"당신이 쓸데없이 자꾸 지껄이는 바람에" 하고 경찰은 건축 회사의 대표에게 쏘아붙였다. "이래 가지고야 어디 제대로 조서를 꾸밀 수 있겠느냔 말요."

그 순간 찰칵 하고 카메라의 셔터 소리가 났다.

"감사하오" 하고 사진기자가 말했다. "아주 명확하게 됐소."

"여보, 우리 팻말도 함께 나올 수 있게 찍었소?" 하고 건축 회사 대표는 경찰의 말은 아랑곳하지 않고 물었다. "당장 반 타쯤 주문하고 싶은데."

"그만두시오" 하고 사진기자는 단호하게 말했다. "난 사회주의자요. 망설이지 말고 보험금이나 지불하시지. 이 불쌍한 백만장자의 사냥개 같으니!"

사이렌 소리가 요란하게 울렸다.

구급차였다. '이제 됐구나' 하고 라비크는 생각했다.

그는 주위를 살피면서 한 발짝 내디디었다. 그러나 경찰이 그를 꽉 붙잡았다.

"경찰서까지 같이 가셔야 합니다. 조서를 작성해야 하니까요."

이제 다른 경찰마저 그의 곁에 서 있었으므로 어쩔 도리가 없었다. '어떻게 잘 되겠지' 하고 생각하며 라비크는 그들을 따라갔다.

경찰서의 담당 직원은 형사와 조서를 꾸민 경찰의 이야기에 잠자코 귀를 기울였다. 그러더니 라비크 쪽으로 몸을 돌리며 말했다.

"당신은 프랑스 사람이 아니군요."

그는 묻는 것이라기보다는 사실을 확인하는 투였다.

"그렇소." 라비크는 대꾸했다.

"그럼, 어디 사람이오?"

"체코요."

"여기서 의사 노릇을 하다니, 어찌된 일이죠? 외국인으로서는 귀화하기 전에는 개업이 불가능할 텐데."

라비크는 싱긋 웃었다.

"난 개업하지 않았소 여행자로서 여기 와 있소 관광차 온 거요"

"여권을 가지고 있소?"

"그런 게 무슨 문젠가, 페르낭?" 하고 다른 직원이 물었다. "이 분은 그 여자의 생명을 구해 주셨네. 우리는 이 분의 주소도 알고 있으니, 그거면 충분하지 않겠어. 게다가 다른 증인들도 많은데,"

"아니, 흥미있는 일일세" 하며 그는 다시 물었다. "당신은 여권을 소지하고 있소? 아니면 다른 신분 증명서라도?"

"물론 없소" 하고 라비크는 말했다. "누가 여권 같은 걸 늘 소지하고 다닌답디까?"

"그럼, 어디다 뒀단 말이오?"

"영사관에 맡겼소. 일주일 전에 제출했소. 기간을 연장해야 되겠기에."

라비크는 여권을 호텔에 두었다고 말하면 경찰을 호텔로 딸려보내 확인하게 되고, 그렇게 되면 당장 탄로가 난다는 것을 알고 있었다. 게다가 안전을 기해 호텔도 엉터리로 댔던 것이다. 영사관이라고 하면 혹 유리할는지도 몰랐다.

"어느 영사관이오?" 페르낭이 물었다.

"체코 영사관이지, 어디겠소?"

"전화를 걸어서 조회해 보면 알겠지" 하고 페르낭은 라바크를 쳐다보았다.

"물론이죠."

페르낭은 잠시 기다리고 있었다.

"좋소." 이윽고 내뱉었다. "어디 한번 전화로 확인해 봅시다."

그는 일어나서 옆방으로 갔다. 다른 한 사람의 직원은 몹시 난처해했다.

"미안합니다, 선생님" 하고 그는 라비크에게 말했다. "물론 그럴 필요는 전혀 없지요. 곧 해명이 되겠지요. 우리는 선생의 도움을 정말 감사하게 생각합니다."

'곧 해명될 거라고' 하고 라비크는 생각하며 담배를 꺼내면서 태연한 듯 주위를 둘러보았다. 입구에 한 명의 형사가 서 있었지만, 그것은 우연한 일에 불과했다. 아직까지 진실로 그를 의심하고 있는 사람은 아무도 없었다. 그는 형사 앞을 지나서 나갈 수는 있다. 하지만 그밖에도 건축 회사 사람과 두 사람의 노동자가 있다. 그는 단념했다. 빠져나가긴 너무도 어려웠다. 또 문 밖에도 항상 두서너씩은 경찰이 서 있을 테니까.

페르낭이 돌아왔다.

"영사관엔 당신 이름으로 된 여권이 없던데."

"그럴 수도 있잖아요" 하고 라비즈는 말했다.

"그럴 수도 있다니?"

"전화를 받은 직원이 하나하나 다 알고 있다고는 할 수 없지요. 이런 문제의 담당 직원은 여러 명일 테니까."

"그 직원은 다 알고 있던데."

라비크는 아무 대꾸도 하지 않았다.

"당신은 체코 사람이 아니오" 하고 페르낭이 말했다.

"여보게, 페르낭" 하고 다른 직원이 말을 하려고 했다.

"당신은 체코인의 액센트가 없소."

"없을는지도 모르죠."

"당신은 독일인이오" 하고 페르낭은 의기양양해서 단정적으로 말했다. "그러니까 당신은 여권이 없단 말이오."

"천만에." 라비크는 대꾸했다. "난 모로코 사람이고, 이 세상의 모든 프랑스 여권은 모조리 가지고 있소."

"여보시오!" 하고 페르낭은 소리를 버럭 질렀다. "감히 당신은 프랑스의 식민지 제국을 모독할 생각이오?"

"제기랄!" 하고 노동자 하나가 말했다.

건축회사의 대표는 바로 경례라도 할 듯한 얼굴을 했다.

"페르낭, 그만해 두게."

"당신은 거짓말을 하고 있소. 당신은 체코 사람이 아냐. 도대체 여권은 있는 거요? 대답을 해봐요!"

'인간의 가면을 쓴 쥐새끼로군' 하고 라비크는 생각했다. '결코 무슨 짓을 해도 죽지 않을, 인간의 가면을 쓴 쥐새끼구나. 내가 여권을 가졌느냐 하는 것이 이 우둔한 놈한테 무슨 상관이란 말인가? 하지만 이 놈의 쥐새끼는 무

슨 냄새를 맡고 쥐구멍에서 기어 나왔군.'
"대답을 하시오!" 하고 페르낭은 호통치듯 소리를 질렀다.
'한 장의 종이 조각! 그것을 가지고 있느냐 없느냐, 만일 내가 종이 쪽지를 가지고 있다면 이 놈은 용서해 달라고 하며 굽신거릴 테지. 가령 내가 일가족을 몰살시켰건 은행을 털었건, 그런 건 문제도 안 될 테지. 이 놈은 내게 절을 할 테지. 하지만 여권이 없으면야 그리스도라 한들 오늘날은 그도 감옥에서 썩어야 된단 말이지. 그렇지 않더라도 그는 서른 셋이 되기 전에 학살을 당했을 것이지만.'
"그것이 명백하게 밝혀질 때까지 당신은 여기 있어야 해" 하고 페르낭은 말했다. "난 꼭 밝혀야 하겠어."
"좋도록 하시구료." 라비크는 대꾸했다.
페르낭은 발을 구르며 나가 버렸다. 다른 직원은 자기의 서류를 뒤적거리고 있었다.
"미안합니다. 저 친구는 이런 문제에는 항상 지나치게 열을 올리거든요."
"괜찮습니다."
"우린 끝났나요?" 하고 노동자 하나가 물었다.
"끝났소."
"됐어요" 하고 그는 라비크에게 몸을 돌렸다. "세계 혁명이 일어나면 여권 같은 것은 필요 없을 겁니다."
"양해해 주십시오, 선생" 하고 직원은 말했다. "페르낭의 부친이 대전중 전사를 했어요. 그래서 그 친구는 독일인이라면 증오심에 불타 그러는 거지요."
그는 잠깐 라비크를 난처한 듯 쳐다보더니, 어떤 사정인지 이제 짐작이 가는 모양이었다.
"참 안됐습니다, 선생님. 저 혼자였더라면……."
"괜찮습니다."
라비크는 사방을 둘러보았다.
"그 페르낭이라는 사람이 돌아오기 전에 전화를 쓸 수 없을까요?"
"물론이죠. 저기 책상에 있습니다. 빨리 거시죠."
라비크는 모로소프에게 전화를 했다. 그는 독일어로 사건에 대한 이야기를 했다. 그리고 베베르한테 알려 달라고 부탁했다.
"조앙에게도?" 하고 모로소프는 물었다. 라비크는 망설였다.
"아니, 아직은 아무 말 말게. 내가 연행되어 있긴 하지만 2, 3일이면 모두 잘 될 것이라고만 말해 주게. 조앙을 잘 부탁하네."
"알겠어" 하고 모로소프는 대꾸했지만 그다지 기분 좋은 음성은 아니었다. "알았네, 보제크."
페르낭이 들어왔을 때, 라비크는 수화기를 놓았다.
"지금 어느 나라 말로 전화를 했소?" 하고 그는 노려보는 눈초리로 물었다. "체코 말인가?"
"에스페란토요." 라비크는 대꾸했다.

베베르는 이튿날 오전에 찾아왔다. "제기랄, 지독한 데로군" 하고 그는 사방을 둘러보면서 말했다.
"프랑스 감옥은 아직 괜찮은 감옥일세" 하고 라비크가 대꾸했다. "허울 좋은 인도주의로 아직 부패되지는 않았어. 18세기 그대로 훌륭하고 악취 풍기는 곳이야."
"괘씸한 일이야" 하고 베베르는 말했다. "이런 데다 자네를 연금하다니, 정말 괘씸하군."
"인간이 선행을 한다는 것은 참으로 모순일세. 이런 식으로 당장 보답을 받게 되었거든. 그 여자를 그대로 내버려두었어야 했을 걸 그랬네. 우린 냉혹한 시대에 살고 있단 말일세, 베베르."
"무쇠 시대지. 그럼 저 친구들은 자네가 불법 입국자라는 것을 알아냈나?"
"물론이지."
"주소도?"
"그건 물론 안 댔지. 앙떼르나쇼날의 이름을 댈 수야 없지. 호텔 주인은 숙박계도 없는 손님을 받았다고 벌을 받을 테니 말야. 그리고 곧 수색을 당하게 되고, 그러면 망명객 대여섯 명쯤은 붙잡힐 테니까. 이번에는 주소를 호텔 랑카스테르로 했네. 비싸고 훌륭한데다 조그만 호텔이지. 전에 한번 그 호텔에 투숙한 일이 있었어."
"그럼, 자네의 새로운 이름은 보제크란 말이지?"

"브라디밀 보제크" 하고 라비크는 히죽이 웃었다. "네번째 이름일세."

"제기랄" 하고 베베르는 내뱉듯 말했다. "그럼 어떻게 하지, 라비크?"

"별수 없지. 문제는 전에도 한두 번 여기에 왔던 일이 있다는 것을 작자들이 밝혀내지 못하도록 하는 일이지. 그렇지 않으면 6개월 감옥살이 신세를 겨야 될 테니 말야."

"빌어먹을 놈들."

"사실 세상은 매일매일 인간적으로 되어 가고 있어. 위험하게 살라고 니체는 말했지만, 피난민은 누구나 그렇게 살고 있어……본의는 아니네만."

"그런데, 만일 놈들이 그걸 알아내지 못한다면?"

"2주일이면 되겠지. 그리고 전례대로 추방되는 거야."

"그렇게 되면?"

"그리고 다시 오는 거지."

"다시 체포당할 때까지 말인가?"

"그렇지. 이번엔 상당히 오랫동안 견뎌냈어. 2년이나 됐으니까! 한평생이나 다름없네."

"어떻게 방도를 강구해야지. 더 이상 이렇게 지낼 수는 없지."

"문제없네, 자넨 무슨 수라도 써 주려고 하나?"

베베르는 잠시 생각에 잠겼다.

"듀랑이면 되겠군" 하고 그는 느닷없이 말했다. "됐어. 듀랑이면 아는 사람이 많고 유력하니까" 하고 말끝을 맺지 않고서 "그렇지, 참 자네는 제일 고급 관리 한 명을 수술해 주지 않았나! 왜 그 담낭을 수술한 사나이 말일세."

"내가 한 게 아니지. 듀랑이……."

베베르는 웃었다.

"물론 내가 그 늙은이한테 그런 말을 할 수야 없지, 그렇지만 무슨 대책을 세울 수 있을 걸세. 내가 어디 간곡히 부탁을 해보지."

"별로 가망이 없는 일일 걸. 내가 얼마 전에 2천 프랑을 우려 냈으니 말일세. 그런 형의 인간은 그런 일을 항상 기억 속에 간직해 두는 법일세."

"잊어 버렸을 걸세" 하고 베베르는 재미있는 듯 말했다. "다시 말해서 그 자는 자네가 그런 유령 수술에 대한 것을 폭로하지나 않을까 불안해 할 거란 말일세. 자넨 그 사람 대신 여러 번 수술을 해주지 않았나. 게다가 그 사람은 자네가 없으면 곤란할 테고."
 "누구든지 다른 사람을 쉽게 찾아낼 텐데 뭘 그러나. 비노가 아니면 피난민 의사라도 말일세. 얼마든지 있거든."
 베베르는 수염을 쓰다듬었다.
 "자네 같은 솜씨를 가진 사람은 드물거든. 좌우간에 한번 이야기해 보기로 하세. 오늘이라도 해봐야겠어. 뭐 내가 해줄 수 있는 일은 없나? 식사는 어떤가?"
 "형편없네. 하지만 뭘 좀 가져오라고 할 수도 있어."
 "담배는?"
 "충분해. 내가 불편해 하는 것은 자네로서도 어쩔 수 없는 일일세……목욕이야."

 라비크는 거기서 유태인 연관공과 반유태계의 작가와, 그리고 폴란드 사람 하나와 함께 2주일을 지냈다. 연관공은 베를린에 대해서 향수를 느끼고 있었다. 작가는 베를린에 대해 염증을 느꼈다. 폴란드 사람에겐 그런 것은 아무래도 좋았다. 라비크는 담배를 나누어 피웠다. 작가는 유태인들의 농담을 지껄였다. 연관공은 악취를 없애는 전문가로서 없어서는 안 될 인간이었다.
 2주일 후에 라비크는 불려 나갔다. 우선 먼저 경찰 서장 앞에 끌려갔다. 서장은 그에게 가진 돈이 있는가를 물었다.
 "가지고 있지요."
 "그럼 됐어. 택시를 타고 가게."
 직원 하나가 그를 따라왔다. 거리에는 태양이 작렬하고 있었다. 다시 바깥 세상에 나오게 되어 기뻤다. 늙은 영감이 문 앞에서 풍선을 팔고 있었다. 어째서 형무소 앞에서 그런 것을 팔고 있는지 알 수가 없었다. 직원이 택시를 잡았다.
 "어디를 가는 거요?" 하고 라비크가 물었다.
 "장관한테로."
 라비크는 어떤 장관인지 궁금하긴 했지만, 독일의 강제 수용소의 장관이 아니라면 어떤 장관이라도 괜찮았다. 세상에서 꼭 한 가지 무서운 것이 있다면 그것은 잔악한 테러의 손아귀 속에서 육체적 고통을 감당해 낼 수 없는 경우이다. 그것에 비하면 이런 것쯤은 아무것도 아니다.

택시에는 라디오가 달려 있었다. 라비크는 다이얼을 돌렸다. 야채 시장의 뉴스와 정치 현황의 뉴스가 계속됐다. 직원은 하품을 했다. 라비크는 또 다이얼을 돌렸다. 음악이었다. 유행가였다. 직원은 표정이 밝아졌다.

"샤를르 트레네로군" 하고 그는 말했다. "메닐 몽땅 역시 일류급이지."

택시는 목적지에 도착했다. 라비크는 돈을 치렀다. 그는 대합실로 끌려 들어갔다. 세계 어느 곳의 대합실이나 다 그런 것처럼 여기 대합실에서도 기대와 땀내와 먼지 냄새가 코를 찔렀다.

그는 누군가가 빠뜨리고 간 낡은 《파리 스와르》를 뒤적이면서 반시간쯤 앉아 있었다. 2주일이나 책을 읽지 못했기 때문에 그것은 마치 고전 같은 생각이 들었다. 드디어 장관이란 사람 앞에 끌려갔다.

잠시 후에야 그는 겨우 그 왜소하고 뚱뚱한 사나이가 누군지를 알아볼 수 있었다. 보통 그는 수술할 때 환자의 인상 착의 같은 것은 신경을 쓰지 않았으며 얼굴 또한 번호와 같은 것이어서 관심 밖의 일이었다. 다만 환부만이 흥미거리였다. 그런데 이 사나이만은 호기심을 가지고 자세히 관찰했었다. 바로 그 사나이가 지금 제법 건강한 듯, 담낭을 떼어낸 뚱뚱한 배를 다시 앞으로 불룩 내밀고 앉아 있는 것이었다. 르발이었다.

라비크는 베베르가 한번 듀랑에게 부탁해 보겠다고 한 것을 감쪽같이 잊고 있었다. 그리고 르발 자신 앞에 끌려올 줄은 꿈에도 생각지 못했었다.

르발은 그를 아래위로 훑어보면서 시간적 여유를 가졌다. 이윽고 시비조로 말했다.

"물론 당신 이름은 보제크는 아니겠지?"

"아닙니다."

"그럼?"

"노이만입니다."

라비크는 베베르와 미리 그렇게 약속해 놓았던 것이다. 베베르는 듀랑한테 그렇게 얘기했던 것이다. 보제크란 이름이 좋지 않았던 것이다.

"당신은 독일 사람이지?"

"그렇습니다."

"피난민이오?"
"그렇소."
"알 수 없군. 그렇게 보이지는 않는데."
"피난민이라고 전부 유태인은 아니죠" 하고 라비크는 말했다.
"왜 속였소? 이름을……."
라비크는 어깨를 으쓱했다.
"달리 어떻게 할 도리가 없지 않습니까? 될 수 있는 대로 우리는 거짓말을 안합니다. 저희들은 거짓말을 할 때가 있지요. 하지만 재미로 거짓말을 하고 있는 줄 아십니까?"
르발은 발끈 화를 냈다.
"대체 당신은 우리들이 재미삼아 당신들을 못살게 군다고 생각하오?"
'회색 머리였다' 하고 라비크는 생각했다. '그때에는 머리가 희끄무레한 회색이었으며 누선(淚線)은 지저분한 푸른색이었고, 입은 반쯤 벌어진 채였지. 그때는 떠벌이지 않았으며 이 작자는 썩어가는 담낭을 속에 넣고 있는 커다란 고기 덩어리에 불과했었다.'
"어디 살고 있소? 주소도 역시 속였겠지?"
"여기저기 닥치는 대로 살았지요. 일정치 않게."
"얼마나 됐소?"
"약 3주일쯤 되었소 3주일 전에 스위스에서 왔습니다. 거기서 국경 밖으로 쫓겨났지요 법적으로 보면 저희들이 서류가 없으니 어디서도 살 수가 없다는 것, 그리고 우리들 대부분은 아직 자살할 결심을 못하고 있다는 것도 아시겠지요. 우리들이 당신네들을 괴롭히게 되는 점이 바로 이것입니다."
"독일에 그대로 있었으면 좋았지" 하고 르발은 투덜거렸다. "거기라고 해서 그렇게 심하지는 않단 말이야. 지나치게 과장을 해서 그렇지."
'조금만 잘못 잘라 주었더라면, 서로 이 따위 어리석고 무의미한 말을 지껄이지는 않을 걸 그랬지' 하고 라비크는 생각했다. '구더기 같으면 여권이 없어도 내 국경선을 넘었을 것이다. 그렇지 않으면 너는 한 움큼의 재가 되어서 지금쯤은 형체도 없는 유골 단지 안에 들어가 있을 것이다.'
"여기선 어디서 지냈소?" 르발이 물었다.
'흥, 다른 사람들까지 잡기 위해 알고 싶어하는군' 하고 라비크는 생각했다.

"일류 호텔로 전전했죠" 하고 그는 말했다. "늘 딴 이름으로. 어디서나 하루나 이틀 정도밖에는."

"그건 거짓말이오."

"그렇게 잘 아시면서 왜 물으시죠?" 라비크는 점점 진저리가 나서 말했다.

르발은 화가 치민 듯 손바닥으로 책상을 탁 쳤다. "염치없는 소리 작작 해!" 하고는 곧 자기 손을 자세히 들여다보았다.

"가위를 치셨군요" 하고 라비크가 말했다.

르발은 그 손을 호주머니에 넣었다.

"당신은 좀 건방지다고 생각하지 않소?" 하고 그는 갑자기 자제할 수 있는 침착한 태도를 보이면서 말했다. 상대자가 완전히 자기의 손아귀에 들어 있다는 것을 알기 때문에 그러한 여유가 생긴 것이다.

"건방지다고요?" 라비크는 놀라서 그를 쳐다보았다. "당신은 건방지다고 말씀하십니까? 우리는 학교에 들어와 있는 것도 아니고, 범죄자가 죄를 뉘우치고자 감화원에 들어온 것도 아닙니다! 전 다만 자위 수단을 쓰고 있는 것뿐예요. 그런데 당신은 제게, 관대한 판결을 해 달라고 애원하는 범인인 것처럼 스스로 느끼라고 하시는 겁니까? 그것도 제가 나치스가 아니고, 따라서 여권이 없다는 이유만으로 그런 기분이 되라는 겁니까? 우리들은 단지 생의 갈망으로 온갖 종류의 감옥과 경찰과 굴욕을 모조리 경험하고 있습니다만, 그렇다고 아직까지 자기가 범죄를 저지른 범인이라곤 생각지 않고 있어요. 그것만이 우리들이 아직도 희망을 걸고 있는 유일한 힘인데, 그것을 모르시나요? 그것이 건방진 것하고는 전혀 다르다는 것을 신만은 아실거요."

르발은 아무런 대답이 없었다.

"당신은 여기서 개업하고 있었소?" 하고 그가 물었다.

"천만에요."

'흉터는 지금쯤은 조그맣게 아물었을 것이다' 하고 라비크는 생각했다. '그때에 정말 잘 꿰매 주었으니까. 그렇게 지방이 많았으니 정말 힘든 수술이었지. 그 후에 이 작자는 또 열심히 처먹어서 이렇게 비대해졌구나. 처먹고 처마시고 했으리라.'

"그것이 제일 위험하단 말이오." 르발은 잘라서 말했다. "시험도 치르지 않고 단속도 받지 않고서 돌아다니고 있으니! 언제부터 그렇게 해 왔는지 누가 아느냐 말요? 당신이 3주일이라고 했다고 해서 내가 믿는다고 생각진 말아요. 당신이 여태까지 무슨 일에 손을 댔는지 어떤 의심스러운 짓을 해 왔는지 누가 안단 말이오?"

'네 녀석의 뱃속에서 동맥은 경화하고 간장은 부어올라 담낭이 발효하고 있었어' 하고 라비크는 생각했다. '만일 내가 그것에 손을 대지 않았던들 너의 친구인 듀랑은 아마 어리석은 방법으로 귀신도 모르게 너를 죽였을 테지. 그리고 그렇게 해서 그는 외과의사로 더욱 유명해졌을 테고, 자기의 치료비를 올렸을 테지.'

"그것이 제일 위험하단 말이오" 하고 르발은 되풀이 말했다. "당신은 개업하면 안 된단 말야. 그러니까 당신은 닥치는 대로 도맡아서 하게 될 것이 뻔한 노릇이지. 거기에 대해서 우리들의 권위자 한 분과 이야기도 해봤지만, 그분도 나하고 완전히 같은 의견이었소. 만일 당신이 의학적인 지식이 조금이라도 있다면 그 분의 이름은 알고 있을 걸."

'설마하니' 하고 라비크는 생각했다. '그럴 리가 없다. 설마 듀랑의 이름은 안 대겠지. 세상에 그런 농담은 있을 수 없지 않나?'

"듀랑 교수 말이오" 하고 르발은 위엄 있게 말했다. "그 분 말이, 치료사들이나 갓 졸업한 대학생, 안마사, 조수, 이 모든 것들이 프랑스에 오면 모두 독일에서는 훌륭한 의사였다고 사칭하고 다닌다더군요. 대체 누가 그것을 단속할 수 있겠소? 법을 어긴 수술, 낙태, 산파하고 공모자가 되는가 하면, 엉터리 치료를 하고, 그 밖의 무슨 일을 저지르고 있는지 알 수 없지. 우리가 아무리 강력하게 다뤄도 불가항력이란 말이오."

'듀랑 녀석' 하고 라비크는 생각했다. '이것이 2천 프랑에 대한 복수로군. 그건 그렇고, 지금 그 작자의 수술은 누가 해주고 있을까? 아마 비노겠지. 필경 그들은 전대로 해 나가고 있을 테지.' 그는 이젠 자기가 르발의 이야기를 듣고 있지 않다는 것을 알았다. 베베르의 이름이 나오자 그는 비로소 다시 주위를 기울였다.

"베베르라는 의사가 당신의 일을 부탁해 왔소. 그 사람을 알고 있나?"
"네, 조금은."
"그 사람이 여길 왔었네."

르발은 순간 앞을 뚫어지게 응시했다. 그리고 큰 재채기를 한바탕 하고 나니 손수건을 꺼내서 코를 풀고는 그것을 들여다본 다음 다시 손수건을 접어서 호주머니에 집어넣었다.
"하지만 당신을 위해선 힘이 되어 줄 수가 없소. 우리는 엄격하게 다루지 않으면 안 된단 말요. 당신은 추방이야."
"그건 나도 아오."
"전에도 프랑스에 왔던 일이 있소?"
"없습니다."
"다시 오면 6개월 징역이오. 알겠소?"
"알고 있습니다."
"될 수 있는 대로 빨리 추방되도록 해주지. 그것이 내가 당신을 위해 해줄 수 있는 전부요. 돈은 가지고 있소?"
"있습니다."
"됐어. 그러면 국경까지 따라갈 경관과, 당신의 여비는 당신이 지불해야 하오" 하고 그는 고개를 끄덕였다. "가도 좋아."
"정해진 시간까지 돌아가야 하나요?" 하고 라비크는 동반한 경관에게 물었다.
"정해져 있지는 않소. 사정에 따라서죠. 그런데 왜 그러시오?"
"아페리티프를 한 잔 마시고 싶소."
경관은 그를 쳐다보았다.
"도망가지 않을 테니까" 하고 라비크는 말했다. 그리고 주머니에서 25프랑짜리 지폐를 한 장 꺼내들고 만지작거렸다.
"좋아. 2, 3분 정도는 아무래도 마찬가지니까."
그들은 다음 비스트로에서 택시를 정차시켰다. 노천 식탁이 이미 마련되어 있었다. 시원했으나 햇볕은 쨍쨍했다.
"무엇을 드시겠소?" 하고 라비크는 물었다.
"아메즈 뻬콩을 할까. 이 시간에 다른 것은 할 수가 없지."
"내겐 휘느를 큰잔으로 한 잔 주구료. 물을 타지 말고."
라비크는 편히 앉아서 깊이 숨을 들이쉬었다. 공기 —— 얼마나 고마운 것이냐! 보도에 늘어선 나뭇가지에는 갈색의 새싹이 빛나고 있었다. 갓 구워낸 빵과 새로 빚은 포도주의 냄새가 후각을 자극시켰다.

웨이터가 잔을 두 개 가져왔다.
"전화는 어디 있지?" 하고 라비크는 물었다.
"안에 있는뎁쇼. 오른쪽 화장실 옆입니다."
"그렇지만" 하고 경관은 입을 열었다.
라비크는 25프랑짜리 지폐를 그의 손에 쥐어 주었다.
"내가 누구한테 전화를 걸려고 하는지는 대강 짐작하시겠지요. 도망은 안 갈 테니 걱정 마시오. 함께 가도 좋소. 자, 오시오."
경관은 망설이지 않았다. "좋소." 그는 일어나면서 말했다. "인생이란 다 그렇고 그런 거지 뭐……."

"조앙."
"라비크! 어머나! 어디 있었어요? 석방됐어요? 지금 어디예요? 말해줘요."
"비스트로야."
"그만두세요. 정말 어디 있는지 말해 주세요!"
"정말 비스트로에 있어."
"어디예요? 이젠 구치소가 아닌가요? 그간 줄곧 어디 있었어요? 모로소프는……."
"그 친구는 당신한테 모든 사정을 그대로 말했을 텐데."
"그 사람은 당신이 어디로 갔는지 말해 주지 않았어요. 알았으면 바로 뛰어 갔을 텐데."
"그래서 말 안했겠지, 조앙, 그게 더 좋았어."
"왜 비스트로에서 전화를 해요? 이리로 오시면 안 되나요?"
"갈 수가 없소. 3분 쉬고 있는 거야, 조앙. 2, 3일 사이에 스위스로 추방될 거요. 그러면……."
라비크는 창밖을 잠깐 내다보았다. 경관은 카운터에 기대서서 이야기를 주고받고 있었다.
"그러면 곧 돌아오겠어."
그는 기다렸다.
"조앙."
"제가 곧 가겠어요, 곧 가요. 어디지요?"

"오면 안 돼. 거기서 오자면 30분쯤 걸릴 거요. 지금 2, 3분밖에는 시간이 없어."

"경관을 꼭 붙잡아 두세요! 돈을 쥐어 줘야 해요! 돈을 주세요. 제가 가지고 갈 테니까요!"

"조앙" 하고 라비크는 말했다. "그런 짓 해봐야 아무 소용도 없어. 이젠 전화를 끊어야겠어."

여자의 숨소리가 들렸다. "당신은 저를 보고 싶지 않으신 거죠?" 이윽고 여자는 말했다.

'난처하게 됐군, 괜한 전화를 걸었군. 얼굴도 보지 않고 어떻게 설명해 줄 수가 있단 말인가?' 라비크는 생각했다.

"얼마나 당신을 만나고 싶은지 몰라, 조앙."

"그럼 오세요. 그 사람도 함께 데리고 오면 되잖아요!"

"그건 안 돼. 이젠 전화도 끊어야 해. 지금 당신이 무얼 하고 있는지 빨리 말해 줘요."

"뭐라구요, 무슨 뜻이지요?"

"지금 뭘 입고 있지? 어디 있지?"

"제 방이에요. 침대예요. 어젯밤에 늦게 돌아왔어요. 곧 옷을 입고 가겠어요."

어젯밤에 늦었다구, 그럴 테지! 내가 감옥에 들어앉았건 말걸 모든 일은 잘 되어 나갈 테지, 그것을 깜박 잊었었구나. 침대에서 반쯤 잠이 깨어서, 베개에는 헝클어진 머리카락들, 의자에 내던져진 양말, 내의, 야회복, 오만 가지가 어지럽게 흩어져 있겠지. 제 입김으로 반쯤 흐려진 무더운 전화실의 창문, 마치 수족관 속에서 헤엄치고 있는 듯 그 창 속에서, 무한히 아득한 곳에 있는 경찰의 머리가 흔들흔들 움직였다. 그는 정신을 집중했다.

"이젠 끊어야겠어, 조앙."

여자의 어쩔 줄 몰라 당황하는 목소리가 들려왔다.

"아니, 그런 법이 어디 있어요! 그렇게 가 버릴 수는 없어요. 제겐 아무말도 않으시니. 어디로 가시는지도, 그렇지 않아요?"

벌떡 일어나서 베개를 밀어 놓고 전화기를 무기처럼, 원수처럼 손에 휘어잡고, 떨리는 어깨, 흥분한 나머지 깊고 어두워진 눈…….

"전쟁터로 나가는 것이 아니야. 단지 스위스로 가는 것 뿐이야. 곧 다시 돌아올 거야. 국제연맹에 기관총을 한 차 팔러 간다고 생각해 두구료."

"당신이 돌아오신대도 역시 마찬가지예요. 전 겁이 나서 못살겠어요."

"지금 막 이야기한 것을 어디 다시 한 번 말해 봐."

"정말예요." 여자의 목소리는 노기를 띠고 있었다. "제겐 맨 마지막에 가서야 말씀하시는군요. 베베르는 당신을 면회할 수 있는데 저는 안 되고요. 모로소프에게는 전화를 거시면서 제게는 안 거시는군요. 그리고 이제 떠나시겠다고 하시는군요."

"제발" 하고 라비크는 말했다. "우리 다투지는 맙시다, 조앙."

"저는 다투는 것이 아니예요. 사실을 사실 그대로 말할 뿐이에요."

"알았어. 이젠 끊어야겠어. 안녕, 조앙."

"라비크! 라비크!"

"왜 그러지?"

"꼭 돌아오세요! 돌아오세요! 당신이 없으면 저는 못살아요."

"다시 돌아올 거야,"

"그럼은요……그럼은요……."

"잘 있어, 조앙. 곧 돌아올 거요."

그는 잠시 덥고 후텁지근한 전화 박스 속에 그대로 있었다. 이윽고 그는 수화기를 놓지 않고 있는 자신을 발견했다. 그는 문을 열었다. 경찰이 힐끗 쳐다보며 온화한 미소를 지었다.

"끝났소?"

"그렇소."

두 사람은 밖에 놓인 식탁으로 돌아왔다. 라비크는 생각했다. 전화하기 전까지는 마음이 안정되어 있었다. 그런데 이젠 뒤죽박죽이다. 전화로 말을 주고받는다는 것이 아무 소용이 없다는 것쯤은 알고 있었어야 할 게 아닌가. 내게도, 조앙에게도 그렇다.

그는 다시 한 번 전화를 걸어 원래 그가 말하고 싶었던 일을 모조리 털어놓고 싶은 충동을 느꼈다. 왜 그 여자를 만날 수 없는지 말해 주고 싶었다. 연행되고 있는 더러운 지금의 자기 꼴을 그녀에게 보이고 싶지 않다는 것을 말해 주고 싶었다. 그러나 다시 전화를 건다 해도 여전히 전과 마찬가지일 것이다.

"이젠 떠나야 되겠는걸" 하고 경찰이 말을 했다.

"그럽시다."

라비크는 웨이터를 불렀다.

"코냑을 조그만 병으로 두 병하고 신문을 모조리 주고, 카포랄을 열 두 갑만 주게. 그리고 계산서도" 하며 그는 경찰을 바라보았다. "괜찮겠지요?"

"인생이란 어차피 그런 거니까" 하고 경찰은 말했다.

웨이터가 병과 담배를 가져왔다.

"마개를 따 주게" 하고 라비크는 말하고, 조심스럽게 담뱃갑을 여기저기 호주머니에 갈라 넣었다. 그리고 마개뽑이가 없어도 쉽사리 뽑을 수 있도록 병마개를 다시 닫고는 외투 안주머니에 넣었다.

"잘하시는군요" 하고 경찰은 말했다.

"익숙해졌으니까. 유감스럽소만, 어렸을 때는 늙어서까지 이런 인디언 장난을 할 줄은 꿈에도 생각 못했었지."

폴란드 친구와 작가는 코냑을 보자 미친 사람처럼 좋아했다.

연관공은 독한 술은 마시지를 않았다. 그는 맥주를 좋아해서 베를린의 맥주가 얼마나 맛이 좋은가를 늘어놓았다.

라비크는 마룻바닥에 누워서 신문을 읽었다. 폴란드 친구는 읽지를 않았다. 그는 프랑스 말을 전혀 몰랐다. 다만 담배를 피우며 만족해 했다. 밤이 되자 연관공이 훌쩍훌쩍 울기 시작했다. 라비크는 눈을 뜨고 있었다. 그는 숨을 죽이고 흐느끼는 소리를 들으면서 조그마한 창 너머로 파리한 하늘을 멍하니 내다보고 있었다. 어쩐지 잠을 이룰 수가 없었다. 밤늦게 연관공이 잠들었을 때에도 역시 잠은 오지 않았다. '너무 잘 살았었구나' 하고 그는 생각했다. '없어지면 괴롭기 한이 없는 것을 지나치게 많이 가지고 있었구나.'

18

라비크는 정거장에서 나왔다. 기차 안은 더러운데다 그는 피로했다. 마늘 냄새가 나는 사람들, 개를 데리고 있는 사냥꾼, 닭과 비둘기가 든 바구니를 품에 안은 여자들과 함께 무덥고 악취가 풍기는 기차 안에서 열 세 시간을 보냈다. 그리고 그 전에는 국경에서 그럭저럭 3개월을 보냈고…….

그는 샹젤리제를 따라 걸어갔다. 황혼 속에서 반짝거리는 것이 있었다. 눈을 들어 쳐다보았다. 마치 롱 뽀앙 주위를 거울로 피라밋을 세워 놓아 잿빛으로 저물어 가는 5월의 마지막 햇살을 반사하고 있는 듯했다.

그가 걸음을 멈추고 자세히 살펴보았다. 그것은 정말 거울로 만든 피라밋이었으며, 튤립의 화원 뒤로 여기저기 사면에 마치 도깨비처럼 쭉 늘어서 있었다.

"저건 대체 뭐요?" 하고 그는 옆에서 파헤쳐진 화단을 정리하고 있는 정원사에게 물었다.

"거울이지요" 하고 정원사는 쳐다보지도 않고 대꾸만 했다.

"그건 나도 알고 있소. 요전에 왔을 때는 저런 것들은 없었는데."

"오랫동안 이곳에 오시지 않았나요?"

"3개월 만이오."

"그러십니까? 3개월 만이세요! 이건 바로 2주일 전에 세워진 것이지요. 영국 왕을 위해서죠. 그리고 저건 그 분의 얼굴이 비치도록 마련된 것이에요."

"어처구니없군."

"그렇구말구요."

조금도 놀라는 기색이 없이 정원사는 대답했다.

라비크는 다시 걷기 시작했다. 3개월……3년……사흘. 시간이란 무엇인가? 무(無)이며 일체이기도 한 것. 마로니에는 이제 꽃이 만발하게 피어있다——그때는 나뭇잎 하나 달려 있지 않았었는데. 독일은 다시 협정을 위반하고 체코슬로바키아를 송두리째 점령해 버렸다. 제네바에서는 망명객 요프 부로멘탈이 국제연맹 건물 앞에서 히스테릭한 웃음의 발작을 일으키며 권총 자살을 했다. 벨포르에서 폐렴에 걸려 군터라는 가명으로 간신히 목숨을 건질 수 있었던 때의 추억이 지금도 가슴속 어디선가 꿈틀거리고 있다. 그리고 지금 마치 여자의 부드러운 가슴과 같은 그러한 저녁에 그는 다시 여기 돌아온 것이다. 하지만 이런 일은 모두가 조금도 놀랄 것이 못 됐다. 많은 것을 받아들였듯이 숙명적인 침착한 기분으로 모든 것을 받아들였다. 이 침착한 태도만이 역경에 처해 있는 인간의 유일한 무기다. 하늘은 어디나 마찬가지다. 살인이나 증오, 희생이나 사랑을 초월하기는 어디서나 마찬가지다—나무들은 아무런 의심도 품지 않고 해마다 새로운 꽃을 피운다—살구처럼 푸른 황혼은 여권이나 배반, 또는 절망과 희망에 거슬리지 않고 변화하고 왔다가는 가 버린다. 다시 파리에 올 수가 있었다는 것은 역시 잘 된 일이다. 은회색 빛깔에 싸인 이 거리를 아무런 잡념도 없이 천천히 걸을 수 있다는 것은 유쾌한 일이다. 아직도 유예된 기간은 충분히 있고, 모든 것이 그지없이 부드럽게 융해되어 먼 옛날의 슬픔과 아직도 살아 있다는 늘 맛보는 행복감이 지평선처럼 서로 융합된 경계선에서 이런 시간을 가질 수 있다는 것은 참으로 유쾌한 일이다. 지금 막 도착했고, 다시 칼이나 화살에 얻어맞게 될 때까지의 이런 한때—이런 희유한 동물적인 감정—멀리까지 갔다가 멀리서부터 들려오는 이 숨소리—마음에 간직한 거리를 따라서 사실의 음울한 불꽃과 십자가에 못박힌 과거지사를, 그리고 앞으로 닥쳐올 가시철망을 아직 아무런 감동도 없이, 불고 지나가는 이 미풍, 이 정지 상태, 동요 속의 침묵, 휴식의 일순간, 활짝 열린 동시에 깊이 간직된 존재 형식, 순간적인 험악한 세계 속에서 부드럽게 똑딱거리며 진행하는 영원.

모로소프는 앙떼르나쇼날의 '종려나무가 놓인 방'에 앉아 있었다. 그의 앞에는 마개를 딴 포도주 병이 놓여 있다.

"여보게, 보리스" 하고 라비크가 말을 건넸다. "내가 꼭 알맞은 때에 돌아왔나 보군. 그건 브브렌가?"

"언제나 같지. 34년제일세. 이건 좀 달콤하고 세지. 아뭏든 반갑네, 돌아와 줘서. 3개월 됐지, 아마?"

"응, 전보다는 약간 오래 걸렸네."

모로소프는 구석의 탁상용 종을 흔들었다. 그 종소리는 마을 교회당의 종소리 같은 소리를 냈다. 가다꿈바에는 전등은 달렸어도 초인종은 없었다. 초인종을 단다고 해도 아무런 필요가 없었기 때문이다. 망명자들 중에서 종을 누를 만한 자신을 가진 사람은 매우 드물었다.

"이번엔 가명이 무엇인가" 하고 모로소프가 물었다.

"아직도 라비클세, 경찰에선 이 이름은 쓰지 않았으니까. 보제크, 노이만,

군터 등등으로 해 뒀지. 아무렇게나 생각하는 대로 말일세. 라비크란 이름을 버리기가 싫었네. 이게 마음에 꼭 드는 이름일세."

"여기서 살았다는 것을 놈들이 알아내지를 못했군."

"물론이지."

"그럴 테지. 그렇지 않았던들 틀림없이 수색을 했을 텐데. 그럼 다시 여기서 살 수 있겠군. 자네 방은 아직도 비어 있네."

"주인 노파는 사건을 알고 있나?"

"모르네. 아무도 몰라. 자넨 르왕에 갔다고 해 뒀고, 자네 짐은 내 방에 옮겨 두었어."

하녀가 쟁반을 들고 들어왔다.

"클라리스, 라비크 씨에게 잔을 갖다 드려요" 하고 모로소프가 하녀에게 말했다.

"어머나, 라비크 선생님!"

하녀는 누런 이빨을 드러내보이며 말했다.

"다시 돌아오셨군요? 반년 이상 떠나 계셨지요, 아마?"

"3개월이야, 클라리스."

"그럴 리가 없어요. 저는 반년이 훨씬 넘었으리라고 생각했는데요."

하녀는 발을 질질 끌며 나갔다. 그러자 바로 뒤이어 가다꼼바의 매우 건방진 보이가 포도주 잔을 들고 들어왔다. 쟁반에 받쳐 들지도 않고 그대로 들고──들어왔다. 벌써 여기에서 너무 오래 일을 하고 있었기 때문에 아무렇게나 자기 멋대로 편하게 굴어도 되었던 것이다. 모로소프는 무슨 말이 나올지 그의 얼굴만 보아도 금세 알아차릴 수 있었기 때문에 앞질러 입을 열었다.

"고마와, 장. 라비크 씨가 얼마나 오랫동안 떠나 있었는지 어디 말해 보게. 자네 정확히 알고 있나?"

"그럼요, 모로소프 씨, 물론 정확히 알고 있고말고 날짜까지도 알고 있습죠. 꼭……." 보이는 일부러 말을 끊었다가 미소를 띠우며 말을 이었다. "정확히 4주 반이지요."

"틀림없네" 하고 라비크는 모로소프가 채 대답도 하기 전에 말을 해 버렸다.

"맞았어" 하고 모로소프 역시 대답을 했다.

"당연합죠. 저는 결코 한번도 틀려 본 적이 없었으니까요."

장은 나가 버렸다.
"저 친구를 실망시키고 싶지 않았네, 보리스."
"나 역시 마찬가질세. 나는 다만 자네한테 시간이란 것이 일단 과거지사가 되면 얼마나 허망한 것인가를 보여주고 싶었네. 위안도 되고, 놀랍기도 하고, 무관심하게도 만들지. 난 1917년 모스크바에서 네오브라센스크 근위연대의 비일스키 중위의 모습을 잊어 버리고 말았었네. 우리들은 친구였지. 그 친구는 핀란드를 지나서 북쪽으로 빠져나갔지. 난 만주로 해서 일본으로 나오는 길을 택했네. 그리고 8년 후에 여기서 다시 만났는데, 그때 나는 그 친구하고 1919년 5월에 하르빈에서 만났다고 생각했고, 그 친구는 그 친구대로 나를 1921년 헬싱키에서 만났다고 생각하고 있더란 말일세. 2년 하고 3, 4천 마일이나 틀리더란 말일세."

모로소프는 병을 들어 잔에다 부었다.
"어쨌든 저 친구들이 자네를 기억하고 있으니, 그래도 집에 돌아온 것 같은 기분이 들지 않나, 어때?"

라비크는 마셨다. 포도주는 순하고 차가웠다.
"그 동안 나는 독일 국경에 아주 가까이 가 있었네" 하고 라비크는 말했다. "아주 가까운 곳이었어, 바젤 남쪽이었는데 도로의 한쪽은 스위스였고 한쪽은 독일이었지. 나는 스위스 쪽에 서서 버찌를 먹고, 씨를 독일에다 뱉을 수가 있었네."

"고향에 돌아간 기분이 나던가?"
"천만에. 그때처럼 고향에서 멀리 떨어졌다는 기분을 가져 본 적은 없었네."

모로소프는 히죽 웃었다.
"알 수 있네. 그래 독일은 어떻던가?"
"여전하더군. 점점 어려워져 가고 있네. 그뿐이지. 국경은 전보다 훨씬 삼엄하게 수비를 하고 있더군. 한번은 스위스 쪽에서, 그리고 또 한번은 프랑스 쪽에서 체포됐었지."

"왜 한번도 편지를 안했나?"
"경찰이 어디까지 손을 뻗치고 있는지 알 수가 있어야지. 이 작자들이 가끔 정력적인 일을 곧잘 하니까 말일세. 다른 사람들을 위태롭게 하지 않는 것이 상책 아닌가. 그러잖아도 우리들의 알리바이는 그렇게 완전하게 되어 있지 않거든. 가만히 누워 있다 꺼져 버려라 —— 이것이 옛날부터 내려오는 전쟁터에서의 격언이 아닌가. 달리 무슨 방도라도 있을 거라고 생각했나?"
"그런 건 아니지만."
라비크는 그를 쳐다보았다.
"편지라도." 이윽고 그는 입을 열었다.
"대체 편지가 뭐란 말인가. 편지 같은 건 아무 짝에도 소용이 없네."
"그렇긴 해."
라비크는 주머니에서 담뱃갑을 끄집어내.
"떠나 있으면 모조리 변하니 참 이상한 일이야."
"거짓말 말게, 이 사람아."
"거짓말이 아니래두."
"떠나 있으면 좋은 거야. 다시 돌아오면 다르게 보이지. 그리고는 또 시작이 되는 걸세."
"그럴는지도 모르지. 안 그럴지도 모르고."
"자네 상당히 엉큼한데. 좋아, 그렇게 생각하는 것도. 체스나 한 판 두세그려. 그 교수는 죽었어. 상대해 볼 수 있는 유일한 적수였는데. 레비는 브라질로 가 버렸네. 보이 자리를 구해서 말일세. 근자에는 세상 돌아가는 것이 여간 빠르지 않단 말이야. 무엇에고 정이 들면 안 되겠단 말이야."
모로소프는 라비크를 조심스럽게 쳐다보았다.
"정들면 안 되지."
"그런 의미로 말한 것은 아닐세."
"나 역시 그러네. 하지만 이런 곰팡이 냄새가 나는 종려의 무덤 같은 이곳을 그만 나갈 수 없겠나? 3개월이나 떠나 있었는데도 여전히 똑같은 냄새가 나고 있네그려. 주방 냄새, 먼지와 근심 걱정의 냄새…… 참, 자넨 언제 나가야 하나."
"오늘은 나가지 않아도 되네. 오늘밤은 비번이거든."
"됐네." 라비크는 슬쩍 눈웃음을 쳤다. "멋과 옛 러시아와 커다란 잔으로 마시는 저녁일세그려."
"함께 가겠나?"

"아니, 오늘은 안 되겠네. 너무 피곤해. 2, 3일 동안 거의 잠을 못 잤어. 아주 평온했다고 할 수는 없지. 우리 한 시간쯤 나가서 어디 가서 앉기로 하세. 벌써 오랫동안 그렇게 해보지 못했으니까."

"브브레야?" 하고 모로소프는 물었다. 두 사람은 카페 꼴리제 밖에다 자리를 잡고 앉았다.

"왜? 아직 초저녁인데. 보드카 시간일세."

"음, 하지만 나는 브브레를 마시겠네. 난 그것이면 충분해."

"왜 그러나? 적어도 휘느쯤이 어떤가?"

라비크는 고개를 저었다.

"인간은 어디든 도착하면 그날 밤은 취해야만 하는 법일세" 하고 모로소프는 말했다. "과거의 그림자의 비통한 얼굴을 맹송맹송한 기분으로 바라보다니, 불필요한 영웅주의가 아닌가?"

"난 그런 것을 쳐다보고 있는 것이 아닐세, 보리스. 신중하게 인생을 즐기고 있는 거야."

라비크는 모로소프가 자기의 말을 믿지 않고 있다는 것을 알았다. 그러나 확신시키려고 노력하고 싶지도 않았다. 그는 길을 향한 맨 첫째 줄의 탁자를 대하고 앉아 조용히 술잔을 기울이며 저녁 산책을 나온 사람들을 쳐다보고 있었다. 파리를 떠나 있는 동안에는 그의 마음속의 모든 것이 희미하고 석연했었다. 그것이 지금은 구름이 끼고 뿌옇게 퇴색해서 걷잡을 수 없이 기분좋게 미끄러져 나가고 있었다. 그래, 너무 급히 산을 내려온 사람처럼 모든 소음이 간신히 틀어막아 놓은 솜을 통해서 들리듯 아득하게 들렸던 것이다.

"호텔에 오기 전에 어디 들른 데가 있나?" 모로소프가 물었다.

"없어."

"베베르가 몇 번 자네 소식을 묻던데."

"전화를 걸어야겠군."

"자네의 서두르는 모습이 어째 맘에 걸리네. 무슨 일이 있었는지 이야기나 좀 하게."

"별로 특별한 일도 없었지. 제네바의 국경은 경비가 엄해서 처음엔 그쪽에 해봤으나 허탕이었고, 그 다음엔 바젤 쪽을 택했지만 여전히 어려웠지. 결국 오기는 했지만 감기에 걸렸네. 밤에 들판에서 진눈깨비를 맞았으니 별수 있겠나, 어떻게 할 수가 있어야지. 그래 폐렴에 걸렸네. 그런데 벨포르의 어떤 의사가 병원에다 몰래 입원시켰다가 퇴원시킨 다음에 열흘이나 자기 집에 숨겨 주었었지. 돈을 보내 주어야겠어."
"이젠 다 완쾌되었나?"
"어느 정도."
"그래서 독한 술을 안 마시나?"
라비크는 눈웃음을 쳤다.
"그런 이야기를 자꾸하면 뭘 하나? 난 좀 피곤하단 말야. 우선 습관이 돼야겠어. 이상한 일이야. 오는 도중엔 여러 가지 많은 생각을 했는데 정작 와서 보니 아무런 생각도 나질 않는군."
모로소프는 그것을 눈으로 제지했다.
"라비크" 하고 인자한 아버지 같은 투로 말했다. "자네는 자네 아버지인 보리스한테 이야기를 하고 있는 걸세. 인간의 마음을 속속들이 알고 있는 이 보리스한테 말이야. 겉돌지 말고 솔직하게 물어 보게. 그래야 끝이 날 게 아닌가."
"좋아. 조앙은 어디 있나?"
"그건 모르겠네. 그 여자에 대해서는 2, 3주일 전부터 전혀 들은 바 없고 보지도 못했어."
"그럼 전에는?"
"그 전에는 얼마 동안 자네 소식을 묻더군. 그리고 나선 그만이야."
"그럼 지금은 세헤라자드에서 일하지 않나?"
"응 약 5주일 전에 그만뒀어. 그만둔 후에 한두 번 왔었지. 그리곤 그만이야."
"이젠 파리에 없단 말인가?"
"없을 걸세, 적어도 내 생각으로는. 그렇지 않다면 가끔 세헤라자드에서 보았을 테니까."
"무엇을 하는지 모르겠나?"
"아마 영화 관계가 아닌가 하는데. 접수에 있는 여자한테는 그런 이야기를 했던 것 같네. 자네도 알 테지. 그런 것쯤은 소용없는 구실이지."
"구실이라니."

"그럼, 구실이지." 모로소프는 못마땅한 듯 말을 했다. "그 밖에 뭐가 있겠나? 라비크, 자넨 그럼 그렇지가 않을 것이라고 생각했었나?"
"응."
모로소프는 잠자코 있었다.
"예상하는 것하고 아는 것은 다르다네" 하고 라비크는 말했다.
"답답한 로맨티스트나 할 소리지. 좀 그럴 듯한 것을 마시게나. 그런 레몬 말고. 고급 칼바도스라도 마셔 보지 그래."
"칼바도슨 안 되겠어, 코냑으로 하지. 그걸로 자네 맘이 풀릴 수 있다면 말야. 하긴 칼바도스도 상관없지."
"이젠 됐네" 하고 모로소프는 말했다.

창들, 즐비한 지붕들의 푸른 실루엣, 퇴색한 붉은 소파와 침대. 이런 것들을 참고 지내지 않을 수 없음을 라비크는 알 수 있었다. 그는 소파에 앉아서 담배를 피웠다. 모로소프가 그의 짐을 가져다 주고 자기를 만나려면 어디로 오면 될 것이라고 장소를 일러 주었다.

그는 입고 있던 낡은 옷을 벗어 던졌다. 목욕도 했다. 뜨겁게, 그리고 비누를 듬뿍 썼다. 오래 걸렸다. 3개월 동안의 때를 씻어 버리고 피부에서 밀어냈다. 깨끗한 내의를 입고 다른 옷을 갈아입고 면도를 했다. 무엇보다도 터키탕을 가고 싶었지만 너무 늦었다. 일을 모두 끝내고 나니 기분이 좋았다. 그는 좀더 그런 몸치장을 하고 싶었다. 창가에 앉았자니 갑자기 공허한 기분이 구석구석에서 기어나왔기 때문이다.

그는 잔에다 칼바도스를 가득 부었다. 그의 짐 속에서 좀 남은 칼바도스 병이 나왔던 것이다. 조앙과 마시던 그날 밤이 머리에 떠올랐다. 그러나 거의 아무런 느낌도 없었다. 너무 오래된 일이었다. 그는 다만 오래 묵은 고급 칼바도스였다는 것만을 알았을 뿐이다.

달이 천천히 지붕 위로 솟아올랐다. 건너쪽 지저분한 마당이 그림자와 은빛의 궁전으로 변하고 있었다. 약간의 공상력을 발동시키면 모든 것을 먼지 구덩이에서 은으로 변화시킬 수가 있다. 꽃향기가 창으로부터 흘러 들어왔다. 밤의 카네이션의 코를 콕 찌르는 향기가 흘러들었다. 라비크는 창에서 몸을 내밀고 아래를 내려다보았다. 바로 밑의 창문턱에 화초 상자가 하나 놓여 있었다. 저것은, 아직도 그 친구가 살고 있는지는 모르지만 비젠호프의 것일 게다. 라비크는 언젠가 그 친구의 위장을 세척해 준 적이 있었다. 일년 전 크리스마스 때였지.

　병이 비었다. 그는 그것을 침대 위에 내던졌다. 병은 침대 위에 마치 검둥이 태아처럼 나동그라져 있었다. 그는 일어났다. 무엇 때문에 침대를 노려보고 있는 것이냐. 여자가 없으면 찾아내면 될 게 아닌가. 파리에선 여자쯤 얼마든지 찾아낼 수 있다.

　그는 비좁은 거리를 빠져나와 에드와르 광장으로 걸어갔다. 밤의 대도시의 따사로운 생활이 샹젤리제로부터 물결쳐 왔다. 그는 급히 돌아서서 천천히 호텔 밀랑을 찾아갔다.

　"잘 있었나?" 하고 그는 웨이터에게 물었다.

　"아니, 선생님 아니세요!" 하고 웨이터는 일어났다. "선생님, 무척 오랜만에 오셨군요."

　"응. 오랜만이지. 파리에 없었어."

　웨이터는 조그만 눈으로 민첩하게 그를 훑어보았다.

　"부인은 이제 여기 안 계신뎁쇼."

　"알고 있어. 벌써 오래됐지."

　웨이터는 약삭빠른 친구였다. 듣지 않아도 상대가 무엇을 묻고자 하는지를 알아챘다.

　"벌써 4주일이 됐습죠. 4주일 전에 옮기셨는걸요."

　라비크는 담뱃갑에서 담배를 한 개비 꺼냈다.

　"부인께선 이젠 파리에 안 계신가요?" 웨이터는 물었다.

　"칸느에 있지."

　"칸느엡쇼!"

　웨이터는 커다란 손으로 얼굴을 쓰다듬었다.

　"저도 18년 전에는 그래도 니스의 호텔 루르에서 도어맨 노릇을 했습죠. 믿지 않으실지 모르지만요."

　"왜 안 믿겠나, 믿지."

　"그즈음엔 굉장했습죠. 팁이 많았습니다. 종전 후의 희한한 시대였으니까요! 오늘날엔……."

라비크는 눈치 빠른 손님이었다. 너무 노골적으로 암시를 하지 않아도 호텔 종업원의 기분을 알아차렸다. 그는 주머니에서 5프랑짜리 지폐를 한 장 꺼내어 책상 위에 놓았다.
"감사합니다. 재미 많이 보십시오. 전보다 젊어 보이십니다, 선생님."
"나도 그런 기분일세. 잘 자게."
라비크는 거리에 나왔다. '대체 무엇 때문에 그 호텔엔 갔단 말인가? 이젠 오직 세헤라자드에 가서 실컷 마시고 취하는 것만이 남아 있다.'
그는 멍하니 하늘을 쳐다보았다. 하늘에는 별이 총총히 깔려 있다. 일이 이렇게 된 것을 나는 기뻐해야 할 것이다. 덕분에 산더미같이 많은 불필요한 옥신각신이 제거된 셈이다. 자기도 알고 있었고 조앙도 알고 있었다. 적어도 결말은 그렇게 될 것임을 말이다. 여자는 한 가지 옳은 일을 했다. 설명은 필요가 없다. 설명이란 둘째 문제이다. 감정 속에 설명은 있을 수 없고 다만 행동만이 있을 뿐이다. 모랄이라는 기름이 쳐지지 않는 것만이 다행이었다. 잘 된 일은, 조앙은 그런 것을 조금도 모르고 있다. 여자는 행동으로 끝을 맺었다. 끝난 것이다. 이러쿵저러쿵 할 필요가 없다. 나도 해치웠다. 그런데 뭣 때문에 나는 이런 데서 어물거리고 있는 것인가? 아마 공기 탓인지도 모르겠다. 파리의 5월과 저녁이 빚어낸 이 부드러운 비단 때문일 게다. 그리고 물론 밤 때문일 게다. 밤이 되면 인간은 언제나 낮과는 달라지는 것이니까.
그는 호텔로 다시 돌아왔다.
"전화 좀 쓸 수 있나?"
"그럼은입죠. 하지만 전화 박스는 없고, 여기 전화기만 있는뎁쇼."
"그거면 됐네."
라비크는 시계를 들여다보았다. 베베르가 병원에 있을지도 모른다. 마침 마지막 야간 순회 진료 시간이다.
"베베르 선생 계신가요?"
그는 간호원에게 물었다. 간호원의 목소리는 귀에 설었다. 새로 온 간호원이었다.
"베베르 선생님은 지금 전화를 받으실 수 없는데요."
"안에 계신가?"
"안에 계세요. 하지만 지금 통화를 하실 수 없는데요."

"이봐요" 하고 라비크는 말했다. "가서 라비크한테서의 전화라고 말하란 말이오. 지금 빨리, 중요한 일이니까. 기다리고 있겠소."
"알겠습니다" 하고 간호원은 망설이며 대답했다. "말씀은 드리겠지만, 아마 나오시지는 않을 걸요."
"알 수 없지. 어쨌든 말씀드려 봐요. 라비크라고."
잠시 후 베베르가 전화를 받았다.
"라비크, 어디 있소?"
"파리요. 오늘 도착했어. 지금부터 수술을 하나요?"
"응, 20분내에. 급성맹장이야. 끝나고 만나기로 하세."
"곧."
"좋아. 그럼 내가 기다리겠네."

"자, 여기 술이 괜찮은 게 있네" 하고 베베르는 말했다. "신문도 여기 있고, 의학 잡지도 있네. 편히 쉬게."
"한 잔 주게. 그리고 가운과 장갑을."
베베르는 라비크를 쳐다보았다.
"간단한 맹장일세. 자네 위신이 떨어지네. 간호원을 데리고 곧 해치울 테니까. 자넨 피곤할 게 아닌가."
"베베르, 제발 내게 시켜 주게. 그 수술을 내게 맡겨 줘, 피곤하지 않아. 정상이야."
베베르는 소리 내어 웃었다.
"일을 다시 시작하는 것을 꽤 서두르는군. 좋아, 맘대로 하게. 이해할 수 있지."
라비크는 손을 씻고 가운을 입고 장갑을 끼었다. 수술실. 그는 에테르 냄새를 깊이 들이마셨다. 우제니가 수술대 머리맡에 서서 마취를 걸고 있었다. 또 한 사람, 아주 어여쁜 젊은 간호원이 기구를 늘어놓고 있었다.
"잘 있었소, 우제니."
우제니는 하마터면 점적기(點適器)를 떨어뜨릴 뻔했다.
"안녕하세요, 라비크 선생님" 하고 그녀는 대답했다.
베베르는 엷은 미소를 지었다. 그녀가 라비크에게 그런 식으로 말을 건넨

것은 이번이 처음이었다. 라비크는 환자 위에 몸을 구부렸다. 강렬한 수술용 전등빛이 희고 억세게 내리비치고 있었다. 그것은 주위의 세계를 차단하고 또한 상념도 막아냈다. 그것은 객관적이고 냉혹했으며, 무자비했고 마음에 들었다. 라비크는 아리따운 간호원이 넘겨주는 메스를 받아들었다. 엷은 장갑을 통해서 강철이 차갑게 느껴졌다. 그 감촉이 좋았다. 불안, 동요하는 불확실한 기분을 떠나서 명석하고 정확한 세계로 돌아가는 것이 기분이 좋았다. 그는 메스로 찔렀다. 가늘고 붉은 핏줄이 메스를 따랐다. 갑자기 모든것이 단순해졌다. 그는 돌아온 후에 처음으로 자기 자신을 다시 느꼈다. 소리도 없이 타고 있는 불빛. 내 집으로 돌아왔구나.

19

"그 여자가 와 있다네" 하고 모로소프가 말했다.
"누가?"
모로소프는 제복의 주름을 만지작거렸다.
"누구 이야기인지 그렇게 모르는 체하지 말게, 대로상에서 자네 애비 보리스를 그렇게 화나게 하지 말게나. 자넨 어째서 자네가 2주일 동안에 세 번이나 세헤라자드에 왔는지를 내가 알지 못하고 있다고 생각하나? 한 번은 푸른 눈에다 검은 머리를 한 굉장한 미인하고 왔고, 두 번은 혼자 오지 않았나? 인간이란 약한 걸세. 약하지 않으면 어디에 인간의 매력이 있겠나?"
"그만두게, 창피를 주진 말게, 지금은 내가 힘이 필요한 때란 말일세. 이 수다쟁이 문지기 영감 같으니" 하고 라비크는 말했다.
"내가 아무 말도 하지 말 걸 그랬나?"
"물론이지."
모로소프는 옆으로 비켜서서 두 사람의 미국인을 들여보냈다.
"그럼 돌아가게나. 그리고 언제든지 다른 날 저녁에 오게나."
"혼자 와 있나?"
"혼자라면 우리 집에선 여왕님이라도 입장을 허락하지 않지. 그건 자네도 알고 있지 않나, 지그문트 프로이트가 자네 질문을 들으면 좋아하겠네."

"지그문트 프로이트에 대해 자네가 뭘 안다고 그러나? 자네 취했나? 매니저인 체드쉐네제에게 일러바칠 테야."

"체드쉐네제 대위는 내가 중령이었던 연대의 소위였었네, 매니저는 아직도 그것을 기억하고 있지. 어디 한번 시험해 보게."

"좋아. 들어가게 해주게."

모로소프는 묵직한 두 손을 라비크의 어깨에다 올려놓았다.

"라비크! 어리석은 짓 말게! 그 푸른 눈의 미인에게 전화를 걸어서 함께 오도록 하게. 꼭 들어가야 되겠거든 말일세. 경험이 풍부한 늙은 친구의 소박한 충골세. 아주 값싼 충고지만 효과가 있을지도 몰라."

라비크는 그를 쳐다보았다.

"싫다네, 보리스. 여기서 계책을 세우는 것은 아무 소용도 없네. 또한 그런 것은 하고 싶지도 않고."

"그럼 집으로 돌아가게" 하고 모로소프는 말했다.

"그 곰팡내 나는 지하실로 가란 말인가? 아니면, 내 방으로 가란 말인가?"

모로소프는 라비크를 놔 둔 채 택시를 잡으려는 두 손님의 앞장을 서서 걸어갔다. 라비크는 그가 돌아올 때까지 서 있었다.

"자네는 생각했던 것보다는 이해가 빠르군" 하고 모로소프가 말했다. "그렇지 않다면 벌써 들어갔을 게 아닌가."

그는 금줄로 수놓은 모자를 뒤로 젖혔다. 그리고 말을 계속하려고 할 때, 흰 연회복을 입은 술 취한 젊은이가 입구에 나타났다.

"대령님! 경기용 마차를 부탁합니다!"

모로소프는 줄지어 서 있는 맨 앞의 택시를 불러 약간 비틀거리는 그 사나이를 부축해서 태웠다.

"웃지를 않으시는군" 하고 술취한 젊은이가 말했다. "대령님이란 참 재미있는 놈이었소. 그렇지 않아요?"

"참 훌륭하셨습니다. 경기용 마차라고 하신 건 더욱 좋았습니다."

"그 문제를 다시 생각해 보았네" 하고 모로소프는 돌아오자 말했다. "들어가게. 다른 사람들에 대해서 개의치 말게. 아마 나라도 그렇게 하겠네. 언젠가는 일어날 일이 아니었겠나. 지금 당장에 일어났다고 해서 안 될 것이 어디있나? 끝장을 봐야 하여간 젖비린내를 떨쳐 버렸을 때는 이미 늙은이가 된 걸세."
"나도 생각해 봤네. 아무 데나 딴 곳으로 가겠네."
모로소프는 재미있다는 듯이 라비크를 쳐다보았다.
"좋아." 이윽고 그는 말했다. "그럼 반시간 후에 다시 만나세."
"아니, 그것도 그만두지."
"그럼 한 시간 후에 만나세."

두 시간 후에 라비크는 그로셰 도르에 들렀다. 아직도 손님이 없어 한산했다. 매춘부들은 앵무새가 홰에 앉아 있듯 긴 바에 앉아서 잡담을 늘어놓고 있었다. 그 곁에 가짜 코카인을 파는 장수들이 몇 사람 서성거리며 관광객을 물색하고 있었다. 2층에서는 서너너덧 쌍의 손님이 앉아서 양파 수프를 먹고 있었다. 라비크의 맞은편 구석 쪽의 소파에는 동성 연애를 하는 두 명의 여자가 세리브랜디를 마시며 다정하게 소곤거렸다. 한 여자는 남자 복장을 한 위에 넥타이까지 맸으며 외알 안경을 끼고 있었다. 또 한 여자는 붉은 머리와 피부가 고운 여자인데, 가슴과 등을 활짝 드러낸 번쩍번쩍 빛나는 야회복을 입었다.

'어리석기 짝이 없다' 하고 라비크는 생각했다. '왜 세헤라자드에 들어가지 않았던가? 무엇이 두렵더란 말이냐? 무엇 때문에 도망을 했는가? 그것이 차차 심해진 것이다. 그것을 나도 알고 있다. 3개월 동안에 그것은 무너지지 않고 오히려 더욱 열렬하게 되었다. 아닌 체 꾸며 본들 모두가 속절없는 노릇이다. 국경을 살금살금 넘어 다녔을 때도, 은폐된 방에서 또 이국의 별도 없는 밤의 방울 방을 떨어지는 고독 속에서 그렇게 기다릴 때마다 언제나 자기와 떨어지지 않던 것은 오로지 그것 하나뿐이었다. 헤어져 있었기에 더욱 강렬해졌다. 여자하고 함께 살아왔다면 이렇게까지는 안 되었을 것이다. 그리고 지금쯤은……'

억눌린 비명이 그로 하여금 깊은 생각에 잠겼던 정신을 번쩍 깨어나게 했다. 어느 틈에 여자들이 몇 사람 들어와 있었다. 그 중의 한 여자는 흑인의 피가 좀 섞인 듯한데, 굉장히 술에 취했고 꽃이 달린 모자를 뒤로 젖혀 비스듬히 썼는데 그 여자가 식사용 나이프를 내던지고 동성 연애에 빠진 여자들을 향해 위협적인 말을 던지며 천천히 계단을 내려갔다. 아무도 그녀를 만류

하는 사람이 없었다. 웨이터 한 사람이 계단을 올라갔다. 또 다른 한 여자가 거기 섰다가는 그의 앞을 가로막았다.
"아무것도 아녜요" 하고 그녀는 말했다. "아무것도 아니라니까요."
웨이터는 어깨를 으쓱하고는 돌아섰다. 구석에 앉았던 붉은 머리의 여자가 일어서는 것을 라비크는 보았다. 동시에 웨이터를 말리고 있던 여자가 아래층 바로 바삐 내려갔다. 붉은 머리의 여자는 풍만한 가슴에 손을 댄 채 가만히 서 있었다. 여자는 조심스럽게 손가락 두 개를 펴고는 들여다보았다. 야회복이 3, 4센티미터 찢어져서 그 밑으로 입을 벌린 상처가 보였다. 피부는 조금도 보이지 않고 다만 녹색의 무지갯빛이 도는 야회복 속에 입을 벌린 상처만이 보일 뿐이었다. 붉은 머리의 여자는 믿어지지가 않는 양 그 상처를 물끄러미 들여다보고 있었다.
라비크는 무의식적으로 몸을 움찔했으나, 다음 순간 다시 주저앉고 말았다. 추방은 한번이면 족하다. 그는 남장 여인이 붉은 머리 여자를 잡아끌다가 소파에 앉히는 것을 보았다. 바로 그때 두 번째 여자가 바에서 브랜디 잔을 들고 계단을 올라왔다. 남장을 한 여자는 의자 위에 무릎을 꿇고 한 손으로 붉은 머리 여자의 입을 틀어막고 상처를 누르고 있던 손을 재빨리 잡아뗐다. 그러자 한 여자는 브랜디를 상처에다 들이부었다. '원시적인 소독법이로군' 하고 라비크는 생각했다. 붉은 머리의 여자는 신음소리를 내고 몸에 경련을 일으켰다. 그러나 상대편 여자는 강철같이 찍어 눌러 조금도 움직이지 못하게 했다. 여자들은 다른 손님에게 보이지 않도록 몸으로 탁자를 가렸다. 모든 일이 아주 순식간에 민첩하고 능숙하게 행해졌다. 사건의 전말을 본 사람은 거의 없었다. 1분 후에는 마치 마술을 부리기라도 한 것처럼 수많은 동성애의 여자와 남자들이 떼를 지어 들이닥쳤다. 그리고 구석의 식탁을 에워싸고서 붉은 머리 여자의 몸을 일으켜 붙잡고 있었다. 다른 여자들은 웃고 떠들고 하며 그들을 감싸며 아무런 일도 없었던 것처럼 모두 나가 버렸다. 대부분의 손님은 아무것도 눈치채지 못했다.
"멋있게 했지요. 어떻습니까?"
누군지 라비크의 등 뒤에서 물었다. 그것은 웨이터였다. 라비크는 고개를 끄덕였다.
"왜들 그 야단이지?"

"질투지요. 저것들은 조금만 해도 흥분하거든요."

"다른 여자들은 대체 어디서 그렇게 빨리 모여들었지? 정말 천리안을 가진 것 같군."

"저것들은 냄새로 알거든요, 손님" 하고 웨이터는 말했다.

"아마 누군가가 전화를 걸었겠지만, 그래도 지독히 빠르군."

"냄새를 맡습죠. 저것들은 마치 사자와 악마처럼 달라붙어 있거든요. 서로 상대방을 고발하는 법이 절대로 없어요. 경찰은 피해 놓고 보자……그것이 그들의 유일한 소원이지요. 저희들끼리 처리해 버리고 말거든요."

웨이터는 라비크의 잔을 집어들었다.

"한 잔 더 하시지요? 뭘 드셨지요?"

"칼바도스."

"네, 네. 한 잔 더."

웨이터는 발걸음도 가볍게 물러갔다. 라비크는 얼굴을 들었다. 그러자 조앙이 몇 테이블 떨어진 곳에 앉아 있는 것이 보였다. 그가 웨이터하고 이야기를 하고 있는 사이에 들어왔던 모양이다. 라비크는 들어오는 것을 보지 못했다. 그녀는 두 남자와 함께 앉아 있었다. 그가 알아본 것과 동시에 여자도 그가 있는 것을 알았다. 볕에 그을린 그녀의 얼굴이 일순간 창백해졌다. 그녀는 잠시 동안 그에게서 눈을 떼지 않고 얼마간을 그대로 앉아 있었다. 이윽고 거친 동작으로 탁자를 밀어 버리고는 일어나서 그에게로 다가왔다. 걸어오는 동안에 그녀의 표정은 긴장이 풀리고 부드러워졌다. 다만 눈만은 물끄러미 수정과 같이 투명해졌다. 그 눈은 라비크에게는 이제까지 볼 수 없었던 그렇게 광채 나는 눈으로 거의 화가 치민 듯한 강한 힘을 내뿜고 있었다.

"돌아오셨군요" 하고 거의 숨소리도 죽이고, 소곤거리는 목소리로 말했다.

여자는 바싹 그의 앞에 다가섰다. 그리고 순간적으로 여자는 그를 포옹할 듯한 몸짓을 했으나 그러지는 않았고 악수를 하려 들지도 않았다.

"돌아오셨군요" 하고 여자는 되풀이 말했다.

라비크는 대꾸하지 않았다.

"언제 돌아오셨지요?" 이윽고 여자가 조금 전과 같이 나지막한 목소리로 물었다.

"2주일 전."

"2주일…… 그런데 저는…… 당신을 한번도…….."
"당신이 어디 있는지 아무도 모르던데. 당신 호텔에서도, 세헤라자드에서도."
"세헤라자드에서도요, 저는……." 하다가 여자는 말을 중단했다. "왜 한번도 편지를 하지 않으셨지요?"
"쓸 수가 없었어."
"거짓말예요."
"좋아. 쓰고 싶지 않았어. 다시 돌아오게 될지는 나 자신도 알 수 없었어."
"또 거짓말을 하시는군요. 그런 것은 이유가 안 돼요."
"안 될까. 돌아올 수 있었든가 또는 그렇지 못하든가 둘 중에 하나였으니까. 그것을 이해할 수 없단 말이오?"
"이해 못하겠어요. 하지만 이것만은 알 수 있지요. 당신은 돌아온 지 2주일이나 되는데도 조금도 저를……."
"조앙" 하고 라비크는 침착하게 말했다. "당신의 어깨가 그렇게 그을은 것은 파리의 햇볕 때문이 아닐 텐데."
웨이터가 코를 킁킁거리며 지나갔다. 그리고 조앙과 라비크를 힐끗 쳐다보았다. 좀 전의 사건이 아직도 흥분시키고 있는 듯했다. 그는 무관심한 듯 붉고 흰 바탕의 체크 무의 상보에서 쟁반과 함께 두 자루의 나이프와 포크를 치웠다. 라비크는 그것을 눈치챘다.
"다 잘 됐어" 하고 그는 말했다.
"무엇이 잘 됐단 말이죠?" 하고 조앙이 물었다.
"아무것도 아니오. 아까 일어났던 일이오."
그녀는 그를 뚫어지게 쳐다보았다.
"여기서 여자를 기다리고 있나요?"
"천만에. 그런 게 아냐. 아까 어떤 사람들이 사건을 저질렀다오. 어떤 사람이 피를 흘렸지만 이번엔 끼여들지 알았지."
"끼여들다뇨?"
여자는 갑자기 깨달았다. 얼굴이 순식간에 달라졌다.
"당신은 여기서 무얼 하셨죠? 또 붙잡힐 거 아녜요. 이젠 모두 알았어요. 이번엔 6개월 징역이예요, 도망 가셔야 해요! 당신이 파리에 계신 줄 전혀 몰랐어요. 다시는 돌아오시지 않을 줄 알았어요."

라비크는 대답을 하지 않았다.

"당신은 다시는 돌아오시지 않으리라고 생각했어요" 하고 여자는 되풀이 말했다.

라비크는 여자를 쳐다보았다.

"조앙."

"아녜요! 모두 사실이 아녜요! 하나도 사실이 아니예요! 모조리."

"조앙." 그는 조심스레 말했다. "당신 자리로 돌아가요."

갑자기 여자의 눈이 젖었다.

"당신 식탁으로 돌아가요."

"당신 책임예요!" 여자는 느닷없이 말했다. "당신 책임예요! 당신만의 책임예요!"

그녀는 갑자기 돌아서서 가 버렸다. 라비크는 식탁을 한쪽으로 밀어 놓고 앉았다. 그리고 칼바도스 잔을 잡고 마시려는 몸짓을 했지만 마시지는 않았다. 조앙하고 이야기를 하고 있는 동안은 침착했었는데 그것이 끝나자 비로소 이제 갑자기 흥분을 느끼게 된 것이었다.

'야릇한 일이군' 하고 생각했다. 가슴이 부들부들 떨렸다. '어째서 여기만이 떨리는 것일까?'

그는 잔을 들고서 자기의 손을 들여다보았다. 손은 떨리지 않았다. 그는 잔을 반쯤 비웠다. 마시고 있는 동안에 조앙의 시선을 느꼈다. 그는 다시는 조앙 쪽을 보지 않았다. 웨이터가 지나갔다.

"담배 한 갑 갖다 주게" 하고 라비크는 일렀다. "카포랄로."

그는 담배에 불을 붙이고 나머지 잔을 단숨에 마셔 버렸다. 조앙의 시선을 다시 느꼈다. '대체 저 여자가 무엇을 기대하는 것일까? 내가 지금 제 눈앞에서 비참하게 취해 가지고 쓰러질 것이라고 생각하는 것일까?' 그는 웨이터를 불러 계산을 했다. 그가 일어나자 그녀는 함께 온 남자 하나와 열심히 이야기를 시작했다. 그가 그녀의 식탁 옆을 지나칠 때에도 여자는 눈을 들지 않았다. 그 얼굴은 험악하고 차가웠으며 무표정했다. 그리고 억지로 꾸민 듯한 미소를 짓고 있었다.

라비크는 거리를 방황하다가 무심결에 다시 세헤라자드 앞까지 왔다. 모로소프가 얼굴에 미소를 지으며 다가왔다.
"됐어. 훌륭한 병정이야. 이제 틀렸다고 생각했는데. 예언이 적중하면 언제나 기분이 좋거든."
"너무 일찍 기뻐하지는 말게."
"자네야말로 그런 말을 들어야겠어, 너무 늦게 왔는걸."
"알고 있어. 이미 만나고 오는 길일세."
"뭐라구?"
"그로셰 도르에서."
"아니, 정말?" 하고 모로소프는 어처구니가 없다는 듯이 말을 했다. "인생의 자비로우신 여신이란 늘 새로운 계교를 마련하고 있는 모양이지?"
"여긴 언제 문을 닫나, 보리스?"
"2,3분 후면 끝나네. 손님이 없어. 옷을 갈아입어야겠어. 그 동안 좀 들어오지. 보드카를 한 잔 줄 테니까."
"그만두게, 여기서 기다리지."
모로소프는 그를 쳐다보았다.
"기분이 어떤가?"
"구역질이 날 지경일세."
"그럼, 어떤 무엇이라도 기대했나?"
"그럼. 인간이란 언제나 다른 무엇인가를 하는 법이네. 어서 옷 갈아입고 나오게."
라비크는 벽에 기댔다. 그의 곁에서는 꽃장수 노파가 꽃을 챙기고 있었다. 하나 사라고도 하지 않았다. 어리석은 생각이지만 하나 사라고 해주면 좋겠다고 생각했다. 마치 당신에게는 꽃도 필요 없다고 생각하는 것 같았다. 그는 즐비하게 늘어선 집들을 쭉 훑어보았다. 두서너 집의 창에서는 아직도 불빛이 새어나왔다. 택시가 천천히 지나갔다. 대체 무엇을 기대하고 있었단 말이냐? 확실히 알 수가 없었다. 조앙이 선수를 칠 줄은 정말 꿈에도 몰랐다. 그러나 왜 실상 그래서는 안 된다는 말인가. 공격을 가할 바에야 누구나 그렇게 하는 것이 정당한 것이 아닌가.
웨이터들이 나왔다. 그들은 밤새 일이 끝나도록 붉은 저고리를 걸치고 장화를 신은 체르케센 사람들이었다. 그들도 이제는 피곤한 일반 시민들이 된 것이다. 모두 몸에 어울리지 않는 평복을 입고 돌아갔다. 제일 늦게 모로소프가 나왔다.
 "어디로 갈까?" 하고 그가 물었다.
 "오늘은 벌써 여러 군데 다녔네."
 "그럼 호텔에 가서 장기나 두지 않겠나?"
 "뭐라구?"
 "장기 말일세. 나뭇조각 말로 두는 것 말야. 기분전환도 되고 정신이 집중될 걸세."
 "좋아" 하고 라비크는 말했다. "나쁠 거 하나도 없지."

 그는 눈을 뜨자 조앙이 방안에 있다는 것을 이내 알았다. 아직 어두워서 여자의 모습을 볼 수는 없었으나 여자가 거기 있다는 것만은 알 수 있었다. 방도 창문도 공기도 변하고 말았으며 그 자신까지도 변했다.
 "어리석은 짓은 그만두구료!" 하고 그는 말했다. "불을 켜고 이리 와요."
 그녀는 움직이지 않았으며 숨소리조차 들리지를 않았다.
 "조앙" 하고 그가 말했다. "숨바꼭질 같은 짓은 그만두는 게 어때?"
 "그래요" 하고 여자는 차분한 목소리로 소곤거렸다.
 "그럼, 이리로 와요."
 "제가 오리라는 것을 예측하셨나요?"
 "전혀."
 "방문이 열려 있던데요."
 "응, 언제나 열린 채로야."
 여자는 잠시 말없이 잠자코 있었다. 그리고는 말했다.
 "저는 아직도 당신이 돌아오시지 않았을 것으로 생각했어요. 저는 단지, 당신이 아직 어딘가에 앉아서 술을 마시고 계실 것으로 생각했어요."
 "나 역시 그러구 싶었지만 그 대신 장기를 두었지."
 "뭐라구요?"
 "장기 말이야. 모로소프하고. 물 없는 수족관처럼 보이는 아래층의 누추한 방에서."

"장기라구요!"

여자는 구석에서 나왔다.

"장기라구요! 하지만 그래 어떻게 장기를 두실 수가 있었을까요. 사람이란……."

"나도 설마 장기를 둘 수 있으리라곤 생각지 못했어. 그렇지만 잘 되더군. 한 판 이겼는 걸 그래."

"당신은 참 냉정한 분이시군요."

"조앙" 하고 라비크는 말했다. "다투지 맙시다. 좋은 일로 다투는 것은 찬성이지만 제발 오늘만은……."

"전 다투고 있는 게 아녜요. 전 아주 불행해요."

"좋아. 그럼 그런 이야기는 모조리 그만두기로 하지, 대체로 다툰다는 것은 사람이 어느 정도 불행할 때는 있을 수 있는 거야. 내가 알고 있는 한 친구는, 아내가 죽은 순간부터 장례가 끝날 때까지 방문을 잠그고 들어앉아 체스 문제를 연구했어. 주위 사람들은 그 친구를 몰인정한 사람이라고 수군거렸지. 그러나 나는 그 친구가 자기 아내를 세상의 누구보다도 가장 사랑하고 있었다는 것을 알고 있었어. 그 친구는 달리 어떻게 해야 할지 전혀 몰랐던 것이지. 그 일을 생각지 않으려고 낮이고 밤이고 장기의 문제를 풀었던 것이오."

조앙은 이제 방 한가운데 서 있었다.

"그래서 당신도 그렇게 했다는 건가요?"

"아니지. 분명히 다른 사람 이야기라고 말했소. 당신이 들어왔을 때 나는 자고 있었소."

"그래요, 주무시고 계셨어요. 주무실 수가 있었단 말이지요!"

라비크는 팔꿈치로 상반신을 괴었다.

"또 한 사람 아는 이가 있었는데, 그 사람 역시 아내가 죽었소. 그런데 그 친구는 침대에 누워서 이틀간이나 꼬박 잠만 잤지. 그 친구가 그런 짓을 했다고 해서 죽은 아내의 어머니는 펄펄 뛰며 화를 내었지. 하지만 인간이란 여러가지 모순된 행동을 하면서도 동시에 완전히 절망할 수 있다는 것을 그 어머니는 전혀 이해하지 못했던 것이지. 정말 불행을 위해서 얼마나 많은 에티켓이 고안되어 있나를 생각해 보면 참 이상한 감이 들어! 만일 내가 정신

없이 만취해 있는 것을 당신이 봤다면, 만사는 격식대로 되었을 테지, 장기를 두고 잠을 잤다는 것이 내가 잔인하고 몰인정하다는 증거란 말이지? 정말 간단한 이야기군, 어때?"

쨍그렁 하고 유리가 산산조각으로 깨지는 소리가 났다. 조앙이 꽃병을 들어서 방바닥에 던진 것이다.

"잘 됐어" 하고 라비크는 말했다. "그러잖아도 그 물건이 견딜 수 없이 보기 싫던 참이었어. 하지만 유리 조각을 밟지 않도록 조심해요."

여자는 조각들을 발길로 찼다.

"라비크, 당신은 어째서 그런 짓을 하지요?"

"그래" 하고 그는 대꾸했다. "왜냐고? 나 자신 용기를 가지려고 그러지. 그것을 눈치채지 못했소, 조앙?"

여자는 잠자기 얼굴을 그에게로 돌렸다.

"그런 것 같군요. 하지만 당신은 어찌된 영문인지 전혀 알 수가 없어요."

여자는 흩어진 파편을 조심스레 밟고 걸어와서는 그의 침대에 걸터앉았다. 이제는 밝아오는 새벽녘의 빛을 받아 여자의 얼굴을 뚜렷이 볼 수가 있었다. 그는 여자의 얼굴이 피로해 있지 않는 것을 보고 놀랐다. 그 얼굴은 젊고 맑았으며 아주 긴장하고 있었다. 여자는 한번도 보지 못한 가벼운 외투를 걸쳤고, 그로셰 도르에서 입고 있던 것과는 다른 옷을 입고 있었다.

"당신이 다시 돌아오지 않으리라 생각했어요, 라비크."

"오래 걸렸어. 좀더 빨리 오고 싶었지만, 돼야지."

"왜 편지를 한번도 주지 않으셨어요?"

"편지가 무슨 도움이 됐을라구?"

여자는 눈을 돌렸다.

"그래도 그 편이 좋았을 게 아녜요."

"내가 영영 돌아오지 않았으면 더욱 좋았을걸. 하지만 파리 외에는 이제 내 몸을 담을 나라도 도시도 없구료. 스위스는 너무 작은 나라고, 다른 나라는 어디나 파시스트투성이고."

"그렇지만 여기는……경찰이……."

"경찰은 전과 마찬가지로 나를 체포할 가망은 거의 없는 편이오. 물론 저번에는 재수가 없었던 거야. 그 일은 이제 다시 생각할 필요가 없어."

라비크는 손을 뻗쳐 담뱃갑을 집었다. 담배는 침대 곁에 놓인 탁자 위에 있었다. 그것은 별로 크지 않은 탁자로 책이나 담배 또는 그 외에 두서너 개의 물건을 놓을 수 있는 마음에 드는 것이었다. 침대 곁에는 으레 인조 대리석판이 붙은 작은 탁자나 까치발이 달린 탁자가 놓여 있는 법인데, 라비크는 그런 것을 아주 싫어했다.

"저도 한 대 주세요" 하고 조앙이 말했다.

"뭘 좀 마시지 않겠소?" 하고 그가 물었다.

"네. 그냥 누워 계세요. 제가 가져올 테니."

여자는 술병을 집어 두 개의 글라스에 따랐다. 그리고 한 잔은 그에게 건네주고 나머지 것은 자기가 집어 들더니 단숨에 마셔 버렸다. 차차 밝아오는 새벽녘의 희끄무레한 빛으로 여자가 입고 있는 옷을 볼 수 있었다. 그것은 그가 안티브에 갈 때 선물로 사 준 옷이었다. 왜 이것을 입었을까? 이것은 자기가 그 여자에게 사 준 유일한 옷이었다. 단 한 벌이다. 그런 일에 대해선 결코 생각해 본 일이 없었으며, 그런 것을 생각해 보고 싶다고 느낀 적도 없었다.

"제가 당신을 봤을 때 말예요, 라비크, 갑자기" 하고 여자는 말했다. "아무것도 생각할 수가 없었어요. 아무것도. 그리고 당신이 돌아가시자, 이제 저는 당신을 영원히 만날 수 없으리라 생각했어요. 그 당장 바로 그렇게 생각했던 것은 아녜요. 처음엔 당신이 그로세 도르로 돌아오기를 기다렸어요. 왜 돌아오시지 않으셨죠?"

"왜 돌아가야 된단 말이오?"

"당신하고 동행했으면 좋았을 걸 그랬어요."

그것이 거짓말이라는 것을 그는 알고 있었으나 그런 것을 생각하고 싶지 않았다. 좌우간 아무것도 더 생각을 해보고 싶지가 않았다. 조앙이 지금 내 곁에 있다. 그것으로 충분하다. 그러나 전에는 그것으로 충분하다고 생각해 본 적이 없었다. 이 여자는 뭣 때문에 왔으며 대체 무엇을 원하고 있는 것일까! 그로서는 알 수가 없었다. 그러나 기묘하게도 여자가 곁에 있어 주는 것만으로 충분하게 되었고, 마음속 깊이 평온해짐을 느꼈다. 이건 어찌된 일인가? 벌써 그렇게까지 되었던가? 자제심을 상실해 버린 것일까? 암흑, 피의 항쟁, 환상의 폭력과 위협이 시작되는 경지에까지 이르렀단 말인가?

"전 당신이 저를 버리려는 줄 알았어요" 하고 조앙이 입을 열었다. "정말 그렇게 생각하셨지요? 사실대로 말하세요."

라비크는 잠자코 있었다.

여자는 그를 응시했다.

"전 알고 있었어요. 전 알고 있었다구요!"

여자는 굳은 확신을 가지고 되풀이해 말했다.

"칼바도스를 한 잔 더 주구료."

"그게 칼바도스였어요?"

"응, 몰랐었나?"

"몰랐어요."

여자는 잔을 채웠다. 여자는 병을 잡고 있는 동안 한쪽 팔을 그의 가슴에 대고 있었다. 감촉이 가슴속까지 전파되었다. 여자는 자기 잔을 집어들고 마셨다.

"그렇군요. 칼바도스예요" 하고는 다시 그를 쳐다보았다. "역시 오길 잘했군요. 그걸 알고 있었어요. 제가 오길 잘했군요."

아침이 다가왔다. 창의 덧문이 나지막하게 삐거덕거리기 시작했다. 아침 바람이 일기 시작했다.

"제가 오길 잘했지요?" 조앙이 물었다.

"모르겠어, 조앙."

여자는 그에게로 몸을 굽혔다. "당신은 알고 있어요. 분명히 알고 계실 텐데요."

여자의 얼굴이 너무 바싹 덮쳐왔으므로 머리의 물결이 그의 어깨로 쏟아졌다. 그는 여자의 얼굴을 물끄러미 올려다보았다. 그것은 그가 잘 알고 있는 동시에 아주 낯선 얼굴이고, 정들어 친근감을 주는 얼굴이며, 한없이 변화하는 얼굴이었다. 이마와 허물이 벗겨지고 윗입술에 칠한 루즈가 건조해 있고 제대로 화장도 하지 않은 것을 그는 알았다. 그는 지금 자기의 눈앞에 너무나 바싹 갖다 대고 있어, 이 순간 다른 세계를 완전히 차단해 버리고 있는 이 얼굴을 신비롭게 만든 것은 단지 자기의 환영에 지나지 않았다는 것을 알았다. 보다 더 아름다운 얼굴, 더욱 총명한 얼굴, 더욱 청순한 얼굴이 있다는 것을 그는 알았다. 하지만 동시에 이 얼굴은 또한 다른 얼굴이 지니고 있지 않는 힘을 그에 대해서 가지고 있다는 것도 알았다. 그 힘은 자기 자신이 그 여자의 얼굴에다 부여한 것이다.

"응" 하고 그는 대꾸했다. "어쨌든 그러길 잘했소."

"저는 견뎌내지 못했을 거예요, 라비크."

"뭣을?"

"당신이 영원히 떠나 버리셨다면 말예요."

"당신은 내가 영영 돌아오지 않을 것이라고 생각했다면서?"

"그건 딴 문제예요. 당신이 딴 나라에 살고 계신다면 그건 별 문제예요. 그럼 우리는 단지 떨어져 있을 뿐이었을 테니까요. 언제건 저는 당신에게 갈 수가 있을 테니까 말예요. 그렇지 않으면 항상 그렇게 믿고 있을 수 있으니까요. 하지만 여기 같은 도시에 있으면서도……이해 못하겠어요?"

"물론 이해하고 있어."

여자는 몸을 일으키고 머리를 매만졌다.

"저를 혼자 내버려 두시면 안 돼요. 당신은 제게 책임이 있어요."

"당신은 지금 혼자요?"

"당신은 제게 책임이 있어요" 하고 여자는 미소를 지었다.

갑자기 그는 여자가 미워졌다. 그 웃는 꼴이라든가, 말하는 꼴이.

"어리석은 소리 말아, 조앙."

"왜요. 당신 탓이었어요. 그때부터 당신 없이는……."

"좋아, 체코슬로바키아의 점령도 내 책임이지. 자, 이젠 그만해 두구료. 날이 밝아졌어. 당신은 곧 가야 할 게 아냐?"

"뭐라고요?"

여자는 그를 물끄러미 응시했다.

"제가 여기 있는 게 싫으신가요?"

"그렇소."

"그래요!"

여자는 느닷없이 화가 치밀어 오른 듯 낮은 목소리로 말했다.

"그렇군요. 당신은 이미 저를 사랑하지 않으시군요."

"맙소사" 하고 라비크는 말했다. "또 그 소리군. 몇 달 동안 당신은 도대체 어떤 바보 녀석들하고 함께 지냈소!"

"바보들이 아녜요. 대체 전 어떻게 했어야 됐단 말예요? 호텔 밀랑에 앉아서 벽만 멍청하게 쳐다보고 미쳐 버려야 했겠어요?"

라비크는 반쯤 몸을 일으켰다.

"제발, 고백만은 그만둬. 고백을 듣고 싶은 게 아냐. 난 다만 대화의 수준을 좀 높이고 싶었을 뿐이야."

여자는 그를 바라보았다. 입도 눈도 맥이 풀린 듯 멍했다.

"어째서 당신은 항상 제게 트집을 잡으려 하시지요? 다른 사람들은 트집을 잡지 않아요. 헌데 당신은 걸핏하면 모든 일이 문제거리가 되는군요."

"맞았어" 하고 라비크는 칼바도스를 한 모금 마시고는 다시 벌렁 자빠졌다.

"정말예요" 하고 여자가 말했다. "당신을 어떻게 생각해야 좋을지 전혀 모르겠어요. 당신은 사람이 말하고 싶지 않은 것을 억지로 말을 시켜 가지고서는 사람을 괴롭히고요."

라비크는 한숨을 깊이 쉬었다. 조금 전까지 나는 무엇을 생각했더라? 사랑의 어둠, 공상이 가진 힘? 얼마나 간단히 변해 버릴 수 있는 것일까! 모두 그것을 스스로가 그렇게 만드는 것이다. 그것들이 바로 가장 탐욕적인 꿈의 파괴자인 것이다. 그러나 그 외에 무엇을 어떻게 할 수 있었단 말인가? 정말 무슨 방법이 있단 말이냐? 쫓겨다니는 아름답고 절망적인 인간, 어딘지 대지의 밑바닥 깊숙이 있는 거대한 자석, 그 위에 사는 가지각색의 군상들, 그들은 모두 자기의 의지와 자기의 운명을 가지고 있다고 확신하고 있다.

하지만 그렇다고 해서 그것을 어쩔 수 있단 말이냐? 나 자신이 그 중의 한 사람이 아닌가. 의심을 품은 채 권태로운 조심성과 값싼 풍자 따위에 매달려 있잖은가. 더구나 마음 한 구석엔 피할 길 없이 무슨 일이 일어날 것이라는 것을 잘 알고 있으니 말이다.

조앙은 침대 발치에 가서 웅크리고 앉았다. 그녀는 마치 화가 잔뜩 나 있는 아름다운 청소부같이 보이기도 하고, 달나라에서 날아와서는 어찌할 바를 모르는 요정같이도 생각되었다.

먼동이 터오자, 이제는 붉은 햇살이 밝게 두 사람을 비쳤다. 이른 아침에 집집의 지저분한 뒤뜰이나 연기로 그을린 지붕들을 넘어 멀리로부터 창틈으로 청순한 숨결을 보내 주고 있다. 그 속에는 아직도 숲과 생명이 깃들어 있었다.

"조앙" 하고 라비크가 말했다. "당신은 무엇 때문에 왔지?"
"왜 그런 것을 물으세요?"
"그렇지. 왜 내가 그런 걸 물을까?"
"왜 당신은 항상 묻기만 하시지요? 제가 여기 있잖아요. 그것이면 충분하지 않아요?"
"그렇지, 조앙. 당신 말이 맞아. 그것으로 됐어."
여자는 얼굴을 들었다.
"이젠 됐어요! 하지만 당신은 먼저 사람의 기쁨을 송두리째 빼앗아 버려야 시원하시군요."
기쁨! 이 여자는 그것을 기쁨이라고 그랬다! 무수한 시커먼 프로펠러에, 다시 찾아 가지려는 숨막히는 욕망의 회오리 바람에 몰려서 기쁨이라고? 밝은 창가의 이슬과 같이 순간적인 기쁨에 넘치고 있다. 대낮이 그 여세를 뻗치기 전의 10분간의 정적이. 하지만 제기랄, 이것들이 다 뭐란 말이냐? 이 여자의 말이 옳지 않은가? 이슬이나 참새나 바람, 또는 피가 옳은 것과 같이 이 여자가 옳은 것이 아닌가? 무엇 때문에 나는 묻는 것일까? 대체 무엇을 알고자 하는 것인가? 여자는 지금 여기에 와 있다. 마치 봄나비처럼, 범나비 같이, 공작의 눈처럼 아무런 의심도 품지 않고 그 날개의 무늬나 찢어진 자리만을 헤아려 보며 좀 변색된 광택을 뚫어지게 들여다보고 있는 것이다. 왜 나는 이렇게 잰 체하고 있는 것일까? 왜 이런 숨바꼭질을 하고 있는 것일까? 이 여자는 여기 와 있다. 그런데 여자가 찾아왔다는 것만으로 나는 어리석게도 잘난 체하고 거드럭거리고 있다. 만일 이 여자가 찾아오지 않았던들 나는 여기 누워 지지리 궁상만 떨었을 것이 아니냐? 자기 자신을 기만하려고 열심히 애를 쓰면서 내심으로는 여자가 와 주기를 은근히 기다리고 있었을 것이다.
그는 이불을 옆으로 걷어젖히고 침대가에 두 다리를 내던지고는 슬리퍼를 신었다.
"왜 그러세요?" 조앙은 깜짝 놀라서 말했다. "저를 내쫓을 작정이세요?"
"천만에, 키스를 해주려고. 진작 그렇게 했어야 될 것을 그랬어! 난 바보였어, 조앙. 어리석은 소리만 지껄였어. 당신이 와서 더할 나위 없이 반가와!"
한 줄기의 섬광이 여자의 눈을 스쳐갔다.

"일부러 일어나실 게 뭐예요? 그대로도 키스는 할 수 있어요" 하고 여자는 말했다.

건물들의 저 너머에서 아침의 금빛 햇살이 높이 걸려 있고, 쪽빛 하늘이 높게 드리워져 있으며, 두서너 쪽의 구름이 잠들고 있는 황새처럼 뭉게뭉게 떠 있었다.

"어쩌면, 저걸 좀 봐요, 조앙! 날씨가 참 기가 막히군! 아직도 비가 많이 오던 때를 기억하오?"

"그럼은요. 밤낮 비만 왔지요. 잿빛 하늘에 늘 비만 왔지요."

"내가 떠났을 때에도 계속 오고 있었지. 당신은 그 빗속에서 짜증만 냈었지. 그런데 지금은……."

"그래요. 그런데 이젠……."

여자는 그의 곁에 바싹 다가누웠다.

"이젠 모든 게 다 있군" 하고 그는 말했다. "정원까지 있으니 말야. 망명객 비젠호프의 창가에는 카네이션이 있고, 저 아래 밤나무에는 새들이 지저귀고.

그는 여자가 울고 있는 것을 알았다.

"어째서 당신은 제게 묻지 않으세요, 라비크?"

"벌써 너무나 많은 것을 물었는걸. 당신도 아까 그런 말을 하지 않았소?"

"그것은 딴 이야기예요."

"아무것도 물어 볼 게 없어."

"그 동안에 일어났던 일을 말예요."

"아무것도 일어난 일이 없잖아."

여자는 머리를 설레설레 흔들었다.

"조앙, 당신은 나를 어떻게 생각하지? 밖을 내다봐요. 저 황금빛하고 주홍빛, 그리고 푸른빛을. 저 태양에게 물어 봐요. 어제 비가 왔었는지를. 중국이나 스페인에 전쟁이 일어났는지 어쩐지. 지금 이 순간에 수천의 인간이 죽었는지. 그렇지 않으면 태어났는지 말이야. 태양은 의연하게 떠오르고 점점 치솟고 있어요. 그것이면 됐지. 그런데 당신은 내가 묻기를 바라고 있단 말이오? 지금 황금빛 햇살을 받아 당신의 어깨는 구리빛이 됐어. 그런데 나는 당신에게 물어야만 하나? 이 황금빛 아침 햇살 속에서 당신의 눈은 그리스의 바다처럼 보랏빛에다 포도주빛을 하고 있어. 그런데 이미 지나간 옛일을 물어 봐야 하나? 당신은 돌아왔어. 그런데 나는 바보가 되어 가지고 과거의 퇴락한 나뭇잎을 헤치며 뒤져 봐야 한단 말이오? 대체 당신은 나를 뭘로 아는 거지, 조앙?"

여자의 눈물은 멎어 있었다.

"그런 이야기를 참 오랜만에 듣겠어요" 하고 여자는 말했다.

"그럼 당신이 돌대가리들하고만 살았군 그래. 여자는 찬양을 받든가, 그렇지 않으면 버림을 받든가 해야 하는 거요. 중간치기는 쓸모가 없단 말이오."

여자는 그에게 바싹 달라붙어 잠이 들었다. 다시는 놓치지 않으려는 듯이. 그는 자기 가슴 위에서 깊이 잠들어 있는 가볍고 고른 숨소리를 들었다. 그리고 잠시 눈을 뜬 채로 누워 있었다. 호텔은 아침의 시끄러운 소음으로 술렁거리기 시작했다. 좌악 하고 쏟아져 내려가는 물소리, 퉁탕거리는 문소리, 아래층에서는 망명객 비젠호프가 창가에서 유난스레 새벽부터 콜록거렸다. 그는 조앙의 양쪽 어깨를 자기 품안에 느끼고 여자의 잠들어 있는 따뜻한 피부를 느꼈다. 고개를 돌리자, 완전히 긴장이 풀려 깊이 잠든 여자의 청순 그대로의 정확한 얼굴이었다. '찬양을 받든가 버림을 받든가' 하고 그는 생각했다. 거창한 말이다. 그런 짓을 감히 누가 할 수 있단 말인가? 누가 정말 그런 생각이나마 할 수 있단 말인가?

20

그는 잠을 깼다. 조앙은 이미 곁에 없었다. 그는 욕실에서 물소리가 새어 나오는 것을 듣고는 몸을 일으켰다. 금세 잠이 달아났다. 지난 몇 달 동안에 다시 그런 버릇이 굳어져 버린 것이다. 빨리 잠에서 깰 수 있는 사람은 맨 먼저 도망을 칠 수가 있다. 그는 시계를 보았다. 아침 열 시였다. 조앙의 야회복이 외투와 함께 바닥에 아무렇게나 내던져져 있었다. 여자의 은빛 구두는 창 앞에 놓여 있다. 한 짝은 뒤집어져 있었다.

"조앙" 하고 그는 불렀다. "이런 시간에 샤워를 하다니 웬일이야?"

여자는 문을 열었다.

"미안해요. 당신을 깨우고 싶지는 않았어요."

"상관없어. 눈만 감으면 언제든지 잘 수 있으니까. 그런데 당신은 무슨 일로 벌써 일어났지?"

여자는 샤워용 모자를 쓰고 있었고 몸에서는 물방울이 뚝뚝 떨어졌다. 윤기가 흐르는 어깨는 밝은 갈색이었다. 마치 꼭 끼는 투구를 쓴 아마존의 여자 무사(武士)와도 같았다.

"저는 이제는 올빼미가 아닌걸요. 세헤라자드엔 안 나가기로 했어요."

"알고 있어."

"어디서 들었어요?"

"모로소프한테서."

여자는 잠시 무언가 살피듯 하는 시선으로 라비크를 바라보았다.

"모로소프요?" 하고 여자는 말했다. "그 늙어빠진 고자질장이 영감이, 그 수다쟁이가 무슨 다른 말은 안했어요?"

"아무 말도 안하던데, 다른 얘기가 뭐 있어야지."

"밤의 도어맨 따위가 떠들 만한 것은 아무것도 없어요. 그런 사람들은 카운터의 여자들과 꼭 마찬가지예요. 직업적인 고자질장이들이죠."

"모로소프를 힐난하지는 말아. 밤의 문지기와 의사는 직업적인 염세주의자야. 둘 다 인생의 어두운 면에서 살지만 고자질은 하지 않아. 그 사람들은 신중한 태도를 취할 의무가 있으니까 말이야."

"인생의 어두운 면이라고요?" 하고 조앙은 되물었다. "누가 그런 것을 원하지요?"

"아무도 원하는 사람은 없지. 하지만 인간은 대개가 그런 속에서 살고 있지. 게다가 모로소프는 그때 당신을 위해 세헤라자드에 일자리까지 구해 주지 않았어."

"그렇다고 그것을 눈물을 흘릴 정도로 영원히 감사하게 생각할 수는 없어요. 나는 그 사람들을 실망시키진 않았어요. 받는 보수만큼은 열심히 일을 했거든요. 그렇지 않았다면 그 사람들이 절 잡아 두었겠어요? 더욱이 그 사람은 당신을 위한 일이었지 저를 위해서 한 일은 아니었거든요."

라비크는 담배를 집었다.

"왜 당신은 그 친구를 그렇게 생각하고 있지?"

"별다른 이유는 없어요. 다만 싫을 뿐이에요. 그 사람은 사람을 항상 노려보지요. 당신도 그 사람을 믿지 말아요."

"뭐라구?"

"그 사람을 믿지 말란 말이에요. 무슨 얘긴지 알겠죠. 프랑스의 문지기는 모조리 경찰의 끄나풀이거든요."

"그리고 또?" 하고 라비크는 침착하게 말했다.

"물론 당신은 제 말을 믿지 않을 거예요. 세헤라자드에선 모두가 알고 있는 일예요. 누가 알아요, 혹시 그 사람이……."

"조앙!"

그는 이불을 걷어차며 일어났다.

"바보 같은 소리 작작해! 어떻게 된 노릇이야, 당신은?"

"아무렇지도 않아요. 제가 어떻게 되다니요? 전 그 사람이 싫을 따름이에요. 그 사람은 당신에게 나쁜 영향을 끼쳐요. 그런데 당신은 그것도 모르고 항상 그 사람하고 같이 어울려 다니거든요."

"원 참." 라비크는 한숨을 쉬었다. "그래서 그러는 거군."

별안간 여자는 깔깔거리며 웃었다.

"그래요. 그렇기 때문이죠."

라비크는 단지 그것만이 이유가 아니라는 것을 느꼈다. 그 밖에도 무엇인가 있다.

"아침 식사는 무엇으로 하겠어?" 하고 그는 물었다.

"당신 화나셨어요?" 여자가 되물었다.

"아니."

여자는 욕실에서 나와 그의 목을 두 팔로 감았다. 그는 잠옷의 열은 천을 통해서 여자의 습기 찬 살결을 느낄 수 있었다.

그는 여자의 육체로 인해서 자기의 피를 느꼈다.

"제가 당신 친구를 질투한다고 화나셨어요?"

그는 머리를 저었다. 투구. 아마존의 여무사, 태양에서 올라온 요정, 그 매끄러운 피부는 아직도 물과 청춘의 냄새를 풍긴다.

"저리 비켜" 하고 그는 말했다.

여자는 침묵하고 있었다. 불쑥 올라온 광대뼈에서 입까지의 선. 입술, 너무나도 무거워 보이는 눈꺼풀. 풀어헤친 잠옷 아래로 거의 벌거숭이 살갗을 짓뭉개 오는 젖가슴.

"비켜 줘, 안 비키면……."

"안 비키면 어떻게 하시겠어요?" 하고 여자는 빤히 쳐다보았다.

창문으로 벌이 한 마리 윙윙거리고 날아왔다. 라비크는 그것을 눈으로 좇았다. 아마 피난민 비젠호프의 카네이션에 매혹을 느끼고, 또다시 다른 꽃을 찾아다니는지도 모르겠다. 벌은 방안으로 날아 들어와서, 씻지 않은 채 창가에 놓아두었던 칼바도스의 유리잔에 가서 앉았다.

"제가 없어서 서운하셨지요?" 조앙이 물었다.

"응."

"많이요?"

"그래."

벌은 날아올랐다. 그리고 잔 둘레를 몇 차례인가 돌더니 윙윙거리며 창문으로, 태양 속으로, 피난민 비젠호프의 카네이션으로 돌아가 버렸다.

라비크는 조앙 곁에 누워 있었다. 여름, 그는 생각했다. 여름철, 목장의 아침, 마른 풀내가 가득한 머리칼, 플로버와 같은 살결──시냇물처럼 소리도 없이 흐르는 감사에 찬 핏줄, 부풀어올라서 소망도 없이 모래밭에 넘쳐난다. 매끄러운 물의 표면에는 한 얼굴이 어리고 감미롭게 웃음 짓는다. 빛나는 일순간, 말라 버리거나 죽은 것은 아무것도 없다. 백양과 포플라, 고요하고 아득히 잃어 버린 하늘에서 산울림처럼 돌아와 문을 두드리는 그윽한 속삭임.

"전 여기 있고 싶어요."

조앙은 그의 어깨에 매달려 나직이 말했다.

"여기 있구료. 좀 자 두지. 우린 잠을 덜 잤으니까."

"안 돼요. 전 가 봐야 해요."

"지금 그런 야회복을 입고 어딜 간다고 그래."

"다른 옷을 가지고 왔어요."

"어디?"

"외투 안에 넣어 왔지요. 신발도 제 물건 속에 있을 거예요. 당신한테 전부 가지고 왔어요."

여자는 어디로 간다고 말하지도 않았으며 어째서 간다고 밝히지도 않았다. 라비크도 묻지 않았다.

벌이 다시 나타났다. 이번에는 빈둥거리며 이리저리 날아다니다가 곧장 잔으로 날아가서 그 언저리에 앉았다. 칼바도스 맛을 조금 아는 것일까. 또는 과즙의 달콤한 맛이라도.

"정말로 여기 있을 생각이었소?"

"그럼요."

조앙은 꼼짝도 않은 채 그렇게 대꾸했다.

롤랑드는 술병과 잔이 담긴 쟁반을 들고 왔다.

"술은 그만둬요" 하고 라비크는 말했다.

"보드카를 드시지 않겠어요? 스브로브카예요."

"오늘은 그만두겠어. 대신 커피를 줄 수 있겠지? 아주 진한 커피로 말이야."

"그러지요."

그는 현미경을 옆으로 밀쳐 놓고는 담배에 불을 붙여서는 창가로 갔다. 플라타너스엔 신록이 한창이다. 요전에 왔을 때는 아직 벌거숭이였었는데. 롤랑드가 커피를 들고 왔다.

"여자들이 전보다 훨씬 많아졌군?" 하고 라비크는 말했다.

"스무 명이나 늘었어요."

"장사가 그처럼 잘 되나? 지금은 6월이 아냐?"

롤랑드는 그와 마주앉았다.

"우리도 상상할 수 없을 정도로 장사가 잘 되고 있어요. 전부가 돌아 버린 것 같아요. 오후가 되면 벌써 시작이 되는 판이지요. 그러나 막상 밤이 되면......"

"날씨 때문에 그런지도 모르지."

"날씨 탓이 아니예요. 작년 재작년의 오뉴월에는 이렇지 않았거든요. 이건 마치 정신병과 같아요. 바의 꼴이란 믿을 수 없을 지경이에요. 저의 집에서 프랑스 인이 샴페인을 마신다면 이해가 되세요?"

"그럴 수는 없지."

"외국 사람이면 몰라요. 샴페인은 외국 사람들을 위해 마련해 둔 게 아녜요? 그런데 프랑스 사람이! 더구나 파리 사람까지도 샴페인이라니까요! 그것도 현금으로 마시거든요. 뒤본네나 페루카 맥주나 피느는 아니란 말이에요. 이런 일이 믿어져요?"

"직접 목격하기 전엔 믿을 수 없지."

롤랑드는 그에게 커피를 따라 주었다.

"그리고 경기로 말하더라도" 하고 그녀는 말을 계속했다. "귀가 먹을 지경이지요. 아래층에 내려가 보시면 짐작하게 될 거예요. 벌써 이 시간부터 시작이에요! 당신이 검진 오기를 기다리는 전문가들뿐만이 아니라 벌써 무리로 몰려와서 앉아 있지요. 도대체 어찌된 영문일까요, 라비크 씨?"

롤랑드는 어깨를 으쓱했다.

"대서양을 건너다가 침몰해 가는 배 이야기가 떠오르는군."

"하지만 우린 침몰하는 것이라곤 하나도 없거든요. 장사는 경기가 좋으니까요."

문이 열리고 니네트가 들어왔다. 스물 하나였고 짤막한 핑크색 비단 바지를 입었으며 사내같이 날씬했다. 마치 성녀와 같은 얼굴을 하고 있어서 이 가게에서는 잘 팔리는 아이 중의 하나였다. 니네트가 지금 빵과 버터 그리고 잼병 두 개를 쟁반에 담아서 들고 들어왔다.

"선생님이 커피를 마시고 계신다는 말을 마담이 들으시고" 하고 그녀는 쉰 목소리로 말했다. "맛을 좀 보시라고 가져왔어요. 집에서 만든 거예요."

니네트는 갑자기 히죽이 웃었다. 천사 같은 얼굴이 느닷없이 허물어지고 부랑아의 일그러진 모습이 되었다. 니네트는 쟁반을 탁자 위에 놓고는 춤추는 듯한 발걸음으로 나가 버렸다.

"저것 좀 보라니까요" 하고 롤랑드는 말했다. "바로 건방지게 되거든요! 자신이 잘 팔린다는 것을 알고 있으니까 말예요."

"그건 그렇지" 하고 라비크가 대꾸했다. "언제 그래 보겠어. 이 잼은 어떻게 된 것인가?"

"자기가 만든 거라고, 마담의 자랑거리지요. 리비에라의 소유지에서. 정말 좋아요. 맛을 좀 보세요."

"잼은 싫은데. 특히 백만장자가 만든 것은 말이야."

롤랑드는 뚜껑을 열더니 잼을 몇 순가락 듬뿍 퍼내서 두꺼운 종이에 바르고, 거기다 버터 한 조각과 토스트를 몇 조각 놓아서 한꺼번에 둘둘 말아 가지고 라비크에게 건네 주었다.

"나중에 내버리세요" 하고 그녀는 말했다. "마담을 생각해서 말씀이에요. 마담은 이따가 당신이 먹었는지 안 먹었는지 살펴볼 거예요. 자꾸 나이를 먹어 감에 따라 꿈이 사라지는 한 여자의 마지막 자랑이지요. 예의를 지키도록 하세요."

"알았어."

라비크는 일어서서 문을 열었다. 그러자 아래층에서 말소리, 음악소리, 웃음소리, 노래 부르는 소리가 한꺼번에 들려왔다.

"굉장히 떠들어대는군 그래. 저들이 모두 프랑스인인가?"

"그렇지 않아요. 거의 다 외국인예요."

"미국인인가?"

"아녜요. 그게 묘하거든요. 저건 대개 독일 사람들이에요. 저렇게 많이 온 적이 전에는 한번도 없거든요. 아주 이상해졌어요."

"이상할 것도 없지."

"거의 모두가 프랑스 말이 유창하거든요. 2, 3년 전에 독일 사람이 사용하던 것과는 전혀 딴판이에요."

"그럴 줄 알았어. 혹, 프랑스 군인들이 많이 온 게 아냐? 소집병이나 식민지 주둔 병정들 같은 친구들이."

"늘 여기서 살다시피 하는데요."

라비크는 고개를 끄덕였다.

"그리고 독일 사람들은 돈을 무진장으로 뿌리겠지."

롤랑드는 웃었다.

"쓰고말고요. 함께 마시고 싶어하는 친구 누구에게나 사 주곤 하죠."

"그리고 군인들에게 특히 한턱 쓰겠지. 하지만 독일은 통화를 반출하는 것이 금지되어 있어. 국경을 폐쇄해 버렸거든. 정부의 허가 없이는 국외로 갈 수가 없어. 허가를 해도 10마르크 이상은 반출할 수가 없어. 돈을 무진장 가지고 프랑스 말을 유창하게 주고받는 쾌활한 독일인이라니, 좀 이상하지 않은가?"

롤랑드는 어깨를 으쓱해 보였다.
"아무렴 어때요. 돈만 가짜가 아니라면."

여덟 시가 지나서 겨우 집으로 돌아왔다.
"전화 온 건 없었던가?" 하고 그는 웨이터에게 물었다.
"없었는데요."
"오후에도?"
"하루 종일 없었는데요."
"날 찾아온 사람은?"
웨이터는 역시 고개를 휘휘 내저었다.

라비크는 계단을 올라갔다. 아래층에선 골덴베르크 부처의 말다툼 소리가 들렸고 2층에서는 어린아이가 울고 있었다. 그 아기는 생후 1년 2개월 된 프랑스 시민 루시앙 질베르만이었다. 어린애의 양친인 커피 상인 지그프리트 질베르만과 그의 처 넬리의 본성은 레비였고, 프랑크푸르트 암 마인 태생이었다. 어린애는 프랑스에서 태어났기 때문에 이들 부부는 어린애 덕택으로 규정보다도 빨리 프랑스의 여권을 받을 수 있을 것이라는 희망을 품고 있었다. 그 결과 루시앙은 한 살짜리로 집안의 폭군이 되어 버렸다. 3층에서는 축음기 소리가 들렸다. 전에 오라니엔부르크 강제 수용소에 있었던 피난민, 보올마이어의 소유물로서 그는 그것으로 독일 민요를 틀고 있었다. 복도는 양배추와 일몰의 냄새가 풍기고 있었다.

라비크는 책이라도 읽으려고 방으로 들어갔다. 언젠가 세계사를 몇 권 사두었기에 그것을 끄집어냈다. 특별히 흥미로 읽을 거리는 못 되었지만 단 한 가지 유의할 점은 오늘날 일어나고 있는 일은 결코 새로운 것이 아니라는, 이상하게 퇴폐된 만족감을 갖게 되는 점이었다.

모든 일이 지금까지 수십 번을 거듭해서 발생되고 있는 것이다. 거짓말, 약속의 파기, 살인, 성 바르솔로뮤의 대학살, 권력에 대한 —— 아편에서 생기는 부패, 그칠 줄 모르는 전쟁의 연속 —— 인류의 역사는 피와 눈물로 결속되어 내려온 것이다. 그리고 수천을 헤아리는 피투성이의 과거사 중에서 아름다운 빛을 내고 있는 것은 정말 얼마되지를 않는다. 데마고그, 사기꾼, 아버지와 친구를 살해한 자, 권력에 넋빠진 이기주의자, 칼을 들고 사랑을 운운

하는 광신적인 예언자, 언제나 한결같이 참을성 있는 국민들의 황제나 종교나 광인들을 위해 의미도 없는 살육 속에서 서로 날뛰고 있는 것이다. 끝이 없다.

그는 책을 접어 옆으로 밀쳐 놓았다. 열어젖힌 창문으로 아래층에서 어떤 목소리가 들려왔다. 누구의 목소린지 알 수 있었다——비젠호프와 골덴베르크의 아내였다.

"지금은 안 돼요" 하고 루트 골덴베르크가 말했다.

"우리 집 그 이가 곧 돌아올 시간이에요. 늦어도 한 시간 안에."

"한 시간은 한 시간이지."

"더 일찍 올지도 몰라요."

"어디를 갔는데?"

"미국 대사관에 갔어요. 매일 저녁 가요. 밖에 서서 가만히 쳐다보고만 있는 거예요. 그뿐이에요. 그리고는 곧 돌아와요."

비젠호프가 뭐라고 말했는지 라비크는 듣지 못했다.

"당연하지 뭐예요" 하고 루트 골덴베르크는 따지듯 대꾸를 했다. "미치지 않은 사람이 어디 있나요? 그 사람이 늙었다는 건 저도 잘 알고 있어요."

비젠호프가 뭐라고 대답했다.

"그만둬요" 하고 그녀가 말했다. "지금은 생각이 없어요. 그런 기분이 아니란 말이에요."

비젠호프가 또 뭐라고 대꾸했다.

"말은 잘하는군요. 그 사람은 돈을 가졌거든요. 그리고 난 지금 일전 한푼 없어요. 그리고 당신은……."

라비크는 일어났다. 그리고 전화를 쳐다보았으나 망설였다. 거의 열 시가 가까웠다. 조앙에 관해서는 오늘 아침 그녀가 나가 버린 뒤 전혀 알지를 못했다. 밤에 돌아올지 어떨지 그는 묻지도 않았다. 돌아올 것으로 상상했기 때문이다. 그런데 이제는 그런 확신은 조금도 없었다.

"당신에겐 간단할 테지요! 당신은 우선 재미를 보자는 것뿐이니까요. 다른 것은 아무것도 생각해 주지 않고." 골덴베르크 부인이 말했다.

라비크는 모로소프를 찾아 나섰다. 그의 방이 잠겨 있어 그는 가다꼼바로 내려갔다.

"누가 전화를 걸어오거든 나는 밑에 있을 테니까" 하고 그는 보이에게 말해 두었다.
 모로소프는 거기에 있었다. 그는 붉은 머리의 사나이와 장기를 두고 있었다. 구석에는 여자들이 두서넛 앉아 있었고 그녀들은 슬픈 듯한 얼굴로 뜨개질을 하거나 책을 읽고 있었다.
 라비크는 잠시 장기판을 들여다보았다. 붉은 머리는 전혀 무관심하게 척척 잘 두었다. 모로소프가 지고 있었다.
 "이것을 좀 보게나. 이꼴 좀 보게" 하고 그는 말했다.
 라비크는 장기판을 보았다. 붉은 머리의 사나이는 얼굴을 들었다.
 "이 분은 휜켄슈타인 씨일세" 하고 모로소프가 말했다. "독일서 갓 오셨어."
 라비크는 고개를 끄덕했다.
 "지금 그쪽은 어때요?" 하고 그는 아무런 흥미도 없이 건성으로 물었다. 붉은 머리의 사나이는 어깨를 추켜올렸을 뿐 아무 말도 없었다. 라비크 역시 그가 대답해 주기를 원한 것은 아니었다. 처음 2,3년 동안만은 적어도 그랬었다. 성급한 질문과 기대, 열병에 걸린 듯이 귀를 기울이며 '종말이오'라고 해주기를 기다리던 일, 이젠 전쟁이 터지기 전엔 별수 없으리라는 것은 누구나 다 알고 있는 상식이었다. 그리고 군수 산업을 육성해서 그것으로 실업자 문제를 해결하려는 정부는 전쟁이 아니면 국내에서 파국이 일어날 수 있는 두 가지 가능성밖에 없다는 것도 다소 분별이 있는 사람이면 누구나 알고 있는 사실이다. 그러니 전쟁을 할 도리밖에 없다.
 "장군!" 하고 휜켄슈타인은 별 흥미도 없이 말하고 일어섰다. 그리고 라비크를 쳐다보았다. "어떻게 하면 잠을 자지요? 여기에 온 후론 줄곧 잠을 이룰 수가 없었어요. 잠이 들었는가 하면 곧 깨고 마니."
 "술을 마셔야지요" 하고 모로소프가 말했다. "부르군디를 많이 마시거나 맥주를."
 "술은 마시지 않거든요. 죽을 지경으로 피곤하다고 느낄 때까지 몇 시간이고 거리를 헤매다 돌아왔는데도 아무 소용이 없어요. 도저히 잘 수가 없군요."
 "약을 몇 개 드리지요." 라비크가 말했다. "함께 위층으로 올라가시지요."

"라비크, 돌아와야 하네."

모로소프는 그의 등에다 대고 소리를 쳤다.

"나를 여기 혼자 내버려두면 안 되네, 친구."

여자 두세 사람이 얼굴을 들고 쳐다보았다. 그리고는 바로 뜨개질과 독서로 눈을 돌렸다. 마치 자기들의 생명이 그것에 달려 있기나 한 듯이.

라비크는 휜켄슈타인과 함께 자기 방으로 갔다. 문을 열자 밤기운이 서늘한 파도처럼 창밖에서 이쪽으로 밀려왔다. 그는 심호흡을 하고는 전등을 켜고 재빨리 방안을 둘러보았다. 아무도 없었다. 그는 휜켄슈타인에게 수면제를 몇 알 주었다.

"고맙소" 하고 휜켄슈타인은 얼굴 근육 하나 움직이지 않고 말을 하고는 그림자처럼 사라졌다.

갑자기 라비크는 조앙이 오지 않으리라는 것을 알았다. 그리고 또한 자기는 오늘 아침에 그것을 이미 짐작했었다는 사실도 알고 있었다. 자기는 다만 그것을 믿고 싶지 않았을 따름이다. 그는 누가 자기 등 뒤에서 무엇이라고 한 것 같아서 홱 돌아섰다. 갑자기 모든 것이 지극히 명백한 것으로 생각되었다. 그 여자는 자기의 목적을 이미 달성한 것이다. 그리고 이제 와서 공연히 늑장을 부리고 있는 것이다. 대체 나는 달리 무슨 상상을 하고 있었던가. 전번과 같이 내게 돌아와 주리라는 것을 믿었던가. 참으로 어리석기 짝이 없다! 물론 다른 남자가 있다. 그뿐만이 아니라 내버리고 싶지 않은 다른 생활도 있을 것이다. 그는 아래층으로 내려갔다. 비참한 기분이었다.

"어디서 전화가 없었나?"

마침 교대를 한 밤근무 보이가 머리를 가로 저었다. 입에 마늘 소시지를 잔뜩 물고 우물거렸다.

"전화를 기다리고 있는 중이야. 아래에 내려가 있겠네."

그는 모로소프에게로 돌아갔다. 둘이서 장기를 한 판 두었다. 모로소프는 이긴 다음 의기양양하게 사방을 둘러보았다. 여자들은 그 동안에 소리도 없이 사라져 보이지 않았다. 그는 종을 흔들었다.

"클라리스, 붉은 것을 한 병 주게."

"거 휜켄슈타인이란 친구는 마치 재봉틀처럼 장기를 둔단 말이야" 하고 그는 말했다. "침을 뱉고 싶어! 수학자라네. 완전무결하다는 것은 좌우간 기분

나쁘거든. 인간적이 못 돼" 하고 말하며 그는 라비크를 쳐다보았다. "이런 날 밤에 어째서 호텔에 있나?"

"전화를 기다리고 있어."

"과학적인 살인이라도 할 계획인가?"

"난 어떤 친구의 위를 도려냈네."

모로소프는 친구의 잔을 가득 채웠다.

"그런데 자네는 그렇게 태연히 앉아서 술을 마시고 있나?" 하고 그는 말했다. "그리고 거기선 자네의 희생자가 누워서 신음소리를 내고 있겠지. 그것도 좀 비인간적이야. 적어도 자네 역시 위쯤 아파야 옳지 않을까?"

"옳은 이야기야" 하고 라비크는 대꾸했다. "그래서 세상이 불행한 걸세, 보리스. 우리는 딴 사람에게 무슨 짓을 해도, 자기는 조금도 그것을 느끼지 못하거든. 하지만 자네는 왜 또 자네의 개혁을 의사에서부터 시작하려고 하나? 그건 정치가나 장군이 더욱 적격이 아닐까? 그렇게 하면 세계 평화라도 올 텐데."

모로소프는 뒤로 몸을 기대고 라비크를 천천히 올려다보았다.

"의사란 개인적으로 친할 것이 못 되는군" 하고 그는 말했다. "의사에 대한 신뢰심이 없어져 버린단 말이야. 자네하고 같이 취했었지. 그런 자네에게 어떻게 수술을 맡기겠나? 자네는 내가 모르는 다른 외과의사보다 훨씬 훌륭한 외과의사라는 것을 알고도 나는 다른 외과의사에게 가겠네, 모르는 사람에 대한 신뢰감이지. 이것이 보다 깊고도 인간적인 특성이라는 걸세. 여보게! 의사는 병원 깊숙이 살고 있어야 할 것이지 속세에 나와선 안 되겠어. 자네들의 선배인 마술사나 마법사는 그 점을 알고 있었거든. 내가 수술을 받는다면 나는 초인적인 힘을 믿고 하네."

"나도 자네를 수술하기는 싫어."

"어째서?"

"자기 형제를 좋아서 수술하는 의사는 없으니까."

"그렇지 않아도 나는 자네에게 시키지 않겠네. 나는 자다가 심장마비로 아무도 모르게 죽을 테야. 나는 즐거운 마음으로 그 준비를 할 테야."

모로소프는 어린애처럼 라비크를 쳐다보았다. 그리고 일어섰다.

"난 가야겠네. 문화의 중심지 몽마르뜨르의 문을 열어야지. 대체 인간은 무엇 때문에 살고 있을까?"
 "그것을 생각해 보려고 살겠지. 그 밖에 무슨 다른 의문은 없나?"
 "있네. 인간은 그것을 생각해서 좀 현명해졌다고 생각하면 바로 죽어 버리게 된단 말이야. 웬일이지?"
 "현명해 보지 못하고 죽는 인간도 있어."
 "얼버무리지 말게나. 그리고 영혼 윤회설 이야기는 그만두개나."
 "내가 먼저 자네에게 다른 것을 물어 보겠네. 사자는 양을 죽이고, 거미는 개미를 죽이며, 여우는 닭을 죽이지. 그러나 세상에서 단 하나 항상 저희들끼리 전쟁을 하고 서로 싸우고 죽이고 하는 놈은 누군가?"
 "그런 건 어린애에게나 묻게나. 그야 물론 만물의 영장이라 자처하는 인간이지. 사랑이라든가, 친절이라든가, 자비라는 말을 발명한 인간들이지."
 "좋아. 그리고 이 자연에게서 자살을 할 수 있고 또 사실 자살을 하는 유일한 동물은 무엇인가?"
 "그것도 인간이지. 영원이라든가, 신이라든가, 부활 같은 것을 발명한 인간이지."
 "훌륭해" 하고 라비크는 말했다. "얼마나 우리 인간이 모순 덩어리인가 자네도 알겠나? 그런데 자네는 우리가 왜 죽는지를 알고 싶단 말인가?"
 모로소프는 깜짝 놀란 듯 얼굴을 들었다. 그는 술을 한 모금 들이켰다.
 "이 궤변가 같은 친구" 하고 그는 말했다. "미꾸라지 같은 친구야."
 라비크는 그를 쳐다보았다. 조앙! 하고 그의 내부에서 그 무엇이 생각을 했다. '지금 그 여자가 만일 저 알량한 유리문을 밀고 들어온다면 얼마나 좋으랴.'
 "잘못은 말일세, 보리스" 하고 그는 말을 이었다. "우리가 생각하기 시작했다는 것일세. 만일 우리가 정욕과 식욕의 행복만을 알았다면 이런 모든 일은 하나도 일어나지 않았을 걸세. 누군지 우리를 가지고 실험을 하는 걸세. 하지만 아직 해결책이 발견되지는 않은 것 같단 말이야. 불평은 그만두는 게 어때. 실험 동물이라 하더라도 직업상의 긍지는 있는 법이니까."
 "백정들은 그렇게 말하겠지. 하지만 소는 결코 그런 소리는 하지 않네. 과학자는 그런 소리를 하지만, 모르모트는 절대로 그런 말을 안할 걸세. 의사는 그런 소리를 하지만 흰쥐는 절대로 하지 않아."

"옳은 말이야……."

'만일 그 여자가 언제나 산들바람을 안고 걷는 듯한 그런 시원한 발걸음으로 여기에 걸어 들어와 준다면 얼마나 좋을까.'

"충족 이유의 법칙 만세! 자, 보리스. 우리 아름다움을 위해서 한 잔 드세. 한순간의 감미로운 영원을 위해서. 그 밖에 인간만이 할 수 있는 것을 자넨 아는가? 웃는 것과 우는 것이지."

"그리고 취하는 것이고. 브랜디에 취하고 포도주에 취하고, 계집에, 희망에, 절망에 취하는 점도 또한 다르지. 또 하나 인간만이 알고 있는 것이 있지. 자네는 그것을 아나? 죽어야만 한다는 걸세. 그 해독제로서 상상력이 주어져 있는 것이지. 돌은 현실적일세. 식물 역시 마찬가지고 동물도 역시 그 점은 같아. 그들은 다 목적에 부합된다는 말일세, 그들은 자기들이 죽어야만 한다는 것을 모르고 있지만 인간은 그것을 알고 있어. 영혼이여, 날아라! 청승맞게 울지 말아라! 합법적인 살인자놈아! 우린 지금 막 인류의 찬가를 부른 것이 아니었던가?"

모로소프는 회색 종려나무를 쥐고 흔들어 댔다. 그러자 먼지가 뿌옇게 떨어졌다.

"감동적인 남국의 용감한 상징이여, 프랑스의 호텔 안주인의 꿈의 나무여, 잘 살아라! 그리고 자네도 마찬가지지만, 고향이 없는 사나이여, 흙이 없는 덩굴이여! 죽음의 네다바이여! 잘들 살라구! 자네가 낭만적이라는 것을 자랑으로 여기게!"

그는 라비크를 보고 히죽이 웃었다. 라비크는 웃지도 않고 문 쪽을 응시했다. 문이 열렸다. 야간 보이가 들어왔다. 그는 그들의 탁자가 있는 곳으로 다가왔다. '이제 겨우 오는구나. 그럴 테지!' 그는 일어나지 않고 기다렸다. 두 팔에 긴장감을 느끼며.

"담배를 사왔습니다, 모로소프 씨" 하고 보이가 말했다. "동료가 지금 가지고 왔군요."

"고맙네." 모로소프는 러시아 담배가 든 갑을 주머니에 집어 넣었다. "그럼, 라비크, 이만 실례하겠네. 나중에 또 보게 될까?"

"아마 그렇게 되겠지. 다녀오게, 보리스."

위가 없는 사나이는 라비크를 줄곧 응시하고 있었다. 구역질이 났지만 토할 수가 없다. 토할 수 있는 자루가 이미 없어졌기 때문이었다. 흡사 다리가 없어졌는데도 발이 아픈 그런 인간과 같았다.

그는 몹시 불안해했다. 라비크는 주사를 한 대 놓아 주었다. 사나이가 살아날 가망성은 거의 없다. 심장도 시원치 못하고 한쪽 폐는 유착된 공동투성이였다. 서른다섯 해의 일생을 통하여 건강했던 시절은 한번도 없었다. 벌써 몇 해 동안을 위궤양에다 유착성 폐결핵을 앓았고 이젠 암까지 곁들였다. 병원의 보고 자료에 의하면 사나이는 결혼 생활이 4년이고, 아내는 출산중 사망, 태어난 애는 3년 후 역시 폐병으로 죽었다. 가까운 사람도 없었다. 지금 그는 여기 이렇게 누워서 그를 응혈된 시선으로 쳐다보고 있다. 죽고 싶지가 않은 것이다. 참을성이 있고 용감했다. 그는 자기가 이제부터는 장을 통해서만 영양을 섭취해야 된다는 사실을 모르고 있다. 그리고 인생의 얼마 안 되는 쾌락의 하나인, 겨자 오이지도, 쇠고기 요리도 이젠 먹을 수 없다는 것을 모르고 있다. 그리고 냄새를 풍기며 내장을 난도질당하고도 이렇게 번듯이 누워 있는 것이다. 그런데도 그의 눈동자를 움직이게 하는 넋은 지니고 있다.

낭만주의자라는 것을 자랑으로 여기라고! 인류의 찬가라고!

라비크는 체온과 맥박의 도표를 걸었다. 간호원이 기다리고 있다. 곁에 놓인 의자 위에는 짜다 만 붉은 스웨터가 놓여 있었다. 바늘은 스웨터에 꽂힌 채로였고 실은 바닥에서 아무렇게나 뒹굴고 있었다. 가느다란 털은 마치 가는 핏줄처럼 보이고 스웨터는 피를 흘리고 있는 것처럼 보였다.

'이 사나이는 여기에 누워 있다' 하고 라비크는 생각했다. '그리고 주사를 맞았다 해도 고통과 움직일 수 없는 몸과 호흡 장애와 하룻밤 내내 어려운 고비를 치러야 할 것이다. 그런데 나는 이 순간에도 여자를 기다리고 있다. 그리고 만일 여자가 오지 않는다면 밤새도록 외로워할 것이라고 생각하면서. 여기에 이렇게 죽어가고 있는 사나이나 한쪽 팔이 으스러져서 옆방에 누워 있는 바스톤 페리엘과 그리고 다른 수천 명과 비교해서, 또한 오늘 저녁 세상에서 일어나고 있는 여러 가지 일과 비교해서 그것이 얼마나 우스꽝스러운 일인가를 나는 안다. 그럼에도 그것들이 대체 무슨 소용인가. 아무런 쓸모도 도움도 되지 않는다. 아무것도 변화시키지 못한다. 여전히 그대로다. 모로소

프가 뭐라고 했던가. 왜 너는 위장쯤 아파 보지 않았느냐고 했었지? 그렇다, 웬일일까?'
 "무슨 일이 있거든 나를 불러요" 하고 그는 간호원에게 말해 두었다. 그녀는 케이트 헤이그슈트렘에게서 전축을 선물로 받은 그 간호원이었다.
 "이 분은 아주 포기하고 계세요" 하고 그녀는 말했다.
 "이 분이 어떻다고?" 라비크는 깜짝 놀라서 물었다.
 "아주 단념하고 계신다고요. 참 좋은 분이에요."
 라비크는 사방을 둘러보았다. '간호원이 선물로 얻어 가질 만한 물건이라곤 하나도 없다. 아주 단념했다고? 간호원들이란 참으로 가끔 이해하기 힘든 표현을 쓰는구나! 이 가련한 사나이는 자기의 신경 세포와 혈구를 총동원해서 죽음과 싸우고 있는 것이다⋯⋯일보의 양보도 없다.'
 그는 호텔로 돌아왔다. 문 앞에서 골덴베르크를 만났다. 그는 희끗한 턱수염을 기르고 금시계 줄을 조끼에 매달고 있었다.
 "저녁 날씨가 매우 좋군요" 하고 골덴베르크는 말했다.
 "그렇군요."
 라비크는 비젠호프의 방에 있을 그의 마누라를 생각했다.
 "좀더 산책을 하지 않으시렵니까?" 하고 그는 물었다.
 "벌써 갔다왔는걸요. 콩코르드까지 갔다가 돌아오는 길입니다."
 콩코르드까지. 그곳은 미국 대사관이 있는 곳이다. 별빛을 받아 하얀 건물이 공허한 침묵을 하고 있다. 비자를 찍어 주는 스탬프가 있는 노아의 방주였다. 하지만 손에 들어오지는 않는다. 골텐베르크는 그 앞에 가서 어슬렁거리고 있었던 것이다. 그 바깥, 크리온 곁에. 그리고 출입문과 어두운 창을 멀거니 쳐다보고 있었던 것이다. 렘브란트의 그림이나 코이누올의 다이아몬드라도 감상하듯이.
 "어떻습니까. 좀더 걷지 않으시겠습니까? 개선문까지 갔다오면 어떨까요?" 하고 라비크는 물으며 생각했다. '만일 내가 위층에 있는 두 사람을 구원해 주면 조앙은 내 방에 와 있을 것이다. 그렇지 않으면 그 동안에라도 올 것이다.'
 골텐베르크는 머리를 저었다.
 "전 올라가 보아야겠습니다. 집사람이 기다리고 있을 테니까요. 벌써 두 시간 이상 나가 있었단 말입니다."
 라비크는 자기의 시계를 보았다. 벌써 열 두 시 반 가까이 되었다. 구원해 줄 필요는 없을 게다. 마우라는 이미 오래전에 자기 방으로 돌아와 있을 테니. 그는 골텐베르크가 천천히 계단을 올라가는 것을 올려다보고 있었다. 그리고 보이가 있는 곳으로 갔다.
 "어디서 전화 온 데 없던가?"
 "아뇨."
 그의 방엔 휘황하게 전등이 켜져 있었다. 그는 전등을 켜놓은 채로 나갔었다는 것이 생각났다. 침대는 마치 생각지도 않던 눈이라도 내린 듯 빛나고 있었다. 그는 나갈 때 탁자 위에 남겨 두었던 쪽지를 집었다. 반시간 후면 돌아온다고 적어 두었다. 그는 그 쪽지를 갈가리 찢어 버렸다. 마실 것이 없나 하고 찾아보았으나 아무것도 없었다. 그는 다시 밑으로 내려갔다. 프론트에는 칼바도스가 없었다. 코냑뿐이었다. 라비크는 에네시 한 병과 브브레를 한 병 더 집어들었다. 그리고 보이와 잠시 이야기를 나누었다. 그 친구는 생쿠르에서 열리는 두 살짜리 말들의 경마에서는 루르 2세가 제일 확률이 높다는 이유를 설명했다. 스페인 사람인 알바레스가 지나갔는데 아직도 약간 절름거렸다. 라비크는 신문을 사 가지고 방으로 돌아왔다. 이런 밤은 얼마나 긴 지 모른다. 사랑을 하면서도 기적을 믿지 않는 인간은 구원될 수 없다고 변호사 아랜센이 1933년에 베를린에서 말했다. 그리고는 2주일 후에, 그는 애인의 밀고로 강제 수용소로 끌려갔었다. 라비크는 브브레의 병 마개를 따고 탁자에서 플라톤을 한 권 집어들었다. 2, 3분 후에는 책을 한쪽으로 밀쳐 버리고는 창가에 가서 앉았다.
 그는 전화통을 노려보았다. 빌어먹을 놈의 시커먼 기계. 그는 조앙에게 전화를 걸 수가 없었다. 조앙의 새로운 집의 전화번호를 모르고 있으니 어쩔 도리가 없다. 어디 살고 있는지조차 모른다. 여자에게 물어 보지도 않았었고 여자도 말해 주지 않았다. 잘은 모르지만 일부러 말하지 않았을 것이다. 그러니 그 여자는 또 하나 변명의 구실을 만들어 둔 셈이다.
 그는 약한 포도주를 한 잔 들이켰다. '어리석어……겨우 오늘 아침에 헤어진 여자를 기다리다니.' 석 달 동안이나 만나지 않았으면서도 하루를 못 본 오늘처럼 여자를 기다려 본 적은 처음이었다. 두번 다시 만나지 않았던들 좀

더 간단했을 텐데. 그 일에 만성이 되었을 걸. 그런데 지금은······.

그는 일어났다. 그것도 아니다. 내 마음을 좀먹는 것은 우유부단한 태도이다. 시간이 지날수록 점점 깊숙하게 마음속으로 파고드는 불신감이다.

그는 문 있는 곳으로 다가갔다. 잠그지 않았다는 것을 뻔히 알면서도 다시 한번 문을 확인했다. 신문을 읽기 시작했으나, 마치 베일을 통해서 읽는 기분이었다. 폴란드에서의 소동, 피할 수 없는 충돌, 회랑(回廊)에 대한 요구, 영국과 프랑스와 폴란드와의 동맹, 임박해진 전쟁. 그는 신문을 방바닥에 내던지고 불은 껐다. 그는 어둠 속에 누워서 기다렸다. 잠이 오지를 않았다. 다시 스위치를 찾아서 불을 켰다. 에네시 술병이 책상 위에 놓여 있다. 그는 그것을 따지는 않았다. 다시 일어나서 창가에 걸터앉았다. 밤은 시원하고 하늘은 높고 별들이 총총했다. 한두 마리 고양이 우는소리가 마당에서 들려왔고 바지만 걸친 사나이 하나가 건넛집 발코니에 서서 긁적거리고 있었다. 그자는 소리를 내어 하품을 하고는 불이 훤히 켜진 자기 방으로 다시 들어가버렸다. 라비크는 침대를 바라보았다. 그는 잠이 오지 않으리라는 것을 잘 알고 있었다. 책을 읽어도 아무런 도움이 되지 않았다. 금방 읽은 것이 생각이 나지 않았다. '밖으로 나가자······그게 제일 상책일지 모르겠다. 하지만 어디로 간단 말인가? 어딜 가나 별수가 없다. 밖으로 나가는 것도 싫다. 무엇인지 알고 싶다. 제기랄!' 그는 코냑 병을 들었지만 다시 내려놓았다. 그리고 호주머니를 뒤져서 휘켄슈타인에게 준 것과 같은 수면제를 두세 알 끄집어냈다. 그 친구는 지금 자고 있겠지. 라비크는 수면제를 입 속에 넣었다. 정말 효력이 있을는지 의심스러웠다. 한 개를 또다시 삼켰다. 만일에 조앙이 오면 잠을 깰 수 있겠지.

여자는 오지 않았다. 이튿날 밤에도.

21

우제니가 위장을 도려낸 사나이가 누워 있는 방안에 얼굴을 디밀었다.
"라비크 씨, 전화예요."
"누구한테서?"

"몰라요. 물어 보지 못했어요. 교환수가 밖에서 온 전화라고만 하더군요."
 라비크는 조앙의 목소리를 처음엔 잘 구별하지 못했다. 소리가 흐린데다가 감이 멀었다.
 "조앙!" 하고 그는 말했다. "지금 어디에 있어?"
 여자는 마치 파리에서 무척이나 멀리 떨어져 있는 듯했다. 틀림없이 리비에라 근처의 지명이라도 댈 것이라고 그는 생각했다. 조앙은 지금까지 병원으로 전화를 걸어 온 일이 한번도 없었다.
 "제 집에 있어요" 하고 여자는 말했다.
 "파리에 있단 말이야?"
 "물론이죠. 이곳말고 있을 만한 데가 있겠어요?"
 "어디 아픈가?"
 "아뇨. 왜 그런 말을……?"
 "병원으로 전화를 했으니까 말이야."
 "호텔로 걸었었죠. 이미 나가신 뒤여서 다시 병원으로 전화를 한 거예요."
 "무슨 일이 있었나?"
 "아뇨, 무슨 일이 있겠어요? 당신이 어떻게 지내는지 알고 싶어서죠."
 여자의 목소리가 이젠 분명해졌다. 라비크는 담배와 성냥을 꺼냈다. 그는 위쪽을 어깨로 누르고 담배 한 대를 뽑아서는 불을 붙여 물었다.
 "여긴 병원이야, 조앙" 하고 그는 말했다. "여기선 전화가 오면 언제나 사고가 아니면 병이라고 생각하거든."
 "전 병이 아녜요. 자리에 누워 있긴 하지만 아픈 건 아녜요."
 "그렇담 다행이야."
 라비크는 기름 먹인 흰 테이블보 위에 놓인 성냥을 한 손으로 이리저리 굴렸다. 그리고 다음에 들려올 말을 기다렸다.
 조앙도 역시 기다리고 있다. 그는 여자의 숨소리를 들었다. 여자는 그에게 먼저 입을 열게 하고 싶었다. 그 편이 여자에게 유리한 것이다.
 "조앙" 하고 그는 말했다. "난 지금 전화통에 매달려 있을 짬이 없어. 환자의 붕대를 끌러 놓은 채 그대로 왔단 말야. 가 봐야 해."
 여자는 얼마 동안 잠자코 있었다.
 "왜 전화해 주지 않으셨지요?" 이윽고 여자는 말했다.

"전화를 건다고? 그렇지만 난 당신의 전화 번호를 모르는걸. 그리고 지금 당신이 살고 있는 데가 어딘지도 모르잖아."
"아니, 당신한테 말했는데요."
"안했어, 조앙."
"아녜요. 분명히 일러 드렸어요."
여자는 벌써 확신을 갖고 있다.
"틀림없어요. 제가 말했어요. 당신이 잊어 버렸을 뿐이에요."
"좋아, 내가 잊었어. 다시 한 번 말해 줘. 연필을 가지고 있으니."
여자는 그에게 주소와 전화 번호를 말했다.
"정말 전 당신한테 틀림없이 말했어요, 라비크. 틀림없어요."
"알았어, 조앙. 난 급히 가 봐야 해. 오늘 저녁에 저녁이나 함께 할까?"
여자는 말이 없었다.
"왜 제 집에 한번도 오시지 않지요?" 여자가 그렇게 물었다.
"알았어. 갈 수야 있지. 오늘 저녁 여덟 시면 어때?"
"왜 지금 오시면 안 되나요?"
"하지만 지금은 일을 해야 돼."
"얼마나 걸리나요?"
"한 시간쯤 걸릴 거야."
"그럼 한 시간 후에 오세요."
'흥, 네가 밤에는 다른 일이 있는 모양이구나' 하고 생각하며 그는 물었다. "왜 밤에는 안 되나?"
"라비크" 하고 여자는 말했다. "당신은 가끔 너무도 간단한 것을 모르시는 군요. 전 지금 당신을 얼른 만나고 싶으니까 그러는 거예요. 저녁까지 기다리기가 싫어요. 그렇지 않고서 이런 시간에 뭣 때문에 전화를 걸겠어요?"
"알겠어. 그럼 여기 일이 끝나는 대로 가겠어."
그는 생각에 잠기면서 메모 쪽지를 접어 든 채 돌아섰다.

조앙이 살고 있는 곳은 파스칼 거리의 모퉁이에 있는 건물이었다. 조앙은 맨 위층에 살고 있었다. 여자가 문을 열었다.
"어서 오세요" 하고 말했다. "와 주셔서 기뻐요! 들어오세요."

여자는 남자 옷처럼 만든 간소한 검은 가운을 걸치고 있었다. 그것은 라비크가 좋아하는 이 여자의 한 가지 특징이었다. 여자는 부드러운 천이나 비단으로 만든 옷은 절대로 입지를 않았다. 여자의 얼굴은 여느 때보다 창백했고 좀 흥분해 있었다.

"자, 이리 오세요. 당신을 기다렸어요. 제가 어떻게 사는지 좀 보셔야 하잖아요."

여자는 앞장을 섰다. 라비크는 뒤따르며 미소를 지었다. 여자는 재치가 보통이 아니었다. 어떠한 질문이라도 미리 말문을 막아 놓고 마는 것이다. 그는 여자의 아름답고 곧게 뻗은 어깨를 바라보았다. 여자의 머리에 햇빛이 비쳤다. 그 순간 그는 숨이 막힐 지경으로 여자가 사랑스러워졌다.

여자는 그를 커다란 방으로 안내했다. 그것은 스튜디오였고, 대낮의 햇살이 방안에 충만했다. 생 라파엘로 거리와 프르우던 거리의 사이에 끼여 있는 공원을 내다볼 수 있는 높고 큰 창이 나 있었다.

오른쪽은 뽀로또 드 라 뮤에뜨까지 바라볼 수가 있었다. 그 너머에는 숲의 일부가 황금빛과 초록빛으로 반짝거렸다.

방의 절반은 현대식으로 장식되어 있었다. 지나치게 푸른빛의 덮개를 씌운 커다란 긴 의자, 보기보다는 그리 편하지 않은 서너 개의 의자, 키가 낮은 테이블, 고무나무, 미제 전축, 그리고 구석에는 조앙의 트렁크가 한 개. 별로 눈에 거슬릴 만한 것은 없었다. 그러나 라비크에게는 그 모든 것들이 눈여겨 봐지지 않았다. 아주 좋든가 아주 나쁘든가……중간치는 그에게 하등의 쓸모가 없었다. 그리고 고무나무는 도저히 참을 수가 없는 물건이었다.

그는 조앙이 자기를 살펴보고 있다는 것을 알아챘다.

여자는 그가 어떻게 생각하고 있는지 전혀 확신할 수 없었지만, 한번 위험을 무릅쓸 만한 확신을 가지고 있었던 것이다.

"좋군!" 하고 라비크는 입을 열었다. "널찍하고 좋은데."

그는 전축의 뚜껑을 열어 보았다. 그것은 장농식으로 조립되어 있으며 자동으로 레코드를 바꾸는 장치가 되어 있는 고급품이었다. 곁에 놓인 테이블에는 음반이 상당히 많았다. 조앙은 그 판들 중에서 몇 장을 집더니 걸어 놓았다.

"어떻게 트는 것인지 아세요?"

그는 그쯤은 알고 있었다.
"글쎄, 모르겠는데" 하고 그는 말했다.
여자는 버튼 하나를 눌렀다.
"기가 막혀요. 몇 시간이라도 돌아가요. 구태여 일어나서 판을 갈거나 다시 돌릴 필요가 없어요. 거기 누워서 계속 듣고만 있으면 되거든요. 그리고 밖이 점점 어두워지는 것을 내다보면서 꿈을 꾸는 거예요."
전축은 훌륭했다. 라비크는 그 상표를 익히 알고, 값이 2만 프랑쯤 나가리라는 것도 알고 있었다. 파리의 감상적인 노래의 감미롭고 여린 선율이 방안에 가득 찼다.
〈나는 기다리겠어요〉라는 노래였다.
조앙은 몸을 앞으로 굽히고 노래에 귀를 기울였다.
"이 노래 어때요. 마음에 들어요?" 하고 여자는 물었다.
라비크는 고개를 끄덕여 보였다. 그는 전축을 바라보고 있지는 않았다. 조앙을 보고 있었다. 노래에 심취되어 있는 여자의 얼굴을 바라보고 있었다. '이 여자는 어떻게 이처럼 가벼운 기분이 될 수 있을까…… 그리고 내게서는 찾을 수 없는 그런 가벼운 태도 때문에 얼마나 이 여자를 사랑했던가! 끝이 난 것이다' 하고 그는 아무런 아픔도 없이 생각했다. 이탈리아를 떠나서 안개 자욱한 북극으로 돌아가는 사람의 마음처럼.
여자는 몸을 일으키고 미소를 띄웠다.
"이리로 오세요. 아직 침실을 보지 않으셨어요."
"꼭 봐야만 하나?"
여자는 순간 지그시 그를 쳐다보았다.
"보기가 싫어요? 그런 건 아니죠?"
"암, 왜 싫겠어?" 하고 그는 말했다.
여자는 그의 얼굴에 스치듯이 입을 맞췄다. 그는 왜 여자가 자기에게 그러는지를 알고 있었다.
"자, 오세요" 하고 여자는 그의 팔을 잡았다.

침실은 프랑스 식으로 꾸며져 있었다. 루이 16세 때의 고풍으로 장식된 커다란 침대, 신장(腎臟)의 형태를 한 같은 종류의 화장대, 모조인 바로크 식

거울, 현대식 오뷔송 카펫, 의자들, 모조리 값싼 영화 세트식의 물건뿐이었다. 그 중에 채색한 16세기 플로렌스 제품인 아주 훌륭한 트렁크가 하나 있었다. 그것은 주위의 물건들과 전혀 어울리지 않아서, 마치 벼락부자가 된 문지기 자식들 사이에 끼인 공주와 같은 인상을 주었다. 그것은 아무렇게나 구석에 떠밀려진 채로 있었다. 오랑캐꽃이 꽂힌 모자와 은빛 구두 한 켤레가 그 값진 뚜껑 위에 놓여 있었다.

침대는 자다가 몸만 빠져나간 듯 손질이 되어 있지를 않았다.

라비크는 조앙이 어디 누웠었는지 알 수가 있었다. 화장대에는 향수병이 여러 개 놓여 있었다. 장농은 문이 열린 채였다. 속에는 여러 벌의 옷이 걸려 있었다. 전에 가지고 있던 것보다 훨씬 많았다. 조앙은 라비크의 팔을 놓지 않았다. 여자는 그에게 매달렸다.

"마음에 드세요?"

"훌륭하군. 당신에게 꼭 어울려."

여자는 고개를 끄덕였다. 그는 여자의 팔, 여자의 가슴을 느꼈다. 그리고 자기도 모르게 여자를 끌어안았다. 여자는 얌전하게 남자가 하는 대로 가만히 있었다. 여자의 어깨가 그의 어깨에 닿았다. 여자의 얼굴은 이젠 차분해져 있었다. 처음에 보였던 아련한 흥분의 표정은 흔적도 없이 사라지고, 그 어떤 확신을 가졌고 밝았다. 그 표정 속에는 누르고 있었던 만족감 이상의 것이, 아니 거의 눈에는 띄지 않는 아득한 승리의 그림자까지도 깃들여 있는 듯 라비크에게는 생각되었다.

천한 꼴이 격에 맞다니 우스운 일이라고 그는 생각했다. 나는 이 자리에서 일종의 이류급의 기둥서방 같은 것이 돼야만 하는구나. 그리고 순진한 뱃심을 가지고서 계집의 애인 녀석이 꾸며 준 방까지도 보아야만 하는구나. 더구나 여자는 그런 짓을 하면서도 바로 사모트라키 섬의 승리의 여신처럼 보였다.

"당신이 이런 방을 가질 수 없다니 유감스럽군요." 여자가 말했다. "집을 말예요. 여기 있으면 완전히 다른 사람이 된 기분이에요. 을씨년스러운 호텔 방에 있을 때하고는 달라요."

"당신 말이 옳아. 이렇게 모든 것을 보게 해줘서 고맙군. 난 이제 그만 가겠어, 조앙."

"가신다고요, 벌써? 이제 막 오시지 않았어요!"

그는 여자의 두 손을 꼭 잡았다.
"난 가겠어, 조앙. 영원히. 당신은 딴 사람하고 살고 있어. 그런데 나는 내가 사랑하는 여성을 다른 남자와 나누어 가질 수는 없거든."
여자는 그가 잡고 있던 두 손을 뿌리쳤다.
"뭐라구요? 무슨 말씀이시죠? 저는……누가 그 따위 말을 했지요? 그런 말을……."
여자는 그를 노려보았다.
"전 다 짐작이 가요! 물론 모로소프죠. 그런……."
"모로소프가 아냐! 난 누가 말해 주지 않아도 알아요. 저절로 알게 되는 거지."
여자의 얼굴은 별안간 노기가 치밀어 새파래졌다. 여자는 좀 전까지는 충분히 편안한 마음으로 있었다. 그런데 이제 와서 일이 벌어진 것이다.
"알고 있어요. 제가 이런 아파트를 지니고, 이젠 세헤라자드에서 일을 하지 않으니 그렇단 말이죠! 물론 누군가가 나를 돌보아 주고 있겠죠. 물론 그렇겠죠. 그렇지 않을 수가 있어요?"
"난 누가 당신을 돌보아 주고 있다고는 말 안했어."
"그게 그거지 뭐예요! 전 다 알아요! 당신은 처음에 저를 그 비참한 나이트클럽에 데리고 가서는 혼자 내버려 두었지요. 그리고는 제가 누구하고 이야기를 하거나, 누가 저의 걱정을 조금만 해도 돌보아 주고 있다고 하시는 거지요. 그런 도어맨 같은 것들은 항상 더러운 짓을 하는 이외에 할 일이 없군요! 그런데 당신이 고르고 골라서 하필이면 그것을 믿는단 말이지요? 창피하시지도 않아요?"
라비크는 침대 한 끝 쪽에서 여자를 빙그르르 돌려서 팔을 잡아 높이 쳐들어 올리더니 침대 위로 내던졌다.
"자!" 하고 그는 말했다. "이젠 그런 헛소리는 집어치워!"
여자는 기절한 듯 쓰러진 채 그대로 누워 있었다.
"저를 때리지는 않나요?" 이윽고 여자는 물었다.
"천만에. 난 다만 그런 입씨름을 그만두고 싶었을 뿐이야."
"이상할 것도 없죠" 하고 여자는 낮게, 그리고 소리를 죽여 가며 말했다. "이상할 것도 없죠."

여자는 그대로 누워 있었다. 그 얼굴은 공허했고 백지장 같았으며, 입술은 새파랗게 질렸고 눈은 유리같이 흐리멍덩하게 죽은 것처럼 빛났다. 가슴은 반쯤 헤쳐지고, 드러난 한쪽 다리는 침대 모서리에 걸쳐 있었다.
"전 아무 생각 없이 당신에게 전화를 걸었단 말예요. 당신하고 함께 지낼 수 있다고 생각하니 즐거웠어요. 그런데 이꼴이 되다니요. 이런 꼴이 어디 있어요." 여자는 조소하듯 되풀이 말했다. "그런데 저는 당신을 다른 분이라고 생각했으니!"
라비크는 침실 문 가까이에 서 있었다. 그는 모조품으로 꾸며 놓은 그 방을 바라보고, 그 모든 것이 참 잘 어울린다고 생각했다. 쓸데없이 지껄였던 것이 화가 났다. 아무 말도 말고 그대로 가 버릴 일이었다. 그렇게 해서 모든 것을 끝내 버리는 것이다. 그러나 그렇게 하면 여자는 자기를 찾아올 것이다. 그러면 결국 마찬가지가 되고 만다.
"설마 당신이" 하고 여자는 되풀이 말했다. "설마 당신이 그러실 줄은 생각지도 못했어요. 전 당신은 남과 다르리라 생각했지요."
그는 대답을 하지 않았다. 모조리 값싼 것들뿐이어서 거의 참을 수가 없었다. 만일 여자가 찾아오지 않으면 자기는 두번 다시 잠을 못 잘 거라고, 사흘간이나 어떻게 그런 생각을 하게 됐는지 모를 일이었다. 갑자기 그는 모든 것을 이해할 수가 없었다. 대체 이 모든 것이 나하고 무슨 상관이 있단 말이냐. 그는 주머니에서 담배를 끄집어내서 불을 붙였다. 입이 바싹 말라 있었다. 전축은 여전히 돌아가고 있었다. 처음에 했던 〈나는 기다리겠어요〉를 다시 반복하고 있었다. 그는 옆방으로 가서 그것을 꺼 버렸다.
그가 돌아왔을 때에도 그 여자는 그 자리에서 꼼짝도 않고 누워 있었다. 몸을 움직인 것처럼 보이지 않았는데 가운은 전보다 더욱 풀어 헤쳐져 있었다.
"조앙" 하고 그는 말했다. "그런 것은 될 수 있는 대로 이야기 안하는 편이 더 좋아."
"제가 시작한 게 아니었어요."
그는 여자의 머리에다 향수병이라도 내던졌으면 속이 후련해질 것 같았다.
"알고 있어" 하고 그는 말했다. "내가 시작한 거지. 그러니 이젠 내가 끝내겠어."
그는 홱 돌아서서 나가려 했다. 하지만 스튜디오의 입구까지도 가기 전에 여자는 그의 앞을 가로막아 버렸다. 여자는 문을 쾅하고 닫아 버리고 그 앞에 서서 손과 팔로 문을 짓누르고 있었다.

"그래요" 하고 여자는 말했다. "당신은 이젠 끝낸단 말이죠? 끝내고 이젠 가 버리시겠단 말이죠? 그렇게 아주 쉽게요! 그렇지만 난 전할 얘기가 가득 차 있단 말예요. 당신 저를 그로셰 도르에서 보셨지요? 제가 누구하고 같이 있었는지도 보시지 않았어요? 그리고 그날 밤 당신에게 갔어도 아무렇지도 않았어요. 당신은 나하고 잠자리를 같이했어요. 다음날 아침까지도 아무렇지도 않았잖아요. 그래도 당신은 계속 나하고 잠자지 않았어요? 저는 당신을 사랑했고 당신이 정말 좋았어요. 그리고 당신을 아무것도 물어 보려고 하지 않았어요. 정말이지 저는 진실로 당신을 사랑했어요. 당신은 그런 훌륭한 분, 그리고 딴 짓을 안하실 분이라고 믿고 있었어요. 당신이 제 곁에서 잠들어 있는 순간에는 저는 감격의 눈물을 흘리며, 입을 맞추고 아주 행복했어요. 그리고 집에 와서도 당신을 사모했어요. 그런데 이제 와서 그러시기에요? 저하고 잠자고 싶던 날 밤에는 관대하게 손을 저어 용서하고 잊어버린 것 같더니, 이제 와서는 저의 잘못을 꼬집으려 하시는군요! 당신은 지금 흡사 모욕당한 미덕의 수호자 같은 얼굴을 하고 서 있군요. 그리고 질투를 하는 남편같이 야단을 치는군요! 당신은 대체 저를 어쩌겠다는 거지요? 당신이 무슨 권리가 있어 그래요?"

"아무것도 없지" 하고 라비크는 말했다.

"그래요. 그런 것을 아시는 것으로도 퍽 다행한 일이군요. 그런데 왜 오늘은 여기까지 와서 제 얼굴에다 그것을 내던지려는 거지요? 왜 그날 밤 제가 당신에게 갔을 때 그러지 못했나요, 그때는?"

"조앙" 하고 라비크는 말했다.

여자는 입을 다물었다. 여자는 숨을 몰아쉬며 그를 노려보았다.

"조앙." 그는 다시 불렀다. "그날 밤 당신이 내게 찾아왔을 때 나는 당신이 나에게 돌아온 줄 알았어. 나는 기왕에 있었던 일은 아무것도 알고 싶지가 않았어. 당신이 돌아와 준 것으로 만족했었지. 그런데 그것은 내가 잘못 생각했던 거야. 당신은 나에게 돌아오질 않았어."

"제가 돌아오지 않았다고요? 그럼 뭐란 말이에요? 당신에게 갔던 건 귀신이었던가요?"

"당신이 나를 찾아오긴 했지만 돌아온 것은 아니었지."
 "당신의 말은 어려워서 저는 모르겠어요. 대체 그것이 어떻게 다른가요?"
 "당신은 다 알고 있어. 다만 그때는 그것을 내가 몰랐었지. 오늘은 나도 알았단 말이야. 당신은 지금 다른 사람하고 같이 살고 있지 않느냔 말이야."
 "그래요. 저는 다른 남자하고 살고 있어요! 또 그 이야기군요! 제가 친구 한두 사람 가지고 있으면, 벌써 그게 다른 남자하고 살고 있다는 말이군요? 아마 하루 종일 문을 걸어 잠그고 들어앉아서 누구하고도 말을 해서는 안 된단 말이군요? 그럼, 다른 남자하고 살고 있다고는 아무도 말 못할 거라 그런 말씀이지요?"
 "조앙, 어리석은 소리 그만해!"
 "어리석은 소리라고요? 대체 누가 어리석은 소리를 하는데요? 당신이야 말로 어리석은 소리를 하면서요."
 "당신 좋을 대로 생각해. 내가 당신을 완력으로 그 문에서 비켜서게 해야 한단 말이오?"
 여자는 움직이지 않았다.
 "설사 제가 다른 남자와 함께 있었다고 해서 그것이 당신하고 무슨 상관이에요? 당신은 알고 싶지 않다고 자기 입으로 말씀하시지 않았어요?"
 "좋아, 알았어. 실은 알고 싶지 않았어. 이미 끝난 것이라고 생각했었지. 끝나 버린 것은 나하고는 아무런 상관도 없어. 하지만 그게 아니거든. 난 좀 더 잘 알았어야 했어. 아마 나는 자신을 속이려고 생각했었는지도 모르겠어. 약한 탓이지. 그렇다고 변한 것이라곤 하나도 없지만."
 "어째서 하나도 변한 게 없지요? 당신은 자기가 모르고 있었다고 말씀하시면서……."
 "이것은 잘잘못의 이야기가 아냐. 당신은 다른 남자와 살고 있었다는 것뿐 아니라 현재도 살고 있단 말이야. 그리고 이후에도 그 남자와 함께 살 작정이지. 난 그때는 그런 걸 하나도 몰랐거든."
 "거짓말 마세요!"
 여자는 별안간 침착한 말투로 그의 말을 막았다.
 "당신은 모두 알고 있었어요. 그때도 말이에요."
 여자는 뚫어지게 그의 얼굴을 쳐다보았다.

"좋아." 그는 말했다. "알고 있었다고 해 두지. 나는 그것을 알고 싶지가 않았어. 이런 기분을 당신은 이해 못할 거야. 그런 일은 여자에겐 없는 법이니까. 그리고 이것은 아무런 상관도 없는 일이야."

여자의 얼굴은 순식간에 절망적인 공포에 사로잡혔다.

"그렇지만 저는 저에게 아무런 나쁜 짓도 하지 않은 사람을 별안간 내쫓을 수는 없어요. 당신이 느닷없이 나타나셨다고 해서 말이에요. 당신은 이걸 모르세요?"

"알겠어" 하고 라비크는 말했다.

여자는 흡사 궁지에 몰려서 뛰어오르려고 하는데 갑자기 땅이 꺼져 버린 고양이같이 우뚝 서 있었다.

"알겠다고요?" 하고 여자는 깜짝 놀라며 되물었다.

긴장감이 눈에서 사라졌다. 여자는 어깨를 축 내려뜨렸다.

"아시면서 왜 저를 괴롭히시는 거예요?" 하고 여자는 지친 듯이 말했다.

"문에서 비켜요" 하고 그는 보기보다는 편하지도 못한 의자에 가서 앉았다. 조앙은 머뭇거렸다.

"자" 하고 그는 말했다. "난 도망가지는 않아."

여자는 힘없이 그에게로 와 긴 의자에 털썩 주저앉았다.

여자는 기진맥진한 듯했다. 그러나 라비크는 여자가 지친 것이 아니란 것을 느끼고 있었다.

"마실 것을 좀 주세요" 하고 여자는 말했다.

그는 여자가 시간적인 여유를 얻으려고 하는 짓이라고 생각했다. 그에게는 아무래도 좋았다.

"저 찬장 속에 있어요."

라비크는 나지막한 찬장을 열어 보았다. 속에는 몇 개의 병이 들어 있었으며, 거의 전부가 흰 크렘 드 망트였다. 그는 그것을 불쾌한 듯 들여다보다가 옆으로 밀쳐 놓았다. 한쪽 구석에 반쯤 마시다 남겨 둔 말텔 병과 칼바도스 병이 한 개 놓여 있었다. 칼바도스 병은 마개를 따지 않은 채로였다. 그는 그것을 그대로 두고 코냑 병을 집어들었다.

"당신은 페퍼민트 브랜디를 마시겠지?" 하고 그는 어깨 너머로 물었다.

"싫어요" 하고 여자는 긴 의자에서 대꾸를 해 왔다.

"그래. 그럼 코냑을 주지."
"칼바도스가 있을 거예요" 하고 여자는 말했다. "칼바포스를 따 주세요."
"코냑으로 충분할 텐데."
"칼바도스를 따 주세요."
"다음날 마시기로 하지."
"코냑은 싫어요. 칼바도스가 마시고 싶거든요. 제발 마개를 따 주세요."
라비크는 찬장 속을 다시 한 번 들여다보았다. '오른쪽에는 딴 남자를 위한 페퍼민트 브랜디, 왼쪽에는 그를 위한 칼바도스. 전부 다 그럴 듯하게 한 가정의 주부처럼 차려 놓았구나' 하고 생각했다. 그로서는 정말 감탄할 노릇이었다. 그는 칼바도스 병을 집어들고 마개를 땄다. 결국 아무래도 상관은 없다. 어리석기 짝이 없는 이별의 순간을 값싼 감상으로 채색해 보는 것이다. 좋아하던 술로……어쩌면 멋진 상징이 될 수도 있다. 그는 잔을 두 개 꺼내서 책상 있는 데로 돌아갔다. 조앙은 그가 칼바도스를 잔에다 따르고 있는 동안 그를 뚫어지게 쳐다보고 있었다.
창밖에는 오후의 햇살이 훤하게 황금빛으로 물들어 가고 있었다. 빛은 한층 선명해졌고 하늘은 밝아졌다. 라비크는 자기의 시계가 멎어 있다고 생각했던 것이다. 그러나 초침은 자그마한 황금빛 새 주둥이처럼 둘레의 점을 쪼듯 째깍거리며 돌아갔다. '정말 그랬구나.' 여기 와서 겨우 반시간밖에는 지나지 않았다. '크렘 드 망트라니, 대단한 취미로군' 하고 그는 생각했다.
조앙은 푸른 긴 의자 위에 쪼그리고 앉아 있었다.
"라비크" 하고 여자는 부드러워진 음성으로 속삭였다. 지치기는 했으나 조금의 빈틈도 없는 목소리였다. "당신이 알겠다고 하는 것은 당신의 기술의 하나인가요? 그렇지 않으면 정말인가요?"
"기술이 아니야, 정말이지."
"당신은 알고 있단 말이에요?"
"알고 있지."
여자는 그에게 미소를 지어 보였다.
"절 알고 있었어요, 라비크?"
"그런 것은 이내 눈치챌 수가 있는 일이야."
여자는 고개를 끄덕였다.

"시간적 여유가 필요해요. 그 사람은 제게 나쁜 짓을 한 게 없으니 말이에요. 당신이 돌아오실지 어떨지 저는 몰랐거든요! 지금 당장에 그 사람에게 말할 수야 없지요."

라비크는 칼바도스를 꿀꺽꿀꺽 들이마셨다.

"자세한 이야기를 할 필요는 없어."

"이야기를 들어 주셔야 해요. 당신이 이해를 해주셔야죠. 저……저는 시간이 필요해요. 그 사람은 틀림없이……그 사람은 어떤 일을 저지를지도 몰라요. 그 사람은 저를 사랑하고 있고 또 저를 필요로 하거든요. 그 사람 죄만은 아니예요."

"물론 아니지. 시간 문제라면 얼마든지 걸려도 좋아, 조앙."

"아녜요. 그리 오래 걸리지는 않을 거예요. 지금 당장에는 곤란하지만요."

여자는 긴 의자의 쿠션에다 몸을 기댔다.

"그리고 이 아파트는, 라비크, 당신이 생각하고 있는 것과는 달라요. 전 지금 제가 돈을 벌고 있어요. 전보다도 많이요. 그 사람이 도와주었어요, 그는 배우예요. 저도 영화에 조그만 역을 맡고 있어요. 그 사람이 주선해 준 덕택이에요."

"그러리라고 생각했었지."

여자는 그의 말에는 귀도 기울이지 않았다.

"제가 별 재주가 있는 건 아니예요. 저 자신을 죽이고 싶지도 않아요. 그렇지만 그런 나이트클럽에서 빠져나오고 싶었어요. 그런 곳에서는 장래의 희망이 전혀 보이지 않았어요. 지금 있는 데 같으면 뭔가 희망이 있을 것 같아요. 재주가 없더라도 말이에요. 전 독립하고 싶단 말이에요. 당신이야 저의 일을 어리석은 짓이라고 생각하시겠지만……."

"그렇게는 생각하지 않아" 하고 라비크는 말했다. "분별이 있는 말이야."

여자는 그를 쳐다보았다.

"당신은 그런 생각으로 파리에 온 게 아니었어. 처음엔 말이야."

"그랬어요."

'저렇게 저 여자는 천연덕스럽게 앉아 있구나' 하는 생각이 들었다. 조용히 하소연을 하는 아무런 죄도 없는 여인——생활과 나에게 매정한 대접을 받으면서. 여자는 침착했다. 처음과 같은 폭풍은 가라앉았다. '저 여자는 나를 용서할 것이다. 그리고 만일에 내가 잽싸게 도망치지 않으면 저 여자는 지나간 두서너 달 동안에 일어난 일을 자세하게 늘어놓을 것이다. 마치 강철로 된 난초처럼. 나는 이 분과 깨끗이 손을 끊으려고 찾아왔는데 꼼짝 못하게 되고 말았어. 네가 옳았어. 자인하지 않을 수 없는 딱한 처지가 된 것 같다.'

"좋아, 조앙" 하고 그는 말했다. "당신, 그만큼 컸으니까 이제는 틀림없이 성공할 거야."

여자는 몸을 구부렸다.

"그렇게 생각해요?"

"틀림없이."

"정말이에요, 라비크?"

그는 일어섰다. '3분만 더 있다가는 영화에 관한 전문적인 이야기를 듣게 될지도 모른다. 이런 여자하고 토론이라도 하다간 큰일이다. 무슨 짓을 해도 질 것이 뻔하다. 이런 여자의 손에 걸리면 논리 따위는 밀랍처럼 돼 버린다. 행동으로 끝장을 내야 한다.'

"나는 그런 의미로 말한 게 아니었어." 라비크가 말했다. "그런 일은 당신의 전문가에게 묻는 게 나을 거야."

"벌써 가려고 그래요?"

"가 봐야 되거든."

"왜 더 계시지 않아요?"

"병원에 가 봐야 하니까."

여자는 그의 손을 잡고는 그를 올려다보았다.

"당신은 아까 올 때 병원 일은 끝났다고 했어요."

그는 다시는 오지 않겠다고 말해 줘야 할는지 곰곰이 생각했다. '그러나 오늘은 이것으로 충분하다. 여자에게나 또 나에게도. 항상 여자가 막아 왔었다. 그러나 저절로 되어 가겠지."

"여기에 계세요, 라비크."

"그럴 수가 없어."

그녀는 몸을 일으켜 그에게로 바짝 다가섰다. '또 그 수작이군. 낡은 수법이지. 값싸고 이미 써먹어 버린 수법.' 여자는 무엇이든 빼놓지 않는다. 그러나 누가 고양이에게서 풀을 먹기를 바라겠는가. 그는 여자에게서 벗어났다.
 "가야 되겠어. 병원에는 지금 한 사나이가 누워서 죽어가고 있어."
 "의사들이란 언제나 그럴 듯한 이유가 있군요." 그녀는 천천히 말하면서 그를 쳐다보았다.
 "여자들도 마찬가지야. 조앙 우리들은 죽음을 지배하고 여자들의 사랑을 관리하지. 거기에는 이 세상의 온갖 구실과 권리가 있단 말야."
 그녀는 대답하지 않았다.
 "게다가 우리들은 또한 튼튼한 위장을 갖고 있지." 라비크는 말했다. "우리들은 그게 필요해. 그렇지 않으면 일을 할 수가 없어. 다른 사람들이 인사 불성이 될 때 우리들은 기운을 차리게 되거든. 잘 있어. 조앙."
 "다시 오겠지요. 라비크?"
 "그 생각은 할 필요가 없어. 시간을 가지라구. 저절로 그걸 찾게 될 거요."
 그는 재빨리 문 쪽으로 갔다. 뒤도 돌아다보지 않았다. 그녀도 그의 뒤를 따르지 않았다. 그러나 그는 알고 있었다. 그 여자가 자기를 바라보고 있으리라는 것을. 그는 이상스럽게 무감각하게 느껴졌다. 물 속으로라도 가라앉는 것처럼.

22

 비명은 골덴베르크 부부의 창문으로부터 들려 나왔다. 라비크는 순간 귀를 귀울였다. 설마 골덴베르크 영감이 아내에게 무엇을 내던졌다고는 생각되지 않았다. 비명 뒤에는 아무 소리도 들리지 않았다. 단지 사람이 뛰어가는 소리와 피난민 비젠호프의 방에서 짤막하고 흥분한 말소리가 들렸고, 문이 부딪치는 소리가 났을 뿐이었다.
 바로 이어서 그의 문을 두드리는 소리가 나고는 주인 마누라가 허겁지겁 뛰어 들어왔다.
 "빨리 빨리 좀. 골덴베르크 씨가……"
 "뭐라구요?"
 "목을 맸어요. 창문에다가. 빨리 와 주세요."

라비크는 책을 내던졌다.
"경찰은 왔나요?"
"물론 오지 않았어요. 왔으면 당신을 부르러 오지는 않아요. 지금 막 부인이 발견을 했어요."
라비크는 여주인과 함께 아래층으로 뛰어 내려갔다.
"누가 줄을 끊어서 내렸소?"
"아직. 그대로 받쳐 들고 있어요."
어둑어둑한 방안에는 한떼의 사람이 시커멓게 창가에 서서 웅성거리고 있었다. 루트 골덴베르크, 피난민 비젠호프, 그 밖에도 누군가가 있었다. 라비크는 스위치를 돌려 불을 켰다. 비젠호프와 루트 골덴베르크가 인형처럼 골덴베르크를 팔에 안고 있었다. 또 한 사나이는 창문 손잡이에 매어 놓은 넥타이의 매듭을 허둥지둥 풀려고 애를 쓰고 있었다.
"끊어서 내려요."
"칼이 없어요."
루트 골덴베르크가 째지는 소리를 질렀다.
라비크는 가방 속에서 가위를 꺼내 넥타이를 자르기 시작했다. 넥타이는 두껍고 매끄러운 비단이라 잘라 내는 데도 한참이나 걸렸다. 자르면서 보니 골덴베르크의 얼굴은 라비크의 바로 앞에 닿을 듯이 매달려 있었다. 불쑥 튀어나온 두 눈, 헤벌어진 입, 드문드문한 흰 턱수염, 늘어진 혀, 여위고 부푼 목을 깊숙이 파고들어 간 흰 물방울무늬의 짙은 초록빛 넥타이 —— 그런 꼴로 몸은 비젠호프와 루트 골덴베르크에 안긴 채 흔들거렸다. 그것은 마치 무시무시하고 엉겨붙은 웃음을 터뜨리고 소리도 없이 흔들어 대고 있는 것 같았다.
루트 골덴베르크의 얼굴은 벌겋고 눈물이 비오듯했다. 그 곁에서 비젠호프는 살았을 때보다는 훨씬 무거워진 시체의 무게에 눌려 땀을 뻘뻘 흘리고 있었다. 공포에 질려 흐느끼는 두 개의 젖은 얼굴과 그 위에 소리도 없이 이를 드러내고 먼 곳을 응시하며 조용히 흔들거리는 머리, 라비크가 넥타이를 자르자 머리는 루트 골덴베르크 쪽으로 힘없이 떨어졌다. 그녀는 비명을 지르면서 뒤로 물러나며 팔을 놓아 버렸다. 시체는 두 팔을 늘어뜨리고는 한쪽으로 미끄러졌다. 마치 기괴한 어릿광대처럼 그녀를 뒤쫓아가려는 듯이.

라비크는 떨어지는 시체를 붙잡아 비젠호프와 함께 바닥에다 뉘었다. 그리고는 목을 졸라맨 넥타이를 풀어 검사를 시작했다.

"영화관에 갔었어요" 하고 루트 골덴베르크는 넋두리를 했다. "그 이가 영화관이나 가라고 하기에. '루트, 당신은 재미라곤 하나도 모르니 꾸르셀 극장이나 가보지. 지금 가르보의 영화를 하고 있는 중이야. 〈크리스티나 여왕〉을 상영중이야. 한번 가 보는 게 어때요? 좋은 자리를 잡아요. 안락의자나 간막이 의자를 잡아요. 불행으로부터 두 시간쯤 도망칠 수 있다는 것은 뭐니해도 좋은 일이니까.' 글쎄 그렇게 말하는 거예요. 그 이는 아주 침착하고 정답게 그런 말을 하면서 제 어깨까지 두드렸어요. '그리고 끝나거든 몽소 공원의 카페에서 초콜릿과 바닐라 아이스크림을 먹고 와요. 어디 한번이라도 좋을 대로 해보구료, 루트.' 그래서 이 미련한 것은 갔었지요. 글쎄 갔다와 보니……."

라비크는 일어섰다. 루트 골덴베르크는 넋두리를 해대다가 입을 다물었다.

"당신이 나가자, 곧 이런 짓을 한 것 같군요." 라비크가 말했다.

그 여자는 두 주먹을 입에 가져다 댔다.

"그 이는……."

"손을 써 봐야죠. 우선 인공호흡부터. 인공호흡법을 알고 있소?"

라비크는 비젠호프를 향해 물었다.

"아니, 잘 모르는데요. 좀 알기는 하지만."

"자, 보시오."

라비크는 골덴베르크의 두 팔을 잡아 뒤로 돌려서는 마룻바닥에다 댔다가는 다시 앞으로 끌어당겨 가슴을 짓눌렀다. 그리고 다시 앞뒤로 당겼다. 골덴베르크의 목구멍에서 꾸룩꾸룩 소리가 났다.

"아아, 살아 있군요!" 하고 여자는 소리를 질렀다.

"아닙니다. 압축된 기관 탓이오."

라비크는 그런 운동을 두서너 번 해보였다.

"이런 식으로 해보시오" 하고 그는 비젠호프에게 말했다.

비젠호프는 망설이면서도 골덴베르크의 뒤에 가서 무릎을 꿇고 앉았다.

"자, 얼른 시작해요" 하고 라비크는 조바심을 치며 재촉을 했다. "팔목을 잡아야 해. 아니 팔뚝을 잡는 편이 낫겠군."

비젠호프는 땀을 흘렸다.
"좀더 세게." 라비크가 말했다. "폐 속에 들어간 공기를 모조리 뽑아내야 해."

그는 여주인을 돌아다보았다. 어느 틈에 다른 사람들이 방에 들어와 있었다. 라비크는 주인 여자에게 밖으로 나오라고 눈짓을 하고는 여자가 복도로 나오자 말했다.

"죽었어요. 안에서 하고 있는 짓은 쓸데없는 짓이오. 형식적으로 한번 해 보는 것뿐이지. 기적이나 일어나면 모를까, 무슨 짓을 해봐도 소용이 없어요."

"그럼 어떻게 하죠?"
"언제나 하던 식으로 해야지."
"구급차를 부르란 말이에요? 응급치료를 하란 말씀이에요? 그런 짓을 하게 되면 10분내에 경찰이 달려올 거예요."
"어차피 경찰은 불러야 할 테니. 골덴베르크는 증명서를 가지고 있소?"
"있어요. 제대로 된 것을. 여권도, 신분 증명서도."
"비젠호프는?"
"체류 허가가 있어요. 기간 연장을 한 비자도 가지고 있고요."
"그럼 염려 없어요. 제가 여기에 왔었다는 말은 하지 않도록 저 두 사람에게 일러 둬요. 부인이 돌아와서 그것을 발견하고 비명을 질렀다. 그래서 비젠호프가 넥타이를 잘라서 내렸고 구급차가 올 때까지 인공호흡을 하고 있었는데, 마침 구급차가 달려온 것으로 해 둬요. 할 수 있겠지요?"

여주인은 실낱 같은 눈으로 그를 쳐다보았다.

"물론이지요. 어차피 저는 여기 있어야 할 테니까요. 경찰이 올 때까지는 말이에요. 만전을 기해 보겠어요."

"됐소."

그들은 다시 방으로 들어갔다. 비젠호프는 골덴베르크 위에 몸을 구부리고 인공호흡을 계속하고 있었다. 얼핏보면 마치 두 사람이 마룻바닥에서 체조라도 하고 있는 것처럼 보였다. 주인 여자는 문턱에 그냥 서 있었다.

"여러분!" 하고 그녀는 입을 열었다. "구급차를 불러야만 하겠습니다. 구급차를 따라오는 위생계나 의사는 즉시 사실을 경찰에 알릴 것입니다. 그러면 경찰은 늦어도 30분 이내에는 여기에 도착할 것입니다. 그러니 여러분 중에서 만일 서류를 안 가진 분이 계시면 지금 얼른 짐을 챙겨서 가다꼼바로 가셔서 그곳에 계시도록 하십시오. 경찰이 방을 수색하거나 증인을 대라고 할 지도 모르니까요."

방안은 이내 텅 비었다. 여주인은 루트 골덴베르크와 비젠호프에게 주의를 시키겠다는 뜻으로 라비크에게 고개를 끄덕여 신호를 했다. 그는 잘려진 넥타이 옆에 놓았던 가방과 가위를 집어들었다. 넥타이는 상표가 보이도록 놓여 있었다.

'S. 펠터 베를린'

'저것은 적어도 10마르크는 주었을 게다. 골덴베르크가 아직도 경기가 좋았을 무렵에 산 것이겠지.' 라비크는 그 상점을 알고 있었다. 자기도 거기서 물건을 산 적이 있었던 것이다.

그는 자기의 물건을 두 개의 트렁크에 챙겨 가지고 모로소프 방에다 날랐다. 조심하자는 것뿐이다. 필경 경찰은 별로 문제 삼지도 않을 것이다. 그러나 그 편이 훨씬 나을 것 같다. 페르낭의 기억이 아직도 뼈에 사무치도록 남아 있었던 것이다. 그는 가다꼼바로 내려갔다.

여러 사람들이 흥분해서 이리 뛰고 저리 뛰고 했다. 모두가 여권과 서류가 없는 피난민들뿐이었다. 비합법의 부대였던 것이다. 하녀 클라리스와 보이인 장이 트렁크를 가다꼼바 옆에 있는 지하실 같은 방에 감추는 데 지휘를 하고 있었다. 마침 저녁 식사 준비가 되어 있어 식기를 늘어놓고 빵을 담은 바구니가 여기저기 놓였다. 주방에서는 기름과 생선 냄새가 풍겨 나왔.

"시간은 넉넉합니다" 하고 장은 조바심을 치는 피난민들에게 말했다. "경찰은 그렇게 빨리 오지는 않을 겁니다."

피난민은 만일이라는 것을 믿으려 하지 않았다. 운이 좋았던 과거가 없었기 때문이다. 그들은 허접쓰레기 같은 소지품을 들고서 허둥지둥 지하실로 몰려들었다. 스페인에서 온 알바레스도 있었다. 주인 여자가 경찰이 온다는 것을 호텔 전체에 알렸던 것이다. 알바레스는 라비크를 보자, 미안하다는 듯한 표정을 지어 보였다. 라비크는 왜 그러는지 도무지 알 수가 없었다.

바싹 마른 사나이 하나가 침착한 태도로 그에게 다가왔다. 언어학과 철학 박사인 에른스트 자이덴바움이었다.

"연습인가요?" 하고 그는 라비크에게 말을 걸었다.
"부대 총연습이군요. 선생님은 가다꼼바에 계실 작정이신가요?"
"아닙니다."
6년째 이런 일에 베테랑이었던 자이덴바움은 어깨를 으쓱했다.
"전 그대로 여기 남겠습니다. 도망칠 기운이 나야 말이지요. 경찰은 사건에 대한 증거만을 수집할 테니 말이오. 늙어서 죽어 버린 독일의 유태인에게 뭣하러 흥미를 갖겠느냐 말이오?"
"그 친구에게야 흥미가 없겠지만, 살아 있는 비합법적인 피난민한테는 흥미가 있을 게 아닌가요?"
자이덴바움은 코걸이 안경을 고쳐 썼다.
"저는 아무래도 상관없습니다. 전번 임검이 있었을 적에도 어떻게 했는지 짐작하시겠습니까? 그때는 경사가 이 가다꼼바까지 내려왔었어요. 벌써 2년도 훨씬 지난 이야기지만요. 저는 장의 흰 옷을 입고서는 보이 노릇을 했지요. 경찰에게 브랜디를 따라 주며 말이오."
"그거 좋은 생각이었는데요."
자이덴바움은 고개를 끄덕였다.
"이젠 도망 다니는 것도 진저리가 났다고 할 때가 올 거요."
그는 태연자약하게 저녁상에는 메뉴가 무엇인가 알아보려고 어슬렁어슬렁 주방으로 들어가 버렸다.
라비크는 가다꼼바의 뒷문으로 빠져나와서 마당을 가로질러 걸었다. 고양이 한 마리가 그의 발을 뛰어넘어 도망쳤고 사람들은 모두 그를 앞질러 걸어가고 있었다. 그들은 길에 나서자 사방으로 흩어졌다. 알바래스는 약간 절름거렸다. 수술을 받으면 나을지도 모르겠다고 라비크는 생각했다.

그는 프라스 드 데르느에 앉아 있었다. 갑자기 조앙이 오늘 저녁에 찾아올지도 모르겠다는 생각이 들었다. 왜 그런 생각이 드는지 알 수가 없었다. 단지 별안간 그런 생각이 들었을 뿐이다.
그는 저녁 식사 값을 계산한 다음 천천히 호텔로 돌아왔다. 따뜻한 날씨였다. 비좁은 길에는 시간제로 방을 빌려 주는 호텔 간판이 초저녁의 어둠 속에 붉게 빛나고 있었다. 창문 틈으로 방안의 밝은 불빛이 새어나왔다. 몇 사람의 마도로스들이 매춘부들을 따라가고 있었다. 하나같이 젊었으며 포도주와 여름 날씨 때문에 달아올라 웃고 떠들었다. 그들은 어느 호텔로 들어가 버렸다. 어디선지 하모니카 소리가 들려왔다. 그러나 한 가지 생각만이 마치 조명탄처럼 라비크의 마음속에서 치솟아 올라 퍼지며 둥실 떠서는 어둠 속에서 마술 같은 광경을 펼쳐 보였다. 호텔에서 자기가 오기를 기다리는 조앙의 모습, 모든 것을 다 팽개치고 자기에게 돌아왔노라고 말하려고 하는 그녀. 그를 기쁨으로 넘치게 하고 마구 무찌르면서…….

그는 걸음을 멈추었다. 대체 내가 왜 이러는 것일까? 그는 생각해 보았다. 왜 내가 여기에 이러고 서 있는 것일까? 왜 내 손이 목덜미나 물결 같은 머리를 쓰다듬듯이 공기를 어루만지고 있는 것일까? 너무 늦었다. 가 버린 것을 되찾아올 수는 없는 일이다. 돌아오는 사람은 아무도 없는 법이다. 한번 사라져 버린 시간들이 결코 다시는 돌아오지 않듯. 그는 호텔로 돌아왔다. 마당을 가로질러서 가다꼼바의 뒷문으로 해서 들어갔다. 여러 사람들이 둘러앉아 있었다. 자이덴바움도 있었다. 보이로서가 아니라 의젓한 손님 행세로. 위험은 지나간 모양이었다. 그는 들어갔다.

모로소프는 자기 방에 있었다.

"막 나가려던 참이었네" 하고 그는 말했다. "자네 트렁크를 보고, 또 스위스로 날았나 생각했었지."

"제대로 다 잘 됐나?"

"괜찮아. 경찰은 다시 안 올 걸세, 시체도 벌써 자유 방면이 되었다네. 확실한 사건이니까. 위층에 뉘어 두었지. 지금쯤 관에 모셨을걸."

"잘 됐군. 그럼 나도 이젠 내 방으로 돌아갈 수가 있겠군."

모로소프는 웃었다.

"그 자이덴바움이란 친구 말일세" 하고 그는 말했다. "그 친구가 글쎄, 죽 그곳에 남아 있었다네. 서류인지 무언지 하면서 그 코걸이 안경이 든 가방을 들고 말일세. 자기는 변호사라는 거야. 보험회사의 대리인이라나 하면서 경찰에 대들던데, 그리고는 골덴베르크 노인의 여권을 내주지 않았다네. 이것은 회사에서 필요한 것이니 경찰은 신분 증명서 밖에는 가져갈 권리가 없다면서. 그것으로 통했단 말이야. 그 친구 무슨 여권이라도 가지고 있나?"

"종이 쪽지 한 장 없어."

"용한데" 하고 모로소프는 말을 이었다. "그 여권은 금덩어리거든. 앞으로 1년이나 유효 기간이 남아 있어. 그것으로 그때까지 살 수가 있을 테니 말일세. 파리에서는 어렵겠지만. 자이덴바움처럼 대단한 친구가 아닌 이상은 말일세. 사진을 바꾸는 것쯤은 아무것도 아니야. 만일 새로 생겨나는 아론 골덴베르크가 더 젊은 사람이라면 생년월일은 간단하고 값싸게 변조해 주는 전문가가 있거든. 현대식 영혼의 윤회지 —— 여권 한 장으로 몇 사람의 생명이 구원된단 말일세."

"그럼 자이덴바움은 이제부터는 골덴베르크라고 하나?"

"아니지. 그 친구는 싫다고 하더군. 위신이 깎인다는 거야. 그 친구는 지하생활을 하는 세계 시민 중에서는 돈 키호테. 자기 같은 타입의 인간이 어떤 일을 당하게 될까 하고 지나치게 숙명론적인 호기심이 많아서 남의 여권으로 그것을 속여 넘기고 싶지가 않다는 거야. 자네는 어떤가?"

라비크는 고개를 저었다.

"나도 필요 없네. 나 역시 자이덴바움 편일세."

그는 자기의 트렁크를 집어 들고 위층으로 올라갔다. 골덴베르크 부부가 살고 있던 복도에서 늙은 유태인과 마주쳤다. 그 유태인은 검은 카프탄을 입었고 턱수염을 기른데다 머리를 길러서 양쪽으로 내려 마치 성서에 나오는 장로 같은 얼굴이었다. 노인은 고무창을 댄 신발이라도 신은 듯 소리도 내지 않고 걸었다. 그리고는 침침한 복도를 파리하게 둥실둥실 떠가는 듯 움직였다. 라비크는 골덴베르크의 방문을 열었다. 순간 촛불과 같은 불그스름한 빛이 안에서 흘러나왔다. 그리고 이상한, 반쯤은 억제하는 듯하고 반쯤은 미친 듯하며 거의 우수에 찬 단조로운 통곡 소리가 들려왔다. '곡(哭)을 직업으로 하는 여자들의 소리구나' 하고 그는 생각했다. 그런 것이 아직도 남아 있었던가? 그렇지 않으면 그것은 루트 골덴베르크의 음성이었던가?

그는 자기의 방문을 열었다. 그리고 창가에 앉아 있는 조앙을 보았다. 여자는 벌떡 일어났다.

"아니, 당신이군요! 웬일이세요? 왜 트렁크를 들고 계시지요? 또 떠나야 되나요?"

라비크는 트렁크를 침대 옆에다 놓았다.

"아무것도 아니야. 약간 조심을 했을 뿐이지. 죽은 사람이 있어서 말이야. 경찰이 왔기 때문에 그랬어. 이젠 다 끝났어."

"전화를 걸었어요. 누군지 전화를 받은 사람이 당신은 이제 여기에 안 계신다고 하잖아요."

"주인 여자였을 테지. 언제나 그렇지만 조심스럽게 시치미를 뗀 거지."

"곧장 달려와 보니 방은 열렸고 텅 비었지 뭐예요. 당신의 물건도 없어져 버리고요. 저는 또, 라비크!" 하고 여자의 목소리가 떨렸다.

라비크는 억지로 미소를 지었다.

"이젠 알았지. 나는 믿을 수 없는 인간이야. 의지할 만한 것은 아무것도 없단 말이야."

문을 두드리는 소리가 났다. 모로소프가 병 두 개를 손에 들고 들어왔다.

"라비크, 자네는 탄약을 잊어 버렸네 그려."

그는 조앙이 어두운 곳에 서 있는 것을 보고도 못 본 체했다. 라비크로서는 그가 조앙이 있다는 것을 눈치챘는지 어쩐지 알 수가 없었다. 그는 라비크에게 병을 넘겨주고는 안으로 들어오지도 않고 가 버렸다.

라비크는 칼바도스와 브브레를 책상 위에다 놓았다. 열어 놓은 창문으로는 복도에서 들리던 소리가 들려왔다. 죽은 사람을 서러워하는 곡성이 점점 커지는가 하다가는 점점 작아졌다가 또다시 커지곤 했다. 아마 골덴베르크의 방문도 밤공기가 따뜻해서 열어 놓은 모양이다. 이런 훈훈한 밤에 마호가니 가구가 놓인 방에서 늙은 아론의 굳어 버린 시체는 바야흐로 썩어 들기 시작하고 있는 것이다.

"라비크." 조앙이 말을 이었다. "저는 슬퍼요. 왜 그런지 모르겠어요. 하루 종일 슬펐어요. 여기 있게 해주세요."

그는 얼른 대답을 안했다. 기습을 당한 느낌이었다. 그렇게 나올 줄은 몰랐다. 그렇게 아닌 밤중에 홍두깨 식으로 나올 줄이야.

"언제까지?"

"내일까지요."

"그건 너무 짧군."

여자는 침대에 걸터앉았다.

"우린 그걸 절대로 잊어버릴 수는 없나요?"

"물론, 조앙."

"전 다른 욕심은 없어요. 당신 곁에서 자고 싶을 뿐이에요. 안 되면 소파 위에서라도 자도록 해주세요."

"그럴 수는 없지. 나는 또 나가 봐야 하거든, 병원에."

"그래도 괜찮아요, 기다리겠어요. 벌써 몇 번이나 그러지 않았어요?"

그는 대답하지 않았다. 자기가 이렇게 태연자약한 게 놀라왔다. 돌아오는 길에서 느꼈던 그런 열정과 흥분은 이미 가셔져 버리고 없었다.

"그리고 당신도 병원에 꼭 안 가셔도 되지 않아요?" 하고 조앙은 말했다.

그는 잠시 그대로 입을 다물고 있었다. 만일 이 여자와 함께 잔다면 자기가 진 것이 된다는 것을 그는 잘 알고 있었다. 돈도 없으면서 수표에 사인을 하는 것이나 다름이 없다. 여자는 몇 번이고 찾아올 것이다. 그리고 일단 자기가 획득한 것을 권리로서 주장할 게다. 그때마다 여자는 하나도 양보하지 않으면서 조금씩조금씩 많은 것을 요구할 것이다. 그리고 끝내는 나라는 인간을 완전히 자기의 수중에 넣고 말 것이다. 그 결과는 나 자신의 무기력과 부서져 버린 욕망의 희생이 되어 나를 버릴 것이다. 여자는 그런 생각이 없거나 그런 것을 눈치도 못 챌지도 모른다. 그러나 결국은 그렇게 되고 말 것이다. 하룻밤쯤 무슨 차이가 있겠느냐고 생각하면 간단하다. 하지만 한번 치를 때마다 자기 저항력의 일부분을 잃으며, 인생에 있어서는 절대로 썩혀 버려서는 안 될 것을 잃어버리고 말게 된다. 카톨릭의 교리 문답서에서는 기묘하고도 조심스러운 공포심을 가지고 그것을 영혼에 대한 죄라고 했으며 전체 교리에 모순을 일으키면서까지 그 죄는 이 세상에서도, 내세에서도 결코 용서받지 못한다고 음험하게 덧붙여 말하고 있는 것이다.

"그건 사실이야" 하고 라비크는 말했다. "나는 병원에 꼭 가야 할 필요는 없어. 하지만 당신이 여기 있겠다는 것이 싫어서 그랬어."

여자는 발끈 성을 내리라 생각했으나 조용히 말했을 뿐이다.

"어째서 안 되지요?"

'그것을 설명해 주어야 할 것인가? 도대체 내가 그것을 설명할 수가 있을까?'

"당신은 이제는 여기에 올 사람이 아니야."

"전 여기 사람인걸요."

"아니야!"
"어째서요?"
그는 입을 다물었다. 얼마나 능소능대한 여자냐! 그에게 질문만을 할뿐인데도 그로 하여금 어쩔 수 없이 설명을 하게 만들어 놓는다. 그리고 설명을 하는 자는 이미 구석에 몰린 자인 것이다.
"당신도 그걸 알고 있어" 하고 그는 말했다. "그렇게 어리석게 질문하지 말라구."
"당신은 이제 저를 원치 않으세요?"
"그래" 하고 그는 대답하고는 저도 모르게 이렇게 덧붙였다. "이런 식으로는 싫단 말이야."
골덴베르크의 방에서 흘러나오는 단조로운 곡소리가 창문으로 흘러 들어왔다. 죽은 사람을 슬퍼하는 소리다. 파리의 뒷목에서 들려오는 레바논의 양치기들의 설움이었다.
"라비크" 하고 조앙이 불렀다. "당신은 저를 도와 주셔야 해요."
"당신을 혼자 내버려 두는 것이 당신을 돕는 제일 좋은 방법이야. 그리고 당신도 나를 내버려 두란 말이야."
여자는 그 말을 듣지도 않았다.
"당신은 저를 도와 주셔야 해요. 전 당신을 속일 수도 있지만 그러고 싶지 않아요. 그래요. 저는 딴 남자가 있어요. 그러나 당신과는 달라요. 만약 같다면 저는 여기에도 오지 않았을 거예요."
라비크는 호주머니에서 담배를 꺼냈다. 그는 바싹 마른 종이를 느꼈다. '이거다. 이제는 알겠다. 마치 베어도 아프지 않은 차가운 메스와 같은 것이었다. 확신은 결코 고통을 주지 않는 법이다. 단지 처음과 나중의 고통이 다를 뿐이다.'
"절대로 같을 수는 없지" 하고 그는 말했다. "그러면서도 언제나 같은 것이지."
'이 무슨 값싼 소리를 지껄이고 있는 것이냐' 하고 그는 생각했다. '신문에서나 보는 패러독스다. 진실이란 것은 한번 입 밖에 내면 이렇게도 초라한 꼴이 되어 버리고 마는구나.'
조앙은 일어섰다.

"라비크." 여자는 말을 이었다. "사람이 단지 한 사람만을 사랑할 수 있다는 것은 거짓말이라는 사실을 당신도 알고 계시지요. 그럴 수밖에 없는 사람도 있어요. 그런 사람들은 행복한 사람들이에요. 하지만 뒤죽박죽이 되어 버리는 사람도 있어요. 그건 당신도 아시겠지요?"

그는 담배에 불을 붙였다. 조앙을 건너다보지 않아도 지금 그녀가 어떤 얼굴을 하고 있는지 짐작이 갔다. '핏기를 잃고 암담한 눈으로 잠자코 거의 애원하듯 애처로울 것이다. 그러면서도 절대로 정복당하지는 않는다. 그날 오후, 그 아파트에서도 그런 얼굴을 하고 있었다 —— 마치 수태(受胎)를 알리는 천사처럼, 믿음과 빛나는 확신으로 가득 차서 사람을 구원하겠노라고 내세우고 있구나 —— 실은 자기한테서 벗어나지 못하도록 슬슬 십자가에다 못박으려고 하면서도.'

"알아. 그러나 그건 그저 하나의 구실이야."

"구실이 아니에요. 그런 짓을 하는 것은 복받을 일이 못 돼요. 어쩔 수 없이 그런데 빠져서는 헤어날 수가 없게 돼요. 그건 무섭도록 불행한 일이에요. 뒤범벅이고 발작이에요. 어떻게든지 겪고 지나가지 않을 수 없는 거예요. 도망칠 수는 없어요. 도망쳐도 따라오는 것을 어떻게 하지요? 쫓아와서는 붙잡는 걸요. 싫지만 그것이 저보다 억센 걸 어떡해요."

"왜 그런 것을 따지려고 들지? 당신보다 억세다면 그것을 쫓아가면 될 게 아니오."

"그렇게 하고는 있어요. 어떻게 할 도리가 없다는 것을 저는 잘 알고 있거든요. 하지만."

여자의 목소리가 변했다.

"라비크, 전 당신을 놓치고 싶지가 않아요."

라비크는 입을 다물었다. 담배를 빨았지만 맛을 느낄 수가 없었다. '나를 놓치고 싶지 않다구? 하지만 다른 놈팡이도 역시 놓치고 싶지 않겠지. 문제는 바로 그것이다. 네가 그럴 수 있다는 사실이다! 그 때문에 나는 네게서 도망을 쳐야 하는 거야. 그 남자 한 사람이 문제가 아니다. 그 남자만이라면 곧 잊을 수가 있겠지. 그러나 네가 그렇게 덜미를 꼭 잡혀 거기서 도저히 벗어나지 못한다는 것이 문제다. 하기야 너는 거기서 벗어날 수도 있겠지만, 그러나 그런 일은 또다시 일어날 수가 있단 말이다. 몇 번이고 되풀이해서 일어나는 법이지. 그런 소질이 네 마음속에 도사리고 있으니까. 전 같으면 나도 그럴 수 있었을 것이다. 그러나 너하고는 그럴 수가 없다. 때문에 나는 네게서 도망쳐야 하는 것이다. 이제라면 그것은 가능하겠지만, 그러나 다음 번이라면……."

"당신은 그것이 무슨 특별한 것인 줄 아는군 그래" 하고 그는 말했다. "그러나 흔해빠진 일이야. 남편하고 애인의 문제지. 별게 아니야."

"그런 건 절대로 아니예요!"

"뭐가 아니야?"

"당신은 어떻게 그런 말을 하세요!" 여자는 벌떡 일어났다. "당신은 절대로 그런 것과는 달라요. 절대로 그런 것은 아니고 앞으로도 결코 그렇지는 않아요. 다른 사람은 훨씬 더……." 여자는 말을 중단했다. "아니예요. 그렇지 않아요. 설명을 못하겠어요."

"안전과 모험이라고나 해 둘까. 그것이 듣기에 낫군. 결국은 같은 이야기지. 한쪽을 그대로 가지고 있고 싶고 다른 쪽도 놓치고 싶지가 않다는 말이지."

여자는 머리를 저었다.

"라비크."

여자는 어둠 속에서 그의 마음을 감동시키기라도 하려는 듯한 목소리로 그렇게 불렀다.

"그런 것은 좋은 말로도, 나쁜 말로도 할 수가 있을 거예요. 아무래도 틀리지는 않을 테니까요. 전 당신을 사랑하고 있어요. 그것만은 제 마음속에서 뚜렷한 사실이에요. 당신은 저의 지평선이어서 저의 모든 생각은 당신으로 끝나는 거예요. 무슨 일이 일어나건 그것은 언제나 당신을 떠나지 않는 범위에서예요. 거짓말이 아니예요. 무슨 일이 일어난다 해도 그것이 당신에게서 아무것도 빼앗지는 못할 거예요. 제가 당신을 찾아오는 것은 그 때문이에요. 제가 그것을 뉘우치거나 죄가 있다고 느끼지 못하는 것도 그 때문이고요."

"감정상에는 죄라는 것이 없는 법이야, 조앙. 왜 당신은 그런 생각을 하는 거지?"

"전 곰곰이 생각해 봤어요. 정말로 여러 번 생각해 봤는데요, 라비크. 당신의 일과 저의 일을요. 그런데 당신은 한번도 저를 완전히 당신 것으로 만들려고 해본 일이 없었어요. 아마도 당신 자신도 그것은 모르실 거예요. 언제나 저에 대해서 차단시켜 놓는 무엇인가가 있었어요. 저는 당신 속에 한번도 송두리째 들어가 보질 못했어요! 정말로 들어가 보고 싶었어요! 얼마나 그러고 싶었는지 아세요! 하지만 당신은 당장에라도 떠나가 버릴 것만 같은 생각이었어요. 저는 한번도 안심할 수가 없었어요. 경찰이 당신을 내쫓아서 당신은 떠나지 않을 수 없었다고 했지만, 그런 일이 다른 방법으로도 일어날 수도 있었을 거예요. 언젠가는 당신은 자진해서 가 버릴 수도, 훌쩍 없어져서 다시는 여기에 안 계시고 어디론지 가 버릴 수도……."

라비크는 눈앞의 몽롱한 어둠 속에 있는 얼굴을 물끄러미 쳐다보았다.

여자가 말한 것은 다소는 옳은 점도 없지 않았다.

"언제나 그러셨어요" 하고 여자는 말을 계속했다. "언제나요. 그러던 터에 마침 저를 원하는 사람이 나타났던 거예요. 단지 저만을 송두리째, 주저하지 않고 있는 그대로를 원하는 사람이 나타났던 거예요. 저는 그건 짓이 싫었으나 그저 장난이나 치자고 생각했던 거예요. 별로 위태로울 것도 없을 것 같아서요. 언제고 다시 밀어치울 수 있을 것 같아서였지요. 그러자 갑자기 그것이 그 이상의 것이 되어 버렸어요. 어쩔 수 없는 처지가 되어 버린 거예요. 그리고 저도 그것을 바라는 마음이 생겼고요. 저는 몸부림을 쳐 보았지만 아무런 소용도 없었어요. 저는 그런 부류의 사람은 아닌데, 그리고 저의 마음이 근본적으로 그것을 바랐던 것도 아니었고요. 단지 저의 일부분만이 그것을 원했던 거예요. 그런데 바로 그것이 저를 밀고 가 버렸던 거예요. 마치 천천히 생겨나는 눈사태와도 같이 처음에는 웃어 넘겼지만 갑자기 붙잡을 것이 아주 없어지고, 그만 막을 수가 없게 되는 것과 같은 거예요. 하지만 저는 그런 사람은 아니예요, 라비크. 저는 당신의 사람이에요."

그는 창밖으로 담배를 내던졌다. 담배는 반딧불처럼 마당으로 떨어져 버렸다.

"일어난 일은 일어난 거야, 조앙. 이제 와서 그걸 바꿔 놓을 수는 없지 않아?."

"저는 아무것도 바꿔 놓을 생각은 없어요. 저절로 지나가 버리겠지요. 저는 당신의 사람이에요. 왜 제가 되돌아오지요? 왜 제가 당산의 방문 앞에 와서 서 있지요? 어째서 제가 여기서 당신을 기다리지요? 당신이 저를 내쫓아도, 어째서 제가 다시 돌아오지요? 당신이 저를 믿지 않는다는 것은 저도 알아요. 당신은 제가 딴 이유가 있다고 생각하고 계시지요. 무슨 이유가 있다는 거지요? 만일 그 딴 것이 저를 만족시켜 준다면 저는 돌아오지 않을 거고 당신을 잊어버리고 말았을 거예요. 당신은 제가 당신에게서 바라고 있는 것은 안정이라고 말씀하시지만, 그것은 틀린 말씀이에요. 제가 바라고 있는 것은 사랑이예요."

'말장난이다' 하고 라비크는 생각했다. '달콤한 말, 부드럽고 믿음성 없는 향유, 구원, 사랑, 서로의 것, 되돌아왔다는 것 —— 모두가 말장난이다. 단순히 말뿐인 것이다. 단순하고 격렬하며 잔학한 두 개의 육체의 인력(引力)을 위해 얼마나 많은 말들이 존재하는 것이냐? 이게 무슨 환상과 거짓말과 감정의 자기 기만와 무지개인가? 이제 이별을 고하는 이 밤에 나는 이 어둠 속에서 조용히 버티고 서서는 이런 달콤한 말들이 비오듯 내 머리 위에 떨어지는 것을 그냥 맞고만 섰구나. 단지 이별, 이별밖에는 다른 뜻이라곤 없는 말의 빗방울을. 말을 하면 이미 흩어지고 만다. 사랑의 신의 이마는 피로 물들었다. 그러나 말이라는 것에 대해서는 아무것도 모른다.'

"자, 이제 당신은 가야 해, 조앙."

여자는 일어섰다.

"전 여기 있고 싶어요. 있게 해주세요. 하룻밤만요."

그는 머리를 저었다.

"당신은 나를 뭘로 알고 있어? 나는 자동 인형이 아니야."

여자는 그에게 기댔다. 그는 여자가 떨고 있다고 느꼈다.

"아무래도 좋아요. 여기 있게 해주세요."

그는 조심스럽게 여자를 밀어 냈다.

"당신은 나 때문에 또 다른 남자를 속이기 시작해서는 못써. 그러잖아도 실컷 괴로운 맛을 보아야 할 텐데."

"지금 혼자서는 집으로 못 가요."

"오래 혼자 있는 거야 아닐 테지."

"아녜요, 혼자예요. 벌써 전부터예요. 그 사람은 집에 없거든요. 파리엔 없어요."

"그래" 하고 라비크는 침착하게 대답했다. 그리고는 여자를 건너다보았다.

"어쨌든 당신이란 사람은 적어도 솔직은 하군. 당신을 어떻게 생각해야 할지를 모르겠으니 말이야."
"전 그 때문에 온 건 아니예요."
"물론 아니겠지."
"그런 말을 하지 않아도 될 걸 그랬군요."
"옳은 말이야."
"라비크, 전 혼자서 집으로 가기는 싫어요."
"그럼, 내가 바래다주지."
여자는 천천히 한 걸음 뒤로 물러섰다.
"당신은 이제 저를 사랑하지 않으시군요?"
여자는 나직하고도 거의 위협하듯이 말했다.
"당신은 그게 알고 싶어서 왔나?"
"네⋯⋯그것도요. 그러나 그뿐만은 아니지만⋯⋯하지만 그 때문이기도 해요."
"원 참, 조앙" 하고 라비크는 조바심을 치며 말했다. "그렇다면 당신은 금방 솔직하기 짝이 없는 사랑의 고백을 들은 셈이야."
여자는 대답없이 그를 건너다보았다.
"당신이 누구하고 있건 그런 것은 상관도 없이 당신을 여기 붙잡아 두리라고 생각하고 있나?"
여자는 천천히 미소를 띠우기 시작했다. 그것은 미소는 아니었다. 마치 누가 여자의 내부에다 불을 켜놓기라도 한 듯 속에서부터 번져 나오는 불빛이었다. 그 불빛이 점점 올라와서 여자의 눈에까지 치밀었다.
"고마워요, 라비크" 하고 여자는 말했다. 그리고 잠시 후에 여전히 그를 바라보면서 조심성 있게 말했다. "당신은 저를 버리지 않겠지요?"
"왜 그걸 묻지?"
"저를 기다려 주시지요? 저를 버리지 않으시죠?"
"그럴 위험성은 없을 것으로 나는 알고 있는데, 당신과의 경험으로 본다면 말이야."
"고마워요."
여자는 달라졌다.

'마음을 돌리는 게 참으로 빠르기도 하구나. 그런데 그래서 안 될 이유라도 있다는 말인가. 여기서 묵지를 않고도 자기가 바라던 것이 이루어졌다고 믿고 있는 것이다.'

여자는 그에게 입을 맞췄다.

"그러실 줄 알았어요, 라비크. 그러지 않고는 못 배기실 것을 저는 알아요. 그럼 가 보겠어요. 바래다 주시지 않아도 좋아요. 이젠 혼자서라도 갈 수가 있어요."

여자는 문 앞에서 걸음을 멈췄다.

"또 오지는 말아" 하고 그는 말했다. "그리고 이것저것 생각할 것 없어. 당신은 파멸하지는 않을 테니."

"안녕히 주무세요, 라비크."

"잘 가요, 조앙."

그는 벽 쪽으로 가서 불을 켰다.

'그러지 않고는 못 배기실 것을 저는 알아요.'

그는 몸서리를 쳤다. '진흙과 황금덩이로 만들어진 여자다' 하고 그는 생각했다. '거짓말과 감동으로, 기만과 뻔뻔스러운 진실로 만들어진 여자.' 그는 창가로 가서 앉았다. 아래층에서는 아직도 그 나직하고 단조로운 곡성이 들려왔다. 자기의 남편을 속여 오다가 막상 그 남편이 죽으니까 통곡하는 여자. 그것은 아마 여자의 종교가 그렇게 정해 놓았기 때문일 테지. 라비크는 자기가 좀더 비참한 기분이 느껴지지 않는 게 이상스러웠다.

23

"그래요, 라비크. 전 돌아왔어요" 하고 케이트 헤이그슈트렘이 말했다.

케이트는 호텔 랑카스테르의 자기 방에 앉아 있었다. 케이트는 전보다도 더욱 야위어져 있었다. 피부 아래의 살은 마치 어떤 예리한 기구로 속에서 살을 도려 낸 듯 폭 꺼져 보였다. 얼굴의 선은 더욱 두드러져 보였고, 살결은 조금만 건드려도 찢어지는 얇은 비단천 같아 보였다.

"나는 당신이 아직도 플로렌스에 있는 줄만 알았는데. 그렇지 않으면 칸느

나. 그것도 아니면 벌써 미국에라도 가 있을 것으로 생각했었지" 하고 라비크가 말했다.
"전 쭉 플로렌스에 있었어요. 피에 솔레에 말예요. 더 이상은 참을 수 없게 되었을 때까지 계속. 제가 꼭 함께 가시자고 설복하려고 했던 일을 아직도 기억하세요? 책과 불과 저녁과 평화가 있을 거라고요. 물론 책은 있었어요. 난로불도 있고요. 하지만 평화는? 라비크, 아시시의 프란체스코의 도시조차도 시끄럽게 되어 버렸어요. 그곳조차도, 모든 게 다 그렇지만, 시끄럽고 불안해요. 성(聖) 프란체스코가 새들에게 사랑을 설교하던 곳에서는, 이젠 제복을 입은 인간들이 대열을 지어 이리저리 행진해 다니고, 자만심과 장담과 이유없는 증오심에 취해 있어요."
"언제나 그랬던 것 아닐까, 케이트?"
"절대로 그렇진 않았어요. 2, 3년 전만 해도 우리 집 집사는 맨체스터 바지와 바스트 화(靴)를 신은 친절한 사람이었어요. 그것이 지금은 높은 장화를 신고 검은 셔츠를 입고 황금 장식을 한 단검을 찬 영웅이 되어 버렸어요. 그리곤 지중해는 이탈리아 것이 되어야 한다는 등, 영국을 멸망시키고 니스나 코르시카나 사보이는 이탈리아에 반환시켜야 된다는 등 연설을 하고 있단 말예요. 수십 년 동안 한번도 전쟁에 이겨 본 일이 없던 이 귀여운 국민이 이디오피아와 스페인에서 승리를 거둔 뒤로부터는 온통 돌아 버린 것 같아요. 제 친구들도 그래요. 3년 전만 해도 분별 있는 사람들이 이제는 3개월이면 영국을 정복할 수 있다고 확신하고 있단 말예요. 나라 안이 엉망으로 들끓고 있어요. 도대체 어떻게 된 노릇이에요? 전 비인에서 갈색 셔츠의 야만성이 싫어서 도망쳐 나왔는데 이번엔 검은 셔츠의 광증이군요. 그래서 이탈리아에서도 도망 왔어요. 이 세상 어딘지는 모르지만 초록색 셔츠도 또 있다는군요. 미국은 물론 은빛 셔츠겠지요, 라비크? 세상이 모두 셔츠 광증에 걸려 있나 봐요."
"그렇게 이야기할 수도 있소. 그러나 곧 달라질 거요. 어쩌면 붉은빛으로 통일이 될지도 모르오."
"붉은빛이라고요?"
"그렇지. 피처럼 붉은빛 말이오."
게이트 헤이그슈트렘은 그 말에 아무 대꾸 없이 마당을 내려다보았다. 늦은 오후의 잔광이 밤나무의 잎사귀 사이로 새어나와, 부드럽고 푸른빛을 띠고 있었다.
"도무지 믿을 수가 없군요" 하고 케이트는 말했다. "20년 동안에 전쟁이 두 번이라니요. 너무한 거죠. 아직도 전번 전쟁의 피로가 가시지 않았는데두요."
"승리자들은 그렇겠지만 패배자는 다르지. 이기면 부주의하게 되는 법이오."
"그런가 봐요."
여자는 그를 건너다보았다.
"그럼 시간이 얼마 남지 않았겠군요?"
"금방일지도 모르지. 겁이 나오."
"제게는 충분한 시간이라고 생각하세요?"
"물론이오."
라비크는 케이트를 똑바로 보았다. 여자는 그의 시선을 피하지 않았다.
"피올라를 만나봤소?" 하고 그는 물었다.
"네, 한두 번요. 그 사람은 아직도 흑사병에 걸리지 않은 얼마 안 되는 사람 중의 한 사람이더군요."
라비크는 대답을 하지 않았다. 그는 조용히 기다리고만 있었다.
케이트 헤이그슈트렘은 테이블 위에 놓인 진주 목걸이를 집어 두 손 안에 넣고서 만지작거렸다. 야위고 긴 손가락 안에서 움직여지는 목걸이는 흡사 묵주처럼 보였다.
"저는요, 제가 마치 방랑하는 유태인 같은 생각이 들어요. 평화를 찾아다니는 유태인 말이죠. 하지만 좋지 못한 때에 시작한 것 같군요. 평화는 어디엘 가도 없으니 말예요. 단지 이곳에는 아직도 그 찌꺼기가 조금은 남아 있긴 하지만……."
라비크는 진주를 본 일이 있었다. 진주란 형체도 없는 회색의 연체동물이 조개 속에 들어와 이질적인 물질인 한 알의 모래에 자극되어 만들어진 것이다. 저토록 부드러운 빛을 발하는 아름다움이 우연의 자극에서 생겨난 것이다. '이것은 주목할 만한 일이다'라고 라비크는 생각했다.
"당신은 미국으로 갈 작정이었잖소, 케이트? 유럽을 떠날 수 있는 사람은 어서 떠나야 해요. 다른 일을 하려 해도 이미 너무 늦으셨소."
"나를 쫓아보내고 싶으세요?"
"아니. 하지만 전번에 당신은 일을 정리하고 미국에 갈 작정이라고 말하지 않았소?"
"그래요. 하지만 지금은 가고 싶지 않아졌어요. 아직은 좀더 여기 남아 있고 싶어요."
"파리의 여름은 무덥고 불쾌하오."
케이트는 진주를 옆으로 밀어 놓았다.
"이것이 마지막 여름이라고 생각하면 그렇지도 않아요, 라비크!"
"마지막이라니?"
"그래요. 제가 죽기 전의 마지막 여름이니까요."
라비크는 입을 다물었다. '대체 이 여자는 무엇을 어디까지 알고 있는 것일까? 피올라는 무슨 말을 한 것일까?'
"세헤라자드는 어때요?"
케이트가 물었다.
"오랫동안 가 보지 못했군. 모로소프 말로는 매일밤 초만원이라더군. 다른 곳의 모든 클럽처럼 말이오."
"여름인데도요?"
"그렇다오. 여름은 대개 문을 닫고 있었는데, 놀랐소?"
"아니죠. 사람은 끝장이 나기 전에 무엇이든 움켜잡으려 들기 때문이지요."
"맞았소." 라비크는 말했다.
"저를 한번 데리고 가 주시겠어요?"
"물론이오, 케이트. 언제든지 당신이 좋을 때에. 나는 당신이 다신 그곳에 가고 싶어하지 않을 줄 알았소."
"저도 그렇게 생각했었지요. 그런데 생각이 변했어요. 저도 제가 아직 할 수 있을 때 움켜잡기로 했어요."
라비크는 여자를 보았다.
"좋소, 케이트" 하고 그는 말했다. "당신이 원할 때는 언제든지 갑시다."
그는 일어섰다. 케이트는 문 앞까지 따라왔다. 가냘퍼서 건드리기만 해도 사락사락 소리를 내며 쓰러질 듯이 보이는 메마르고 비단결 같은 살결을 한 케이트가 문에 기대섰다. 눈은 매우 맑았고 전보다도 더욱 커졌다. 여자는 그에게 손을 내밀었다. 그 손은 뜨겁고 메말랐다.

"제 몸의 어디가 나쁘다고 당신은 왜 말씀해 주시지 않았어요?" 하고 케이트는 마치 날씨라도 묻는 투로 가볍게 물었다.

라비크는 그 말에 여자를 물끄러미 바라보며 아무 말도 안했다.

"저는 참을 수가 있었을 건데요" 하고 여자는 다시 말했다.

조금도 나무라는 빛은 없으나 약간 빈정거리는 듯한 미소의 그림자가 여자의 얼굴을 스치고 지나갔다.

"안녕히 가세요, 라비크."

위장이 없는 그 사나이는 죽었다. 사흘 동안을 꼬박 신음을 했고, 죽을 때에는 모르핀도 별 효과를 나타내지 못했다. 이미 라비크와 베베르는 그가 죽을 것을 알고 있었다. 그들은 그 사나이가 사흘간을 신음하지 않아도 되도록 안락사해 줄 수도 있었다. 다만 그렇게 해주지 않은 것은 종교가 이웃을 사랑할 것을 주장하고 무조건 이웃 사람의 괴로움을 덜어 주는 것은 금지하는 이론 때문이었다. 또한 그것을 돕는 그럴 듯한 법률이 없었기 때문이다.

"가족에게 전보는 쳤나?" 하고 라비크가 베베르에게 물었다.

"그에게는 가족이 없네." 베베르가 대꾸했다.

"그럼, 연고자라도 있겠지?"

"아무도 없네."

"한 명도?"

"한 명도 없어. 아파트의 관리인이 왔었는데, 통신판매의 카탈로그라든가, 알콜 중독과 폐병, 성병 등에 관한 팜플렛 외에는 편지라곤 온 적이 없다네. 물론 찾아오는 사람도 없고. 다행히도 수술비와 4주일분 입원료는 미리 지불했었네. 그러니까 2주일치 입원료가 남은 셈이지, 관리인 여자의 말은 그동안 사나이를 돌보아 주었기 때문에, 그가 가졌던 것은 모조리 받기로 약속이 되어 있다고 말하더군. 그래서 2주일분 입원료를 물러 달라는 거야. 다시 말해 그 친구에게 어미처럼 돌보아 주었다는 거지. 자네에게 그 어머니라는 여자를 보이고 싶네그려. 그녀는 그 친구의 여러 가지 경비를 모조리 대주었다는 걸세. 집세도 지불해 주었다는 거야. 그래 나는 관리인 여자에게 한마디 해 줬네, 죽은 사람은 우리 병원에서는 미리 돈을 냈었다고. 그러니 아파트에서도 그렇게 하지 않았으리라는 이유는 없다고 말일세. 그러니 부당한 이런 문제는 모두 경찰에서 할 일이라고 말했지. 그랬더니 그 관리인이 나에게 지독한 욕지거리를 해대더군."

"결국 돈이 유죄군" 하고 라비크가 말했다. "돈이 그런 꾀를 부리게 했으니 말일세."

그 말에 베베르는 웃었다.

"경찰에 연락해 두세. 자기네들이 좋도록 처리하겠지만 말야. 그리고 장사 지낼 것도."

라비크는 한 명의 연고자도 없는, 위장이 없이 죽은 사나이에게 다시 한 번 눈길을 돌렸다. 그는 거기 반듯이 누워 있었다. 그 얼굴은 지나간 시간 동안에, 37년의 일생 동안에서도 볼 수 없었을 만큼 심한 변화를 일으키고 있었다. 마지막 숨결의 굳어진 경련에서 죽음의 엄숙한 표정이 천천히 나타나고 있었다. 우연적인 것은 녹아서 없어지고 단말마의 표정도 씻겨 내려간 일그러진 흉한 얼굴에서는 멍청하고 묵묵한 영원의 탈(마스크)이 형성되어 가고 있었다. 그래서 한 시간만 지나면 모든 실체는 사라지고 그 영원한 탈만이 남게 될 것이다.

라비크는 방에서 나왔다. 야근하는 간호원을 복도에서 만났다. 간호원은 지금 막 출근하는 참이었다.

"12호실의 남자는 죽었어" 하고 그는 말을 걸었다. "반시간 전에. 밤샘할 필요는 없게 됐어" 하고 라비크는 간호원의 얼굴을 보았다. "그가 기념으로 남겨 준 유물이라도 있나?"

간호원은 잠시 망설였다.

"아니예요. 그 분은 퍽 쌀쌀한 분이었어요. 마지막 며칠간은 저와 말도 하지 않으신걸요."

"맞았소. 그랬었지."

간호원은 알뜰한 주부 같은 얼굴로 라비크를 바라보았다.

"그 분은 정말 아름다운 보석상자를 갖고 있었어요. 모두 은으로 된 거예요. 남자용으로는 치레가 좀 지나친 것이었어요. 부인용으로는 무척 어울리는 거예요."

"그런 이야기를 그 사람에게 말하지 그랬소?"

"한번 그런 이야기를 하기는 했죠. 화요일 밤에. 그때는 마침 그 분이 한결 진정이 되었었죠. 그런데 그 분은 은(銀)은 남자에게 더욱 어울린다고 그러더군요. 그리고 솔도 아주 고급품이라, 그런 물건을 요즘엔 살 수 없을 거라고도 했어요. 그 밖에는 별로 말도 하지 않았어요."

"이젠 그 은 상자도 경찰에 넘어가게 되었소. 그에게 연고자가 없으니 말이오."

간호원은 알았다는 듯 고개를 끄떡였다.

"아까워요! 은이 시커멓게 죽어 버릴 거예요. 그리고 그 솔도 말끔히 해두지 않고 쓰지 않으면 상하게 될 거예요. 미리 닦아 둬야 하는건데……."

"그럴 테지. 참 아깝게 됐군." 라비크는 말했다. "당신에게나 주었더라면 좋았을 걸 그랬소. 그랬더라면 적어도 좋아하고 아낄 사람이라도 있었을 것을 말이오."

간호원은 라비크를 향해 감사하듯 미소를 띠웠다.

"괜찮아요. 전 아무것도 바라지 않았으니까요. 죽어가는 사람들이 선물을 주는 것은 아주 드물지요. 그저 회복돼 가는 사람만이 무엇을 주지요. 아마 죽어가는 사람은 자신이 죽어야 한다는 사실을 믿고 싶지 않은가 봐요. 그래서 아무것도 주려고 들지 않나 봐요. 물론 악의가 있어 안 주려는 분도 있고요. 선생님은 믿지 않으시겠지만 죽은 사람은 참 무서워요. 죽기 전에 아주 무서운 말을 해요."

발그레한 뺨의 어린애 같은 얼굴을 한 그 간호원은, 솔직했고 또렷또렷 했다. 그 간호원은 자기만의 조그마한 세계에 들어맞지 않으면 제 주위에서 무슨 일이 일어나건 아무런 관심도 없는 것이다. 죽어가는 인간이란, 버릇없는 어린아이거나 의지할 곳이 없는 아이와 같은 것이다. 그것을 죽을 때까지 시중을 들어야 한다. 그리고 죽으면 또 새 사람이 오는 법이다. 어떤 사람은 건강을 회복해서 감사해 하고, 어떤 사람은 모르는 체한다. 그런데 어떤 사람은 그대로 병든 채 죽어 버린다. 항상 그런 법이니 놀랄 것은 조금도 없다. 봉 마르세 백화점의 대매출 기간에 정가의 25퍼센트가 인하할 것인지, 또는 종형제인 장이 재봉 직공인 안과 결혼할 것인지 아닌지가 훨씬 더 중요한 것이다. 사실 그것이 더욱 중요한 것이라고 라비크는 생각했다. 혼돈을 막아 주는 자그마한 원(圓), 그곳이 없다면 우리는 어떻게 될까.

그는 카페 트리옹프 앞에 앉아 있었다. 밤하늘은 파리하고 구름이 덮여 있었다. 날씨는 후텁지근했고, 어디선가 소리도 없이 번개가 번쩍였다. 길은 더욱 북적거렸다. 푸른 공단 모자를 쓴 여자가 그의 탁자에 와서 허락도 없이 앉았다.
"베르뭇 한 잔 사 주시겠어요?" 하고 여자가 물었다.
"그렇게 할 수도 있지. 하지만 날 혼자 있게 해 줘. 지금 난 누구를 기다리고 있으니까."
"그럼 같이 기다리면 되잖아요?"
"그만두는 게 나을걸. 난 빠레 뚜 스폴의 여자 레슬링 선수를 기다리고 있어."
여자는 그 말에 미소를 지었다. 그러나 너무 진한 화장을 하고 있었기 때문에 미소는 입술 밖으로는 나타나지 않았다. 그 외에는 온통 흰 탈바가지였다.
"나하고 같이 가요" 하고 여자는 말했다. "난 깨끗한 아파트를 가지고 있어요. 그리고 난 솜씨도 좋고요."
라비크는 머리를 저었다. 그는 5프랑 짜리 지폐를 한 장 탁자 위에 놓았다.
"자, 잘 가라구. 그리고 잘해 봐."
여자는 지폐를 집어서 접더니 양말 대님 밑에 꾸겨 넣었다.
"우울증이가요?" 하고 여자가 물었다.
"천만에."
"우울증이라면 문제없이 고쳐 드릴게요. 정말 좋은 어린 아가씨가 있어요. 아주 어려요." 그리고는 잠시 후에 덧붙였다. "유방이 에펠탑 같은."
"다음에 가지."
"네, 좋아요."
여자는 일어나서 한두 탁자 건너편에 가서 다시 앉았다. 그리고는 다시 몇 번 그를 건너다보고는 스포츠 신문을 사서 경기의 스코어를 읽기 시작했다.
라비크는 탁자 앞을 그칠 줄 모르고 지나가는 군중들을 멍하니 바라보고 있었다. 카페 안에는 밴드가 〈비엔나의 왈츠〉를 연주하고 있었다. 번갯불은 점점 심해져 갔다. 아양을 떨며 떠들어대는 젊은 동성 연애자 한패가 마치 앵무새 떼처럼 옆자리에 자리잡았다. 모조리 최신 유행인 볼수염을 길렀는데, 저고리의 어깨는 너무 벌어졌고 허리통은 유난히도 잘룩했다.

한 소녀가 라비크의 탁자 앞에서 걸음을 멈추고는 그를 바라보았다. 어렴풋하나마 어디선지 본 듯한 생각이 들었다. 하지만 그가 알고 있는 사람은 많다. 그 아이는 의지할 데 없는 사람이 지닌 일종의 창백한 매력을 풍기는 가냘픈 매춘부처럼 보였다.

"저를 모르시겠어요?" 하고 그 소녀는 라비크에게 물었다.

"왜, 모르긴" 하고 라비크는 말했지만 전혀 짐작이 안 갔다. "어떻게 지내?"

"네, 뭐……그런데 정말 저를 그렇게 모르시겠어요?"

"난 항상 이름을 잘 잊어 버려서. 하지만 물론 모습은 잘 알고 있지. 참 오랜만이로군."

"그래요. 그때는 보보를 따끔하게 혼을 내주셨지요."

그 소녀는 미소를 지었다.

"제 생명을 구해 주시고도 이젠 몰라보시는군요?"

'보보라고? 생명을 구했다? 산파.' 라비크는 드디어 생각이 났다.

"루시엔느로군 그래" 하고 그는 말했다. "그렇지만 당장 못 알아본 건 당연하지. 그때 루시엔느는 환자였는데, 이젠 건강하니까. 그거야, 그래서 곧 알아보지 못한 거지."

루시엔느의 얼굴이 환해졌다.

"정말이시군요. 정말 기억하고 계시군요? 산파한테서 1백 프랑을 도로 찾아 주셔서 정말 고마웠어요."

"그건……아, 그렇지……."

마담 부쉐한테 실패를 당한 후에 그는 자기 주머니를 털어서 얼마간의 돈을 그녀에게 보내 주었던 것이다.

"전부가 아니라 미안했어."

"그만해도 어디예요. 전 전부 없어져 버린 걸로 생각했었는데요."

"됐어. 뭐 좀 같이 마실까, 루시엔느?"

루시엔느는 고개를 끄덕이더니 조심스럽게 그의 곁에 앉았다.
"소다의 생자노를 마시겠어요."
"뭘 하고 있지, 루시엔느?"
"잘해 나가고 있어요."
"아직 보보하고 함께 있나?"
"네, 물론이죠. 그 사람은 지금은 달라졌어요. 아주 좋아졌어요."
"잘 됐군."
별로 물을 것도 없었다. 그 어린 재봉사가 이제 조그만 매춘부가 되어 있다. 그렇게 되라고 그가 꿰매 준 셈이었다. 그 외의 뒤치다꺼리는 보보 녀석이 해치운 것이다. 이제 이 소녀는 임신할 염려도 없다. 그것도 또 한 가지의 이유겠다. 이 소녀는 이제 막 개시를 했다. 좀 앳된 티가 남아 있어 노련한 중년 친구들에게는 그래도 매력이 있을 것이다. 아직 닳고닳아서 윤기가 빠져 버리지 않은 도자기. 그녀는 참새처럼 조심스럽게 마시면서도 사방을 두리번거리고 있었다. 그에겐 별로 유쾌한 일은 아니었다. 그렇다고 크게 섭섭할 것도 없다. 바로 미끄러져 떨어지는 한 조각의 생명일 뿐이다.
"만족하고 있나?" 하고 그가 물었다.
그녀는 고개를 끄덕였다. 그녀가 정말로 만족하고 있다는 것을 그는 알았다. 모조리 잘 되어 간다고 그녀는 생각하고 있는 것이다. 연극을 꾸밀 아무런 이유도 없다.
"혼자세요?" 하고 루시엔느는 물었다.
"그래, 루시엔느."
"이런 날 저녁에요?"
"응."
루시엔느는 부끄러운 듯 그를 쳐다보고는 눈웃음을 쳤다.
"전 지금 시간이 있어요" 하고 그녀는 말했다.
너는 대체 어떻게 된 노릇이냐? 매춘부가 모조리 상업화한 사랑의 한 조각을 내게 팔려고 덤빌 정도로 내 얼굴이 그렇게 굶주려 보인단 말인가?
"네 집은 너무 멀어, 루시엔느. 그리고 난 별로 시간이 없구."
"집으로는 못 가요. 보보가 알면 안 되니까요."
라비크는 그 소녀를 보았다.

"보보는 아무것도 모르고 있나?"

"아뇨, 알기는 알아요. 다른 사람의 일은 모두 알고 있어요. 뒤를 밟거든요."

루시엔느는 미소를 지었다.

"그 사람은 아직도 참 어려요. 그렇게 안 하면 제가 자기한테 돈을 주지 않을 거라고 생각하거든요. 선생님에겐 돈을 안 받을게요."

"그래서 보보가 알아서는 안 된다는 건가?"

"그래서가 아니예요. 그 사람이 질투를 하기 때문이에요. 그럴 땐 사나와지거든요."

"누구한테나 질투를 하나?"

루시엔느는 의아스러운 듯 쳐다보았다.

"물론 그렇지는 않아요. 다른 사람과는 장사니까요."

"그럼 돈을 내지 않을 때만 그렇다는 건가?"

루시엔느는 망설였다. 그리고는 얼굴이 점점 붉어졌다.

"그런 게 아니래두요. 단지 '다른 무엇이 있구나' 하고 생각됐을 때만 그래요."

루시엔느는 다시 얼굴을 붉혔다.

"제가 기분을 냈다는 것을 알았을 때 말이에요."

그녀는 눈을 내리깔았다. 라비크는 탁자 위에 외롭게 놓인 그 소녀의 손을 잡았다.

"루시엔느" 하고 그는 말했다. "기억해 주어서 고마와. 그리고 같이 가자고 해줘서. 루시엔느와 같이 가고 싶기는 해. 하지만 나는 내가 한번 수술한 일이 있는 여자하고는 잘 수가 없어. 그 점을 이해하겠어?"

그녀는 길고 검은 속눈썹을 치켜 뜨고는 급하게 고개를 끄덕였다.

"알겠어요."

그리고 여자는 일어섰다.

"그럼 전 가 보겠어요."

"잘 가, 루시엔느. 병나지 않도록 조심해."

라비크는 종이 쪽지에다 무엇을 적어 소녀에게 주었다.

"아직 이걸 갖고 있지 않거든 이것을 마련해 둬. 제일 잘 들으니까. 그리고 돈은 모조리 보보에게 주면 못써."

그 소녀는 미소를 띠우고 고개를 끄덕거렸다. 아무리 그래도 모조리 주고 말라는 것을 그녀도 그도 알고 있었다. 라비크는 그 소녀가 사람들 사이로 사라질 때까지 뒷모습을 바라보았다. 그리고 웨이터를 불렀다.

아까 왔던 푸른 모자를 쓴 여자가 옆으로 왔다. 여자는 여태까지의 장면을 빼놓지 않고 보고 있었던 것이다. 여자는 신문을 접어서 부채질을 하면서 의치 투성이의 입을 벌렸다.

"당신은 고자가 아니면 한심한 분이군요" 하고 여자는 지나가면서 상냥스럽게 말을 건넸다.

"잘해 보세요. 아깐 정말 고마웠어요."

라비크는 무더운 밤공기를 쐬며 걸었다. 번개가 숱한 지붕 위를 비추고 지나갔고 바람은 한점도 없다. 루브르 박물관 입구에는 불이 켜져 있었다. 문이 열려 있었다. 그는 안으로 들어갔다.

마침 야간 전시회 날이었다. 그래서 일부 진열실에 불이 켜져 있었다. 그는 밝게 조명을 한 거대한 묘지와도 같은 이집트의 진열실을 지나갔다. 3천년 전 옛날의 석조의 왕들이 쭈그리고 앉았거나 선 채의 자세로 어슬렁어슬렁 구경하고 돌아다니는 학생들과 구식 모자를 쓴 여자들, 그리고 할 일 없어 지루한 중년 남자들을 화강암의 눈으로 뚫어지게 바라보고 있었다. 죽은 공기와 불멸의 냄새가 났다.

그리스의 진열실, 밀로의 비너스 앞에는 비너스와는 어느 구석조차 닮은 데가 없는 한떼의 처녀들이 속삭이며 서 있었다. 라비크는 걸음을 멈추었다. 화강암과 초록빛 정장석(正長石)의 이집트인의 상(像)을 본 다음이라 이런 대리석은 퇴폐적이고 연약해 보였다. 부드럽고 탐스럽게 살이 찐 비너스는 스스로의 행복에 겨워 목욕을 하는 가정 주부다운 맛이 없었다. 그러나 아름답고 사상이 없는, 도마뱀을 죽이는 아폴론은 운동 부족의 남창(男娼)과 흡사했다. 하지만 그것은 모두가 진열실 안에 서 있기 때문에 죽어 있는 것이지만, 이집트의 상들은 죽지 않았다. 이집트의 상은 묘지나 신전을 위해서 만들어진 것이기 때문이다. 그리스의 석상들은 태양과 공기와 아테네의 황금빛 태양이 틈으로부터 스며 들어오는 원기둥들이 필요하다.

라비크는 걸어갔다. 계단이 있는 커다란 홀이 점점 가까워진다. 그리고 갑자기 모든 것을 위압하듯 승리의 여신 사모트라키의 니케가 나타났다.

니케를 보는 것은 정말 오래간만이었다. 전에 보았을 때는 잿빛으로 흐린 날이라 대리석이 초라하게 보였다.

박물관의 먼지투성이의 겨울 햇빛 속에서 이 승리의 여신은 답답하고 얼어붙은 듯 보였었다. 그러나 오늘은 그것이 계단 위 대리석으로 만든 조각 난 뱃머리에 높다랗게 서서 조명등으로 밝게 드러나 찬란하게 빛나면서 당장에라도 날아갈 듯이 서 있다.

여신의 뒤에서는 포도주 빛의 살라미스 해(海)가 출렁거리는 듯하다. 하늘은 기대(期待)의 빌로도로 어둡게 덮여 있는 듯했다.

여신은 도덕에 관해서는 아무것도 모른다. 문제에 대해서도 아랑곳없다. 이 여인은 폭풍우도 피의 시키먼 배경에 대해서도 아무것도 모른다. 알고 있다면 오로지 승리와 패배뿐이며 이 두 가지는 거의 같은 것이다. 여신은 유혹이 아니라 비상(飛翔)이며 매혹이 아니라 무관심이다. 여신에게는 비밀이 없다. 성(性)을 감춤으로써 오히려 그것을 암시하고 있는 비너스보다도 더욱 선정적이다. 여신은 새나 배나 바람이나 파도나 수평선과 똑같다. 여신에게는 고향이 없다.

'여신은 고향이 없어.' 라비크는 생각했다. 하지만 고향 같은 것은 필요가 없는 것인지도 모른다. 모든 배가 전부 여신의 고향인 것처럼 용기와 투쟁이 있는 곳이라면 어디건 여신의 고향이다. 설사 패배가 있는 곳이라 할지라도. 여신은 승리의 여신일 뿐만이 아니라 온갖 모험가들의 여신이며 망명자의 여신인 것이다—그들이 단념을 하지 않는 한에서는.

그는 주위를 둘러보았다. 홀 안에는 이미 아무도 없었다. 학생들과 배테커의 여행 안내를 손에 든 사람들은 모두 집으로 돌아가 버렸다. 집으로—그러나 어디고 돌아갈 곳이 없는 사람에겐 잠깐 다른 사람의 가슴속에 폭풍우와 같이 일어나는 집 이외에 대체 어떤 집이 있단 말인가? 애정이 집 없는 사람들의 마음을 휩쓸 때, 그들을 밑바닥부터 뒤흔들어 완전히 사로잡고 마는 것은 그 때문이 아닐까? 그들이 갖고 있는 것은 그것뿐이니까. 때문에 나는 애정을 피하려고 한 것이 아니었던가? 그래도 애정은 나를 뒤쫓아오고 따라와서는 나를 때려 눕히지 않았던가? 낯익고 정든 고장보다는 이방(異邦)의

미끄러지기 쉬운 빙판에서 다시 한 번 일어나기란 훨씬 더 어려운 것이다.

무엇인가가 라비크의 눈에 띄었다. 조그맣고 한들거리는 흰 물체, 나비다. 틀림없이 열어 놓은 출입구로 해서 날아 들어왔을 한 마리의 나비. 아마도 한 쌍의 애인들 때문에 향기로운 잠을 깨어 투이루이의 따뜻한 장미꽃 화원에서 날아오다가 무수한 낯선 태양과 같은 불빛에 어리둥절해서 이 문 안으로, 이 커다란 문으로 가려진 안전한 어둠 속으로 도망쳐 들어온 것일 게다. 그리고는 어찌할 바를 몰라 허둥거리면서도 기운을 잃지 않고 이 넓은 홀 안을 팔락거리며 날고 있는 것이다. 그리고 거기서 죽어가는 것이다. 지쳐서 대리석의 돌림대나 창문의 돌출부에서 또는 높다랗게 찬란히 빛나고 있는 여신의 어깨 위에서 잠들다 죽어갈 것이다. 그리고 아침이 오면 나비는 꽃을, 생명을, 화초의 달콤한 꿀을 찾을 것이다. 하지만 찾아내지를 못하고 언젠가는 다시 기진해서 1천 년을 묵은 대리석 위에서 다시 잠들고 말리라. 결국에는 그 화사하고도 튼튼한 다리 힘도 빠져서 가을도 지내지 못하고 나약한 나뭇잎과도 같이 마룻바닥에 떨어져 버리리라.

'감상 투성이이군' 하고 라비크는 생각했다. '승리의 여신과 나비와 망명객. 그러나 값싼 것, 값싼 상징, 싸구려 감상보다도 사람의 마음을 더 건드리는 것이 무엇이 있단 말이냐? 그리고 그런 것들을 값싸게 만드는 것은 무엇인가? 그런 것들이 지닌 너무나도 명백한 진실성 때문일까? 어떤 일이건 생사에 관계될 때는 신사인 체하는 속물 근성은 없어지고 만다.'

나비는 아치형 천장의 어둑어둑한 속으로 사라져 버렸다. 라비크는 밖으로 나왔다. 밖의 따스한 공기가 그를 감쌌다. 잘 데워진 목욕물처럼 후끈했다. 그는 걸음을 멈추었다. '값싼 감정! 나 스스로가 가장 값싼 감정에 사로잡혀 있지를 않는가?' 그는 휜히 뜰을 내려다보고 서 있었다. 그곳에는 몇 세기의 그림자들이 웅크리고 앉아 있다. 라비크는 느닷없이 한 대 얻어맞은 기분이었다. 그리고 그 타격에 하마터면 쓰러질 뻔했다. 지금 막 날려고 하는 흰 니케가 아직까지도 망령처럼 그의 눈앞에 어른거렸다. 그러나 그 뒤에서 이 망령과는 다른 얼굴이 나타났다. 값싼 얼굴이다. 마치 가시투성이의 장미 덤불에 인도인의 베일이 걸려 있듯이 그의 공상이 엉겨붙어 있는 얼굴이었다. 그는 그 베일을 잡아채려고 했으나 가시는 꼭 붙잡고서 놔 주지를 않았다. 가시는 비단과 황금빛 올을 붙들고 있었다. 이미 그것은 대단히 얽혀 있어서 가시돋친 가지가 어른어른 빛나는 베일은 이젠 눈으로 보아도 구별할 수가 없다.

　얼굴! 얼굴! 값싼 얼굴이냐, 또는 값진 얼굴이냐를 누가 물을 것인가! 단 한 번밖에 볼 수 없는 얼굴인가, 수천 번이라도 볼 수 있는 얼굴인가, 그것을 묻는 자가 누구란 말인가. 우선은 그런 질문을 할 수는 있을는지 모르겠지만 일단 사로잡히고 보면 모르게 되어 버리는 것이다. 사람은 쉽게 애정의 포로가 되어 버린다. 어쩌다가 그런 이름을 가진 어떤 한 인간의 포로가 되는 것은 아니다. 공상의 불길에 장님이 되어 버리고도 판단을 할 수 있는 자가 그 누구란 말이냐? 사람은 결코 가치라는 법을 모르는 것이다.

　하늘은 착 가라앉았다. 가끔 소리도 없는 번갯불이 번쩍하고는 어둠 속에서 유황과 같은 구름을 찢어 놓는다. 수천의 먼 눈을 가진 형체도 없는 무더운 기운이 지붕 위에 덮여 있다. 라비크는 리보리 가를 따라서 걷고 있었다. 건물들의 아치 아래로는 상점의 쇼윈도가 휘황하게 빛난다. 사람들의 물결이 그곳을 따라 천천히 밀려가고 있었다. 자동차는 번쩍이는 반사광의 사슬을 이루고 있다. 여기에 나라는 인간은 몇천 명 중의 하나가 되어 두 손을 호주머니에 찌르고는 번쩍거리는 값싼 물건과 귀중품을 잔뜩 늘어놓은 쇼윈도 앞을 천천히 걸어가고 있다. 의젓한 저녁의 산책자로서. 하지만 내 가슴속에는 피가 떨고 있고 뇌수(腦髓)라고 불리는 두 움큼의 해파리 같은 덩어리의 회백색으로 맥박치는 미궁 속에서는 현실을 비현실로, 비현실을 현실로 보이게끔 하는 눈에 보이지 않는 싸움이 들끓고 있다. 나는 팔이 닿고 몸이 서로 스치고 눈이 뚫어지게 쳐다보는 것을 느낄 수가 있다. 자동차의 소음, 말소리 그리고 힘찬 현실의 시끄러운 소리를 들을 수 있다. 나는 그 한가운데 서 있으면서도 달나라보다도 먼 별나라에, 논리와 사실의 피안에 있다. 나의 내부에서는 무엇인지 이름을 부르짖고 있는 것이 있다. 그리고 그것이 이름이 아니라는 것을 알면서도 여전히 부르짖고 있다. 침묵을 향해서 언제나 존재했었으며, 이미 무수한 부르짖음이 꺼져 들어간 침묵, 그리고 한마디 대답조차도 보내오지 않았던 그 침묵을 향해 여전히 부르짖고 있는 것이다. 사랑의 밤과 죽음의 밤의 외침. 황홀과 무너져 가는 의식의 부르짖음, 밀림과 사막의 부르짖음. 나는 수천의 대답을 알 수도 있지만, 그러나 이 한 가지 대답만은 내 힘으론 알 수가 없다. 나는 그 대답만은 얻을 수 없는 것이다.

사랑! 이 말은 얼마나 많은 뜻을 숨겨야만 했던가? 그지없이 부드러운 살결의 애무로부터 영혼의 아늑한 격동까지, 그리고 단순한 가정적인 소망으로부터 죽음의 감동까지, 실신해 버릴 듯한 욕정에서 야곱과 천사와의 결투까지, 얼마나 많은 것을 숨겨야만 했던가! 이제 나는 나이 40을 넘었고 여러 학교에서 교육을 받았고 경험을 쌓았으며 두들겨 맞고는 다시 일어나서, 세월의 여과기(濾過器)에 의해 걸러지고 더욱 굳어졌으며, 비판적이며 냉정하게 된 사나이가 아니냐. 나는 그렇게 되기를 원하지 않았고 믿지도 않았고 그것이 또다시 한 번 생겨나리라곤 꿈에도 생각지 않았다. 그런데 그게 이제 와서 다시 생겨났다. 그리고 나의 온갖 경험도 아무런 도움이 되지 않는다. 온갖 지식은 그것을 더욱 불타오르게 할 뿐이다. 그런데 감정의 불길 속에서는 바싹 마른 냉소와 위기의 세월이 쌓아올려 두었던 장작보다 더 타기 좋은 것이 어디에 있겠는가?

라비크는 걷고 또 걸었다. 밤은 아늑했으며 반향을 일으켰다. 몇 시간이 지났는지, 몇 분이 지났는지 모르는 채 정신 없이 걸었다. 어느 틈에 생 라파엘로 거리 뒤쪽에 깊숙이 자리잡은 공원에 와 있는 자신을 발견하고도 그는 별로 놀라지 않았다.

파스칼 가의 그 집, 그 맨 위층에 있는 방──그 꼭대기에 자리잡은 스튜디오, 그 한두 군데는 불이 켜 있다. 조앙의 스튜디오일 듯한 창문을 분간해 냈다. 그 창은 훤하게 빛나고 있었다. 그 여자는 집에 있다. 혹은 집에 없으면서 불만 켜놓았는지도 모르겠다. '그 여자는 어두운 방에 돌아가는 것을 싫어하거든, 나처럼.' 라비크는 그쪽 길로 건너갔다. 집 앞에는 서너 대의 자동차가 있었으며, 그 중에는 노랑색의 로드스터가 한 대 있었다. 보통 차를 경기용 차처럼 개조한 것이었다. 그것이 그 딴 사내의 차인지도 모르겠다. 배우가 탈 만한 차다. 붉은빛 가죽으로 싼 좌석, 비행기와 같은 계기판 따위의 불필요한 부착물들이 잔뜩 붙어 있다──틀림없이 그 사내의 것이다. '나는 지금 질투를 하고 있는 것일까?' 그렇게 생각되자 그는 깜짝 놀랐다. 그 여자와 우연하게 결합되어 있는 대상을 질투하고 있는 것인가? 나와는 아무런 관계도 없는 것을 배반당한 사랑은 질투할 수가 있지만, 그러나 사랑이 쏠리고 있는 그 대상을 질투할 수는 없다.

그는 다시 공원으로 돌아갔다. 어둠 속에서는 흙과 시원하고 푸른 잎들의 향기와 뒤섞여 흐뭇한 꽃내음이 풍겼다. 그는 벤치를 찾아서 걸터앉았다. '이것은 내가 아니다. 자기를 버린 여자의 창을 올려다보고 있는 이 지각한 애인은 결코 내가 아니다. 낱낱이 분석할 줄은 알면서도 어쩔 수 없는 욕망에 뒤흔들리고 있는 이 사나이는 내가 아니다. 시간을 되돌려 찾아오고 의미도 없는 말을 지껄이는 금발의 허황한 여자를 다시 찾을 수가 있다면 몇 년의 세월이라도 기꺼이 내던지겠다고 생각하고 있는 이 어리석은 작자는 내가 아니다. 여기 이렇게 앉아서 ──구실은 집어치우자, 질투를 하고 힘이 꺾이어 비참한 기분이 되어 저 놈의 자동차에다 불을 질러 버렸으면 속이 시원하겠다고 생각하고 있는 사나이는 결코 내가 아니다!'

그는 담배에 불을 붙였다. 담배는 소리도 없이 타들어간다. 보이지도 않는 연기. 성냥불의 짤막한 혜성의 궤도. '왜 너는 저 스튜디오에 올라가지 않는 거냐? 무슨 일이 있었다는 거냐? 지금도 늦지 않다. 그곳엔 아직 불이 켜져 있으며 그 자리에서 일어나는 일쯤 너는 어떻게든지 처리할 수 있을 것이다. 왜 너는 그 여자를 데리고 나오지 못하느냐? 그 여자를 데리고 나와서 다시는 놓치지 않도록 꼭 붙잡지를 못하는 거냐?'

그는 어둠 속을 응시했다. '그런 짓을 하면 무슨 소용이 있으랴? 그렇게 해서 어떻게 된다는 말인가? 다른 사내를 내쫓을 수는 없다. 다른 사람의 마음에서 누구를 쫓아낼 수는 없는 법이다. 그 여자가 나를 찾아왔을 때, 나는 그 여자를 빼앗을 수가 없었을까? 왜 나는 그렇게 하지를 않았던가?'

그는 담배를 내던졌다. 그것만으로는 충족할 수가 없었기 때문이다. 바로 그 점이다. 더 많은 것을 내가 바라고 있다는 점이다. 설사 그 여자가 찾아온다고 해도 그것으로는 충분치 않다. 가령 여자가 돌아와서 다른 것은 모조리 잊고 물 속에 가라앉혀 버린다고 해도, 그것만으로는 이제는 절대로 충분하다고는 할 수가 없기 때문이다. 이상스럽고 무서운 일이기는 하지만 결코 충분하다고 할 수는 없다. 무엇인가가 잘못되고 말았다. 어느 순간인지는 모르지만 내 상상력의 광선이 거울에 적중하지 않았던 것이다. 그 광선을 받아 더욱 강렬하게 도로 내던져 주는 거울에 광선은 거울을 빗나가서 맹목적이며 채울 수 없는 세계 속으로 흩어져 버리고 만 것이다. 이제 와서는 어떤 것이 건간에 그 광선을 되찾아올 수가 없다. 설사 수천 개의 거울이 있다 해도 소용이 없다. 거울은 그 광선의 일부밖에는 사로잡을 수가 없을 뿐으로 그 광선을 완전히 되찾아올 수는 없다. 그 광선의 허상은 사랑의 허공을 외롭게 떠돌며 오직 빛나는 안개로 그것을 채우고 있을 것이다. 이제는 아무런 형체도 없고, 사랑하는 사람의 머리에다 다시는 무지개를 둘러칠 수가 없을 것이다. 불가사의의 고리는 깨어졌고 슬픔만 남았으며 희망은 산산조각이 나 버렸다.

 누군지 집에서 나왔다. 남자였다. 라비크는 일어섰다. 여자가 뒤따라 나왔다. 서로 웃고들 있다. 그러나 조앙 일행은 아니었다. 곧 차가 한 대 움직이고 그들은 떠나 버렸다. 그는 다시 담배 한 대를 꺼냈다. '나는 그 여자를 붙잡아 둘 수가 있었을까? 만일 내 처지가 달랐다면 그 여자를 붙잡아 둘 수가 있었을까? 그러나 무엇을 붙잡아 둔다는 말인가? 오직 환영(幻影)에 불과할 것이다. 그 외에 무엇이 있단 말이냐? 환영만이라도 충만하지 않은가? 언제 그 이상의 것을 얻을 수가 있었던가? 우리들의 감각의 밑바닥에서 이름도 없이 넘쳐서 흘러내리는 생명의 시커먼 소용돌이를 누가 알 수 있단 말인가? 사물의 공허한 시끄러움 속에서 나를 책상으로 등잔불로 가정으로 당신으로 그리고 사랑으로 변화시키는 그 감각의 밑바닥에서 흘러내리는 생명의 시커먼 소용돌이. 오직 예감과 무서운 여명이 있을 뿐이며, 이것이면 충분하지 않은가?

 그렇다. 그것으로 충분하다. 그리고 그것을 믿었을 때에 비로소 충분하게 되는 것이다. 수정(水晶)이 한번 의혹의 철퇴에 의해 부서지고 보면 그것을 풀로 붙일 수는 있을지 모르지만 그 이상은 어쩔 도리가 없는 것처럼 그것을 풀로 붙이고 허위로 가장을 시켜라. 그리고 한때는 흰빛으로 찬란하게 빛나던 것이 이제 산산조각이 난 것을 관찰하라. 되돌아오는 것은 아무것도 없다. 전에 지녔던 형태를 되찾을 수 있는 것은 없다. 아무것도 없을 것이다. 설사 조앙이 돌아온다고 하더라도 전과 같지는 않을 것이다. 풀로 붙인 수정, 이미 시간은 늦어 버려서 되찾아올 수는 없다.'

 그는 예리하고 견디기 어려운 고통을 느꼈다. 무엇인지 그의 내부에서 찢어졌다. 갈기갈기 찢긴 것이다. '한심하게 됐구나. 이렇게 괴로워하다니' 하고 그는 생각했다. '그것 때문에 이렇게 괴로워할 수가 있단 말인가? 나는 나 자신을 어깨 너머로 응시하고 있을 뿐이었다. 그러나 그렇게 했다고 해서

변할 것은 하나도 없다. 설사 찾는다고 하더라도 틀림없이 놓쳐 버리고 만다는 것을 나는 알고 있다. 그러나 그것은 알고 있어도 나의 사무치는 정을 가라앉힐 수는 없다. 나는 시체 공시소의 테이블 위에 올려놓은 시체같이 그것을 해부하고 있다. 하지만 그것은 1천 배나 더 생생하게 살아 나오는 것이며 언젠가는 지나가 버린다는 것도 알고 있다. 그러나 내게는 아무 소용도 없다.' 그는 눈을 뜨고서 창문을 노리듯 바라보았다. 그러자 자기 자신이 무섭도록 어리석은 생각이 들었다. 그러나 그렇다고 해서 달라진 것은 아무것도 없었다.

요란한 천둥이 별안간 도시 위에 울렸다. 빗방울이 숲을 때렸다. 라비크는 자리에서 일어섰다. 거리가 검은 은빛으로 아롱져 오는 것을 보았다. 빗방울이 노래를 부르기 시작했다. 굵은 빗방울이 그의 얼굴을 따뜻하게 때렸다. 문득 그는 알 도리가 없어졌다. 자기가 우스꽝스러운지, 비참한지, 혹은 괴로워하는지, 그렇지 않은지. 그는 단지 자기가 살아 있다는 사실만을 알고 있을 뿐이었다. 그렇다. 살아 있다! 그는 여기에 있다. 생명이 다시 그를 소유하고 그를 흔들고 있다. 그는 이미 방관자도 국외자(局外者)도 아니다. 억제할 수 없는 감정의 위대한 광휘가 마치 불길이 용광로의 파이프를 통해 치닫듯 그의 혈관을 쏜살같이 내닫고 있다. 자기가 불행하든 행복하든 그것은 아무래도 좋을 것 같았다. 그는 살고 있으며 또 살고 있다는 사실을 몸 전체로 느끼고 있다. 그리고 그것으로 충분하지 않은가!

마치 하늘의 기관총 포화같이 내리 퍼붓는 빗속에 그는 서 있었다. 그는 거기에 서 있었다. 그 자신이 비며 폭풍이며 물이며 지구였다. 그의 내부에서는 지평선에서 오는 번갯불이 교차했다. 그는 창조물이며 원소였다. 이름을 가진 것은 아무것도 없었고, 그것 때문에 고독해지지도 않았다. 모든 것이 같았다. 사랑도, 내리 쏟아지는 물도, 지붕 위의 희미한 불빛도, 부풀어 오르는 것 같아 보이는 지구도. 이미 경계는 아무것도 없다. 그도 거기에 속해 있었다. 행·불행이란 자신이 살고 있으며 살고 있다는 사실을 느끼는 강렬한 감정에 내동댕이쳐진 빈 껍질에 불과했다. 저 위에 있는 그대여! 그는 불이 켜진 창문을 향해 말하면서 껄껄거리고 웃었다. 그러면서도 왜 웃는지는 알 수가 없었다. 그대 조그마한 불빛이여, 공상이여! 보다 훌륭하고 아름다우며 현명하고 선량하며 값지고 이해심 많은 수십만의 다른 얼굴들이 존재하는 이 유성(遊星) 위에서 이상한 힘으로 나를 압도하는 그대 얼굴이여! 그래, 밤사이에 길에 내던져졌다가 나의 생활 속으로 굴러든 우연이여! 자고 있는 사이에 나의 살결 밑으로 기어들어 생각도 없이 나를 사로잡은, 물밀듯 밀려온 그대 감정이여! 내가 저항하고 있는 것밖에 모르면서 내가 저항을 포기할 때까지 내게 몸을 던지고는 사라지려고 하는 그대여! 그대에게 문안을 드리노라! 여기에 내가 서 있다. 또다시 여기에 서 있으리라고는 믿지 않으면서. 비가 나의 속옷을 적시며 흐르고 있다. 그대의 손이나 살결보다는 더욱 따뜻하고 상쾌하며 부드럽게 나의 옷 속으로 흐르고 있다. 여기에 나는 서 있다. 비참한 모습으로 위(胃) 속에 질투의 날카로운 발톱을 숨기고. 그대를 그리워하고, 그대를 멸시하며, 그대를 한탄하고, 그대를 사모하면서. 그대가 내게 불붙기 시작하는 번갯불을 던졌기 때문이다. 모든 자궁 속에서 휴식하고 있는 번갯불을, 생명의 불꽃을, 검은 불꽃을. 여기에 나는 서 있다. 그러나 이제는 형편없는 독설과 풍자와 약간의 용기를 가진, 휴식중에 있는 사자(死者)는 아니다. 아직은 차가워지지는 않았다. 다시 괴로워하고 있다고 해도 좋다. 그러나 다시 생명의 뇌우에 개방이 되고 그 소박한 힘 속에서 다시 태어났도다! 축복이 있을 지어다! 그대의 변덕스런 마돈나여, 루마니아어의 억양을 쓰는 니케여. 암흑의 신의 깨어진 거울이여, 예감 없는 여인이여! 그대에게 감사하노라! 나는 결코 다시는 너를 만나지 않으리라, 그대가 그것을 무자비하게 이용할 것이므로. 그러나 플라톤도, 모든 성좌(星座)도, 도주도, 자유도, 모든 시(詩)나 자비도, 절망이나 끈질긴 희망도 내게 줄 수 없던 것을 그대는 내게 주었다. 파국과 파국 사이에 범죄처럼 나타나는 단순하면서도 강렬하고 직접적인 생명을 그대는 내게 주었다! 감사할지어다! 그대에게 인사를 보내노라! 나는 그것을 알려면 그대를 버려야 했었다! 인사를 드리노라!

  비는 은빛의 하늘거리는 장막이 되어 버렸다. 술은 향기를 내뿜기 시작했다. 대지는 강렬하면서도 고마운 냄새를 풍겼다. 누군가가 맞은편 집에서 뛰어나와 누런색 자동차에다 덮개를 씌웠다. 누구인들 상관없다. 아무래도 좋다. 여기에 밤이 있어 성좌에서 비를 흔들어 떨어뜨리고 있다. 신비스런 열매를 맺으면서 비는 골목길과 정원들과 도시 위로 쏟아져 내린다. 수백만의 꽃들은 천태만상의 성(性)들을 비를 향해 내밀고는 비를 받는다. 비는 수백만의 펼쳐진 날개가 돋친 나뭇가지에 몸을 내맡기고 땅 속으로 스며들어 거기에서 기다리고 있는 수백만의 뿌리들과 혼인한다. 비, 밤, 자연, 성장, 그늘이 여기에 있다. 파괴, 죽음, 인, 거짓, 성자, 승리나 패배에는 아랑곳없이. 연년세세 그들은 여기에 있으며, 이 밤에는 그도 거기에 속해 있다. 벗겨진 껍질, 뻗어나온 생명, 생명, 생명. 경배하라! 축복을 받으라!

 그는 빠른 걸음으로 공원들과 거리들을 지나쳤다. 그는 뒤돌아보지 않았다. 그는 걷고 또 걸었다. 그리고 보아의 수관(樹冠)들이 윙윙거리는 거대한 벌집처럼 그를 맞이해 주었다. 비는 그들 위에 북치듯이 떨어지고 그들은 거기에 요동치며 대답했다. 그는 다시 젊어져서 난생 처음으로 계집이라도 찾아가는 기분이었다.

24

 "무엇으로 할까요?" 웨이터는 라비크에게 물었다.
 "저, 그것으로 한 잔."
 "무엇 말인데요?"
 라비크는 대답하지 않았다.
 "무슨 말씀인지 모르겠는데요." 웨이터는 다시 물었다.
 "아무거라도 좋아. 아무거나 가져와요."
 "페르노는 어떠실까요?"
 "좋아."
 라비크는 눈을 감았다가 다시 천천히 떴다. 사나이는 아직도 그곳에 앉아 있다. 이번에는 착각일 리가 없다.
 하아케는 출입구 옆에 있는 식탁에 앉아 혼자 식사를 하고 있었다. 새우를 둘로 썰어서 담은 은접시와 얼음에 채운 샴페인이 한 병 식탁 위에 놓였다. 웨이터가 식탁 곁에 서서 토마토가 섞인 푸른빛 샐러드를 버무리고 있었다. 라비크는 그것을 마치 눈 속의 망막에 아로새겨지기나 한 듯 너무나도 또렷하게 보았다. 그는 하아케가 얼음 그릇에서 샴페인 병을 집어들었을 때 붉은 보석에 문장(紋章)을 새긴 반지를 보았다. 그는 이 반지와 희고 오동통하게 살이 찐 손을 금방 알아보았다. 그는 고문대 곁에서 기절을 한 후에 다시 실신 상태에서 휘황한 불빛 속으로 내던져졌을 때 그 조직적인 광란 속에서도 그 손을 확실히 보았던 것이다—— 라비크의 정면에는 하아케가 있었다. 그는 끼얹는 물벼락에 흠잡을 데 없는 군복을 적시지 않으려고 조심스럽게 뒤로 물러나면서 그 통통하게 살찐 손을 내밀어 라비크를 가리키면서 부드러운 목소리로 말했었다.

"이건 시작에 불과해, 아무것도 아니란 말이야. 자, 어때? 이름을 댈 텐가? 그렇지 않으면 더 계속할 텐가? 얼마든지 수는 있으니까. 보아하니 아직 손톱은 멀쩡하군 그래."

하아케는 시선을 들었다. 그리고 라비크의 눈을 똑바로 보았다. 라비크는 그대로 가만히 앉아 있기만 하는데도 전신에 신경을 집중해야 했다. 그는 페르노 잔을 들어 한 모금 마시고는, 샐러드 만드는 법이 재미있다는 듯이 샐러드 접시를 눈알이 아프도록 쏘아보고 있었다. 하아케가 그를 알아보았는지는 알 수가 없었다. 그는 등줄기에 땀이 촉촉히 밴 것을 느낄 수가 있었다.

잠시 후에 그는 다시 그 식탁 쪽으로 슬그머니 눈길을 보냈다. 하아케는 새우를 먹으면서 접시를 들여다보고 있었다. 그의 벗겨진 대머리가 빛을 반사하고 있었다. 라비크는 사방을 둘러보았다. 식당은 온 대만원이었다. 어떤 수단도 쓸 수가 없다. 무기라곤 지닌 게 없었고, 설사 하아케에게 덤벼든다 하더라도 수많은 사람들이 자기를 이내 떼어놓고 말 것이다. 그리고 2분 후에는 경찰이 올 것이다. 기다렸다가 하아케의 뒤를 밟는 도리밖에 없다. 어디서 사는지 거처를 알아내야 한다.

그는 필요 이상으로 담배를 피웠다. 그리고 다 피우고 날 때까지는 하아케 쪽을 보지 않기로 했다. 천천히 마치 누구를 찾고 있는 듯 그는 사방을 둘러보았다. 하아케는 마침 새우를 다 먹고 난 후였다. 냅킨을 두 손으로 집어들고 입 언저리를 닦았다. 그는 한쪽 손으로가 아니라 두 손으로 닦았다. 냅킨을 단정하게 집어들고 가볍게 입술에다 대곤 했다. 처음에 한쪽 입술을 닦고 다음에 다른 쪽 입술을 마치 여자가 루즈를 닦아 내듯 닦고 있었다. 그러면서 그는 라비크를 똑바로 쳐다보았다.

라비크는 시선을 먼 데로 돌렸다. 그는 하아케가 아직도 자기를 쳐다보고 있다는 것을 느꼈다. 그는 웨이터를 불러서 페르노를 한 잔 더 주문했다. 다른 웨이터가 하아케의 식탁을 치우고 있었다. 먹다 남은 새우 찌꺼기를 치우고 빈 잔에다 술을 붓고는 치즈가 담긴 접시를 가져다 놓았다. 하아케는 스트로의 받침 위에 놓인 녹기 시작한 브리를 손으로 가리켰다.
　라비크는 담배를 또 한 대 피웠다. 잠시 후에 다시 그는 눈초리에 하아케의 시선을 느꼈다. 그것은 결코 우연한 시선은 아니다. 그는 피부가 오그라드는 것을 느꼈다. 만일 하아케가 알아챘다면……그는 지나가는 웨이터를 불렀다.
　"페로노를 밖으로 갖다 줄 수 없소? 테라스에 나가고 싶은데. 그쪽이 시원하거든."
　웨이터는 망설였다.
　"여기에 계산을 해주시면 간단하겠는데요. 밖에는 따로 웨이터가 있기 때문이죠. 그렇게 해주시면 잔을 밖으로 내다 드리겠습니다."
　라비크는 머리를 흔들고는 주머니에서 지폐를 한 장 꺼냈다.
　"이것은 여기서 마시고 밖에 나가서는 다시 주문을 하도록 하지. 그렇게 하면 헛갈리지 않을 테니."
　"좋습니다. 고맙습니다."
　라비크는 서두르지 않고 천천히 잔을 비웠다. 하아케가 엿듣고 있다는 사실을 그는 알고 있었다. 라비크가 말을 하는 동안 그 자는 먹던 일을 중단했다가 지금 다시 먹기 시작했던 것이다. 라비크는 잠시 그대로 앉아 있었다. 만일에 하아케가 눈치를 챘다면 방법은 한 가지밖에 없다. 자기 쪽에서는 하아케를 모르는 양 행동하면서 몸을 숨기고 계속 그를 감시해야만 한다.
　몇 분 후에는 밖에 놓인 식탁이 거의 다 만원이었다. 그는 일어서서 어슬렁어슬렁 밖으로 나왔다. 식탁은 거의 다 차서 라비크는 선 채로 기다리고 있었다. 드디어 그는 식당 안에서 하아케의 식탁을 바라볼 수 있는 좌석을 발견했다. 하아케 편에서는 그를 볼 수가 없었다. 그러나 라비크가 앉은 자리에서는 하아케가 일어나서 가려고 하면 보이게 되어 있다. 그는 페로노를 주문한 뒤 그 자리에서 계산을 했다. 즉석에서 뒤를 밟을 수 있게 해 두고 싶었기 때문이다.
　"라비크."
　누군가가 그의 곁에서 말을 건넸다.

그는 마치 누구에게 얻어맞은 듯 깜짝 놀랐다. 조앙이 그의 곁에 서 있었다. 그는 조앙을 멍하니 쳐다보았다.
"라비크" 하고 여자는 되풀이 말했다. "당신은 이젠 저를 알아보지도 못하시나요?"
"왜 알지."
그의 눈은 여전히 하아케의 식탁에 가 있었다. 웨이터가 거기 서 있다. 커피를 가져온 것이다. 그는 숨을 내리쉬었다. 아직 시간은 있다.
"조앙." 그는 간신히 말했다. "어떻게 여기까지 왔지?"
"묻는 말이 왜 그렇죠! 후케는 매일 오는 데잖아요?"
"혼잔가?"
"네."
그는 자기는 앉아 있는데 여자는 아직도 서 있다는 것을 깨달았다. 그는 하아케의 식탁을 계속 곁눈으로 바라볼 수 있도록 하면서 일어섰다.
"나는 여기 볼일이 있어, 조앙" 하고 그는 여자 쪽을 보지도 않고 조급하게 말했다. "무슨 일인지 설명을 할 수는 없어. 하지만 나를 혼자 있게 해줬으면 좋겠어."
"기다리고 있겠어요" 하고 조앙은 자리에 앉았다. "어떤 여잔지 구경을 할 테야."
"여자라니?" 하고 라비크는 물었다.
"당신이 기다리고 계신 여자 말이에요."
"여자가 아니야."
"그럼 누구란 말이에요?"
그는 그녀를 보았다.
"당신은 저를 알아보시지도 못했어요" 하고 여자는 말했다. "저를 쫓아 버리고 싶으시겠죠? 흥분하셨군요. 알겠어요. 누가 있군요. 누군지 저도 좀 구경을 하겠어요."
'5분' 하고 라비크는 생각했다. '커피를 마시는 데 혹시 10분이 걸릴지도 모르지. 하아케는 담배를 한 대 더 피울 테지. 여송연인지도 모르지. 그때까지는 조앙을 어떻게든 처리해야겠는데.'
"좋아" 하고 그는 말했다. "내가 그것까지 말릴 수야 없지. 하지만 어디 딴 자리에 가서 앉아 줘."

여자는 대꾸가 없었다. 눈은 날카로워지고 얼굴은 긴장했다.

"여자는 아니란 말이야" 하고 그는 거듭 말했다. "설사 여자라고 하더라도 당신과 무슨 상관이 있겠어? 자기는 배우 같은 작자하고 뛰어다니면서. 질투를 하다니, 어울리지 않는 짓은 그만둬요."

조앙은 대꾸를 하지 않았다. 그가 보고 있는 쪽으로 향해 라비크가 쳐다보는 사람이 누구인지 알고자 했다.

"보면 안 돼" 하고 그는 말했다.

"그 여자가 남자하고 함께 왔나요?"

갑자기 라비크는 주저했다. 자기가 앞서 테라스에 가서 앉겠다고 한 것을 하아케가 들었다. 만일 나를 알아챘다면 수상하다고 생각하고 내가 어디 있는지 보려고 할 것이다. 그렇다면 여기서 여자하고 함께 앉아 있는 편이 자연스럽게 보이고 악의가 없게 보일지 모른다.

"좋아, 여기 있어요. 당신의 생각은 착각이야. 이러다가도 나는 느닷없이 일어나서 가 버릴는지 몰라. 그러면 당신은 택시까지 함께 가 주고 거기서 헤어지는 거야. 그렇게 해주겠어?"

"왜 그런 수수께끼 같은 말씀을 하시지요?"

"수수께끼가 아니야. 오랫동안 만나려던 사나이가 여기에 와 있단 말야. 그 작자가 어디서 사는지 알고 싶을 뿐이야."

"여자가 아니란 말이에요?"

"여자가 아니야. 사내놈이야. 하지만 그 이상은 말할 수가 없어,"

웨이터가 식탁 옆에 와서 섰다.

"무엇을 들겠어?" 하고 라비크가 여자에게 물었다.

"칼바도스."

"칼바도스를 한 잔 주게." 웨이터는 발을 끌면서 가 버렸다.

"당신은 안 마시겠어요?"

"아니, 나는 이것을 마시고 있어."

조앙은 그를 살펴보았다.

"제가 가끔 당신을 얼마나 미워하는지 당신은 모르고 계시죠?"

"그럴지도 모르지."

라비크는 하아케의 식탁을 슬쩍 곁눈으로 더듬었다. '유리잔이다' 하고 그는 생각했다. 떨리고 넘치고 번쩍번쩍 빛나는 유리잔. 길, 테이블, 사람들 —— 모든 것이 젤리와 같이 떨리는 유리잔 속에 담겨 있는 것이다.
"당신은 냉정하고 이기주의고……."
"조앙." 라비크는 말했다. "그 이야기는 언제 다른 때에 하기로 하지."
여자는 웨이터가 유리잔을 자기 앞에 놓는 동안 잠자코 있었다. 라비크는 그 자리에서 계산을 했다.
"당신이 저를 이렇게 만들었지 뭐예요" 하고 끝내 여자는 대들듯이 말했다.
"알고 있어."
그 순간 하아케의 손이 테이블 위에 나타났다. 설탕을 집으려고 내민 회고 오동통한 손이다.
"당신 탓이에요! 당신은 한번도 저를 사랑한 적이 없었어요. 당신은 저를 노리개 감으로 삼았을 뿐이에요. 당신은 제가 당신을 사랑하고 있다는 것을 알고 있으면서도 그걸 진정으로 받아 주질 않았어요."
"당신 말이 옳아."
"뭐라구요?"
"당신 말이 옳다니까" 하고 라비크는 여자를 거들떠보지도 않고 말했다. "하지만 나중에는 달라졌지."
"그래요. 나중에는! 나중에 가서는! 그때는 벌써 모든 게 뒤죽박죽이 되었어요. 그때는 이미 늦었어요. 당신 탓이에요."
"알고 있어."
"그런 식으로 말하지 말라니까요!"
여자의 얼굴은 새파랗게 질리고 골이 나서 달아올랐다.
"당신은 제가 이야기하는 것을 듣고 있지도 않아요!"
"듣고 있어!"
그는 여자를 쳐다보았다. '말을 해라, 무엇이든 이야기해라. 아무 이야기라도 좋다.'
"당신의 배우 씨하고 싸움이라도 한 모양이군."
"그래요."
"그때 뿐이야."

구석에서 푸른 연기가 뿜어 나왔다. 웨이터가 또 커피를 따르고 있다. '하아케란 놈, 길게 끄는구나.'

"전, 거짓말도 할 수 있었어요" 하고 조앙은 말했다. "우연히 여기까지 왔다고도 할 수 있고요. 하지만 그게 아니었어요. 저는 당신을 찾고 있었던 거예요. 전 그 사람하고 헤어질 생각이에요."

"언제나 그런 기분이 될 수 있는 법이지. 그런 거야."

"전 그 사람이 무서워요. 저를 위협하거든요. 그 사람은 저를 쏘아 죽이겠데요."

"뭐라구?"

갑자기 라비크는 얼굴을 쳐들었다.

"지금 뭐라고 그랬지?"

"그 사람이 저를 쏘아 죽인다고 해요."

"누가?"

그는 여태까지 여자의 말을 반밖에는 듣고 있지 않았다. 그제야 겨우 알았다.

"응, 그래! 당신은 그런 말을 정말로 곧이듣고 있는 것은 아니겠지, 그렇지?"

"그 사람은 무척 신경질적이에요."

"어리석긴! 그런 말을 하는 녀석 쳐놓고 그런 짓은 절대로 안해요. 배우라면 더구나 그렇지."

'내가 무슨 소리를 하고 있는 것일까? 대체 이게 웬일이냐? 이 여자는 여기서 어쩌자는 거냐? 징징 귀가 울리고 누군가의 목소리, 누군가의 얼굴, 그것이 나와 무슨 상관이란 말이냐.'

"무엇하러 나한테 그런 말을 하는 거지?"

"저 그 사람하고 헤어질 작정이에요. 당신한테로 돌아가고 싶어요."

만일 그 놈이 택시를 탄다고 치면, 내가 차를 불러 세우기까지는 적어도 몇 초는 걸릴 것이다. 내가 탄 차가 움직이게 될 때면 이미 늦어 버릴지도 모른다. 그는 일어섰다.

"잠깐 기다려 줘. 곧 돌아올 테니."

"왜 그러시죠?"

그는 대꾸도 하지 않았다. 얼른 보도를 가로질러서 택시 한 대를 불러 세웠다.
"자, 10프랑이오. 몇 분 동안만 기다려 주겠지. 아직 안에 들어가 할 일이 남아서 그러니까."
운전사는 돈을 보고는 라비크를 쳐다보았다. 라비크는 윙크를 했다. 운전사는 윙크로 그것을 되받고는 지폐를 천천히 만지작거렸다.
"그건 팁이오" 하고 라비크는 말했다. "알겠지요, 그럼."
"알겠습니다." 운전사는 이를 드러내며 웃었다. "좋습니다. 여기서 기다리지요."
"곧 떠날 수 있도록 준비를 해 두시오."
"알겠습니다, 손님."
라비크는 붐비는 사람들을 헤치고 돌아왔다. 갑자기 목이 졸리는 것 같았다. 하아케가 문 옆에 서 있었다. 조앙이 뭐라고 말을 하고 있었지만 귀에 들어오지 않았다.
"기다려!" 하고 그는 말했다. "기다려! 곧 갈 테니까! 잠깐만!"
"싫어요."
여자는 일어섰다.
"당신은 후회하게 될 거예요!"
여자는 거의 흐느껴 울고 있었다. 그는 억지로 미소를 띠웠다. 그리고 여자의 손을 잡았다. 하아케는 아직도 그곳에 서 있었다.
"앉아요" 하고 라비크는 말했다. "잠깐만!"
"싫어요."
그가 잡고 있던 여자의 손이 움찔했다. 그는 손을 놓았다. 남의 눈을 끄는 짓은 하고 싶지 않았다. 여자는 입구 가까운 데 놓인 식탁 사이를 빠져서 빠른 걸음으로 가 버렸다. 하아케는 여자를 눈으로 뒤쫓았다. 그리고 천천히 라비크 쪽을 바라보다가 또 한번 조앙이 사라지는 쪽을 쳐다보았다.
라비크는 자리에 앉았다. 느닷없이 피가 관자놀이에서 정정 올렸다. 그는 지갑을 꺼내서 무엇을 찾고 있는 체했다. 하아케가 천천히 식탁 사이를 걸어오는 것을 눈치챘다. 그는 모르는 체하고, 그 반대쪽을 보고 있었다. 하아케는 그가 보고 있는 쪽으로 틀림없이 지나갈 것이다.

그는 기다렸다. 시간이 무한히 흘러간 듯 싶었다. 갑자기 심한 공포증이 그를 엄습했다. 만일에 하아케가 돌아서 가 버렸다면 어떻게 하지? 그는 재빨리 돌아다보았다. 하아케는 이미 그 자리에 없었다. 그 순간 모든 것이 빙빙 돌았다.

"실례지만" 하고 누군지 그의 곁에서 말을 걸어 왔다.

라비크는 듣지도 않았다. 그는 출입구 쪽을 보았다. 하아케는 실내로 들어간 것도 아니었다. 일어서야 한다, 붙잡아야지. 그 순간 등 뒤에서 또 소리가 났다. 그는 고개를 돌리고 두 눈을 의심했다. 하아케가 등 뒤에 와서 지금 그의 곁에 서 있는 것이다.

"실례합니다. 다른 데 빈 자리가 없어서."

라비크는 고개를 끄덕였다. 아무 말도 할 수가 없었다. 피가 머리에서 싸악 가셔 버렸다. 마치 의자 밑으로 쏟아져 내려 몸이 빈 자루처럼 된 것같이. 그는 등을 의자 등에 힘껏 기대어 보았다. 눈앞에는 아직도 유리잔이 놓여 있다. 우유 같은 액체, 그는 유리잔을 들어서 마셨다. 무겁다. 그는 잔을 보았다. 손 안에서 가만히 있다. 뛰고 있는 것은 혈관 속의 피였다.

하아케는 피느 샴페인을 주문했다. 오래 묵은 피느 샴페인이다. 그는 지독하게 독일 사투리가 섞인 프랑스 말을 했다. 라비크는 신문팔이 소년을 불렀다.

《파리 스와르》를 하나 줘."

신문팔이 소년은 출입구 쪽을 보았다. 다른 신문팔이 노파가 거기 서 있는 것을 알고 있었기 때문이다. 소년은 얼떨결에 그렇게 한 듯이 접은 신문을 라비크에게 내주고는 동전을 받아 들더니 쩝싸게 노파를 피해 사라져 버렸다.

'이놈이 나를 알아본 것이 확실하다. 그렇지 않으면 여기로 올 이유가 없다. 설마 이렇게 될 줄은 꿈에도 생각 못한 일이다. 이렇게 되면 하아케가 어떻게 나올 것인지 잠자코 있다가 거기에 따라 행동하는 도리밖에 없다.'

그는 신문을 집어 들고 제목만을 읽고서 다시 탁자 위에 놓았다. 하아케는 그를 쳐다보았다.

"좋은 저녁이군요" 하고 그 자는 독일어로 말했다.

라비크는 고개를 끄덕였다. 하아케는 가볍게 눈웃음을 쳤다.

"내 눈이 정확하지요. 어떻소?"

"그런 것 같군요."
"저 안에 있을 때부터 눈치를 채고 있었죠."
라비크는 정신을 바짝 차리면서도 전혀 내색을 않고 고개를 끄덕였다. 마음은 팽팽히 긴장하고 있었다. 하아케가 어떻게 할 생각인지를 알 길이 없었다. 라비크가 불법으로 프랑스에 와 있다는 것을 하아케는 알 리가 없다. 하지만 게슈타포라면 거기까지도 알고 있을는지 모른다. 그렇다고 하더라도 아직 시간은 있다.
"저는 선생님을 곧 알아보았습니다" 하고 하아케가 말했다.
라비크는 그를 올려다보았다.
"그 상처로 말이오" 하고 하아케는 말하고 라비크의 이마를 가리켰다. "학생 단원의 학생이시라고 생각했지요. 그러니까 독일분이 틀림없죠. 그렇지 않다면 독일서 공부하신 분임에 틀림없다고 생각했지요."
그는 웃었다. 라비크는 여전히 그를 지켜보고 있었다.
그런 일이 있을 수 있을까? 너무나도 어이없다! 순간 그는 안도의 한숨을 내쉬었다. 하아케는 그가 누군지 조금도 모르고 있는 것이다. 그의 이마의 상처를 결투 때문에 생긴 상처라고 생각하고 있는 것이다. 라비크는 웃었다. 하아케도 함께 웃었다. 손바닥에 손톱이 박히도록 주먹을 꼭 쥐고서야 간신히 웃음을 참을 수가 있었다.
"맞았지요?" 하아케는 자못 유쾌한 듯 자랑스럽게 말했다.
"네, 맞았습니다."
이마의 상처는, 그 상처는 게슈타포의 본부 지하실에서 하아케가 보고 있는 눈앞에서 두들겨 맞았을 때 생긴 것이다. 보고 있는 그의 눈과 입 속으로 피가 튀어 들어갔던 것이다. 그 하아케가 지금 여기 앉아서 그것을 결투의 상처로 잘못 생각하고 대견스러워하고 있다.
웨이터가 지금 하아케의 피느를 가져왔다. 하아케는 제법 술맛을 아는 척 코를 대고 냄새를 맡았다.
"이런 것을 여기서도 마실 수 있군요!" 하고 그는 말했다. "좋은 코냑인데요! 다른 것을 보면……."
그는 라비크에게 윙크를 했다.
"모조리 썩었어요. 금리 생활의 국민들이라 안전하고 편한 생활밖에는 생각하고 있지 않더군요. 우리를 이길 수는 도저히 없을 걸요."
　라비크는 무슨 말을 할 수가 없다고 생각했다. 섣불리 입이라도 열어 이야기를 한다고 해도 자기는 유리잔을 집어 들어 식탁에 대고 깨뜨려서 그 예리한 파편으로 하아케의 두 눈을 푹 찌르고 말 것이라는 생각이 들었다. 그는 조심스럽게 간신히 잔을 들어 마신 다음 조용히 잔을 내려놓았다.
　"그것은 무슨 술입니까?" 하고 하아케가 물었다.
　"페르노란 겁니다. 압생트의 대용품이지요."
　"아, 압생트 프랑스 사람을 무기력하게 만들고 있는 술이군요 안 그래요?" 하아케는 빙그레 웃었다. "아니, 실례했습니다. 개인적인 생각으로 말씀드린 것은 아닙니다."
　"압생트는 금지되어 있습니다" 하고 라비크는 말했다. "이것은 해독이 없는 대용품이지요. 압생트는 어린애를 못 낳게 된다고들 하지만 무기력하게는 하지 않아요. 그러니까 금지를 당하고 있지요. 이것은 아니스입니다. 감초수(甘草水) 같은 맛이 나지요."
　'일이 그럴 듯하게 되어 가는구나' 하고 그는 생각했다. 더구나 별로 흥분도 하지 않고 순조롭게 되어 가는구나 싶었다. 슬슬 막히지도 않고 대답할 수도 있었다. 그는 마음속 밑바닥에서는 으르렁거리고 시커먼 불덩이가 들끓어 오르고 있었지만 겉으로는 침착하게 보였다.
　"여기서 살고 계십니까?" 하고 하아케가 물었다.
　"그렇습니다."
　"오래전부터 여기서 사십니까?"
　"줄곧 살았지요."
　"그러세요" 하고 하아케는 말했다. "이국 태생의 독일인이란 말씀이군요. 여기서 출생하셨나요?"
　라비크는 고개를 끄덕였다.
　하아케는 피느를 마셨다.
　"우리들의 가장 훌륭한 인물들 중에도 외국 태생의 독일 사람이 많지요. 우리들의 총통 대리께서는 이집트 태생이구요. 로젠베르크는 러시아구요. 달레는 아르헨티나에서 왔지요. 요는 정치적인 신념이 문제입니다. 그렇지 않을까요?"

"바로 그렇습니다" 하고 라비크는 대답했다.
"그러실 줄 알았습니다."
하아케의 얼굴은 만족스러운 듯 훤해졌다. 그리고 탁자 너머로 슬쩍 고개를 숙여 보였다. 그와 동시에 탁자 밑에서 양발뒤꿈치를 찰깍 하고 맞부딪친 것 같았다.
"그런데, 실례지만, 저는 폰 하아케입니다."
라비크도 같은 예를 치렀다.
"호른입니다."
호른은 그가 전에 썼던 가명 중의 하나였다.
"폰 호른이라고 하시나요?" 하고 하아케는 물었다.
"그렇습니다."
하아케는 고개를 끄덕였다. 그리고 전보다는 더욱 정다운 체했다. 자기와 같은 계급의 사나이를 만났다고 생각하는 모양이다.
"파리는 잘 알고 계시겠군요? 그러실 테지요?"
"꽤 알고 있는 셈이지요."
"박물관 따위 말씀이 아니고요."
하아케는 제법 세상사에 능숙한 듯이 히죽 웃었다.
"말씀하시는 뜻을 알겠습니다."
'이 아리안 민족의 귀인(貴人)께서는 난봉을 좀 피우고 싶은 모양이신데, 어디로 가야 할지를 모르는구나. 어디 사람의 눈에 띄지 않는 구석진 곳으로, 외딴 요리집이나 동떨어진 색주가라도 끌고 갈 수만 있다면.' 그는 머릿속으로 분주하게 생각했다. '어디든 한적한 곳이든지 방해를 받지 않는 장소로 하면 좋을 텐데.'
"여기는 재미있는 곳이 얼마든지 있겠지요?" 하고 하아케는 되물었다.
"파리엔 오래 계시지 않았습니까?"
"일주일씩 걸러서 2, 3일씩 다녀갑니다. 일종의 감사 때문에 오는 거지요. 좀 중요한 일입니다. 작년 1년 동안 여기서 여러 가지를 조직했지요. 그것이 글쎄 거짓말처럼 척척 돼 나가는군요. 그것을 말씀드릴 수는 없지만요. 하지만……." 하아케는 웃었다. "여기서는 무엇이든 돈으로 살 수가 있으니까요. 모두 정신이 썩었어요. 우리가 알고 싶은 것은 거의 모조리 알아낼 수 있지요. 정보 같은 것을 일부러 찾아다닐 필요가 없을 정도예요. 저쪽에서 가지고 오거든요. 조직에 대한 배신 행위가 애국심의 일종이 되어 있으니까요. 정당 정치의 맹점이지요. 어떤 정당이고간에 자기들의 이익을 위해서는 다른 정당이나 나라라도 팔거든요. 덕택에 우리에겐 도움이 됩니다. 여기엔 우리들의 동지가 굉장히 많습니다. 모두들 요직에 있는 사람들이죠."

그는 유리잔을 손에 들고 훑어보고서 비어 있는 것을 알자 다시 내려놓았다.

"여기 작자들은 군비(軍備)조차 제대로 해 놓고 있지 않아요. 군비를 하지 않으면 우리가 아무런 요구도 하지 않을 것이라고 착각하고들 있어요. 만일 선생이 작자들의 비행기나 탱크의 숫자를 아신다면, 이 자살 희망자들의 어리석은 수작에 실소를 금하지 못하실 겁니다."

라비크는 가만히 듣고 있었다. 그는 주의력을 집중하고 있었다. 그런데도 마치 꿈을 꾸다가 깼을 때와도 같이, 주위의 모든 것이 빙글빙글 돌았다. 탁자도, 웨이터도, 기분좋은 밤거리의 시끄러움도, 줄지어 달려드는 자동차도, 지붕 위에 걸린 달도, 집집의 앞을 오색찬란하게 장식한 네온사인도, 그리고 자기의 인생을 망쳐 놓은, 자기 앞에 앉아 있는 잔소리 많은 살인자도. 찰싹 몸에 달라붙은 맞춤 옷차림을 한 여자 둘이 그들의 곁을 지나갔다. 여자들은 라비크에게 슬쩍 눈웃음을 쳐 보였다. 오시리스의 이베트와 마르뜨였다. 오늘은 둘 다 휴일인 모양이다.

"늘씬한데요. 놀랐는데요!" 하고 하아케는 말했다.

'골목이다' 하고 라비크는 생각했다. '비좁고 인기척이 드문 골목이다. 그 속으로 저 놈을 끌고 들어갈 수만 있다면. 그게 안 되면 숲 속이라도.'

"저들은 사랑을 팔아서 살아가는 여자들이지요" 하고 그는 말했다.

하아케는 두 여자의 뒤를 바라보았다.

"미인인데요. 선생은 그런 방면을 속속들이 알고 계신 모양이지요?"

그는 피느를 다시 주문했다.

"선생도 한 잔, 어떠세요?"

"아니, 감사합니다만, 저는 여기 이것으로 하겠습니다."

"여기에 기가 막힌 색주가가 있다고 하던데요. 연극 같은 것까지도 하는 신나는 집이 있다던데요."

하아케의 눈이 번쩍 하고 빛났다. 몇 년 전 그 게슈타포의 지하실, 차가운 광선 속에서 빛나던 것과 똑같이.

'그것을 생각해서는 안 된다. 지금은 안 돼.'

"아직 그런 데 가 보신 일이 한번도 없습니까?"

"두서너 군데 가 봤지요. 물론 견학차 말씀입니다. 대체 한 국민이 어디까지 타락할 수 있는 것인지 꼭 보아 두고 싶었던 것입니다. 물론 저로서도 조심해야 하니까요. 오해를 받기 쉽거든요."

라비크는 고개를 끄덕였다.

"그런 것은 조금도 걱정할 필요가 없습니다. 절대로 여행자는 오지 않는 집도 가끔 있으니까요."

"그런 데를 잘 아시나요?"

"물론, 잘 알지요."

하아케는 두 잔 째의 피느를 마셨다. 그리고 전보다도 더욱 정다운 체했다. 독일서 가졌을 제동기가 없어져 버린 것이다. '이 놈이 조금도 짐작을 못하는구나' 하고 라비크는 생각했다.

"저도 오늘쯤 한번 돌아볼까 생각하고 있던 참이었지요" 하고 그는 하아케에게 말했다.

"정말입니까?"

"그럼요 가끔 가지요 될 수 있는 한 알아 둘 수 있는 것은 알아 두어야 하니까."

"그렇지요. 정말 옳은 말씀입니다."

하아케는 잠시 그를 뚫어지게 쳐다보았다. '취하게 만드는 것이다. 그래가지고 어디로든지 끌고 가자.'

하아케의 표정이 달라져 있었다. 그는 취한 것이 아니라 다만 무엇인가를 생각하고 있었다.

"유감인데요." 이윽고 그는 말했다. "함께 갔으면 좋겠지만."

라비크는 대답을 안 했다. 하아케에게 의심을 줄 만한 일은 무엇이든 피하고 싶었던 것이다.

"전 오늘밤 베를린으로 돌아가야만 됩니다."

하아케는 제 시계를 들여다보았다.

"한 시간 반 후에는."

라비크는 침착했다. '나는 이 놈하고 같이 가야 한다' 하고 그는 생각했다. '이 놈은 틀림없이 호텔에 묵고 있을 것이다. 아파트는 아닐 게다. 함께 이놈의 방에까지 가서 거기서 끝장을 내야만 한다.'

"전 여기서 두 친구를 기다리고 있지요" 하고 하아케는 말했다. "이젠 올 때가 되었습니다. 함께 가는 거지요. 짐은 벌써 역에 가 있습니다. 저희들은 여기서 만나서 곧장 역으로 가게 됩니다."

'틀렸구나. 왜 권총을 가지고 있지 않았던가? 저의 일은 착각이었다고, 요즘엔 어째서 그렇게만 생각했었던가? 어리석기 짝이 없다. 길바닥에서 쏘아 죽이고, 지하철 입구로 도망칠 수도 있었을 것을.'

"유감천만이군요. 하지만 요 다음번엔 꼭 갈 수 있을 것입니다. 2주일 후엔 다시 돌아오니까요."

라비크는 다시 숨을 내쉬었다.

"좋습니다."

"어디 사십니까? 그럼 제가 전화를 한번 걸지요."

"프랑스 드 갈르입니다. 바로 저 건너 쪽이지요."

하아케는 수첩을 끄집어내서 주소를 기입했다. 라비크는 보들보들한 붉은 빛 러시아 가죽의 표지를 보았다. 연필은 가느다란 금제였다. '저 속에는 무엇이 적혀 있을까' 하고 그는 생각했다. '틀림없이 고문과 죽음으로 인도하는 정보일 것이다.'

하아케는 수첩을 호주머니에 집어넣었다.

"선생이 좀 전에 이야기를 주고받던 여자, 멋진 부인이던데요" 하고 그는 말했다.

라비크는 간신히 생각이 났다.

"아아, 네 — 그렇지요. 대단합니다."

"영화 관계자인가요?"

"그와 비슷한 부류지요."

"친한 사이신가요?"

"네, 그저 그렇습니다."

하아케는 생각에 잠긴 듯 똑바로 앞을 바라보고 있었다.

"여기서는 그것이 어렵단 말이에요. 예쁜 아가씨하고 친하기가 말씀이에요. 시간이 충분치 못한데다가 좋은 기회가 없고 해서 말입니다.”
"어떻게 잘 되겠지요" 하고 라비크는 말했다.
"정말인가요? 선생은 흥미가 없으십니까?"
"무엇 말입니까?"
하아케는 멋쩍은 듯 웃었다.
"가령 선생이 이야기를 주고받던 부인 같은 사람한테 말입니다."
"전혀 없는데요."
"그것 참, 그거 나쁘지 않군요! 그 여잔 프랑스 여잔가요?"
"이탈리아 여자지요. 게다가 여러 혼혈일 걸요."
하아케는 히죽 웃었다.
"나쁘지 않은데요. 물론 고향에선 안 되는 일이지만요. 그러나 여기에서는 몰래 하는 일이니까요. 어느 정도는 말씀이에요."
"그러신가요?" 하고 라비크는 물었다.
하아케는 그 순간 움찔했다. 그리고는 멋쩍게 눈웃음을 쳤다.
"그래요! 물론 친구들한테는 그렇지 않지만요. 그러나 그 밖에는 엄격하게 비밀을 지켜야죠. 그리고 잠시 생각이 났는데, 피난민들과는 무슨 연락이라도 있으신가요?"
"별로 없는데요."
라비크는 신중하게 대답했다.
"그거 서운하군요. 될 수만 있다면 무엇이든, 아시겠지요, 정보를 얻고 싶은데요. 돈은 언제든지 지불할 수 있게 되어 있습니다." 하아케는 손을 쳐들어 가로 저었다. "물론 선생의 경우는 문제가 안 됩니다만! 그렇다고 해도 아주 조그만 뉴스라도."
라비크는 하아케가 자기를 줄곧 뚫어지게 쳐다보고 있는 것을 느꼈다.
"어쩌면" 하고 라비크는 말을 이어 주었다. "혹시 모를 일이지요. 언제든지 그런 일이란 있을 수가 있으니까요."
하아케는 의자를 다가앉았다.
"제 일의 일부입니다. 내부에서 외부로의 연락이지요. 그것이 아주 어려운 때가 자주 생기지요. 여기엔 훌륭한 친구들이 있습니다." 그는 제법 의미 있게 눈썹을 추켜세웠다. "선생님과 저 사이는 물론 다릅니다. 명예의 문제니까요. 결국엔 조국 아닙니까?"

"물론이죠."

하아케는 얼굴을 들었다.

"저기 친구들이 왔군요."

그는 계산을 하고는 접시에다 지폐를 몇 장인지 놓았다.

"값이 언제나 접시에 적혀 있다니 편리한데요. 우리 나라도 그렇게 해봤으면 좋겠어요."

그는 일어나서 손을 내밀었다.

"그럼 안녕히, 폰 호른 선생. 만나뵈어서 퍽 유쾌했습니다. 2주일 후에 전화를 드리겠습니다."

그는 미소를 띠웠다.

"물론 슬쩍 말입니다."

"물론이죠. 잊지나 마십시오."

"전 절대로 잊어버리는 일이 없습니다. 얼굴도, 약속도 그렇구요. 잊어버릴 수가 없어요. 제 직업이 그러니까요."

라비크는 그의 앞에 섰다. 마치 맨손으로 시멘트의 벽이라도 뚫지 않으면 안 될 것 같은 기분이었다. 그리고 하아케의 손을 차기 손아귀에 느꼈다. 그것은 작고도 정말 놀랄 만큼 부드러웠다.

그는 결정을 못 내리고 그대로 서 있었다. 그저 하아케의 눈을 뒤로 쫓다가 는 다시 자리에 앉았다. 갑자기 몸이 부들부들 떨리기 시작했다. 잠시 후 계산을 하고 자리를 떴다. 그는 하아케가 가 버린 방향으로 걸어갔다. 그리고 하아케와 동행인 두 사람이 택시에 타는 것을 자기 눈으로 확인했다는 것이 기억에 떠올랐다. 차로 뒤를 쫓아가도 아무 소용이 없다. 하아케는 벌써 호텔에서 나온 후가 아니냐. 어디서든지 만약에 자기를 보게 되면 그야말로 수상쩍게 생각할 것이다. 그는 방향을 돌려서 앙떼르나쇼날로 걸어갔다.

"자넨 현명했었네" 하고 모로소프가 말했다.

두 사람은 카페의 문전에 앉아 있었다.

라비크는 오른쪽 손을 보았다. 몇 번이고 알콜로 씻어 냈다. 어리석다고 생각했지만 역시 씻지 않을 수가 없었다. 이젠 피부가 마치 양피지처럼 보송

보송 말라 있었다.
"무슨 일을 저질렀다면 그야말로 미친 수작이었지" 하고 모로소프는 말했다. "흉기 같은 것을 갖고 있지 않기가 다행이었지."
"그랬어."
라비크는 별로 확신도 없이 그렇게 대꾸했다. 모로소프는 그를 쳐다보았다.
"설마 살인이나 살인 미수로 재판을 받고 싶지는 않겠지? 그렇게 어리석지는 않겠지?"
라비크는 대답하지 않았다.
"라비크!"
모로소프는 병을 꽝 하고 탁자 위에다 놓았다.
"몽상가가 되면 안 돼?"
"놈은 사람이 아냐. 하지만 그런 기회를 놓친 것이 골수에 사무친다는 것을 자네는 몰라 주나? 두 시간만 빨랐더라도 그 놈을 어디로든지 끌어낼 수가 있었단 말일세. 그렇지 않더라도 어떻게든지 됐을 거야."
모로소프는 두 개의 잔을 가득 채웠다.
"이것을 마시게나! 보드카일세. 나중에라도 붙잡을 수가 있어."
"안 될지도 몰라."
"될 수 있어. 그 놈은 또 올 거야. 그런 놈은 돌아오는 법이거든. 그 놈은 완전히 자네 낚시에 걸린 거야. 건배!"
라비크는 잔을 비웠다.
"나는 지금이라도 곧 정거장에 가 볼 수가 있을 거야. 놈이 정말 떠나는가 보려고 말일세."
"물론이지. 그 자를 쏴 죽일 수도 있겠지. 최소한 20년 징역감이야. 아직도 그럴 생각인가?"
"그렇고말고. 그 놈이 떠나는 걸 지켜볼 수는 있을 거야."
"그랬다가 그 놈의 눈에 띄면 만사가 헛일이 되지."
"놈에게 어떤 호텔에 묵는가를 물어 봤어야 하는 건데."
"그래봤자 의심을 살 뿐이야."
모로소프는 다시 잔을 채웠다.
"이봐, 라비크. 자네는 지금 여기에 앉아서 모든 것을 그르쳤다고 믿고 있다는 것을 나는 알아. 그 생각을 집어치워! 자네 맘대로 하라구! 무엇이든 산산이 두드려 깨 보게나! 크고 그다지 값나가지 않는 물건으로 말일세! 앙떼르나쇼날의 종려나무 화분이라도."

"소용없어."

"그러면 지껄이게. 그 일에 지칠 때까지, 지껄여서 내뱉어 버리라구. 자네는 러시아인이 아니니 그걸 이해할 수가 없겠지만."

라비크는 몸을 일으켰다.

"보리스, 나는 알아. 쥐새끼는 없애야 하며 그것들과 물어 뜯기를 해서는 안 된다는 것을 말일세. 그러나 나는 그 일에 대해 지껄일 수가 없어. 난 곰곰이 생각해 보겠네. 어떻게 해치울 수가 있을까 하고 말이야. 수술을 하듯 그것을 준비하는 걸세. 거기에 습관이 되도록 할 걸세. 아직 2주일의 여유가 있어. 잘 됐어, 정말 잘 됐단 말일세. 침착하게 되도록 길들여질 걸세. 자네의 말이 옳아. 침착하고 신중하게 되려면 무언가 지껄일 필요가 있어. 그러나 사람은 녹초가 되도록 무슨 일을 생각함으로써 같은 결과에 도달할 수가 있다네. 증오에 말일세. 계획을 세워 냉철하게 생각하고 또 생각하는 거야. 놈이 다시 나타나면 이미 그것이 습관이 될 수 있을 정도로 자주 머리 속에서 그 놈을 죽이는 걸세. 수천 번을, 회수를 거듭할수록 점점 더 침착해지는 걸세. 그러면 이제부터 떠들어 보세. 허나 다른 것에 대해서 말일세. 저쪽의 흰 장미에 대해서도 좋고. 저걸 보게나! 이 무더운 밤에도 꽃들은 마치 흰 눈처럼 보이는군. 밤의 불안한 바다 기슭에서 부서지는 물안개 같기도 하고. 이제는 됐나?"

"아니." 모로소프가 말했다.

"좋아. 그렇다면 이 여름을 보게나, 1939년의 여름을. 유황 냄새가 나네. 장미꽃은 벌써 금년 여름에 공동 묘지에 쌓이게 될 눈 같아 보이는군. 그래도 우리들은 즐겁게 여기 모이지 않았는가. 불간섭의 세기여! 만세! 도의적 감정의 화석(化石)의 세기여! 오늘밤에도 많이 죽겠지, 보리스. 매일 밤마다! 많은 사람들이 죽고 도시들이 불타고 유태인들은 어디선가 울부짖고 체코 인들은 숲 속에서 죽어 넘어지고 중국인들은 일본인들의 휘발유에 타죽고 매맞아 죽는 자들은 강제 수용소에서 기어다니지. 그런데 한 놈의 살인자가 제거된다고 해서 우리가 감상에 젖는 여편네가 돼야 한다는 말인가? 우리는 놈을 잡아서 없애 버릴 걸세. 그뿐이지. 제복이 우리들과 다르다고 해서 너무나도 자주 무고한 인간들을 죽여 버렸듯이 말일세."

"좋아." 모로소프가 말했다. "적어도 조금은 나아졌네. 자네는 칼을 쓸 줄 아나? 비수는 소리를 내지 않거든."

"오늘은 그 일로 나를 괴롭히지 말게나. 우선 잠을 자야겠어. 이렇게 침착한 척하지만, 제기랄, 잠이 오는지 모르겠단 말이야! 이해하겠나?"

"알고 말고, 오늘밤에 나는 죽이고 또 죽일 걸세. 2주일 동안 자동 기계가 돼야 하거든. 문제는 시간을 어떻게 보내느냐가 중요하네. 처음으로 잠들 때까지의 시간을 말일세. 마셔 대는 것은 아무 소용이 없어. 주사도 역시 그렇고. 기진맥진해서 자야겠어. 다음날이면 잘 될 걸세. 알겠는가?"

모로소프는 잠시 조용하게 앉아 있었다.

"여자를 하나 불러 줄까?"

"그게 무슨 소용이 있겠는가?"

"다소는. 여자와 자는 것은 언제나 좋은 일이지. 조앙을 부르게, 그 여자는 올 거야."

"조앙, 그래, 아까도 그녀가 있었지, 뭐라고 자꾸 지껄였었는데……." 그는 그것을 이미 잊고 있었다.

"나는 러시아 사람이 아니야" 하고 라비크는 말했다. "그 밖에 다른 제안은 없는가! 간단한 것 말일세. 제일 간단한 걸로."

"이 친구야. 너무 복잡하게 생각하지 말아! 여자를 떼어버리는 것은 가끔 그 여자와 자 주는 걸세. 환상이 달라붙지 않도록. 누가 자연의 행위를 극화시키려 한단 말인가?"

"누가 그러는데?" 라비크가 말했다.

"그렇다면 전화를 걸어 주지. 전화를 걸어 어쨌든 이리 오도록 해주지. 내가 바지저고리 노릇하려고 문지기를 하는 건 아니니까."

"그만두게나. 여기에 있게나. 벌써 기분이 좋아졌어, 여기서 술이나 마시며 장미꽃이나 구경하세나. 기관총 세례를 받고 죽은 얼굴들이 달빛 속에서는 저렇게 보이거든. 스페인에 가서 한번 달을 보게나. 하늘은 파시스트들의 발명품이라고 그때 금속 노동자 파블로 노나스가 말한 적이 있었다네. 한 쪽 다리밖에는 없는 자였어. 다른 쪽 다리를 알콜에 담가서 보관해 두지 않았다고 그 자는 나를 원망했었지. 자기 몸의 4분의 1은 이미 땅 속에 파묻어 버린 듯이 생각했기 때문이지. 개들이 그걸 훔쳐서 먹어치운 것을 알지 못했다네……."

25

베베르가 붕대실로 들어왔다. 그가 라비크에게 눈짓을 해서 두 사람은 방에서 나왔다.

"듀랑한테서 전화가 왔어. 자네가 곧 자동차로 와 주었으면 좋겠다네. 무슨 특별한 사정이 있다고 하던데."

라비크는 그를 보았다.

"말하자면 그 영감이 수술을 잘못 해 놓고 그것을 내게다 밀어붙이겠다는 말이군."

"그런 것 같지는 않아. 흥분했던데. 아마 어떻게 해야 좋을지 모르는 것 같았어."

라비크는 머리를 저었다. 베베르는 입을 다물었다.

"도대체 내가 돌아온 것을 그 영감이 어떻게 알았을까?" 하고 라비크가 물었다.

베베르는 어깨를 으쓱했다.

"모르겠어. 아마 간호원에게서 알았겠지."

"어째서 비노한테 전화를 걸지 않았을까? 비노 같으면 훌륭하게 해낼 텐데."

"나도 그런 말을 했네. 헌데 그건 아주 까다로운 수술인데다 마침 자네의 전문이라고 하더군."

"쓸데없는 소리! 파리엔 어떤 전문 분야라도 훌륭한 의사가 얼마든지 있어. 왜 마르텔을 부르지 않나? 그는 세계에서 가장 우수한 외과의 중의 한 사람인데."

"자네는 그 이유를 모른단 말인가?"

"물론 알지. 그 영감은 동료한테 창피를 당하고 싶지 않은 거야. 그러나 숨어 다니는 피난민의 의사라면 문제가 다르단 말씀이지. 그런 친구는 입을 다물어야 할 판이니까."

베베르는 그를 쳐다보았다.

"급하단 말일세. 가겠나?"

라비크는 수술복의 끈을 잡았다.

"물론이지" 하고 그는 화가 난 듯 말했다. "어쩌겠나? 하지만, 자네가 같이 간다면 나도 가겠네."

"좋아, 내 차로 가세."

그들은 계단을 내려갔다. 베베르의 차는 병원 앞에서 태양빛을 받아 번쩍거렸다. 두 사람은 차를 탔다.

"난 자네가 입회해 준다는 조건이라면 수술을 해주겠네. 그렇지 않았다간 큰코 다칠 테니."

차는 달리기 시작했다.

"나는 여러 가지 기가 막힌 꼴을 보아 왔단 말일세" 하고 라비크는 말했다. "베를린에 있을 때, 조수로 일하던 젊은 의사를 알고 있었어. 그 자는 훌륭한 외과의사가 될 온갖 소질을 갖추고 있었어, 그런데 그 친구의 교수가 술이 거나해 가지고 수술을 했는데 잘못 잘랐더란 말일세. 그런데 아무 소리 안하고는 뒷수습을 조수에게 시켰단 말이야. 조수는 아무것도 몰랐지. 반시간이 지나자 그 교수는 야단을 치면서 잘못 자른 책임을 그 젊은 의사에게 뒤집어 씌웠단 말일세. 환자는 수술중에 죽어 버렸고, 그 젊은 의사도 다음 날 그 뒤를 따랐다네. 자살을 한 거야. 교수는 지금도 여전히 수술을 하고, 여전히 마셔 댔어."

두 사람은 마르스와 가에서 차를 세웠다. 트럭의 행렬이 갈릴레이 가를 덜거덩거리며 달려가고 있었다. 뜨거운 태양이 차창으로부터 들어왔다. 베베르는 스위치를 눌렀다. 차의 지붕이 서서히 뒤로 열렸다. 그는 자랑스러운 듯 라비크를 쳐다보았다.

"근자에 새로 장치를 했거든. 자동식이야. 대단하지! 인간이란 무엇이든 생각해 낸단 말이야!"

열린 지붕으로부터 바람이 불어 들어왔다. 라비크는 고개를 끄덕였다.

"그렇군. 대단하고말고. 최신 발명은 자기 기뢰(磁氣機雷)와 어뢰야. 어제 어디서 읽어 봤다네. 목표에서 벗어나기만 하면 커브를 틀어서 방향을 바꾸어 명중할 때까지 목표를 쫓아간다는 걸세. 인간이란 정말 놀랄 만큼 우화적이면서도 구체적인 동물이거든."

베베르는 뻘겋게 달아오른 얼굴로 그를 쳐다보았다.

"또 전쟁 이야기군. 라비크! 전쟁이라니, 우리들은 달세계만큼이나 전쟁에서 멀리 떨어져 있는데. 전쟁에 대한 얘기란 정치적 압력을 주려는 전술에 불과하다네. 아무것도 아니야. 정말일세."

피부는 푸른 진주조개빛이었고 얼굴은 잿빛처럼 창백했다. 수술 등(燈)의 흰 불빛을 받아 숱이 많은 황금빛의 붉은 머리가 펄럭이는 듯했다. 창백한 얼굴에 비하면 그 머리칼은 거의 음탕할 정도로 보일 만큼 강렬한 빛으로 타올랐다. 그것만이 오직 살아서 번쩍번쩍 빛나며 부르짖고 있었다. 마치 생명은 이미 육체를 떠났는데 오직 머리에만 그것이 엉겨붙은 듯했다.

누워 있는 젊은 여자는 무척이나 아름다웠다. 날씬하게 키가 크고 깊은 혼수 상태에서 오는 그늘조차도 그 아름다운 빛을 조금도 상하게 할 수가 없는 얼굴이었다. 사치와 사랑을 위해 만들어진 여자.

여자는 조금밖에 출혈을 하지 않았다. 너무나 적은 양이었다.

"자궁을 절개하셨군요?" 하고 라비크는 듀랑을 보고 말했다.

"그랬소."

"그래서요?"

듀랑은 대답을 하지 않았다. 라비크는 얼굴을 들어 쳐다보았다. 듀랑은 그를 뚫어지게 쳐다보았다.

"좋아요" 하고 라비크는 말했다. "간호원은 필요가 없을 것 같군요. 의사가 셋이나 있으니까, 충분하군요."

듀랑이 눈짓을 하며 고개를 끄덕이자 간호원과 조수는 방에서 나갔다.

"그래서요?" 하고 모두 나가 버리자 라비크가 물었다.

"당신이 보는 대로요."

"못 봤는데요."

라비크는 벌써 보고 있었으나 베베르 앞에서 듀랑에게 말을 시키고 싶었다. 그것이 안전하다.

"임신 3개월. 출혈. 긁어 낼 필요 있음. 소파 수술. 자궁 내벽에 상처가 생긴 듯한데."

"그래서요?" 하고 라비크가 물었다.

그는 듀랑의 얼굴을 뚫어지게 쳐다보았다. 그 얼굴은 어쩔 수 없다는 증오로 가득했다. '저 자는 나를 여전히 미워하는군' 하고 그는 생각했다. '더구나 베베르가 옆에서 듣고 있으니.'

"천공(穿孔)이 생겼어" 하고 듀랑이 말했다.

"천공기로 그랬군요?"

"물론이지" 하고 듀랑이 잠시 틈을 두었다가 말했다. "그렇지 않으면 뭘로 한단 말인가?"

출혈은 완전하게 멎었다. 라비크는 잠자코 조사를 하다가 이윽고 몸을 일으켰다.

"당신은 천공을 만들었는데 그것을 몰랐습니다. 구멍이 뚫렸을 때 장이 그 구멍으로 끌려나왔어요. 당신은 그것이 무엇인지 몰랐습니다. 아마 태아의 막의 일부일 거라고 생각했겠지요. 그래서 그것을 긁어냈고 거기에 상처가 생긴 거요. 맞습니까?"

갑자기 듀랑의 이마가 구슬땀으로 뒤덮였다. 마스크로 덮인 턱수염이, 무엇인지 입에 잔뜩 물고 있는 듯 움직였다.

"그렇다고도 할 수 있겠지."

"수술 시작하고서 얼마나 걸렸지요?"

"자네가 오기 전까지 합쳐 전부 45분 걸렸어."

"내출혈에다 소장에 상처, 패혈증의 위험성이 큽니다. 장을 봉합하고, 자궁을 떼어 내야겠습니다. 얼른 시작하시오."

"뭐라구?" 듀랑은 되물었다.

"당신 자신이 알고 있을 텐데요" 하고 라비크는 대꾸했다.

"그래, 알고 있어. 나 대신 수술을 좀 해주게나."

"안 됩니다. 아시다시피 저는 불법적으로 프랑스에 체류하는 몸이라 수술을 할 수가 없습니다."

"자네는" 하고 듀랑은 말을 하려다 말고 입을 다물었다.

엉터리 의사, 공부를 하다 만 의학생, 맛사지사, 조수, 그런 치들이 모두

가 독일의 의사들이라고 듀랑이 르발에게 떠들던 소리를 라비크는 잊지 않았었다.
"르발 씨가 제게 그렇게 설명을 해주더군요. 제가 추방당하기 전에 말이오" 하고 그는 말했다.
그는 베베르가 머리를 치켜드는 것을 보았다. 듀랑은 대답을 하지 않았다.
"베베르 박사가 당신 대신에 할 수 있을 겁니다" 하고 라비크는 말했다.
"자네는 지금까지 벌써 여러 번이나 내 대신 해주지 않았나. 만일 돈이 문제라면!"
"돈 같은 것은 아무래도 좋습니다. 저는 돌아온 다음부터는 수술은 하지 않았습니다. 더구나 이런 수술은 환자가 동의하지 않는 한은 절대로 할 수 없지요."
듀랑이 그를 쏘아보았다.
"환자에게 그 말을 물어 보려고 마취를 깨울 수는 없지."
듀랑의 얼굴은 땀에 젖었고 베베르는 라비크 쪽을 보았다. 라비크는 고개를 끄덕였다.
"간호원은 믿을 수 있나?" 하고 베베르가 듀랑에게 물었다.
"믿어도 좋아."
"조수는 필요 없어" 하고 베베르가 라비크를 보며 말했다. "의사가 셋에다 간호원이 둘이나 있으니까."
"라비크" 하다가 듀랑은 입을 다물었다.
"당신은 비노를 불렀더라면 좋았을 걸 그랬습니다" 하고 라비크는 설명했다. "바론을 부르든가, 마르텔이라도 좋았을 텐데요. 모두들 일급 외과의니까요."
듀랑은 대답이 없었다.
"당신은 베베르가 있는 데서 천공을 만들었다는 사실과 장관(腸管)을 태아막으로 잘못 알아 거기다 상처를 입혔다는 점을 시인할 수 있습니까?"
잠시 시간이 흘렀다.
"좋아." 이윽고 듀랑은 쉰 목소리로 말했다.
"그리고 또 당신은 베베르 씨에게 마침 동석중인 저를 조수로 삼아 자궁절개와 장 절제 수술과 접합 수술을 해 달라고 부탁했다고 할 수가 있겠습니까?"

"그렇게 하지."

"당신은 수술과 그 결과에 대해서, 또한 환자 자신은 그 사실을 알지도 못했고, 동의도 없었다는 사실에 대해서 모든 책임을 지겠습니까?"

"물론이지." 듀랑은 쉰 목소리로 말했다.

"좋습니다. 간호원을 불러 주십시오. 조수는 필요 없습니다. 조수에게는, 특별히 까다로운 경우여서 저와 베베르로 하여금 당신을 도울 허가를 주었노라고 말해 두십시오. 전부터 그런 약속이 있었다든지 하여간 뭐라고 해 두십시오. 마취는 당신이 직접 하십시오. 간호원은 다시 한 번 소독을 해야 할 필요가 있을까요?"

"그럴 필요는 없어. 간호원은 안심이야. 아무것도 만진 일이 없으니까."

"좋습니다."

복부는 절개되어 있었다. 라비크는 조심스럽게 자궁에 난 구멍으로 장관(腸管)을 끄집어 내어 상처 입은 곳이 나타날 때까지 조금씩 소독한 붕대로 싸서 패혈증을 피하는 데 만전을 기했다. 그런 다음 자궁을 완전하게 붕대로 싸 버렸다.

"자궁 외 임신이야" 하고 그는 베베르에게 소곤거렸다. "여기를 봐요. 반은 자궁 속에 있고 반은 관 속에 들었어. 이런 판이니 저 양반을 너무 탓할 수도 없군. 정말 희귀한 케이스야. 그렇지만……."

"뭐라구?" 듀랑이 수술대의 머리맡에 둘러친 시트 뒤에서 물었다. "무슨 말이지?"

"아무것도 아닙니다."

라비크는 장을 집어서 잘라 낸 다음 얼른 봉합을 했다.

그는 수술에서 긴장감을 느껴 듀랑의 일은 잊고 말았다. 그는 자궁관과 혈관을 붙잡아 매놓고 자궁관의 끝을 잘라 냈다. 그 다음 자궁을 도려내기 시작했다. '왜 더 이상 출혈이 없을까? 이런 것들이 심장보다도 출혈을 덜하는 건 왜 그럴까? 생명의 기적과 생명의 전수 능력을 잘라내 버리는 판인데도.'

지금 여기 누워 있는 이 아름다운 인간은 이제는 이미 죽어 버린 것이다. 비록 앞으로도 살아 나가기는 하겠지만, 그래도 죽어 버린 것이다. 줄줄이 이어 나가는 세대(世代)라는 나무에 남게 된, 하나의 죽은 나뭇가지다. 꽃은 피었으나 열매의 비밀은 없는, 석탄으로 화한 원시림에서 나온 거대한 원인류(猿人類)들은 몇천 대의 세대를 거듭해서 싸워 나왔고, 이집트인은 신전을 만들었고, 그리스인은 번영했었다. 그리고 핏줄기는 앞으로 앞으로 연결되어 끝내는 지금 여기에서 불임의 여인이 되어 누워 있는 이 인간을 창조한 것이다. 속 빈 이삭과 같이 열매를 맺을 힘도, 피를 아들에게나 딸에게도 줄 수 없는, 생산 못하는 여자가 듀랑의 졸렬한 솜씨로 사슬은 끊어지고 작용은 멈춘 게 아닌가. 그런데 그리스와 르네상스는 그를 위해 꽃을 피웠고, 그의 괴상하고 뾰족한 턱수염을 만들어 내지 알았던가?

"구역질이 나는군!" 라비크가 말했다.

"무엇이?" 베베르가 되물었다.

"모든 것이 말이야."

라비크는 몸을 폈다.

"끝났네."

그리고 그는 마취대 뒤에 있는, 눈부신 머리에 창백하고 귀여운 얼굴을 보았다. 그는 그릇 속을 들여다보았다. 그 속에는 여자의 얼굴을 그렇게도 아름답게 만들었던 것이 피투성이가 되어 담겨져 있었다. 그런 다음 그는 듀랑을 바라보았다.

"끝났습니다." 그는 다시 한 번 그 말을 되풀이했다.

듀랑은 마취를 중단했다. 그는 라비크를 쳐다보지 않았다. 간호원들이 수술대를 수술실 밖으로 밀고 나가는 것을 기다렸다가 잠자코 그 뒤를 따라 나갔다.

"내일이 되면 저 영감은 저 여자에게 목숨을 건져 주었다고 할 테지" 하고 라비크는 말했다. "그리고 5천 프랑을 더 달라겠지."

"지금은 그렇게는 보이지 않는군."

"하루는 길단 말일세. 그리고 후회는 짧고. 더구나 장사가 된다고 여겨질 때는."

라비크는 손을 씻었다. 세면대 곁에 있는 유리창 너머로 건넛집의 창이 보였고 그 창문턱의 화분에는 붉은 제라늄 꽃이 피어 있고, 꽃 아래에는 회색 고양이가 한 마리 앉아 있었다.

라비크는 그날밤 한 시에 듀랑의 병원으로 전화를 걸었다. 야근을 하던 간호원이 그 여자는 잠들었다고 말했다. 두 시간쯤 전에는 안정이 안 되었는데 베베르 씨가 와 있다가 가벼운 수면제를 주었다는 것이었다. 만사가 순조로운 것 같았다.

라비크는 전화 박스의 문을 열고 나왔다. 강한 향수 냄새가 코를 찔렀다. 탈색한 누런 머리의 여자가 거만하고 도전적인 태도로, 옷자락을 살랑이며 화장실로 들어갔다. 병원에 누워 있는 여자는 진짜 금발이었다. 눈부실 지경으로 번쩍이는 붉은색이 도는 금발! 그는 담배에 불을 붙여 물고 세헤라자드로 돌아왔다. 그곳에서는 언제나 다름없이 러시아 합창단이 〈검은 눈동자〉를 부르고 있었다. '20년 동안이나 그 노래가 계속되면 비극도 익살맞게 될 위험성이 있겠구나' 하고 라비크는 생각했다. '비극은 짧아야 되겠지.

"미안했어" 하고 그는 케이트 헤이그슈트렘에게 말했다. "전화를 걸어야 했거든."

"모두 잘 된 거예요?"

"아직까지는 괜찮아."

'왜 그녀가 그런 것을 묻는 것일까' 하고 그는 얼떨떨하게 생각했다. '이 여자 자신도 모든 게 잘 되어 간다고는 할 수 없는 판에.'

"당신은 여기서 바라던 것을 찾았소?" 하고 그는 보드카 술병을 가리키며 말했다.

"아니오."

"아니오라니?"

케이트 헤이그슈트렘은 머리를 저었다.

"여름이라서 그렇겠지. 여름철에 나이트클럽에 앉아 있겠다는 사람이 있을라구. 여름에는 테라스에 앉아 있어야지. 나무 곁에 말이야. 설사 말라 비틀어진 나무라도 좋고, 철책을 둘러 놓은 나무라도 말이야. 나라면 그렇게 하잖어."

그가 눈을 들자, 바로 조앙의 눈길과 마주쳤다. 그가 전화를 거는 동안에 그녀가 온 것 같았다. 그때까지는 거기 앉아 있지 않았었다. 그 여자는 건너편 구석에 앉아 있었다.

"어디 다른 데로 가고 싶지 않아?" 하고 그는 케이트 헤이그슈트렘에게 물었다.
 여자는 고개를 저었다.
 "아뇨. 당신은? 어디 말라 비틀어진 나무 곁으로라도 가고 싶어요?"
 "그런 곳이라면 보드카도 폐병장이 같기가 일쑤지. 이건 좋은데."
 합창단은 노래를 그쳤다. 음악이 바뀌었다. 오케스트라는 블루스를 연주하기 시작했다. 조앙은 일어나 댄스홀 쪽으로 가 버렸다. 라비크에겐 그 여자의 모습이 잘 보이지가 않았다. 춤의 상대는 누구인지 알 수가 없었다. 스포트라이트가 창백한 푸른빛을 띠고 댄스홀을 스치고 지나갈 때만이 여자의 모습이 불빛 속에 나타났다가는 이내 어둠 속으로 사라지곤 했다.
 "오늘 수술이 있었어요?" 하고 케이트 헤이그슈트렘이 물었다.
 "그랬어."
 "수술을 하고 난 다음에 밤의 나이트클럽에 앉아 있으면 기분이 어때요? 전쟁 마당에서 시내에 돌아온 기분인가요? 그렇지 않으면 중병을 앓다가 겨우 목숨을 건진 기분인가요?"
 "늘 그런 것은 아니야. 가끔 텅 빈 느낌일 뿐이지."
 조앙의 두 눈이 희미한 불빛이 스쳐갈 때 투명하게 빛나 보였다. 그녀가 자기 쪽을 건너다보고 있었다. '저건 움직이는 심장은 아니군.' 라비크는 생각했다. '그건 위(胃)다. 태양계의 충격이다. 그것을 주제로 해서 수천 편의 시(詩)가 씌어졌다. 그리고 충격은 너에게서 살짝 땀을 흘리며 춤추는 예쁜 고기덩이인 너에게서 오는 것은 아니다. 그것은 나의 뇌수의 암실에서 온다. 네가 거기서 불빛을 스칠 때마다 충격이 더해지는 것은 오직 우연히도 풀어진 연결 때문일 뿐이다.'
 "저 여자, 전에 여기서 노래 부르던 여자지요?" 하고 헤이그슈트렘이 물었다.
 "그래요."
 "이제는 그만두었나요?"
 "그런 것 같아."
 "예쁜데요."
 "그래?"
 "그래요. 아름답다는 말 이상이에요. 생명이 활짝 열려져 있는 얼굴이에요."

"그럴지도 모르지."
 케이트 헤이그슈트렘은 눈초리를 가늘게 뜨고는 라비크를 자세히 관찰했다. 그녀는 미소를 지었다. 금방이라도 눈물로 변해 버릴 것 같은 미소였다.
 "보드카 한 잔 더 주세요. 그리고 그만 가기로 해요" 하고 그녀는 말했다.
 라비크는 자리에서 일어나면서 조앙의 눈초리를 느꼈다. 그는 케이트의 팔을 잡았다. 그럴 필요는 없었다. 여자는 혼자서 걸을 수가 있었다. 그러나 조앙이 이꼴을 본다면 약이 오르리라는 것을 그는 알고 있었다.
 "저의 소원을 한 가지 들어 주시겠어요?" 하고 두 사람이 랑카스테르에 있는 여자의 방으로 돌아오자 케이트가 물었다.
 "물론이지. 할 수 있는 일이라면."
 "저와 함께 몽폴의 댄스 파티에 가 주시겠어요?"
 "어떤 건데, 케이트. 처음 듣는 이야긴데."
 여자는 소파에 앉았다. 그 소파는 여자에게는 너무 커서 여자는 더욱 초췌해 보였다. 마치 중국 무희의 인형처럼 눈 위의 피부가 전보다도 더욱 팽팽해 보였다.
 "몽폴의 무도회는 여름철 파리에서 열리게 되어 있는 사교 모임인데, 루이 몽폴의 저택에서 열려요. 당신에게는 별로 흥미가 없겠지요?"
 "흥미 없는데."
 "같이 가 주시겠어요?"
 "대체 내가 가도 되는 곳이오?"
 "당신의 초대장은 제가 마련하겠어요."
 라비크는 여자를 뚫어지게 쳐다보았다.
 "왜 그러지, 케이트?"
 "가고 싶어서 그래요. 혼자는 싫거든요."
 "나 아니면 다른 사람이 없소?"
 "그래요. 전에 알던 사람하고는 누구든 함께 가고 싶지가 않아요. 그 사람들은 이젠 질색이에요. 아시겠어요?"
 "알겠어."
 "해마다 파리에서 열리는 제일 마지막의 가장 멋진 무회예요. 지나간 4년 동안 저는 매번 갔었어요. 저의 소원을 꼭 들어 주시겠어요?"

라비크는 여자가 왜 자기와 함께 가자고 하는 이유를 알고 있었다. 그렇게 하는 것이 그녀에게는 안심이 되는 모양이었다. 그는 거절할 수가 없었다.

"좋아요. 케이트. 내게 일부러 초대장을 보낼 필요는 없어요. 당신이 누구를 데리고 간다는 것을 그쪽에서 알고 있으면 되겠지. 함께 가겠어."

여자는 고개를 끄덕였다.

"물론 그래요. 고마워요. 라비크. 내일 소피 몽폴에게 전화를 걸어 두겠어요."

그는 일어섰다.

"그럼 금요일에 데리러 오겠어. 어떤 옷을 입고 가겠어?"

여자는 그를 쳐다보았다. 불빛이 그녀의 빽빽한 머리칼에 반짝거리며 반사되고 있었다. 도마뱀의 대가리 같다고 라비크는 생각했다. 가느스름하고 건조하며 딱딱하고 살이 붙지 않은 우아한 완전성, 건강으로써는 미칠 수 없는 완전성이었다.

"그 말을 아직 안 했군요" 하고 여자는 잠시 망설이다가 말을 했다. "가장무도회예요. 라비크. 루이 14세의 궁전에서 열리는 무도회란 말이에요."

"뭐라구? 놀랐는데!"

라비크는 다시 자리에 앉았다.

케이트 헤이그슈트렘은 소리를 내어 웃었다. 갑자기 어린아이 같은 툭 터놓은 웃음소리였다.

"저기 오래 묵은 코냑이 있어요. 드시겠어요?"

라비크는 머리를 저었다.

"어떻게 사람들이 그런 굉장한 것을 생각해 냈을까?"

"매년 그와 비슷한 것을 해요."

"그렇다면 나도……."

"제가 모두 마련하겠어요" 하고 여자가 그의 말을 가로막았다. "당신은 아무 걱정 안해도 돼요. 의상은 제가 준비해 두겠어요. 간단한 걸로 할 테니 입어 보실 필요도 없어요. 치수나 가르쳐 주시면 돼요."

"이렇게 되면 저 코냑이 필요하겠는데" 하고 라비크가 말하자 케이트가 병을 그에게로 밀어 놓았다.

"이제 와서 못 간다고 하면 싫어요."

그는 코냑을 마셨다. 그는 생각했다. '하아케가 파리에 돌아오자면 아직도 12일이 남았다. 남은 12일을 어떻게 보내야 할까. 나의 생애는 이제 12일밖에는 없다. 그 다음 일은 생각조차 할 수도 없다. 12일 —— 그 다음은 심연이 입을 벌리고 있을 뿐이다. 무슨 짓을 해서 시간을 보내든 문제가 아니다. 가장 무도회, 어차피 불안정한 2주일인데 그거야말로 그로테스크한 게 아닐까?'
"좋아, 케이트."

그는 다시 듀랑의 병원으로 갔다. 붉은색이 도는 금발머리의 여자는 자고 있었다. 이마에는 구슬땀이 잔뜩 흘렀고 얼굴은 화색을 도로 찾았으며 입은 반쯤 벌린 채였다.
"열은?" 하고 그는 간호원에게 물었다.
"37도 8분이에요."
"됐어" 하며 그는 축축한 얼굴 위로 몸을 굽혔다.
여자의 숨결이 느껴졌다. 여자의 숨결에서 에테르 냄새가 가셔져 있었다. 백리향처럼 시원한 숨결이었다. 백리향 —— 그렇다. 슈바르츠발트의 산 속에 있는 목장을 기어오를 때 아래쪽에서 쫓아오는 자들의 부르는 소리와 취해버릴 것만 같았던 그 백리향의 냄새가 기억났다. 이상한 일이다. 모조리 잊어버리고 말았는데, 아직도 풀 냄새만은 기억에 남아 있다. 20년 후라도 그 냄새는 먼지에 뒤덮인 기억의 주름 속에서, 슈바르츠발트를 헤매던 그날의 광경을 마치 어제의 일처럼 생생히 드러내 줄 것 같았다. 20년 후가 아니라 12일 후에.
그는 무더운 거리를 걸어서 호텔로 돌아갔다. 그럭저럭 세 시가 넘었다. 그는 계단을 올라갔다. 문 앞에 흰 봉투가 놓여 있었다. 그는 그것을 집어들었다. 그에게로 온 것이었다. 그런데 우표도 스탬프도 찍히지 않았다. '조앙이로구나' 하고 생각하며 그는 뜯어보았다. 수표가 한 장 떨어졌다. 듀랑에게서 온 것이었다. 라비크는 별 관심도 없이 액면을 보았다. 그리고는 다시 한 번 들여다보았다. 믿을 수가 없었다. 언제나처럼 2백 프랑이 아니라 2천이었다. '정말 혼이 났던 게로군. 듀랑이 자진해서 2천 프랑을 내놓다니. 세계 제8의 기적이 아닐 수 없다.'

그는 수표를 수첩 사이에 끼워 두고 책을 한아름 침대 곁에 놓인 탁자에다 놓았다. 잠이 안 올 때 읽으려고 이틀 전에 사 두었던 책이었다. 책이란 이상한 물건이다. 그에게는 책이 점점 중요한 것이 되어 갔다. 책이 비록 모든 것을 대신할 수는 없지만, 그러나 다른 것으로는 도저히 도달할 수 없는 곳까지 이르게 했다. 처음에 2, 3년간은 그는 책에는 조금도 손을 대지 않았었다. 실제로 일어난 일에 비하면 책 같은 것은 아무런 생명도 없었기 때문이다. 그것이 이제는 하나의 벽이 되어 주는 것이었다. 설사 보호는 못해 준다고 하더라도 적어도 그것에 기댈 수는 있다. 별로 도움을 주지는 못하지만 책은 어둠을 향하여 곧장 역행하고 있는 이런 시대에서 최후의 절망으로부터 그를 보호해 주었다. 그것으로 충분하다. 일찍이 숭앙되었던 사상이 지금에 와서는 멸시와 조롱을 당하고 있지만 그런 사상은 여전하게 생각되었으며, 앞으로도 언제까지든 살아 있을 것이다. 그리고 그것으로 충분하다.

그가 책을 읽기 시작하기도 전에 전화가 울렸다. 그는 수화기를 집어들지 않았다. 전화는 한참이나 울리다가 몇 분 후에 끝나 버렸다. 그제야 그는 수화기를 들어 어디서 걸려 온 전화냐고 관리인에게 물어 보았다.

"이름은 대지 않았어요" 하고 그가 대답했다. 관리인이 무엇을 먹고 있는 소리를 들었다.

"여자던가?"

"그랬어요."

"사투리를 쓰던가?"

"그것은 모르겠는데요."

그는 여전히 먹고 있었다. 라비크는 베베르의 병원으로 전화를 했으나 거기서는 아무도 전화를 건 사람이 없었다. 듀랑의 병원에서도 전화를 건 사람이 없었다. 그는 랑카스테르 호텔로도 걸어 보았으나 교환수는 아무도 거기서 전화를 건 사람이 없다고 했다. '그렇다면 조앙임에 틀림없다. 아마 세헤라자드에서 건 모양이다.'

한 시간 후에 다시 전화가 울려 그는 책을 치우고 창가로 가서 창문턱에 팔꿈치를 괴고 기다렸다. 부드러운 바람이 백합 향기를 실어왔다. 피난민 비젠호프가 창에 놓았던 시든 카네이션의 화분을 백합으로 바꾸어 놓은 것이다. 그래서 요즘 같은 따뜻한 밤이면 집 전체에서 장의사나 수도원의 마당

같은 냄새가 났다. 비젠호프가 골덴베르크 노인에 대한 경건한 마음에서 그 랬는지 또는 나무로 만든 화분에는 백합이 잘 자라기 때문에 그랬는지는 알수가 없었다. 전화의 벨이 그쳤다. 오늘밤은 잘 수가 있을 것도 같다고 생각하며 그는 침대로 되돌아갔다.

그가 자는 동안 조앙이 와서 불을 켜고는 문께에 서 있었다. 그는 눈을 떴다.

"혼자예요?" 하고 그녀가 물었다.

"아냐. 불을 끄고 돌아가 줘."

여자는 잠깐 망설이다가는 욕실로 가서 문을 열었다.

"거짓말쟁이" 하며 여자는 눈웃음을 쳤다.

"제기랄! 피곤하단 말이야."

"피곤해요? 왜요?"

"피곤해. 잘 가."

여자는 곁으로 다가섰다.

"당신은 지금 막 돌아왔군요. 전 10분마다 전화를 했어요."

여자는 그를 살피듯이 바라보았다. 그는 거짓말이라고 하지는 않았다. 여자는 옷을 갈아입고 있었다. '이 여자는 사내와 같이 자고는 그 사내를 보낸 뒤에 나를 갑자기 찾아와서는 여기에 와 있을지도 모르는 케이트 헤이그슈트렘에게 나라는 인간은 색골이어서 밤마다 여자들이 드나드니 이런 남자는 피하는 것이 좋다는 것을 가르쳐 주려고 이런 시간에 찾아온 것이구나.' 그는 자기도 모르게 빙그레 웃었다. 그녀의 빈틈없는 행동에는 언제나 감탄을 하지 않을 수가 없었다. 설사 자기를 상대로 저지르는 경우라도.

"왜 웃어요?" 조앙은 화가 난 듯이 물었다.

"그냥. 가 보란 말이야."

여자는 그런 말은 들은 체도 안했다.

"아까 당신과 같이 있던 갈보년은 누구였어요?"

라비크는 몸을 반쯤 일으켰다.

"냉큼 나가지 못해! 안 나가면 뭐든지 집어 던지겠어."

"아, 그렇군요." 여자는 그를 살피듯이 지켜보았다. "그렇군요! 벌써 그쯤 되었군요."

라비크는 담배를 집었다.

"허튼 수작하지 말아! 당신은 다른 남자와 살면서 여기 와서는 공연히 질투를 하는 체한단 말이지. 자, 그만 당신의 배우한테로 돌아가 보라구. 그리고 나를 가만 내버려두란 말이야."

"그건 별개의 문제예요."

"물론 그렇겠지!"

"별개의 문제란 말이에요!" 여자는 갑자기 감정을 터뜨렸다. "그것이 별개의 문제라는 것은 당신도 잘 알면서요. 그것은 제가 책임질 일이 아니에요. 저는 그랬다고 해서 하나도 행복하지 않아요. 그렇게 되어 버린 걸요. 왜 그렇게 됐는지는 저도 모르겠어요."

"무슨 일이든 왜 그렇게 되어 버리는지 모르게 되는 법이야!"

여자는 그를 뚫어지게 쳐다보았다.

"당신은, 당신은 언제나 그렇게 시치미를 떼었어요! 그래서 사람들을 미치게 만들어요! 무슨 일이 일어나도 항상 아무렇지도 않다는 얼굴을 하고. 당신의 그 얼굴이 제일 싫었어요! 그것이 얼마나 싫었는지 알기나 해요! 저는 감동이 필요한 사람이에요. 제게 미쳐 주는 사람이 필요해요! 당신은 제가 없이도 살 수가 있겠지요! 언제나 당신은 그랬어요! 당신은 내가 없어도 됐던 거예요! 당신은 냉정하고 텅 비었어요! 사랑이 무엇인지도 모르는 사람이에요! 저하고 정말로 일심동체가 되어 본 적이 있었어요! 전에 당신이 3개월이나 돌아오지 않았기 때문에 이렇게 되었다고 제가 전에 한 말은 거짓말이었어요! 설사 당신이 여기 있었어도 그렇게 됐을 거예요! 웃지 말아요! 두 사람이 다르다는 것도, 그 사람이 미련하다는 것도, 당신과는 같지 않다는 것도, 저는 알고 있어요! 하지만 그 사람은 저에게 미쳤거든요. 그에게는 저만이 중요하거든요. 저 이외의 것은 조금도 생각도, 욕심도 내지 않아요. 저 이외엔 아무것도 몰라요. 저는 그것이 필요해요."

여자는 숨을 헐떡이면서 침대 앞에 서 있었다. 라비크는 칼바도스 병을 집어 들었다.

"그렇다면 뭣하러 여기에 왔지?" 하고 그가 물었다.

여자는 바로 대답을 하지는 않았다. "아시면서." 여자는 목소리를 낮추며 말했다. "왜 묻는 거예요."

그는 잔을 가득 채워 여자에게 내밀었다. 그러나 여자는 딱 잘라 말했다.
"마시고 싶지 않아요. 그년은 누구였어요?"
"환자야."
라비크는 거짓말을 하고 싶지 않았다.
"아주 위독한 여자야."
"거짓말 마세요. 거짓말을 하려거든 좀 그럴 듯하게 해보세요. 병자라면 병원에 있을 것이지, 나이트클럽 같은 데는 오지 않을 텐데요."
라비크는 잔을 도로 놓아 버렸다. 진실은 가끔 지독한 거짓처럼 여겨지기 쉽다.
"정말이야."
"그 여자를 사랑해요?"
"그게 당신하고 무슨 상관이지?"
"그 여자를 사랑해요?"
"정말로 그게 당신과 무슨 상관이지, 조앙?"
"왜 관계가 없어요! 당신이 아무도 사랑하지 않는 한에서는."
여자는 말을 더듬었다.
"당신이 아까 그 여자를 갈보년이라고 하지 않았어. 갈보년에 사랑 같은 것이 될 말이야?"
"그냥 그렇게 말했을 뿐이에요. 그런 여자가 아니라는 걸 금방 알았어요. 그래서 그렇게 말한 거예요. 만일 그런 여자라면 나도 오지 않았을 거예요. 당신, 그 여자 사랑해요?"
"불을 끄고 돌아가 줘."
여자는 곁으로 다가섰다.
"알았어요. 보았으니까요."
"꺼져 버리라니까!" 라비크는 소리를 질렀다. "당신이 천하일품으로 여기고 있는 그런 값싼 유희는 집어치우고. 그래 한 놈팡이에게는 한 잔의 술 삼아 성급한 사랑이나 돌발 사고처럼 사랑을 하는가 하면, 또 한 놈팡이에게는 한층 유별나고 깊은 사랑이라고 종알거리고, 또 한 놈팡이에 대해서는 그 바보가 그걸 받아들이기만 하면 지나치는 항구처럼 사랑을 한단 말이야! 집어치워! 무슨 놈의 사랑이 그렇게 여러 가지야!"

"그렇지 않아요. 당신이 말하는 것과는 달라요. 다른 말이에요. 저는 당신에게로 돌아올 거예요."

라비크는 잔을 다시 가득 채웠다.

"당신은 그러고 싶은지 모르겠지만 그것은 환상이야. 섭섭하겠지만, 그건 당신이 넘겨짚은 거야. 자기 자신을 속이는 환영이지. 당신은 절대로 돌아오지 않을걸."

"오겠어요!"

"천만에! 설사 온대도 잠깐 동안이야. 그러다가는 당신 이외에는 아무것도 바라지 않는 남자가 나타나면 다시 시작하는 거야. 내게는 기막힌 미래라고나 할까."

"틀려요, 그렇지 않아요! 언제까지나 당신 곁에 있겠어요."

라비크는 웃었다.

"조앙." 그는 정답게 말했다. "당신은 내 곁에 있지 않을 거야. 바람은 잡아둘 수 없거든, 물도 마찬가지지. 만일 그랬다간 썩어 버릴 걸. 잡아두면 김빠진 공기가 되어 버려. 당신은 어디고 머물러 있을 수 없는 여자가 되었어."

"당신도 마찬가지예요."

"내가?"

라비크는 술잔을 들이켰다. '아침에는 붉은 금발 머리의 여자, 그 다음에는 뱃속에 죽음을 품고 찢어지기 쉬운 비단 같은 피부를 가진 케이트 헤이그 슈트렘, 그리고 이제는 이 여자로군. 염치없고 사랑에 탐욕스런 여자, 그리고 자기 자신에 대해서도 낯설면서 어떤 남자도 불가능한 정도로 자기를 송두리째 믿고 내맡기고 있는 여자. 어떤 의미로는 순진하기도 하다. 그의 생모(生母)인 자연처럼 부정하기도 하며, 쫓는가 하면 쫓기기도 하고, 멈추려고 하면서도 떠나가 버리는 여자.'

"내가?" 하고 라비크는 되풀이 말했다. "대체 당신은 나에 대해서 무엇을 알지? 무엇이든 의심하지 않고는 견딜 수 없는 한 생명에 만일 애정이 싹트면 어떻게 되는지 당신은 알고 있나? 여기에 비하면 당신의 값싼 도취 같은 것이 무엇이란 말이야? 떨어지다가 갑자기 멈추어서 끝도 없이 계속하던 '어째서?'란 말이 '당신'이 되어 버릴 때, 그리고 침묵의 사막 뒤에 갑자기 신기루와 같은 감정이 솟아올라 형체가 생겨날 때, 피에 대한 망상이 사정없이 하나의 풍경이 되어 그 풍경에 비하면 온갖 꿈도 퇴색하고 평범하게 생각되는 때, 그런 때는 어떻게 되란 말이오? 은빛의 풍경, 타오르는 피의 눈부신 반사광과 같이 빛나는 도시, 철사와 장밋빛 석영(石英)의 도시, 그것에 대해 당신이 무엇을 안다는 말이지? 아무렇게나 처리해 버리는 혓바닥이 재빨리 압착해서 말과 감정의 스테레오 판을 만들어 낼 수 있다고 믿나? 묘지들이 열리고 사람들은 언제라는 아무런 색조도 없는 공허한 밤 앞에 떨고 있다는 것이 어떤 것인지 당신은 알겠어? 묘지가 열리는 거야. 그리고 그 묘지속에 해골은 하나도 없고 흙만이 남아 있단 말이야. 흙과 열매를 맺을 씨앗, 그리고 벌써 움트기 시작하는 푸른 싹이 있단 말이오. 그런데 그런 것에 대해서 당신은 무엇을 알고 있지? 당신은 도취를 사랑하고 있어. 정복하고 싶어 하면서도 절대로 죽지 않는 '낯선 당신'을 사랑하고 있어. 당신은 몰아치는 피의 속임수를 사랑하고 있는 거야. 그러나 당신의 마음은 언제나 허전할 거야. 사람이란 자기 속에서 자라지 않는 것이면 무엇이든 오래 지닐 수가 없기 때문이야. 그리고 폭풍우 속에서는 아무것도 자라지 않아. 성장이란 허전하고 고독한 밤에만 있을 수 있는 거야. 그것도 절망을 하지 않을 때야. 당신이 그런 것에 대해 무엇을 안다는 말이야?"

그는 조앙을 아주 잊어버린 듯 여자 쪽은 쳐다보지도 않고 느릿느릿하게 이야기를 했다. 그런 다음 그녀를 쳐다보았다.

"내가 무슨 말을 하고 있지? 어리석고 케케묵은 군소리야. 오늘은 너무 마셨나 보군. 자, 당신도 이리 와서 한 잔을 들고 가 봐요."

여자는 침대에 걸터앉으며 잔을 받아들었다.

"알겠어요" 하고 여자는 말했다.

여자의 얼굴이 달라져 있었다. '거울 같군. 언제나 누가 말만 해도 무엇이든 반영되는 거울. 이제는 침착하고 아름답다.'

"알았어요" 하고 여자는 다시 말했다. "그리고 가끔 그렇게 느꼈어요. 하지만 라비크, 당신은 사랑을 위한 생활에 대한 사랑 때문에 자주 저를 잊어버렸어요. 저는 하나의 계기밖에는 되지 않았어요! 그리고 당신은 당신이 말하는 은빛 도시로 들어가 버리고, 저에 대해서 별로 아는 체도 안 하셨어요"

그는 한참이나 여자를 쳐다보았다.

"그런지도 모르지."

"당신은 당신 일에만 골몰하고 당신 속에서만 여러 가지를 발견해 내기만 하기 때문에 저는 언제나 당신 생활의 언저리에서만 머물러 있었던 거예요."

"그럴는지도 모르지. 하지만 조앙, 당신은 무엇을 세울 수 있는 토대가 될 만한 사람이 아니야. 당신도 그 점을 알 테지?"

"당신은 그런 것을 바랐나요?"

"아니."

라비크는 잠시 생각한 끝에 말하면서 미소를 지었다.

"인간이 확고부동했던 모든 것을 떠나서 피난민이 되면 이상한 처지에 떨어지게 되거든. 그리고는 이상한 짓을 하거든. 물론 무엇을 바로 세워 보자는 생각은 아니지만, 혹 한 마리의 양새끼밖에는 없을 때는 그것을 여러 방면으로 써 보겠다는 심사가 가끔 생기는 법이야."

갑자기 방은 아주 평화스러운 분위기가 되었다. 이제는 멀고 영원한 과거에 조앙이 자기 곁에 누워 있었던 시절의 밤으로 다시 한 번 돌아간 것 같았다. 거리는 멀고 아득하게 되어 지평선에서 일어난 어렴풋한 소음에 지나지 않았다. 시간을 이은 사슬이 풀어져 시간은 완전하게 정지한 듯 아무런 소리조차 내지 않는다. 세상에서 가장 단순하고도 불가사의한 일이 다시 나타난 것이다. 서로 이야기를 주고받는 두 인간은 서로 자기의 목소리를 하고 있다. 그래도 '말'이라고 불리는 소리가 해골 속에서 꿈틀거리는 덩어리 속에다 똑같은 상(像)들과 감정을 만들어 낸다. 그리고 아무런 의미도 없는 성대의 진동과 그 진동의 불가사의한 반응과 끈적거리는 회색의 소용돌이 속에서 느닷없이 하늘이 다시 생겨나고, 하늘에는 구름과 냇물과 과거와 영고성쇠와 냉철한 예지가 비치는 것이었다.

"당신은 나를 사랑하는군요, 라비크."

질문이라기보다 그렇게 단정한다는 투였다.

"그래. 하지만 당신한테서 빠져나가려고 나는 모든 힘을 다하고 있어."

그는 침착하게 마치 두 사람 사이에 아무런 상관도 없다는 듯 그렇게 말했으나, 여자는 그의 말을 귀담아 듣지도 않았다.

"우리가 다시 함께 살 수가 없다고는 저는 도저히 생각할 수도 없어요. 비록 일시적으로 그럴지는 몰라도 영원히는 안 돼요. 절대로 안 돼요."

여자는 말을 되풀이 말했다.
"절대로라는 말은 무서워요, 라비크. 우리가 절대로 함께 될 수가 없다고는 저로서는 생각할 수도 없어요."
라비크는 대꾸하지 않았다.
"저를 여기 있게 해줘요." 그녀는 말했다. "다시는 돌아가고 싶지 않아요, 절대로."
"내일이면 돌아갈 걸. 당신도 그걸 알 거야."
"제가 여기 있을 때에는 내가 여기를 떠나리라고는 상상할 수도 없어요."
"똑같은 이야기야. 당신도 알고 있으면서."
시간의 한중간에 생긴 공허한 공간. 또다시 불이 켜져 있는 조그마한 선실(船室) 같은 방. 전과 똑같은 방——그리고 거기에는 사랑하는 사람도 있다. 이상하게도 이미 전과 똑같은 인간은 아니지만 팔을 내밀기만 하면 붙들 수도 있는 사람. 그러면서도 두 번 다시는 붙잡아 둘 수가 없는 그런 사람이.
라비크는 잔을 내려놓았다.
"또 나를 떠나가 버리리라는 것을 자신도 알고 있으면서. 내일이든, 모레든, 결국 언젠가는."
"그래요" 하고 그녀는 머리를 숙이며 대답했다.
"그리고 만약 당신이 다시 온다고 해도 또 떠나리라는 것을 당신도 알지?"
"그래요." 여자는 얼굴을 들었다. 여자의 눈에서는 눈물이 흘러내렸다. "왜 이렇게 됐지요, 라비크?"
그는 어깨를 으쓱했다.
"나도 모르겠어, 조앙. 우리에게는 꽉 붙잡고 있을 만한 것이 왜 아무것도 없는지 나는 모르겠어. 전에는 여러 가지가 있었는데. 안전과 배경과 신념과 목적이——비록 사랑이 뒤흔들려도 그런 것들이 모두가 정다운 손잡이가 되어 주어서, 우리들은 그걸 붙잡고 있을 수가 있었지. 그런데 이제는 그런 것이 모두 없어지고 말았어. 가지고 있다고 해도 겨우 보잘것없는 절망과 용기뿐이고, 나머지는 안팎이 낯선 것 뿐이야. 사랑이 그 속으로 날아드는 것은, 마치 바싹 마른 짚더미 속에 관솔불을 던지는 겪이란 말이야. 사랑뿐이면 사랑은 다른 것이 되거든. 더욱 사납고 더욱 소중하고 더욱 파괴적인 것으로 되어 버리거든."

그는 다시 잔을 가득 채웠다.

"사랑 같은 것은 너무 생각 않는 게 좋아. 우리는 별로 깊이 생각할 수 있는 처지도 못 되니까. 지나치게 생각하면 망치게 될 뿐이거든. 그리고 우리는 망하고 싶지는 않거든."

"그럼은요. 그런데 그 여자는 누구였죠, 라비크?"

"환자라니까. 전에도 한번 그녀와 거기에 간 일이 있었어. 당신이 아직 그곳에서 노래를 부르고 있었을 때였지. 백 년 전의 이야기지. 당신은 지금은 무슨 일을 하고 있지?"

"보잘것없는 역이에요. 저는 제가 별로 훌륭한 배우라고는 생각지 않아요. 그러나 혼자 살아갈 만큼은 벌고 있어요. 언제라도 그만 둘 수 있게 되기를 바라고 있어요. 별다른 야심은 없어요."

여자의 눈에는 눈물이 다 말라 버렸다. 그녀는 칼바도스 잔을 들이켠 다음 일어섰다. 피곤해 보였다.

"모든 게 왜 이 모양이지요. 라비크? 왜 이래요? 무슨 이유가 있을 거예요. 그렇지 않다면 그런 질문을 해서는 안 되나요?"

그는 우울하게 미소를 지었다.

"그것이 바로 인류의 옛부터의 문제지, 조앙. 왜 그럴까 하는 문제는 오늘날까지 모든 논리, 모든 철학, 모든 과학이 거기에 부딪쳐서는 부서지고 만 문제였어."

"이제는 가보겠어요." 여자는 그를 쳐다보지도 않고 그렇게 말했다. 그리고는 침대 위에 놓아 두었던 자기의 물건들을 집어들고는 문께로 걸어갔다.

여자가 가 버린다. 그녀가 가 버린다. 그녀는 이미 문까지 갔다. 그때 라비크는 내부에서 무엇인가가 펄쩍 뛰었다. 여자가 간다. 가 버린다. 그는 몸을 일으켰다. 갑자기 불가능해졌다. 모든 것이 그럴 수가 없다. 단 하룻밤이라도 더, 다시 한 번 잠든 여인의 머리를 이 어깨 위에다 올려놓고 싶다. 싸움은 내일에라도 할 수가 있다. 다시 한 번만 여자의 숨결을 나의 곁에서 느끼고 싶다. 덫에 빠지더라도 다시 한 번 상냥한 환영과 달콤한 속임수를 느끼고 싶다. 가지 말아. 가면 안 돼, 우리들은 괴로움 속에 죽고 괴로움 속에서 사는 거야. 가지 말아. 네가 가 버린다면 내게는 무엇이 남는단 말이지? 나의 보잘것없는 용기가 무슨 소용이란 말인가? 우리들은 어느 곳으로 밀려가는 거지? 너만이 진실이야! 빛나는 꿈이고. 아! 불사의 꽃이 피는 망각의 목장이여! 다시 한 번만! 다시 한 번만 영원의 불꽃을 피워 다오. 도대체 나는 누구를 위해서 나 자신을 소중히 간직하자는 것인가? 어떤 절망적인 것을 위해서인가? 어떤 어둡고 애매한 것을 위해서인가? 묻히고 잊혀지는 거다. 나의 생명은 앞으로 12일밖에는 남지 않았어. 열 이틀, 그 다음은 아무것도 없다. 열 이틀과 오늘 하룻밤뿐이다. 빛나는 피부여! 너는 왜 하필이면 오늘 밤에 찾아왔는가? 무수한 별에서 떨어져서 방황하며 옛 꿈에 시들어지는 밤에. 너는 왜 우리 두 사람만이 살고 있는 이 밤의 요새와 바리케이드를 파괴하려느냐? 파도가 일지 않는가? 높이 일며 부서지지 않는가!'

"조앙" 하고 그는 말했다.

그녀는 돌아섰다. 그녀의 얼굴에는 갑자기 사납고도 숨찬 빛이 스쳐갔다. 여자는 손에 들고 있던 물건을 떨어뜨리고는 그에게로 달려들었다.

26

자동차가 보지아르 가의 모퉁이에서 멈추었다.

"무슨 일이오?" 라비크가 물었다.

"데모입니다." 운전사가 뒤를 돌아보며 대답했다. "이번에는 공산당의 데모인데요."

라비크는 케이트 헤이그슈트렘을 쳐다보았다. 그녀는 루이 14세 때의 궁중녀로 분장을 하고 연약하게 부서질 듯 구석에 앉아 있었다. 얼굴은 짙게 분칠을 했지만 그래도 창백한 인상이었다. 관자놀이와 볼의 뼈가 유난스럽게 두드러져 보였다.

"좋군" 하고 그는 말했다. "1939년 7월, 지금보다 바로 5분 전에는 불의 십자군인 파시스트들의 데모가 있었는데 이번에는 공산당의 데모군. 그런데 우리 두 사람은 위대했던 17세기의 모습을 하고 있으니 과히 나쁘지는 않은데, 케이트."

"괜찮을 거예요."

여자는 미소를 지었다.

라비크는 자기의 무도회를 내려다보았다. '무슨 아이러니냐. 경찰에게 체포당할 것을 걱정할 필요도 없다.'
"다른 길로 모실까요?" 헤이그슈트렘의 운전사가 물었다.
"이젠 돌릴 수도 없잖아" 하고 라비크가 말했다. "뒤에도 차가 잔뜩 밀렸으니."
데모와 행렬은, 그들이 서 있는 거리와 직각으로 교차하는 거리를 조용하게 행진하고 있었다. 깃발과 플래카드를 들고 있었다. 노래를 부르는 사람은 없었다. 수많은 경찰이 행렬을 감시하고 있고 모퉁이에는 경찰들이 또 한패 사람들의 눈에 띄지 않게 서 있었는데 그들은 자전거를 가지고 있었다. 그 중의 한 사람이 거리를 순찰하다가 케이트 헤이그슈트렘의 차 속을 들여다보았으나 얼굴색도 변하지 않고 저쪽으로 가 버렸다.
케이트 헤이그슈트렘은 라비크의 시선을 들여다보았다.
"경찰이 놀라지도 않아요. 그도 알고 있거든요. 경찰들은 모두가 알아요. 몽폴의 댄스파티라면 여름의 대행사거든요. 저택도 정원도 경찰관들이 둘러싸고 있어요."
"그 말을 들으니 정말 안심이군."
케이트 헤이그슈트렘은 웃었다. 그 여자는 라비크의 처지에 대해서는 아는 바가 없었다.
"그렇게 많은 보석들이 파리에서 모이는 일은 드물거든요. 진짜 의상에다 진짜 보석이지요. 경찰은 절대로 모험을 하지 않아요. 손님들 속에도 틀림없이 형사가 끼어 있을 거예요."
"가장을 하고서?"
"그럴 걸요. 왜요?"
"알아두는 게 좋겠는걸. 나는 로스차일드의 에머랄드라도 훔칠 작정이었거든."
케이트 헤이그슈트렘은 손잡이를 돌려 차창을 내렸다.
"당신은 아마 지루하겠지만 이번만은 어쩔 수 없어요."
"지루하지는 않을 거야. 그 반대야. 어떤 곳에 가서 시간을 보낼까 하고 걱정하는 참이니. 술은 잔뜩 나올까?"
"나오겠지요. 특별히 집사장한테 눈짓을 해 둘께요. 잘 아는 사나이니까요."

보도를 울리는 데모대의 발소리가 들렸다. 그들은 행진하고 있는 것이 아니라 아무렇게나 몰려서 걸어가고 있었다. 지쳐 버린 동물들의 무리가 지나가듯.

"라비크, 당신은 어떤 세기에 살고 싶으세요? 맘대로 선택할 수가 있다면 말이에요."

"지금의 세기지. 그렇지 않으면 나는 죽은 사람일 테니. 어떤 다른 미련한 친구가 내 옷을 입고 이 파티에 나갈 테니까 말이지."

"그런 의미가 아니라. 만일 당신이 다시 한 번 태어날 수가 있다면 어느 세기에 태어나고 싶은지 그걸 물어 보고 있는 거예요."

라비크는 자기 의상의 옷소매를 들여다보았다.

"그래도 역시 지금의 세기야. 지금까지는 제일 비참하고 피비린내 나고, 제일 썩었고, 제일 색채가 희미하고, 비겁하고, 지저분한 세기지만 그래도 역시 지금의 세기야."

"저는 싫어요."

케이트 헤이그슈트렘은 으스스한 듯 두 손을 마주 비볐다. 그 가느다란 손목에는 브로카트가 번쩍였다.

"이 세기가 싫어요. 17세기나 그것이 안 된다면 그보다도 전 세기 중에 어떤 세기라도 좋지만 지금 세기만은 질색이에요. 그것을 안 지는 불과 2, 3개월 전이었어요. 그 전에는 그런 생각은 한번도 해본 일이 없었거든요."

그 여자는 차창을 완전히 내렸다.

"지독히 덥군요! 습기도 있구요. 데모 행렬은 아직도 끝이 안 났어요?"

"끝나 가는군. 뒤쪽이 보이는데."

총소리가 들렸다. 캄브론느 가 쪽이었다. 순간 모퉁이에서 대기하던 경찰들이 자전거를 잡아탔다. 어떤 여자가 째질 듯이 소리를 질렀고 갑자기 군중들의 격분한 음성이 거기에 응했다. 사람들은 도망치기 시작했고 경찰들은 페달을 밞으면서 곤봉을 휘두르고 군중 속으로 뛰어들었다.

"무슨 일이에요?" 케이트 헤이그슈트렘이 깜짝 놀라서 물었다.

"아무것도 아니야. 타이어가 터진 거지."

운전사가 뒤를 돌아다보았다. 그의 얼굴이 달라졌다.

"저것……."

"갑시다" 하고 라비크가 운전사의 말을 가로막았다. "이젠 지나갈 수 있어."

네거리는 마치 강풍이 불어 쓸어 버린 듯 사람 하나 없었다.

"갑시다!" 라비크가 말했다.

캄브론느 쪽에서 절규하는 소리와 두 번째의 총성이 들려왔다. 운전사는 자동차를 몰았다.

두 사람은 정원 쪽으로 향한 테라스에 서 있었다. 어디를 보아도 의상으로 가득 차 있었다. 어둑어둑한 나무숲에서 장미가 피어났다. 등피 속에 든 촛불이 한들거리며 따뜻한 불을 던져 주었다. 정자 안에서는 악단이 낮은 소리로 〈메누엣〉을 연주하고 있었다. 모든 것이 마치 프랑스 화가 와토의 그림이 살아 있는 듯한 분위기였다.

"아름답지요?" 하고 케이트 헤이그슈트렘이 물었다.

"응."

"정말이세요?"

"그렇고말고, 케이트. 적어도 멀리서 볼 때에는 말이지."

"오세요. 정원을 걸어 봐요."

키가 큰 고목 아래서는 마치 꿈 같은 정경이 벌어지고 있었다. 수많은 촛불에서 타는 불빛이 금은빛의 수를 놓은 옷감과 값지고 해묵어서 퇴색한 청색이나 장밋빛의 옷이나 바다와 같은 초록빛의 빌로도에 번쩍번쩍 반사되었다. 그리고 긴 가발머리나 화장을 한 드러낸 어깨 위에도 부드러운 빛을 던지고 있다. 주위에는 바이올린의 연연한 빛이 흔들거리고 사람들은 다투거나 떼를 지어 점잔을 빼면서 여기저기를 유유하게 거닐고 있다.

칼의 손잡이가 번쩍이고 분수는 살랑이며 전지를 한 회양목 숲이 격에 어울리게 어두운 배경을 이루고 있다.

하인들까지도 의상 차림이라는 사실을 라비크는 알았다. '이런 판이니 형사 역시 가장을 했을 것은 말할 것도 없겠군. 물리에르나 라신느에게 붙잡히는 것도 과히 나쁘지는 않겠는데……그렇지 않으면 기분전환을 위해 궁정 소속의 난쟁이에라도 붙잡힐까.'

그는 하늘을 쳐다보았다. 미적지근하고 굵은 빗방울이 손에 떨어졌다. 붉은 하늘이 어두워지고 있었다.

"비가 내릴 것 같군, 케이트."

"그럴 리가 있겠어요. 정원은……."

"틀림없어. 자 빨리 가요!"

그는 여자의 팔을 잡아 테라스로 데리고 갔다. 테라스에 도착하기가 무섭게 비는 억수같이 퍼붓기 시작했다. 비는 줄기차게 내리퍼부었기 때문에 촛불은 등피 속에서 꺼져 버리고, 테이블의 장식은 순식간에 퇴색한 넝마 조각처럼 되고 사람들은 야단법석이었다. 공작부인이나 백작부인이나 시녀들은 금란의 의상을 높이 치켜올리고서는 테라스로 뛰어들었고 공작과 각하나 원수님께서도 가발을 적시지 않겠다고 놀란 수탉처럼 이리 밀치고 저리 밀치곤 했다.

비는 긴 가발머리나 칼라나 드러낸 어깨로부터 흘러내려 분칠과 루즈를 씻어 내렸다. 번갯불의 섬광이 정원을 휩쓰는가 하더니 이내 우렛소리가 요란스럽게 울려 퍼졌다.

케이트 헤이그슈트렘은 라비크에게 몸을 바싹 붙이고 테라스의 차일 밑에 꼼짝도 않고 서 있었다.

"이런 일은 처음이에요" 하고 여자는 넋이 나간 듯 말했다. "저는 이곳에 늘 왔었는데 이런 일은 없었어요. 어느 해에도 없던 일이에요."

"에머랄드를 훔치기에는 절호의 찬스군."

"그렇군요. 원 세상에."

레인코트와 우산을 쓴 하인들이 정원을 이리 뛰고 저리 뛰었다. 그들의 비단 신발이 유난스럽게 코트 밑으로 빠져나와 이상스러웠다. 그들은 흠뻑 젖어서 어쩔 줄 모르는 나머지 시녀들을 전부 데려다 놓고는 다시 떨어뜨린 숄이나 물건들을 찾아다녔다. 어떤 하인은 황금빛 구두를 한짝 들고 왔는데 멋진 구두였다. 그는 그것을 커다란 손으로 조심스레 받쳐 들고 왔다. 비는 텅 빈 테이블에 내리퍼부었다. 마치 하늘이 수정 방망이로 아무도 모르는 북을 두드리듯, 차일 위에서 우레를 터뜨렸다.

"안으로 들어가요" 하고 케이트 헤이그슈트렘이 말했다.

저택의 그 많은 방도 손님의 수에 비하면 비좁았다. 아무도 날씨가 나빠지리라고는 생각지 못했던 것 같다. 방안에는 아직도 대낮의 무더운 기가 가시지를 않아 그것이 사람들이 붐비는 통에 더욱 견디기 어려웠다. 자리를 넓게 차지하는 부인들의 의상은 짓눌려서 쭈글쭈글해졌고 비단 폭은 발 밑에 밟혀서 찢어졌다. 움직이지도 못할 지경이었다.

라비크는 케이트 헤이그슈트렘과 문 옆에 서 있었다. 그의 앞에는 땋아 늘인 머리를 흠뻑 적신 오동통한 몽떼스팽 후작 부인이 숨을 할딱이고 있었다. 털구멍이 유난히 큰 부인의 목덜미에는 배(梨)처럼 생긴 다이아몬드의 목걸이가 걸려 있었다. 그런 꼴은 마치 사육제에서 흠뻑 비를 맞은 채소 장수의 마누라 같기도 했다. 그 곁에는 턱이 없는 사나이가 기침을 하고 있었다. 라비크는 그 자의 낯이 익었다. 콜베르로 분장을 한 외무부의 관리인 부량셰엘이었다. 얼굴 옆모습이 그레이하운드 개와 비슷한 후리후리하게 잘생긴 부인이 두 사람 그 부랑셰엘 앞에 서 있었다. 그 곁에는 보석이 박힌 모자를 쓰고 목소리가 카랑카랑하며 유난히 통통하게 살이 찐 유태인 남작이 서서는 그 여자들의 어깨를 기분 좋은 듯 어루만지고 있었다. 그들에 섞여서 라 비엘로 분장한 베랑 백작부인이 타락한 천사와 같은 얼굴로 수 없는 루비를 달고 서 있었다. 라비크는 두 해 전에 듀랑의 부탁으로 그녀의 난소(卵巢)를 잘라 냈던 일이 생각났다. 이곳은 요컨대 듀랑의 영역이었다. 그곳에서 두서너 발짝 떨어진 곳에 있는 젊고 굉장한 부자인 랑뿌라르 남작부인을 그는 알아 보았다. 그녀는 영국인과 결혼했지만 생식 능력을 잃어 버린 여자였다. 라비크가 잘라 냈던 것이다. 듀랑의 오진 때문이었다. 5만 프랑의 수술비였다고 듀랑의 여비서가 슬쩍 그에게 귀띔을 해주었었다. 라비크는 2백 프랑을 받았었다. 그 부인은 10년은 감수했고 아이를 낳을 수 있는 능력을 잃어버린 것이다.

비 냄새, 향수와 피부와 젖은 머리 냄새가 뒤섞여 답답하고 무더웠다. 가발 때문에 비에 씻긴 얼굴은 가장을 하지 않았을 때보다도 더 맨살을 드러냈다. 라비크는 주위를 휘둘러보았다. 그의 주위에는 아름다운 여인들이 많았고, 재치와 총명도 엿보였으나 단련이 된 그의 눈에는 거기에서 아주 희미한 병의 징조도 발견할 수가 있었다. 겉모습이 아무리 완전무결하게 보여도 그는 거기에 쉽사리 속아 넘어 가지 않았다. 그는 어떤 상류층이든 어떤 세기에 있어서나 똑같은 것도, 붕괴가 어떤 것이라는 것도 알고 있었다. 그러나 그는 또한 열병이나 붕괴가 어떤 것이라는 것도 알고 있었고, 그 징후도 알고 있었다. 미적지근한 난혼(亂婚), 유약에서 오는 관용, 무기력한 도락, 사려 없는 재치, 단순한 위로의 상승, 아이러니와 자그마한 모험, 인색한 탐욕, 세련된 운명관, 김빠진 주목적 때문에 섬광을 잃어 버린 피곤한 세계는 이러한 친구들에 의해서는 결코 구원되지는 않을 것이다. 그러면 누구에 의해 구원 된다는 말인가.

그는 케이트 헤이그슈트렘을 건너다보았다.

"마실 것을 얻기는 틀렸어요" 하고 여자는 말했다. "하인들이 뚫고 다니지를 못하니 어떻게 하겠어요."

"그런 건 아무렇지도 않아."

두 사람은 자꾸 다음 방으로 밀려갔다. 그곳에는 벽 옆에 식탁이 놓였고 샴페인을 그 위에 늘어놓았다. 급하게 갖다놓은 것이다.

어디선지 몇 개의 샹들리에에 불이 켜졌다. 그 부드러운 불빛 속으로 번갯불이 번쩍하고 스치자 사람들은 얼굴을 순간 귀신과 같은 죽음의 빛으로 몰아 넣었다. 이어서 우레가 울려 퍼져서 말소리를 지워 버리고, 사방을 지배하고 위협했다. 다시 부드러운 불빛이 되돌아와 생명과 숨막힐 듯한 무더운 기가 되돌아올 때까지.

라비크는 샴페인을 가리켰다.

"무얼 좀 가져올까?"

"싫어요. 너무 더워요" 하고는 헤이그슈트렘은 그를 쳐다보았다. "이게 저의 잔치로군요."

"곧 비가 그치겠지."

"틀렸어요. 설사 비가 그쳐도 이제는 잡쳤어요. 제 생각을 아시겠어요? 이젠 가요."

"찬성이야. 나 역시 가고 싶군. 이건 바로 프랑스 혁명 직전 같은데. 생 규로뜨가 언제 뛰어들지 모를 것 같은데."

두 사람이 문 있는 곳까지 나오는 데도 상당한 시간이 걸렸다. 나와 보니 케이트 헤이그슈트렘의 의상은 입은 채로 근 몇 시간을 자고 난 뒤처럼 형편없이 구겨져 있었다. 밖에는 비가 억수로 퍼붓고 있었고, 건너편 건물은 물을 잔뜩 뿌린 꽃가게의 창문을 마주보는 듯했다.

차가 붕붕거리며 다가왔다.

"어디로 가겠어?" 하고 라비크가 물었다. "호텔로 돌아가겠소?"

"아직은 싫어요. 그러나 이런 옷으로는 어디고 갈 수가 없겠군요. 자동차나 타고 좀더 돌아보도록 하지요?"

"좋지."

차는 밤의 파리를 천천히 미끄러져 갔다. 비는 천장을 쉴새없이 두들겨, 그 바람에 다른 소리들은 하나도 들리지 않았다. 개선문이 억수 같은 빗발의 은빛 속에서 희미하게 솟았다가는 이내 다시 사라지곤 했다. 환하게 불 켜진 창이 즐비한 샹젤리제가 미끄러지듯 지나갔다. 롱 뽀앙은 꽃과 시원한 향기로 짙은 안개 속에서 이는 오색의 파도였다. 반인반어(半人半魚)인 해신(海神) 트리톤과 바다의 괴물이 있는 콩코르드 광장은 바다처럼 광활하고 어둑어둑했다. 리보리 가가 헤엄치듯 다가왔고, 그 밝은 아치형의 거리는 베니스 빛을 슬쩍 보였다. 그 앞서 루브르 박물관은 회색빛으로 영원하게 끝없는 정원과 함께 솟았고 창문이란 창문에는 모조리 불빛이 반짝였다. 그리고는 강변길과 다리가 물결 속에서 단조롭게 흔들거렸다. 화물선과 훈훈한 등불이 하나 켜 있는 예인선이 수천의 고향을 숨기고 있는 듯 정다웠다. 세느 강, 관광 버스들의 소음과 사람들의 무리와 가게들, 뤽상부르의 철책, 릴케의 시 같은 정원, 말없고 외딴 몽빠르나스의 묘지, 닥지닥지 서로 들러붙은 듯 좁고 유서 깊은 길들과 집들, 갑자기 눈이 동그래져서 놀라게 되는 침묵의 광장, 늘어선 나무들, 휘어 올라간 집들의 정면, 성당, 비바람에 퇴색된 동상들, 빗속에 한들거리는 가로등, 자그마한 요새처럼 땅에서 우뚝 솟은 듯한 공중 변소, 시간제로 방을 빌려주는 호텔이 즐비한 골목길과 그 사이사이에 끼인 로코코 식이나 바로크 양식의 지난날의 거리를 굽어보며 미소 짓는 건물의 정면, 프루스트의 소설에서 나오는 듯한 어둑어둑한 대문들……

케이트 헤이그슈트렘은 구석에 앉아 말이 없었다. 라비크는 담배를 피우며 그 담뱃불을 바라보았으나 맛을 느낄 수는 없었다. 마치 차 안의 어둠 속에서 형체 없는 담배를 빨고 있는 기분이었다. 점점 온갖 것이 꿈과 같거나 하듯 지루한 생각이 들었다. 드라이브, 빗속을 소리도 없이 미끄러져 가는 자동차, 미끄러지듯 뒤로 사라지는 거리들, 의상을 입고 구석에 앉아 있는 조용한 여자, 그 의상에 반짝반짝 반사하는 불빛, 이제는 다시는 움직일 수 없을 듯한 비단 위에 꼼짝도 않고 놓여 있는, 이미 죽음의 낙인이 찍힌 손——

그것들은 아직은 생각도 못해 본 지식과 입 밖에는 내지 못할 이유 없는 이별이 스며든 유령 같은 파리에서의 유령 같은 드라이브였다.

그는 하아케를 생각했다. 그리고 어떻게 해야 할까를 생각해 보려 했으나 어쩔 수가 없었다. 그는 그가 수술을 했던 붉은 황금빛 머리의 여인을 생각해 보았다. 그리고 이미 잊어버린 여자와 함께 지냈던 로텐부르크에서의 비 내리던 밤을 생각했다. 호텔 아이젠후트와 모르는 사람의 창문에서 흘러나오던 바이올린의 선율을 생각했다. 1914년 플란더즈의 양귀비꽃이 만발한 밭고랑에서 비바람 치던 날에 전사한 론베르크가 머리에 떠올랐다──그때는 마치 신이 인간을 미워한 나머지 대지를 향해 포격을 하듯 뇌성벽력과 요란스럽게 불을 뿜는 기관총 소리가 뒤섞여서 우르릉거렸던 것이다. 그리고 그는 후트 후울스트에서 해병대 병사가 켰던, 안타깝고 서투르며 그런가 하면 견딜 수 없이 그리움으로 가득 찼던 아코디온을 생각했다──빗속에 로마가 머릿속을 스치고 지나갔고 후앙의 질퍽한 촌길이 생각났다. 강제 수용소의 바라크 지붕을 때리던 그칠 줄 모르던 스페인 농부의 시체, 죽기 직전의 축축이 젖은 밝고 맑았던 얼굴, 라일락의 짙은 향내가 감돌던 하이델베르크 대학으로 가던 길목──지나간 날의 환등(幻燈), 끝없이 계속되는 과거가 지닌 영상들, 창밖의 거리처럼 미끄러져 지나가는 원한과 위안.

그는 담뱃불을 끄고 몸을 일으켰다. 그만하면 충분했다. 지나치게 뒤쪽만 돌아보는 자는 자칫하면 무엇에 부딪치거나 절벽에서 굴러 떨어지게 된다.

차는 몽마르뜨르의 길목을 거슬러 올라갔다. 비는 그쳤다. 한 조각 달빛을 해산하려고 서두르고 있듯, 배부른 어머니처럼 구름이 하늘을 스쳐 지나갔다. 케이트 헤이그슈트렘은 차를 세우게 했다. 두 사람은 차에서 내린 다음 골목을 몇 개 지나고 모퉁이를 돌았다.

갑자기 파리가 다시 그들의 발 밑에 전개되었다. 끝없이 펼쳐져서 비에 젖어 반짝이는 파리, 거리와 광장과 밤과 구름과 달의 파리. 불바알의 화환(花環), 창백하게 아련히 빛나는 언덕들, 종탑들, 지붕들, 어둠과 빛이 부딪치고 있는 파리. 지평선 저쪽에서 불어오는 바람, 평야에 번쩍이는 불빛, 검고 밝은 다리를, 세느 강 저쪽으로 달아나는 소나기, 무수한 자동차 불빛으로 수놓은 파리. 붕붕거리는 생활의 거대한 벌집, 지하의 그 악취 위에서 피어난 꽃, 암(癌)과 모나리자, 파리.

"잠깐만 기다려요, 케이트." 라비크가 말했다. "무얼 좀 사올 테니까."
그는 가까운 목로집으로 들어갔다.
신선한 붉은 순대와 소시지의 훈훈한 냄새가 코를 찔렀다. 누구 하나 그의 분장한 것을 눈여겨보는 사람도 없었다. 그는 코냑 한 병과 유리잔을 두 개 샀다. 점포 주인은 병을 따서 마개를 헐겁게 해주었다.
케이트 헤이그슈트렘은 그가 물건을 사러 갔을 때와 똑같은 자세로 밖에 서 있었다. 여자는 가장(假裝)을 그대로 입은 채, 구름의 움직임도 요란한 하늘을 배경으로 외롭게 서 있었다. 스웨덴 계통의 보스턴 태생인 미국 국적의 여자가 아니고, 지나간 세기가 덩그러니 떨구어 놓고 간 여인처럼.
"자, 케이트. 추위와 비와, 그리고 지나친 정적에서 생겨나는 마음의 격동에는 이것이 제일 좋은 약이라오. 눈 아래로 보이는 저 아래쪽의 도시를 위해 건배합시다."
"좋아요" 하고 여자는 잔을 받아들었다. "여기까지 드라이브하기를 잘했어요, 라비크. 이것이 세계의 어떤 파티보다도 좋군요."
여자는 잔을 비웠다. 달이 그 여자의 어깨와 의상과 얼굴을 비추었다.
"코냑이군요." 여자가 말했다. "게다가 아주 고급품이고요."
"맞았어. 그것을 알 수 있는 동안은 모든 게 잘 될 거요."
"한 잔 더 주세요. 그리고 자동차로 돌아가요. 저도 옷을 갈아입을 테니, 당신도 옷을 갈아입고 세헤라자드로 가기로 해요. 한번 싫도록 감상적으로 놀고 제 자신을 불쌍히 여긴 다음에, 이 화려하고 피상적인 생활과 이별을 해야겠어요. 그리고는 내일부터는 철학자의 책을 읽고 유언장을 만들며 처지에 어울리도록 살아가겠어요."

라비크는 호텔 계단에서 주인 여자를 만났다. 주인 여자가 그를 불러 세웠다.
"시간 좀 있으세요?"
"물론이죠."
주인 여자는 그를 2층으로 데리고 올라가서 어떤 방문을 열쇠로 열었다. 누가 살고 있는 방임을 라비크는 알 수 있었다.
"왜 그럽니까?" 하고 그는 물었다. "왜 이 방을 맘대로 들어가지요?"

"여긴 로젠펠트가 살고 있었는데, 그 사람이 나간다는 거예요."
"나는 방을 바꾸고 싶지 않은데요."
"그 사람은 나간다면서 아직도 방세를 석 달치나 치르지 않았어요."
"아직 물건이 남아 있으니 그것을 가지면 될 게 아니오."

주인 여자는 침대 곁에 열려진 채로 놓인 낡아빠진 트렁크를 자못 멸시하듯 발로 걷어찼다.

"이 따위가 무슨 소용이 있어요? 돈이 돼야 말이지요. 넝마 조각인걸요. 내의는 낡아빠졌고 양복이래야 단 두 벌인데, 저기 있잖아요. 모두 합해야 고작 1백 프랑이나 될지."

라비크는 어깨를 으쓱했다.

"그 사람이 나가겠다고 했나요?"

"아뇨. 그러나 그쯤은 나도 알아요. 내일까지는 방세를 내야 된다고 내가 그랬거든요. 방세도 내지 않는 손님을 언제까지나 둘 수는 없으니까요."

"알았소. 그런데 나더러 어쩌라는 거지요?"

"저 그림들 때문인데요. 저것도 그 사람 말로는 값어치가 나간다고 하는군요. 그러니 선생님이 한번 봐 주세요."

그때까지 라비크는 벽을 주의해 보지 않았었다. 그는 이제 벽을 쳐다보았다. 그의 앞에 놓인 침대 위에는 반 고호가 가장 재능을 발휘했던 시기에 그렸던 아르르의 풍경화가 걸려 있었다. 그는 한 발짝 다가섰다. 그림이 진짜라는 것은 의심할 여지도 없다.

"한심스러운 그림이죠?" 하고 주인 여자가 물었다. "저 비뚤어진 물건이 나무라는군요! 그리고 저걸 좀 보세요!"

그것은 세면대 위에 걸려 있었다. 고갱의 그림으로 열대 지방의 풍경을 배경으로 한 벌거벗은 남양 토인 여자를 그린 그림이었다.

"저 다리 좀 보세요! 마치 코끼리 같은 발꿈치예요. 그리고 저 미련스러운 얼굴을 좀 보세요! 서 있는 꼴도 우습지요? 그리고 저기에도 한 장이 있는데, 그것은 미처 다 그리지도 못한 거예요."

아직 끝까지 그리지 않았다는 그림은 세잔느가 그린 세잔느 부인의 초상화였다.

"저 입 모양을 좀 보세요. 비뚤어졌지요. 볼에는 핏기도 없구요. 저런 것을 가지고 나를 속이려 드는 거예요. 선생님은 저의 그림들을 보셨지요? 그런것이 바로 그림이라는 거지요. 자연 그대로 그렸고, 진짜로 정확해요. 식당에 걸려 있는 그 사슴이 있는 설경 말예요. 그러나 이 엉터리들을 보세요. 아마 그 사람이 그린 것 같아요. 그렇게 생각지 않으세요?"

"그런 것 같기도 하군요."

"전 그 점을 알고 싶었던 거예요. 선생님은 교육을 받은 분이니 이런 데 대해서는 아시고 계실 것 같았어요. 틀조차 없는 그림이니 말이에요."

석 장의 그림은 액자도 없이 걸려 있었다. 그러나 더러운 벽지 위에서 마치 다른 세계를 향해 열린 창문처럼 빛나고 있었다.

"멋진 금테 액자에라도 끼워 있다면 또 모르겠어요! 그렇기나 했다면 받아 둬도 괜찮을 텐데요. 그러나 이런 꼴로는. 하지만 결국은 이런 허접쓰레기를 받아야 될 것 같아요. 또 속아 넘어간 셈이지요. 친절을 베풀어 준 대가가 고작 이거지요."

"그림을 잡지 않아도 될 것 같은데요" 하고 라비크는 말했다.

"달리 뾰족한 수가 있을까요?"

"로젠펠트는 돈을 마련해 갖고 올 겁니다."

"어떻게요?"

주인 여자는 그를 힐끗 쳐다보았다. 그녀의 안색이 변했다.

"이 그림들이 그만한 값어치가 있나요?"

그녀의 노란 이마 뒤에서 갖가지 생각이 튀는 것이 눈에 보였다.

"지난달치로 아무 말 말고 이 중의 한 장을 잡아 둬도 될까요? 어떤 것이 좋아요? 침대 위에 걸린 저 커다란 것이 좋을까요?"

"어떤 것도 안 돼요. 로젠펠트가 돌아올 때까지 기다려 봅시다. 그 사람은 틀림없이 돈을 마련해 올 테니."

"나는 생각이라요. 나는 이 호텔의 주인이거든요."

"그럼 왜 그렇게 오랫동안 참아 주었지요? 보통때 같으면 내버려두지 않았을 텐데요."

"그 사람의 말주변 때문이지요! 그 사람이 어찌나 뻔지르르하게 말을 잘 한다고요! 우리 집이 어떤지는 선생님도 아시면서……."

그때 로젠펠트가 별안간 문 앞에 나타났다. 그는 말이 없고 키가 작았으며 침착했다. 주인 여자가 뭐라고 말을 꺼내기도 전에 그는 호주머니에서 돈을 꺼냈다.
"여기에 돈이 있으니 거스름돈을 주시겠소?"
여주인은 깜짝 놀라 수표를 바라보았다. 그 다음 그녀는 그림들을 쳐다보았다. 그녀는 돈을 뒤로 밀어 놓았다. 그녀는 무언가 할 말이 많았으나 말이 나오지가 않았다.
"바꿔 드리지요" 하고 그녀는 마침내 설명했다.
"알고 있습니다. 지금 주시겠소?"
"그러지요. 좋아요. 지금은 없으니 아래층에 내려가서 금고에서 바꿔다 드리겠어요."
그녀는 몹시 모욕이나 당한 듯 내려갔다. 로젠펠트는 라비크 쪽을 쳐다보았다.
"미안합니다" 하고 라비크가 말했다. "저 늙은이가 저를 이리로 끌고 왔습니다. 무슨 속셈이었는지 저는 짐작도 못했죠. 그 여자는 저 그림들이 값이 얼마나 나가겠느냐고 저의 의견을 듣고 싶어했습니다."
"그래, 말씀을 하셨습니까?"
"천만에요."
"잘 됐습니다."
로젠펠트는 이상스런 미소를 지으면서 라비크를 바라보았다.
"이런 그림을 어떻게 이런 데다 걸어 두십니까?" 하고 라비크가 물었다. "보험에라도 드셨습니까?"
"아니오. 하지만 그림이란 것은 도둑질을 당하지 않는 법이지요. 기껏해야 20년에 한 번쯤 미술관에서 도난을 당하는 정도지요."
"이 호텔이 화재를 당할지도 모릅니다."
로젠펠트는 어깨를 으쓱했다.
"만일의 위험은 어쩔 수 없는 일이지요. 보험금은 비싸서 저로서는 보험에 들 수가 없습니다."
라비크는 반 고호의 그림을 자세히 들여다보았다. 적어도 1백만 프랑은 나갈 것이다. 로젠펠트는 그의 눈초리를 쫓았다.
"선생이 무슨 생각을 하시는지 저는 압니다. 이런 것을 가지고 있는 사람이라면 그것을 보험에 들 돈쯤은 갖고 있어야 마땅하다고 생각하시지요? 하지만 제게는 그럴 돈이 없습니다. 저는 저의 그림으로 살고 있지요. 파는 것은 서두르지 않습니다. 팔고 싶지가 않으니까요."

세잔느의 그림 밑에는 알콜 곤로가 놓여 있고, 커피와 빵과 버터 통이 그 곁에 놓였으나 방은 좁고 을씨년스러웠다. 하지만 그 벽에서부터는 세계의 광휘를 띠고 있었다.

"이해하겠습니다." 라비크가 말했다.

"어떻게 되리라고 생각했지요" 하고 로젠펠트는 말을 계속했다. "모조리 낼 수가 있었지요. 기차 운임도, 배표도 모두 말입니다. 그러나 석 달치의 방값만을 치를 수가 없었습니다. 거의 굶다시피 했으나 어쩔 도리가 없었습니다. 비자를 내는 데 너무 시간이 오래 걸렸거든요. 오늘 저녁에는 모네를 팔 수밖에 없었습니다. 베엘투이유의 풍경화였습니다. 그래도 그것을 다시 찾아 가지고 갈 수가 있으리라고 생각하면서요."

"하지만 결국은 어느 곳에 가든 팔지 않을 수 없을 게 아닙니까?"

"그렇긴 하지요. 하지만 달러화로 팔고 싶었지요. 두 배는 받을 수 있을 테니까요."

"미국으로 가십니까?"

로젠펠트는 고개를 끄덕였다.

"이제는 여기를 떠날 때가 되었습니다."

라비크는 그를 쳐다보았다.

"'죽음의 새〔鳥〕'도 떠납니다." 로젠펠트가 말했다.

"'죽음의 새'라니오?"

"아, 그렇군요. 마르크스 마이어를 말하는 겁니다. 우리들은 그 친구를 '죽음의 새'라고 부른답니다. 그 친구는 도망 갈 시기를 냄새로 알아낸단 말입니다."

"마이어라니요?" 하고 라비크가 물었다. "가끔, 가다끔바에서 피아노를 치는 그 대머리의 키 작은 남자 말입니까?"

"그렇습니다. 우리들은 프라하에서부터 그 친구를 '죽음의 새'라고 불러왔습니다."

"재미있는 이름이군요."

"언제든지 냄새를 맡고 알아내거든요. 그 친구는 히틀러가 나오기 두 달 전에 독일에서 도망쳐 나왔지요. 비인은 나치가 오기 전 3개월을 앞당겨서 달아났고, 프라하에서는 그 놈들이 침공하기 6주일 전이었지요. 저는 그 친구에게 붙어서 절대 떨어지지 않았습니다. 언제나 그래 왔습니다. 그는 냄새로 압니다. 그 덕분에 이 그림들을 살릴 수가 있었습니다. 돈은 독일에서 가지고 나올 수가 없었을 때였으니까요. 마르크화가 봉쇄되어 버렸거든요. 투자했던 돈이 1백 50만 가량 있었는데 그걸 가지고 오려다 실패했습니다. 그리곤 나치가 나타났거든요. 그러나 그는 연금의 일부를 가지고 왔지만 저는 그런 용기가 없었습니다. 그 마이어가 이번에는 미국으로 가는 겁니다. 그래서 저도 갈까 합니다. 모네는 섭섭하게 되었습니다."

"하지만 그것을 팔아 나머지 돈은 가지고 가실 수 있을 텐데요. 아직 프랑은 봉쇄가 안 되었으니까요."

"그거야 그렇지만, 저 건너에 가서 팔면 그걸로 더 오래 견딜 수가 있을 테니 하는 말입니다. 이런 형편이면 곧 고갱도 희생을 시키지 않을 수 없을 것 같군요."

로젠펠트는 알콜 곤로를 매만졌다.

"이제 저것이 마지막입니다. 저것 석 장이 남았을 뿐이니 저걸로 살아가야 합니다. 일이라구요? 그런 것을 믿을 수가 있나요? 일을 얻게 된다면 그것이야말로 적이게요. 그림이 한 장 없어지면 그만큼 저의 생명이 줄어드는 것입니다."

로젠펠트는 풀이 죽어 트렁크 앞에 서 있었다.

"비인에서는 5년간 있었지요. 그때만 해도 돈이 그렇게 들지는 않았습니다. 그러나 프라하에서는 시슬레를 한 장, 그 밖에 스케치 다섯 장을 먹어치웠습니다. 드가의 것이 두 장이었지요. 미국에서였더라면, 그것으로 1년을 더 살았을 거예요. 아시겠지만." 그는 절망적인 투로 말했다. "이제는 이 유화 석 장밖에는 남지 않았습니다. 어제까지만 해도 넉 장이었는데. 이 비자를 얻느라고 2년의 생활비를 날려 버렸답니다. 3년은 안 된다고 하더라도 말입니다."

"하지만 팔아서 살아갈 수 있는 그림이 한 장도 없는 사람도 많습니다."

로젠펠트는 수척한 어깨를 치켜세웠다.

"그렇게 생각해도 별로 위안이 안 됩니다."
"그건 그럴 테지요."
"이것으로 전쟁을 겪어 내야 하겠는데, 이번 전쟁은 오래 갈 것입니다."
라비크는 대답하지 않았다.
"'죽음의 새'가 그런 말을 했어요" 하고 로젠펠트는 말했다. "그리고 그 친구는 미국도 언제까지 안전할는지 모른다는 겁니다."
"그러면 어디로 간답니까?" 라비크가 물었다. "이제는 별로 남은 곳도 없는데."
"그 친구도 아직 잘 모르고 있습니다. 타이티를 염두에 두고 있는데, 설마 니그로의 공화국은 참전하지 않겠지 하는 생각입니다."
로젠펠트는 정말로 진지하게 그런 말을 했다.
"그렇지 않으면 온두라스를 생각하고 있습니다. 남미의 조그마한 공화국이지요. 또는 산살바도르가 아니면 아마 뉴질랜드라구요."
"그곳은 상당히 멀잖아요. 그렇지요?"
"멀다구요?" 하고 로젠펠트는 말하고 우울한 듯 미소를 지었다. "어디서 말입니까?"

27

바다, 뇌성치는 어둠의 바다. 귓전을 때리는 그 소리, 그리고 복도에서 들려오는 어떤 날카로운 소리, 그 소리들은 미칠 듯 침몰하는 배의 최후를 알려주는 듯했다. 그리고 밤은 물러가는 잠 속으로 낯익은 듯 희미하게 창문을 밀치고 스며왔다. 아직도 소리는 여전히 울리고 있다. 그것은 전화벨 소리였다. 라비크는 수화기를 들었다.
"여보세요……."
"라비크."
"무슨 일입니까? 누구시오?"
"저예요, 제 소리 못 알아들으세요?"
"아, 이제 알겠어, 갑자기 무슨 일이야?"

"와 줘요, 빨리! 곧!"
"무슨 일이지?"
"큰일났어요, 무서워요, 빨리 오세요, 빨리! 도와주세요, 라비크! 곧 오세요!"

전화는 뚝 끊어졌다. 라비크는 그래도 기다렸다. 통화가 끊긴 소리가 우웅하고 났다. 조앙이 수화기를 놓은 것이다. 그는 수화기를 내려놓고 검푸른 밤의 어둠 속을 응시했다. 수면제를 먹고 청한 잠이 아직도 머릿속에 무겁게 남아 있다. 그런 탓인지 수화기를 들었을 때는 언뜻 하아케인 줄만 알았다. 다음 순간, 차차로 자기 방의 창문을 기억하게 되었고 여기는 앙떼르나 쇼날이며 프랑스 드 갈르 호텔이 아니라는 것도 깨닫게 되었다. 그는 시계를 들여다보았다. 야광침이 네 시 20분을 가리키고 있었다. 갑자기 그는 침대에서 튀어나왔다. 그에게 한 예감이 머리를 스치고 지나갔다. 그가 하아케와 만나던 날 밤, 조앙이 한 말이었다. 여자는 왠지 무섭다고 했다. 혹 여자에게 무슨 일이 일어났을 것만 같았다. 지금까지 여자의 엉뚱한 짓을 숱하게 보아왔던 그였지만 그는 급히 필요한 의료 기구를 가방에 챙겨 넣고 옷을 갈아입었다.

다음 길 모퉁이에서 그는 택시를 잡아탔다. 운전사는 조그마한 레핀샤 종의 개 한 마리를 데리고 있었다. 그 개는 마치 털 목도리처럼 사나이의 목덜미에 달라붙어서 택시가 움직일 때마다 같이 흔들거렸다. 라비크는 그 꼴이 미칠 것같이 싫었다. 그러나 그는 파리의 운전사들의 속성을 너무도 잘 알고 있었기 때문에 잠자코 있을 수밖에 없었다.

차는 후텁지근한 7월의 밤을 뚫고 덜거덕거리며 달렸다. 조용한 나무들은 애틋한 냄새를 풍겨 왔다. 어디에 꽃이 피었거나 보리수 나무가 있는 듯했다. 그러자 별들이 총총한 밤하늘을 깜빡이며 날아갔다. 희끗희끗한 거리며, 귓속을 울리는 공허와 차창을 엄습하는 술주정꾼의 노랫소리, 어느 지하실 속에서 켜 대는 아코디언 소리, 이러한 것들 모두가 그의 마음을 더 한층 설레이게 했고 초조하게 했다. '아마 늦을지도 모르겠다.'

이 집이다. 잠은 아직도 덜 깨었다. 엘리베이터가 느리기 짝이 없는 불을 켠 벌레처럼 마냥 기듯 내려왔다. 라비크는 이미 계단에 첫발을 올려놓았지만 단념하고 엘리베이터를 탔다. 아무리 느리다 해도 엘리베이터가 빠른 건 사실이기 때문이었다. 분명히 이것은 파리의 장난감이었다. 덜거덕거리는 이 엘리베이터는 벽이 없이 두서너 개의 철주로 버티고 있을 뿐이다. 전구도 반은 타 버린 채 우울하게 명멸하며 소켓에 간신히 매달려 있다. 이윽고 맨 위층에 닿았다. 그는 문을 밀어붙이고 벨을 눌렀다.

조앙이 문을 열었다. 라비크는 그녀를 뚫어지게 바라보았다. 피는 흐르지 않았다. 얼굴도 별 이상 없고.

"무슨 일이야?" 하고 그는 물었다. "어디지?"

"라비크, 당신이 이렇게 와 주셨군요."

"어디야? 당신이 무슨 일을 저질렀어?"

여자는 몇 걸음 뒤로 물러섰다. 그는 한두 걸음 나섰다. 놀랍게도 아무도 없다.

"어디야? 침실인가?"

"뭐가요?"

"침실에 누가 있어? 누가 있는 거야?"

"아뇨, 왜 그러세요?"

그는 잠자코 여자를 쳐다보았다.

"당신이 아니면 여기엔 아무도 못 와요."

그는 여전히 여자를 쳐다보았다. 여자는 건강한 얼굴로 선 채 그에게 미소를 던졌다.

"어째서 당신은 그런 착각을 하게 되는 거죠?"

여자의 미소가 더욱 깊어졌다.

"라비크!" 하고 여자는 말했다.

그는 깨달았다. 마치 우박으로 얼굴을 얻어맞은 듯 정신이 되돌아왔다. 저 여자는 그가 질투를 하는 줄 알고 좋아하는 것이라고 그는 생각했다. 갑자기 손에 들려 있는 가방이 1톤이나 되는 듯 무거워졌다. 그는 가방을 의자 위에 던졌다.

"이런 돼먹지 않은 거짓말쟁이 같으니라구?" 하고 그는 버럭 소리를 질렀다.

"뭐라구요? 왜 이러시죠?"

"이 어처구니없는 사기꾼아!" 하고 그는 마구 욕을 해댔다. "이 따위 것에 속은 나도 참 못난 놈이다."

그는 가방을 집어들고는 급히 문께로 다가갔다. 그러자 여자는 그의 곁으로 바싹 다가섰다.

"어쩌려고 그래요? 가시면 안 돼요. 저를 혼자 내버려 두지 말아요. 만일 당신이 나를 버려 두면 당장 무슨 일이 일어날지 몰라요."

"이봐, 사기꾼아, 뻔뻔스럽기도 하지. 그래 거짓말하는 건 좋지만, 좀 비싸게 굴어. 구역질 나게 놀아나지 말란 말이야."

여자는 그를 문께서 안으로 밀쳤다.

"하지만 방안을 한번 둘러보세요. 보시면 알 만할 거예요. 자 봐요, 그 자가 얼마나 지랄을 쳤나 보시란 말예요. 또 돌아올 거예요. 이번엔 무슨 짓을 할는지 몰라요."

의자 하나가 바닥에 나동그라져 있고, 깨어진 유리조각들이 흩어져 있었다.

"걸어다닐 때 신발을 신으라구 그랬나?" 하고 라비크가 비아냥댔다. "흥, 다치지 말라 그 말야. 내가 충고할 말은 그것뿐이야."

유리조각에 섞여서 사진 한 장이 떨어져 있었다. 그는 구둣발로 유리를 헤치고 사진을 집어 들었다.

"자." 그는 그것을 테이블 위에 놓으며 말했다. "이제는 나를 가만 둬 달란 말이야."

여자는 그의 앞을 막아서서 그를 뚫어지게 쳐다보았다. 그녀의 얼굴이 달라졌다.

"라비크." 여자는 나직하면서도 억제한 듯한 목소리로 말했다. "당신이 뭐라고 말해도 좋아요. 앞으로도 거짓말을 하겠어요. 남자들은 모두가 거짓말을 해주었으면 하니까요."

여자는 사진을 옆으로 밀쳐 놓았다. 사진은 테이블 위를 미끄러지다가 방바닥으로 떨어져 라비크도 볼 수 있게 뒹굴었다. 그것은 그로셰 도르에서 조앙하고 함께 있던 그 사내의 사진은 아니었다.

"모두 그러기를 바라고 있어요." 여자는 경멸하듯 말했다. "거짓말을 말라구요? 거짓말을 말라구요! 정말을 말하라구요! 그렇지만 정말을 말하면 아무도 그것을 참지 못하잖아요. 그렇지만 당신은 몇 번 안 속았어요. 당신은 안 속였으니까. 당신한테는 그러고 싶지 않았어요."

"알았소, 그 이야기는 할 필요도 없지."

갑자기 그는 이상하리만큼 감동을 했다. 무엇인가가 그의 마음을 건드렸다. 그는 자신에게 화가 치밀었다. 이젠 어느 것에도 더는 마음을 찔리고 싶지 않았다.

"정말예요. 당신에게는 그럴 필요가 없었어요" 하고 여자는 거의 애원하듯이 그를 바라보았다.

"조앙."

"그리고 지금도 저는 거짓말을 한 게 아녜요. 거짓말은 아니었어요. 라비크, 전 정말 무서워서 전화를 건 것뿐예요. 저는 요행히도 그 사람을 문 밖으로 내쫓고 문을 닫아 걸었어요. 그는 문 밖에서 소리를 지르고 화를 냈어요. 그래서 당신에게 전화를 걸었어요. 제일 먼저 생각난 것이 당신이었어요. 그게 그렇게 나빴나요?"

"당신은 그래서 내가 왔을 때 그렇게 지독하게 침착하고 태연했군?"

"그 사람이 가 버렸으니까요. 그리고 당신이 도와주러 올 것을 알았으니까요."

"그럼 됐군 그래. 그럼 이제 모두 잘 된 셈이군, 이젠 가도 되겠군 그래."

"그 사람은 또 올 거예요. 다시 오겠다고 떠벌였어요. 지금쯤 어디 가 앉아서 마시고 있을 거예요. 저는 그런 일을 환히 알고 있어요. 그 사람은 취해서 돌아오면 당신하곤 달라요. 술을 마실 줄 모르거든요."

"이젠 그만두라니까! 집어치워! 어리석은 짓이 지나쳐. 당신 방의 문은 아직 제대로 돼 있어. 두번 다시 그런 짓은 말아."

여자는 그대로 서 있었다.

"도대체 어떻게 하란 말이에요?"

갑자기 여자는 덤벼들듯 내뱉었다.

"하긴 뭘 해?"

"전 당신한테 전화를 걸었어요. 세 번, 네 번, 그런데 당신은 대꾸도 하지 않았어요. 그리고 대답이 있구나 했더니 나를 가만히 내버려 두라고 하는군요. 어떤 생각에서 나를 이렇게 대하시죠?"

"바로 그대로지."

"바로 그대로라구요? 도대체 그대로라는 게 뭐예요? 하룻밤 모든 게 회한하고 사랑으로 가득 찼는가 하면, 갑자기……."

여자는 라비크의 안색을 보고는 입을 다물었다.
　"그런 말을 하리라고 나는 생각했지" 하고 그는 차분한 음성으로 말했다. "당신이 그것을 이용하리라는 것을 나도 생각했었어. 정말 당신다워! 그것이 마지막이고 그것으로 만족하고 그만 끝냈어야 한다는 것을 당신도 알았을 게 아니오. 당신은 나에게 왔었지. 그리고 그것이 마지막이었기 때문에 그것은 즐거웠던 거요! 한마디로 그것은 이별이었던 거야. 그러면 언제까지든지 두 사람의 기억에 남아 있었을 것이었지, 그런데 당신은 장사꾼처럼 그것을 이용하려 드니, 그것을 새로운 요구를 하는 구실로 삼다니, 무엇인지 단 한 번 있던 것, 날개를 가진 것으로 만들고서 질질 계속하게 만들려고 했단 말이오. 그런데 내가 암만해도 그런 수에 넘어가지 않으니까 이젠 이런 구역질 나는 수까지 썼으니. 덕택에 입에 담기조차 창피한 말을 다시 한 번 씹지 않을 수 없게 되었단 말이오!"
　"저는……."
　"당신은 알고 있었어" 하고 그는 여자의 말을 가로막았다. "다시는 거짓말 말아! 난 당신이 말한 것을 되풀이하고 싶지는 않아. 또 그런 짓을 나는 못해. 우리들은 둘 다 알고 있었던 거야. 당신은 다시는 돌아오고 싶지 않았었지."
　"저는 다시 돌아가지는 않았어요!"
　라비크는 그 여자를 노려보면서 간신히 자기 자신을 억제했다.
　"알았어. 그럼 전화를 했다고 합시다."
　"전 무서우니까 전화를 걸었던 것뿐예요."
　"맙소사. 어리석도 이만저만이 아니로군! 그만두겠어!"
　여자는 천천히 눈웃음을 쳤다.
　"저도 그만두겠어요, 라비크, 아셨어요? 제가 단지 당신이 여기 계셔 주었으면 하고 생각한다는 것을 모르세요?"
　"바로 그것이 싫단 말이오."
　"왜요?" 여자는 아직 눈웃음을 치고 있었다.
　라비크는 완전히 손을 들었다고 생각했다. 여자는 전혀 그를 이해하려고 들지를 않았다. 설명이라도 하려고 하면 정말 어떻게 해야 될지 모를 일이었다.
　"저주받을 만한 타락이군." 이윽고 그는 말했다. "당신은 모르는 일이겠지만."

"그런데 어째서 일주일 전하고 다르지요?"

"그때도 같았었어."

여자는 잠자코 그를 바라보았다.

"그것을 무엇이라고 부르건 전 상관없어요."

그는 대답을 하지 않았다. 그는 여자가 이겼다는 것을 느꼈다.

"라비크" 하고 여자는 말하며 다가왔다. "그래요. 저는 그때 이것으로 끝이라고 말했어요. 두 번 다시 제 말은 당신의 귀에 들어가지 않을 것이라고 말했어요. 당신이 그런 말을 원하고 있었기 때문에 한 거예요. 제가 아무리 그래도 그런 짓은 하지 않는다는 것을 당신은 이해 못하시는 거예요."

"이해고 뭐고" 하고 그는 난폭한 투로 말했다. "내가 알고 있는 것은 당신이 두 남자와 자고 싶어하는 일이야."

여자는 움직이지 않았다.

"아녜요." 이윽고 그 여자가 말했다. "설혹 그것이 사실이라고 해도 그것이 당신과 무슨 상관이지요?"

그는 여자를 찬찬히 들여다보았다.

"정말 당신에게 무슨 상관이냔 말예요." 여자는 되풀이 말했다. "저는 당신을 사랑해요. 그거면 되잖아요."

"충분치 못해."

"질투하실 필요가 없어요. 혹 다른 사람이라면 질투를 할 수도 있겠지요. 게다가 당신은 한번도……."

"그런가?"

"그래요. 당신은 질투란 게 뭔지 모르고 있어요."

"물론 모르지. 나는 당신이 친한 그 애 녀석들처럼 극적인 행동은 하지 않으니까 말야."

여자는 살짝 눈웃음을 쳤다.

"라비크" 하고 여자는 말했다. "질투는 말예요, 다른 사람이 마시는 공기에서부터 시작되는 거예요."

그는 대답하지 않았다. 여자는 라비크 앞에 서서 그를 똑바로 보았다. 그녀도 그를 쳐다볼 뿐 말이 없었다. 공기, 비좁은 복도, 어둑어둑한 불빛조차도, 그 모든 것이 그 여자로 하여금 뿌듯하게 할 뿐이다. 어떤 기대감으로 ──망루 위에 올라 나지막한 난간을 의지하고 현기증을 일으키며 내려다볼 때의 땅으로 끌려 내려가는 듯한 숨막히고 부드러운 힘으로 가득할 뿐이다.

라비크는 그것을 느꼈다. 그리고 저항했다. 그는 그 힘에 사로잡히고 싶지 않았다. 그러나 가야겠다는 생각은 떠오르지 않았다. 만일 이대로 간다면 그 힘이 그의 뒤를 끈질기게 쫓아다닐 것이다. 그러나 그는 더 이상 쫓겨다니고 싶지는 않았다. 그는 확실히 결말을 내고 싶었다. 내일은 확실히 해 둘 필요가 있다. 자신을 위해서도.

"브랜디가 있소?"

"있어요. 다른 것두요. 무엇을 드시겠어요? 칼바도스를?"

"있으면 코냑을 마시겠소. 칼바도스라도 상관없지만. 아무거라도 취하긴 마찬가지니까."

여자는 재빠른 동작으로 조그만 찬장이 놓인 곳으로 갔다. 라비크는 여자의 뒷모습을 바라보고 있었다. 맑은 공기, 눈에 보이지 않는 유혹의 방사선, 여기다 우리 자그마한 집을 지읍시다. 이 말은 과거로부터의 영원한 속임수다. 마치 하룻밤보다도 더욱 긴 평화가 언젠가 피에서 생겨나올 수 있었던 것이기나 한 듯한 속임수에 불과하다.

질투! 나는 질투에 대해서 아무것도 모른단 말인가? 그러나 나는 사랑이란 불완전하다는 것을 잘 알고 있지 않은가? 그것이야말로 질투하는 자그마한 개인적인 불행보다도 더욱 오래되고 더욱 고치기 어려운 고통이 아니던가? 그것은 한 사람이 먼저 죽어야 된다는 것을 아는 것으로 출발되는 것이 아닌가?

조앙은 칼바도스 대신 코냑을 한 병 들고 왔다. '됐어' 하고 그는 생각했다. 가끔 이 여자도 제법 현명한 판단을 하는군. 그는 사진을 밀어 놓고, 자기의 매력을 깨뜨리는 가장 간단한 방법은 자기의 후계자를 보는 것이라고 생각했다.

"이상하군, 내 기억이 이렇게도 나쁜가?" 하고 그는 말했다. "나는 당신의 애송이는 전혀 다른 얼굴로 알았었는데."

여자는 병을 내려놓았다.

"그렇지만 그건 그 사람이 아녜요."

"그래, 벌써 또 딴 사람이오?"
"그래요. 그래서 그런 일들이 일어난 거예요."
라비크는 코냑을 단숨에 쭉 들이켰다.
"당신도 딱하군 그래. 옛날 애인이 찾아올 때면 다른 애인 사진 같은 것은 아무 데나 놓아 두는 게 아니야. 도대체 그런 사진을 놔두는 게 잘못이야. 악취미란 말이오."
"놓아 둔 게 아녜요. 그 사람이 찾아낸 거예요. 뒤져 냈어요. 그리고 사진 안 가진 사람이 어디 있어요. 당신은 몰라요. 여자만이 아는 일이에요. 사실 그 사람에겐 보이고 싶지 않았어요."
"그러니까 이런 싸움이 일어난 거 아니오. 당신은 그 사람에게 매인 몸인가?"
"아녜요 다만 계약을 했어요, 2년간만."
"그 친구가 그것을 주선해 줬나?"
"왜, 안 되나요?" 여자는 진정으로 의아스러운 빛이었다. "그게 그렇게 중요한가요?"
"아니지, 하지만 그런 것을 가지고 지독하게 화를 내는 인간도 있으니까."
여자는 그 말에 어깨를 으쓱했다. 그는 그것을 보았다. 어떤 기억, 향수, 언젠가 자기 곁에서 자고 있던 여자의 순하고 여리며 규칙적인 숨결과 더불어 오르내리던 어깨에 대한 향수. 투명한 밤하늘을 반짝이면서 날아가던 새들의 무리, 얼마나 멀리 날아가는 것이냐? 얼마나 멀리? 말해 다오, 눈에 보이지 않는 장부계(帳簿係)여! 단지 묻혀 있는 것에 불과한 것이냐? 또는 정말 꺼져 가는 최후의 반사광이냐? 하지만 누가 그것을 진정으로 알 것인가?
창문은 활짝 열려 있었다. 무엇인가가 날아 들어왔다. 한들한들하면서 검은 넝마조각이 위태롭게 하늘하늘거리면서, 전등갓에 머무르다가 날개를 펴면서 잦아든다. 동시에 보라와 푸른빛, 그리고 갈색으로 된 환영—비단갓에 붙은 밤의 휘장—그것은 오색찬란한 산누에나방이었다. 나방의 날개는 희미하게 숨을 쉬고 있다. 엷은 천의 옷 밑에서 가슴이 할딱이는 듯 희미하게. 언제 이렇게 무한한 세월, 1백 년의 긴 세월이 단숨에 흘러가 버린 것일까?
루브르, 승리의 여신 니케, 아니 그것보다는 더욱 오래전이리라. 먼지와 황금으로 된 여명기로 되돌아가, 황옥(黃玉)의 성단에서 피어오르는 향연(香煙), 화신(火神) 불카누스의 시끄러운 소리가 가득하고, 그림자와 정욕과 피의 장막이 더욱 어둡고, 인식의 편주는 더욱 작았으며, 소용돌이는 더욱 끓어올랐으며, 용암은 더욱 빛을 내며 시커먼 손으로 언덕을 기어내려서 생명을 뒤덮어 장식하고. 그래서 그것을 넘어서면, 시간이라는 모래 위에 쓴 한두 마디 허망한 상형문자 위에 퍼지는, 괴녀 메두사의 영원한 미소가 있다. 그것이 정신이다.

나방은 몸을 일으키고 비단 갓 밑으로 내려와서 뜨거운 전구를 날개로 치기 시작했다. 보랏빛 분가루, 라비크는 나방을 집어서 창문으로 들고 가 어둠속으로 내던졌다.

"다시 날아 들어올 거예요."

"어쩌면 안 올지도 모르지."

"매일밤 그렇게 오는걸요. 공원에서 날아오는 거예요. 늘 같은 나방들이에요. 몇 주일 전에는 레몬같이 노란 것들이었어요. 지금은 저런 것이지만."

"그렇지, 늘 같지. 그러면서도 늘 다른 거야. 그리고 딴 것이면서 늘 같은 것처럼 보이고."

'나는 무엇을 지껄이고 있는 것이냐. 무엇인가가 내 뒤에 숨어서 떠들고 있는 것이다. 반향, 산울림이다. 아득히 먼 곳에서 최후의 희망의 배후에서 울려오는 것이다. 대체 나는 무엇을 바랐던가. 이렇게 약점을 드러낸 순간에 나를 때려눕힌 것은 무엇이었더냐. 과거, 오랜 세월을 두고 건전하다고 생각했던 근육을 마치 메스로 자르듯 쨴 것은 무엇이냐? 죽었다가 다시 유충이 되고, 고치가 되듯이. 줄곧 동면만을 한 채 속이고 싶었던 기대가 아직도 성성하게 살아남아 있었더란 말이냐?'

그는 테이블 위에 놓았던 사진을 집어들었다. 얼굴, 누군지 모를 얼굴, 1백만 명 중의 어느 하나일 얼굴!

"언제부터야?"

"얼마 안 됐어요. 우린 같이 일하고 있어요. 이틀 전쯤예요. 당신이 그때 후케에서……."

그는 손을 들었다.

"알았어, 좋아! 만일 내가 그날 밤 그것이 사실이 아니란 것은 당신도 알고 있잖아."
　여자는 망설였다.
　"알긴 했지만……."
　"당신은 알고 있어! 거짓말 말아! 중대한 것은 사람의 목숨이 그렇게 짧은 것만은 아니야."
　'도대체 나는 그녀에게서 무엇을 듣고자 하는 것이냐? 뭣 때문에 이런 말을 지껄일까? 나는 역시 부드러운 거짓말을 듣고 싶어하는 것이 아니냐?'
　"그것은 사실이기도 하고 사실이 아니기도 해요. 저로서는 어쩔 수가 없어요. 라비크, 전 가만히 있을 수가 없었어요. 마치 무엇인가를 놓쳐 버리고 있는 것 같았어요. 그래서 무조건 붙잡지요. 그것을 내 것으로 만들지 않고는 못 배겨요. 그리고 자기 것으로 만들고 나서야 그것이 아무것도 아니란 것을 깨닫게 돼요. 그래도 아편처럼 다시 새로운 무엇을 붙잡으려고 발버둥쳐요. 그렇게 해봐도 결국 전과 마찬가지라는 것도 언제나 알고 있으면서도요. 그렇지만 그대로 내버려 둘 수는 없어요. 그것이 저를 몰아치고 내동댕이쳐요. 그러는 동안 저를 가득 채워 주지요. 그러다간 그것이 저를 다시 놓아주어요. 저는 그러면 마치 허기라도 진 것처럼 텅텅 비게 돼요. 그리고 또 다시 같은 짓을 되풀이해요."
　'정말 끝장이 났다' 하고 라비크는 생각했다. 정말 이젠 완전히 끝장이 났다. 이젠 틀림이 없으리라. 더 이상 휘말려 들어갈 필요도 없다. 각성할 필요도, 되돌아갈 필요도 없다. 그것을 깨닫기를 잘했다. 환상이, 안개가, 지혜의 렌즈를 다시 흐리게 하려 드는 때에 그 모든 것을 알아서 다행이다.
　상냥하고도 냉혹한, 그리고 구원할 길 없는 착각이여! 언젠가는 서로서로의 내부로 흘러들었던 피도 다시는 지금 같은 힘을 가질 수는 없다. 아직도 조앙을 붙잡아서 가끔 내게로 되돌아오게 하는 것은 나의 마음속에서 저 여자가 파고들지 않은 면이 남아 있기 때문이다. 만일 완전히 나의 속을 알게 되면 저 여자는 영원히 가 버릴 것이다. 그러고 나면 그것을 누가 기다린단 말인가? 누가 그것에 만족한단 말이냐? 누가 그걸 위해 몸을 내던진단 말이냐?
　"저도 당신처럼 강했으면 좋겠군요, 라비크."
　그는 웃었다. 게다가 이런 소리까지 듣는구나 싶었다.

"당신이 나보다 훨씬 강해."
"아녜요. 저는 당신 뒤만 따라다니고 있잖아요?"
"그것이 증거지. 당신은 그렇게 할 수가 있으니까. 하지만 나는 그럴 수가 없단 말야."
여자는 잠시 그를 뚫어지게 쳐다보았다. 그리고 여자의 얼굴에 퍼졌던 밝은 빛이 사라졌다.
"당신은 사랑을 못하는 분예요" 하고 여자는 말했다. "당신은 자기를 남에게 절대로 주지 않는 분예요."
"당신은 언제나 주지. 그러니까 당신은 언제든지 살아날 수 있는 거야."
"당신은 지금도 저하고 진실한 이야기는 하지 못하시나요?"
"나는 진심으로 이야기하고 있는 거요."
"만일, 제가 언제나 살아난다면, 왜 저는 당신한테서 떨어질 수가 없지요?"
"당신은 틀림없이 내게서 떨어져 갈 거야."
"그만두세요. 그런 말은 전혀 별개의 얘기라는 것쯤 당신도 아시면서요? 만일 제가 당신에게서 떨어질 수 있다면 당신 뒤를 제가 따라다닐 리가 없잖아요? 다른 사람은 모두 잊었어요. 그런데 당신은 잊을 수가 없어요. 왜 그렇죠?"
라비크는 또 한 모금 마셨다.
"아마 당신이 나를 당신 발 밑에 깔아 버리질 못했기 때문인지도 모르지."
여자는 주춤했다. 그리고 머리를 좌우로 흔들었다.
"전 당신 말처럼 그 사람들을 모두 발 밑에 깔아 버리지도 못했어요. 그 중에는 전혀 그럴 수 없었던 사람도 많았지요. 그래도 전 모두 잊었는 걸요. 전 불행했는데도 모두 잊어 버렸어요."
"나도 역시 잊게 될 테지."
"아녜요. 당신은 저를 불안하게 만들고 있어요. 절대로 잊지 못할 거예요."
"인간이 얼마나 잊기 잘하는지는 도무지 믿기 어려울 정도요. 그것은 커다란 은혜이기도 하지만, 반면 구제할 수 없는 불행이기도 하지."
"우리가 어쩌다 이 모양이 됐는지, 당신은 아직도 말을 해주지 않는군요."

"그것은 아무도 설명할 수가 없는 거야. 우리가 원하는 만큼 이야기를 할 수는 있지만, 그러나 말을 하면 할수록 엇갈리게 되는 거야. 세상에는 설명할래야 할 수 없는 일들이 있는 법이거든. 그리고 아무리 애써도 이해를 못하는 인간도 있는 법이구. 오로지 우리들 마음속에 있는 조그마한 정글을 찬양하기나 해야지. 자, 이젠 가겠어."

여자는 황급히 일어섰다.

"저를 혼자 두고 가시면 안 돼요, 라비크."

"당신은 나하고 자고 싶어?"

여자는 그를 빤히 쳐다볼 뿐 말이 없었다.

"나는 싫어." 그는 말했다.

"왜 그런 걸 묻죠?"

"좀 기운을 차리려고 그랬어. 가서 자요. 벌써 날이 밝아 오는군. 비극에 어울리는 시간이 오는 거요."

"계시고 싶지 않으세요?"

"천만에! 이젠 다시는 오지도 않겠어."

여자는 꼼짝도 안하고 서 있었다.

"다시는?"

"다시는 안 오겠어. 그리고 당신도 절대로 나에게 오지 말아."

여자는 느릿느릿 머리를 좌우로 흔들었다. 그리고 테이블 위를 가리켰다.

"저것 때문에 그러세요?"

"아니."

"전 당신을 알 수가 없군요. 그래도 우리는……."

"안 돼" 하고 라비크는 재빨리 말했다. "더구나 그럴 수는 없어. 친구라는 형식도 안 돼. 식어 버린 용암 위에 생긴 조그만 채소밭, 그것도 안 돼. 우리는 그럴 수 없어. 우리는 안 돼. 쓸데없는 장난이었다면 모르지. 그렇다고 해도 지저분한 거야. 사랑이란 우정으로 더럽혀서는 안 되는 거야. 마지막은 마지막이니까."

"하지만 어째서 그게 오늘이어야 하지요?"

"당신 말이 옳아. 벌써 일찍 끝장이 났어야 했는데. 스위스에서 내가 돌아왔을 때 말야. 그러나 아무도 전지전능하지는 못하니까. 그리고 때로는 살살이 알고 싶지 않을 때도 있는 법이야. 그때 일은……." 하고 그는 말끝을 흐렸다.

"무엇 때문이었나요?"

여자는 무엇인지 이해되지 않는 것이 있었다. 그녀의 얼굴은 창백했고 두 눈은 투명했다.

"우리의 경우가 어떻게 됐다는 거예요?" 하고 여자는 속삭이듯 말했다.

여자의 머리 뒤에는 희미하게 복도가 불빛 속에서 흔들거렸다. 그것은 마치 모든 약속이 몽롱하게 되고 몇 세대의 눈물에 젖고 항시 새로운 희망에 의해 젖어 있는 아득한 굴 속으로 통하는 듯했다.

"사랑" 하고 그는 말했다.

"사랑이라니요?"

"아무튼 사랑이었지. 그래서 이젠 마지막이어야 해."

그는 문을 등으로 닫았다. 그는 엘리베이터의 스위치를 눌렀다. 하지만 그것이 기어 올라올 때까지 기다리지를 않았다. 조앙이 뒤쫓아 나올 것이 두려웠던 것이다. 그는 조급하게 계단을 뛰어 내려갔다. 두 번째의 층계에서 걸음을 멈추고 귀를 기울였다. 아무것도 움직이지 않았으며 아무도 오지 않고 있었다.

택시는 아직도 집 앞에 서 있었다. 그는 택시를 완전히 잊고 있었다. 운전사는 손을 모자에다 슬쩍 갖다 대고 히죽 웃었다.

"얼마요?" 하고 라비크는 물었다.

"17프랑 50상팀입니다."

라비크는 돈을 치렀다.

"타고 가실 게 아닙니까?"

운전사는 깜짝 놀라 물었다.

"걸어가겠소."

"상당히 먼뎁쇼, 손님."

"알고 있소."

"그럼 일부러 기다리게 하실 필요가 없었는뎁쇼. 2프랑은 공연히 내셨군요."

"상관없소."

운전사는 윗입술에 축축이 달라붙어 있는 갈색의 궐련 꽁초에 불을 붙이며 말했다.
"하긴 그만한 값이 있으셨겠습죠만."
"있었고 말고!"
공원은 차가운 아침 햇살을 받고 있었다. 공기는 벌써 따뜻했지만 햇살은 차가웠다. 먼지로 잿빛이 되어 버린 리라의 풀숲. 벤치, 그 한 개에 남자 하나가《파리 스와르》로 얼굴을 덮고 자고 있다. 그것은 언젠가 비오던 날 밤에 라비크가 앉아 있었던 바로 그 자리였다.
그는 잠들어 있는 사나이를 보았다.《파리 스와르》는 얼굴 위에서 숨을 쉴 때마다 아래위로 움직였다. 그래서 마치 그 값싼 신문이 넋이라도 있는 듯 보였고 또는 금방 중대한 뉴스를 가지고 하늘 높이 날아오르려고 하는 한 마리 나비와도 같았다. '히틀러는 폴란드 회랑 이외의 영토적 요구를 가지지 않고 있음'이란 커다란 제목이 조용하게 숨을 쉬고 있다. 그 밑에는 '세탁소 안주인이 남편을 뜨거운 다리미로 살해'라고 나와 있다. 일요일의 외출복을 입은 오동통한 여자가 사진 속에서 가만히 내다보고 있다. 그 곁에는 또 한 장의 사진이 파도처럼 움직이고 있다. '체임벌린, 아직 평화는 가능하다고 단언' —— 양산을 들고, 은행원다웠으며, 얼굴은 행복한 염소 그대로였다. 그의 발밑에는 조그만 활자로 그것도 좀 가리워진 곳에 '수백 명의 유태인 국경에서 학살당함'이라고 나와 있다.
사나이는 이 모든 것이 실린 신문을 덮고 밤이슬과 아침 햇살을 막고는 평화스럽게 깊이 잠들어 있다.
그는 낡고 해진 운동화와, 갈색 홈스펀 바지를 입고 해진 저고리를 걸치고 있었다. 이 모든 것은 그와는 아무런 상관도 없다. 너무도 없는 일이었기 때문에 그런 것은 아무래도 좋았다. 마치 깊은 바닷속에 사는 고기는 수면 위의 갖은 폭풍우를 개의치 않은 것과 같이.
라비크는 앙떼르나쇼날로 돌아왔다. 머릿속은 또렷또렷했고 자유로운 기분이었다. 남겨 둔 것은 아무것도 없었다. 나를 혼란에 빠뜨릴 수 있는 것은 이제는 아무것도 없다. 오늘 프랑스 드 갈르로 이사를 하자. 아직은 이틀이 이르지만, 그러나 하아케를 맞이하자면 늦는 것보다는 차라리 이른 편이 좋다.

28

 라비크가 아래로 내려갔을 때, 프랑스 드 갈르의 로비는 텅텅 비어 있었다. 안내인의 책상 위에서는 포타블 라디오 소리가 조용히 흘러나왔고 구석에서는 청소부가 두 사람 일을 하고 있었을 뿐이다. 라비크는 재빨리 사람의 눈에 띄지 않게 로비를 가로질러서 갔다. 문 건너 쪽에 있는 시계를 보았다. 아침 다섯 시였다.
 그는 조르쥬 5세 가를 올라가 포우케까지 걸어갔다. 아무도 앉아 있는 사람은 없었다. 레스토랑은 벌써 문이 닫혀 있었다. 그는 잠시 서 있다가 택시를 잡아타고 세헤라자드로 갔다.
 모로소프가 문 앞에 서 있다가 어떻게 된 영문인지 알고 싶다는 듯 그를 쳐다보았다.
 "아무 일도 없었네" 하고 라비크는 말했다.
 "그럴 줄 알았어. 오늘은 기다려야 소용없지."
 "아닐세. 오늘이 벌써 14일째가 아닌가."
 "하루를 가지고서야 이야기가 안 되지. 자넨 프랑스 드 갈르에 쭉 있었나?"
 "그럼, 아침부터 지금까지 있었는데."
 "내일은 전화가 걸려올 걸세. 오늘은 볼일이 있었던가, 아니면 하루 늦게 떠났는지도 모르고."
 "내일 아침엔 수술을 해야 하네."
 "그렇게 일찍 전화를 걸지는 않을 걸세."
 라비크는 대답을 하지 않았다. 그는 흰 연미복을 입은 놈팡이가 막 택시에서 내리는 것을 보았다. 커다란 눈을 가진 창백한 여자가 그 뒤에서 따라 내렸다. 모로소프는 문을 열고 두 사람을 들어가게 했다. 갑자기 샤넬 5번의 향수내가 길에 온통 퍼졌다. 여자는 다리를 약간 절었다. 놈팡이는 택시 요금을 치르고서 여자의 뒤에서 어슬렁어슬렁 따라 들어왔고 여자는 문께서 남자를 기다리고 있었다. 가로등의 불빛으로 여자의 눈이 초록빛으로 보였고 눈동자는 조그마하게 오므라 들어 있었다.
 "이런 시각에 전화를 걸 리가 있나" 하고 모로소프는 다시 제자리에 돌아와서 말했다.

라비크는 대꾸를 하지 않았다.

"열쇠만 빌려주면 내가 여덟 시에 가 주지" 하고 모로소프가 말했다. "그리고 자네가 돌아올 때까지 기다려 줄 수도 있어."

"자네는 자야 해."

"쓸데없는 소리. 자고 싶으면 자네의 침대에서 자면 되지 않나. 전화를 걸 놈은 없겠지만, 그렇게 해서 자네가 안심이라면 내가 해줄 수 있어."

"난 열한 시까지 수술을 해야만 되는데."

"알았네. 열쇠를 이리 주게. 흥분해서 포부르 상 제르망 귀부인의 난소를 밥통에다 꿰매 놓지나 말게. 9개월 후에 어린애를 입으로 토해 낼지도 모르니 말일세. 열쇠를 가지고 있나?"

"응, 여기 있어."

모로소프는 열쇠를 호주머니에 넣었다. 그리고 박하정이 든 갑을 꺼내어 라비크에게 권했으나 라비크는 머리를 저었다. 모로소프는 두서너 개 집어서 자기 입 속에다 집어 넣었다. 정제는 마치 조그마한 흰 새가 숲 속으로 뛰어들듯 그의 수염 속으로 사라져 버렸다.

"시원하거든" 하고 그가 말했다.

"자네는 우단투성이의 방안에서 하루 종일 앉아서 기다려 본 적이 있나?" 라비크가 물었다.

"훨씬 더 오래 있어 봤지. 자네는 그런 일이 없었나?"

"있기는 있었지. 그러나 이번엔 달라."

"읽을 것을 가지고 가지 않았었나?"

"잔뜩 가지고 갔었지. 하지만 아무것도 읽지를 않았어. 언제까지 여기에 있어야 하나?"

모로소프는 택시 문을 열었다. 미국인들이 잔뜩 타고 있었다. 그는 그들을 안으로 들여보냈다.

"적어도 두 시간은 더 있어야 하네."

그는 되돌아오더니 그렇게 말했다.

"꼴이 어떤지 자네가 보아 알겠지. 몇 년 이래 처음 보는 미친 듯한 여름일세. 어디를 가나 만원이야. 조앙도 와 있고."

"그래?"

"응, 다른 사내하고 왔다네. 흥미가 있다면 말이네만."

"별로 없어" 하고 라비크는 말하고 돌아서서 가려고 했다. "그럼, 내일 만나세."

"라비크" 하고 모로소프가 그의 등 뒤에 대고 소리를 질렀다.

라비크는 돌아왔다. 모로소프는 열쇠를 끄집어 냈다.

"이거 받게나! 자넨 프랑스 드 갈르의 자네 방으로 돌아가야 할 게 아닌가, 난 내일이나 돼야 자네를 만나게 될 터이니 말일세. 나갈 때는 문을 열어 두고 나가게나."

"난 프랑스 드 갈르에서 자지는 않네."

라비크는 열쇠를 받았다.

"나는 앙떼르나쇼날에서 자겠어. 얼굴을 보이지 않는 것이 좋을 테니까."

"자네는 거기서 자는 게 나을 걸. 호텔에서 자지 않으면 거기서 살고 있다고는 할 수 없지 않나? 그것이 좋을 걸. 경찰이 와서 안내에게 조사할 경우에 말이네."

"그것도 그렇지만, 경찰이 조사를 하는 게 더 좋아."

"상관없어."

"그렇지 않다네. 바보짓은 하지 마세. 자네의 수염은 다른 때와 달라. 게다가 자네의 말이 옳아. 나는 아무런 특별한 일도 없었던 듯 행동해야만 되네. 만일에 하아케가 내일 아침 전화를 건다면 그 후에는 틀림없이 다시 걸 거야. 그걸 계산에 넣지 않으면 하루 사이에 모조리 잡치게 될 걸세. 경우에 따라서는 내가 쭉 앙떼르나쇼날에서 살고 있었다고 증명할 수가 있어야 되네. 프랑스 드 갈르에서는 모든 것을 잘해 두었네. 침대는 흐트러 놓고 타월이나 손수건이나 욕탕 따위를 사용해서 내가 새벽 일찍 여기서 자고 떠난 것처럼 보이게 해 놓았네."

"좋았어. 그럼 열쇠를 다시 주게나."

라비크는 머리를 흔들었다.

"자네가 그곳에 있는 것을 사람들이 안 보는 게 좋을 텐데."

"지금부터 어디로 가겠나?"

"자야겠어. 설마 이런 시간에 전화를 걸어오지는 않을 테니까."

"필요하다면 나중에 어디서 만나도 좋지."
"아니, 괜찮아, 보리스. 여기 일이 끝날 무렵에는 나는 자고 있을 걸세. 여덟 시에는 수술을 해야 하니까."
모로소프는 미심쩍은 듯 그를 쳐다보았다.
"알겠어. 그럼 내일 오후 프랑스 드 갈르에 들르지. 그때까지 무슨 일이 생기면 호텔로 전화를 걸어 주게나."
"알았어."

거리, 도시, 붉은 하늘, 건물 뒤에서 반짝이며 흔들리고 있는 붉은빛, 흰빛, 푸른빛. 비스트로 근처에서 마치 고양이가 응석을 부리듯 재롱을 떠는 듯 한 바람. 사람들. 무더운 호텔 방에서 하루를 보낸 후의 시원한 공기. 라비크는 세헤라자드의 뒤쪽으로 뚫린 큰길을 걸어가고 있었다. 철책에 둘러싸인 나무들은 푸른 잎이나 숲의 기억을 납덩이처럼 밤 속으로 내뿜고 있었다. 그는 갑자기 허전한 생각이 들어 기진맥진해서 쓰러질 것만 같았다. '만일 내가 그만둔다면.' 그는 불현듯 잠시 생각에 잠겼다. '만일 내가 완전히 그만둔다면, 그리고 그것을 잊는다면, 뱀이 해묵은 껍질을 벗어 버리듯 그것을 벗어 던진다면 거의 잊어 버린 과거의 그 멜러드라마가 이제 무슨 상관이 있단 말인가. 그 인간 역시 지금에 와서까지 나하고 무슨 상관될 것이 있겠는가. 중세기의 어두운 한 조각, 중세기 구라파의 일식(日蝕)의 어둠의 한 조각 속에 깃들인 그 자그마한 도구, 보잘것도 없는 그 도구가 나와 무슨 상관이란 말인가? 그것이 또한 무슨 상관인가?'

매춘부 하나가 문안으로 들어오라고 그를 유혹했다. 그녀는 문 뒤 어두운 곳에서 옷을 벌려 보였다. 옷은 허리띠를 풀어 버리면 잠옷처럼 양쪽으로 열리게 되어 있었다. 희끄무레한 육체가 어렴풋이 빛났다. 기다란 검은 양말, 시커먼 눈언저리, 그 그늘에 눈은 보이지를 않는다. 이미 인광을 발하고 있는 듯 보이는 흐물흐물 썩어 들어가는 살덩이.

담배를 윗입술에다 붙인 포주 한 명이 나무에 기대서 그를 뚫어지게 지켜본다. 야채를 실은 마차가 두서너 대 지나간다. 말은 목을 늘이고 근육은 피부 밑에서 뭉클뭉클 움직이고 있다. 야채와 푸른 잎사귀에 싸인 화석이 되어 뇌수처럼 보이는 호배추와 맛 좋은 냄새, 토마토의 붉은빛, 콩과 양파와 버찌와 셀러리를 담은 바구니.
 '그것이 이제는 나와 상관될 게 뭐란 말인가. 인간이 하나 늘거나 줄어들 뿐이다. 몇십만인지 알 수 없는 같은 패의 악당이나 그보다 더욱 지독한 악당이 하나 늘거나 줄 뿐이다. 하나가 준다.' 갑자기 그는 걸음을 멈췄다. '그렇다!' 그는 갑자기 깨닫게 되었던 것이다. '그것이 그 놈들을 강하게 만들어 놓은 것이다. 고달파지고 잊어 버리고 싶어하고 그것이 나와 무슨 상관이냐고 생각하는 것, 그런 것이 그 놈들을 강하게 만들어 놓은 것이다. 한 사람 적어진다! 바로 그거다! 하나 적어진다는 것이 아무것도 아닌 것도 아니겠지만, 그러나 그것이 전부이기도 하다. 전부다!' 그는 천천히 호주머니에서 담배를 꺼내 불을 붙였다. 그리고 산골짜기처럼 금이 간 굴 속 같은 손바닥을 노란 성냥불이 비추고 있는 동안에 그는 별안간 깨달았다. 무슨 일이 있어도 하아케를 죽일 것이다. 그것을 방해할 수 있는 것은 아무것도 없다. 온갖 것이 이상하게도 하아케를 죽인다는 한 가지 사실에 관련되었다. 단순한 복수가 아니라 더 커다란 것이 되었다. 만일 그 일을 해내지 못한다면, 그야말로 그것은 커다란 것이 되어 버려 그는 커다란 죄를 저지르게 될 것이다. 그러면서도 그런 일은 있을 수 없다는 것을 확실히 알면서도 설명이나 논리를 훨씬 뛰어넘어서 그는 실행하지 않을 수 없다는 어두운 이해가 핏속에서 들끓었다—— 마치 눈에 보이지 않는 파도가 거기서 시작되어 그 후에는 보다 큰 것이 되듯. 하아케는 공포 정치의 하급 관리며 별로 중요한 인물이 못 된다는 것은 그도 알고 있었다. 그러나 하아케를 죽인다는 것은 무척이나 중요하다는 것을 갑자기 깨달았다.
 그의 오므린 손 속에서 불빛은 꺼졌다. 그는 성냥을 내던졌다. 훤한 아침 햇빛이 나무 위에 걸려 있고 잠을 깬 참새들의 지저귐과 더불어 엮어진 은빛 거미줄. 그는 깜짝 놀라 사방을 둘러보았다. 무엇인가 마음속에서 일어났던 것이다. 눈에 보이지 않는 재판이 열리어 판결이 내린 것이다. 그는 나무들과 어떤 집의 누런 벽과 자기 곁에 있는 회색 철책, 푸른 안개에 싸인 거리를 지나칠 정도로 역력하게 보았다. 절대로 그런 것들을 잊어버리지는 않을 것 같은 기분이었다. 그리고 자기는 하아케를 죽이리라는 것, 그리고 그것은 이미 자기만의 하찮은 문제가 아니라 보다 더 크고 중요한 문제라는 것을 비로소 알게 되었다. 이제는 시작이다.

그는 오시리스의 입구를 지나쳤다. 주정꾼이 한두 사람 비틀거리며 나왔다. 눈은 유리알처럼 매끄럽고 얼굴은 시뻘겋다. 택시가 없다. 그들은 잠시 욕지거리를 하더니 이윽고 뚜벅뚜벅 기운 좋고 시끄럽게 떠들면서 가 버렸다. 그들은 독일어를 쓰고 있었다.

라비크는 호텔로 돌아갈 작정이었으나 생각이 달라졌다. 최근 수개월 동안에 독일 여행자들이 오시리스에 줄곧 드나든다고 하던 롤랑드의 이야기가 생각이 났다. 그는 들어가 보았다.

롤랑드는 검은 지배인 제복을 입고 냉정하게 사방을 살피면서 바에 서 있었다. 오케스트라가 시끄럽게 소리를 내어 이집트 식의 벽에 올렸다.

"롤랑드." 라비크는 말을 건넸다.

그 여자는 돌아다보았다.

"라비크! 오랜만이에요. 참 잘 오셨어요."

"왜 그러지?"

그는 그 여자와 나란히 스탠드에 기대서서 홀 안을 둘러보았다. 손님이라고는 별로 없었다. 여기저기 식탁에 졸린 듯 쪼그리고 앉아 있는 손님들뿐이다.

"전 여길 그만둬요" 하고 롤랑드가 말했다. "일주일 후에는 떠나거든요."

"아주 가 버리는 건가?"

그녀는 고개를 끄덕이고 옷깃 속에서 전보를 꺼냈다.

"보세요!"

라꼴비크는 전보를 펴보고는 돌려 주었다.

"당신 숙모가? 기어이 돌아가셨군."

"그래요. 전 돌아가요. 마담한테도 벌써 이야기를 했어요. 화를 내기는 했지만 이해를 해주었어요. 자네트가 저의 일을 대신해 줄 거예요. 좀더 배워야 하겠지만요." 롤랑드는 웃었다. "마담도 딱하게 됐어요. 올해는 칸느에서 한 몫 보려고 노리고 있었거든요. 마담의 별장은 벌써 손님이 꽉 찼대요. 1년 전에 백작부인이 됐거든요. 투울즈 출신의 젊은 애인하고 결혼을 해서 말이에요. 남자가 투울즈를 떠나지 않는 조건으로 매달 5천 프랑씩 돈을 주고 있어요. 그런데 이제는 여기서 지내게 되었으니 말이에요."

"롤랑드는 카페를 시작할 생각이오?"

"네, 하루 종일 뛰어다니면서 모조리 주문을 해 놨어요. 파리가 물건 값이 훨씬 싸니까요. 커튼 감인데 이 무늬 어때요?"
그녀는 가슴팍에서 쭈글쭈글한 조각천을 끄집어냈다. 노란 천에 꽃무늬가 놓였다.
"멋지군."
"3할 할인해서 샀어요. 작년에 팔다 남은 거래요."
롤랑드의 눈이 따뜻하고 부드럽게 빛났다.
"3백 75프랑이 절약돼요. 어때요, 나쁘지 않지요?"
"훌륭한걸. 그래 결혼도 할 작정이고?"
"하겠어요."
"왜 결혼을 하는 거야? 좀더 기다려서 하고 싶은 것을 다 끝내고 결혼을 하지 않고?"
롤랑드는 웃었다.
"당신은 장사를 몰라요, 라비크. 남자가 없으면 장사가 되지 않는 법이에요. 남자가 있어야 해요. 난 내가 할 일을 알고 있어요."
그녀는 확고부동하며 침착했다. 모든 것을 다 생각해 놓고 있다. 장사에는 남자가 필요한 것이다.
"괜히 당신의 돈을 바로 남자의 명의로 바꾸어 놓으면 안 돼. 우선 일이 어떻게 되어 나가는지 기다려 봐야지."
라비크가 말했다. 그녀는 또다시 웃었다.
"어떻게 될지를 난 벌써 알고 있어요. 우리들은 둘 다 철이 들었으니까요. 장사를 하는 데는 서로가 필요한 거예요. 여자가 돈을 쥐고 있으면 사내가 사내 구실을 못하는 법이에요. 나는 정부를 얻자는 게 아니니 사내의 체통을 세워 주어야 해요. 사내가 노상 돈을 타다 쓰도록은 하지 않겠어요. 아시겠어요?"
"알겠어." 라비크는 잘 모르면서도 그렇게 대답했다.
"아시지요?" 그녀는 만족한 듯 고개를 끄덕였다. "무얼 좀 드시겠어요?"
"아무것도 마시고 싶지 않군. 난 가야 해. 그냥 잠깐 들러 봤어. 내일 아침에는 일찍 일을 해야 해."
그녀는 그를 쳐다보았다.
"술기가 전혀 없군요. 여자애도 소용이 없으세요?"

"필요 없어."

롤랑드는 가볍게 손짓을 해서 여자 둘을 시켜 의자 위에서 잠들고 있는 사나이 쪽으로 보냈다. 나머지 여자들은 이리저리 뛰며 법석을 떨고 있었고, 그 중에서 두서넛만이 홀 가운데 있는 통로에 두 줄로 늘어놓은 나지막한 의자에 그대로 앉아 있었다. 다른 여자들은 마치 겨울에 얼음판 위를 어린애들이 미끄럼을 타듯, 복도의 미끄러운 바닥 위에서 미끄럼을 타고 있었다. 두 사람이 쪼그리고 앉은 여자 하나를 끌면서 긴 복도를 뛰어가는 것이다. 풀어 늘어뜨린 머리는 헝클어지고 젖통은 흔들거리고 어깨는 번쩍이는 비단 조각으로 가릴 생각도 안한 채 계집애들은 신이 나서 소리를 지르곤 했다. 오시리스 안은 갑자기 고대적인 순진한 아르카디아의 이상향(理想鄕)의 정경으로 변했다.

"여름이기 때문에 아침에는 좀 자유를 주지 않을 수가 없어요." 그녀는 라비크를 쳐다보면서 말했다. "이번 목요일은 제가 떠나는 날이에요. 마담이 저를 위해 파티를 해준다나요. 오시지 않겠어요?"

"목요일에?"

"그래요."

'목요일이라, 아직 일주일.' 그게 마치 7년이나 남은 듯 생각되었다. '목요일 —— 그때까지는 끝장이 나겠지. 목요일 —— 누가 그런 먼 앞날을 생각할 수가 있단 말인가?'

"물론 오지. 어디서 하는데?"

"여기서요. 여섯 시부터."

"알았어. 올 테야. 잘 자요, 롤랑드."

"안녕히 가세요. 라비크."

그 일은 그가 견인기를 사용하려는 참에 벌어졌다. 갑자기 일이 벌어져 깜짝 놀라 몸이 화끈 달아올랐다. 그는 잠시 망설였다. 활짝 열린 붉은 복강(腹腔), 장을 받쳐 들고 있는 뜨겁고 젖은 가제에서 나는 가느다란 김, 가는 혈관을 클립으로 끼워 놓은 데서 피가 뚝뚝 떨어지고 있다. 그때 갑자기 그는 우제니가 의아스러운 듯한 눈초리로 자기를 쳐다보고 있는 것을 보았다. 그리고 베베르의 커다란 얼굴을. 금속성의 불빛 아래서 모공(毛孔)의 하나하나와 콧수염의 털까지 하나하나 보였다. 그러자 마음을 가다듬고 조용히 일을 계속했다.

그는 꿰맸다. 그의 두 손이 꿰매는 것이다. 상처는 닫혀 간다. 겨드랑이 밑에서 땀이 흐르는 것을 그는 느꼈다. 땀은 몸을 타고 흘러내렸다.

"일을 좀 끝맺어 주겠나?" 하고 그는 베베르에게 말했다.

"그러지. 웬일이야?"

"괜찮아. 더워서. 잠을 제대로 못 잤어."

베베르는 우제니의 눈초리를 보았다.

"있을 수 있는 일이지, 우제니. 건강한 사람이라도 말이야."

순간 방이 빙글빙글 돌았다. 지독하게 지쳐 버렸구나. 베베르는 계속 꿰매 나갔다. 라비크는 기계적으로 그것을 도와주었다. 혀가 뻣뻣하고 입안은 솜 같았다. 그는 아주 천천히 숨을 쉬었다. '양귀비꽃' 하고 그는 마음속에서 생각했다. 플란더즈의 양귀비, 진홍색으로 활짝 핀 양귀비꽃 같은 복강, 부끄러움을 모르는 비밀, 생명, 그것이 메스를 든 손 바로 밑에 있다. 전율이 팔을 스치고 지나간다. 아득히 먼 죽음으로부터의 자기(磁氣)의 접촉. 그는 이제는 수술을 할 수 없다고 생각했다. 우선 그 일이 끝나야만 한다.

베베르는 꿰맨 상처를 소독했다.

"끝났네."

우제니는 수술대의 발치 끝을 내렸다. 들것은 소리도 없이 밀려 나갔다.

"담배?" 하고 베베르가 물었다.

"아니야. 곧 가 봐야 하네. 할 일이 또 남았나?"

"없어." 베베르는 놀란 듯 라비크를 쳐다보았다. "왜 그렇게 서두르나? 소다 같은 시원한 거라도 마시지 않겠니?"

"아무것도 싫어. 가 봐야겠네! 벌써 시간이 이렇게 된 줄도 몰랐었군. 또 만나세, 베베르."

그는 급히 나와 버렸다. '택시를 잡자' 하고 그는 생각했다. '택시로 빨리 가자.' 시트로앵이 한 대 오는 것을 보고 그것을 잡았다.

"호텔 프랑스 드 갈르로! 빨리!"

2, 3일 동안은 내가 없이 해 나가야 될 거라는 말을 베베르에게 해야겠다고 그는 생각했다. 이래서는 안 된다. 수술 도중에 하아케 놈한테서 전화가 걸

려올지도 모른다 —— 그렇게 생각하니 미칠 것만 같았다.
 그는 택시 요금을 치르고 급히 홀 안을 가로질러서 들어갔다. 엘리베이터를 기다리기가 무척이나 긴 듯했다. 그는 넓은 복도를 걸어 문을 열었다. 전화를 걸자. 그는 무거운 것을 쳐들어올리듯 수화기를 들었다.
 "여기 반 호른인데 어디서 전화 온 데가 없었소?"
 "잠깐 기다리십시오."
 라비크는 기다렸다. 교환수의 목소리가 다시 들려왔다.
 "아뇨, 없었습니다."
 "고맙소."
 모로소프는 오후에 찾아왔다.
 "뭘 좀 먹었나?"
 "아니, 자네를 기다리고 있었네. 여기서 함께 하지."
 "바보 같은 소리 말아! 사람 눈에 띈단 말이야. 파리에서는 병이나 들면 모를까 그렇지 않고는 방에서 식사를 하는 놈은 없어. 어서 갔다오게나. 내가 여기 있어 줄 테니. 이 시각에 전화 걸 사람은 없어. 누구나 식사를 하는 중이거든. 신성한 습관이지. 그래도 만일에 전화가 걸려 오면 내가 자네 하인이 돼 가지고 놈의 전화 번호를 알아 두겠네. 반시간 후에는 자네가 돌아올 거라고 말해 주겠네."
 라비크는 망설였다.
 "자네 말이 옳아" 하고 말했다. "20분 후에 돌아오겠네."
 "천천히 먹게나. 지긋지긋하게 기다렸으니 말이야. 지금 신경질을 내면 안 돼. 후케로 가겠나?"
 "응."
 "37년의 브브레를 달라고 하게나. 나도 지금 마시고 오는 길일세. 제1급 술이야."
 "알았어."
 라비크는 내려갔다. 그는 길을 건너서 테라스를 따라서 걸었다. 그리고 식당 안을 한 바퀴 돌았다. 하아케는 없었다. 그는 조르쥬 5세 가 쪽의 빈 식탁을 찾아내어 자리를 잡고는 뵈프 아 라 모드와 셀러드와 염소젖 치즈와 브브레를 한 잔 주문했다.

그는 식사를 하면서 자신을 살펴보았다. 억지로 음식에 맛을 붙여 보려고 해보았다. 포도주는 가볍고 짜릿짜릿하다고 생각했다. 그는 천천히 먹으면서 주위를 둘러보았다. 하늘이 개선문 위에 푸른 비단폭 깃발처럼 덮여 있다. 커피를 한 잔 더 주문하고 그 씁쓰레한 입맛을 다시며 천천히 담배에 불을 붙였다. 서두르고 싶지가 않았다. 좀더 앉아서 지나가는 사람들을 바라보고 있었다. 그리고는 일어서서 프랑스 드 갈르로 걸어서 돌아왔다. 그리고 모든 것을 까맣게 잊어 버렸다.

"브브레가 어떻던가?" 하고 모로소프가 물었다.
"좋더군."
모로소프는 호주머니에서 조그마한 장기판을 끄집어 냈다.
"한 판 하겠나?"
"그러세."
그들은 말을 판에다 늘어놓았다. 모로소프는 의자에 털썩 주저앉아 있었고 라비크는 소파에 앉았다.
"여권이 없으면 여기서는 3일 이상은 묵을 수가 없다는 생각이 드는데."
"사무실에서 묻던가?"
"아니, 아직은. 들어올 때 비자와 여권을 보여 달라고 할 때가 가끔 있거든. 그래서 나는 밤사이에 왔지. 밤일하던 보이는 묻지는 않더군. 방은 닷새 동안 필요하다고 말해 뒀어."
"고급 호텔에서는 그런 것을 꼬치꼬치 캐지는 않아."
"여권을 보이라고 하면 곤란한데."
"당분간은 그러지 않을 걸세. 내가 조르쥬 5세와 리츠에 물어 보았지. 자넨 미국인으로 신고했나?"
"아니. 우르레히트의 네덜란드인으로 했네. 독일 이름으로는 좀 어울리지 않기에 조심하려고 이름을 고쳤어. 반 호른이라고 했지. 폰이 아니라 반이야. 하아케가 전화를 걸 때는 똑같이 들릴 걸세."
"좋아. 잘 되리라 믿네. 싸구려 방을 빌지는 않았군. 자네에 대해 신경을 안 쓸 걸세."
"그렇기나 했으면 좋겠네만."
"호른이란 이름으로 한 것은 아까운데. 아직도 1년은 유효한 완전한 신분 증명서가 있거든. 7개월 전에 죽은 내 친구 것일세, 검사관이 물었을 때, 그 친구는 독일 피난민이라 여권 같은 것은 없었다고 했지, 그리고는 증명서는 그대로 두었는데, 아직도 유효하단 말일세. 그 친구가 요제프 바이스라는 이름으로 어디 묻혔다 해도, 그것이 문제될 것은 없지. 더구나 두 사람의 피난민이 그 증명서로 살아왔거든. 이반 크루게라고 하는 사람인데, 러시아 이름은 아닐세. 사진은 흐린데다 옆모습에 도장도 찍히지 않았으니 간단히 바꿀 수도 있다네."

"그대로 두는 것이 좋겠어. 난 여기를 나가면 호른이란 이미 존재하지도 않을 테니 증명서는 소용이 없게 될 걸세."

"경찰에 대비해서 그래도 그것이 완전한 방법이었을 걸 그랬어. 하지만 경찰은 오지 않을 걸세. 그 자들은 방 두 개에 1백 프랑 이상이나 내는 호텔에는 들어오지를 않거든. 내가 아는 어떤 피난민도 증명서 없이 5년간이나 리츠에서 살고 있는데 밤일하는 보이밖에는 몰라. 그건 그렇고, 여기서 증명서를 보이라고 할 때에는 어떻게 하겠다고 미리 생각은 해 두었나?"

"물론이지. 여권은 비자를 얻기 위해 아르헨티나 대사관에 가 있으니 내일 찾아오겠다고 약속할 참일세. 그리고 트렁크를 여기다 그냥 놓아 두고는 다시는 오지 않을 작정이야. 그만한 여유는 있지. 우선 조회가 온다면 경찰이 아니라 호텔 관리인일 테니까. 나는 그러리라 예상하고 있어. 단지 그렇게 되면 여기는 마지막이지."

"천만에. 잘 될 걸세."

그들은 여덟 시 반까지 장기를 두었다.

"저녁을 먹고 오게" 하고 모로소프가 말했다. "내가 여기서 기다려 주지. 그런 다음 나도 가야겠어."

"나중에 여기서 먹겠네."

"바보 같은 수작이라니까. 어서 든든하게 먹고 와야 해. 만일에 그 놈한테서 전화가 걸려 온다면 틀림없이 우선 술부터 함께 마셔야 할 게 아닌가. 그런 경우에는 충분히 먹어 두는 것이 좋아. 그 놈을 어디로 데리고 가야 할지 알고 있을 테지?"

"알고 있네."

"내가 말하는 것은 그 놈이 무엇을 보거나 마시고 싶어할 경우에도 말일세."

"알고 있어. 아무도 훼방을 놓지 않을 곳은 얼마든지 알고 있다네."

"그럼, 어서 가서 무엇이든 먹고 오게. 술을 마셔서는 안 되고. 걸쭉하고 기름기 있는 것으로 먹도록 하게나."

"응, 알겠어."

라비크는 다시 길을 건너서 후케로 갔다. 만사가 현실이 아닌 것 같은 기분이었다. 나는 지금 책을 읽고 있거나, 멜러드라마 같은 영화를 보고 있거나, 아니면 꿈을 꾸고 있는 것이다. 그는 또 한번 후케의 양쪽을 거닐어 보았다. 테라스에는 어디나 붐비고 있었다. 그는 식탁을 하나하나 살펴보았다. 하아케는 없었다.

라비크는 출입구 곁에 놓인 조그마한 식탁에 자리를 잡았다. 거기라면 입구와 길 쪽을 다 지켜볼 수가 있기 때문이었다. 옆자리에서는 여자 두 사람이 샤파렐리와 멤보세의 이야기를 하고 있었다. 엷은 수염을 기른 사나이는 아무 말도 없이 함께 앉아 있었다. 반대쪽에서는 서너 사람의 프랑스 젊은이들이 정치를 논하고 있었다. 한 친구는 붉은 십자가단의 파시스트를 옹호하고, 한 친구는 공산당을 지지하며, 나머지 두 사람은 그 두 친구를 놀려 대고 있었다. 그리고 가끔 가다 그들은 베르뭇을 마시고 있는 아름답고 자신만만하게 보이는 두 사람의 미국 여자 쪽을 흘깃거리고 있었다.

라비크는 식사를 하면서 길 쪽을 지켜보고 있었다. 그는 우연이라는 것을 믿지 않을 정도로 미련하지는 않았다. 훌륭한 문학에서나 우연이란 게 없을 뿐이다. 인생은 날마다 어리석기 짝이 없는 일로 가득 차 있다. 그는 후케에 반시간 동안 앉아 있었다. 낮보다도 마음이 편했다. 그는 다시 한 번 샹젤리제의 모퉁이를 삥 돌아본 다음 호텔로 돌아왔다.

"이건 자네 자동차 열쇠일세" 하고 모로소프가 말했다. "바꿔 왔어. 이번에는 가죽 시트의 푸른빛 탈보트일세. 요전 것은 골덴 천의 좌석이었지. 가죽이면 곧 씻어 버릴 수가 있거든. 카브리노레 형이라 천장을 열고 닫을 수가 있어. 하지만 창은 언제나 열어 두게나. 쏴야 할 경우 탄환 자국이 차에 남지 않도록 조심하게. 2주일 기한으로 빌었어. 끝난 후 곧장 차고로 몰고 오지 말게나. 공기를 바꾸어야 하거든. 랑카스라르의 건너쪽 베리 가에 놔 두었네."

"알았어" 하고 라비크는 말했다.

그는 열쇠를 전화통 옆에 놓았다.
"이것이 자동차의 등록증일세. 면허증은 아직 마련하지 못했네. 지나치게 사람들한테 부탁하고 싶지가 않았어."
"그런 것은 필요 없어. 안티브에선 줄곧 면허증 없이 마냥 타고 돌아다녔는걸."
라비크는 차의 등록증을 열쇠와 함께 놓아두었다.
"오늘밤에는 차를 어디 다른 길에다 세워 놓게나" 하고 모로소프가 말했다.
'멜러드라마로구나' 하고 라비크는 생각했다.
"그렇게 하지. 고맙네, 보리스."
"나도 함께 가고 싶네만."
"그건 그만두게. 이런 일은 혼자 하는 법이야."
"그건 그렇지. 그러나 기회를 놓치거나 주어서는 안 되네. 철저하게 해치워야 해."
라비크는 웃었다.
"자네 그 말이 벌써 몇 번째인가."
"그런 말은 아무리 해도 지나친 법이 아닐세. 중요한 순간에 어리석기 짝이 없는 생각이 머리에 떠오르면 정말 큰일이야. 불코브스키가 1915년에 모스크바에서 그 꼴을 당했지. 명예심인지 기병 정신인지 하는 것에 갑자기 사로잡혔단 말일세. 그러다가 돼지 같은 새끼한테 죽음을 당했거든. 그런데 담배는 충분히 가지고 있나?"
"얼마든지 있어. 그리고 전화만 걸면 여기는 뭐든지 가져오게 되어 있다네."
"내가 세헤라자드에 없거든 호텔로 와서 깨워 주게나."
"어떻게 되든 가보지. 무슨 일이 있건간에 말일세."
"좋아. 그럼 잘하게, 라비크."
"잘 가게, 보리스."
라비크는 모로소프가 나가자 문을 닫았다. 방안이 갑자기 조용해졌다. 그는 소파 한 구석에 가서 앉았다. 그는 벽에 걸린 양탄자를 바라보았다. 가장자리에 술이 달린 푸른 빛깔의 양탄자는 몇 년 동안이나 보아온 그 어떤 물건보다도 더욱 낯익게 되었다. 거울도 낯익게 되었고 바닥에 깔린 회색 천의 벨루어 직(織)도 그랬다. 창문 가까운 곳에 검은 얼룩이 져 있다. 테이블과 침대와 의자 카바에 있는 선(線)조차 모두가 낯익었다. 그는 그 모든 것을 구역질이 날 정도로 샅샅이 알고 있었다. 단지 전화만을 알 도리가 없었다.

29

 탈보트는 바사노 거리에서 루노와 메르세데스 벤츠 사이에 끼여 있었다. 메르세데스는 새 차로 이탈리아의 번호판을 달고 있었다. 라비크는 차를 몰아서 밖으로 빼려고 했다. 너무 조바심치는 바람에 메르세데스의 왼쪽 흙받이에 걸려서 차에 상처를 입혔다. 그는 개의치 않고 그대로 불르바르 오스만을 향해 차를 몰았다.
 그는 굉장한 속도로 달렸다. 차를 몰고 있다는 것은 기분 좋은 일이다. 위장 속에 시멘트처럼 달라붙어 있는 무거운 실망을 덜어 준다.
 새벽 네 시였다. 그는 더 오래 기다릴 작정이었으나 갑자기 모든 것이 덧없는 생각이 들었다. 하아케는 벌써 오래전에 그 조그만 사건을 잊어 버렸는지도 모른다. 혹은 다시 돌아오지 않을지도 모를 일이다.
 모로소프는 세헤라자드의 문 앞에 서 있었다. 라비크는 다음 길 모퉁이에다 차를 세워 두고 되돌아왔다. 모로소프는 기다리고 있었다는 듯 그를 응시했다.
 "내가 전화를 걸었다는 얘기를 들었나?"
 "아니, 왜?"
 "5분 전에 전화를 했었지. 독일인이 한패 안에 앉아 있다네. 네 명이야, 그 중 한 놈이 어쩐지."
 "어딘가?"
 "오케스트라 바로 옆일세. 네 명의 사나이가 앉은 테이블은 그거 하나야. 입구에서 보일 걸세."
 "알았네."
 "입구 바로 옆에 있는 테이블에 앉게나, 비워 두었으니까."
 "알았어, 보리스."

라비크는 입구에서 걸음을 멈추었다. 홀 안은 어두웠다. 스포트라이트가 무도장을 비추고 있었다. 은빛 드레스를 입은 가수 한 사람이 스포트라이트 속에 머물러 있었다. 원추형의 불빛이 너무나 강해서 그 건너쪽은 도무지 분별을 할 수가 없었다. 라비크는 오케스트라 곁에 놓인 테이블을 뚫어지게 살펴보았으나 어른거리는 흰 불빛 때문에 자세히 파악할 수가 없었다.

그는 입구 곁에 놓인 테이블에 앉았다. 웨이터가 보드카 병을 들고 왔다. 오케스트라는 질질 끌어 달콤한 멜로디의 연무가 마치 달팽이처럼 느릿느릿 기고 있었다.

'나는 기다리겠어요——기다릴 테예요.'

가수는 허리를 굽히며 인사를 했다. 박수가 울렸다. 라비크는 몸을 앞으로 내밀고는 스포트라이트가 꺼지기를 기다렸다. 가수는 오케스트라 쪽으로 몸을 돌렸고, 집시는 고개를 끄덕이며 바이올린을 추켜들었다. 심벌즈의 억누르는 듯한 급템포의 소리가 크게 진동했다. 두번째의 노래, 〈달빛 어린 교회〉였다. 라비크는 눈을 감았다. 기다리는 것이 참을 수 없이 지루했다.

그는 노래가 끝나기 훨씬 전에 다시 자리를 고쳐 앉았다. 스포트라이트는 꺼졌고 테이블 위에 놓인 불빛이 밝아졌다. 처음 순간은 단지 희미하게 윤곽만이 보일 뿐이었다. 스포트라이트를 너무 오래 들여다보고 있었기 때문이었다. 그는 눈을 감았다가는 다시 얼굴을 들었다. 그러자 이내 그 테이블이 눈에 들어 왔다.

그는 천천히 뒤로 몸을 기댔다. 하아케는 없었다. 그는 오랫동안 앉아 있었다. 갑자기 지독한 피로가 몰려왔다. 눈이 피곤했다. 크고 작은 파도가 들이닥친다. 음악과 커졌다 작아졌다 하는 목소리들과 억눌린 듯한 소음이, 호텔 방에서의 정적과 새삼 실망을 맛본 다음이라 안개처럼 그를 둘러쌌다. 가다듬을 수 없는 생각에 지치고, 잠을 못 자서 뇌세포를 감싸는 부드러운 최면 상태와도 같았다.

춤추는 사람들이 둘씩 짝을 지어 움직이고 있다. 맥빠진 불빛 속에서 조앙의 모습이 슬쩍 나타났다. 그녀의 드러내 놓은 주린 듯한 얼굴은 뒤로 젖혀졌고 머리는 사내의 어깨에 기대어 있었다. 그것을 봐도 아무렇지가 않았다. 한번 사랑했던 인간을 대할 때처럼 무관심하게 될 때는 없다. 그는 피곤한 방심 속에서 그렇게 생각했다. 상상과 상상의 대상을 연결하는 알 수 없는 탯줄이 설사 끊어져 버렸어도 한쪽에서 딴 쪽으로 번갯불이 번쩍하고 빛나는 일은 있을지도 모르겠다. 그리고 마치 유령과 같은 별에서 나오듯 반딧불이 빛날 때도 있을 것이다. 그러나 그 빛은 죽을 것이며 비록 마음을 설레이게는 할는지 모르겠지만 또다시 섬광을 일으킬 수는 없다. 상호간에는 아무것도 교류되는 것이 없다. 그는 의자 뒤에다 머리를 기댔다. 심연 위에서의 조그마한 신뢰. 여러 가지 감미로운 이름과 성(性)의 암흑. 꺾어내 버리고 싶어할 때 빠지고 싶은 바다 위에 피는 아스터.

그는 몸을 일으켰다. 잠들기 전에 나가야 한다. 그는 웨이터를 불렀다.
"계산을 해주겠나?"
"계산을 하실 게 있어야죠" 하고 웨이터가 말했다.
"왜?"
"아무것도 드신 게 없습니다."
"아, 그랬던가, 맞았어."
그는 웨이터에게 팁을 주고서 밖으로 나왔다.
"아니던가?" 밖에 나오자 모로소프가 물었다.
"아니었어."
모로소프가 그를 쳐다보았다.
"집어치우겠어" 하고 라비크는 말했다. "제기랄! 어리석은 인디언의 놀음이야! 벌써 닷새 동안을 기다렸어. 하아케 놈은 언제나 파리에는 하루 이틀밖에 머무르지 않는다고 했거든. 그렇다면 지금쯤은 벌써 떠났을 걸세. 왔다고 하더라도 말이야."
"가서 자게나" 하고 모로소프는 말했다.
"잘 수가 없어. 지금부터 트렁크를 가지고 프랑스 드 갈르에 돌아가서 계산을 하고 방을 내주어야지."
"좋아" 하고 모로소프는 말했다. "그럼 내일 낮에 거기서 만나세."
"어디서?"
"프랑스 드 갈르에서 말일세."
라비크는 그를 올려다보았다.
"그렇지, 물론 어리석은 소리를 내가 했네. 아니, 그렇지도 않아, 아마 어리석은 짓이 아닐지도."

"내일 밤까지는 기다리게."
"알았어, 두고 보자구. 잘 가게, 보리스."
"잘 가게, 라비크."

라비크는 오시리스 앞을 지나서 차를 몰아서는 모퉁이까지 굽어돌아서 차를 세웠다. 앙떼르나쇼날의 자기 방으로 돌아갈 것을 생각하니 소름이 끼쳤다. 여기서 두세 시간쯤은 잘 수도 있을지 모른다. 오늘은 월요일이라 유곽으로서는 한가한 날이다. 도어맨은 벌써 없어졌다. 이제 손님은 하나도 없을 것이다.

롤랑드가 문 근처에 서서는 널찍한 홀 안을 지켜보고 있었다. 텅 빈 그곳에서는 오르간이 시끄럽게 소리를 내고 있었다.

"오늘밤은 한가한 것 같군."

"한가해요. 저 엉덩이 질긴 손님뿐이에요. 원숭이처럼 여자 욕심이 많으면서도 여자한테 돈을 주고 2층엔 올라가려고 하지 않아요. 저런 형의 인간도 있어요. 겁이 나는 거지요. 그 역시 독일 사람이에요. 이제 돈을 낸 것 같군요. 더 오래 끌 수는 없을 테니."

라비크는 무심코 그 테이블 쪽을 건너다보았다. 사나이는 이쪽으로 대고 여자 둘과 앉아 있었다. 한 여자의 양쪽 유방을 손으로 움켜쥐고서 그쪽으로 기대는 참이었다. 라비크는 그 얼굴을 보았다. 그것은 하아케였다.

롤랑드가 마치 안개 속에서 이야기하듯 그녀의 목소리가 들렸다. 다만 자기가 뒷걸음질을 쳐서 저쪽에서 보이지 않게 테이블 모서리에 조금 보일 만큼 문 옆에 서 있다는 사실을 느꼈을 뿐이다.

"코냑이나 한 잔 가져올까요?" 하는 롤랑드의 목소리가 소용돌이를 뚫고 들려왔다.

오르간의 시끄러운 소리, 아직도 어지러운 횡격막의 경련. 라비크는 손톱이 손바닥에 박힐 만큼 주먹을 꽉 쥐었다. 여기서 하아케에게 들키면 안된다. 그리고 내가 저 놈을 알고 있는 것을 롤랑드에게 눈치채여서도 안 된다.

"생각 없는데" 하고 말하는 자기의 목소리가 들린다. "이젠 실컷 마셨어? 독일 사람이라구 그랬지? 알고 있나?"

"기억에 없어요." 롤랑드는 어깨를 으쓱했다. "내게는 모조리 같은 사람으로 보여요. 저 사람은 처음 온 사람 같은데요. 좀 마시지 않겠어요?"
"그만두지. 잠시 들여다보고 가려고 했을 뿐이야."
그는 롤랑드의 시선을 느끼며 억지로 침착하려 했다.
"당신의 파티가 언제라고 했는지 알고 싶어서 말이야. 목요일이었는지, 그렇지 않으면 금요일이었는지?"
"목요일이에요, 라비크. 오시겠어요?"
"물론 오지. 확실히 알아 두고 싶어서."
"목요일 여섯 시예요."
"알았어. 그 시간에 오지. 그것이 알고 싶었던 거야. 그럼, 이제는 가 봐야겠어. 잘 자요, 롤랑드."
"안녕히 가세요, 라비크."
갑자기 현란한 밤이 으르렁거리기 시작했다. 집들이 보이지가 않았다. 있는 것은 오직 돌과 창문들의 정글뿐이었다. 갑자기 다시 전쟁. 인기척 없는 거리를 살금살금 걸어가는 정찰대. 몸을 숨길 수 있는 은폐물인 자동차. 적을 노리면서 붕붕거리는 엔진 소리.
'나올 때를 기다려 쏘아 쓰러뜨릴까?' 라비크는 거리를 둘러보았다. 몇 대의 자동차. 노란 불빛. 고양이가 한 쌍. 멀리 가로등 아래 서 있는 경찰인 듯한 사나이. 이 차의 번호, 총성, 지금 막 자기를 본 롤랑드, '위험을 무릅쓰면 안 돼. 절대로. 그런 짓은 아무 소용도 없어' 하고 말하는 모로소프의 목소리.
도어맨은 없다. 택시도 없다. 잘 됐다! 월요일에는 이맘때가 되면 마차도 없다. 그렇게 생각한 순간 시트렌 형 택시 한 대가 소리를 내며 차 옆을 지나서 달려가더니 출입구 앞에서 정차했다. 운전사는 담배에 불을 붙이고 하품을 한다. 라비크는 피부가 죄어드는 것 같았다. 그는 기다렸다.
그는 차에서 내려서, 안에는 손님이 하나도 없다고 운전사에게 말해 줄까 어쩔까 하고 생각했다. 안 되지. 그러면 요금만 지불해 주고 어디로 심부름이라도 보내 버릴까. 모로소프한테라도. 그는 주머니에서 종이 조각을 한 장 꺼내서 두어 줄 적다가는 찢어 버리고는 다시 적었다. 모로소프에게 세헤라자드에서 자기를 기다리지 말라고 적어서는 엉터리 이름으로 서명을 했다.
택시는 기어를 넣고 달려가 버렸다. 그는 뚫어지게 차창 밖을 내다봤지만 보이지 않았다. 자기가 적고 있는 동안에 하아케가 차에 탔는지도 모르겠다. 그는 재빨리 제1단 기어를 넣었다. 탈보트는 택시의 뒤를 쫓아서 쏜살같이 모퉁이를 돌았다.

뒤쪽 창문을 통해서 보았으나 아무도 보이지 않는다. 하아케는 구석에 앉아 있는지도 모른다. 그는 천천히 택시 옆을 스칠 듯이 지나갔다. 택시 속은 어두워서 아무것도 보이지가 않았다. 그는 택시를 앞세워 보내고 다시 상대방의 차와 닿을 정도로 앞질렀다. 운전사가 뒤돌아보며 소리쳤다.

"미련한 놈 같으니! 들이받을 작정이냐?"

"당신의 차에 친구가 타고 있어서 그랬소."

"술주정 말아!" 하고 운전사는 소리를 질렀다. "차가 비어 있다는 것을 몰아?"

그 순간 라비크는 택시가 미터기를 사용하고 있지 않다는 것을 알았다. 그는 급커브를 틀어 무서운 속도로 되돌아갔다.

하아케는 모퉁이에서 서성거리다가 손을 흔들며 소리쳤다.

"헤이, 택시!"

라비크는 그의 곁으로 다가가서 브레이크를 밟았다.

"택시요?" 하고 하아케는 물었다.

"아닌데요."

라비크는 창문으로 몸을 내밀었다. 그리고 "아니, 이건" 하고 놀라는 척했다.

하아케는 그를 봤다. 그의 미간이 오므라들었다.

"뭐라구?"

"낯익은 사람 같은데요" 하고 라비크는 독일어로 말했다.

하아케는 몸을 구부렸다. 그리곤 그의 얼굴에서 의아스러운 표정이 사라졌다.

"아니, 이거……폰……폰……."

"호른이오."

"맞았어! 옳거니! 폰 호른 선생. 물론 그랬지요! 이건 정말 우연이군요! 그런데 그 동안 어디 가 계셨소?"

"파리에 있었지요. 자, 타십시오. 이렇게 빨리 돌아오실 줄은 정말 몰랐습니다."

"전화를 몇 번이나 했는지 모릅니다. 호텔을 바꾸셨나요?"

"아니오. 여전히 프랑스 드 갈르에 있습니다."

라비크는 차문을 열었다.

"타십시오. 모셔다 드리지요. 이맘때는 택시를 잡기가 무척 어려워요."

하아케는 발판에 한 발을 내디디었다. 라비크는 자신의 숨소리가 느껴졌다. 그는 시뻘겋게 달아오른 얼굴을 보았다.

"프랑스 드 갈르" 하고 하아케는 말했다. "제기랄! 그렇군요! 그것도 모르고 조르쥬 5세 가로만 전화를 걸었지요." 그는 소리를 내어 웃었다. "이제 알았습니다. 프랑스 드 갈르였지요. 그 두 군데를 착각했군요, 글쎄. 옛날 수첩을 안 갖고 왔거든요. 외고 있는 줄로만 여기고 있었지요."

라비크는 출입구 쪽을 감시하고 있었다. 누가 나올 염려는 없다. 여자들은 우선 옷을 갈아입어야 하니까. 그러나 하아케를 얼른 차에 태워야 한다.

"들어 가시려던 참이었나요?" 하고 하아케는 유쾌한 듯 물었다.

"그럴까 했었는데, 이제는 너무 늦었습니다."

하아케는 코로 숨을 식식거렸다.

"그렇군요. 제가 마지막이었어요. 이젠 문 닫을 시간이군요."

"상관없습니다. 그러지 않아도 거긴 따분한 곳이니까요. 어디 다른 데라도 가보시지요. 가십시다."

"아직도 문을 연 곳이 있을까요?"

"물론이지요. 정말 일류 집은 지금 막 열기 시작하지요. 이런 데는 여행자만을 상대로 하는 집입니다."

"그런가요? 전 그래도 이건 상당한 집이라고 생각했었는걸요."

"천만에요. 훨씬 더 좋은 집이 있습니다. 여기 이런 건 고양이 집이지요."

라비크는 몇 번 가볍게 액셀러레이터를 밟았다. 엔진은 부르릉거리다가 멎었다. 계획 대로였다. 하아케는 조심스럽게 그의 옆자리로 기어올랐다.

"다시 만나 뵈어서 정말 반갑습니다." 그가 말했다.

"정말 반갑습니다."

라비크는 하아케의 몸 위로 손을 뻗쳐 문을 닫았다.

"재미있는 집이더군요! 벌거벗은 여자들이 잔뜩 있던데요. 경찰이 용케 그런 곳을 허가해 주는군요! 아마 거의가 병이 있겠지요, 그렇지요?"
 "그렇습니다. 이런 데는 절대 안심할 수는 없는 데지요."
 라비크는 클러치를 밟았다.
 "틀림없는 데가 있을까요?"
 하아케는 여송연 끝을 입으로 물어뜯었다.
 "병을 옮아서 집으로 돌아가기는 싫으니까요. 그렇기는 해도 인생은 단 한 번밖에 없고."
 "그렇지요" 하고 라비크는 말하며 전기 라이터를 넘겨주었다.
 "어디로 가는 겁니까?"
 "우선 메종 드 랑데부는 어떨까요?"
 "거긴 어떤데요?"
 "사교계의 귀부인들이 모험을 찾아서 오는 집이지요."
 "뭐라구요? 진짜 사교계의 부인들이란 말입니까?"
 "그렇고 말고요. 남편이 늙었거나 남편에게 싫증이 났거나 또는 돈을 못 벌어들이는 남편을 가진 여자들이지요."
 "하지만, 어떻게 그렇게 쉽게 속일 수가 있을까요?"
 "한두 시간 왔다 가는 겁니다. 잠깐 칵테일을 나눈다든가 잠자리 술을 마신다든가 하는 거지요. 그 중에는 전화를 걸어서 불러 낼 수 있는 것도 있지요. 몽마르뜨르에 있는 여자들 따위의 방과는 틀리지요. 숲 한가운데 있는 아주 조촐한 집을 알고 있는데, 그 집주인은 마치 공작부인 같지요. 모두가 품위가 있고 은근하고 세련되고요."
 라비크는 천천히 숨을 쉬면서 침착하게 이야기를 해 나갔다. 그는 자기가 마치 여행 안내자처럼 이야기를 하고 있다는 생각이 들었다. 그러면서도 더욱 침착하게 지껄였다. 두 팔의 혈관이 떨렸다.
 "방을 보시면 정말 깜짝 놀라실 겁니다. 가구도 진짜들이죠. 양탄자에다 유서 깊은 벽걸이는 물론 포도주도 정선품이고, 손님 대접은 이루 말할 나위도 없으며 여자에 관한 한 절대로 안심할 수가 있지요."
 하아케는 여송연의 연기를 푸하고 내뿜었다. 그리고 라비크 쪽을 쳐다보았다.
 "그런데, 선생. 이야기를 들으니 모조리 희한하군요. 한 가지 문제는 아마 그런 데는 싸다고 할 수는 없겠지요?"
"절대 비싸지는 않습니다."
하아케는 좀 겸연쩍은 듯 목쉰 소리로 웃었다.
"비싸지 않다고 해도 생각에 따라서 다르겠지요! 외국 송금을 제한 받고 있는 우리 독일 사람으로서는 말입니다."
라비크는 머리를 흔들었다.
"저는 그 집주인을 잘 압니다. 제게는 함부로 못하게 돼 있어요. 특별한 손님으로 대접해 줄 겁니다. 선생이 가시는 것은 저의 친구로서 가시는 거니, 아마 돈을 내셔도 받지 않을 겁니다. 꼭 주신다면 팁을 좀 주는 정도면 될 겁니다. 오시리스의 한 병 값도 못 될 테니까요."
"정말입니까?"
"보시면 아실 겁니다."
하아케는 자리를 고쳐 앉았다.
"놀랐습니다. 별일이 다 있군요!"
그는 라비크를 향해 히죽 웃었다.
"선생은 정말 자세하게 아시는가 보군요. 아마 그 여자에게 상당한 일을 해 주었나 보군요."
라비크는 그를 쳐다보았다. 똑바로 눈을 들여다보았다.
"이런 곳은 가끔 경찰과 시끄러운 일이 생기거든요. 공갈을 친단 말입니다. 아실 만할 텐데요."
"알고 말고요!" 하며 하아케는 생각에 잠겼다. "선생은 여기서 그렇게 세력가이십니까?"
"대단치는 않습니다. 한두 사람 세력 있는 친구 덕이지요."
"그게 어딥니까. 그것을 잘 이용할 수도 있겠는데요. 언제 한번 상의를 해 봐도 될까요?"
"얼마든지 할 수 있는 문제지요. 파리에는 언제까지 계시는지요?"
하아케는 웃었다.
"어쩨 저는 떠날 임시에만 선생을 뵙게 되는 것 같군요. 오늘 아침 일곱 시에 떠납니다."
그는 차에 달린 시계를 보았다.

"이제 두 시간 반 남았습니다. 선생에게 미리 말해 두는 건데, 그 시간까지는 북 정거장에 가 있어야 합니다. 될까요?"

"쉬운 일이죠. 그런데 그 전에 호텔에 들르셔야 합니까?"

"아니오. 트렁크는 벌써 정거장에 가 있습니다. 호텔은 어제 오후에 나왔으니까요. 그렇게 하면 하루치의 방값이 절약이 되거든요. 우린 외국 송금 제한을 받고 있어서요."

그는 또 웃었다.

라비크는 자기도 함께 웃고 있다는 것을 퍼뜩 깨달았다. 그는 핸들을 잡았다. 이런 일이 있을 수가 있을까? 무슨 방해될 일이 도중에 갑자기 생길는지도 모른다. 이런 우연한 일은 있을 수 없는 일이다.

시원한 공기를 쐬자 하아케는 취기가 오르는 모양으로 목소리가 늘어지고 혀가 무거워졌다. 그는 앉음새를 고치더니 꾸벅꾸벅 졸기 시작했다. 아래턱은 축 처지고 눈은 감고 있었다. 차는 숲 속의 고요한 어둠 속으로 들어갔다.

헤드라이트는 차가 달리는 앞길을 소리도 없는 흰 망령처럼 날아서 어둠 속에서 유령과 같은 나무들을 헤치며 달렸다. 아카시아 냄새가 열어 놓은 창으로부터 치밀어 올라오고 아스팔트를 미끄러지는 타이어의 소리는 부드럽고 끊임없이 계속된다. 영원처럼 귀에 익은 엔진 소리가 축축한 밤공기 속에서 둔탁하고 조용히 울린다. 왼쪽에 어렴풋이 빛나는 자그마한 못, 뒤쪽 시커먼 너도밤나무보다는 훤하게 보이는 그림자, 진주처럼 검푸른 이슬에 덮인 잔디밭. 마드리드 가(街), 생 뽀르뜨 가, 생 제임즈 가, 뉘이 가. 잠든 외딴집, 물냄새. 세느 강.

라비크는 세느 강변 도로를 따라서 차를 달렸다. 달빛이 비치는 강 위에는 화물선이 두 척 떠 있었다. 먼 쪽에 있는 배 위에서는 개가 짖는 소리와 사람 소리가 물을 건너서 들려왔다. 가까운 데 있는 화물선의 갑판에는 불이 켜져 있다. 라비크는 차를 세우지 않았다. 하아케가 잠을 깨지 않도록 같은 속도로 세느 강을 끼고 계속 달렸다. 처음에는 그곳에 차를 세울 예정이었으나 그렇게 할 수가 없었다. 화물선이 기슭에서 너무 가까웠기 때문이다. 그는 페르므 길로 접어들어 강에서 떨어진 롱샹 가로 돌아왔다. 그리고 레느 마르그리뜨의 끝까지 조심스럽게 몰고 나가서는 좁은 길로 꾸부러졌다.

하아케를 보니 그 자는 눈을 뜨고 있었다. 하아케는 그를 쳐다보고 있었다. 몸은 움직이지 않고 얼굴만을 들어 라비크를 보고 있다. 그 눈은 계기판 의 반사하는 어렴풋한 불빛으로 푸른 유리알처럼 빛나고 있었다. 라비크에게 는 그 눈빛이 마치 번갯불처럼 느껴졌다.
"깨셨습니까?" 하고 라비크는 물었다.
하아케는 대답이 없다. 꼼짝도 안하고 라비크를 쳐다본다. 눈조차 움직이지 않는다.
"여긴 어딥니까?" 이윽고 그는 물었다.
"브로뉴 숲입니다. 카스카르 레스토랑 바로 근처입니다."
"얼마나 달렸습니까?"
"10분쯤."
"더 된 것 같은데."
"설마."
"잠들기 전에 시계를 보았는데, 벌써 30분 이상 달리고 있소."
"정말입니까?" 라비크는 말했다. "설마 그렇게 오래 달린 것 같지는 않군요. 이제는 다 왔습니다."
하아케의 눈은 라비크에게서 떠나지 않았다.
"어디로 가지요?"
"메종 드 랑데부요."
하아케는 몸을 움직였다.
"돌아가 주시오."
"지금 바로요?"
"그래요."
그는 이제 취기도 사라졌고 완전히 잠이 깨어 있었다. 얼굴 표정이 달라져 보였다. 즐겁고 사람 좋은 티는 사라지고 없었다. 라비크는 이제 비로소 전에 알고 있던 얼굴을 다시 보게 된 것이다. 게슈타포의 그 무서운 방에서 영원히 그의 기억 속에 점철되어 있는 그 얼굴. 그러자 하아케를 만난 이후로 죽 느껴 오던 불안. 나는 나와는 아무런 상관도 없는 한 인간을 죽이려고 하고 있다는 느낌이 갑자기 사라져 버리고 말았다. 자기 차에 태우고 있는 것은 붉은 포도주를 좋아하는 한 사람의 호인이었다. 그 사나이의 얼굴에서 무엇을 생각해 보거나 웬일인지 아무리 해도 머리에 달라붙어 떨어지지 않는 이유를 찾아

보아도 헛수고였다. 그런데 갑자기 그 눈은 언젠가 죽을 지경의 고통 때문에 실신 상태에 빠졌다가 맑은 정신이 들자, 눈앞에서 보았던 그 눈과 똑같은 눈이었다. 같은 차가운 눈, 같은 냉정한 눈, 그리고 가라앉은 듯한 가시돋힌 음성. 형언할 수 없는 그 무엇이 라비크의 마음속에서 갑자기 빙그르르 돌았다. 마치 전류의 극(極)이 급회전한 것 같았다. 긴장은 계속되고 있다. 하지만 이제까지의 망설임과 신경질 그리고 현기증은 오직 하나의 목적을 가진 원래의 흐름으로 변하여 그 밖에는 아무것도 남은 것이 없었다. 몇 해인가의 세월은 허물어져서 재가 되고 회색의 벽으로 싸인 방, 갓도 없는 전구의 흰 불빛, 피비린내와 혁대와 땀과 고통과 공포들이 다시 찾아왔다.

"왜 그러시죠?"

"돌아가야 되오. 호텔에서 나를 기다리고 있으니까."

"그러나 선생의 짐들은 이미 정거장에 가 있다고 말씀하시지 않았습니까?"

"참 그렇군. 하지만 할 일이 남았어요. 그만 깜빡 잊고 있었소. 돌아가게 해주시오."

"알겠소이다."

지난주에 라비크는 이 숲 속을 밤낮 할 것 없이 열 번도 더 차를 몰고 돌아보았다. 그는 지금 자기가 있는 곳을 알았다. 2, 3분만 더 가 보자. 그는 왼쪽으로 돌아 좁은 길로 들어섰다.

"돌아가는 거죠?"

"그럼요."

한낮에도 햇빛이 들지 않는 울창한 나무 숲 그늘에서 풍겨오는 그윽한 향기. 한층 더 짙게 깔린 어둠. 그리고 훨씬 더 밝아지는 헤드라이트의 불빛. 하아케의 왼손이 조심스레 슬금슬금 문에서 떨어지는 것을 라비크는 백미러를 통해서 보았다. 우측 운전대다. 잘 됐다. 이 탈보트는 우측 운전대다! 그가 커브를 돌 때 왼손으로 핸들을 잡고 돌았기 때문에 흔들린 것처럼 해서 직선 도로에 나서자 곧 액셀러레이터를 밟았다. 차는 쏜살같이 달린다. 2, 3초를 그렇게 달리다가 브레이크를 힘껏 밟았다.

탈보트는 염소처럼 튀어 올랐다. 브레이크는 끼익하고 날카로운 금속성 소리를 냈다. 라비크는 한쪽 발로 브레이크를 밟은 채 다른 발로는 바닥을 버티고서 균형을 잡았다. 발에 힘을 주어 버틸 생각도 않았고 그런 차체의 충격도 예상치 못했던 하아케는 강한 반작용으로 상반신이 앞으로 쑥 내밀어졌다. 주머니에 넣고 있던 손을 미처 꺼낼 사이도 없이 이마는 앞유리와 계기판의 모서리에 부딪쳤다. 그 순간, 라비크는 오른쪽 주머니에서 꺼낸 묵직한 스패너로 바로 뒤통수 아래의 목덜미를 후려쳤다. 하아케는 고꾸라진 채 일어나지 못하고 비스듬히 밑으로 미끄러져 내려갔다. 오른쪽 어깨가 굴러 떨어지는 것을 겨우 막고 있었기 때문에 몸을 계기판에 짓눌리게 했다.

라비크는 곧 다시 차를 몰았다. 그는 큰길을 지나자 헤드라이트를 꺼 버렸다. 차를 몰면서 혹시 브레이크 소리를 들은 사람이 없는지 살펴보았다. 누가 오면 하아케를 차에서 끌어내려 수풀 속에 감춰 버릴까도 생각했다. 드디어 교차로 곁에다 차를 멈추고 실내등과 엔진을 끈 다음, 차에서 뛰어내려서 엔진의 뚜껑을 올리고, 하아케가 앉은 쪽의 문을 열고서 귀를 기울였다. 만일 누가 오든지 하면 멀리서 모습을 볼 수 있을 테고 소리도 들을 수 있을 것이다. 그렇다 해도 하아케를 수풀 속으로 옮길 수 있을 것이다. 그리고선 엔진이 고장이 난 척할 수 있는 시간적 여유는 충분하다.

정적은 마치 시끄러운 소리와도 같았다. 너무나도 그것은 갑작스레 닥쳐와서 이해하기 어려운 일이었고, 웅성거리기까지 했다. 라비크는 아플 정도로 두 손을 꽉 쥐었다. 귀가 윙윙거리는 것은 자기의 피 때문이라는 것을 알았고, 천천히 심호흡을 했다.

윙윙거리는 소리는 웅성거리는 소음으로 변했고, 그 웅성거리는 소리를 뚫고 찢어지는 듯한 소리가 들려오고, 그것이 점점 더 날카로워졌다. 라비크는 전신의 힘을 집중해서 귀를 기울였다. 그 찢어지는 듯한 소리는 더욱 커지고 금속성이 되었다. ……불현듯 그는 그것이 귀뚜라미 우는 소리라는 것을 깨달았고, 그 날카로운 비명은 그쳐 있음을 알았다. 약간 비스듬히 경사가 진 넓지 않은 잔디밭에서 오로지 아침저녁을 장식하는 귀뚜라미가 울고 있을 뿐이었다.

잔디는 아침 햇빛을 받고 있었다. 라비크는 엔진의 뚜껑을 닫았다. 지금이야말로 다시 없는 절호의 기회다. 너무 밝기 전에 처리해 버려야 한다. 그는 주위를 살펴보았다. 이곳은 적당치가 않았다. 숲 속에는 숨길 만한 곳이 없다. 세느 강변은 너무 밝다. 이렇게 더딜 줄은 몰랐다. 그는 깜짝 놀라서 뒤돌아보았다. 긁고 할퀴고 하는 소리와 신음소리가 들렸기 때문이다. 하아케의 한쪽 손이 열어 놓은 문에서 밖으로 나와서 발판을 긁고 있었다. 그 순간, 라비크는 비로소 자기가 아직도 스패너를 들고 있다는 것을 깨달았다. 그는 하아케의 상의를 움켜잡고 끌어내어 머리가 나오자 두 번 목덜미를 내리쳤다. 신음소리는 멎었다.

무엇인지 덜커덕하고 소리가 났다. 라비크는 숨을 죽이고 서 있었다. 그리고 권총이 좌석에서 발판으로 털어진 것을 알았다. 하아케는 브레이크를 밟기 전에 이것을 쥐고 있었음이 틀림없다. 라비크는 그것을 차 속으로 집어 던졌다.

그는 또 귀를 모았다. 귀뚜라미 소리가 났다. 잔디밭은 아까보다도 더욱 밝아지고 멀어진 듯했다. 오래지 않아 해가 뜰 것이다. 라비크는 문을 열고 하아케를 차에서 끌어내려 앞좌석에 엎어 놓고, 앞좌석과 뒷좌석 사이의 바닥에 하아케를 밀어 넣으려고 했으나, 아무리 해도 되질 않았다. 너무 비좁았던 것이다. 그는 차의 뒤로 가서 짐 싣는 칸을 열고 서둘러 속에 들었던 것을 끄집어 낸 다음 다시 하아케를 차에서 끌어내려서 뒤로 질질 끌고 갔다. 하아케는 아직 숨이 끊어지지 않았다. 굉장히 무거웠다. 라비크의 얼굴은 온통 땀으로 범벅이 되었다. 가까스로 하아케를 넣을 수가 있었다. 마치 태아와 같이 무릎을 구부러뜨려서 되는 대로 처넣었다.

그는 연장과 삽과 잭을 땅에서 주워서 차의 앞자리에 넣었다. 바로 옆에 있는 나무에서 참새가 한 마리 울기 시작했다.

그는 깜짝 놀랐다. 지금까지 이렇게 큰 소리를 들어 본 적이 없었다. 잔디밭을 보았다. 더 한층 밝았다.

요행을 바라거나 위험을 무릅써서는 안 된다. 그는 차 뒤로 걸어가서 짐칸의 뚜껑을 받쳐서 반쯤 열었다. 왼쪽 발을 뒤쪽 팬더에 걸치고 덮개 밑으로 두 손을 디밀어 넣을 수 있을 정도의 높이로 무릎으로 덮개를 받치고 반쯤 열어 놓았다. 누가 오더라도 아무렇지도 않게 무엇을 검사하고 있는 듯 보일 것이고, 곧 덮개를 내릴 수도 있다. 이제부터 오랫동안 달려야 한다. 우선 하아케를 죽여 놓아야 하겠다.

머리는 오른쪽 구석 쪽에 있는 것이 보였다. 목은 부드럽고 심장은 아직 뛰고 있다. 그는 두 손으로 하아케의 목을 꽉 조르고는 그대로 힘껏 눌렀다.

영원히 계속되는 것처럼 착각되었다. 머리가 약간 움직였다. 아주 순간적이었다. 몸을 쭉 펴려고 들었다. 입고 있는 양복이 거치적거리는 듯했다. 입이 벌어진다. 참새가 아직도 날카로운 소리로 울어댄다. 혀에는 누런 더께가 두껍게 덮였다. 느닷없이 하아케는 한쪽 눈을 부릅떴다. 눈알이 불거져 나오고, 다시 한 번 빛과 시력을 얻고자 하는 듯 보였다. 목을 누르고 있는 손을 뿌리치고 자기에게로 달려들 것도 같았다. 그리고는 몸이 축 늘어졌다. 라비크는 아직도 잠시 목을 조른 채로 풀지 않았다.

끝장이 났다.

덮개를 덜컹 하고 닫았다. 라비크는 두서너 발짝 걸었다. 그리고 나무에 기대서서 토해 버렸다. 마치 위장이 뒤집히고 도려내는 듯했다. 구토증을 참으려고 했지만 소용이 없었다. 얼굴을 들자 웬 사나이가 잔디밭을 가로질러 다가오는 것이 보였다. 라비크는 그대로 가만히 서 있었다. 남자는 가까이 다가왔다. 느릿느릿하고 한가한 걸음걸이였다. 정원사나 노동자와 같은 모습이었다. 그는 라비크를 뚫어져라 쳐다보았다. 라비크는 퉤 하고 침을 뱉고는 주머니에서 담뱃갑을 끄집어냈다. 한 대 피워 물고는 깊이 들이마셨다. 연기는 쿡 쏘는 듯이 목이 탔다. 남자는 길을 건너갔다. 그는 라비크가 토한 장소와 차를 번갈아보고는 아무 말도 없었다. 라비크는 사나이의 표정에서 아무것도 읽을 수가 없었다. 남자는 느릿느릿한 걸음걸이로 십자로를 건너서 사라져 버렸다.

라비크는 그대로 몇 초 동안을 서 있다가는 트렁크를 잠그고 엔진을 걸었다. 숲 속에서는 이제 할 일이 없다. 너무 밝았다. 생 제르망까지 몰고 가야 한다. 그곳 숲 속은 라비크가 잘 알고 있었다.

30

한 시간 후에는 그는 조그마한 여인숙 앞에 차를 세웠다. 너무나 허기가 져서 머리조차 멍했다. 집 앞에서 차를 내렸다. 그곳에는 테이블 두 개, 의자가 몇 개 놓여 있었다. 그는 커피와 부리오쉬를 주문하고는 세면실로 갔다. 냄새가 지독한 세면실이었다. 컵을 하나 달래서 입 안을 헹궜다. 그리고는 손을 씻고는 자리로 돌아왔다.

테이블 위에는 아침 식사가 놓여져 있었다. 커피는 세계 어느 곳의 것과 마찬가지로 구수했고 제비가 지붕 위를 날아다녔다. 태양은 최초의 황금빛 벽걸이 양탄자를 집집마다 벽에 걸어 놓았다. 사람들은 모두가 일터로 나가고, 하녀가 치마를 걷어붙이고 비스트로의 구슬로 엮은 발 안에서 혼자 마룻바닥을 벅벅 닦아 내고 있었다. 라비크는 오랫동안 이런 평화스러운 아침을 보지 못했었다.

그는 뜨거운 커피를 마셨지만, 하지만 다른 것은 먹고 싶지가 않았다. 손으로 건드리기가 싫었다. 손을 보았다. '어리석다. 제기랄, 공포감에 빠져서야 될 말인가, 나는 먹어야 한다.' 그는 또 한 잔 커피를 마셨다. 담뱃갑에서 다시 한 대를 뽑아서 손으로 만진 쪽이 입에 닿지 않도록 신경을 썼다. 이래서는 안 되겠다. 역시 아무것도 먹지 못했다. 우선 저 놈을 완전히 처치해 버려야 한다. 그렇게 생각하고는 일어나서 계산을 했다.

젖소들의 떼, 나비들, 밭 위에 올라온 태양, 태양은 자동차의 유리에 비치고, 차의 머리 위에 번쩍이고 하아케를 숨겨 둔 짐칸의 빛나는 금속에도 반사되고 있었다—왜 살해를 당하는 것인지, 누구에게 피살을 당하는지도 모르고 죽음을 당한 하아케가 '좀더 다른 방법으로 죽일 것을 그랬지.'

'하아케, 너는 알겠나? 내가 누군지 알겠나?'

눈앞에 뻘건 얼굴이 나타났다.

'아니, 어떻게 알아, 자네는 누구지? 우리가 만난 적이 있었나?'

'있었지.'

'언제? 놀랐는데, 사관학교에선가? 기억이 없군.'

'너는 기억이 없단 말이냐, 하아케. 사관학교가 아니라 그 후의 이야기야.'

'그 후의 일이라고? 하지만 당신은 외국에서 줄곧 살고 있지 않았어. 나는 독일에서 나가 본 일이 없고, 다만 2년 전에 처음으로 이곳 파리에 오게 되었을 뿐인데. 언제 같이 신나게 마신 적이라도…….'

'아냐. 우린 같이 마신 적이 없어. 그리고 여기서가 아니라 독일에서였지, 하아케!'

울타리, 선로, 장미와 협죽도와 해바라기가 잔뜩 피어 있는 조그마한 정원. 기다려라. 끝없는 아침에 푹푹 연기를 뿜고 달아나는 외롭고 시커먼 열

차. 자동차의 앞유리에 비쳐서 살아 나온 눈. 그 눈은 이젠 짐칸 속에서 젤리와 같이 되고 틈으로 들어오는 흙먼지로 뒤덮여 갈 것이다.
'독일서? 아아, 알겠어! 어디선지, 당대회 때였겠지? 뉴른베르크에서가 아닌가. 기억이 나는 것 같기도 하군. 뉴른베르크 광장이 아니었나?'
'틀렸어, 하아케.'
라비크는 앞유리를 향해서 천천히 이야기하고 있다. 지나간 세월의 검은 물결이 다시 닥쳐오는 것 같은 기분이었다.
'뉴른베르크가 아니야, 베를린이었어.'
'베를린?'
영상의 반사 때문에 흔들리는 얼굴은 유쾌한 듯 조바심을 낸다.
'자, 이젠 말을 해보지! 그렇게 감추지만 말고. 고문은 이제 그만두게나! 어디서였지?'
물결은 대지에서 부풀어올라 이젠 팔까지 닿았다.
'고문이라고, 하아케! 바로 그거야, 하아케.'
애매한 듯하면서도 조심스러운 웃음.
'농담하지 말게, 이 사람아.'
'고문이었지, 하아케! 내가 누군지 이제 알겠나?'
더 한층 애매하고 더욱 조심스럽게 위협하는 것 같은 웃음소리,
'내가 어떻게 알겠어? 난 수천 명의 인간을 보았거든. 그러니 일일이 기억하고 있을 수는 없어. 만일 자네가 비밀 경찰에 대해 말하는 것이라면 말일세.'
'맞았어, 하아케. 게슈타포야.'
어깨를 으쓱했다. 경계를 했다.
'자네가 거기서 취조를 받은 적이 있다면…….'
'그렇지, 기억이 나나?'
다시 한 번 어깨를 으쓱했다.
'어떻게 그런 걸 기억하고 있겠어? 우리는 몇천 명씩이나 취조를 하고 있는데.'
'취조라구! 실신할 때까지 후려치고, 찌그러지도록 때리고, 뼈까지 부러뜨려 놓고, 자루처럼 지하실에 내동댕이치고 다시 끌어내다가는 얼굴을 찢어놓

고, 불알을 짓밟고 하는 것 —— 그것이 취조란 말이지. 이젠 울 수도 없게 되어서 지르는 열에 들뜬 신음소리, 그것이 취조에 불과하다고. 실신과 의식의 경계선에서 흐느끼는 소리, 배를 걷어채이고 고무 방망이질을 당하고, 회초리, 그렇다. 네놈은 이런 것들을 뻔뻔스럽게도 취조라고 하는구나!'

라비크는 앞 유리창에 나타나지 않는 얼굴을 뚫어지게 노려보았다 —— 창 너머로는 보리와 양귀비와 들장미의 풍경이 소리도 없이 미끄러져 간다 —— 그는 그 얼굴을 노려보았다. 입술이 움직였다. 그는 하고 싶었던 말을 못하고 말았으니, 그 말을 이제 하고 있었다.

'손을 가만둬! 움직이면 쏘아 죽일 테다! 너는 키 작은 막스 로젠베르크를 기억하고 있겠지? 그 친구는 갈기갈기 찢긴 채 지하실에서 내 곁에 버려져 있었지. 그 친구는 두 번 다시 취조를 당하지 않으려고 시멘트 벽에다 대가리를 박살내려고 했지. 취조하고? 뭣 때문에? 민주주의자였기 때문이었나! 그리고 빌만을 기억할 테지? 그 친구는 너에게 두 시간이나 고문을 당한 끝에 피오줌을 싸고, 이는 하나도 남지 않았고, 눈도 하나밖에는 남지 않았어. 취조라고? 뭣 때문에 취조를 당했지? 그 친구가 가톨릭 신자고, 너의 총통이 새로운 구세주라는 것을 믿지 않았기 때문이었지, 그리고 로젠펠트의 기억이 나지 않아? 머리와 등허리가 생고깃덩어리처럼 되어서 우리들에게 혈관을 물어뜯어 달라고 소리지르던 로젠펠트를 모르겠단 말이야? 너의 고문을 받고서 이가 모조리 빠졌기 때문에 자신이 물어뜯을 수가 없었으니 그럴 수밖에 더 있었느냐 말이다. 고문? 뭣 때문에? 전쟁을 반대하고 문화는 폭탄이나 화염방사기로써 가장 잘 표현된다는 것을 믿지 않는 탓이었다. 취조라고! 수천 명의 인간이 취조를 받았다고 했겠다. 그랬다. 손을 가만둬, 이 돼지 같은 자식아! 그리고 이제 간신히 나는 너를 붙잡았다. 우리들은 지금 두꺼운 벽에 둘러싸인 집으로 달리고 있다. 우리는 단 둘이 되는 것이다. 내가 너를 취조해 주마. 천천히, 며칠이고 계속해서, 로젠베르크 식 치료법으로, 로젠펠트 식 요법으로 취조를 해주마. 바로 네가 우리들에게 했던 그대로 말이다. 그리고 그것이 전부 끝나면…….'

갑자기 라비크는 차의 속도를 내고 있다는 것을 알았다. 그래서 액셀러레이터를 늦추었다. 많은 집, 마을, 개, 닭, 목장에는 말이 뛰어놀고 있었다. 목을 늘이고 머리를 치켜들고 이교적인 반인반마(牛人牛馬)의 괴물들. 강렬한 생명, 빨래 바구니를 들고서 웃는 여자, 줄에 매달린 가지각색의 세탁물, 근심 없는 행복의 깃발이다. 문 앞에서 놀고 있는 어린아이들. 그는 이러한 광경을 아주 또렷또렷하게, 그러면서도 유리 너머로 보는 듯이 내다보았다. 지극히 가까우면서도 믿을 수 없을 만큼 멀다. 아름답고 평화롭고 순하기 그지없다. 쓰릴 정도로 강렬하지만, 간밤에 일어난 일 때문에 그와는 동떨어져서 이젠 영원히 그의 손에 닿지 않는 것이 되어 버렸다. 그는 아무런 후회도 느끼지 않는다. 그렇게 된 것뿐이다.

천천히 달리자. 속력을 내서 마을을 달리다가는 틀림없이 정지를 당한다. 시계, 그럭저럭 두 시간이나 달렸다. 어떻게 이런 일이 있을 수 있을까? 알 수가 없다. 눈여겨본 것은 하나도 없었다. 보인 것은 오직 그가 말을 하고 있던 얼굴뿐이었다.

생 제르망 공원. 푸른 하늘을 배경으로 한 검은 격자(格子)의 철책과 나무들, 울창한 가로수길. 염원하고 기대했던 곳. 나무가 무성한 공원, 갑자기 숲. 차는 더욱 조용하게 달렸다. 푸르고 황금빛 나는 파도를 이루며 숲이 나타난다. 왼편에도, 그리고 오른편에도 활짝 전개되는 숲. 지평선을 뒤덮고 모든 것을 감싸준다. 휙휙 날아다니는 곤충까지도 숲 속에서는 지그재그로 나는 것이다.

땅은 무르고 수풀로 무성하게 뒤덮여 있었다. 거기는 길에서부터 멀리 떨어진 곳이다. 라비크는 차를 약 1백 미터쯤 떨어진 곳에 자기가 볼 수 있게 세워 놓았다. 그리고 삽으로 흙을 파내기 시작했다. 일은 쉬웠다. 만일 누가 와서 차를 발견한다면 삽을 감추어 두고 무심하게 숲 속을 산책하는 행세를 가장하면서 돌아가면 된다.

그는 시체가 충분하게 덮일 수 있을 만큼 깊이 팠다. 그리고 그곳까지 차를 몰고 왔다. 시체는 무거웠다. 그러나 그는 타이어 자국이 남지 않을 만큼 땅이 단단한 곳까지만 차를 몰고 와서 세웠다. 시체는 아직도 축 늘어진다. 그는 시체를 구덩이 있는 데까지 끌고 갔다. 시체의 옷을 찢어 벗긴 다음 한데 모았다. 생각했던 것보다는 일은 간단했다. 나체를 만든 후 시체를 남겨 둔 채 옷을 짐 싣는 칸에 집어넣고 차를 전 위치로 몰고 갔다. 문과 트렁크를 잠근 다음 망치를 꺼냈다. 자칫 잘못으로 시체가 발견될지도 모른다는 것을 생각해서 누구의 시체인지 모르게 만들어 놓고 싶었다.

잠시 그 자리로 돌아가기가 고통스러웠다. 시체는 그대로 내버려 둔 채 차를 집어타고 가 버리고 싶다는 충동을 느꼈다. 그 충동을 이기기가 몹시 힘들었다. 그는 선 채로 주위를 둘러보았다. 몇 야드 저편에 서 있는 느티나무 줄기에 다람쥐가 두 마리 쫓고 쫓기고 있다. 붉은빛 털이 햇빛에 반짝인다. 그는 걸어갔다.

시체는 부풀어올라 푸르죽죽했다. 그는 기름에 적신 모포를 하아케의 얼굴에다 씌우고 망치로 두들겨 다지기 시작했다. 한번 치고는 중단했다. 굉장한 소리가 난 듯했기 때문이다. 그리고는 다시 계속해서 치기 시작했다. 잠시 후에 모포를 들추어 보았다. 얼굴은 검은 피가 엉겨붙어 분간을 할 수 없는 고깃덩이로 되어 있었다. 로젠펠트의 얼굴과 꼭 같다고 그는 생각했다. 자신도 모르게 그는 이를 악물었다. 로젠펠트의 머리와는 다르다. 그 친구의 머리는 더 심했어. 그 친구는 그런 꼴로 살아 있었으니까.

오른손에 반지가 끼워져 있었다. 그것을 뺀 다음 시체를 구덩이 속으로 던져 넣었다. 구덩이는 좀 짧아서 무릎을 배 있는 데로 구부려 붙였다. 그리고 삽으로 흙을 덮었다. 오래 걸리지는 않았다. 흙을 밟아서 편편하게 만들고 조금 전에 괭이로 네모지게 떠 놓았던 떼를 골고루 입혔다. 떼는 알맞게 들어맞았다. 구부리고 보기 전에는 이은 곳을 알 수가 없을 정도였다. 쓰러진 풀을 일으켜 세웠다.

망치와 괭이와 모포 조각들을 옷과 함께 트렁크 속에다 집어 넣었다. 그리고 다시 한 번 천천히 되돌아가서 증거가 될 만한 흔적은 없는지 살펴보았다. 거의 아무것도 없는 듯했다. 비라도 와서 2,3일 지나면 풀이 자라게 될 것이다.

이상한 일이었다. 죽은 인간의 신발·양말·내복, 양복은 덜했지만 양말이나 내복이나 와이셔츠는 마치 사람과 함께 죽어 버린 듯 벌써 유령처럼 흐느적거렸다. 그것을 만지고 수놓은 이름이나 상표를 보는 것이 정말 싫었다.

라비크는 재빨리 처리했다. 수놓은 부분과 상표를 잘라 낸 다음 돌돌 뭉쳐서 묻었다. 시체를 묻은 장소에서 수십 킬로미터나 떨어진 곳이었다. 이만큼 떨어지면 양쪽이 동시에 발견될 염려는 절대로 없다. 차를 몰고 가다가 개울과 만났다. 그는 오려 낸 상표를 종이에 쌌다. 그리고 하아케의 수첩을 갈기

갈기 찢어 버린 다음 지갑을 열어 보았다. 속에는 1만 프랑짜리 지폐가 두 장, 베를린까지의 기차표, 10마르크 짜리 지폐, 주소를 적은 쪽지, 그리고 하아케의 여권이 들어 있었다. 라비크는 프랑스 돈은 주머니에 집어 넣었다. 그 밖에도 하아케의 주머니에서 두서너 장의 5프랑짜리 지폐를 찾아내었다.

그는 잠시 기차표를 들여다보았다. 베를린행 —— 그것을 보고 있노라니 이상한 기분에 휩싸였다. 베를린으로. 그는 차표를 찢어서 다른 것과 함께 쌌다. 여권을 오랫동안 들여다보았다. 아직도 3년간 유효한 것이었고 2년 정도나 유효한 비자가 찍혀 있었다. 두어 두고 써먹고 싶은 충동이 일었다. 자기와 같은 생활을 하는 사람에게는 무엇보다도 귀중한 것이었다. 만약 그것이 위험하지만 알았더라면 조금도 주저하지 않았을 것이다.

그는 여권을 찢어 버렸다. 10마르크짜리도 함께. 하아케의 열쇠, 권총, 반지, 하아케의 트렁크의 예치증은 그대로 두었다. 트렁크를 찾아서 파리에 있었던 흔적을 말끔히 지워 버릴 것인지 좀더 두고 생각해 보아서 결정할 작정이었다. 호텔의 계산서는 이미 찾아내어 찢어 버렸다.

모조리 태워 버렸다. 생각했던 것보다는 시간이 걸렸지만 신문지를 가지고 있었기 때문에 그것으로 옷조각을 태워 버리고 개울에다 재를 던져 버렸다. 차에 피 흔적이 남아 있지나 않을까 해서 조사해 보았다. 전혀 없었다. 망치와 스패너는 조심스럽게 물에 씻어서 짐칸 속에 넣었다. 손을 깨끗이 씻고서는 담배를 꺼내 잠시 앉은 채 피웠다.

성으로 나가는 길목에 접어들어서야 비로소 시빌의 일이 생각났다. 성은 밝은 여름 햇빛을 받고, 영원한 18세기의 하늘 밑에 흰빛을 띠고 솟아 있었다. 문득 그는 시빌의 일이 떠오른 것이다. 그 일이 있은 이후 지금 비로소 그는 잊어 버리고 싶고 그것을 밀어 젖혀 놓고 싶고 눌러 터뜨리고 싶은 심정이 없어졌다. 그는 하아케가 그 여자를 불러들인 그날 이전의 일이 생각난 적은 한번도 없었다. 그 여자가 혐오와 광기와 같은 공포의 표정을 띠었던 때 이전의 일은 하나도 생각이 나지 않았었다. 그 밖의 일은 모조리 그때의 표정 때문에 지워져 버리고 말았다. 그리고 그 여자가 목을 매어 죽었다고 하는 통지를 받기 이전의 일은 생각할 수가 없었다. 그는 그 통지를 아무리 해도 믿을 수 없었다. 있을 수도 있는 일이다. 그러나 벌써 그 전에 그 여자에게 무슨 일이 일어났는지 누가 알겠는가? 그 여자를 생각할 때마다 머릿속에서 경련이 일어나는 듯한 기분이었고 두 손은 손톱이 되어 가슴을 쥐어뜯고 며칠 동안을 불붙는 듯한 복수심이 끓어올랐지만 어쩔 수 없이 지낼 수밖에 없었다.

이제서야 그는 그 여자의 일이 생각났다. 그러자 사슬과 경련과 안개가 갑자기 사라졌다. 무엇인지 풀리고, 장벽이 허물어지고 짓누르는 듯했던 공포의 기분이 풀리기 시작했다. 이젠 지난간 몇 년처럼 얼어붙어 있지를 않았다. 일그러졌던 입은 다물기 시작했고, 멍하던 눈은 다시 생기를 되찾고, 창백한 얼굴에는 핏기가 돌아왔다. 이젠 그것은 굳어 버린 공포의 탈바가지가 아니고 다시 한 번 지난날의 시빌이 되었다. 함께 생활하던 시빌, 그 부드러운 두 젖가슴을 느끼고 그의 일생의 2년간을 마치 6월의 황혼과 같이 가득 채워 주었던 시빌.

지나간 나날의 추억이 떠올랐다. 저녁 때 마다의 추억이 —— 아득히 잊어버리고 있던 불꽃이 갑자기 지평선 저쪽에 나타나듯이. 못이 쳐지고 쇠로 잠겨졌던 피투성이의 과거가 이재 소리도 없이 쉽게 열리고, 다시 한 번 꽃밭이 나타났다. 이젠 게슈타포의 지하실은 없어졌다.

라비크는 한 시간 이상이나 차를 몰았다. 파리를 향해 돌아가고 있는 것이 아니었다. 생 제르망 건너쪽의 세느 강 다리 위에서 차를 멈추고 하아케의 열쇠, 반지, 그리고 권총을 강물 속으로 내던졌다. 그리고는 차의 지붕을 열고 다시 달리기 시작했다.

그는 프랑스의 아침을 계속 달렸다. 어젯밤 일은 거의 둔화되어 버려 몇 십년 전의 일과 같이 생각되었다. 바로 두세 시간 전에 일어났던 일이 어렴풋하게 되어 버리다니 —— 그리고 몇 년 동안 묻혀 있던 일이 수수께끼처럼 살아 올라서 친근한 것이 되었다. 이젠 그 이상 땅의 균열로 해서 끊기어 있지는 않았다.

라비크는 자기가 어떻게 되었는지 알 수가 없었다. 틀림없이 허탈에 빠지리라, 지치고 냉담해지고 흥분되리라 생각했었다. 구토증을 느끼고 심층의 자기 변호를 하고 술을 마시고 취해서 잊어버리고 싶어하는 심정이 되리라고 예상했었다. 설마 이런 기분이 되리라고는 짐작도 못했었다. 마치 과거로부터 자물쇠가 떨어져 나간 듯 후련하고 해방된 기분을 맞으리라고는 예상도 못했었다. 그는 사방을 둘러보았다. 경치는 미끄러지듯 지나가고 포플라의 행렬이 횃불 같은 푸른 환호를 높이 올려 뻗치고 양귀비와 들국화가 만발한 넓은 들판이 훤히 뻗어나가고, 자그마한 마을의 빵집에서는 구수한 빵 냄새를 풍기고 학교에서는 어진 아이들의 목소리가 바이올린 소리에 섞여서 흘러 나오고 있다.

 얼마 전 여기를 지나갈 때는 무엇을 생각했던가? 두세 시간 전에, 영원한 옛날에. 그 유리벽은 어디로 갔을까? 치솟는 아침 햇살에 안개가 스러지듯 김이 돼 없어졌는가? 그는 또한 어린아이들이 문간의 계단에서 놀고 있는 것을 보았다. 잠든 고양이와 개, 바람에 나부끼고 있는 가지각색의 세탁물을, 그리고 목장의 말들을 보았다. 아직도 나무 집게를 손에 들고 잔디밭에 서서 빨랫줄에 내의를 널고 있는 여자를 보았다. 그는 그것을 보면서 자기도 이제는 그런 것에 속한다고 느꼈다. 몇 년 전보다도 더욱 깊이 그렇게 느껴졌다. 무엇인지 그의 내부에서 녹아 부드럽고 축축하게 치밀어 올라왔다. 타 버린 들판이 다시 푸르기 시작하고 내부에 있는 무엇이 뒤집혀 다시 위대한 조화를 이루었다.

 그는 차 속에 꼼짝도 않고 가만히 앉아 있었다. 그 불가사의한 것이 놀라서 도망갈까 봐 감히 움직이지도 못했다. 그것은 그를 둘러싸고 점점 커지는가 하면 진주 방울과 같은 것이 되어 아래위로 오르내렸다. 그는 가만히 앉아서 아직도 그 일을 완전히는 믿지 못했다. 그래도 여전히 그것을 느꼈었고 그것이 닥쳐왔었다는 것을 알고 있었다. 그는 하아케의 그림자가 곁에 앉아서 자기를 노려보리라고 단단히 각오를 했었다. 그런데 지금 곁에는 자기 자신의 생명이 와서 앉아 있었다. 그것이 돌아와서 자기를 지켜보고 있다. 여러 해 동안 부릅뜬 채 묵묵히 무자비할 만큼의 요구와 간청만을 하던 두 눈은 이제 감겼다. 그리고 입가에는 평화가 감돌고 두려움에 가득 차서 앞으로 내밀었던 두 팔은 기어이 내려졌다. 하아케의 죽음은 시빌의 얼굴에서 죽음을 풀리게 하였다. 한순간 그 얼굴은 잠시 살아 생생하게 되었다. 그리고 차츰 어렴풋하게 되어 갔다. 기어이 그 얼굴은 평화를 얻고 다시 가라앉아 버렸다. 다시는 찾아오지 않으리라. 포플라와 보리수들이 그것을 부드럽게 묻어 주었다. 그 다음에는 오직 여름과 꿀벌들의 웅성거리는 소리와 명백하고 억세고 지나치게 또렷한 피로감만이 남았다. 여러 날 밤을 잠을 자지 못했던 것처럼, 이제는 아주 오랫동안 자야 하거나 그렇지 않으면 영영 다시는 잠이 오지 않을 것 같은 기분이었다.

그는 뽕슬레 가에다 탈보트를 세웠다. 엔진이 멎고 차에서 내린 순간 자기가 얼마나 피곤한지를 알았다. 그것은 이미 차를 달리고 있는 동안에 느낀 그런 풀어진 피로가 아니라 허전하고 텅 빈 듯한, 오직 자고 싶기만 한 피로였다. 그는 앙떼르나쇼날로 걸어갔다. 걷는 것조차 힘에 겨웠다. 햇빛이 마치 대들보처럼 목덜미에 느껴졌다. 프랑스 드 갈르의 방을 내주어야 하리라는 생각이 났다. 그는 그것을 잊고 있었다. '너무 지쳐 있으니 후로 미루면 안 될까' 하고 잠시 생각했다. 그러나 가까스로 참고 택시를 잡아타고 프랑스 드 갈르로 갔다. 계산을 하고 나서 하마터면 트렁크를 가져오도록 하는 것을 잊을 뻔했다.

그는 썰렁한 홀에서 기다리고 있었다. 오른편 바에 몇 사람이 앉아서 마티니를 마시고 있었다. 보이가 오기 전에 하마터면 잠들 뻔했다. 그는 보이에게 팁을 주고 다른 택시를 잡아탔다.

"동부 정거장으로 갑시다" 하고 그는 말했다.

그는 도어맨과 보이에게 분명히 들리도록 큰 소리로 말했다. 그는 라 보띠가의 모퉁이에서 택시를 세웠다.

"한 시간이 틀렸군" 하고 그는 운전사에게 말했다. "이건 너무 빠른데. 저 술집 앞에서 내려 줘요."

그는 요금을 지불하고 트렁크를 들고서 술집까지 가서 택시가 보이지 않을 때까지 기다린 다음 다시 돌아와서 다른 택시를 잡아 타고 앙떼르나쇼날로 향했다.

아래층에는 보이 녀석만이 혼자 졸고 있을 뿐 아무도 없었다. 열 두 시였다. 주인은 점심 식사 중이었다. 라비크는 트렁크를 들고 자기 방으로 갔다. 옷을 벗어 샤워를 틀어 놓고, 몸뚱이가 얼얼하도록 오랫동안 씻었다. 그리고는 알콜로 몸을 비벼댔다. 좀 시원해졌다. 그는 트렁크에 든 물건을 치웠다.

새 내복과 다른 옷으로 갈아입고 모로소프의 방으로 내려갔다.

"지금 막 자네한테 가려던 참이었네" 하고 모로소프가 말했다. "오늘은 정기 휴일일세. 프랑스 드 갈르에서 함께……."

그는 그대로 입을 다문 채 뚫어지게 라비크를 쳐다보았다.
"이제 그럴 필요는 없네" 하고 라비크가 말했다.
모로소프는 그를 쳐다보았다.
"끝났네" 하고 라비크는 말했다. "오늘 아침에. 아무것도 묻지 말아 주게. 자고만 싶어."
"뭐 달리 필요한 게 없나?"
"없네. 모든 것이 끝났어. 운이 좋았지."
"차는 어디다 두었지?"
"뽕슬레 가에. 모든 것이 잘 됐다네."
"그 밖에 할 일은 없나?"
"없네, 갑자기 통증이 심하게 나는군. 자고 싶어. 나중에 또 오지."
"좋아. 그 밖에 남은 일은 없단 말인가?"
"없다니까. 이젠 없어, 보리스. 간단하더군."
"빠뜨린 것은 없겠지?"
"없을 걸세. 없어. 지금 다시 되새길 수는 없네. 우선 자야겠어. 나중에 만나세. 자네는 여기 있을 텐가?"
"물론이지."

라비크는 자기 방으로 돌아왔을 때 갑자기 심한 두통이 났다. 잠시 동안 창가에 기대섰다. 피난민 비젠호프의 백합꽃이 아래층 창문턱의 화분에서 빛나고 있다. 저쪽은 텅 빈 창문들이 있는 회색 벽이었다. 모든 것이 끝났다. 그것은 옳은 일이었다. 됐어. 그렇게 되어야 마땅하지, 그리고 그 일은 끝이 났고 이제 더 할 일이라곤 없다. 남은 일은 이젠 없다. 내가 할 일은 이젠 그 어느 것도 없다. 내일이란 말은 무의미한 말이다. 창 밖으로 오늘이란 날은 수면 속으로 떨어져 가듯 가라앉아 무(無) 속으로 떨어져 간다.

그는 옷을 벗고 다시 한 번 몸을 씻었다. 두 손을 오랫동안 알콜에 담갔다가 바람에 말렸다. 손가락 마디의 피부가 팽팽해졌다. 머리가 무겁고 뇌수가 머릿속에서 헐거워져서 이리저리 굴러다니는 것 같았다. 그는 주사 바늘을 꺼내 가지고 창가에 있는 의자 위의 조그마한 전기 주전자로 끓여서 소독을 했다. 물은 금방 펄펄 끓었다. 그것을 보고 있자니 그 시냇물 생각이 떠올랐다. 물과 같이 청량한 약물을 주사기로 빨아올렸다. 그는 자신에게 주사를 놓고 침대에 누웠다. 잠시 후에 낡은 가운을 꺼내다가 몸을 덮었다. 자기가 열 두 살밖에 안 된 소년으로 성장과 청춘의 불가사의한 고독 속에 지쳐서 외톨박이로 있는 듯한 생각이 들었다.

그는 땅거미가 질 무렵에야 눈을 떴다. 엷은 핑크색이 집집의 지붕을 뒤덮고 있었고 비젠호프와 골덴베르크 과부의 이야기가 아랫층에서 들려왔다. 무슨 이야기인지 알 수도, 또한 알고 싶지도 않았다. 낮잠을 자는 버릇이 없는 사람이 낮잠을 잔 것 같은 기분이었다. 모든 관계가 끊어지고 아무런 동기도 없이 느닷없이 자살이라고 할 수 있을 것 같은 기분이었다. '이런 때 수술이라도 하게 되었으면' 하고 그는 생각했다. 절망적인 환자들. 온종일 아무것도 먹지 않았다는 생각이 문득 났다. 갑자기 그는 미칠 듯한 공복을 느꼈다. 두통은 없어졌다. 그는 옷을 입고 아래층으로 내려갔다.

모로소프는 내복 바람으로 자기 방의 테이블에 앉아서 장기의 묘수를 풀려고 깊은 생각에 잠겨 있었다.

방안은 을씨년스럽기 짝이 없고 벽에는 군복이 걸려 있었다. 한쪽 구석에는 성상(聖像)이 놓였고 그 앞에는 불이 켜져 있다. 또 다른 쪽 구석에는 사모바르가 놓인 탁자가 세워져 있고 또 다른 구석에는 현대식 냉장고가 있었다. 냉장고는 모로소프의 자랑거리이자 사치품이었다. 그는 그 속에 보드카나 식료품, 맥주 따위를 넣어 두고 있었다. 침대 곁에는 터키 식 양탄자가 깔려 있었다.

모로소프는 아무 말도 없이 일어서서 유리잔 두 개와 보드카 병을 집어 왔다. 그리고는 유리잔에 가득 따랐다.

"건배" 하고 그가 말했다.

라비크는 테이블에 가서 앉았다.

"아무것도 마시고 싶지 않네, 보리스. 난 몹시 배가 고프네."

"알았네. 그럼 식사하러 가세. 먼저……."

모로소프는 냉장고 속을 뒤지더니 러시아 식 검은 빵과 오이지, 버터, 그리고 깡통에 든 알젓을 끄집어 냈다.

"우선 이걸 들게나! 그 알젓은 세헤라자드 요리장의 선물일세. 믿을 만한 물건이지."

"보리스, 연극은 그만 치우세. 나는 그 놈을 오시리스 앞에서 만나 숲으로 끌고 가서 죽여 가지고 생 제르망에다 묻고 왔네"

"아무도 본 사람은 없었겠지?"

"없었어. 오시리스 앞에서도."

"어느 곳에서도?"

"숲 속에서 한 사람이 잔디밭을 건너서 왔었어. 일이 다 끝났을 때였지. 하아케는 차 안에다 처박아 두었을 때였어. 그 사람은 자동차와 헛구역질을 하는 나밖에는 아무것도 못 봤네. 취했거나 기분이 나빴던 것으로 보였겠지. 별로 이상한 것도 없었을 테지."

"그 놈의 물건은 어떻게 했나?"

"파묻어 버렸어. 상표는 떼어 내서 그 놈이 가진 서류와 함께 태워 버렸고. 그 놈의 돈과 북부 정거장에 맡긴 물건의 예치증을 아직도 가지고 있을 뿐일세. 놈은 호텔의 계산을 벌써 끝내고 오늘 아침 떠나려던 참이었어."

"더럽게 운이 좋았군. 핏자국 같은 것은?"

"없어. 피는 거의 나오지 않더군. 프랑스 드 갈르의 내 방은 내어 주고 왔다네. 다시 이리로 내 물건들을 가지고 왔네. 여기서 그 놈과 관계하고 있었던 놈들은 그 놈이 떠났다고 생각하겠지. 그 놈의 짐만 찾아오면 이제는 파리에는 그 놈의 흔적은 아무것도 남지 않을 걸세."

"베를린에서는 그 놈이 도착하지 않았다는 것을 알 테지. 그럼 도로 여기로 문의를 할 걸세."

"그 놈의 물건이 만일에 여기에 없다면 어디로 갔는지 알 턱이 없지."

"알게 될 걸. 그 놈이 기차의 침대권을 사용하지 않았으니까 말일세. 그것도 태워 버렸겠지?"

"물론."

"그럼, 수하물 예치증도 태워 버리게."

"수하물계로 그것을 보내서, 트렁크를 베를린이나 어디 다른 곳으로, 운임은 선불로 해서 부칠 수도 있지 않겠나?"

"그렇게 해도 결국 마찬가지야. 없애 버리는 게 좋겠네. 지나치게 빈틈없이 해 놓으면 오히려 의심을 살 뿐이야. 그 놈은 간단하게 사라져 버렸어. 파리에서는 흔하게 일어나는 일이지. 뒷조사를 하겠지. 그리고 운이 좋으면 하아케가 마지막으로 나타났던 옷쯤은 밝혀질지도 모르지. 오시리스였지. 거기를 들렀었나?"

"응. 잠시. 나는 그 놈을 봤지만, 그 놈은 나를 못 봤네. 그리고는 밖에서 그 놈을 기다렸지. 밖에서는 아무도 우리를 본 사람이 없었네."

"그 시각에 누가 오시리스에 있었는지 조사할지도 모르지. 롤랑드는 자네가 거기 있었다는 것을 생각해 낼 텐데."

"나는 종종 그 집에 들르거든. 그러니 그건 상관없어."

"그래도 조사를 받지 않는 편이 낫지. 증명서가 없는 피난민 신세에 롤랑드는 자네가 사는 곳을 알고 있나?"

"아니, 하지만 베베르의 주소는 알고 있어. 당당한 공인 의사가 아닌가. 그리고 롤랑드는 2,3일 중에 그곳을 그만둔다네."

"어디로 가든 알게 될 걸세."

모로소프는 자기 잔을 채웠다.

"라비크, 2,3주일 동안 자네가 없어지는 게 좋겠네."

라비크는 그를 보았다.

"말은 쉽지만, 보리스. 어디로 간단 말인가?"

"사람들이 많은 곳이라면 아무 데나. 칸느나 도빌로 가게나. 거기는 지금쯤 사람들로 들끓을 걸세. 손쉽게 사람들 틈에 숨어 버릴 수가 있을 거야. 안티브라도 괜찮지. 그곳이면 자네도 잘 아는 데고 거기서는 증명서를 보이란 말을 안할 테니까. 그렇게 되면 경찰이 증인 조사를 하겠다고 자네의 일을 베베르나 롤랑드한테 물었는지 어쨌는지는 내가 언제든지 알아보겠네."

라비크는 고개를 저었다.

"제일 좋은 곳은 지금 있는 곳에 그대로 있으면서 아무 일도 없었던 것처럼 사는 거지."

"아니야, 이번에는 달라."

라비크는 모로소프를 쳐다보았다.

"나는 도망 가지는 않겠네. 그대로 여기 머무르겠어. 그것도 운명이야. 모르겠나?"

모로소프는 대꾸를 하지 않았다.

"우선 수하물 예치증부터 태워 버리게."

라비크는 주머니에서 예치증을 꺼내서 불을 붙여 재떨이에다 태웠다. 모로소프는 구리로 만든 그 재떨이를 받아들고 얄팍해진 재를 창문으로 털어 버렸다.

"자, 이젠 끝났네. 그 놈의 물건은 가진 것이 더 없나?"

"돈이 있어."

"보여주게."

모로소프는 그것을 조사했다. 아무런 표시도 없었다.

"이런 것은 간단하게 처리할 수 있어. 자넨 어떻게 하려나."

"피난민 구원회에라도 보낼까 하네. 익명으로 말일세."

"내일 바꿔서 2주일 후에 보내게."

"알겠네."

라비크는 지폐를 주머니에 간수했다. 지폐를 접으면서 그 손으로 음식을 먹고 있다는 것을 문득 깨달았다. 그는 잠시 두 손을 내려다보았다. 아침에 생각했던 모든 일들이 이상스럽게 여겨졌다. 그는 갓 구운 검은 빵을 또 한 조각 집었다.

"어디 가서 식사를 할까?" 하고 모로소프가 물었다.

"아무 데로나."

모로소프는 그를 쳐다보았다. 라비크는 빙그레 웃었다. 그가 미소를 띠운 것은 처음이었다.

"보리스." 그는 말했다. "곧 미쳐 버릴 것 같은 사람을 간호원이 보듯이 나를 그렇게 쳐다보지 말게나. 나는 이보다도 몇천 배, 몇만 배 혼을 내주어야 마땅할 소나 돼지 같은 놈을 한 마리 없앴을 뿐일세. 나는 나와 아무런 상관도 없는 인간을 몇십 명씩 죽이고도 오히려 훈장을 받았다네. 그것도 정정당당하게 죽인 것이 아니라 몰래 숨어 들어가 눈치도 못 채는 놈을 뒤에서 죽였다네. 전시(戰時)에는 그것이 오히려 명예가 되고 있어. 비록 잠시 동안이긴 했지만 내가 그 놈의 상관에다 대고 한마디 해주지 못한 게 억울했었네. 그건 어리석은 갈망이었어. 좌우간 그 놈은 처치가 됐어. 이제는 두 번 다시 아무도 괴롭힐 수가 없게 되었어, 나는 그 생각을 하면서 잠을 잤네. 이젠 아득한 일이 되어 버렸어. 마치 신문에 난 이야기라도 듣고 있는 기분이야."

"됐어." 모로소프는 저고리 단추를 끼웠다. "자, 나가세. 마셔야겠어."

라비크는 그를 쳐다보았다.
"자네가?"
"그래, 내가" 하고 모로소프는 말했다. "내가 말일세" 하고 잠시 망설이다가 말을 계속했다. "내 나이가 늙은 것을 느끼기는 오늘이 처음일세."

31

롤랑드의 송별 파티는 정각 여섯 시에 시작되었다. 한 시간 만에 파티를 끝내고, 일곱 시에는 다시 장사가 시작되었다.
옆방에는 테이블이 놓여 있었으며 매춘부들은 모두 성장을 하고 있었다. 대개는 검은 비단 드레스 차림이었다. 언제나 나체로, 또는 아주 얇은 옷조각 만을 걸치고 있는 것을 보아 온 라비크로서는 저게 누구였던가 싶도록 알아보기 힘든 여자들이 많았다. 가장 큰 홀에는 다급할 때를 위해서 겨우 대여섯명만이 대기했다. 일곱 시가 되면 교대로 테이블에 나오기로 되어 있는 것이다. 장사 차림으로 오는 여자는 한 사람도 없었다. 이것은 마담이 그렇게 지시해서가 아니고, 여자들 자신이 그렇게 하고 싶어했기 때문이다. 라비크에게도 그것은 조금도 이상하게 보이지 않았다. 그는 매춘부들간의 에티켓을 잘 알고 있었다. 그것은 상류 사회의 에티켓보다도 훨씬 엄격했다.
여자들은 돈을 거둬서 롤랑드가 식당을 개업하는 축하로서 버드나무로 만든 의자 여섯 개를 선사했다. 마담은 금전 출납기를, 그리고 라비크는 버드나무로 된 의자와 짝맞는 대리석의 테이블 세 개를 선물했다. 그는 이 파티에서 유일한 외부 손님이었고 게다가 남자 손님이라고는 라비크밖에 없었다.
식사는 여섯 시 5분에 시작되었다. 마담이 주인역을 맡아보았다. 롤랑드는 마담의 오른쪽에 앉고 라비크는 왼편에 앉았다. 그 다음에는 새로 온 여자 지배인이 앉고 그 옆이 지배인의 조수 자리였다. 맨 끝에는 여자들이 나란히 앉게 되었다.
올드볼은 상당히 훌륭했다. 스트라스부르의 거위의 각장, 파데메종, 거기다 해묵은 쉐리가 나왔다. 라비크에게는 특별히 보드카 한 병을 내주었다. 그는 쉐리를 몹시 싫어했기 때문이다. 그 다음은 1933년의 무르소가 달린 넙치. 그 넘치는 막심에서 나오는 것과 똑같은 고급품이었다. 포도주는 가볍고 상당히 해묵은 것이었으나 도수는 약했다. 다음에는 푸른 아스파라거스, 그리고 질기고 부드러운 통닭구이, 코를 톡 쏘는 마늘이 섞인 정선된 샐러드, 거기에다 샤트샹 테밀리온. 테이블의 상좌에는 1921년도의 콘티 병이 열려 있었다.

"저 애들은 이 맛을 몰라요" 하고 마담이 일러주었다.

라비크는 그 맛을 잘 알았다. 그에게 다시 한 병을 가져다 주었다. 그 대신 그는 샴페인과 크림이나 초콜릿에는 손도 대지 않았다. 그리고 마담과 같이 포도주 안주로서 익은 블리치즈와 버터를 바르지 않은 신선한 흰 빵을 들었다.

식탁에서의 화제는 꼭 여학교 기숙사의 그것과 비슷했다. 버드나무로 만든 의자에는 나비 모양의 리본이 달려 있었다. 금전 출납기는 반짝반짝 빛났다. 대리석 테이블도 번쩍거렸다. 온 방안에 슬픔이 감돌았다. 마담은 검은 드레스에 보석을 달고 있었다. 그것도 많지는 않았다. 목걸이와 반지가 하나, 고급품으로 청색과 백색의 보석이었다. 백작부인이긴 했지만 머리 장식은 하지 않았다. 제대로 취미를 아는 것처럼 보였다. 마담은 잘 깎은 다이아몬드를 좋아했다. 루비나 에메랄드는 위태롭다. 다이아몬드면 안전하다고 말했다. 그녀는 롤랑드와 라비크하고 이야기했다. 책도 많이 읽는 분이어서 대화는 재미있었고 재치가 있으면서 위트가 넘쳐 흘렀다. 그리고 몽타뉴와 샤토브리앙이나 볼테르를 인용했다. 희고 약간 푸른 기가 도는 머리칼이 총명하게 보이는 얼굴과 대조를 이루고 있었다.

커피가 끝난 다음 일곱 시가 되자 여자들은 기숙사의 말 잘 듣는 여학생들처럼 일어섰다. 그리고 공손히 마담에게 인사를 하고 롤랑드와 작별했다. 마담은 잠시 더 남아 있었다. 라비크가 한번도 입에 대본 적이 없는 알마나크 산의 브랜디를 가져오게 했다.

일을 하느라고 남아 있었던 예비부대의 여자들이 세수를 하고, 근무할 때보다는 연한 화장을 하고 야회복 차림으로 들어왔다. 마담은 여자들이 자리에 앉아서 넙치를 먹을 때까지 남아 있었다. 그리고 여자들 한 사람 한 사람과 한두 마디 말을 주고받으면서 지나간 한 시간 동안 수고해 준 데 대해 치하를 하고 상냥하게 작별인사를 했다.

"떠나기 전에 또 만나요, 롤랑드."
"그렇고 말고요, 마담."
"알마나크는 놔 두고 갈까요?" 하고 그녀는 라비크에게 말했다.
라비크는 고맙다고 말했다. 마담은 갔다. 어디로 보나 흠잡을 데 없는 최상류급 귀부인같이 보였다.
라비크는 병을 들고 롤랑드의 곁으로 돌아갔다.
"언제 떠나지?"
"내일, 오후 네 시 7분에요."
"역에 나가 보겠어."
"괜찮아요, 라비크. 그건 안 돼요. 오늘밤 약혼자가 와서 함께 떠나기로 한 걸요. 오시면 안 된다는 이유를 아셨죠?"
"알았어."
"내일 아침 나절에 한두 가지 물건을 더 사서, 떠나기 전에 모두 부쳐 두겠어요. 저녁에는 호텔 벨폴로 옮길 거예요. 값도 싸고 깨끗한 곳이거든요."
"약혼자도 그 호텔에 들 건가?"
"물론 안 들 거예요" 하고 롤랑드는 놀란 듯이 말했다. "우린 아직 결혼을 하지 않았으니까요."
"옳은 말이야."
라비크는 그 말이 결코 가식이 아니라는 것을 알았다. 롤랑드는 직업을 가졌던 시민이었다. 그 직업이 젊은 아가씨들의 기숙사였건, 화류계였건 상관이 없었다. 자기의 직업에 충실했다. 이제 그것이 끝나서 다른 세계의 그림자는 깨끗이 털어 버리고 다시 단순한 시민의 세계로 돌아가는 중이었다. 많은 창녀들의 경우도 마찬가지였다. 어떤 여자는 훌륭한 남의 아내가 되기도 했다. 매춘부라는 직업은 악덕이 아니고 하나의 직업에 불과했다. 그녀들을 타락에서 구해 주는 것이다.
롤랑드는 라비크를 보고 생긋 웃으면서 알마나크 병을 들고 잔에 따라 주었다. 그리고 핸드백에서 쪽지 한 장을 꺼냈다.
"언제든지 파리를 떠나고 싶으시면, 이것이 저의 집 주소예요. 아무 때라도 찾아 주세요."
라비크는 그 주소를 들여다보았다.

"이름이 둘 있어요. 한쪽은 처음 2주일간의 이름. 그건 제 이름이에요. 그 다음은 제 약혼자의 이름이구요."

라비크는 쪽지를 주머니에 넣으면서 말했다.

"고마와, 롤랑드. 우선은 파리에 있겠어. 그런데 만일 내가 찾아가거나 한다면 그 사람이 깜짝 놀랄 게 아니겠어."

"제가 역에 나오면 안 된다고 해서 그러세요? 그것과는 달라요. 이것은 다만 당신이 언젠가는 파리를 떠나지 않을 수 없게 될 경우의 이야기라구요. 갑자기 그럴 일이 벌어졌을 때 말예요."

그는 흘끗 쳐다보았다.

"뭣 때문이야?"

"라비크" 하고 여자가 말했다. "당신은 피난민예요. 피난민은 가끔 어려운 지경에 빠지는 때도 있는 법이에요. 경찰 신세를 지지 않고 살 수 있는 곳을 알아두는 것도 좋은 일이에요."

"내가 피난민이란 걸 어떻게 알았지?"

"알고 있었어요. 아무한테도 말은 안했지만요. 우리가 알 바 아니니까요. 그 주소를 잘 간수해 두세요. 필요하다면 언제든지 찾아오세요. 우리 집이라면 아마 걱정 없을 거예요."

"잘 알았어. 고마와, 롤랑드."

"이틀 전에 경찰에서 여기 왔었어요. 독일 사람의 얘기를 묻더군요. 그 독일 사람이 여기 왔었나 조사를 하는 모양이에요."

"정말이야?" 라비크는 긴장해서 말했다.

"그럼요. 그 사람은 지난번 선생님이 여기 오셨을 때 왔었어요. 아마 선생님은 기억을 못하시겠지만요. 건강하게 생긴 대머리 말이에요. 저쪽에 이본느와 클레하고 앉아 있었죠. 경찰은 그 남자가 여기 왔을 때 그 밖에 다른 사람이 와 있었느냐고 묻더군요."

"전혀 생각이 나지 않는걸."

"아마 눈에 띄지 않았겠지요. 물론 전 그날 밤 마침 여기 오셨다는 말은 하지 않았어요."

라비크는 고개를 끄덕였다.

"그래야만 해요" 하고 롤랑드는 단호하게 말했다. "그렇게 해야 형사들은 죄도 없는 사람에게 여권을 보이라고 하지 않거든요."
 "그건 그래. 한데 그 놈이 무슨 일로 그러지?"
 롤랑드는 어깨를 으쓱했다.
 "아무 말도 없었어요. 게다가 우리가 알 바 아니어서, 저는 아무도 오지 않았다고 말해 줬죠. 옛날부터 이 집의 관습이니까요. 우린 그저 아무것도 모른다고만 하면 되거든요. 그 편이 나으니까요. 경찰도 별로 추근추근 굴지는 않던데요."
 "그래?"
 롤랑드는 생긋 미소를 띄웠다.
 "라비크, 프랑스 사람 중에는 말이죠, 독일 사람의 나그네가 어떻게 되었건 그런 것에는 전혀 관심이 없는 사람이 많아요. 우리는 자기 자신의 일 외에는 경황이 없으니까요."
 그녀는 일어섰다.
 "이제 가 봐야 해요. 안녕, 라비크."
 "잘 가, 롤랑드. 당신이 떠나 버리면 이 집도 달라질걸."
 그녀는 미소를 띄웠다.
 "당장에 달라지지는 않겠지만 얼마 안 가서 그렇게 될지도 모르죠."
 그녀는 여자들한테로 가서 작별인사를 나누었다. 나가다가 그녀는 다시 한 번 금전 출납기와 의자와 테이블을 들여다보았다. 모두 실용적인 선물뿐이었다. 그녀는 그것이 벌써부터 자기 카페에 놓인 것처럼 바라보았다. 더구나 금전 출납기를. 그것은 수입과 안정과 가정과 번영을 의미한다. 롤랑드는 잠시 망설이다가 더 기다릴 수가 없다는 듯이, 큰 주머니에서 동전을 두세 개 꺼내어 번쩍거리는 기계 속에 넣고 기계를 돌려보았다. 기계는 쩽그링 하고 2프랑 50상팀의 숫자가 나오고 서랍이 튀어나왔다. 롤랑드는 재롱떠는 어린애처럼 방글거리며 자기 돈을 집어 넣었다.
 여자들은 신기한 듯이 몰려오더니 금전 출납기를 둘러섰다. 롤랑드는 또 한번 돌렸다. 1프랑 75상팀.
 "언니네 집에선, 1프랑 75상팀으로 뭘 주나요?"
 '망아지'라는 별명으로 통하는 마르그리뜨가 물었다. 롤랑드는 잠시 머뭇거리더니 말했다.

"뒤본네라면 한 잔, 페르노라면 두 잔이지."
"아매엘 뻬콩하고 맥주면 얼마나 되우?"
"70상팀."
롤랑드는 70상팀을 올렸다.
"싼데요"하고 '망아지'가 말했다.
"아무래도 파리보다 싸야 하거든"하고 롤랑드가 설명했다.
여자들은 버드나무 세공의 의자를 테이블 주위에 옮겨다 놓고는 둘러앉았다. 이브닝 드레스를 만지면서 갑자기 롤랑드가 차릴 카페의 손님 행세를 하기 시작했다.
"홍차 셋하고 영국제 비스킷을 가져와요"하고 데이지가 말했다.
기혼 남자들에게 특히 인기가 있는 화사한 블론드의 여자였다.
"7프랑 80상팀."
롤랑드는 금전 출납기를 부지런히 돌렸다
"미안합니다만 영국제 비스킷은 비싸서요."
테이블 곁에서 '망아지' 마르그리뜨가 한참을 생각한 후에 머리를 들었다.
"뽀메리를 두 병만 주세요"하고 그녀는 신이 난 듯이 주문을 했다.
그녀는 롤랑드를 좋아했기 때문에 특별한 애정을 보이고 싶었던 것이다.
"90프랑. 고급 뽀메리입니다."
"그리고 코냑을 네 병!"하고 '망아지'는 숨가쁘게 말했다. "내 생일이거든요."
"4프랑 40상팀!"
금전 출납기는 쨍그렁쨍그렁 울렸다.
"그리고 커피를 네 통하고 얼음 과자 하나!"
"30프랑 60상팀."
신바람이 난 '망아지'는 눈을 크게 뜨고 롤랑드를 지켜보았다. 더 이상 생각나는 게 없었다.
여자들은 금전 출납기를 둘러쌌다.
"모두 해서 얼마입니까, 마담 롤랑드?"
롤랑드는 숫자가 찍혀 있는 쪽지를 보였다.
"1백 50프랑과 80상팀."

"그러면 이익이 얼마나 되우?"

"30프랑 가량 되지. 샴페인이 있어서 그런 거야. 샴페인이면 많이 남거든."

"좋겠수" 하고 '망아지'는 말했다. "정말 좋겠수! 항상 그렇게 돼야 해요!"

롤랑드는 라비크를 돌아다보았다. 그 눈은 사람이나 일에 열중해 있을 때만 볼 수 있는 그런 빛을 간직하고 반짝거렸다.

"안녕히 계세요. 라비크. 내가 한 말을 잊지 마세요."

"그러지. 잘 가요, 롤랑드."

그녀는 가 버렸다. 꿋꿋하고 착실하며 명석한 머리를 가진 그녀에게 있어서 미래는 단순하고 생활은 밝은 것이었다.

그는 모로소프와 함께 후케 앞길에 앉아 있었다. 밤 아홉 시였다. 테라스에는 사람들로 만원이었다. 멀리 개선문 뒤로 가로등이 두 개 을씨년스럽게 하얀 빛을 떨구고 있었다.

"쥐새끼들이 파리에서 달아나는군" 하고 모로소프는 말했다. "앙떼르나쇼날에는 방이 셋이나 비어 있다네, 1933년 이래. 전에 없던 일이지."

"다른 피난민들이 들이닥쳐서 다시 차겠지."

"무슨 피난민들 말인가? 지금까지 러시아 피난민들도 있었고 이탈리아 피난민들도 있었고 폴란드인, 스페인 사람, 독일 사람도 있었지 않나?"

"프랑스인 말일세" 하고 라비크는 말했다. "국경에서 올 걸세. 피난민들이 말이야. 저번 전쟁 때와 같을걸."

모로소프는 잔을 들었다가, 그것이 비어 있는 것을 알고 웨이터를 불렀다.

"쁘이유를 하나 더 주게." 주문을 하고 그는 말했다. "자네는 그래 어떻게 할 텐가?"

"쥐새끼로서 말인가?"

"그렇지."

"요새는 쥐새끼라도 여권과 비자가 필요하단 말일세."

모로소프는 나무라는 투의 눈초리로 그를 쳐다보았다.

"도대체 자네는 지금껏 그런 것을 가져 본 적이라도 있었느냔 말이야? 없었지 않나? 그래도 자넨 프라하에 있었고 비인에도 있었고, 쮜리히, 스페인,

파리에도 있었지 않았나. 이번엔 여기서 꺼질 때가 왔네."
"어디로 말인가?" 하고 라비크가 물었다.
그는 웨이터가 가져온 술병을 받았다. 잔은 썰렁하게 차가웠고 서리가 끼어 있었다. 그는 순한 포도주를 따랐다.
"이탈리아로 말인가. 게슈타포가 국경에서 대기하고 있을 걸세. 스페인에는 팔랑헤 당원들이 기다리고 있다구."
"스위스로 가세."
"스위스는 너무 좁아. 거기에는 세 번이나 갔었다네. 그때마다 일주일쯤 지나면 경찰에 붙잡혀서 다시 프랑스로 송환되곤 했었지."
"그렇다면 영국은 어떤가. 벨기에에서 밀항하면 되는 거지."
"어림도 없네. 항구에 닿기가 무섭게 잡혀서 벨기에로 되돌려 보낼 걸세. 그리고 벨기에는 피난민들이 정착할 만한 나라가 못 돼."
"자넨 미국으론 안 되지. 멕시코는 어떤가?"
"거기는 초만원이야. 게다가 무슨 서류건간에 가지고 있어야 되네."
"자네는 가진 것이 전혀 없나?"
"형무소에서 준 석방 증명서라면 가져 본 적이 있지. 불법 입국이란 죄과 때문에 여러 가지 이름으로 붙잡혀서 갇혀 있었다네. 그걸 가지고서야 말이 안 될 테고. 물론 그것도 이내 찢어 버리고 말았지만."
모로소프는 잠자코 있었다.
"도망 다니는 것도 이제는 마지막일세, 보리스. 언제고간에 반드시 끝장나는 법이니까."
"전쟁이 일어난다면 여기서 무슨 일이 일어날지 자네는 알고 있겠지?"
"여부가 있나. 프랑스의 강제 수용소 신세지. 아무런 준비도 없으니까 무척이나 지독한 곳일 테지."
"그리고 그 다음에는?"
라비크는 어깨를 으쓱했다.
"사람이란 너무 앞일을 생각해도 못쓰네."
"알겠네. 하지만 자네가 수용소에 들어가 있는 동안에 이곳이 엉망이 되면 어쩌려나? 만일에 독일군이 자네를 붙잡을는지도 모를 일이 아닌가?"
"나도 그렇지만, 다른 사람들도 그럴 걸세. 어쩌면 그 전에 프랑스 측이 석방해 줄는지도 모르지. 알 수 없는 일이 아닐까?"
"그럼 그 후에는 어떻게 하겠나?"
라비크는 주머니에서 담배를 끄집어 냈다.
"오늘은 그 이야기는 이제 그만하세, 보리스. 난 르랑스에서 도망 갈 수가 없어. 프랑스 이외에는 어디든 위험하거나, 혹 그렇지 않더라도 갈 수가 없단 말일세. 그리고 이 이상 더 떠돌아다니고 싶지도 않다네."
"더 떠돌아다니고 싶지가 않다니?"
"이젠 싫어졌어. 그것을 곰곰이 생각해 봤지. 자네에게 설명을 하기는 어렵지만 말일세. 설명할 수가 없는 일이지. 이젠 그런 일이 정말 싫어졌어."
모로소프는 잠자코 있었다. 그리고 사람들을 둘러보았다.
"조앙이 저기 와 있군."
그 여자는 훨씬 떨어진 곳에 있는 조르쥬 5세 가로 향한 테이블에 남자와 함께 앉아 있었다.
"저 사나이를 아나?" 하고 모로소프는 라비크에게 물었다.
라비크는 흘끗 두 사람을 건너다보았다.
"아니."
"정말 빨리도 갈아치우는 것 같군."
"생활이 뒤쫓고 있는 것이지." 라비크는 아무렇지도 않은 듯 대답했다. "우리는 누구나가 대개 그렇잖은가. 숨을 헐떡이며 무엇을 놓쳐 버리지나 않을까 걱정하면서 말일세."
"다르게 말할 수도 있지."
"그럴 수도 있겠지. 그러나 결국은 마찬가지일세. 불안이란 거야. 25년 이래의 병폐야. 이젠 누구나 돈 모아서 노후에 안온하게 지낼 수가 있다고는 믿지 않거든. 누구나 불 냄새를 맡고 닥치는 대로 무엇이든 붙잡으려 하고 있어. 물론 자네는 다르겠지만. 자네야 원래가 단순한 쾌락의 철학자이니까."
모로소프는 대꾸를 하지 않았다.
"저 여자는 전혀 모자를 쓸 줄도 모른단 말이야" 하고 라비크가 말했다. "저 여자가 쓰고 있는 모자를 좀 보게나! 저 여자는 취미가 없단 말일세. 그게 저 여자의 힘이거든. 교양이란 것은 인간을 약화시키는 것일세. 결국은 노골적인 삶의 충동으로 돌아오고 마는 거니까. 자네 자신이 좋은 본보기지."

모로소프는 히쭉 웃었다.

"자넨 구름 위의 방랑객일세. 나는 나대로 저급한 쾌락이나 쫓게 해주게나! 단순한 취미의 소유자에게는 무엇이든 마음에 들기 마련이지. 언제나 빈손으로 앉아 있는 법은 없으니까. 60이 되어 가지고도 연애를 하자고 쫓아다니는 자는 미리 표를 해 놓은 속임수의 카드장을 가진 상대를 노름판에서 이겨 보겠다는 바보와 똑같은 걸세. 고급 갈보집은 정서의 평화를 준다네. 내가 늘 가는 집에는 여자들이 열 여섯 명이나 있는데, 거기면 적은 돈으로도 터키의 총독처럼 될 수가 있거든. 내가 받은 상냥한 애무는 수많은 사랑의 노예들이 눈물을 짜는 애정보다도 훨씬 더 진실한 것이라네. 사랑의 노예보다는 말이야."

"알았어, 보리스."

"됐어. 그럼 이것만 마시고 그만두세. 시원하고 가벼운 쁘이유를 말이야. 그리고 아직 흑사병으로 더럽혀지기 전에 파리의 은빛 공기를 마셔 보기로 하세."

"그렇게 하지. 올해는 마로니에꽃이 두 번이나 핀 것을 자네는 알고 있나?"

모로소프는 고개를 끄떡였다. 그는 어두운 지붕 위에 크고 붉게 번쩍이고 있는 화성을 가리켰다.

"알고 있지, 그리고 저기에 저것이 몇 해 만에 다시 우리들 지구에 가까이 오고 있다는 것도."

그는 웃었다.

"곧 비수 모양의 점이 박힌 어린애가 어디서 태어났다는 신문 기사를 우리는 읽게 될 걸세. 그리고 어디선가 피의 비가 내렸다고들 할지는 모르지. 게다 중세기의 그 불가사의했던 혜성만 나타난다면 불길한 징조는 모조리 갖춘 셈이지."

"혜성은 이미 나와 있다네" 하고 라비크는 신문사의 옥상에 끊임없이 문자가 문자를 뒤쫓고 있는 듯하는 전광 뉴스와 그 밑에 서서 목을 뒤로 젖히고 말없이 쳐다보고 있는 군중들을 가리켰다.

그들은 잠시 앉아 있었다. 아코디언 연주자가 길바닥에 서서 〈라 파로마〉를 연주하고 있었고 양탄자 장수가 비단 케샨을 어깨에 메고는 나타났다. 사내아이 하나가 탁자 사이로 헤집고 다니면서 유향수(乳香樹) 열매를 팔고 다녔다. 언제나 같은 꼴이다. 그때 신문팔이가 새로 나온 신문을 들고 나타났다. 그것은 불티 나게 팔려 나갔다. 그리로 몇 초 후 테라스 위는 마치 활짝 펴든 신문지의 홍수처럼 보였다. 소리 없이 날개를 팔랑거리면서 탐욕에 사로잡혀 먹을 것에 덤벼드는 개미 떼처럼. 무섭고도 희고 핏기가 없는 거대한 개미 떼.

"저기 조앙이 가는군" 하고 모로소프가 말했다.

"어디?"

"저 건너 쪽에."

조앙은 길을 비스듬히 건너서 샹젤리제에 세워 둔 초록색 오픈카를 향해 걸어가고 있었다. 여자는 라비크를 보지 못했다. 여자 곁에 있던 남자가 자동차를 끼고 한 바퀴 돌아 운전대에 앉았다. 모자도 쓰지 않은 아직 젊은 남자였다. 그 자는 다른 차 사이에서 자기 차를 멋지게 빼냈다. 나지막한 테라에 형이었다.

"멋진 차로군" 하고 라비크가 말했다.

"타이어가 멋지군." 모로소프가 대꾸하며 코방귀를 뀌었다. "용감한 철인 라비크." 모로소프는 화가 난다는 듯이 덧붙였다. "초연하신 중부 유럽인답군. 멋진 차라구! 화냥년이라고 한다면야 혹 모르겠지만."

라비크는 빙그레 웃었다.

"그게 무슨 상관인가? 갈보건 성녀(聖女)건 말일세……문제는 자신이 어떻게 하느냐는 거지. 열여섯 명을 거느린 색주가의 평화로운 단골 손님인 자네 같은 인간은 이해할 수도 없을 걸세. 사랑은 자본을 투자해서 이득을 보겠다는 장사꾼은 아니거든. 그리고 상상력이란 자기의 베일을 드리울 못 한두 개면 족하단 말이야. 황금의 못이건 양철 못이건 또는 녹이 슬었건, 아무런 상관이 없단 말일세. 걸릴 수 있는 데면 어디나 걸려들지, 가시덤불이건 장미의 가시건. 달과 자개로 짠 베일이 덤으로 더한다면 바로 천일야화의 동화가 되어 버린단 말일세."

모로소프는 포도주를 한 모금 마셨다.

"자넨 말이 너무 많아. 게다가 이야기도 모두가 맞지도 않고."
"나도 알고 있네. 하지만, 보리스. 칠흑 같은 어둠 속에서는 도깨비불도 역시 불빛이란 말일세."
에뜨와르 쪽에서는 썰렁한 냉기가 은빛 발로 걸어온다. 라비크는 희뿌연 포도주 잔을 쥐었다. 쥔 손 밑으로 차가운 기분이 느껴졌다. 그의 생명도 심장 밑에서 차가웠다. 그리곤 밤의 깊은 무관심이 찾아든다. 운명과 미래. 전에도 이런 적이 있었는데, 그게 언제이었던가? 그렇지, 안티브에서였지. 조앙이 자기를 떠나리라는 것을 알았을 때가 그랬었다. 태연하게 되어 버린 무관심. 도망 가지 않겠다는 결심과 똑같다. 이젠 더 이상은 도망 가지 않겠다는 결심. 그 두 가지는 결국은 같은 것이다. 나는 복수를 했고 사랑을 했다. 그것이면 충분하다. 그게 전부는 아니지만, 그러나 인간으로서는 그 이상은 바랄 수가 없는 것이다. 그 두 가지 것 중의 하나도 기대하지를 않았었다. 나는 하아케를 죽였고, 파리도 떠나지 않았다. 이제 와서 떠날 생각은 없다. 그것도 필요한 것이다. 우연에 덕을 본 사람은 자신도 그 우연에 맡겨야 한다. 그것은 결코 체념은 아니다. 결심에서 오는 태연자약함이며 논리를 초월한 것이다. 마음의 동요는 이제 끝났다. 무엇인지가 정돈된 것이다. 기다렸고 정신을 가다듬었고 주위를 살펴보았다. 존재가 정지를 당할 때 자기를 내맡긴 신비로운 신뢰감과 같은 것이다. 이제 중요한 것은 하나도 없다. 온갖 흐름이 정지했다. 이제는 방을 향해 거울을 치켜들고 아침이 어디로 흘러갈지를 가르쳐 주리라.
"이젠 가 봐야겠네." 모로소프는 말하면서 시계를 보았다.
"그러게. 나는 좀더 있겠어, 보리스."
"신들의 황혼이 닥쳐오기 전에 마지막 일몰을 즐기자는 건가?"
"맞았어. 모든 것이 다시는 돌아오지 않으니까."
"그게 그렇게 나쁜가?"
"천만에. 우리는 다시는 태어나지 않거든. 어제는 다시 오지 않네. 눈물을 흘려 봐도, 마술을 써 봐도 어제는 다시 돌이킬 수 없지 않은가?"
"자네는 너무 말이 많단 말이야."
모로소프는 일어섰다.
"감사하게 여기게. 자네는 한 세기의 종말을 함께 체험하고 있으니 말이야. 좋은 세기는 아니었지만.”
 “그래도 우리들의 세기였지. 자네는 너무 말이 적어, 보리스.”
 선 채로 모로소프는 잔을 들이켰다. 그리고는 다이너마이트라도 다루듯 조심스럽게 잔을 내려놓고는 수염을 쓰다듬었다. 그는 평상복 차림으로 굳건하고도 장대한 몸집을 하고 그의 앞에 서 있었다.
 “자네가 파리를 떠나고 싶어하지 않는 기분을 내가 이해 못한다고는 생각지 말게나” 하고 그는 천천히 말했다. “운명적인 접골사, 자네가 더는 도망가고 싶지 않다는 기분을 나도 잘 아네.”

 라비크는 일찌감치 호텔로 돌아왔다. 현관 홀에 외로이 앉아 있는 소년의 모습이 보였다. 소년은 그가 들어서자 두 손을 이상하게 흔들면서 어쩔 줄 모르고 소파에서 일어섰다. 그는 한쪽 바지에 발이 없는 것을 보았다. 그 대신 더럽고 거친 목제 의족이 그 밑으로 보였다.
 “선생님, 의사 선생님!”
 라비크는 좀더 자세히 바라보았다. 홀의 흐린 불빛 아래서 얼굴이 온통 일그러져서 히죽히죽 웃는 소년을 그는 보았다.
 “잔노가 아니냐!” 그는 깜짝 놀라서 말했다. “그렇지 잔노지!”
 “그래요. 그때의 잔노예요! 전 여기서 저녁때부터 줄곧 선생님을 기다렸어요. 선생님의 주소를 오늘 오후에야 겨우 알아냈어요. 몇 번이나 그 늙은 여우같은 병원 간호부장한테 물어 보았지만 그때마다 선생님은 파리엔 안 계신다고 하지 않겠어요.”
 “얼마 동안 파리에 없었다.”
 “겨우 오늘 오후에야 여기 계신다고 가르쳐 줬거든요. 그래서 바로 왔어요.”
 잔노의 얼굴이 환해졌다.
 “다리에 이상이 생겼니?”
 “아뇨.”
 잔노는 마치 충직한 개의 등을 두드리듯 목제 의족을 두드렸다.
 “전혀 아무 일 없어요. 완전무결해요.”
 라비크는 의족을 바라보았다.
 “보아하니 네가 바라던 대로구나. 보험회사와는 어떻게 해결을 했니?”

"잘 됐어요. 기계 의족을 사 주기로 했었는데, 그 대신에 1할 5부를 덜 받고 가게에서 돈으로 받았어요. 모두 잘 됐어요."

"그래, 우유 가게는?"

"그래서 왔어요. 우린 우유 가게를 얻었어요. 조그마하지만 해 나갈 수는 있어요. 어머니가 팔고 저는 물건을 사들이고 장부를 맡았어요. 좋은 생산처를 알아요 시골서 직접 들어와요"

잔노는 다리를 절며 다 낡아빠진 소파가 있는 데로 가더니 갈색 포장지에 싸서 단단히 묶은 꾸러미를 집었다.

"이것, 선생님께 드리는 거예요! 제가 가지고 왔어요. 대단치는 않지만 저의 가게에서 가져온 거예요. 빵, 버터, 치즈, 그리고 계란이에요. 밖에 나가시기 싫을 때에 그런대로 저녁 식사가 될 거예요."

소년은 라비크의 눈을 뚫어져라 들여다보았다.

"그 정도면 언제라도 훌륭한 저녁 식사가 되고 말고" 하고 라비크는 말했다.

잔노는 만족한 듯 고개를 끄덕였다.

"선생님이 치즈를 좋아하시면 좋겠는데. 부리예요. 그리고 뽕 레베크도 조금 있고요."

"내가 좋아하는 치즈구나."

"잘 됐어요!"

잔노는 만족한 나머지, 의족이 아닌 다리를 두드려 댔다.

"뽕 레베크는 어머니가 생각해 낸 거예요. 저는 선생님이 반드시 부리를 좋아하실 것으로 생각했고요. 부리는 남자들에게 맞는 치즈거든요."

"둘 다 1등 품이로구나. 네 짐작이 딱 들어맞았어."

라비크는 꾸러미를 받아들었다.

"고맙다, 잔노야. 환자가 의사를 기억해 준다는 일은 드문 일이다. 대개는 치료비를 깎으려고 오는 사람들뿐이거든."

"부자들이 그렇지요, 네?"

잔노는 약은 척하며 고개를 끄덕였다.

"우린 달라요. 우리는 모두가 선생님의 덕분인 걸요. 만일 다리가 그대로 굳어 버리기만 했다면 배상금은 하나도 못 받을 뻔했어요."

라비크는 그를 봤다. '소년은 내가 호의를 베풀어서 다리를 잘라 준 줄로 믿는 것인가?' 하고 그는 생각했다.
 "잘라 낼 수밖에 별도리가 없었던 거야, 잔노" 하고 그는 말했다.
 "그럼요." 잔노는 눈을 껌벅거려 보였다. "뻔한 일이지요."
 소년은 모자를 깊숙이 눌러 썼다.
 "그럼, 저는 이제 가 봐야겠어요. 어머니가 기다리실 테니까요. 벌써 집에서 나온 지가 오래되었거든요. 그리고 새로운 로끄폴 때문에도 어떤 사람하고 의논을 해야 하거든요. 안녕히 계세요, 선생님. 입에 맞으시길 바랍니다."
 "잘 가거라, 잔노. 고맙다. 그리고 성공해라!"
 "틀림없이 성공할 거예요!"
 어린 소년의 모습은 자신만만하게 손을 흔들고 발을 절뚝거리며 나갔다.
 라비크는 자기 방으로 돌아와서 꾸러미를 풀었다. 그리고는 벌써 여러 해 동안 쓰지 않은 낡은 알콜 버너를 찾아냈다. 다른 곳에서 고체 알콜과 조그마한 번철도 찾아냈다. 그는 그 연료를 두 개의 번철 밑에다 넣고 불을 붙였다. 가늘고 푸른 불꽃이 한들거렸다. 버터를 한 조각 번철에다 놓고서, 계란을 두 개 깨뜨려 범벅을 했다. 그리고 바삭바삭한 싱싱한 흰 빵을 자르고, 거기다 신문지를 한두 장 밑에다 깔고는 번철을 테이블 위에 올려놓았다. 그리고는 부리를 열고 브브레를 한 병 들고 와서 식사를 시작했다. 오랜만이었다. 내일은 고체 알콜을 여러 통 사야겠다고 그는 생각했다. 알콜 버너는 수용소에도 쉽게 들고 들어갈 수가 있을 것이다. 접을 수가 있기 때문이었다.
 라비크는 천천히 먹었다. 뽕 레베크도 맛을 보았다. 잔노의 말이 옳았다. 그것은 훌륭한 저녁 식사였다.

32

 "〈출애굽기〉로군요." 언어학 박사이며 철학 박사인 자이덴바움이 모로소프와 라비크를 향해서 말했다. "모세는 없습니다만."
 여위고 얼굴이 누렇게 된 그는 앙떼르나쇼날의 입구에 서 있었다. 밖에서는 슈테른 씨와 바그너 씨, 그리고 독신자인 슈톨스 씨가 짐을 싣고 있었다. 그들은 공동으로 가구 운반 차를 한 대 세냈던 것이다.

화창한 8월의 오후. 많은 가구들이 길에 내놓여져 있었다. 오뷔송을 씌운 황금의 소파. 그것과 한 세트인 황금빛 의자 두 개와 게다가 새로운 오뷔송의 양탄자. 그것은 슈테른 씨의 물건이었다. 굉장한 마호가니 테이블도 하나 나와 있었다. 쭈글쭈글한 얼굴에 빌로도 같은 눈의 젤마 슈테른이 마치 암탉이 병아리를 지키듯 그것을 감시하고 있었다.

"조심해요! 바닥을 긁히지 않도록 해요! 바닥을 조심하란 말이에요! 조심하세요!"

테이블은 윤이 났으며 왁스가 칠해져 있었다. 그것은 주부들이 생명을 걸고 소중히 여기는 신성한 물건의 하나였다. 젤마 슈테른은 조바심하며 테이블과 두 명의 짐꾼의 주위를 안절부절 못하며 뛰어다녔다. 짐꾼은 조금도 아랑곳하지 않고 물건들을 밖으로 내다놓았다. 햇빛이 테이블 위에 내려앉았다. 젤마 슈테른은 그 위로 허리를 구부리고 걸레질을 했다. 그녀는 허둥거리며 모퉁이를 문질렀다. 테이블 바닥은 어두운 거울처럼 그녀의 파리한 얼굴을 비췄다. 마치 수천 년의 연륜이 어린 조상이 시간이란 거울 속에 머물러 그녀를 어벌쩡하게 바라보고 있는 듯했다.

짐꾼들이 마호가니 찬장을 들고 나왔다. 그것도 역시 왁스칠을 해서 반들거렸다. 짐꾼 하나가 성급하게 돌렸기 때문에 찬장의 한쪽 모서리가 앙떼르나쇼날의 문에 부딪치며 지나갔다.

젤마 슈테른은 소리를 지르지 않았다. 다만 걸레 조각을 든 손을 쳐들고는 입을 반이나 벌린 채 멍하니 서 있었다. 마치 걸레 조각을 입에 넣으려는 순간에 돌덩어리가 되어 버린 듯이. 키가 작고 안경을 쓴, 아랫입술이 축 늘어진 남편 요제프 슈테른이 가까이 왔다.

"이봐, 젤마."

그녀는 그를 쳐다보지도 않았다. 허공을 멍하게 바라보며 움직이지 않았다.

"찬장이."

"이봐, 젤마. 비자가 나왔어."

"어머니가 물려 주신 찬장이. 우리 부모가……."

"이봐, 젤마. 약간 닿았을 뿐이야. 조금 흠이 생겼을 뿐인데 뭘 그래. 중요한 것은 비자가 나왔다는 거야."

"저런 흠집은 남게 돼요. 다시는 바로 될 수 없어요."

"여보세요" 하고 짐꾼 하나가 말했다. 그는 한마디도 이해하지 못했으나 무슨 일인가는 알고 있었다. "당신이 손수 짐을 나르시지 그래요? 문을 저렇게 좁게 짠 것은 내가 아니란 말예요."

"더러운 독일놈이!" 하고 다른 짐꾼이 말했다.

요제프 슈테른은 제정신을 차렸다.

"우리는 독일놈이 아니야, 피난민이지."

"더러운 피난민 같으니" 하고 그 자는 고쳐 말했다.

"젤마, 이렇게 서 있기만 할 거요, 원 참" 하고 슈테른이 말했다. "어떻게 하면 되나? 당신 찬장 때문에 우리는 벌써 몇 번이나 혼을 뺐어. 당신이 놓치고 싶어하지 않으니까, 코프렌쯔를 떠나는 것도 넉 달이나 지체됐잖아. 그 때문에 피난민 세도 1만 8천 마르크나 더 물지 않았어! 그런데 또 이렇게 길 바닥에 서 있어야 한단 말이오. 배는 우리를 기다려 주지 않아요."

그는 고개를 갸우뚱하고 걱정스러운 듯 모로소프를 바라보았다.

"어떻게 하면 좋지요" 하고 그는 말했다. "악독한 독일놈! 더러운 피난민! 내가 유태인이라고 하면 저주받을 유태인이라고 하겠지요. 그럼 완전히 마지막이죠."

"돈을 좀 주세요" 하고 모로소프는 말했다.

"돈요? 그럼 저 놈은 그 돈을 내 얼굴에다 던질 걸요."

"천만에" 하고 라비크는 말했다. "저런 욕쟁이 놈일수록 뇌물은 잘 받아먹는 법이오."

"그런 짓은 내 성격에 맞지 않아요. 수모를 당하고도 고맙다고 돈을 지불하다니요."

"정말 수모는 그것이 개인적일 경우에 시작되는 거지요" 하고 모로소프는 말했다. "이건 일반적인 수모요. 그러니 저 자에게 팁을 주어서 모욕을 되갚아 주시지."

슈테른의 눈에 미소가 어렸다.

"알겠습니다" 하고 그는 모로소프에게 말했다. "알았어요."

그는 주머니에서 지폐를 서너 장 꺼내어 짐꾼에게 건네 주었다. 짐꾼들은 멸시하듯 지폐를 쳐다보았다. 슈테른도 멸시하듯이 지갑을 도로 집어 넣었다. 짐꾼들은 서로의 얼굴을 쳐다보았다. 그리고 나서 오뷔송 의자를 차에 신기 시작했다. 찬장은 제일 나중에 실었다. 그러나 찬장을 실을 때 돌려 놓다가 그만 왼쪽 차에 부딪쳐서 긁혔다. 젤마 슈테른은 부들부들 떨었으나 아무 말도 하지 않았다. 슈테른은 그것을 눈치채지 못했다. 그는 다시 한 번 비자와 그밖의 서류를 살펴보고 있었다.
"길에 내놓인 가구처럼 초라해 보이는 건 없군" 하고 모로소프가 말했다.
이번에는 바그너 씨네 물건들이 나왔다. 의자 서너 개와 침대 하나였다. 길 한가운데 내놓은 침대는 수치스럽고 처량하게 보였다. 트렁크가 두 개 ── 트렁크에는 여기저긴 호텔의 딱지가 붙어 있었다 ── 비아레기오, 그랜드 호텔, 가르도네, 아드롱, 베를린. 금테에 긴 회전식 거울에 거리가 비쳤다.
부엌 살림살이 ── 미국에 가는 사람들이 무엇 때문에 이런 것을 가지고 가는지 이해할 수 없었다.
"친척 뻘 되는 사람이" 하고 레오니 바그너가 말했다. "친척 되는 사람이 시카고에 있는데 전부 주선해 주었어요. 그리고 비자도 마련해 주었어요. 관광용 비자에 불과하지만요. 곧 우린 맥시코로 가야 해요. 친척들이 주선해 주었어요. 우리 집안 사람이."
그녀는 부끄럽게 여기고 있었다. 뒤에 처지게 되는 사람들의 시선이 자신에게 머물러 있다고 느끼는 동안 왠지 자기가 배반자 같은 생각이 들었던 것이다. 그래서 그녀는 빨리 떠나고 싶었다. 그녀는 몸소 자기의 물건을 자동차에 운반하는 것을 거들었다. 다음 모퉁이만 돌아서면 곧 자유롭게 숨쉴 수 있을 것이다. 그리고 새로운 걱정이 생길 테지. 과연 선박은 출항할 것인지. 그리고 자기는 상륙이 허가될는지. 송환되지나 않을까. 계속 고민거리가 생길 것이다. 그런 생활도 벌써 몇 년이 흘렀다.
홀아비인 슈톨스는 책 이외에는 가진 것이라곤 별반 없었다. 옷과 장서를 넣은 트렁크 하나뿐이었다. 초판본, 고본, 신간. 기이한 용모에 붉은 머리였으며 말이 없는 사나이였다.
뒤에 처지게 되는 사람 몇 명이 호텔의 입구와 문 앞으로 모여들었다. 대부분 묵묵히 실린 물건과 짐차를 바라보고 있었다.
"그럼 안녕히들 계세요" 하고 레오니 바그너는 조바심하며 말했다. 벌써 짐은 다 실려 있었다. "그렇지 않으면 굿바이라고 할까요."
그녀는 열쩍은 듯이 웃었다.

"또는 아듀로 할까요. 이젠 무어라고 해야 할지 모르겠군요."
그녀는 한두 사람의 손을 잡고 흔들었다.
"그곳에 있는 친척 덕분이에요" 하고 말했다. "친척 덕분이지요. 우리들의 힘만으로는 도저히……."
그녀는 곧 말을 그쳤다. 에른스트 자이덴바움 박사가 그녀의 어깨를 가볍게 두드렸다.
"괜찮습니다. 운이 좋은 사람도 있고 나쁜 사람도 있으니까요."
"대개는 운이 나쁘지요" 하고 피난민 비젠호프가 말했다. "상관없어요. 유쾌한 여행을 하십시오."
요제프 슈테른은 라비크와 모로소프, 그리고 몇 사람과 작별인사를 나누었다. 그는 사기라도 저지른 사람처럼 미소를 짓고 있었다.
"앞으로 또 무슨 일을 당하게 될지 아무도 모르는 일이지요. 앙떼르나쇼날에 남아 있었더라면 좋았을 걸 그랬다고 생각하게 될 날이 있을지도 모르겠어요."
겔마 슈테른은 이미 차에 올라 있었다. 홀아비 슈톨스는 인사도 하지 않았다. 그는 미국으로 가는 것이 아니었다. 포르투갈까지 갈 서류밖에 없었다. 새삼스럽게 인사를 할 필요는 없다고 생각하고 있었다. 차가 움직이기 시작하자 슬쩍 손을 들었을 뿐이었다.
뒤에 남은 사람은 마치 비를 흠뻑 맞은 닭들처럼 길에 서 있었다.
"자, 가세!" 모로소프는 라비크에게 말했다. "가다꼼바로 가세! 이거 칼바도스라도 마셔야지 어디 견디겠나!"
그들이 자리에 앉자마자 다른 사람들이 들어왔다.
모두 바람에 날리는 나뭇잎처럼 몰려 들어왔다. 숱이 적은 수염에 창백한 얼굴을 한 랍비가 두 사람, 비젠호프, 루트 골덴베르크, 장기의 명수 핑켄슈타인, 숙명론자 자이덴바움, 몇 쌍의 부부들, 대여섯 명의 아이들, 떠난다 하고 결국 떠나지 못하고 만 인상과 그림의 소유자인 로젠펠트, 서너 명의 소년들과 아주 늙은 사람 서넛.
저녁 식사를 하기에는 아직 일렀다. 그러나 모두들 쓸쓸한 자기들의 방으로 올라가고 싶지 않은 듯했다. 그들은 한데 뭉쳐서 웅크리고 앉았다. 그들은 말소리도 작았으며, 거의 단념하고 있는 것처럼 보였다. 지금까지 모두들 너무나 설움만 당해 왔으므로 이젠 어떻게 되는 문제가 아니었다.
"귀족들은 다 가 버렸군요." 자이덴바움이 말한다. "여긴 이제 사형이나 종신형을 받은 사람들만의 집회가 열리고 있다고나 할까요. 선택받은 사람들이지요! 여호와의 귀염둥이들이고! 특히 학살을 위해서 말입니다! 인생 만세로군요!"
"아직도 스페인은 남았지." 핑켄슈타인이 대답했다.
그는 장기판과 《마땡》지의 장기 보(譜)를 앞에 놓고 있었다.
"스페인요? 그렇겠지요. 유태인들이 넘어가면 파시스트들이 키스를 하고 환영할 걸요."
통통하고 탄력 있게 보이는 하녀가 칼바도스를 가져왔다. 자이덴바움은 코걸이 안경을 썼다.
"우리들 대부분은 그것조차 불가능하단 말예요" 하고 그는 말했다. "철저하게 하루 저녁만이라도 취해 보는 것도 불가능하죠. 영원히 유랑할 운명의 유태인 아하스엘스의 후예들이지요. 아니 늙은 방랑객인 아하스엘스조차도 절망할 것입니다. 오늘날엔 서류가 없으면 멀리 가지도 못할 테니까요."
"같이 한잔합시다." 모로소프가 말했다. "이 칼바도스 맛이 괜찮습니다. 다행히도 주인 마누라가 그것을 모르고 있지요. 알기만 하면 값을 올릴 텐데 말예요."
자이덴바움은 고개를 저었다.
"전 안 마시겠어요."
라비크는 한 사나이를 쳐다보고 있었다. 그는 면도를 한 지 상당히 오래된 것 같았고, 계속 거울과 여권을 꺼내 번갈아 들여다보고 다시 같은 동작을 되풀이하고 있었다.
"저건 누구지요?" 하고 그는 자이덴바움에게 물었다. "이 집에서는 한번도 보지 못했는데."
자이덴바움은 입을 삐죽거렸다.
"저게 새로운 아론 골덴베르크예요."
"뭐요? 그녀는 벌써 재혼을 했나요?"
"천만에. 저 사람에게 죽은 골덴베르크의 여권을 팔았거든요. 2천 프랑 받았지요. 골덴베르크 노인은 수염이 희끗희끗하지 않았어요? 그래서 저 친구도 수염을 기른 거지요. 여권 사진이 그렇게 돼 있으니까요. 저걸 좀 보시오. 열심히 잡아당기고 있지요. 시간과 경주를 하고 있는 셈이지요."
 라비크는 그 사나이를 살펴보았다. 사내는 보잘것없는 수염을 신경질적으로 잡아당기며 여권과 비교해 보고 있었다.
 "수염은 타 버렸다고 하면 좋을 텐데."
 "그것 참 좋은 생각입니다. 저 사람에게 이야기해 줘야겠군요."
 자이덴바움은 코걸이 안경을 벗어들고 이리저리 흔들었다.
 "좀 기분나쁜 이야기지요" 하고 그는 미소를 지었다. "2주일 전만 해도 순전히 흥정으로 끝난 이야기였는라, 지금 와서는 글쎄 비젠호프가 질투를 한단 말예요. 루트 골덴베르크는 어쩔 줄을 모르고 있지요."
 그는 일어나서 새로운 아론 골덴베르크에게로 갔다.
 "여권이 지니는 마력이라……." 모로소프는 라비크를 돌아보았다. "오늘 자네는 무얼 할 텐가?"
 "케이트 헤이그슈트렘이 저녁에 노르망디 호로 떠나네. 내가 쉘부르까지 전송해 주기로 했지. 그녀는 자기 차를 가지고 있어. 내가 다시 타고 와서 차고에 가져다 놓기로 했네. 그 주인에게 팔았거든."
 "그녀가 여행을 할 수 있을까?"
 "있고 말고. 결국 무슨 짓을 해도 마찬가지지. 배에는 훌륭한 의사가 있고 뉴욕에 가면……."
 그는 어깨를 으쓱하고 술을 들이켰다.
 가다꼼바의 공기는 무겁고 답답했다. 늙은 부부 한 쌍이 먼지를 뒤집어쓴 종려나무 아래 앉아 있었다. 두 사람은 벽처럼 자기들을 둘러싸고 있는 슬픔 속에 완전히 파묻혀 있었다.
 그들은 손을 꼭 잡은 채 꼼짝도 하지 않고 앉아 있었다. 다시는 일어날 수 없는 듯이.
 갑자기 라비크는 세상의 모든 설움을 이 어두운 지하실 속에다 모두 가져다 집어넣어 둔 것 같은 생각이 들었다. 병든 것처럼 보이는 전등이 누렇게 시들어 벽에 매달려 있었고, 그 때문에 모든 것이 더욱 절망적으로 보였다. 침묵, 속삭임. 이미 수백 년도 더 뒤적거린 서류를 또 뒤적이고 있다. 묵묵히 기다리고 있다. 최후가 오기만을 절망적으로 기다리고 있는 것이다. 가끔 발작적으로 쥐꼬리만한 용기를 내본다. 몇천 번이나 욕을 당하고 이제는 막다른 골목에 몰려 겁이 나서 앞으로 나갈래야 나갈 수 없는 생활—갑자기 그는 그것을 느꼈다. 그 냄새를 맡을 수 있었다. 그는 그 무서움을, 그 막다른 골목의 어마어마한 침묵에서 공포의 냄새를 맡았다. 그는 냄새로 그것을 알았다. 그리고 전에 어디서 그 냄새를 맡았는가 알았다. 사람들은 길에서 또는 침대에서 끌려와서, 강제 수용소에 갇히고 바라크 안에 서서 이제 어떻게 될 것인가를 기다리고 있던 그때에 이런 냄새를 맡았던 것이다.

그의 옆 탁자에 두 사람이 자리잡고 앉아 있었다. 머리를 양쪽으로 갈라붙인 여자와 그녀의 남편이었다. 여덟 살쯤 되어 보이는 사내아이가 그들 앞에 서 있었다. 그 아이는 여기저기의 식탁의 이야기에 귀를 기울이고 있다가는 그들에게로 돌아왔다.

"우리는 왜 유태인이야?" 아이는 여자에게 물었다.

여자는 대답하지 않았다.

라비크는 모로소프를 바라보았다.

"이제 가 봐야겠네" 하고 그는 말했다. "병원으로 가겠어."

"나도 가야겠네."

그들은 계단을 올라갔다.

"너무나 지나친 것은 모자람만 못한 거야" 하고 모로소프는 말했다. "과거에는 반유태주의자였던 내가 자네에게 하는 말일세."

가다꼼바에서 병원으로 오니 그래도 병원은 낙관적인 분위기였다.

여기에도 고통이 있고 불행이 있다. 그러나 여기에는 적어도 논리와 도리 같은 것이 있다. 어떻게 해서 그렇게 되었는지 그 이유도 알고 있고, 어떻게 하면 될 것인지, 또는 어떻게 하면 안 된다는 것도 알고 있다. 그것은 진리다. 그것을 눈으로 볼 수 있으며 그에 대한 대책을 강구해 볼 수도 있다.

베베르는 진찰실에 앉아서 신문을 읽고 있었다. 라비크는 어깨 너머로 그를 바라다보았다.

"별꼴 다 보지, 어때?"

베베르는 신문을 바닥에 내던졌다.

"썩어빠진 놈들! 프랑스 정치가의 50퍼센트는 목을 매달아 죽어야 해!"

"70퍼센트지." 라비크는 말했다.
"듀랑의 병원에 있는, 그 여자 환자에 대해서 뭐 들은 게 없나?"
"그 여잔 잘 됐네."
베베르는 신경질적으로 여송연을 한 대 집어 들었다.
"자네는 간단하게 생각할지 몰라도, 라비크, 나는 프랑스 사람이란 말일세."
"난 아무렇지도 않네. 그러나 독일도 프랑스만큼 썩어 주었으면 좋겠네."
베베르는 얼굴을 쳐들었다.
"어리석은 소리를 했군. 용서하게."
그는 여송연에 불을 붙이는 것도 잊고 있었다.
"전쟁은 일어나지 않을 걸세, 라비크. 절대로 없을 거야. 서로 짖어 대고 위협만 하고 있을 뿐이지. 그러나 막판에는 무슨 일이 벌어질지 모르지!"
그는 잠시 입을 다물었다. 지금까지 지니고 있던 자신감이 사라져 버린 것이다.
"뭐니뭐니해도 우리에겐 아직 마지노 선(線)이 있으니까." 그는 거의 다짐하듯 말했다.
"물론이지." 라비크는 확신도 없으면서 대꾸했다.
그 이야기는 이미 귀가 따갑도록 들어 왔다. 프랑스 인과 이야기하면 끝에 가서는 으레 그 이야기가 나오게 마련이다. 베베르는 이마를 문질렀다.
"듀랑이 자기 재산을 미국으로 도피시켰다네. 그 작자의 여비서가 그러더군."
"그 작자다운 짓이로군."
베베르는 절망적인 눈으로 라비크를 바라보았다.
"그 작자뿐이 아니지. 내 처남도 프랑스의 증권을 미국 것으로 바꿔다네. 가스통 네레에는 돈을 달러로 바꿔서 금고 속에다 넣어 두었고, 그리고 듀퐁은 금을 몇 자룬가 마당에 파묻었다는 말이 있더군." 그는 일어섰다. "이런 이야기는 하기도 싫네. 나는 싫단 말일세. 그리고 생각할 수도 없는 일이야. 프랑스를 배반하고 팔아먹다니 될 말인가, 위험이 닥치면 일치단결할 걸세, 누구든."
"누구든 그렇겠지." 라비크는 미소도 띄우지 않고 말했다. "암, 벌써 독일과 흥정을 하고 있는 기업주나 정치가들까지도 일치단결하고말고.”
 베베르는 억지로 참았다.
 “라비크……그보다도……무슨 다른 이야길 하세.”
 “좋아, 난 케이트 헤이그슈트렘을 쉘부르까지 전송하고 오겠네. 밤중에나 돌아오게 될 걸세.”
 “알았어.”
 베베르는 숨결이 거칠었다.
 “자네는, 자넨 무슨 준비라도 했나, 라비크?”
 “하긴 뭘 하나. 난 아마 프랑스의 강제 수용소로 가게 될 걸세. 독일 강제 수용소보다는 낫겠지.”
 “천만에. 프랑스는 피난민을 감금시키지는 않을 걸세.”
 “두고 보세나. 자명한 일인데 그걸 가지고 이러쿵저러쿵해서 뭘 하겠나.”
 “라비크.”
 “알았네. 기다려 보세, 자네 말이 맞기를 바라네. 자넨 루브르 박물관의 소장품들이 옮겨지기 시작한 것을 알고 있나? 제일 좋은 그림은 모두 중부 프랑스로 운반하고 있단 말일세.”
 “설마. 자네 어디서 그런 말을 들었나?”
 “난 오늘 오후에 거기 갔었네. 사르트르 대사원의 푸른 유리창도 벌써 포장해 놓았네. 어제는 그곳에 갔었지. 감상적인 여행이지. 다시 한 번 보고 싶었는데, 벌써 떼어 버렸더군. 비행장이 바로 근처에 있어서 그런 거지. 다른 창문을 끼워 놓았더군. 작년의 뮌헨 대회 때와 꼭같네.”
 “그것 봐!” 베베르는 말꼬리를 잡았다. “그때에도 아무 일 없었잖나. 굉장히 떠들썩했지만, 얼마 후에 체임벌린의 여신은 루브르에 서 있고——목이 달아난 채일세. 여신은 그대로 거기 서 있겠지, 너무 무거워서 움직일 수가 없으니까 그럴 테지. 이젠 가 보겠네. 케이트 헤이그슈트렘이 기다리고 있을 걸세.”

 노르망디 호는 밤의 어둠 속에 수천 개의 불빛을 밝히고 그 흰 모습을 부두에 드러내고 있었다. 바다에는 시원하고 소금기 섞인 바람이 불고 있었다. 케이트 헤이그슈트렘은 외투깃을 꼭 여몄다. 그녀는 더욱 수척해 보였다. 얼굴은 거의 뼈만 앙상했으며 그 뼈에 살갗을 팽팽하게 덮어씌운 듯했고, 눈은 놀랄 만큼 커서 어두운 심연 같았다.

"저는 차라리 여기 그대로 남아 있고 싶어요" 하고 그녀가 말했다. "갑자기 떠나기 싫어졌어요."

라비크는 뚫어지게 여자를 바라보았다. 거대한 배는 이미 부두에 매어 있었다. 현문(舷門)에는 불빛이 휘황했으며 사람들이 물결처럼 몰려 들어가고 있었다. 그들 대부분은 최후의 순간에 늦지나 않을까 겁을 내고 있는 듯 서두르고 있었다. 그 배는 휘황찬란한 궁전 같았다. 그 배의 이름은 이미 '노르망디 호'가 아니고 '탈출'이며 '도망'이며 '구원'이었던 것이다. 유럽 안에 몇천 개의 도시, 방들, 더러운 호텔, 지하실에 사는 몇만 명인지도 모를 사람들에게는 그것은 바랄 수 없는 생명의 신기루였다. 그런데 그의 곁에서는 죽음이 내장을 좀먹어 들어가고 있는 누군가가 가냘프고 귀여운 목소리로 말하고 있는 것이다. '전 차라리 여기 남아 있고 싶어요.'

모든 것이 무의미하다. 앙떼르나쇼날에서 사는 피난민들에게는, 아니 유럽 안에 몇천 명의 앙떼르나쇼날에게는, 그리고 쫓기고 고문을 당하고 도망을 다니고, 올가미에 걸려든 인간들에게는 그것은 약속의 땅일 것이며, 지금 그의 곁에는 피곤한 손 안에서 펄럭거리고 있는 배표를 만일 그들이 손에 넣을 수 있었다면 그들은 감격으로 쓰러져 울 것이고 이 징검다리에 입을 맞추고 기적을 믿을 것이다. 그렇지 않아도 죽음을 향해 떠나는 인간 무관심하게 '전 차라리 여기 남아 있고 싶어요' 하는 인간의 배표를 손에 넣는다면.

천천히 유쾌하게 떠들어대면서 한패의 미국인들이 몰려왔다. 그들은 모든 시간을 가진 여유있는 태도였다. 영사관이 재촉해서 출발토록 했다. 그들은 토론하고 있었다. 정말 섭섭하다! 좀더 구경을 했으면 재미있을 걸. 우리에게 무슨 일이 일어날 것도 아닌데! 대사가 있잖아. 우리는 중립국 국민이 아닌가! 정말 섭섭한데!

향수 냄새, 보석, 번쩍이는 다이아몬드. 불과 몇 시간 전까지도 막심에 앉아 있었다. 달러를 사용하면 지독하게 싼 값이다. 1939년의 꼬르동에 1928년의 뽈로제를 마지막으로 마셨다. 이제 배를 타면 바에 들어앉아 베크가몬 놀이를 하고 위스키를 마실 것이다. 그러나 영사관 앞에서 희망을 잃은 인간들의 기다란 행렬, 그리고 구름처럼 뒤덮인 죽음에서 나는 무서운 냄새, 과로 한 몇 명의 직원.

　보잘것없는 비서님들의 즉결 처분. 비서는 연방 머리만 좌우로 흔들고 있을 것이다. '안 됩니다. 비자는 안 돼요, 안 돼요. 불가능합니다.' 죄 없는 묵묵한 사람들에 대한 무언의 선고. 라비크는 멍하니 배만 바라보고 있었다. 그것은 이미 배가 아니고 노아의 방주였다. 대홍수가 일어나기 전에 떠나려는 최후의 방주였다. 이전에 사람들은 도망칠 수 있었다. 이제는 다시 달아나려는 가벼운 노아의 방주였다. 그것을 뒤따르려 하는 노아의 홍수를 대비해.

　"케이트, 시간이 됐는데."
　"그래요. 아듀, 라비크."
　"아듀, 케이트."
　"우린 서로 속일 필요는 없지요, 네?"
　"암."
　"곧 뒤따라오세요."
　"꼭 가지, 케이트. 바로 갈 거요."
　"아듀, 라비크. 여러 가지로 고마왔어요. 전 이제 가야겠어요. 저 위에 올라가서 손을 흔들게요. 배가 떠날 때까지 여기서 제게 손을 흔들어 주세요."
　"그렇게 하지, 케이트."

　여자는 천천히 배로 통하는 현문을 걸어 올라갔다. 그녀의 모습이 약간 좌우로 흔들린다. 주위에 있는 그 누구보다도 갸냘프고 거의 살이라곤 없고, 골격이 뚜렷이 드러난 그녀의 모습에는 헤어날 수 없는 죽음의 짐이, 우아한 맵시가 배어 있었다. 여자의 얼굴은 이집트의 청동제 고양이의 머리처럼 뚜렷했다. 아직 윤곽과 숨결과 눈만이 남아 있었다.

　최후의 승객 땀이 비 오듯 하는 유태인 한 사람이 털외투를 팔에 걸치고 거의 신경질적으로 소리를 지르면서 두 사람의 짐꾼을 데리고 뛰어왔다. 마지막으로 미국인 승객들. 이윽고 현문이 서서히 끌어 올려졌다. 기분이 묘했다. 한번 끌어 올려지면 다시는 돌이킬 수 없다. 마지막이다. 가느다란 한 줄기의 물, 그것이 국경이다. 단지 2미터 폭의 물결. 하지만 그것이 바로 유럽과 미국을 떼어 놓은 국경이며, 구원과 파멸을 가르는 경계선이다.

　라비크는 케이트 헤이그슈트렘을 눈으로 찾았다. 곧 찾아낼 수 있었다.

그녀는 난간에 의지하고 서서 손을 흔들고 있었다. 라비크도 손을 흔들어 보였다.
 배는 움직이고 있는 것 같지 않았다. 육지가 뒤로 물러나가는 듯했다. 아주 잠깐 사이에, 눈에 띄지 않는 사이에, 갑자기 그 휘황찬란한 배는 육지에서 떨어져 나갔다. 이제는 손이 미칠 수 없다. 케이트 헤이그슈트렘은 더 이상 보이지 않았다. 이젠 누군지 분간할 수 없게 되었다. 뒤에 남은 사람들은 어색한 듯 묵묵히 서로 얼굴을 바라볼 뿐이었다. 그리고 성급하게 또 망설이며 헤어졌다.

 그는 밤길을 꿰뚫으며 파리를 향해 차를 몰았다. 노르망디의 생나무 울타리와 과수원이 쏜살같이 뒤로 사라졌다. 안개 낀 하늘에는 타원형의 달이 걸려 있다. 배에 대해선 완전히 잊어 버렸다. 이젠 오직 경치와 건초와 익어가는 능금 냄새, 절대로 변화될 수 없는 것들이 지닌 정적과 깊은 평화가 있을 뿐이다.
 차는 거의 소리 없이 달리고 있다. 마치 중력이 하나도 작용하고 있지 않은 듯이 달리고 있다. 교회당이 있는 마을들, 그리고 황금빛으로 빛나는 술집과 비스트로, 그리고 넓은 벌판에 몽롱한 윤곽, 그 위에 높다랗게 호형(弧形)을 이룬 하늘, 그것은 마치 조개의 내부 같았다. 그리고 그 우윳빛 진주조개 안에는 진주와 같은 달이 반짝이고 있었다.
 지금은 끝인 동시에 완성이다. 라비크는 전에도 이런 기분을 느꼈다. 그런데 이번에는 그것이 완전하고도 대단히 강렬했기 때문에 빠져나갈 수가 없었다. 모든 것이 허공에 떠 있어 무게는 전혀 느낄 수 없었다. 미래와 과거가 하나가 되었다. 양쪽 다 바랄 것이 없었고 고통도 없었다. 어느 한쪽이 더욱 중요하다고 할 수도 없으며, 억세다고 할 수도 없다. 지평선은 균형이 잡히고, 어느 기묘한 이 한순간에 존재하는 저울은 균형이 잡혀 있었다. 운명이란 태연자약하게 그것과 맞서는 용기보다 더 강하지 못한 법이다. 그것이 어렵게 되면 인간은 자살할 수가 있다. 이것을 알아둔다는 것은 좋은 일이다. 하지만 인간은 살아 있는 한 완전히 망해 버리지는 않는다. 사실 알고 있다는 것도 좋은 일이다.
 라비크는 위험을 알고 있었다. 그는 자기가 어디를 향해 가고 있다는 것도 알고 있었다. 내일은 또다시 저항하리라는 것도 알고 있었다. 그러나 오늘 저녁 잃어버린 아라라트의 산에서 닥쳐오고 있는 파괴의 피비린내 나는 속으로 들어가고 있는 지금 모든 것은 갑자기 이름도 없는 것이 되어 버렸다. 위험하기도 하고 그렇지 않기도 하다. 운명은 희생물인 동시에 희생을 바치는 신(神)이다. 그리고 내일은 미지의 세계인 것이다.

모든 것이 이대로 좋았다. 기왕 지나가 버린 일도, 그리고 앞으로 닥쳐올 일도 그것으로 충분하다. 이것이 최후라 하더라도 그것으로 좋았다. 그는 한 인간을 사랑하고, 그리고 그 인간을 잃었다. 그는 또한 인간을 증오해서 그 인간을 죽였다. 두 인간이 다 그를 자유롭게 해주었다. 하나도 이루어지지 않을 것은 없다. 소원도 미움도 슬픔도 하나도 남지 않았다. 이것이 만약 새로운 시작이라면, 이것이 바로 그것일 게다. 아무런 기대도 걸지 않고 무엇에도 응할 수 있는 각오를 하고 억세게 되었을지언정 절대로 부서져 버렸다고 할 수 있는 단순한 경험의 힘으로써 인간은 시작하는 것이다. 재를 쓸어 버렸다. 마비되었던 것은 다시 살아나고 시니즘은 강적이 되었다. 이제 됐다.

카안을 지났을 때 말들을 보았다. 밤길의 무수한 장사진을 이룬 말, 말. 달빛에 뿌옇게 보였다. 그리고 4열 종대로 짐과 보르 상자와 꾸러미를 가진 사나이들. 동원이 시작된 것이다.

말소리는 거의 들리지 않았다. 노래를 부르는 사람이 하나도 없다. 아무도 말이 없다. 그들은 밤길을 묵묵히 행진하고 있다. 차가 지나갈 수 있도록 도로의 오른쪽으로 행진하고 있는 그림자들의 행렬.

라비크는 한 사람 한 사람을 스치고 지나갔다. 말, 말뿐이라고 생각했다. 1914년과 똑같았다. 탱크는 하나도 없다. 말들뿐이다.

그들은 가솔린 탱크가 있는 데서 차를 세우고 가솔린을 넣었다. 마을 안에 집들의 1열 종대 부대가 마을을 지나가고 있었다. 사람들은 멍하니 그 뒤를 바라보고 있었다. 손을 흔드는 사람도 없었다.

"저도 내일이면 갑니다" 하고 가솔린 탱크의 사나이가 말했다.

윤곽이 뚜렷하고 농부처럼 생긴 갈색 얼굴의 사나이였다.

"저의 부친은 전번 전쟁에서 전사했습죠. 할아버지는 1870년에 전사하셨고요. 저도 내일 갑니다. 언제나 똑같은 수작이지요. 벌써 2백 년 전부터 이런 짓을 해 왔건만 아무 소용이 없지요. 우린 또 가야만 하거든요."
　라비크는 낡아빠진 펌프와 그 옆에 있는 자그마한 집, 그리고 그의 곁에 서 있는 여자를 흘끗 쳐다보았다.
　"28프랑 30상팀 내십쇼."
　다시 교외 풍경, 달, 리쥬, 에브르, 종열 부대, 말, 침묵.
　라비크는 자그마한 음식점 앞에서 차를 세웠다. 밖에 식탁이 두 개 놓여 있었다. 먹을 것은 아무것도 없다고 여주인이 말했다. 그래도 저녁 식사는 저녁 식사다와야 한다. 프랑스에서는 오물렛과 치즈로는 저녁 식사가 안 된다. 하지만 겨우 그녀를 설득해서 샐러드와 커피, 그리고 보통 포도주 한 병까지 얻었다.
　라비크는 장밋빛 집 앞에 혼자 앉아서 식사를 했다. 안개가 목장 위를 흘러가고 있었다. 개구리가 한두 마리 울고 있었다. 무척 조용했다. 하지만 맨 위층에서 스피커 소리가 들려왔다. 목소리, 언제나 마찬가지인 마음을 위로하는, 자신은 있으나 희망이 없는 지극히 천박찬 목소리였다. 모두 듣기는 하지만 믿는 사람은 하나도 없다.
　그는 계산을 했다.
　"파리는 등화관제예요" 하고 주인 여자가 말했다. "지금 막 라디오에서 말하더군요."
　"정말이오?"
　"그럼요. 공습을 경계하는 거래요. 조심하자는 거겠지요. 모두 미리 조심하기 위해서 하는 거라고 라디오에서 말하더군요. 전쟁은 일어나지 않을 것이고 지금부터 교섭을 한다던데, 어떻게 될까요?"
　"전쟁은 일어나지 않을 거요" 하고 라비크는 말했으나, 그 밖에 무슨 말을 해야 좋을지 몰랐다.
　"제발 그렇게 됐으면 오죽이나 좋겠어요. 그러나 그게 무슨 소용이 있어요? 독일은 폴란드를 빼앗을 거예요. 그리고 알사스 로렌을 내놓으라고 할 거예요. 그 다음에는 식민지를, 다음에는 또 다른 것을 내놓으라고 할 거예요. 결국 우리가 순순히 수락하거나 전쟁을 하거나 할 때까지 자꾸만 내놓으라고만 할 걸요. 그러니 차라리 지금 곧 전쟁을 시작하는 것이 좋아요."
　주인 여자는 천천히 집안으로 들어가 버렸다. 또 새로운 부대의 행렬이 오고 있었다.

지평선에 붉은 불빛으로 보이는 파리. 등화관제, 파리가 등화관제라, 당연한 일이다. 하지만 이상하게 들린다. 파리가 등화관제가 된다, 파리가. 이 세상이 온통 등화관제를 하는 기분이다.

교외, 세느 강. 비좁은 골목길이 들끓고 있다. 휙 돌아서 개선문까지 곧장 뻗쳐 있는 골목길로 들어섰다. 개선문은 어렴풋했으나 아직도 에드와르의 안개 긴 불빛으로 조명이 되어 우뚝 솟아 있었다. 그 너머로는 샹젤리제의 거리가 여전히 휘황찬란하게 빛나고 있었다.

라비크는 큰길을 달렸다. 그는 시내를 달리고 있었다. 그러자 그는 갑자기 암흑이 이미 도시를 뒤덮고 있는 것을 깨달았다. 윤기가 흐르고, 모피에 좀이 슨 자국이 여기저기 있는 것처럼 병적으로 어둑어둑한 구역이 여기저기 있었다. 오색 찬란한 네온사인은 여러 곳에서 긴 그늘에 의해 잠식당하고 있었다. 그 기다란 그늘은 불안스럽게 보이는 붉은빛, 흰빛, 초록빛 사이에서 위협하듯 쪼그리고 앉아 있다. 시커먼 구더기가 스며들어 밝은 불빛을 모조리 집어 먹은 듯 죽음의 거리가 된 곳도 있었다.

조르쥬 5세 가는 불빛이라고는 하나도 없었다. 몽테뉴 가에서는 마침 완전히 불이 꺼져 가고 있었다. 밤마다 불빛을 폭포수같이 별을 향해 내던지던 빌딩은 이제 멋쩍게 회색의 정면만을 드러내고 있었다. 빅토르 엠마누엘 3세 가는 반은 등화관제가 되었고, 반은 아직 불이 들어와 있어 마치 단말마의 괴로움을 겪고 있는 반죽음의 마비된 육체같이 보였다. 병은 곳곳에 퍼져 있었다. 라비크가 콩코르드 광장에 들어와 보니 그 사이에 벌써 그 훤하고 둥그스름한 광장도 죽어 버리고 말았다.

관청의 건물은 퇴색했으며 창백하게 보였다. 불빛의 사슬은 사라지고, 흰 물거품 같은 밤은 춤추는 해신(海神) 토아이튼과 바다의 요정인 니리드가 돌고래 등에 올라앉은 채 어렴풋한 회색 모습의 덩어리로 변하고, 분수는 쓸쓸하고, 그곳에서 흘러나오는 물은 희미했으며, 전에는 그렇게도 찬연하게 빛나고 있던 오벨리스크는 영원하고 위협하는 거대한 손가락같이 어두운 하늘에 납덩이처럼 솟아 있었다. 그리고 자그마한, 희미하고 분간할 수도 없는 공습 경보의 푸른 전구가 마치 세균처럼 곳곳으로 새어나와서 그 더러운 빛에 세계적인 폐질환처럼 묵묵히 무너져 가는 거리 전체에 퍼지고 있었다.

라비크는 차를 돌려 주었다. 그는 택시를 잡아타고 앙떼르나쇼날로 갔다. 문 앞에서는 주인 마누라의 아들이 사닥다리를 놓고 올라가 있었다. 푸른 전구를 끼우고 있었다. 전에도 호텔 입구에 있던 불은 간신히 간판만 보일 정도의 불빛이었다. 그것이 이젠 푸른 전등불로 별로 보이지 않게 되었다. 간신히 '나쇼날'이란 글자만이 어렴풋이 보였으나 그것도 정신을 차리고 보지 않으면 분간할 수가 없었다.

"참 잘 오셨어요" 하고 주인 여자가 반색을 했다. "정신이상이 생긴 사람이 있어요. 7호실예요. 나가 줬으면 좋겠어요. 미친 사람을 호텔에 놔 둘 수는 없잖아요."

"미친 것이 아닌지 모르지요. 신경이 약해졌을 뿐인지 몰라요."

"마찬가지 이야기지요. 미친 사람은 병원으로 가야 하지 않겠어요? 전 그렇게 말해 주었어요. 물론 그 사람은 싫다고 했지만요. 정말 귀찮아 죽겠어요. 만일 진정하지 않으면 무슨 일이 있어도 내보내야 되겠어요. 그대로 놔 둘 수는 없잖아요. 다른 손님들이 잠을 자야 하니까요."

"얼마 전에는 리츠에서 정신이 돈 사람이 있었지요" 하고 라비크가 말했다. "아마 어느 나라의 왕자였다지요. 그런데 그 방이 비게 되자 미국인들이 그 방으로 옮기겠다고 법석을 떨었다더군요."

"그건 이것과 약간 달라요. 그 사람은 방탕한 생활 때문에 돈 거지요. 그런 건 멋이 있어요. 고생 때문에 미친 게 아니라구요."

라비크는 그녀를 바라보았다.

"부인은 세상일을 참 잘 아시는군요."

"전 그런 걸 알고 있어야 하거든요. 전 사람이 좋은 편이에요. 피난민들도 받아 줬어요. 모조리 피난민들뿐이지요, 하긴 저도 그런 식으로 돈을 좀 벌었어요. 조금은요. 그렇지만 울고 하는 미친 여자는 안 되겠어요. 만일 진정하지 않으면 무슨 일이 있어도 나가게 해야겠어요."

그것은 아들에게서 왜 나는 유태인이냐는 질문을 받았던 그녀였다. 그녀는 침대 한 구석에 쪼그리고 앉아서 손으로 두 눈을 가리고 있었다. 방안은 휘황하게 밝았다. 전등이 모두 켜져 있었고 게다가 촛대까지 테이블 위에서 타고 있었다.

"바퀴벌레야!" 하고 여자는 중얼거렸다. "바퀴벌레! 시커멓고 살찐 반짝거리는 바퀴벌레예요! 저것 봐요, 저 구석에. 저 구석에 가만히 앉아 있어요. 몇 천 마린지 셀 수 없을 만큼 많아요. 불을 켜 주세요! 그렇지 않으면 기어 나올 거예요! 불을, 불을, 저것 봐요. 나와요, 나와, 나와요."

 그녀는 야단법석을 떨었다. 그리고 점점 더 구석으로 피해 들어가며 두 팔을 활짝 벌리고 다리를 높이 치켜들었다. 눈은 유리처럼 부릅뜨고 있었다. 남편은 여자의 손을 붙잡으려 했다.

 "글쎄, 거기는 아무것도 없다니까 그래, 여보, 구석엔 아무것도 없어요."
 "불을, 제발 불을 켜 주세요. 저봐요, 나와요! 바퀴벌레가."
 "불은 켜 있잖소, 여보. 자, 봐요, 테이블 위에 촛불까지 켜 놓지 않았소."
 그는 주머니에서 손전등을 꺼내서 밝은 방안의 환한 구석들을 비췄다.
 "구석에는 아무것도 없어요. 자, 이봐요. 자, 내가 저 구석을 비출 테니까. 아무것도 없잖아, 아무것도."
 "바퀴벌레예요! 나온다! 저 바퀴! 모두 시커멓군요! 저기서도! 여기서도, 구석에서! 불, 불을 켜세요. 벽으로 기어가요! 벌레가 천장에서 떨어져요!"
 그녀는 목구멍에서 골골 소리를 내면서 두 손을 머리 위로 치켜들었다.
 "이런 게 언제부터죠?"
 라비크는 그녀의 남편에게 물었다.
 "어두워지기만 하면 계속 저랬습니다. 전 나갔다 왔지요. 다시 한 번 해보려고요. 타이티 영사관에 가 보라는 사람이 있어서요. 어린애를 데리고 갔지요. 역시 소용이 없더군요. 돌아와 보니 아내는 저 침대 구석에 앉아서 울고불고하지 않겠어요."
 라비크는 벌써 주사 바늘을 준비하고 있었다.
 "전에는 잠을 잘 잤나요?"
 "글쎄요. 늘 조용했지요. 정신 병원에 가 보려고 해도 사정이 여의치 않았거든요. 그리고 저희들은 아직도⋯⋯저희들이 가진 서류는 아직도 충분치 못해요. 이 사람이 진정만 해도 좋겠는데, 여보, 여기 모두들 와 있소. 나도 있고, 지그프리트도 있단 말이오. 의사 선생님도 오셨고. 바퀴벌레라곤 한 마리도 없다니까."
 "바퀴벌레가" 하고 여자는 남편의 말을 가로막았다. "여기저기서 기어 나오고 있어요. 기어나와요!"

라비크는 주사를 놓았다.

"전에도 이런 일이 있었나요?"

"한번도 없었지요. 정말 난 왜 그런지 모르겠어요. 도대체 이 사람이 어째서……."

라비크는 손을 들었다.

"생각나게 하면 안 됩니다. 2, 3분 지나면 지쳐서 잠들 겁니다. 아마 꿈을 꾸고 놀랐을지도 모르지요. 내일 아침에 잠을 깨면 아무것도 모를 겁니다. 기억을 돌이키게 해서는 안 됩니다. 아무 일도 없었던 것처럼 하셔야 됩니다."

"바퀴벌레가." 여자는 졸린 듯이 중얼거렸다. "살찌고 통통한……."

"이 불은 모두 필요하신가요?"

"이 사람이 불, 불 하고 소리를 치기에 켜놓았어요."

"천장의 불은 끄세요. 다른 불은 푹 잠들 때까지 그대로 놔 두시고요. 잠들 겁니다. 약을 많이 넣었으니까요. 내일 아침 열한 시에 다시 한 번 와 보겠습니다."

"고맙습니다."

"요샌 이런 일이 흔히 있으니까요. 앞으로 3, 4일은 조심해야겠습니다. 너무 걱정거리를 많이 보여주지는 마십시오."

'말은 쉽지' 하고 그는 자기 방으로 올라가면서 생각했다.

불을 켰다. 세네카, 쇼펜하워, 플라톤, 릴케, 노자, 이태백, 파스칼, 헤라클레토스, 성서 등등 —— 제일 딱딱한 것과 제일 부드러운 것, 대부분 작고 얇은 책으로 언제나 여행을 하고 있어 많은 책을 가지고 다닐 수 없는 사람들에게 적당한 책들이었다. 그는 가지고 가고 싶은 책을 골라냈다. 그리고 다른 것들도 한번 훑어보았다. 찢어 버려야 할 물건은 별로 없었다. 그는 언제 끌려가도 상관없도록 해 놓고 살고 있었다. 낡은 모포, 가운, 이것은 친구처럼 나를 도와 준다. 도려 낸 메달 속에 감춰 둔 극약. 이것은 전에 독일의 강제 수용소에 끌려갔을 때 가지고 갔던 것이다. 그는 그것을 가지고 있음으로써 언제나 그것을 사용할 수 있다는 생각으로 괴로운 시련을 견디어 내는 것이 좀 수월했었다. 지니고 있는 게 훨씬 낫다. 이것을 가지고 있으면 안심 할 수 있다. 언제 무슨 일이 닥칠지 모른다. 다시 게슈타포에게 붙들릴지도 모르는 일이다. 칼바도스가 반 병쯤 든 병이 아직도 테이블 위에 놓여 있었다. 그는 그것을 한 모금 마셨다. '프랑스'하고 그는 생각에 잠겼다.
　불안했던 5년간의 생활, 3개월의 감옥 생활, 불법 거주, 네 번 추방당하고 네 번 다시 돌아왔다. 5년의 생활, 그리 나쁠 것은 없는 생활이었다.

33

　전화가 울렸다. 그는 잠에 취한 채 수화기를 들었다.
　"라비크?" 하고 누군지 말을 했다.
　"네, 그렇습니다."
　조앙이었다.
　"좀 와 줘요!" 하고 그녀는 말했다. 나직하고도 느린 말투였다. "얼른 좀, 라비크."
　"안 되겠는데."
　"꼭 와야 해요."
　"안 되겠어. 나를 좀 내버려 둬 줘요. 지금 혼자가 아니야. 못 가겠어."
　"도와 줘요."
　"도와 줄 수가 없어."
　"큰일났어요." 목소리는 낙담한 듯 들렸다. "당신이 얼른 와야……지금 빨리요."
　"조앙." 라비크는 비웃듯 말했다. "지금은 그런 연극을 할 시간이 없어. 당신은 전에도 이런 짓을 한 적이 있었어. 그래서 내가 감쪽같이 속았었지. 이제는 알아. 나를 좀 가만 둬 두란 말이야. 이젠 다른 사람에게 한번 써 보란 말이야."
　그는 대답도 듣지 않고 수화기를 놓고는 다시 잠들려고 해보았다. 그러나 잠이 오지가 않았다. 전화가 다시 한 번 울렸으나 그는 수화기를 들지 않았다. 전화는 회색의 외로운 밤을 뚫고 계속 울렸다. 그는 베개를 집어서 전화통을 씌워 버렸다. 짓눌려서도 전화는 계속 울리다가 마침내 그쳐 버렸다.
　라비크는 기다렸다. 아주 조용했다. 그는 일어나서 담배를 물었다. 담배맛이 하나도 없었다. 불을 꺼 버렸다. 마시다 남은 칼바도스가 테이블 위에 놓여 있었다. 그는 그것을 단숨에 마셔 버린 다음 치워 버렸다. 커피가, 그는 생각했다. 뜨거운 커피가, 그리고 버터와 갓 구운 크로아상. 그는 밤중에도 문을 열어 놓는 비스트로를 알고 있었다. 그는 시계를 쳐다보았다. 겨우 두 시간을 자고 난 뒤였으나 피곤하지는 않았다. 이제 다시 깊은 잠을 잤다가 녹초가 되어 잠에서 깨어날 이유는 없다. 그는 욕실로 들어가서 샤워를 틀었다. 무슨 소리가 났다. 또 전화가 왔는가? 그는 샤워를 잠갔다. 노크 소리였다. 누군가 그의 방문을 두드리고 있다. 라비크는 가운을 걸쳤다. 노크 소리가 더 커졌다. 조앙은 아닌 것 같다. 조앙 같았으면 벌써 들어왔을 텐데. 문은 잠겨 있지는 않기 때문이다. 그는 잠시 망설였다. '만일에 경찰이 왔다면......'

그는 문을 열었다. 문 밖에 낯모르는 남자 하나가 서 있었다. 누군지 기억도 나지 않는다. 사나이는 예복을 입고 있었다.

"라비크 선생이십니까?"

라비크는 대꾸를 안했다. 그는 남자를 쳐다보기만 했다.

"무슨 일입니까?" 그가 물었다.

"라비크 선생이신가요?"

"무슨 일인지 말이나 해보시오."

"만일 선생님이 라비크 박사시라면, 조앙 마두한테로 즉시 가 주십시오."

"그래요?"

"그 여자가 다쳤습니다."

"무슨 사고인데요?" 라비크는 여전히 믿을 수 없다는 듯이 빙긋이 웃었다.

"총기 사고입니다."

사나이가 말했다.

"그 여자가 맞았소?" 라비크는 여전히 웃음을 띄우며 물었다. '이 바보 같은 녀석을 골려 주려고 아마 자살극을 꾸민 모양이군.'

"하나님, 그 여자가 죽습니다." 사나이는 소곤거렸다. "제발 좀 가 주십시오. 그 여자가 죽어갑니다. 제가 그 여자를 쏘았습니다."

"뭐라구!"

"에......제가......"

라비크는 벌써 가운을 벗어 던지고 옷을 집어 들고 있었다.
"아래에다 택시를 기다리게 했소?"
"제 차가 있습니다."
"제기랄."
라비크는 다시 가운을 어깨에 걸치고 가방과 구두와 내복을 집어 들었다.
"차 안에서 입겠어. 빨리 갑시다!"

차는 우윳빛 밤을 뚫고 쏜살같이 달렸다. 거리는 완전히 등화관제였다. 길이 아니라 오직 흐르는 듯한 안개 낀 공간이 있을 뿐이다. 그 속에서 공습경보의 푸른 불빛이 명멸했다. 차는 마치 바다 위를 달리고 있는 것 같았다. 라비크는 구두를 신고 옷을 입었다. 걸치고 왔던 가운은 벗어 좌석 한 구석에다 처박았다. 양말도, 넥타이도 없었다. 그는 초조하게 어둠 속을 뚫어지게 내다보고 있었다. 운전을 하고 있는 이 사내에게 물어 볼 수는 없다. 사나이는 방향에다 정신을 집중시켜 굉장한 속도로 내닫고 있다. 말을 주고 받을 틈도 없다. 사내로서는 다만 방향을 돌리고, 다른 차를 비켜 사고를 피하며, 낯선 어둠 속에서 길을 잘못 들지 않도록 조심하는 것이 고작이었다.
'15분은 잃어 버렸구나' 하고 라비크는 생각했다. '적어도 15분이다.'
"좀더 빨리 달려요!" 라비크가 말했다.
"안 됩니다, 헤드라이트 없이는. 어두운데다 공습 경보라."
"제기랄. 그렇다면 불을 켜고 달려요!"
사나이는 커다란 헤드라이트를 켰다. 길모퉁이에서 몇 사람의 경찰이 소리를 질러 댔다. 그들은 하마터면 루노와 부딪칠 뻔했다.
"달려요. 어서! 더 빨리!"
차는 집 앞에서 급정거를 했다. 엘리베이터는 마침 아래층에 있었고 문도 열려 있었다. 누가 몇 층에서인지 미친 듯이 엘리베이터의 벨을 누르고 있었다. '됐다, 몇 분은 벌었다.'
엘리베이터는 느릿느릿 올라갔다. '전에도 이런 일이 있었지! 그때는 아무 일도 없었어! 제발, 이번에도 아무 일이 없기를.' 엘리베이터가 갑자기 멎고 누가 문을 열었다.
"아니, 뭣 때문에 그렇게 오래 엘리베이터를 아래층에 붙잡아 뒀지요?"

벨을 눌러 대고 있던 친구였다. 라비크는 그를 떠밀어내고 문을 닫았다.
"곧 보내겠소! 우리가 우선 올라가야겠소!"
사나이는 밖에서 욕지거리를 했다. 엘리베이터는 천천히 올라갔다. 앞서의 사나이가 미친 듯이 버튼을 누르고 있다. 엘리베이터가 멎었다. 라비크는 아래층의 친구가 어리석은 짓을 해서 그들을 태운 채 엘리베이터를 아래층으로 끌어내리기 전에 홱 하고 문을 열어젖혔다.
조앙은 침대에 누워 있었다. 옷을 입은 채. 목까지 올라오는 드레스였다. 은빛 드레스에 피가 얼룩져 있었다. 바닥에도 피가 괴어 있었다. 그녀가 거기 쓰러졌을 것이다. 그러자 저 바보 같은 사나이가 나중에 여자를 침대에 뉘었을 것이다.
"가만 있어요!" 하고 라비크는 말했다. "그대로 있어요. 모든 게 잘 될 테니. 그리 대단치는 않아요."
그는 드레스의 앞자락을 자르고 옷을 조심스럽게 밑으로 끌어내렸다. 가슴은 다치지를 않았다. 상처는 목이었다. '후두부는 아니겠지. 그랬다면 전화를 걸 수는 없었을 테니까.' 동맥도 괜찮았다.
"아파?" 하고 그는 물었다.
"아파요."
"많이?"
"네."
"곧 잘 될 거야."
주사 놓을 준비는 끝났다. 그는 조앙의 눈을 보았다.
"아무것도 아냐. 진통제일 뿐이야. 곧 멎을 거야."
그는 바늘을 찔렀다가는 뺐다.
"끝났어."
그는 사나이를 돌아다보았다.
"빠시의 2743번을 불러요. 구급차와 운반인 두 사람을 부탁하시오, 빨리."
"왜 그래요?" 하고 조앙이 간신히 물었다.
"빠시 2743번이오" 하고 라비크는 말했다. "얼른! 빨리 빨리! 얼른 전화를 걸란 말이오!"
"뭐지요, 라비크?"

"위험할 건 없어. 하지만 여기서는 검사를 할 수가 없어. 우선 병원으로 가야 해."

여자는 그를 쳐다보았다. 얼굴은 지저분하고 마스카라는 속눈썹에서 떨어져 나갔고 루즈는 한쪽으로 지워져서 올라가 붙었다. 얼굴 한쪽은 싸구려 서커스단의 익살꾼 얼굴 같았고, 또 다른 한쪽은 지치고 늙어 버린 창녀의 얼굴처럼 눈 밑에 검은 기미가 끼여 있다. 그 위쪽에서 머리칼이 빛나고 있었다.

"수술은 싫어요" 하고 여자는 속삭였다.

"어디 두고 봐야지. 아마 필요 없을지도 모르지."

"저는……." 여자는 말을 끝맺지 못하고 입을 다물었다.

"아니, 대단할 건 없어. 다만 기구가 전부 거기에 있거든."

"기구요……?"

"진찰하는 기구 말이야. 이제 내가 있으니, 아프지 않을 거요."

주사의 효력이 나타났다. 여자의 눈에서 불안스럽고 경직한 빛이 사라졌다. 그 동안에 라비크는 세밀하게 조사를 했다. 사나이가 돌아왔다.

"구급차가 옵니다."

"오또이위 1357번을 불러요. 병원이오. 내가 이야기할 테니까."

사나이는 순순히 나갔다.

"당신은 저를 살려 주실 거예요" 하고 조앙이 속삭였다.

"물론이지."

"저는 아픈 건 싫어요."

"아프지 않을 거야."

"저는 도무지……아픈 건……."

여자는 졸린 듯했다. 목소리가 헛나왔다.

"전 도무지……."

라비크는 총알이 박힌 상처를 보았다. 큰 관들은 하나도 상한 데가 없다. 총알이 나간 상처는 보이지를 않았다. 그는 아무 소리도 하지 않았다. 그는 압박 붕대를 붙였다. 걱정되는 일은 말하지 않았다.

"누가 당신을 침대에다 뉘었지?" 하고 그는 물었다. "당신 혼자서……?"

"그 사람이."

"걸을 수가 있었소?"

여자의 두 눈은 깜짝 놀라 다시 베일에 가려진 호수로부터 되돌아왔다.

"뭐요? 저……아니, 한쪽 다리를 움직일 수가 없었어요. 한쪽 다리가……어떻게 된 거지요, 라비크?"

"아무것도 아냐. 그럴 것 같았어. 다시 제대로 될 거야."

사나이가 나타났다.

"병원이……."

라비크는 얼른 전화가 있는 곳으로 달려갔다.

"누구지? 우제닌가?…… 방을 하나만…… 그래요…… 그리고 베베르를 불러 줘요."

그는 침실 쪽을 건너다보았다. 그리고 목소리를 죽였다.

"준비를 다해 놔요. 곧 시작을 해야 하니까. 구급차는 내가 불렀어. 사고가 났어……그래, 그래요……그 말대로야……그래요, 10분 이내에……."

그는 수화기를 놓고는 잠시 그대로 서 있었다. 테이블, 크렘 드 망트 크림 병, 구역질나는 물건이다. 유리잔, 장미꽃잎 담배, 보기 싫은 물건이다. 형편없는 영화 같다. 양탄자 위에 떨어진 권총. 거기도 핏자국이 있다. 모두가 사실 같지 않다. 그런데 왜 그게 사실이라고 생각하는 건가. 이건 정말이다. 그리고 그는 자기를 부르러 왔던 남자가 누군지도 알았다. 어깨가 직선으로 뻗은 양복, 포마드를 칠하고 반질하게 빗어 넘긴 머리칼, 차 안에서 그를 자극하던 쉐바리어 돌세이의 아련한 냄새, 손에 긴 몇 개의 반지 —— 그 자의 위협을 그가 웃어 넘겼던 바로 그 배우였다. '겨냥은 잘도 했군' 하고 그는 생각했다. 이건 겨냥한 것이 아닐 게다. 겨냥을 했다면 이렇게 잘 들어맞을 리는 없다. 아무 생각 없이 겨냥도 하지 않은 경우라야 이렇게 정확하게 맞힐 수가 있을 것이다.

그는 되돌아왔다. 사나이는 침대 곁에 꿇어앉아 있었다. '물론 그럴 테지. 그 밖에 별도리가 없겠지. 말하고, 하소연하고, 또 말을 하고, 말소리가 굴러 나온다.'

"일어나시오" 하고 라비크는 말했다.

사나이는 순순히 일어났다. 그리고 넋을 잃고 바지의 먼지를 털었다. 라비크는 그의 얼굴을 보았다. '눈물이구나! 세상에, 눈물까지 흘리다니!'

"저는 그럴 생각은 아니었습니다. 선생님, 맹세합니다. 맞히겠다고는 생각지 않았습니다. 우연이었습니다. 단순한 사고였습니다!"

라비크는 위장이 뒤틀렸다. 우연한 사고였다구! 이 작자는 이내 번드르르한 하소연을 늘어놓겠지.

"그건 알고 있소. 밑으로 내려가서 구급차를 기다려요!"

사나이는 무슨 말을 하려고 했다.

"그 놈의 엘리베이터를 준비해 놓으시오. 들것을 어떻게 내려가야 할지 모르겠단 말이오."

"저를 살려 주실 거지요, 라비크?" 조앙이 졸린 듯이 말했다.

"그럼." 그는 아무런 희망도 없으면서 말했다.

"당신은 여기 계시는 거죠? 당신이 계시면 저는 항상 마음이 놓여요."

지저분한 얼굴이 미소를 띄웠다. 익살꾼은 얼굴을 찡그리고 매춘부는 애써 미소를 지었다.

"베베, 난 절대로" 하고 사나이는 문 앞에서 말했다.

"나가란 말이야!" 라비크가 소리를 질렀다. "제기랄! 얼른 나가요!"

조앙은 잠시 조용히 있다가 눈을 떴다.

"저 사람은 바보예요."

여자는 놀랄 만큼 또렷하게 말했다.

"물론, 그럴 생각은 없었을 거예요. 불쌍한 어린 양이에요. 좀 잘난 체하려고 한 것이……."

이상하고 거의 장난꾸러기 같은 표정이 그녀의 눈에 나타났다.

"저 역시 믿지 않았어요. 제가 좀 놀려 주었거든요. 그래서……."

"말을 하면 못써."

"약을 올렸어요." 여자의 눈은 실같이 가늘어졌다. "저는 이제 그런 여자가 됐어요, 라비크. 제 목숨은…… 쏠 생각은 아니었어요…… 쏘고…… 그리고."

그녀의 눈은 완전히 감기고 미소도 사라졌다. 라비크는 문 쪽으로 귀를 기울였다.

"엘리베이터 속에 들것을 가지고 들어갈 수가 없군요. 비좁아서요. 반쯤 세우면 겨우 되겠는데."

"계단을 돌아서 내려가면 어떨까요?"

운반인은 밖으로 나가 보았다.

"될지도 모르겠군요. 높이 쳐들면. 들것에다 꽉 붙들어 매면 좋겠습니다."

그들은 조앙을 들것에다 붙들어 맸다.

조앙은 반쯤은 잠에 취해 있었다. 가끔 신음을 했다. 운반인들이 방문을 닫았다.

"열쇠를 가지고 있소?" 하고 라비크는 배우에게 물었다.

"제가요? 아니오. 왜요?"

"방을 잠가야 하니까."

"가지고 있지는 않습니다. 하지만 어딘가 있을 텐데요."

"그렇다면 열쇠를 찾아 잠그시오."

운반인들은 첫번째 층계를 내려가고 있었다.

"권총을 들고 나오시오. 밖에 나가서 버리면 될 거요."

"제가요? 저는, 경찰에 자수하겠어요. 그 여자는 중상입니까?"

"그렇소."

사나이는 땀을 흘리기 시작했다. 마치 그의 피부에는 땀 이외에는 아무것도 없는 듯, 그의 땀구멍에서는 땀이 물처럼 흘러나왔다. 사나이는 방으로 다시 들어갔다.

라비크는 들것을 든 운반인들의 뒤를 따라갔다. 복도에는 3분간만 꺼졌다가는 켜져 버리는 전등이 가설되어 있고, 각층의 층계참에는 스위치가 있어서 그것을 누르면 다시 불이 들어왔다.

운반인들은 어떤 계단에서는 반쯤은 쉽게 내려갈 수는 있었으나 돌아서는 데가 어려웠다. 그들은 머리 위까지 들것을 높이 쳐들고 난간 너머로 방향을 바꾸지 않을 수 없었다. 그들의 커다란 그림자가 벽에 비쳤다. 전에도 이런 장면을 본 기억이 나는데, 어디서였던가? 전에도 어디서 본 적이 있어. 라비크는 미칠 듯이 생각해 내려고 애썼다. 그렇다, 라친스키의 일이다. 그때가 맨 처음이었다.

사방에서 문이 열렸다. 운반인들이 서로 부르는 소리와 들것이 벽에 부딪쳐서 벽에서 석회 조각이 떨어져 나가는 소리가 들렸다. 호기심이 서린 얼굴들, 파자마, 산발된 머리, 부어오른 취한 얼굴들, 열대 지방의 보랏빛 꽃무늬와 야한 초록색의 잠옷들이 문틈으로 내다보였다.
 불이 다시 꺼졌다. 운반인들은 어둠 속에서 투덜거리다가 걸음을 멈추었다.
 "불을 켜요!"
 라비크는 스위치를 손으로 더듬었다. 그 손이 어떤 사람의 가슴에 닿자 썩은 내 나는 입김이 풍겨왔다. 무엇인지 그의 다리를 스치는 것이 있었다. 불이 다시 들어왔다. 누런 머리털의 여자가 그를 뚫어지게 지켜보고 있었다. 그 얼굴은 개기름이 흐르는 주름살이 늘어지고 콜드크림이 번쩍였다. 여자는 손으로 수천 개의 요염한 주름이 잡힌 중국식 비단 잠옷 자락을 추켜들고 있었다. 여자는 레이스의 침대 속에 든 살진 불독 그대로였다.
 "죽었나요?" 하고 여자는 불꽃을 튀기며 물었다.
 "아니오."
 라비크는 그대로 걸어갔다. 무엇인지 캑하며 스쳐갔다. 고양이 한 마리가 펄쩍 뛰어 달아났다.
 "휘휘야!" 여자는 그 육중한 무릎을 활짝 벌리고 몸을 구부렸다. "저런! 휘휘야, 누가 너를 밟았니?"
 마지막 층계. 불이 다시 꺼졌다. 라비크는 스위치를 찾으려고 마지막 층계를 뛰어 내려갔다. 마침 그때 엘리베이터가 소리를 내고 마치 천국에서 내려오듯이 환하게 불을 켜고서 소리도 없이 어둠 속을 미끄러져 내려왔다. 열어 놓은 엘리베이터 속에는 배우가 서 있었다. 그는 유령처럼 소리도 내지 않고 라비크와 들것을 지나서 아래로 내려갔다. 그는 엘리베이터가 위에서 멈춘 것을 보고는 급히 뒤쫓으려고 그것을 이용했다. 당연한 일이기는 했으나 어쩐지 으스스하고 소름이 끼칠 만큼 우스꽝스러워 보였다.

 라비크는 얼굴을 들었다. 떨리는 기는 없어졌다. 고무 장갑을 긴 그의 손은 이제는 땀이 배어 있지는 않았다. 그는 두 번이나 장갑을 바꿔 끼었던 것이다.
 베베르가 그의 오른편에 서 있었다.
 "라비크, 마르또를 불러오지. 15분이면 올 텐데. 자네가 도와 주고, 그 친구가 하면 돼."

"아니, 너무 늦어. 나는 그렇게 할 수는 없어. 쳐다보고 있느니보다는 이게 낫겠어."

라비크는 심호흡을 했다. 마음이 이제는 가라앉았다. 그는 일을 시작했다. 피부, 어느 피부나 똑같은 게 아닌가. 그는 자신에게 말했다. 조앙의 피부, 누구의 피부나 똑같은 피부.

피, 조앙의 피다. 누구와도 똑같은 피, 지혈정, 찢어진 근육, 지혈정, 조심해야지, 계속, 신경섬유, 계속, 절개부의 골짜기, 파편, 계속. 골짜기를 헤치며……헤치며…….

라비크는 그의 이마가 텅 비어 가는 것을 느꼈다. 그는 서서히 몸을 일으켰다.

"자, 이걸 보게나. 일곱번째 척추 끝인데……."

베베르는 몸을 굽혀 절개부를 들여다보았다.

"좋지 않은데."

"절망일세. 어쩔 도리가 없네."

라비크는 자신의 손을 내려다보았다. 고무 장갑 속에서 두 손이 움직였다. 억세고 훌륭한 손이다. 그 손은 수천 번이나 수술을 했고 찢어진 육체를 다시 꿰맸다. 때로는 성공도 했지만 실패한 적도 많았다. 거의 불가능한 것을 가능하게 해본 적도 많았다. 1백분의 1정도의 확률이었지만. 그러나 지금, 모든 것이 그 손에 달려 있는 판에 손은 아무런 도움도 못 되고 있다.

그는 어쩔 수가 없었다. 다른 누구라도 할 도리가 없다. 수술은 불가능하다. 그는 서서 붉은 절개부를 노려보았다. 마르또를 불러올 수도 있겠지만 그도 똑같은 말을 할 것이다.

"무슨 수가 없나?" 베베르가 물었다.

"없어. 목숨을 단축할 뿐일세. 쇠약시킬 뿐이지. 총알이 어디에 박혀 있는지, 그것을 빼낼 수조차 없단 말일세."

"맥박이 불규칙적이에요. 점점 올라가고 있어요. 130."

우제니가 칸막이 저쪽에서 말했다.

상처는 마치 어두운 입김이 그곳을 스치고 지나간 듯 회색의 그늘이 되어 갔다. 라비크는 카페인 주사를 이미 손에 들고 있었다.

"코라민을! 빨리. 마취는 중단하고!"

그는 두 번째 주사를 놓았다.
"이제는 어때?"
"변화가 없어요."
피는 아직도 회색 빛처럼 보였다.
"아드레날린 주사와 산소 호흡기를 준비!"
피는 더욱 검은빛을 띠었다. 마치 구름이 밖에서 흘러와서 그림자를 그 위로 드리운 듯싶다. 누가 창문 앞에 가로막고 서서 커튼을 쳐버린 듯.
"피! 수혈을 해야겠어. 그런데 혈액형을 모르니." 라비크는 절망적으로 말했다. 산소 호흡기가 돌아가기 시작했다. "어때? 아무렇지도 않아? 같아?"
"맥박이 떨어지고 있어요. 120. 아주 약해졌어요."
생명이 되살아났다.
"이번에는 좋아졌나?"
"똑같아요."
그는 기다렸다.
"지금은?"
"좋아졌어요. 전보다는 약간 규칙적이에요."
그림자는 사라졌다. 절개부의 언저리에서 회색빛이 없어지고 피는 다시 원상태로 돌아갔다. 아직도 피는 살았다. 기계가 움직인다.
"눈까풀이 움직이고 있어요" 하고 우제니가 말했다.
"상관없어. 잠을 깰 테지."
라비크는 붕대를 감았다.
"맥박은 어때?"
"전보다 고른데요."
"정말 위험했군" 하고 베베르는 말했다.
라비크는 눈두덩이가 짓눌리는 듯한 기분이었다. 땀이다. 커다란 땀방울. 용도 없을 걸세. 약간 연장할 뿐이지."
그는 산소 호흡기를 바라보았다.
"경찰에 알려야 하나?"
"그럼" 하고 베베르가 말했다. "알려야지. 그렇게 되면 직원 두 사람이 와서 자네에게 물어 볼 텐데, 그래도 좋겠나?"

"싫어."
"그럼 그것은 점심 때 다시 생각해 보기로 하세나."
"됐어, 우제니" 하고 라비크가 말했다.
조앙의 관자놀이에 다시 생기가 조금 돌았다. 회백색에다 약간 붉은 기가 보였다. 맥박은 규칙적이었다. 하지만 약했다.
"소생시킬 수가 있어. 나는 여기에 남아 있겠어."

여자는 꿈틀거렸다. 한쪽 손이 움직였다. 오른손이었다. 왼손은 움직이지 않았다.
"라비크." 조앙이 말했다.
"응."
"절 수술했어요?"
"아니야, 조앙. 필요가 없어, 다만 상처를 깨끗이 씻어 냈을 뿐이야."
"여기 있어 주시겠어요?"
"그럼."
그녀는 눈을 감고 다시 잠들었다. 라비크는 문 쪽으로 갔다.
"커피를 좀 주구료" 하고 그는 아침 당번인 간호원에게 일렀다.
"커피와 빵을요?"
"아니야. 커피만."
그는 제자리로 돌아가서 창문을 열었다. 아침은 지붕 위에서 맑고 깨끗하게 빛나고 있었다. 추녀 끝에는 참새들이 재재거렸다. 라비크는 창틀에 걸터앉아서 담배를 피웠다. 그리고는 창밖으로 연기를 내뿜었다.
간호원이 커피를 가지고 왔다. 그것을 옆에 놓아 두고 마셨다. 그리고 담배를 피우며 창밖을 내다보았다. 빛나는 아침을 바라보다가 방으로 시선을 돌리자, 방안은 어둡게 보였다. 그는 일어나서 조앙을 보았다. 여자는 여전히 잠들어 있었다. 그 얼굴은 깨끗하게 씻겨져서 더욱 창백했다. 입술을 거의 분간할 수가 없었다. 그는 주전자와 커피잔을 얹어 놓은 쟁반을 문 밖으로 내어다가 복도에 놓인 테이블 위에 놓아 두었다. 마룻바닥에서는 콩기름 냄새와 고름내가 풍겼다. 간호원이 헌 붕대를 담은 양동이를 들고 지나갔고 어디선가 전기 청소기가 웅웅거리는 소리를 냈다.

조앙은 안정이 안 되는 듯했다. 그녀는 곧 다시 잠을 깰 것이다. 잠이 깨면 고통이 오겠지. 그리고 그 고통은 점점 심해질 것이다. 그녀는 몇 시간이나 또는 며칠간 더 살게 될지도 모른다. 그러나 고통이 심해서 아무리 주사를 놓아도 별 소용이 없을 게다.

 라비크는 주사기와 앰풀을 가지러 갔다. 그가 돌아왔을 때 조앙은 눈을 뜨고 있었다. 그는 여자를 보았다.

 "두통이 나요" 하고 여자는 중얼거렸다. 그는 기다렸다. 여자는 머리를 움직이려고 했다. 눈까풀이 무거운 듯 보였다. 여자는 간신히 눈알을 굴렸다. "마치 납덩이 같아요."

 그러다가 여자는 차츰 정신을 차렸다.

 "못 견디겠어요."

 그는 주사를 놨다.

 "곧 좋아질 거요."

 "아까는 이렇게 아프지는 않았는데요."

 여자는 머리를 움직였다.

 "라비크." 여자는 속삭이듯 말했다. "참지 못하겠어요. 아프지 않을 거라고 약속해 주세요……저의……할머니는……저는 봤어요……그런 꼴을 당하고 싶지는 않아요……그렇게 괴로워했지만 아무 소용도 없었어요. 제발, 약속해 주세요."

 "내가 약속하지, 조앙 당신은 별로 고통을 심하게 받지는 않을 거요. 거의…….."

 그녀는 이를 악물었다.

 "얼른 약효가 있을까요?"

 "응. 2,3분 내에……."

 "왜 이래요? 제 팔이?"

 "아무것도 아니야. 움직일 수 없겠지만 다시 움직이게 될 거야."

 "그리고 제 다리가……오른쪽 다리가……."

 여자는 오른쪽 다리를 빼려고 했다. 움직이지 않았다.

 "다리도 그럴 거야, 조앙. 움직이지 말아. 다시 나을 테니."

 여자는 머리를 움직였다.

"저는 이제 막 새로운 생활을 겨우 시작하려고 생각했어요" 하고 여자는 속삭였다.

라비크는 대꾸를 하지 않았다. 대꾸할 말이 없었다. 그 말은 아마 정말일는지도 모른다. 그렇게 생각하지 않는 사람이 어디 있을까?

여자는 또 불안하게 목을 이리저리 돌렸다. 억양이 없는 힘든 목소리였다.

"당신이 와 줘서⋯⋯잘 됐어요. 당신이 없었다면 어떻게 되었을까요?"

"그럼."

'마찬가지인데' 하고 그는 절망적으로 생각했다. '마찬가지였지. 이 정도는 엉터리 의사라도 했을 거야. 아무리 엉터리 의사라도. 내가 단 한 번, 내가 알고 있는 것, 내가 배운 전부를 써먹어야 할 이때에 그것이 소용이 없게 되었다. 서푼짜리 엉터리 의사라도 나와 똑같이 할 수가 있었을 것이다. 아무 소용도 없었어.'

점심 때에야 그 여자는 알았다. 그는 여자에게 아무 말도 하지 않았으나, 그 여자는 별안간 알게 되었던 것이다.

"절름발이가 되고 싶지는 않아요, 라비크. 제 다리는 어떻게 된 거죠? 양쪽 다 움직일 수가 없어요. 이젠⋯⋯."

"괜찮아. 당신이 다시 일어나게 되면 전처럼 다시 걸을 수가 있게 될 거야."

"제가 다시⋯⋯일어난다고요. 왜 거짓말을 하세요? 그렇게 말할 필요는 없는데⋯⋯."

"거짓말이 아냐, 조앙."

"그러지 마세요. 당신은 거짓말을 하면서. 그러나 고통을 받게 될 때는 저를 떠나지 말아 줘요. 약속해 주세요."

"약속할게."

"더 참을 수가 없게 되거든 무슨 약이든 주세요, 네? 우리 할머님은 닷새 동안이나 누워서 울고불고했어요. 저는 그렇게 되고 싶지는 않아요, 라비크."

"그렇게는 되지 않을 거야. 별로 지독한 고통도 겪지 않을 테고."

"지독하게 될 때에는 약을 주셔야 해요. 얼른 효력이 날 정도로요. 그것으로 끝장이 나게끔 말예요. 그렇게 해주셔야 해요. 제가 싫다고 하더라도 그렇게 해주세요. 그리고 아무것도 모르더라도 말예요. 제가 지금 말하는 것은 중요해요. 나중에……약속해 주세요."

"약속하겠어. 그럴 필요는 없을 거야."

겁먹은 표정은 사라지고 여자는 갑자기 안정을 되찾아 가만히 누워 있다.

"당신이 그렇게 안해도……저는 살아 있지는 못할 테니까요."

"쓸데없는 소리. 당신은 틀림없이 살아날 거야."

"아뇨. 저는 그때에……우리들이 맨 처음에 만났을 때……저는 이미 각오를……어디로 가야 할지도 몰랐거든요……지나간 1년은 당신이 제게 주신 거였어요. 선물로 받은 시간이었지요."

여자는 천천히 그에게로 머리를 돌렸다.

"왜 저는 당신 곁에 ─ 있지 않았을까요?"

"내가 잘못했어, 조앙."

"아녜요, 그건……모르겠어요."

창밖은 황금빛 대낮이었다. 커튼을 쳐놓았는데도 양쪽 창 가장자리로부터 햇빛이 들어왔다. 조앙은 수면제로 막 잠이 들었다. 이미 그녀의 모습은 거의 남아 있지가 않았다. 지나간 몇 시간이 마치 늑대 떼처럼 그녀를 찢어 먹었던 것이다. 담요 밑에서 여자의 몸이 점점 납작해져 가는 듯했다. 육체의 저항력이 녹아 버렸다. 그녀는 지금 비몽사몽간을 헤매고 있다. 가끔씩 완전한 무의식 상태가 되는가 싶으면 이내 의식이 확실해지기도 했다. 고통은 점점 심해졌다. 그녀는 신음하기 시작했다. 라비크는 주사를 놓았다.

"머리가" 하고 여자는 중얼거렸다. "점점 심해져요." 잠시 후에 그녀는 다시 말을 시작했다. "햇빛이……햇빛이 너무 세어서 타는 것 같아요."

라비크는 창가로 갔다. 그는 셔터를 내리고 그 위에다 커튼을 단단히 쳤다. 그런 다음 되돌아와서 여자의 침대 곁에 앉았다. 조앙은 입술을 움직였다.

"정말, 오래……걸리는군요. 이제는 소용이 없어요, 라비크."

"2, 3분만 더 있으면."

여자는 가만히 누워 있었다. 담요 위에 두 손을 죽은 듯이 얹어 놓았다.

"저 당신께 말할 게 있어요. 무척이나 많아요."

"나중에 해, 조앙."

"아니, 지금 말해야겠어요. 이제는 시간이 없어요. 여러 가지를 해명해 줘야…….."

"나도 대강은 알고 있어, 조앙."

"알고 있다고요?"

"그런 것 같아."

파도, 경련의 파도가 그녀를 뚫고 지나가는 것을 라비크는 보았다. 양쪽 다리가 이제는 다 마비되었다. 양팔도 역시. 가슴만이 아직도 약간 부풀어 있다.

"당신은 알고 계셨군요. 저는 언제나 당신만……."

"알고 있어, 조앙."

"다른 사람은 단지 불안해서 그랬을 뿐이에요."

"그래. 알고 있다니까."

여자는 잠시 그대로 누워 있었다. 숨을 쉬는 것이 힘들어 보였다.

"이상하지요." 이윽고 아주 낮은 목소리로 그 여자는 말했다. "사랑할 때에……죽어야 한다는 사실이……."

라비크는 여자에게로 몸을 굽혔다. 오직 암흑과 여자의 얼굴이 있을 뿐이었다.

"저는……당신에게는 좋은 여자가 아니었어요." 그 여자는 속삭였다.

"당신은 내 생명이었어."

"저는……당신을……안아 보고……싶어요……그런데 제 손이 아무리 해도……."

그는 여자가 두 팔을 쳐들려고 무진 애를 쓰는 모습을 보았다.

"당신은 내 팔에 안겼어. 나는 당신의 팔에 안겨 있고." 라비크가 말해 주었다.

여자의 호흡이 잠시 멈추어졌다. 눈에는 완전히 그늘이 져 있었다. 여자가 눈을 떴다. 동공이 너무나 컸다. 라비크는 여자가 자기를 보고 있는지 분간할 수가 없었다.

"티 아모" 하고 여자는 말했다.

여자는 어린 시절의 언어를 썼다. 너무나 지쳐서 다른 말은 할 수가 없었던 때문이다. 라비크는 생명이 없어진 그녀의 두 손을 잡았다. 그의 내부에서 무언가 찢어져 나갔다.

"당신은 나를 살게 해줬소, 조앙." 그는 멍청히 그녀의 얼굴을 보며 말했다. "당신은 나를 살게 해줬어. 나는 돌멩이에 불과했었어, 그런 나를 당신이 다시 살아나게 해줬던 거야."

"미 아미?"

그것은 잠들려고 하는 어린아이의 질문이었다. 모든 것 뒤에 오는 최후의 피로였다.

"조앙." 라비크는 말했다. "사랑이란 말로 할 수 없는 거야. 말로는 부족해. 말은 극히 일부분에 지나지 않아. 강물 속의 물 한 방울, 나무 한 잎에 지나지 않아. 그것은 훨씬 더 큰 거였어."

"소노 스타타……셈프레 콘 데……."

라비크는 여자의 두 손을 쥐었다. 이미 손의 감촉도 느끼지 못하는 손을.

"당신은 언제나 나와 함께였어" 하고 그는 말하면서도 자기가 별안간 독일어를 쓰고 있다는 사실을 깨닫지 못했다. "당신은 언제나 나와 함께였어. 내가 당신을 사랑할 때나 미워할 때나 혹은 무관심하게 보였을 때나 당신은 언제나 나와 함께였어. 조금도 변한 게 없었어. 당신은 언제나 나와 함께였고 그리고 언제나 나의 맘속에 있었어."

그들은 언제나 빌어 온 남의 나라 말로 서로 말을 주고받았었다. 이제야 비로소 그들은 자신도 모르게 자기들의 고국어로 이야기를 하고 있었다. 언어의 장벽은 무너져 나가 두 사람은 서로가 어느 때보다도 더욱 이해를 잘할 수가 있었다.

"바치아미……."

그는 여자의 물기 없고 뜨거운 입술에 입을 맞추었다.

"당신은 언제나 나와 함께였어, 조앙. 언제나……."

"소노 스타타……페르두타 센차 디 테……."

"당신이 없었으면 나는 더욱 외로운 인간이었을 거야. 당신은 모든 광명이었고, 슬픔과 기쁨이었어. 당신은 나를 뒤흔들어 놓고 내게 당신과 나 자신을 주었어. 당신은 내게 생명을 주었어."

조앙은 몇 분 동안 아주 조용했다. 라비크는 여자를 들여다보았다. 여자의 사지는 죽었다. 그리고 모든 것이 죽었다. 단지 눈과 입과 숨결만이 살아있다. 이제는 호흡 작용을 돕는 근육까지도 점점 마비되어 가고 있음을 그는 알고 있었다. 여자는 이제는 말도 할 수가 없게 되었다. 벌써 헉헉거리기 시작했다. 이가 맞부딪치고, 얼굴은 일그러져 경련을 일으켰다. 죽음과의 싸움이었다. 여자는 그래도 말을 해보려고 입술을 떨고 있었다. 헐떡인다. 깊고 무시무시하게 골골거리는 소리. 끝내는 부르짖음이 터져 나왔다.

"라비크" 하고 그녀는 혀가 말려 들어가는 소리로 불렀다. "살려 줘요. 살려 줘요, 지금!"

그는 주사기를 준비하고 있었다. 재빨리 그것을 그녀의 피부에다 찔렀다. 천천히 괴로워하면서 오래 걸려 숨이 끊어지게 해서는 안 된다. 그녀에게는 고통만이 있을 뿐이다. 그것도 겨우 몇 시간에 불과하겠지만.

눈까풀이 떨렸다. 그리고는 조용해졌다. 입술이 풀어지고 숨결이 멎었다.

그는 커튼을 열어젖히고 셔터를 돌렸다. 그런 다음 침대 쪽으로 돌아갔다. 조앙의 얼굴은 굳어져서 낯설게 보였다.

그는 문을 닫고서 사무실로 들어갔다. 우제니가 책상에 앉아서 환자 명부를 조사하고 있었다.

"12호실 환자가 사망했소." 라비크가 말했다.

우제니는 얼굴도 들지 않고 고개만을 끄덕였다.

"베베르 박사는 방에 계신가?"

"그럴 거예요."

라비크는 복도를 따라 걸어갔다. 몇 개의 방은 문들이 열린 채로였다. 그는 베베르의 방으로 걸어 들어갔다.

"12호실 환자가 사망했어, 베베르. 이제는 경찰에 전화를 해도 되네."

베베르는 쳐다보지도 않고 말했다.

"경찰은 지금 할 일이 많다네."

"왜?"

베베르는 《마정》 호외를 가리켰다. 독일군이 폴란드에 침입했다는 보도였다.

"정부측에서 정보를 들었다네. 오늘 선전포고를 한다는군."

라비크는 신문을 내려놓았다.

"올 게 왔군, 베베르."

"흠, 이제는 마지막일세. 불쌍한 프랑스."
라비크는 잠시 그대로 앉아 있었다. 모든 것이 허전했다.
"내게는 프랑스 이상의 일일세, 베베르" 하고 이윽고 그는 말했다.
베베르는 그를 뚫어지게 쳐다보았다.
"내게는 프랑스밖에는 없네. 그것으로 충분해."
라비크는 대답을 하지 않았다.
"자네는 어떻게 할 텐가?" 잠시 후에 그가 물었다.
"모르겠어. 아마 소속 연대로 가게 되겠지. 여기는……."
그는 애매하다는 몸짓을 했다.
"누가 맡아 보아 주어야겠는데."
"자네는 여기에 있게 될 걸세. 전시에는 언제나 병원이 필요하니까. 자네는 여기에 남아 있게 될 걸세."
"나는 여기에 그대로 남아 있고 싶지는 않네."
라비크는 주위를 둘러보았다.
"내가 여기 있는 것도 오늘이 마지막일세. 이제는 모든 것이 제대로 되었다고 생각되네. 자궁 수술 환자는 완쾌됐고, 담낭 환자도 제대로 됐고, 암 환자는 희망이 없다네. 그 이상 수술을 해봐도 소용이 없을 걸세, 그것뿐일세."
"왜?" 베베르는 지친 듯 말했다. "왜 오늘이 마지막이라고 하나?"
"선전포고가 있으면 우리는 검거될 걸세."
그러면서도 라비크는 베베르가 무슨 말을 하고 싶어하는지를 알았다.
"토론은 그만두세. 할 수 없는 일이 아닌가. 그렇게 할 걸세."
베베르는 자기 의자에 앉았다.
"나도 모르겠네. 아마 그럴지도 모르겠지. 아마 전쟁을 하지 않을는지도 모르지. 어떻게 될는지 그 이상은 아무것도 모르겠네."
라비크는 일어섰다.
"저녁 때 다시 오겠네. 그때까지 내가 아직 파리에 있으면 말일세. 여덟 시에 오지."
"그렇게 하게나."
라비크는 밖으로 나왔다. 대합실에서 그는 배우를 만났다. 그의 일은 까맣게 잊고 있었다. 사나이는 벌떡 일어났다.
"어떻게 됐습니까?"
"죽었소."
남자는 그를 뚫어지게 쳐다보았다.
"죽었다고요?"
배우는 비극적인 몸짓으로 한 손을 가슴에 대고 휘청거렸다. '제기랄, 이 놈의 희극 배우 녀석 같으니라구. 틀림없이 지금껏 이런 비슷한 배역을 맡아서 해 왔기 때문에 정말로 이런 일을 당해서도 이내 그런 연극 같은 수작을 하게 되는 모양이다. 그렇지 않으면 근본은 정직하나 단지 직업상의 몸짓이 진정한 슬픔에까지 어리석게 나붙어다니는지도 모른다.
"볼 수가 있을까요?"
"왜요?"
"저는 그 사람을 다시 한 번 봐야겠습니다."
사나이는 두 손을 가슴에다 짓눌렀다. 손에는 비단테를 두른 신사 모자를 들고 있었다.
"꼭 봐야 아시겠습니까?"
그 자의 눈에는 눈물이 괴어 있었다.
"여보시오" 하고 라비크는 초조한 듯 말했다. "당신은 없어지는 게 좋겠소. 여자는 이미 죽었어. 이제는 어쩔 수가 없게 된 거요. 당신의 일은 당신 혼자서 처리하란 말이오. 그리고 지옥으로나 꺼지란 말이오! 당신이 1년쯤 콩밥을 먹거나 극적으로 무죄 석방이 되거나 내게는 아무런 흥미도 없단 말이야. 하여간, 2, 3년만 지나면 다른 계집들한테 이 이야기를 자랑삼아 떠들어대어 그 년들을 꼼짝 못하게 할 텐데. 꺼져 버려! 이 바보 자식!"
그는 사나이를 문 쪽으로 밀어 냈다. 사나이는 잠시 망설이며 문에서 뒤를 돌아다보았다.
"인정머리 없는 짐승 같은 놈. 더러운 독일 새끼가!"

거리는 어디나 사람들로 붐볐다. 신문사의 거대한 전광 게시판 앞에 많은 사람들이 몰려 있었다. 라비크는 뤽상부르 공원으로 차를 달렸다. 붙잡히기 전에 적어도 한두 시간만이라도 혼자 있고 싶었던 것이다.

공원 안은 텅 비어 있었다. 공원은 여름날 오후의 따뜻한 햇빛을 듬뿍 받고 있었고, 가을의 최초의 예감이 나무마다 깃들여 있었다. 시들어 가는 가을의 예감이 아니라 성숙하는 여름의 예감이었다. 햇빛은 금빛과 푸름으로 빛났다.

라비크는 오랫동안 공원에 앉아 햇볕의 색이 바래지고, 그늘이 짙어지는 것을 바라보고 있었다. 그렇게 앉아 있는 것이 지금의 자기로서는 최후의 자유로운 시간이 되리라는 사실을 그는 알고 있었다. '일단 선전포고가 나오면 모두 어떻게 될까?' 롤랑드가 생각났다. 롤랑드 역시 마찬가지다. 누구나 다 마찬가지다. 이제 와서 도망을 다닌다는 것은 바로 스파이 혐의로 체포 된다는 뜻이 되고 만다.

그는 저녁 때까지 앉아 있었다. 슬프지는 않았다. 여러 사람들의 얼굴이 떠 올랐다가는 사라졌다. 사람들의 얼굴과 세월이. 그리고 마지막에는 그 굳어 버린 얼굴이 떠올랐다.

일곱 시에 그는 공원을 나왔다. 어두워지는 공원을 떠난다는 것은 바로 평화의 마지막 남은 조각에다 이별을 고하는 것이다. 그는 그것을 알고 있었다. 몇 걸음 거리로 나서자 그는 호외를 보았다. 선전포고가 발표되었다.

그는 라디오도 없는 술집에 앉아 있다가 병원으로 돌아갔다. 베베르가 그를 맞이해 주었다.

"제왕절개 수술을 해주겠나? 환자를 받았다네."

"물론이지."

그는 옷을 바꾸어 입으러 들어갔다. 우제니와 마주쳤다. 그녀는 그를 보고는 깜짝 놀랐다.

"나를 못 볼 줄 알았겠군?" 하고 그가 말했다.

"그랬어요" 하고는 그녀는 황급히 지나가 버렸다.

제왕절개는 간단했다. 라비크는 아무것도 생각지 않고 수술을 해 나갔다. 두서너 번 우제니의 시선을 느끼면서. 대체 그녀가 왜 저럴까, 하고 그는 이상하게 생각했다.

아기는 울음을 터뜨렸다. 아기는 이어 몸이 씻겨졌다. 라비크는 울부짖고 있는 아기의 불그레한 얼굴과 자그마한 손가락을 보았다. '인간은 웃으면서 세상에 태어나는 것은 아니로군.' 그는 아기를 견습 간호원에게 넘겨 주었다. 사내아이였다.

"이 아기가 당하게 될 전쟁은 어떤 전쟁일까?" 하고 말하면서 그는 손을 씻었다. 베베르도 그의 곁에서 함께 씻고 있었다.

"라비크, 만일 자네가 정말 붙잡히게 되거든 있는 곳을 곧 내게 알려 주게나."

"뭣하러 귀찮은 일에 말려들려고 하나? 이런 때는 나 같은 인간은 모르는 척하는 것이 좋을 걸세."

"왜? 자네가 독일 사람이라고 해서? 자넨 피난민일세."

라비크는 슬픈 듯 씁쓸히 미소를 지었다.

"자넨 피난민이란 것이 돌과 돌 사이에 끼인 한 개의 조그마한 돌멩이에 불과하다는 사실을 모르나? 그들의 태어난 나라에 대해서는 배반자이며 외국에 대해서는 여전히 태어난 나라의 국민이란 말일세."

"그런 문제는 내게는 상관없어. 나는 자네가 될 수 있는 대로 빨리 나왔으면 할 뿐일세. 나를 신원 보증인으로 써 주겠나?"

"자네가 원한다면 그렇게 하지."

라비크는 자기가 그러지 않으리라는 것을 잘 알고 있었다.

"의사는 어디를 가든지 할 일이 있는 법일세." 라비크는 수건으로 손을 닦으며 말했다. "한 가지 소원이 있는데, 들어 주겠나? 조앙의 장례를 부탁해도 되겠나? 나는 아마도 그럴 시간적 여유가 없을 듯하네."

"해주고 말고. 그 밖에는 처리할 일이 없나? 재산이나 또는 그런 종류의 것은?"

"그런 일은 경찰에 맡겨 두면 될 걸세. 친척이 있는지, 어떤지도 모르겠네, 하지만 그런 것은 문제가 아닐세."

그는 옷을 입었다.

"잘 있게, 베베르. 자네하고 함께 있을 땐 좋았었네."

"잘 가게, 라비크. 아직 제왕절개 건의 계산이 남았어."

"그건 장례식 비용으로 돌리게나. 그것 가지고 모자라겠는데. 가능하면 그 비용은 주고 가고 싶네만."

"천만에. 그런데 그녀를 어디다 묻었으면 좋겠나?"

"나도 모르겠네. 아무 데나 공동 묘지면 되겠지. 여기다 이름과 주소를 적어 두겠네."
 라비크는 병원 계산서 용지에다 적었다.
 베베르는 그 쪽지를 수정 문진 밑에다 넣었다.
 "됐어, 라비크. 나도 2,3일 지나면 떠나게 될 걸세. 자네가 없었더라면 우리는 수술을 해내지 못했을 걸세."
 그는 라비크와 함께 방을 나왔다.
 "잘 있어, 우제니."
 라비크가 말했다.
 "안녕히 가세요, 라비크 씨."
 그리곤 그녀는 라비크를 쳐다보았다.
 "호텔로 돌아가시나요?"
 "그렇소. 그런데 왜?"
 "아니, 아무것도 아니예요. 다만 저는……."

 어두워졌다. 호텔 앞에 트럭이 한 대 서 있었다.
 "라비크." 모로소프가 입구를 걸어나오며 불렀다.
 "보리스 아닌가?"
 라비크는 걸음을 멈추었다.
 "경찰이 와 있네."
 "그럴 줄 알았네."
 "여기 이반 크루게의 신분 증명서가 있어. 자네도 알 걸세. 죽은 그 러시아 사람의 것일세. 아직도 1년 반은 유효하다네. 함에 세헤라자드로 가세나. 사진을 바꾸러 말일세. 그리고는 러시아의 망명객이라고 하고 다른 호텔을 찾아보게나."
 라비크는 머리를 흔들었다.
 "위험해. 전쟁중에는 가짜 신분증을 가지고 있어서는 안 돼. 차라리 없는 편이 낫다네."
 "그러면 어떻게 할 텐가?"
 "호텔로 들어가겠네."
 "신중히 생각했나, 라비크?"

"응, 신중하게 생각했어."

"제기랄, 어디로 보낼지 알 게 뭔가!"

"좌우간 독일로는 추방하지 않을 걸세. 거긴 이제 그만이야. 스위스로도 추방은 안 할 거고."

라비크는 빙그레 웃었다.

"경찰이 우리들을 붙잡아 두려는 것은 이번이 7년 만에 처음이라네, 보리스. 그렇게 되기까지는 전쟁이 필요했던 거야."

"롱솽에 강제 수용소를 만든다는 소문일세."

모로소프는 턱수염을 쓰다듬었다.

"자네는 이럴려고 독일의 강제 수용소를 도망쳐 나온 셈이군. 프랑스의 수용소로 들어가려고 말일세."

"혹 그들은 우리를 바로 내보낼지도 모르지."

모로소프는 대답을 하지 않았다.

"보리스" 하고 라비크는 말했다. "내 걱정은 말게나. 전시에는 의사가 어디서나 필요한 법이니."

"만일에 붙잡히면 어떤 이름을 대겠나?"

"본명이지. 여기서는 본명을 단 한 번밖에 써 보지 못했거든. 벌써 5년 전이지만."

라비크는 잠시 말을 중단했다.

"보리스." 그는 잠시 후에 말을 계속했다. "조앙이 죽었네. 남자 친구가 쏘았어. 지금 베베르의 병원에 놔 두었어. 장사를 지내 줘야겠어. 베베르가 그렇게 해주겠다고 약속을 했네만 그 사람도 그 전에 소집을 당할지도 모르니 자네가 좀 봐 주겠나? 아무 말도 묻지는 말고 그저 좋다고만 해주면 끝나는 일일세."

"알았네." 모로소프가 말했다.

"됐어. 잘 있게나, 보리스. 내 물건 중에서 쓸 만한 것은 무엇이든 가지게. 그리고 내 방으로 옮기게나. 자네는 늘 나의 욕실을 갖고 싶어했지. 이제는 가네. 잘 있게."

"제기랄!" 모로소프가 투덜거렸다.

"됐어. 전쟁이 끝나면 포께에서 만나세."

"어떤 쪽에선가? 샹젤리제 쪽인가, 그렇지 않으면 조르쥬 5세 가 쪽에서 말인가?"

"조르쥬 5세 가 쪽. 우리는 바보야. 영웅인 체하는 바보거든. 잘 있게나, 보리스."

"더러워서!" 모로소프는 또 욕설을 했다. "우리는 한 번도 제대로 작별인 사조차 나누지 못하고 헤어지게 되거든. 이리 와, 이 바보 같은 사람아."

그는 라비크의 양쪽 볼에다 입을 맞추었다. 라비크는 그의 수염과 파이프 담배의 냄새를 맡았다. 과히 기분좋은 것은 아니었다. 그는 호텔로 걸어갔다.

피난민들은 가다꼼바에 서 있었다. 최초의 그리스도 교도들 같다고 라비크는 생각했다. 그리고 최초의 유럽인, 사복 차림의 한 사나이가 가짜 종려나무가 놓인 테이블에 앉아서 한 사람씩 인적 사항을 적고 있었다. 경관 두 명이 양쪽 문을 지키고 있었다. 아무도 도망 가려는 사람은 없었다.

"여권은?" 하고 사복 형사가 라비크에게 물었다.

"없습니다."

"다른 서류는?"

"없어요."

"그러면 불법 입국인가?"

"그렇소."

"왜?"

"독일서 도망 왔거든요. 서류는 손에 넣을 수가 없었지요."

"성(姓)은?"

"프레젠브르크."

"이름은?"

"루드비히."

"유태인이오?"

"아닙니다."

"직업은?"

"의사."

사나이는 적었다.

"의사라구?" 하면서 그 자는 쪽지 한 장을 집어 들었다.
"라비크라는 의사를 알고 있나?"
"모르겠는데요."
"여기 살고 있다던데, 고소장이 들어와 있어."
 라비크는 그를 쳐다보았다. '우제니! 바로 고것의 짓이었군. 고것이 그래서 내게 호텔로 들어가느냐고 물었군. 그리고 내가 아직도 자유롭게 돌아다니는 것을 보고 그렇게 놀란 거로군.'
"그런 사람은 여기에 없다고 하지 않았어요." 주방 출입문에 서 있던 여주인이 딱 잘라 말했다.
"조용히 해요" 하고 사나이는 못마땅한 듯 말했다. "그렇지 않아도 당신은 여기 이 사람들을 신고하지 않았으니 처벌을 받게 될 거란 말이오."
"나는 그걸 자랑으로 여기고 있는데요. 인정이 처벌을 받아야 된다면 제발 맘대로 하구료."
 사나이는 대꾸를 할 듯이 보였으나 눈짓만을 했을 뿐 그만두었다. 주인 마누라는 고위층에 후원자가 있어 겁낼 것이 없었다.
"짐을 꾸려요" 하고 그 자는 라비크에게 말했다. "내복하고 하루치의 식량을 가지고 가요. 모포가 있으면 그것도."
 경찰 한 사람이 그를 따라서 올라갔다. 대개의 방문은 열린 채였다. 라비크는 자기의 트렁크와 모포를 집어 들었다.
"다른 것은 없소?" 하고 경찰이 물었다.
"아무것도 없습니다."
"다른 물건들은 여기다 두려고?"
"다른 물건들은 여기에 두고 가겠습니다."
"이것도?" 하며 경찰은 침대 곁에 놓인 테이블 위를 가리켰다.
 거기에는 조앙과 그가 처음으로 만나서 얼마 지나지 않았을 때 조앙이 앙떼르나쇼날로 보내왔던 조그마한 목각의 성모상이 놓여 있었다.
"그것도 두고 갑니다."
 그들은 아래층으로 내려갔다. 알사스 태생의 하녀 클라리스가 라비크에게 꾸러미 하나를 주었다. 라비크는 다른 사람들도 같은 꾸러미를 들고 있는 것을 보았다.

"먹을 거예요" 하고 여주인이 설명했다. "허기가 지면 안 되겠다고 생각했지요. 지금부터 가는 곳에는 먹을 것이 별로 마련되어 있을 리가 없을 테니까요."

여주인은 사복의 사나이 쪽을 슬쩍 노려보았다.

"그렇게 떠들어대지 좀 말아요" 하고 그는 화가 치미는 듯 말했다. "내가 선전포고를 한 것은 아니란 말이오."

"여기 이 분들도 안 했어요."

"좀 그만두란 말이오."

사복은 경찰 쪽을 쳐다보았다.

"됐나? 이 사람들을 데리고 가게."

어두운 사람들의 떼가 움직이기 시작했다. 라비크는 바퀴벌레를 보았다던 여자를 데리고 있는 그 사나이를 보았다. 그는 한쪽 팔로 그 여자를 부축하고 있었다. 다른 한쪽 팔에는 트렁크를 끼고 손에도 무언가 들고 있었다. 사내아이도 트렁크를 질질 끌고 갔다. 사나이는 애원조의 시선으로 라비크를 쳐다 보았다. 라비크는 고개를 끄떡여 보였다.

"내게 의료 기구와 약도 있으니 걱정하지 말아요."

그들은 트럭으로 기어 올라갔고 이어 엔진 소리가 났다. 차가 움직이기 시작했다. 여주인은 출입구에 서서 손을 흔들고 있었다.

"어디로 가는 겁니까?" 하고 누가 경찰에게 물었다.

"나도 몰라."

라비크는 로젠펠트와 가짜 아론 골덴베르크의 곁에 서 있었다. 로젠펠트는 두루마리를 겨드랑이에 끼고 있었다. 그 속에는 세잔느와 고갱이 들어 있을 것이다. 그의 얼굴이 실룩였다.

"스페인 비자인데" 하고 그는 말했다. "기한이 끝나 버렸지 뭡니까. 내가 미처……."

그는 여기서 말을 끊어 버렸다.

"'죽음의 새'는 벌써 떠나 버렸지요" 하고 이윽고 그가 또 말했다. "마르크스 마이어는 어제 미국으로 떠났어요."

트럭이 흔들렸다. 모두 서로 꼭 붙어 서 있었다. 아무도 말을 하지 않았다. 트럭이 모퉁이를 돌았다. 라비크는 운명론자 자이텐바움의 모습을 보았다. 그는 한 구석에 밀려 서 있었다.
 "또 한번 당하게 되었군요" 하고 그가 말했다.
 라비크는 담배를 찾았다. 하나도 없다. 그러나 짐 속에 많이 넣어 두었다는 것이 생각났다.
 "그렇군요" 하고 그는 말했다.
 "인간이란 여러 가지를 다 잡아 낼 수는 없을 테니."
 트럭은 와그람 가를 따라가다가 에뜨와르 광장으로 구부러졌다. 어디에도 불이 켜진 곳은 없었다. 광장은 어둠뿐이었다. 너무나도 어두워서 개선문조차 볼 수가 없었다. *

작가론

레마르크와 그의 작품

홍 경 호(문학박사, 한양대 교수)

〈서부전선 이상 없다(Im Westen nichts Neues)〉, 〈개선문(Arc de Triomphe)〉, 〈사랑할 때와 죽을 때(Zeit zu Leben und Zeit zu Sterben)〉 등의 작품으로 성서 이후 가장 많은 독자를 얻었던 문제의 작가 에리히 마리아 레마르크(E. M. Remarque, 1898~1970)가 숙환인 심장병으로 사망하자, 세계는 이구동성으로 그의 사별(死別)을 아쉬워했다. 1963년에 〈리스본의 밤(Die Nacht von Lissabon)〉을 발표한 이래로 줄곧 침묵을 지켜 온 레마르크에게서, 그의 인생과 문학을 결산하는 그 어떤 결정적인 문제작을 우리들은 내심으로 기대해 마지않았던 것이다. 물론 그는 노쇠한 몸이었다. 〈리스본의 밤〉의 집필을 끝낸 후, 그는 친구이자 역시 소설가인 로베르트 노이만(R. Neumann)에게 이렇게 술회했다.

이제는 더 이상 쓸 수가 없다. 5, 6년 후라면 다시 시작할 수 있을는지 모르지만.

그는 이렇게 인생과 문학에 있어서의 방향 상실을 실토했던 일도 있었고 심장마비를 일으켜 졸도한 일이 있었다. 그 후 그는 임종에 이르기까지 스위스의 로카르노 호반의 요양소에서 내내 투병 생활을 해왔다. 때문에 그의 주변과 근황을 친히 알고 있던 사람들은, 이제 레마르크 문학은 〈서부전선 이상 없다〉에서 〈리스본의 밤〉에 이르는 열 편의 소설로써 종지부를 찍은 것으로 간주했다. 그러나 이따금 문학의 결정작이 뜻하지 않게도 노쇠와 투병 속에서 얻어졌던 일을 알고 있는 우리들로서는 일말의 아쉬움을 끝내 버릴 수가 없었다. 아닌게아니라 우리들의 기대는 어긋나지 않았다. 레마르크를 사별한 지 9개월이 되는 1971년 6월, 비장되었던 그의 유작(遺作) 〈그늘진 낙원(Schatten im Paradies)〉이 발견되어 독일과 스위스, 오스트리아에서 출판사들이 출판권을 둘러싸고 치열한 경쟁을 벌이는 등 유럽 전역이 떠들썩했다. 책이 나오기도 전에 각국의 언론계가 제 나름대로 레마르크 문학을 재평가하려고 서둘러댔다.

결국 미망인 파울레테 레마르크 여사에 의해 독일의 드뤠머 출판사에서 출판이 되었으며, 우리 나라에서도 필자의 졸역으로 출판되어 독자에게 소개된 바 있다. 레마르크의 문학에서 보이는 지나친 대중성으로 인해 작품의 영속이 의심스러울지도 모르겠다는 일말의 기우는 이것을 계기로 사라졌으며, 이로써 그의 문학은 당당히 세계 문학의 일부분을 차지하게 되었다.

레마르크 자신의 생애는 방랑으로 연속된 고독한 일생이었으나 그의 작품은 결코 고독하지 않았다. 그는 항상 대중과 호흡을 같이하여 대중과 함께 세계적인 문명(文名)을 누리며 살아온 작가이다. 그의 가계(家系)는 프랑스 대혁명 당시 라인 지방으로 망명해 온 프랑스계 집안이었다. 그리고 레마르크 자신도 1898년 6월 22일 서부 독일 베스트팔렌의 오스나부뤼케 시(市)에서 태어난 이래 줄곧 망명 생활을 계속하였다. 우선 1916년, 제1차세계대전이 발발하자 그는 18세의 어린 나이에 강제로 전선에 끌려나가 전쟁의 참상부터 배우지 않으면 안되었다. 그는 전선에저 뼈저린 체험을 안고 부상당한 몸으로 돌아왔다. 그리하여 자신의 이런 체험을 모체로 〈서부전선 이상 없다〉가 잉태되었다.

1929년 처녀작 〈서부전선 이상 없다〉가 발표되자, 18개 국어로 번역되고 3백 50만 부가 매진되어 무명의 레마르크를 일약 세계적인 작가로 올려놓았다. 자신이 겪었던 제1차세계대전의 참전 체험을 밑바탕으로 하여 전쟁을 통한 한 세대의 파괴를 감상이나 내적 의식을 배제한 신즉물주의(新卽物主義) 수법으로 담담하게 그려 놓은 이 수기 형식의 소설은, 대전 후 침체에 빠져 있던 독일과 유럽 문단에 새로운 활기를 불어넣었고 공전(空前)의 전쟁 문학

붐을 일으켰다. 실로 이 수기는 전쟁 문학사상 찬연한 자취를 아로새긴 시적(詩的) 기념비라 할 만한 작품이었다. 전선에서 이름도 없이 죽어간 수많은 젊은이들의 절규, 그리고 18세의 어린 학도병 파울 보머의 마지막 죽음을 우리는 결코 잊을 수가 없다.

주인공 파울 보머는 레마르크 자신의 분신임과 동시에 그 당시 젊은이들의 전형이기도 했다. 젊은이들의 꿈은 전쟁의 참상으로 산산조각나고, 그들로 하여금 생에 대한 관념을 바꾸도록 강요했다. 그는 그렇게도 바라던 종전(終戰)을 목전에 두고 죽어갔다. 그가 죽던 날의 전황 보고는 '서부전선 이상 없음'이라는 단 한 줄뿐이었다. 이러한 대미(大尾)에서 보여준 극적 처리는 독자들로 하여금 너무나 전쟁의 허무함을 절감케 할 뿐만 아니라 이 작품의 속편을 은근히 기대하게끔 했다.

말하자면 1931년에 간행된 《귀로(Der Weg zurück)》는 〈서부전선 이상 없다〉의 속편이라고도 할 수 있다. 이 작품은 파울 보머를 서부전선에 묻어 둔 채, 파괴되어 이제는 낯설게 된 고향으로 되돌아가는 그의 전우들의 모습을 담고 있다. 이 작품은 그의 처녀작과 함께 미국 작가 헤밍웨이에게 깊은 영향을 끼친 것으로 알려져 있으며, 그 반전사상(反戰思想)으로 해서 1933년 히틀러 정권이 등장함과 동시에 제1차 분서(焚書) 리스트에 오르게 되었다.

여러 번에 걸친 부상 끝에 레마르크는 전선에서 돌아왔다. 몸보다 더한 마음의 상처를 입고서. 때마침 고향은 불안스럽기 이를 데 없는 격동기에 처해 있었다. 1918년 2월 2일 휴전이 성립되고 소요와 불안은 끊일 사이가 없었다. 그는 우선 빵 문제를 해결하기 위해 헤매지 않으면 안 되었다. 고생 끝에 그는 우연히 어느 잡지사의 기자로 취직 자리를 얻게 되는데, 아직 그의 처녀작이 빛을 보기 전의 일이었다. 그러므로 《귀로》는 제1차세계대전의 종전에서부터 1923년까지의 기간에 걸친 독일의 혁명과 사회적 불안이 모체가 된 셈이다. 전선에서 돌아온 귀환병들은 이러한 혼란된 사회에서 살아 보겠다고 무진 애를 썼으나, 그곳도 전선(戰線) 이상으로 가혹해서 그들의 노력은 결국 수포로 돌아가고 만다.

《서부전선 이상 없다》가 간행되던 1929년은 세계적인 공황이 휩쓸던 때였다. 부전조약(不戰條約)이 발효되고 반전적인 풍조가 세계를 풍미하게 되었다. 따라서 이런 반전적인 무드를 타고 그의 작품들이 성공을 거두었을 것은 의심할 여지가 없다. 미국에서는 월 가(街)의 주식이 폭락하였으며, 독일은 패전의 상처에다 다시 이 대공황의 여파까지 맞이해야만 했다. 이러한 여건에 심각한 사회적인 혼란은 더욱 기승을 부려 나치즘이 대두하게 될 온상이 마련되었다. 1930년 9월의 총선거에서는 히틀러의 나치당이 6백만 표를 얻어 나치즘의 위험을 절감케 해주었다.

1932년에는 실업자가 7백만 명에 이르고, 9월 선거에서는 파시스트 쿠데타의 위기를 눈앞에 보게 되었다. 한편 국민들은 우유부단한 사회민주주의 체제에 대해 염증을 느껴 새로이 대두하는 광적인 나치에 대해 매력을 느꼈다. 여기에 불안을 느낀 레마르크는 이 해에 스위스로 망명길에 올랐다. 그의 예감은 적중해서 이듬해인 1933년 12월에는 드디어 히틀러정권이 수립되었고, 곧 전국적인 탄압을 개시하여 모든 나치스 반대파와 유태인의 학살을 자행하고 국민을 공포 속으로 몰아넣었다. 이러한 상황하에서 반전 문학의 기수처럼 된 레마르크 문학이 용납될 리 없었다. 그리하여 괴벨스가 직접 지휘한 가운데 그의 작품들은 베를린의 오페라하우스에서 불태워졌다.

다행스럽게도 스위스로 망명한 레마르크는 1939년 미국으로 망명할 때까지 그곳에서 살면서, 1937년에는 그의 세번째 작품인 〈세 전우(Drei Kameraden)〉를 발표했다. 이 작품은 물론 실업과 혼란된 사회상이 그 배경이며, 과거도 미래도 없는 오직 현재만의 인간상들을 그린 것이다. 이 작품 역시 그 계보를 따져 본다면 앞서의 두 작품의 속편이라 할 만하다. 전후의 베를린에서 전쟁에 함께 참여했던 세 사람의 옛 전우들이 엮어 내는 우정과 사랑과 죽음의 이야기이다.

반전주의자인 레마르크의 작품들을 나치가 불태웠음은 앞에서 이야기했지만, 그들은 거기에 만족치 않고 1939년에는 그의 국적마저 박탈해 버렸다. 이처럼 그들의 표적이 되었을 뿐더러 점차 새로운 전운(戰雲)이 감도는 유럽의 분위기에 대해 불안을 느낀 그는 프랑스, 이탈리아, 스페인 등지를 전전하다가 1939년에는 드디어 미국으로 망명의 길을 떠났다. 그 후 그는 미국에 귀화하여 끝내는 미국 시민이 되어 버렸다.

레마르크에 있어서의 이른바 망명 문학(亡命文學)은, 1940년 미국에서 발표한 〈이웃을 사랑하라(Liebe deinen Nächsten)〉에서부터 본격적으로 시작된다. 제3제국의 정치적인 탄압하에서 비밀결사대를 조직하여 나치에 항거하는 망명 정치 집단의 사랑과 죽음, 음모와 희생 등이 이 작품 속에 적나라하게 그려져 있다. 여권도 없이 국경에서 국경으로 헤매고 다니는 국제적인 방랑자들과 그들의 공포, 그리고 그 속에서 피어나는 사랑은 그 당시 유럽 모든 국가들이 안고 있는 고민이기도 했다.

레마르크의 망명 문학 가운데 주축을 이루는 것은 무엇보다도 〈개선문〉일 것이다. 제2차세계대전의 전운이 감도는 파리 하늘 아래의 거대한 개선문을 배경으로 하여 정치적 이데올로기에 쫓기는 인간상들의 절망적인 몸부림, 그런 가운데서도 독일 망명객인 외과의사 라비크와 혼혈녀(混血女) 조앙 마두와의 기구한 만남과 사랑, 생명과 애정의 이중주가 이 작품 속에서 선명하게 울린다. 소재의 우수성와 아울러 이 작가가 소설가로서 완벽에 가까울 만큼 성숙했음을 보여주는 작품이다. 이로써 레마르크는 다시금 세계적인 명성을 얻게 되었다.

주인공 라비크는 나치의 강제 수용소로부터 간신히 도망 나와 파리로 밀입국한다. 애인의 무참한 죽음에서 느꼈던 악몽을 안고서. 그는 전에는 베를린에 있는 종합병원 외과 과장이었으며 전쟁에도 종군한 적이 있는, 장래가 촉망되는 젊은이였다. 그의 파리 생활은 여권이 없어도 그럭저럭 지낼 수 있는 싸구려 호텔에서부터 시작된다. 그리고 빵을 벌기 위해서 그는 파리의 무능한 의사들의 수술을 도맡아 해주며 불법적인 생활을 꾸려 나간다. 그의 수술 덕택으로 점차 유명해지는 노(老) 의사 듀랑은 정계의 거물로부터 유한 마담에 이르기까지 맡은 사람들의 수술을 맡아서는 환자들을 마취시킨 다음, 라비크로 하여금 수술을 대행케 한다. 수술이 끝나고 환자가 마취에서 깨어났을 때는 이미 예의 듀랑이 회심의 미소를 띠우며 환자 옆에서 자신의 의술을 과시한다. 한편 라비크는 형편없는 보수를 받아 뒷골목을 누비며 술과 여인들에 흐느적거리고, 끈질긴 악몽에 쫓긴다. 그는 고급 유곽(遊廓)의 창녀들의 성병도 검진해 주면서 여러 가지 삶의 뒷모습을 엿본다. 그에게 있어서는 인간이란 하나의 고깃덩어리이며 내일이 없는 하루살이들이었다. 거기에 조앙 마두가 나타난다. 그녀 역시 애인을 따라 파리에 흘러 들어오게 된 떠돌이였다. 그녀는 애인이 죽자 어쩌할 바를 몰라 방황한다. 어디에도 소속된 데가 없는 고독한 여인이었다. 베를린 시절의 기막힌 상처 때문에 다시는 사랑할 수 없으리라던 라비크는 이상스럽게도 이 떠돌이 혼혈녀와 사랑에 빠져, 두 사람은 꿈도 없는 순간적이고 관능적인 사랑에 몸을 불태운다. 그러면서도 라비크는 자기와 옛 애인을 수용소에 몰아넣었던 나치의 비밀경찰인 하아케를 찾아 복수하겠다는 집념을 버리지 못한다. 그는 러시아에서 망명해 온 보리스 모로소프의 도움을 받아 가며 하아케를 찾아 헤맨다. 모로소프는 조앙이 노래를 부르며 생계를 이어 가는 바의 도어맨 노릇을 하면서 라비크를 여러 모로 도와 주는 과묵한 사나이로, 독설과 익살로 라비크와 친형제처럼 우정을 이어 간다.

드디어 라비크는 하아케를 살해해서 그의 복수를 완결짓지만 허무감은 지워지지 않는다. 거기에 조앙 마두는 관계를 가졌던 배우의 우스꽝스러운 권총 사건으로 라비크의 온갖 노력에도 불구하고 죽고 만다. 죽음의 자리에서 그녀가 중얼거린 말은 아무도 알아들을 수 없는 (그녀의 어린 시절의) 단편의 나열이었다.

이러한 남녀의 사랑과 죽음과는 관계 없이 전쟁은 점차 확대되어 가고 숱한 망명자들은 불안에 떨며 새로운 피난처를 찾아 떠나지만, 라비크만은 조앙과의 사랑에서 다시금 인간에 대한 따뜻한 사랑을 느끼게 되어, 어디에서든 괴로움을 받는 인간들에게 도움이 되리라는 긍정적인 신념을 가지고 자진해서 강제 수용소로 들어간다. 그는 비로소 인간끼리의 따뜻한 유대감을 느끼게 된 것이다.

1946년 《개선문》이 미국에서 간행되었을 때는 1백만 부 이상이 순식간에 팔려 나갔고, 다음해에는 찰스 보이어와 잉그리드 버그만 주연으로 영화화되어 공전의 세계적인 성공을 거두었던 사실은 널리 알려져 있다.

전쟁이 끝나자 레마르크는 1947년 미국 시민권을 얻어 비로소 안온한 생활을 누릴 수가 있었으며, 창작에 있어서도 가장 정열적인 나이라고 할 수 있는 50대에 이르렀다. 그는 1952년에 〈생명의 불꽃(Der Funke Leben)〉을 발표하였다. 이 작품도 독일 집단 수용소 내의 수감자들의 투쟁과 반항을 주제로 한 점에서 특이할 만큼 지순(至純)한 망명 문학으로 손꼽힌다. 이 작품은 그의 여섯번째 작품이 되는 셈이며, 그가 적극적인 인간상을 그리기 시작한 최초의 작품이다.

감금 생활 10년을 견디어 낸 50대의 주인공은 자기의 본명조차 잊어버리고 오직 수인(囚人) 번호 '509'라는 번호만으로 통용된다. 그러나 꽃에도 햇살은 비쳐 연합군의 포격이 그 도시에 가해지기 시작한다. 다 꺼져 가던 생명의 불꽃이 살아난 셈이다. 수인들은 앞으로 있게 될 최후의 싸움에 대비해서 동지적인 결속을 다짐한다. 산송장인 509호에게도 생명의 불꽃은 피어나고 삶의 기력이 소생한다. 레마르크는 이 작품을 통해 악조건하에서도 인간 정신의 불멸을 보여주려고 했으며, 인간이 죽음의 위협을 받을 때는 동지적인 결합이 무엇보다도 중요하다고 설파했다. 따라서 〈생명의 불꽃〉은 레마르크가 보여주려 했던 삶의 긍정이었다.

1954년에는 그의 일곱번째 작품인 《사랑할 때와 죽을 때》가 간행되었다. 이 작품 역시 레마르크의 대표작에 넣을 만하다. 휴가병의 염사(艶事)를 다루고 있다는 점에서는 망명 문학의 계보에 들 수 없는 작품이지만, 그 반전 사상은 어느 작품 못지 않다. 헐리우드의 영화 감독인 루비취는 이 소설을 두고 '가장 레마르크다운 작품이다'라고 격찬했다. 1962년 우리 나라에도 이 영화가 수입되어 수십만의 관객을 울렸다.

이 작품의 배경은 나치 정권의 붕괴 직전이다. 〈생명의 불꽃〉이 강제 수용소를 그리고 있는 데 비해 이 소설은 어느 한 도시를 배경으로 한 점이 다를 뿐이다.

1956년에는 레마르크의 여덟번째 작품인 〈검은 오벨리스크(Der schwarze Obelisk)〉가 발표되었다. 거기서 그의 무대는 다시 제1차세계대전으로 거슬러 올라간다. 인플레이션이 극심했던 제1차세계대전 이후의 혼란된 사회상과 나치 정권에 의한 정치적인 살해와 그 박해를 그림으로써, 다시금 나치의 대두를 경계한 작품이다. 작품의 형식은 묘비석 판매원 루드비히가 이야기를 들려 주는 형태로 되어 있으며, 작가는 주인공의 이야기를 통해 자신의 어두웠던 시절과 밝은 시절을 함께 그리면서 두 세계의 참모습을 파헤쳤다.

그의 아홉번째 작품은 〈검은 오벨리스크〉와 같은 해에 나온 〈종착역(Die letzte Station)〉이었고, 그의 열번째 작품이자 마지막 작품은 1963년에 쓴 〈리스본의 밤〉이었다. 이 두 작품 역시 대단한 화제를 모았다.

〈리스본의 밤〉을 쓸 무렵만 해도 레마르크는 이미 작가로서보다는 명실공히 영화인으로서 알려져 있었다. 그가 미국의 뉴욕이나 헐리우드에서 망명생활을 했다는 점, 그리고 항상 대중 속에서 살며 대중 속에서 문학적인 이념을 찾으려 했던 점에서 본다면, 그가 종합 예술로서의 영화에 깊이 빠져 들었다는 사실은 어쩔 수 없는 귀결이 아니었는가 싶다.

앞에서 언급했던 그의 유작 〈그늘진 낙원〉은, 레마르크가 미국에 망명한 이후의 체험을 일인칭의 수기 형식으로 담담하게 그렸다. 유럽에서 겪었던 소름끼치는 과거의 그림자――떨쳐 버릴 수 없는 악몽의 그림자――를 등에 지고 이른바 언약의 땅인 미국에서 주인공 '나'와 로버트 로스, 그리고 이주민들의 사랑과 희망, 갈등과 좌절 등이 선명하게 부각되어 있다. 이 작품에는 예전의 소설에서 보던 바의 격정과 조악한 언어가 승화되어 있으며, 그 구성이나 수법에 있어 과히 완숙한 대가의 체취가 그대로 풍기고 있다. 이 작품이야말로 양차 세계대전의 전운을 등에 업고 방황했던 세계 시민 레마르크의 전(全)생애가 담긴 자서전적인 소설이며, 지금까지의 레마르크 문학에 대한 결론이요 10년간의 침묵에 대한 해답인 것이다.

어떤 이는 이 한 권의 소설이야말로 레마르크 문학 가운데서도 그 정수(精髓)만이 응결되어 이룩된 것이라 격찬했다. 혹자는 생전에 발표된 열 편의 소설의 주류를 이루는 전쟁 고발, 종말에 대한 두려움, 사랑, 일상의 비속성 등이 완숙한 대가의 필치로 톤을 달리해 묘사되어 있다고 절찬하는가 하면, 혹자는 상업 영화 제작자나 도색 잡지 편집자들의 구미를 돋우어 줄 만한 모조소설(模造小說)이라고 비평했다. 수식과 장식, 조작으로 얼룩진 한 망명객의 일상과 모험, 성(性)과 사랑의 이야기가 더러는 우리에게 애수와 환희를 가져다 주지만, 그것은 곧 이 이야기가 진실을 멀리하고 있음을 대변해 준다고 혹평을 가하기도 한 것이다. 어쨌든 레마르크의 유작은 그 외설 시비에도 불구하고 간행되기가 무섭게 날개 돋친 듯 팔렸다.

일찍이 독서계에서 유례가 없을 정도로 독자들을 열광케 했던 《개선문》이 이제 고전적인 작품으로 굳어 가려는 이때, 레마르크의 죽음과 더불어 그로부터 사반세기 후 그의 작품들이 다시금 세계의 이목을 경악케 함은, 설사 그 이유가 '비현실의 실재화'에 있든, '불행한 시대의 제물이 된 한 낭만주의자의 성과 사랑의 유회'에 있든 그것은 당연한 일일 수밖에 없다.

레마르크의 작품들을 크게 두 가지 유형으로 분류하면, '전쟁 문학'과 '망명 문학'으로 나눌 수가 있다. 그렇다고 그의 문학이 어떤 주의나 정치적인 의도, 혹은 애국적인 색채를 띠는 것은 아니다. 그의 반전 사상은 어디까지나 인류애에 입각한 것이며 세계 시민으로서 전쟁을 고발했을 뿐이다. 이러한 점이 바로 그의 문학을 세계 문학으로까지 승화시켜 준 결정적인 원인이 되었다. 그의 활동기로 본다면 문학 사조에서 소위 표현주의 시대에 속하는 작가라고 하겠으나, 그는 창작에 있어서는 결코 어느 유파(流波)에도 속하지 않았다. 게다가 그는 어느 독일 작가처럼 지나치게 관념적이고 사변적인 냄새를 풍기지도 않았다. 이런 이유로 문학사(文學史)를 다룰 때 종종 그의 진가가 오도되는 경우가 있을는지 모르나, 그의 편은 언제나 일반 대중이었으며 세계 시민이었다.

그의 작품들은 우선 지루하지 않다는 점에서 작품으로서의 성공을 거두었고, 나치의 정권이 전횡하던 시대를 배경으로 하여 압제받는 대중의 고뇌를 그렸다는 점에서 대중의 갈채를 받았다. 따라서 인류의 고뇌가 사라지지 않고 전화(戰火)가 종식되지 않는 한 그의 작품은 언제까지나 생명을 잃지 않을 것이며, 중후한 독일 작품에 대해 독일인들이 스스로 염증을 느끼게 될 때 그의 작품은 독일 문학사에서도 새로운 평가를 받게 될 것이다.

연 보

1898년 6월 22일, 독일 베스트팔렌의 오스나부뤼케 시(市)에서 출생.
1916년 제1차세계대전이 발발, 18세의 어린 나이로 참전.
1918년 2월 2일, 휴전 성립 후 국민학교 교사 및 무명 저널리스트로 스포츠 소설과 사회 소설 등을 씀.
1929년 〈서부전선 이상 없다(Im Westen nichts Neues)〉를 발표, 18개 국어로 번역 간행되어 무명의 레마르크를 일약 세계적인 작가로 명성을 얻게 함. 대전 후 침체에 빠졌던 독일과 유럽 문단에 새로운 활기를 불어넣고, 전쟁 문학 붐을 일으킴. '성실하고 사실적인 무명 전사의 문학적 기념비'라는 호평과 함께 '증오에 찬 일면적인 폭로 묘사'라는 비난을 받음.
1931년 《서부전선 이상 없다》의 속편 《귀로(Der Weg zurück)》 간행.
1932년 반전(反戰) 작가의 낙인이 찍혀 나치스 정권 수립 직전 스위스로 망명.
1933년 히틀러 정권이 등장한 후 그의 작품들이 제1차 분서(焚書) 리스트에 오르고 국적도 박탈당함.
1937년 옛 전우들의 우정과 사랑과 죽음의 이야기를 그린 세번째 작품〈세 전우(Drei Kameraden)〉 발표.
1939년 미국으로 망명.
1940년 제3국의 정치 망명 집단의 사랑과 음모와 희생을 묘사한 〈(이웃을 사랑하라(Liebe deinen Nächsten)〉 발표.
1946년 그의 다섯번째 작품 《개선문(Arc de Triomphe)》 간행, 발행 부수 2백 만을 넘음.
1947년 미국 시민권 획득, 그 후 참된 문학과 오락 문학과의 중간 작품들을 집필.

1952년 〈생명의 불꽃(Der Funke Leben)〉 발표.
1954년 그의 일곱번째 작품 《사랑할 때와 죽을 때(Zeit zu Leben und Zeit zu Sterben)》간행. '가장 레마르크다운 작품'이란 찬사를 받음.
1956년 〈검은 오벨리스크(Der schwarze Obelisk)〉와 〈종착역(Die letzte Station)〉 발표.
1961년 〈하늘은 총아를 모른다(Der Himmel kennt keine Günstling)〉 발표.
1763년 그의 열번째 작품 〈리스본의 밤(Die Nacht von Lissabon)〉 발표.
1970년 9월 25일 72세로 사망.

✻ 옮긴이 | 홍경호

문학 박사. 1938년 충북 제천 출생.
서울대학교 국문과 및 동 대학원 졸업. 빈 대학에서 수학.
한양대학교 명예교수.
역서로는 《백장미의 수기》, 《아담 너는 어디에 있었느냐(외)》,
《마의 산(상, 하)》, 《완전한 기쁨 · 다니엘라》,
《젊은 시인에게 보내는 편지》, 《백수선화》, 《고원의 사랑》 등
다수가 있음.

개선문

발행일　초판　1쇄 발행 | 2013년　5월 25일
　　　　　초판　2쇄 발행 | 2014년　4월 25일

지은이 | 에리히 M.레마르크　　**옮긴이** | 홍경호
펴낸이 | 윤형두　　　　　　　　**펴낸곳** | 종합출판 범우(주)
교　정 | 박은희　　　　　　　　**인쇄처** | 상지사
등록번호 | 제406-2004-000012호 (2004년 1월 6일)
　　　　　　(413-756) 경기도 파주시 광인사길 9-13 (문발동)
대표전화 | 031-955-6900　　　　**팩　스** | 031-955-6905
홈페이지 | www.bumwoosa.co.kr　**이메일** | bumwoosa@chol.com

ISBN 978-89-6365-098-2　03850

* 책값은 뒤표지에 있습니다.
* 잘못된 책은 바꾸어드립니다.

산과 바다와 여행길에 범우문고
2,800~3,900원

범우문고는 환경보호를 위해 재생지를 사용합니다.

▶ 전국 서점에서 낱권으로 판매합니다
▶ 계속 출간됩니다

* 범우문고가 받은 상
제1회 독서대상(1978), 한국출판문화상(1981), 국립중앙도서관 추천도서(1982), 출판협회 청소년도서(1985), 새마을문고용 선정도서(1985), 중고교생 독서권장도서(1985), 사랑의 책보내기 선정도서(1986), 문화공보부 추천도서(1989), 서울시립 남산도서관 권장도서(1990), 교보문고 선정 독서권장도서(1994), 한우리독서운동본부 권장도서(1996), 문화관광부 추천도서(1998), 문화관광부 책읽기운동 추천도서(2002)

1 수필 피천득
2 무소유 법정
3 바다의 침묵(외) 베르코르/조규철·이정림
4 살며 생각하며 미우라 아야코/진동기
5 오, 고독이여 F.니체/최혁순
6 어린 왕자 A생 텍쥐페리/이정림
7 톨스토이 인생론 L.톨스토이/박형규
8 이 조용한 시간에 김우종
9 시지프의 신화 A.카뮈/이정림
10 목마른 계절 전혜린
11 젊은이여 인생을… A.모루아/방곤
12 채근담 홍자성/최현
13 무진기행 김승옥
14 공자의 생애 최현 엮음
15 고독한 당신을 위하여 L.린저/곽복록
16 김소월 시집 김소월
17 장자 장자/허세욱
18 예언자 K.지브란/유제하
19 윤동주 시집 윤동주
20 명정 40년 변영로
21 산사에 심은 뜻은 이청담
22 날개 이상
23 메밀꽃 필 무렵 이효석
24 애정은 기도처럼 이영도
25 이브의 천형 김남조
26 탈무드 M.토케이어/정진태
27 노자도덕경 노자/황병국
28 갈매기의 꿈 R.바크/김진욱
29 우정론 A.보나르/이정림
30 명상록 M.아우렐리우스/황문수
31 젊은 여성을 위한 인생론 P.벅/김진욱
32 B사감과 러브레터 현진건
33 조병화 시집 조병화
34 느티의 일월 모윤숙
35 로렌스의 성과 사랑 D.H.로렌스/이성호
36 박인환 시집 박인환
37 모래톱 이야기 김정한
38 창문 김태길
39 방랑 H.헤세/홍경호
40 손자병법 손무/황병국
41 소설·알렉산드리아 이병주
42 전락 A.카뮈/이정림
43 사노라면 잊을 날이 윤형두
44 김삿갓 시집 김병연/황병국
45 소크라테스의 변명(외) 플라톤/최현
46 서정주 시집 서정주
47 사람은 무엇으로 사는가 톨스토이/김진욱
48 불가능은 없다 R.슐러/박호순
49 바다의 선물 A.린드버그/신상웅
50 잠 못 이루는 밤을 위하여 힐티/홍경호
51 딸깍발이 이희승
52 몽테뉴 수상록 M.몽테뉴/손석린
53 박재삼 시집 박재삼
54 노인과 바다 E.헤밍웨이/김회진
55 향연·뤼시스 플라톤/최현
56 젊은 시인에게 보내는 편지 릴케/홍경호
57 피천득 시집 피천득
58 아버지의 뒷모습(외) 주자청/허세욱(외)
59 현대의 신 N.쿠치키(편)/진철승
60 별·마지막 수업 A.도데/정봉구
61 인생의 선용 J.러보크/한영환
62 브람스를 좋아하세요… F.사강/이정림
63 이동주 시집 이동주
64 고독한 산보자의 꿈 J.루소/염기용
65 파이돈 플라톤/최현
66 백장미의 수기 숄/홍경호
67 소년 시절 H.헤세/홍경호
68 어떤 사람이기에 김동길
69 가난한 밤의 산책 C.힐티/송영택
70 근원수필 김용준
71 이방인 A.카뮈/이정림
72 롱펠로 시집 H.롱펠로/윤삼하
73 명사십리 한용운
74 왼손잡이 여인 P.한트케/홍경호
75 시민의 반항 H.소로/황문수
76 민중조선사 전석담
77 동문서답 조지훈
78 프로타고라스 플라톤/최현
79 표본실의 청개구리 염상섭
80 문주반생기 양주동
81 신조선혁명론 박열/서석연
82 조선과 예술 야나기 무네요시/박재삼
83 중국혁명론 모택동(외)/박광종 엮음
84 탈출기 최서해
85 바보네 가게 박연구
86 도와실기 김구/엄항섭 엮음
87 슬픔이여 안녕 F.사강/이정림·방곤
88 공산당 선언 마르크스·엥겔스/서석연
89 조선문학사 이명선
90 권태 이상
91 내 마음속의 그들 한승헌
92 노동자강령 F.라살레/서석연
93 장씨 일가 유주현
94 백설부 김진섭
95 에코스파즘 A.토플러/김진욱
96 가난한 농민에게 바란다 레닌/이정일
97 고리키 단편선 M.고리키/김영국
98 러시아의 조선침략사 송정환
99 기재기이 신광한/박헌순
100 홍경래전 이명선
101 인간만사 새옹지마 리영희
102 청춘을 불사르고 김일엽
103 모범경작생(외) 박영준
104 방망이 깎던 노인 윤오영
105 찰스 램 수필선 C.램/양병석
106 구도자 고은
107 표해록 장한철/장병욱
108 월광곡 홍난파
109 무서록 이태준
110 나생문(외) 아쿠타가와 류노스케/진웅기
111 해변의 시 김동석

112 발자크와 스탕달의 예술논쟁 김진욱	168 아리스토파네스 희곡선 아리스토파네스/최현	224 김강사와 T교수 유진오
113 파한집 이인로/이상보	169 세네카 희곡선 세네카/최현	225 금강산 애화기 곽발악/김승일
114 역사소품 곽말약/김승일	170 테렌티우스 희곡선 테렌티우스/최현	226 십자가의 증언 강원룡
115 체스·아내의 불안 S.츠바이크/오영옥	171 외투·코 고골리/김영국	227 아네모네의 마담 주요섭
116 복덕방 이태준	172 카르멘 메리메/김진욱	228 병풍에 그린 닭이 나도향
117 실천론(외) 모택동/김승일	173 방법서설 데카르트/김진욱	229 조선책략 황준헌/김승일
118 순오지 홍만종/전규태	174 페이터의 산문 페이터/이성호	230 시간의 빈 터에서 김열규
119 직업으로서의 학문·정치 베버/김진욱(외)	175 이해사회학의 카테고리 베버/김진욱	231 밖에서 본 자화상 한완상
120 요재지이 포송령/진기환	176 러셀의 수상록 러셀/이성규	232 잃어버린 동화 박문하
121 한설야 단편선 한설야	177 속악유희 최영년/황순구	233 붉은 고양이 루이제 린저/홍경호
122 쇼펜하우어 수상록 쇼펜하우어/최혁순	178 권리를 위한 투쟁 R 예링/심윤종	234 봄은 어느 곳에 심훈(외)
123 유태인의 성공법 M.토케이어/진웅기	179 돌과의 문답 이규보/장덕순	235 청춘예찬 민태원
124 레디메이드 인생 채만식	180 성황당(외) 정비석	236 낙엽을 태우면서 이효석
125 인물 삼국지 모리야 히로시/김승일	181 양쯔강(외) 펄 벅/김병걸	237 알랭어록 알랭/정봉구
126 한글 명심보감 장기근 옮김	182 봄의 수상(외) 조지 기싱/이창배	238 기다리는 마음 송규호
127 조선문화사서설 모리스 쿠랑/김수경	183 아미엘 일기 아미엘/민희식	239 난중일기 이순신/이민수
128 역옹패설 이제현/이상보	184 예언자의 집에서 토마스 만/박환덕	240 동양의 달 차주환
129 문장강화 이태준	185 모자철학 가드너/이창배	241 경세종(외) 김필수(외)
130 중용·대학 차주환	186 짝 잃은 거위를 곡하노라 오상순	242 독서와 인생 미키 기요시/최현
131 조선미술사연구 윤희순	187 무하선생 방랑기 김상용	243 콜롬바 메리메/송태효
132 옥중기 오스카 와일드/임헌영	188 어느 시인의 고백 릴케/송영택	244 목축기 안수길
133 유태인식 돈벌이 후지다 덴/지방훈	189 한국의 멋 윤태림	245 허허선생 남정현
134 가난한 날의 행복 김소운	190 자연과 인생 도쿠토미 로카/진웅기	246 비늘 윤흥길
135 세계의 기적 박광순	191 태양의 계절 이시하라 신타로/고평국	247 미켈란젤로의 생애 로맹 롤랑 /이정림
136 이퇴계의 활인심방 정숙	192 애서광 이야기 구스타브 플로베르/이민정	248 산딸기 노천명
137 카네기 처세술 데일 카네기/전민식	193 명심보감의 명구 191 이응백	249 상식론 토머스 페인/박광순
138 요로원야화기 김승일	194 아큐정전 루쉰/허세욱	250 베토벤의 생애 로맹 롤랑 /이정림
139 푸슈킨 산문 소설집 푸슈킨/김영국	195 촛불 신석정	251 얼굴 조경희
140 삼국지의 지혜 황의백	196 인간제대 추식	252 장사의 꿈 황석영
141 슬견설 이규보/장덕순	197 고향산수 마해송	253 임금노동과 자본 카를 마르크스/박광순
142 보리 한흑구	198 아랑의 정조 박종화	254 붉은 산 김동인
143 에머슨 수상록 에머스/윤삼하	199 지사송 조선작	255 낙동강 조명희
144 이사도라 덩컨의 무용에세이 덩컨/최혁순	200 홍동백서 이어령	256 호반·대학시절 T. 슈토름/홍경호
145 북학의 박제가/김승일	201 유령의 집 최인호	257 맥 김남천
146 두뇌혁명 T.R블랙슬리/최현	202 목련초 오정희	258 지하촌 강경애
147 베이컨 수상록 베이컨/최혁순	203 친구 송영	259 설국 가와바타 야스나리/김진욱
148 동백꽃 김유정	204 쫓겨난 아담 유치환	260 생명의 계단 김교신
149 하루 24시간 어떻게 살 것인가 베넷/이은순	205 카아수트라 바스야야니/송미영	261 법창으로 보는 세계명작 한승헌
150 평민한문학사 허경진	206 한 가닥 공상 밀른/공덕룡	262 톨스토이의 생애 로맹롤랑/이정림
151 정선아리랑 김병하·김연갑 공편	207 사랑의 샘가에서 우치무라 간조/최현	263 자본론 레닌/김승일
152 독서요법 황의백 엮음	208 황무지 공원에서 유달영	264 나의 소원(외) 김 구
153 나는 왜 기독교인이 아닌가 러셀/이재황	209 산정무한 정비석	265 측천무후 여인군전(외) 서청령외/편집부
154 조선사 연구(草) 신채호	210 조선해학 어수록 장한종/박훤	266 카를 마르크스 레닌/김승일
155 중국의 신화 장기근	211 조선해학 파수록 부묵자/박훤	267 안티고네 소포클레스/황문수
156 무병장생 건강법 배기성 엮음	212 용재총화 성현/정종진	268 한국혼 신규식
157 조선위인전 신채호	213 한국의 가을 박대인	269 동양평화론(외) 안중근
158 정감록비결 편집부 엮음	214 남원의 향기 최승범	270 조선혁명선언 신채호
159 유태인 상술 후지다 덴/진웅기	215 다듬이 소리 채만식	271 백록담 정지용
160 동물농장 조지 오웰/김회진	216 부모은중경 안춘근	272 조선독립의 서 한용운
161 신록 예찬 이양하	217 거룩한 본능 김규련	273 보리피리 한하운
162 진도 아리랑 박병훈·김연갑	218 연주회 다음날 우치다 햣켄/문희정	274 세계문학을 어떻게 읽을 것인가 헤세/박환덕
163 책이 좋아 책하고 사네 윤형두	219 갑사로 가는 길 이상보	275 영구평화론 칸트/박환덕·박열
164 속담에세이 박연구	220 공상에서 과학으로 엥겔스/박광순	276 제갈공명 병법 제갈량/박광순
165 중국의 신화(후편) 장기근	221 인도기행 H헤세/박환덕	277 망일대해 백시종
166 중국인의 에로스 장기근	222 신화 이주홍	
167 귀여운 여인(외) A체호프/박형규	223 게르마니아 타키투스/박광순	

www.bumwoosa.co.kr
Tel.031)955-3690

범우사

범우비평판 세계문학

**논술시험 준비중인 청소년과 대학생을 위한 책 —
서울대·연대·고대 권장도서 최다 선정(31종)으로 1위!**

작가별 작품론을 함께 실어 만든, 출판 45년이 일궈낸 세계문학의 보고!
대학입시생에게 논리적 사고를 길러주고 대학생에게는 사회진출의 길을 열어주며,
일반 독자에게는 생활의 지혜를 듬뿍 심어주는 문학시리즈로서
범우비평판은 이제 독자여러분의 서가에서 오랜 친구로 늘 함께 할 것입니다.

158권 ▶계속 출간

1 **토마스 불핀치** 1 그리스·로마 신화 최혁순 ★●
　　　　　　　　　2 원탁의 기사 한영환
　　　　　　　　　3 샤를마뉴 황제의 전설 이성규
2 **도스토예프스키** 1-2 죄와 벌(전2권) 이철 ◆
　　　　　　　　　3-5 카라마조프의 형제(전3권) 김학수 ★●
　　　　　　　　　6-8 백치(전3권) 박형규
　　　　　　　　　9-11 악령(전3권) 이철
3 **W. 셰익스피어** 1 셰익스피어 4대 비극 이태주 ★●◆
　　　　　　　　　2 셰익스피어 4대 희극 이태주
　　　　　　　　　3 셰익스피어 4대 사극 이태주
　　　　　　　　　4 셰익스피어 명언집 이태주
4 **토마스 하디**   1 테스 김회진 ◆
5 **호메로스**   1 일리아스 유영 ★●◆
　　　　　　　　　2 오디세이아 유영 ★●◆
6 **존 밀턴**   1 실낙원 이창배
7 **L. 톨스토이** 1 부활(전2권) 이철
　　　　　　　　　3-4 안나 카레니나(전2권) 이철 ★●
　　　　　　　　　5-8 전쟁과 평화(전4권) 박형규 ◆
8 **토마스 만**   1-2 마의 산(전2권) 홍경호 ★●◆
9 **제임스 조이스** 1 더블린 사람들·비평문 김종건
　　　　　　　　　2-5 율리시즈(전4권) 김종건
　　　　　　　　　6 젊은 예술가의 초상 김종건 ★●◆
　　　　　　　　　7 피네간의 경야(抄)·詩·에피파니 김종건
　　　　　　　　　8 영웅 스티븐·망명자들 김종건
10 **생 텍쥐페리** 1 전시 조종사(외) 조규철
　　　　　　　　　2 젊은이의 편지(외) 조규철·이정림
　　　　　　　　　3 인생의 의미(외) 조규철
　　　　　　　　　4-5 성채(전2권) 염기용

6 야간비행(외) 전채린·신경자
11 **단테**   1-2 신곡(전2권) 최현 ★●◆
12 **J. W. 괴테** 1-2 파우스트(전2권) 박환덕 ★●◆
13 **J. 오스틴**   1 오만과 편견 오화섭
　　　　　　　　　2-3 맨스필드 파크(전2권) 이옥용
　　　　　　　　　4 이성과 감성 송은주
　　　　　　　　　5 엠마 이옥용
14 **V. 위고**   1-5 레 미제라블(전5권) 방곤
15 **임어당**   1 생활의 발견 김병철
16 **루이제 린저** 1 생의 한가운데 강두식
　　　　　　　　　2 고원의 사랑·옥중기 김문숙·홍경호
17 **게르만 서사시** 1 니벨룽겐의 노래 허창운
18 **E. 헤밍웨이** 1 누구를 위하여 종은 울리나 김병철
　　　　　　　　　2 무기여 잘 있거라(외) 김병철 ◆
19 **F. 카프카** 1 성(城) 박환덕
　　　　　　　　　2 변신 박환덕 ★●◆
　　　　　　　　　3 심판 박환덕
　　　　　　　　　4 실종자 박환덕
　　　　　　　　　5 어느 투쟁의 기록(외) 박환덕
　　　　　　　　　6 밀레나에게 보내는 편지 박환덕
20 **에밀리 브론테** 1 폭풍의 언덕 안동민 ◆
21 **마가렛 미첼** 1-3 바람과 함께 사라지다(전3권) 송관식·이병규
22 **스탕달**   1 적과 흑 김붕구 ★●
23 **B. 파스테르나크** 1 닥터 지바고 오재국 ◆
24 **마크 트웨인** 1 톰 소여의 모험 김병철
　　　　　　　　　2 허클베리 핀의 모험 김병철 ◆
　　　　　　　　　3-4 마크 트웨인 여행기(전2권) 박미선
25 **조지 오웰**   1 동물농장·1984년 김회진 ◆

▶ 크라운변형판
▶ 각권 7,000원~15,000원
▶ 전국 서점에서 낱권으로 판매합니다.

26 존 스타인벡	1-2 분노의 포도(전2권) 전형기 ◆		45 에리히 M.레마르크	1 개선문 홍경호
	3-4 에덴의 동쪽(전2권) 이성호			2 그늘진 낙원 홍경호·박상배
27 우나무노	1 안개 김현창			3 서부전선 이상없다(외) 박환덕 ◆
28 C. 브론테	1-2 제인 에어(전2권) 배영원 ◆			4 리스본의 밤 홍경호
29 헤르만 헤세	1 知와 사랑·싯다르타 홍경호		46 앙드레 말로	1 희망 이가형
	2 데미안·크눌프·로스할데 홍경호		47 A. J. 크로닌	1 성채 공문혜
	3 페터 카멘친트·게르트루트 박환덕		48 하인리히 뵐	1 아담 너는 어디 있었느냐(외) 홍경호
	4 유리알 유희 박환덕		49 시몬느 드 보봐르	1 타인의 피 전채린
30 알베르 카뮈	1 페스트·이방인 방곤 ◆		50 보카치오	1-2 데카메론(전2권) 한형곤
31 올더스 헉슬리	1 멋진 신세계(외) 이성규·허정애		51 R. 타고르	1 고라 유영
32 기 드 모파상	1 여자의 일생·단편선 이정림		52 R. 롤랑	1-5 장 크리스토프(전5권) 김창석
33 투르게네프	1 아버지와 아들 이철 ◆		53 노발리스	1 푸른 꽃(외) 이유영
	2 처녀지·루딘 김학수		54 한스 카로사	1 아름다운 유혹의 시절 홍경호
34 이미륵	1 압록강은 흐른다(외) 정규화			2 루마니아 일기(외) 홍경호
35 T. 드라이저	1 시스터 캐리 전형기		55 막심 고리키	1 어머니 김한택
	2-3 미국의 비극(전2권) 김병철 ◆		56 미우라 아야코	1 빙점 최현
36 세르반떼스	1 돈 끼호떼 김현창 ★●●			2 (속)빙점 최현
	2 (속) 돈 끼호떼 김현창		57 김현창	1 스페인 문학사
37 나쓰메 소세키	1 마음·그 후 서석연 ★		58 시드니 셸던	1 천사의 분노 황보석
	2 명암 김정훈		59 아이작 싱어	1 적들, 어느 사랑이야기 김회진
38 플루타르코스	1-8 플루타르크 영웅전(전8권) 김병철		60 에릭 시갈	1 러브 스토리·올리버 스토리 김성렬·홍성표
39 안네 프랑크	1 안네의 일기(외) 김남석·서석연		61 크누트 함순	1 굶주림 김남석
40 강용흘	1 초당 장문평		62 D.H. 로렌스	1 채털리 부인의 사랑 오영진
	2 동양선비 서양에 가시다 유영			2-3 무지개(전2권) 최인자
41 나관중	1-5 원본 三國志(전5권) 황병국		63 어윈 쇼	1 나이트 워크 김성렬
42 귄터 그라스	1 양철북 박환덕 ★●		64 패트릭 화이트	1 불타버린 사람들 이종욱
43 아쿠타가와 류노스케	1 아쿠타가와 작품선 진웅기·김진욱			
44 F. 모리악	1 떼레즈 데께루·밤의 종말(외) 전채린